Victoria
2015

SÉRIE OS INSTRUMENTOS MORTAIS

Livro 1 – Cidade dos Ossos
Livro 2 – Cidade das Cinzas
Livro 3 – Cidade de Vidro
Livro 4 – Cidade dos Anjos Caídos
Livro 5 – Cidade das Almas Perdidas
Livro 6 – Cidade do Fogo Celestial

SÉRIE AS PEÇAS INFERNAIS

Livro 1 – Anjo Mecânico
Livro 2 – Príncipe Mecânico
Livro 3 – Princesa Mecânica

O CÓDEX DOS CAÇADORES DE SOMBRAS

OS INSTRUMENTOS MORTAIS

CASSANDRA CLARE

LIVRO I

Cidade dos Ossos

LIVRO 2

Cidade das Cinzas

edição de colecionador

TRADUÇÃO DE RITA SUSSEKIND

1ª edição

Galera

RIO DE JANEIRO

2014

CIP-BRASIL. CATALOGAÇÃO NA PUBLICAÇÃO
SINDICATO NACIONAL DOS EDITORES DE LIVROS, RJ

C541c

Clare, Cassandra
Cidade dos ossos + Cidade das cinzas / Cassandra Clare; tradução Rita Sussekind. – 1ª. ed. – Rio de Janeiro: Galera Record, 2014.
(Os instrumentos mortais ; 1 e 2)

Tradução de: City of Bones / City of Ashes
ISBN 978-85-01-04799-1

1. Ficção americana. I. Sussekind, Rita. II. Título. III. Série.

14-12679

CDD: 813
CDU: 821.111(73)-3

Título original em inglês:
City of Bones | City of Glass

Projeto gráfico de miolo: Renata Vidal da Cunha
Capa de Leonardo Iaccarino sobre padronagem de Rafaella Machado.

Texto revisado segundo o novo Acordo Ortográfico da Língua Portuguesa.

Direitos exclusivos de publicação em língua portuguesa somente para o Brasil adquiridos pela
EDITORA RECORD LTDA.
Rua Argentina 171 - Rio de Janeiro, RJ - 20921-380 - Tel.: 2585-2000,
que se reserva a propriedade literária desta tradução.

Impresso no Brasil

ISBN 978-85-01-04799-1

LIVRO I

Cidade dos Ossos

Para o meu avô

Eu não dormi
Entre a execução de algo temeroso
E o primeiro ato, todo o ínterim é
Como um fantasma, ou um sonho terrível:
O gênio e os instrumentos mortais
Estão então em concílio; e o estado do homem,
Como para um pequeno reino, sofre então
A natureza de uma insurreição.

— William Shakespeare, Julio César.

parte 1

Declínio Sombrio

Cantei sobre o caos e a noite eterna,
Ensinado pela musa divina a me aventurar
No declínio sombrio, e subir para reascender...

– John Milton, Paraíso perdido

Capítulo 1

PANDEMÔNIO

— Você só pode estar brincando — disse o segurança, cruzando os braços sobre o peito imenso. Ele encarou de cima o garoto com a jaqueta vermelha de zíper e balançou a cabeça raspada. — Você não pode entrar com isso.

Os cerca de cinquenta adolescentes na fila da boate Pandemônio se inclinaram para a frente, a fim de ouvir a conversa. A espera para entrar na boate sem restrição de idade estava longa, principalmente para um domingo, e, em geral, não acontecia nada demais nas filas. Os seguranças eram ferozes e cortavam instantaneamente qualquer um que aparentasse estar prestes a provocar confusão. Clary Fray, de 15 anos, na fila com seu melhor amigo, Simon, se inclinou para a frente, assim como todas as outras pessoas, esperando alguma agitação.

— Ah, qual é. — O menino levantou o objeto por cima da cabeça. Parecia uma viga de madeira, com uma das pontas afiadas. — É parte da minha fantasia.

O segurança ergueu uma sobrancelha.

— Que seria de quê?

O menino sorriu. Ele parecia normal o suficiente para o Pandemônio, pensou Clary. Tinha cabelos pintados de azul que pendiam de sua cabeça como os tentáculos de um polvo assustado, mas não tinha tatuagens no rosto ou grandes piercings nas orelhas ou nos lábios.

— Sou um caçador de vampiros — disse, apertando o objeto de madeira. Dobrava com a mesma facilidade que uma folha de grama dobraria de lado. — É falsa. De borracha. Está vendo?

Os olhos grandes do menino eram verdes, excessivamente brilhantes, Clary notou: cor de grama da primavera. Lentes de contato coloridas, provavelmente. O segurança deu de ombros, repentinamente entediado.

— Tá bom...! Pode entrar.

O menino passou por ele, rápido como um raio. Clary gostou do movimento dos ombros dele, do jeito que mexeu no cabelo ao entrar. Existia uma palavra que a mãe dela teria usado para descrevê-lo — *despreocupado*.

— Você o achou bonitinho — disse Simon, parecendo resignado. — Não achou?

Clary deu uma cotovelada nas costelas dele, mas não respondeu.

Lá dentro, a boate estava cheia de fumaça de gelo-seco. Luzes coloridas enfeitavam a pista de dança, transformando-a em um multicolorido reino de azul, verde, rosa-shocking e dourado.

O menino da jaqueta vermelha passou a lâmina afiada na mão, com um sorriso indolente nos lábios. Havia sido tão fácil — algum encantamento na lâmina, para fazer com que parecesse inofensiva. Outro encanto em seus olhos e, assim que o segurança o encarou, ele entrou. Evidentemente, ele poderia ter passado sem toda a comoção, mas aquilo fazia parte da diversão — enganar os mundanos, descaradamente, na frente deles, curtir os olhares vazios naqueles rostos que tanto lembravam ovelhinhas de rebanho.

Não que os humanos não tivessem utilidade. Os olhos verdes do menino examinaram a pista de dança, onde braços vestidos em peças de seda e couro preto apareciam e desapareciam nas colunas giratórias de fumaça enquanto os mundanos dançavam. Garotas mexiam em seus cabelos longos, garotos balançavam os quadris vestidos de couro e peles nuas brilhavam com suor. Vitalidade simplesmente *transbordava* deles, ondas de energia que os enchiam de uma tontura inebriante. O lábio do menino se contraiu. Eles não sabiam a sorte que tinham. Desconheciam o que era prolongar a vida em um mundo morto, no qual o sol se pendurava vacilante no céu como uma brasa queimada. Tinham vidas que flamejavam tão brilhantes quanto chamas de velas — e eram igualmente fáceis de ser apagadas.

A mão do menino apertou a lâmina que carregava. Havia começado a adentrar a pista de dança quando uma menina surgiu da multidão de dançarinos e começou a caminhar em sua direção. Ele a encarou. Ela era linda, para uma humana — cabelos longos quase exatamente da cor de tinta preta, olhos como carvão. Vestido branco até o chão, do tipo que as mulheres usavam quando este mundo era mais jovem. Mangas de renda desciam se abrindo por seus braços finos. Em volta do pescoço havia uma corrente grossa de prata, na qual um grande pingente vermelho-escuro se pendurava. Ele só precisou apertar os olhos para ver que era de verdade — de verdade e precioso. O menino começou a ficar com água na boca à medida que ela ia se aproximando.

Energia vital pulsava dela como sangue fluindo de uma ferida aberta. A menina sorriu, passando por ele, acenando com os olhos. Ele se virou para segui-la, sentindo nos lábios o doce sabor de sua morte iminente.

Sempre era fácil. Ele já podia sentir o poder da vida que evaporava da menina, correndo por sua veia como fogo. Os humanos eram burros demais. Tinham algo tão precioso mas cuidavam mal daquilo. Jogavam a vida fora por dinheiro, por saquinhos de pó, pelo sorriso charmoso de um estranho. A menina era um fantasma pálido passando através da fumaça colorida. Ela chegou à parede e virou-se, segurando a saia com as mãos, levantando-a enquanto sorria para ele. Sob a saia usava botas que iam até a coxa.

Ele foi até ela, sentindo a pele pinicar com a proximidade da menina. De perto, ela não era tão perfeita: dava para ver o excesso de maquiagem sob os olhos, o suor grudando o cabelo ao pescoço. Ele podia farejar a mortalidade, o doce apodrecer da corrupção. *Te peguei,* pensou ele.

Um sorriso descontraído curvou os lábios dela. Ela foi para o lado, e ele pôde ver que a menina estava se apoiando em uma porta fechada. ENTRADA PROIBIDA — DEPÓSITO estava escrito em tinta vermelha. Ela alcançou a maçaneta e girou-a, entrando. Ele avistou várias caixas empilhadas e fios emaranhados. Um depósito. Deu uma olhada para trás — ninguém estava olhando. Muito melhor se ela quisesse privacidade.

Ele entrou na sala depois dela, sem perceber que estava sendo seguido.

— E aí — disse Simon —, a música é boa, não é?

Clary não respondeu. Estavam dançando, ou fingindo que estavam — muito balanço para a frente e para trás, e investidas ocasionais em direção ao chão como se algum deles tivesse derrubado uma lente de contato — em um espaço entre um grupo de meninos adolescentes trajando espartilhos metálicos e um jovem casal asiático que se beijava apaixonadamente, com apliques coloridos se enrolando como vinhas. Um menino com piercing labial e uma mochila de ursinho de pelúcia estava distribuindo tabletes gratuitos de êxtase de ervas, sua calça de paraquedista balançando com a brisa da máquina de vento. Clary não estava prestando muita atenção aos arredores imediatos — estava de olho no menino de cabelos azuis que havia passado uma conversa no segurança para entrar na boate. Ele estava passando pela multidão como se estivesse procurando alguma coisa. Havia algo familiar na maneira como ele se movia...

— Eu, por exemplo — continuou Simon —, estou curtindo bastante.

Isso parecia improvável. Simon, como sempre, destacava-se na boate como um dedão machucado, vestindo calça jeans e uma camiseta velha que dizia MADE IN BROOKLYN na frente. Os cabelos recém-escovados eram de um tom marrom-escuro, e não verde ou rosa, e os óculos apoiavam-se na ponta do nariz. Ele não parecia tanto alguém que estivesse refletindo sobre poderes obscuros, mas sim uma pessoa a caminho de um clube de xadrez.

— A-hã. — Clary sabia perfeitamente bem que ele só tinha ido para o Pandemônio porque ela gostava, e que na verdade ele achava chato. Ela nem sabia por que gostava — as roupas, a música, tudo fazia aquele lugar parecer um sonho, a vida de outra pessoa, nada como sua verdadeira vida monótona. Mas Clary era sempre tímida demais para falar com qualquer outra pessoa que não fosse Simon.

O menino de cabelo azul estava saindo da pista de dança. Ele parecia um pouco perdido, como se não tivesse encontrado a pessoa que estava procurando. Clary imaginou o que aconteceria se ela fosse até ele e se apresentasse, e se oferecesse para mostrar o lugar. Talvez ele só ficasse olhando para ela. Ou talvez fosse tímido demais. Talvez se sentisse grato e gostasse, e então tentasse não demonstrar, como os meninos faziam — mas ela saberia. Talvez...

De repente o menino de cabelo azul se recompôs, evitando atenção, como um cão de caça preparado. Clary seguiu o olhar dele, e viu a menina com o vestido branco.

Fazer o quê?, pensou Clary, tentando não se sentir como um balão de festa murcho. *Acho que é isso.* A menina era linda, o tipo de menina que Clary gostaria de ter desenhado — alta e esbelta, com longos cabelos negros. Mesmo a essa distância, Clary podia ver a joia vermelha em volta de seu pescoço. Pulsava sob as luzes da boate como um coração fora do peito.

— Eu acho que — continuou Simon — o DJ Bat está fazendo um trabalho particularmente excepcional esta noite. Você não acha?

Clary revirou os olhos e não respondeu; Simon detestava música trance. Ela estava com a atenção voltada para a menina de branco. Através da escuridão, da fumaça e da neblina artificial, o vestido claro brilhava como um farol. Não era de se estranhar que o menino de cabelo azul a estivesse seguindo como que enfeitiçado, distraído demais para perceber qualquer outra coisa ao redor — até mesmo as duas criaturas sombrias que o seguiam, atravessando a multidão.

Clary diminuiu o ritmo da dança e encarou as criaturas. Ela só conseguia identificar que eram meninos altos e que usavam roupas escuras. Ela não sabia dizer como percebera que estavam seguindo o outro garoto, mas tinha certeza disso. Dava para perceber pela maneira como acompanhavam o ritmo dele, pelo cuidado com que observavam tudo, pela graciosidade de seus movimentos sinuosos. Uma leve apreensão começou a tomar conta de seu peito.

— Enquanto isso — acrescentou Simon —, eu queria te dizer que ultimamente tenho me vestido de mulher. Além disso, estou transando com a sua mãe. Achei que você deveria saber.

A menina chegou à parede e estava abrindo uma porta que dizia ENTRADA PROIBIDA. Ela deu uma olhada para o menino de cabelo azul atrás dela, e eles entraram. Não era nada que Clary nunca tivesse visto, um casal entrando sorrateiramente em um dos cantos escuros da boate para dar uns amassos, mas isso só fazia o fato de estarem sendo seguidos parecer ainda mais estranho.

Ela ficou na ponta dos pés, tentando enxergar por cima da multidão. Os dois rapazes tinham parado na porta e pareciam estar consultando um ao outro. Um deles era louro, enquanto o outro tinha cabelos escuros. O louro colocou a mão no casaco e alcançou um objeto longo e afiado que brilhava sob as luzes estroboscópicas. Uma faca.

— Simon! — Clary gritou, e agarrou o braço dele.

— O quê? — Simon parecia alarmado. — Eu não estou transando com a sua mãe de verdade. Só estava tentando chamar sua atenção. Não que sua mãe não seja uma mulher muito atraente para a idade dela.

— Você está vendo aqueles caras? — ela apontou fervorosamente, quase atingindo uma curvilínea menina negra que estava dançando ali perto. A menina lançou um olhar furioso a Clary. — Desculpe, desculpe! — Clary voltou a atenção para Simon. — Você está vendo aqueles dois caras ali? Perto da porta?

Simon cerrou os olhos, depois deu de ombros.

— Não estou vendo nada.

— Aqueles dois. Eles estavam seguindo o garoto do cabelo azul...

— O que você achou bonitinho?

— É, mas a questão não é essa. O louro pegou uma faca.

— Você tem *certeza*? — Simon estreitou o olhar para enxergar melhor, balançando a cabeça. — Continuo não vendo nada.

— Tenho certeza.

Repentinamente sério, Simon alargou os ombros.

— Vou chamar um daqueles seguranças. Você fica aqui — ele se afastou, empurrando a multidão.

Clary virou bem a tempo de ver o menino louro entrar sorrateiramente pela porta que dizia ENTRADA PROIBIDA, com o amigo logo atrás. Ela olhou em volta; Simon ainda estava tentando atravessar a pista de dança, mas sem muito êxito. Mesmo que ela gritasse agora, ninguém escutaria, e até que Simon voltasse, alguma coisa horrível já poderia ter acontecido. Mordendo o lábio inferior com força, Clary começou a correr pela multidão.

— Qual é o seu nome?

Ela se virou e sorriu. A pouca luz que havia no depósito entrava pelas grandes janelas com grades completamente sujas. Pilhas de cabos elétricos, juntamente com pedacinhos de bolas de discoteca espelhadas e latas vazias de tinta sujavam o chão.

— Isabelle.

— É um nome bonito. — Ele caminhou em sua direção, passando cuidadosamente pelos fios, caso algum deles estivesse ativo. Sob a fraca luz, ela parecia semitransparente, desprovida de cor, envolta em branco como um anjo. Seria um prazer derrubá-la... — Eu nunca te vi por aqui.

— Você está me perguntando se eu venho aqui sempre? — ela sorriu, cobrindo a boca com a mão.

A menina tinha uma espécie de pulseira em torno do pulso; dava para ver pela renda do vestido. Então, ao se aproximar dela, ele viu que não era uma pulseira, mas um desenho marcado na pele, um emaranhado de linhas entrelaçadas.

Ele congelou.

— Você...

Ele não terminou. Ela se moveu com a potência de um raio, atacando-o com a mão aberta, um golpe no peito que o derrubaria e o deixaria sem fôlego se ele fosse humano. No entanto, ele apenas cambaleou para trás. Logo depois havia algo na mão dela, um chicote que brilhava dourado enquanto o golpeava, enrolando os tornozelos dele e fazendo com que seus pés saíssem do chão. Ele caiu, contorcendo-se, o metal penetrando sua pele. Ela riu, de pé sobre ele que, completamente tonto, pensou que deveria ter *percebido*. Nenhuma garota humana usaria um vestido como o que Isabelle estava usando. Ela o estava vestindo para cobrir a pele — toda a pele.

Isabelle puxou o chicote com força, segurando-o. Tinha um sorriso que brilhava como água venenosa.

— Ele é todo de vocês, meninos.

Uma risada baixa soou atrás dele, e agora mãos o agarravam, erguendo-o, lançando-o contra um dos pilares de concreto. Ele podia sentir a pedra úmida sob a coluna. Estava com as mãos presas atrás do corpo, atadas com um fio elétrico. Enquanto se debatia, alguém circulou o pilar, aparecendo em seu campo visual: um menino, tão jovem e bonito quanto Isabelle. Seus olhos castanho-amarelados brilhavam como pontas de âmbar.

— Então — disse o garoto. — Há mais algum com você?

O menino de cabelo azul podia sentir o sangue se acumulando sob o metal excessivamente apertado, deixando-o com os pulsos escorregadios.

— Mais algum o quê?

— Ora, vamos! — O menino de olhos castanho-amarelados levantou as mãos, e as mangas escuras desceram, mostrando os símbolos que tinha tatuados nos pulsos, nas costas e nas palmas das mãos. — Você sabe o que eu sou.

No crânio do menino algemado, o segundo grupo de dentes dele começou a ranger.

— *Caçador de sombras* — sibilou.

O outro menino sorriu.

— Te peguei — disse ele.

Clary abriu a porta do depósito e entrou. Por um instante, achou que estivesse vazia. As únicas janelas eram no alto e tinham grades; um barulho fraco da rua entrava através delas, o som de carros buzinando e freando. A sala tinha cheiro de tinta velha, e uma pesada camada de poeira cobria o chão, marcado por sinais de pegadas.

Não há ninguém aqui, ela percebeu, olhando em volta espantada. A sala estava fria, apesar do calor de agosto lá fora. Sua coluna estava gelada de suor. Deu um passo para a frente, enrolando os pés em fios elétricos. Ela se abaixou para se livrar dos cabos, e ouviu vozes. A risada de uma menina, um menino respondendo, mordaz. Ao se ajeitar, ela os viu.

Era como se eles tivessem passado a existir em um piscar de olhos. Lá estava a garota com o longo vestido branco, os cabelos negros escorrendo da cabeça como algas molhadas. Os dois meninos estavam com ela — o mais alto de cabelos escuros como os dela, e o menor, mais claro, cujos cabelos louros brilhavam como bronze sob a fraca luz que entrava pela janela do alto. O menino louro estava de pé, com as mãos no bolso, encarando o garoto punk, que estava amarrado a uma coluna com o que parecia um fio de piano, com as mãos esticadas para trás do corpo e as pernas amarradas pelos tornozelos. Seu rosto expressava dor e medo.

Com o coração batendo forte no peito, Clary se abaixou atrás da coluna de concreto mais próxima e espiou em volta. Ela assistiu enquanto o menino de cabelos claros andava para a frente e para trás, com os braços cruzados por cima do tórax.

— Então — disse ele. — Você ainda não me disse se há mais alguém da sua espécie aqui com você.

Sua espécie? Clary tentou imaginar sobre o que ele estaria falando. Talvez ela tivesse se metido em alguma guerra de gangues.

— Eu não sei do que você está falando. — O tom do menino de cabelo azul era dolorido, porém firme.

— Ele está falando de outros demônios — informou o menino de cabelo escuro, falando pela primeira vez. — Você sabe o que é um demônio, não sabe?

O menino amarrado à coluna virou o rosto, mas continuava movendo a boca.

— Demônios — disse o menino louro, escrevendo a palavra no ar com o dedo. — Religiosamente definidos como habitantes do inferno, os servidores de Satã, mas entendidos aqui, para os propósitos da Clave, como quaisquer espíritos malevolentes cuja origem se dê fora da nossa própria dimensão habitacional...

— Basta, Jace — disse a garota.

— Isabelle tem razão — concordou o menino mais alto. — Ninguém aqui precisa de aula de semântica, nem de demonologia.

Eles são loucos, pensou Clary. *Loucos de verdade.*

Jace levantou a cabeça e sorriu. Havia algo de feroz naquele gesto, alguma coisa que fazia com que Clary se lembrasse de documentários sobre leões que vira no Discovery Channel, de como os grandes felinos erguiam a cabeça e farejavam o ar à procura de presas.

— Isabelle e Alec acham que eu falo demais — disse, baixinho. — *Você* concorda com eles?

O menino de cabelo azul não respondeu. Sua boca continuava se movendo.

— Eu poderia dar informações — disse ele. — Eu sei onde Valentim está.

Jace olhou de volta para Alec, que deu de ombros.

— Valentim está debaixo da terra — disse Jace. — O coisinha só está brincando com a gente.

Isabelle mexeu no cabelo.

— Mate-o, Jace — disse ela. — Não vai nos contar nada.

Jace levantou a mão, e Clary viu a luz fraca reluzir na faca que ele estava segurando. Era estranhamente translúcida, a lâmina clara como cristal, afiada como um caco de vidro, o cabo decorado com pedras vermelhas.

O menino amarrado arfou.

— Valentim está de volta! — protestou ele, lutando contra os nós que o atavam atrás do corpo. — Todos os Mundos Infernais sabem, eu sei, posso te dizer onde ele está...

Repentinamente, uma raiva chamuscou nos olhos gélidos de Jace.

— Pelo Anjo, toda vez que capturamos um de vocês, desgraçados, alegam saber onde Valentim está. Pois bem, nós também sabemos onde ele está. Ele está no inferno. E você... — Jace virou a faca no punho, a ponta brilhando como uma linha de fogo. — Você pode *se juntar a ele lá.*

Clary não aguentaria mais. Ela saiu do esconderijo atrás da coluna.

— Pare! — gritou ela. — Você não pode fazer isso.

Jace rodopiou, tão assustado que a faca caiu de sua mão e bateu ruidosamente no chão de concreto. Isabelle e Alec giraram junto com ele, com as mesmas expressões de choque. O menino de cabelo azul ainda preso, também estava chocado e de queixo caído.

Alec foi o primeiro a falar.

— O que é isso? — perguntou, olhando de Clary para os companheiros, como se eles pudessem saber o que ela estava fazendo ali.

— É uma garota — disse Jace, recuperando a compostura. — Você certamente já viu garotas antes, Alec. Sua irmã Isabelle é uma. — Ele deu um passo em direção a

Clary, cerrando os olhos como se não conseguisse acreditar muito bem no que estava vendo. — Uma garota mundana — disse ele, um pouco para si mesmo. — E ela consegue nos ver.

— É claro que consigo vê-los — disse Clary. — Não sou cega, sabia?

— Ah, é sim — disse Jace, abaixando para pegar a faca. — Você só não sabe disso. — Ele se recompôs. — É melhor sair daqui, se souber o que é melhor para você.

— Não vou a lugar algum — disse Clary. — Se eu for, você vai matá-lo — ela apontou para o menino de cabelo azul.

— É verdade — admitiu Jace, girando a faca pelos dedos. — Por que você se importa se vou matá-lo ou não?

— Por-porque... — engasgou-se Clary. — Você não pode sair por aí matando pessoas.

— Você tem razão — disse Jace. — Não se pode sair por aí matando *pessoas.* — Ele apontou para o garoto de cabelo azul, cujos olhos estavam fechados. Clary imaginou se ele tinha desmaiado. — Isso não é uma pessoa, garotinha. Pode até parecer uma pessoa, e falar como uma pessoa, e pode até sangrar como uma pessoa. Mas é um monstro.

— *Jace* — disse Isabelle em tom de aviso. — Já basta.

— Vocês são loucos — disse Clary, afastando-se dele. — Eu já chamei a polícia, se vocês querem saber. Eles vão chegar a qualquer momento.

— Ela está blefando — disse Alec, mas havia dúvida em sua expressão. — Jace, você...

Ele não chegou a concluir a frase. Naquele instante, o menino de cabelo azul se desvencilhou dos fios que o prendiam à coluna com um berro alto e avançou em Jace.

Eles caíram no chão e rolaram juntos, o menino de cabelo azul atacando Jace com mãos que brilhavam como se fossem cobertas de metal. Clary se afastou, querendo correr, mas prendeu os pés em um monte de fios e caiu, ficando completamente sem fôlego. Ela conseguia ouvir Isabelle gritando. Ao se levantar, Clary viu o menino de cabelo azul sentado no peito de Jace. O sangue brilhava nas pontas das garras afiadas.

Isabelle e Alec correram na direção deles; Isabelle pegando o chicote com a mão. O menino de cabelo azul atacou Jace com as garras esticadas. Jace levantou o braço para se proteger, e as garras o atingiram, derramando sangue. O menino de cabelo azul atacou novamente — e o chicote de Isabelle atingiu sua coluna. Ele gritou e caiu para o lado.

Rápido como um golpe do chicote de Isabelle, Jace rolou para o lado. Havia uma lâmina brilhando em sua mão. Ele afundou a faca no peito do menino de cabelo azul, e um líquido quase preto explodiu em volta do cabo. O garoto se contorceu, gorgolejando e girando. Com um sorriso, Jace se levantou. Sua camisa preta agora estava ainda mais escura em alguns pontos, molhada de sangue. Ele olhou para o chão, para a figura que se contorcia a seus pés, abaixou-se e retirou a faca. O cabo estava pegajoso, encharcado de um líquido preto.

Os olhos do menino de cabelo azul abriram repentinamente. Estavam fixos em Jace, e pareciam queimar. Entredentes, ele sibilou:

— *Que seja! O Renegado pegará todos vocês.*

Jace pareceu rosnar. Os olhos do menino rolaram para trás. Seu corpo começou a se debater e a se contorcer enquanto ele se curvava, abraçando a si mesmo, diminuindo cada vez mais, até desaparecer completamente.

Clary se levantou cambaleando, livrando-se dos fios elétricos. Ela começou a recuar. Nenhum deles estava prestando atenção nela. Alec havia alcançado Jace e estava segurando o braço dele, arregaçando a manga, provavelmente tentando dar uma olhada melhor no machucado. Clary se virou para correr, mas foi bloqueada por Isabelle, com o chicote dourado na mão, sujo de líquido preto. Ela o lançou em direção a Clary, e a ponta se enrolou no pulso da menina, prendendo-se com firmeza. Clary exclamou de dor e surpresa.

— Mundana idiota — disse Isabelle, entredentes. — Você poderia ter causado a morte de Jace.

— Ele é louco — disse Clary, tentando puxar o pulso de volta. O chicote penetrou ainda mais sua pele. — Vocês são todos loucos. O que pensam que são? Matadores vigilantes? A polícia...

— A polícia geralmente não se interessa, a não ser que haja um corpo — disse Jace. Apoiando o braço, ele passou pelo caminho cheio de fios em direção a Clary. Alec o seguiu de perto, com o rosto completamente franzido.

Clary olhou para o ponto no qual o menino havia desaparecido, e não disse nada. Não havia uma única gota de sangue ali — nada que mostrasse que o menino havia existido um dia.

— Eles voltam às suas dimensões de origem quando morrem — disse Jace. — Caso você esteja se perguntando.

— Jace — sibilou Alec. — Cuidado.

Jace puxou o braço de volta. Uma gotinha fantasmagórica de sangue marcava o rosto dele. Ele ainda a fazia se lembrar de um leão, com os olhos claros e espaçados e aquele cabelo castanho-amarelado.

— Ela pode nos ver, Alec — disse ele. — Ela já sabe demais.

— Então, o que você quer que eu faça com ela? — perguntou Isabelle.

— Deixe-a ir — disse Jace silenciosamente. Isabelle lançou-lhe um olhar surpreso, quase irado, mas não discutiu. O chicote deslizou, libertando o braço de Clary. Ela esfregou o pulso dolorido e pensou em como conseguiria sair de lá.

— Talvez devêssemos levá-la conosco — disse Alec. — Aposto que Hodge gostaria de falar com ela.

— Não vamos levá-la para o Instituto de jeito nenhum — disse Isabelle. — Ela é *mundana.*

— Será que é mesmo? — disse Jace, suavemente. Seu tom quieto era pior do que as agressões de Isabelle ou a raiva de Alec. — Você já interagiu com demônios, garotinha? Já andou com Zumbis, ou falou com Crianças Noturnas? Você já...

— Meu nome não é "garotinha" — interrompeu Clary. — E não faço ideia do que você está falando. — *Não faz?*, disse uma voz no fundo de sua cabeça. *Você viu aquele menino desaparecer no ar. Jace não é louco, você apenas gostaria que ele fosse.* — Eu não acredito em... em demônios, ou o que quer que seja que você...

— Clary? — Era a voz de Simon. Ela rodopiou. Ele estava de pé do lado da porta do depósito. Um dos seguranças truculentos que estava carimbando mãos na entrada estava ao lado dele. — Você está bem? — Ele a espiou pela escuridão. — Por que está aqui sozinha? O que aconteceu com os caras, você sabe, os que estavam armados com facas?

Clary o encarou, depois olhou para trás, onde Jace, Isabelle e Alec estavam; Jace ainda com a camisa ensanguentada e a faca nas mãos. Ele sorriu para ela e deu de ombros meio desculpando-se, meio zombando dela. Ele claramente não estava surpreso por não ser enxergado nem por Simon nem pelo segurança.

De alguma forma, Clary também não estava. Lentamente, ela se virou para Simon, sabendo como deveria estar parecendo aos olhos dele, sozinha em um depósito mofado, com os pés enrolados em fios de plástico.

— Eu achei que eles tivessem entrado aqui — disse, dando uma desculpa. — Mas acho que me enganei. Foi mal. — Ela olhou de Simon, cuja expressão estava mudando de preocupada para envergonhada, para o segurança, que só parecia irritado. — Foi erro meu.

Atrás dela, Isabelle deu uma risadinha.

— Não acredito — disse Simon com um jeito teimoso enquanto Clary, na esquina, tentava desesperadamente chamar um táxi. Os limpadores de rua haviam passado enquanto os dois estavam na boate, e a Orchard Street estava preta com a água suja.

— Eu sei — ela concordou. — Tinha que ter pelo menos *alguns* táxis. Aonde todo mundo está indo à meia-noite de um domingo? — ela olhou novamente para ele, dando de ombros. — Você acha que teremos mais sorte na Houston?

— Não estou falando dos táxis — disse Simon. — Você... eu não acredito em você. Eu não acredito que os caras com as facas simplesmente desapareceram.

Clary suspirou.

— Talvez não houvesse nenhum cara com faca, Simon. Talvez eu tenha imaginado tudo.

— Não mesmo. — Simon ergueu a mão por cima da cabeça, mas os táxis passaram por ele, respingando água suja. — Eu vi o seu rosto quando entrei no depósito. Você parecia completamente assustada, como se tivesse visto um fantasma.

Clary pensou em Jace com os olhos felinos de leão. Ela olhou para o próprio pulso, cercado por uma fina linha vermelha onde o chicote de Isabelle havia enrolado. *Não, não foi um fantasma*, ela pensou. *Foi uma coisa ainda mais estranha que isso.*

— Foi um engano — disse fracamente. Ela ficou imaginando por que não contava a verdade. Exceto, é claro, pelo fato de que ele pensaria que ela estava louca. E havia alguma coisa sobre o que havia acontecido, alguma coisa sobre aquele sangue preto borbulhante na faca de Jace, alguma coisa na voz dele quando perguntou, *Você já falou com as Crianças Noturnas?*, que ela queria guardar para si.

— Bem, foi um baita erro vergonhoso — disse Simon. Ele olhou de volta para a boate, onde ainda existia uma pequena fila, da porta até a metade do quarteirão. — Duvido que voltem a nos deixar entrar no Pandemônio.

— Que diferença faz para você? Você detesta o Pandemônio — Clary levantou a mão novamente ao ver uma forma amarela se aproximar deles através da neblina. Dessa vez o táxi parou na esquina, o motorista buzinando com vontade, como se precisasse chamar a atenção deles.

— Finalmente tivemos sorte. — Simon abriu a porta do táxi e entrou no banco traseiro coberto por um plástico. Clary o seguiu, inalando o conhecido cheiro de táxi nova-iorquino de fumaça velha de cigarro, couro e spray de cabelo. — Vamos para o Brooklyn — Simon disse ao motorista, depois olhou para Clary. — Você sabe que pode me contar qualquer coisa, não sabe?

Clary hesitou por um instante, depois fez que sim com a cabeça.

— Claro, Simon — disse ela. — Eu sei que posso.

Ela bateu a porta, e o táxi partiu noite adentro.

Capítulo 2

SEGREDOS E MENTIRAS

O príncipe das trevas montava seu cavalo arisco, com a capa negra voando atrás de si. Um aro dourado prendendo os cabelos louros, o rosto belo e frio com a ira da batalha, e...

— E o braço dele parecia uma berinjela — Clary murmurou para si mesma, exasperada. O desenho não estava dando certo. Com um suspiro, ela arrancou mais uma folha do bloco, amassou e atirou contra a parede laranja do quarto. O chão já estava cheio de bolinhas de papel, um sinal claro de que a criatividade não estava circulando da maneira que ela esperava. Ela desejou pela milésima vez ser um pouquinho mais como a mãe. Tudo que Jocelyn Fray desenhava, pintava ou esboçava era lindo, e parecia ter sido feito sem grandes esforços.

Clary tirou os fones de ouvido — interrompendo no meio a música "Stepping Razor" — e esfregou as têmporas doloridas. Foi só então que ela percebeu que o som alto e agudo do toque do telefone estava ecoando no apartamento. Jogando o bloco de desenhos na cama, se levantou de um pulo e correu para a sala, onde o telefone vermelho antiquado ficava sobre uma mesa próxima à porta da frente.

— Quem fala é Clarissa Fray? — A voz do outro lado da linha soava familiar, embora não fosse imediatamente identificável.

Clary enrolou o fio do telefone no dedo, de forma nervosa.

— Siiiim?

— Olá, eu sou um dos encrenqueiros que carregava facas que você conheceu ontem à noite no Pandemônio. Acho que não causei uma boa primeira impressão e gostaria que você me desse uma chance de compensar por...

— SIMON! — Clary afastou o telefone da orelha enquanto ele começava a rir. — Não tem a menor graça!

— Claro que tem! Você só não está captando o humor.

— Idiota. — Clary suspirou, apoiando-se contra a parede. — Você não estaria achando tão engraçado se estivesse aqui quando eu cheguei ontem à noite.

— Por que não?

— Minha mãe. Ela não gostou nem um pouco do nosso atraso. Deu um ataque. Foi péssimo.

— O quê? Não foi nossa culpa termos enfrentado trânsito! — protestou Simon. Ele era o caçula de três irmãos e tinha um senso consideravelmente aguçado de injustiça familiar.

— Bem, ela não encara dessa forma. Eu a decepcionei, pisei na bola, fiz com que ela se preocupasse, blá-blá-blá. Eu sou a *perdição* da *existência* dela — disse Clary, imitando as palavras exatas da mãe com uma pontinha de culpa.

— Então, você está de castigo? — perguntou Simon, um pouco alto demais. Clary podia ouvir um emaranhado de vozes atrás dele; pessoas falando de forma atropelada.

— Ainda não sei — disse ela. — Minha mãe saiu hoje de manhã com Luke, e eles ainda não voltaram. Mas onde você está? Na casa do Eric?

— Sim. Acabamos de terminar o ensaio. — Um prato bateu atrás de Simon. Clary franziu o rosto. — Eric vai fazer uma leitura de poesia no Java Jones hoje à noite — continuou Simon, falando de um café na esquina da casa de Clary, onde às vezes havia música ao vivo. — A banda toda vai assistir. Quer ir?

— Claro, vamos sim. — Clary pausou, puxando o fio do telefone ansiosamente. — Espere. Não.

— Silêncio, gente, por favor? — gritou Simon, a fraqueza em sua voz fez com que Clary suspeitasse de que ele estava segurando o telefone afastado da boca. Ele voltou um segundo depois, soando perturbado. — Isso foi um sim ou um não?

— Não sei. — Clary mordeu o lábio. — Minha mãe ainda está chateada comigo por causa de ontem. Não sei se quero irritá-la pedindo favores. Se eu for arrumar problemas, não quero que seja por causa da porcaria da poesia do Eric.

— Ah, vamos, não é tão ruim assim — disse Simon. Eric era vizinho de porta dele, e eles se conheciam há muito tempo. Não eram tão próximos quanto Simon e Clary, mas haviam montado uma banda de rock no segundo ano, junto com Matt e Kirk, amigos de

Eric. Eles ensaiavam na garagem dos pais de Eric, toda semana, religiosamente. — Além disso, não é um favor — acrescentou Simon —, é uma noite de poesia na esquina da sua casa. Até parece que estou te convidando para uma orgia em Hoboken. Sua mãe pode ir junto se quiser.

— ORGIA EM HOBOKEN! — Clary ouviu alguém, provavelmente Eric, gritando. Outro prato bateu. Ela imaginou sua mãe ouvindo a poesia de Eric e deu de ombros.

— Não sei. Se todos vocês aparecerem aqui, ela vai ter um ataque.

— Então vou sozinho. Posso te buscar, e nós vamos juntos até lá e encontraremos os outros. Sua mãe não vai se importar. Ela me ama.

Clary teve de rir.

— Sinal de que ela tem um gosto questionável, se quer saber minha opinião.

— Ninguém quer saber. — Simon desligou, entre gritos dos companheiros de banda.

Clary desligou o telefone e olhou em volta da sala. Havia evidências das inclinações artísticas de sua mãe por todos os lados, desde as pilhas de almofadas de veludo feitas à mão no sofá vermelho-escuro, até as paredes preenchidas pelos quadros de Jocelyn, cuidadosamente emoldurados — a maioria eram paisagens: as ruas curvilíneas de Manhattan acesas com luzes douradas; imagens do Prospect Park no inverno, os lagos cinza cercados por filmes de gelo branco que pareciam laços.

Na lareira havia uma foto emoldurada do pai de Clary. Um homem louro com olhar pensativo vestido em trajes militares, no canto dos olhos rugas características de risadas. Ele tinha sido um soldado condecorado que servira no exterior. Jocelyn tinha algumas de suas medalhas guardadas em uma pequena caixa ao lado da cama. Não que as medalhas tivessem servido para alguma coisa quando Jonathan Clark bateu o carro em uma árvore perto de Albany e morreu antes que sua filha nascesse.

Jocelyn voltara a usar o nome de solteira depois da morte do marido. Ela nunca falava sobre ele, mas guardava a caixa com suas iniciais, J.C., ao lado da cama. Junto com as medalhas, havia uma ou duas fotos, uma aliança de casamento e um cacho de cabelo louro. Às vezes, Jocelyn pegava a caixa, abria e segurava o cacho louro delicadamente antes de guardá-lo e de voltar a fechar a caixa.

O ruído da chave girando na porta da frente despertou Clary de seu devaneio. Apressadamente, ela se jogou no sofá e tentou aparentar estar compenetrada em um dos livros que a mãe deixava na ponta da mesa. Jocelyn concebia a leitura como um passatempo sagrado e normalmente não interromperia Clary no meio de um livro, nem para gritar com ela.

A porta abriu com uma batida. Era Luke, com os braços cheios do que pareciam pedaços quadrados de papelão. Quando os repousou, Clary percebeu que eram caixas de papelão dobradas. Ele se ajeitou e virou para ela com um sorriso.

— Oi, ti... oi, Luke — disse ela. Ele havia pedido para que ela parasse de chamá-lo de tio Luke há mais ou menos um ano, alegando que o fazia sentir velho e também fazia com que se lembrasse da cabana do tio Tom. Além disso, ele a lembrou gentilmente que não era realmente tio dela, apenas um amigo próximo de sua mãe que a conhecia desde que ela nasceu. — Cadê a mamãe?

— Estacionando a caminhonete — ele disse, ajeitando-se com um resmungo. Ele estava vestindo seu uniforme tradicional: jeans surrados, camisa de flanela e um velho par de óculos de grau com a armação dourada apoiada no alto do nariz. — Refresque a minha memória quanto ao motivo pelo qual este prédio não tem elevador de serviço...

— Porque é velho e tem *personalidade* — Clary disse imediatamente. Luke sorriu. — Para que são as caixas? — ela perguntou.

O sorriso dele desapareceu instantaneamente.

— Sua mãe queria empacotar algumas coisas — disse ele, evitando o olhar de Clary.

— Que coisas? — ela perguntou.

Ele acenou vagamente.

— Coisas extras que estão soltas pela casa. Atrapalhando. Você sabe que ela nunca joga nada fora. Então, o que você está fazendo? Estudando? — Ele tirou o livro da mão dela e começou a ler em voz alta: — *"O mundo ainda está cheio daqueles seres heterogêneos descartados por uma filosofia mais sóbria. Fadas e duendes, espíritos e demônios, ainda andam por aí..."* — Ele abaixou o livro e olhou por cima dos óculos para ela. — Isso é para a escola?

— *O ramo de ouro*? Não. As aulas só começam daqui a algumas semanas — Clary pegou o livro de volta. — É da minha mãe.

— Já imaginava.

Ela o colocou de volta na mesa.

— Luke?

— Hã? — Com o livro já esquecido, ele estava mexendo na caixa de ferramentas ao lado do aquecedor. — Ah, aqui está — ele pegou uma pistola de plástico laranja e olhou para ela com grande satisfação.

— O que você faria se visse alguma coisa que mais ninguém pudesse ver?

A pistola caiu da mão de Luke, no aquecedor. Ele se ajoelhou para pegá-la, sem olhar para Clary.

— Como se eu fosse a única testemunha de um crime, é desse tipo de coisa que você está falando?

— Não. Quero dizer se houvesse outras pessoas por aí, mas você fosse o único que conseguisse enxergar alguma coisa. Como se fossem invisíveis a todos, menos a você.

Ele hesitou, ainda ajoelhado, a pistola dentada firme em punho.

— Sei que parece loucura — disse Clary de forma nervosa —, mas...

Ele virou-se para ela. Os olhos extremamente azuis atrás dos óculos encaravam-na com um olhar de profunda afeição.

— Clary, você é uma artista, assim como a sua mãe. Isso significa que vê o mundo de um jeito que as outras pessoas não veem. É seu dom ver a beleza e o horror em coisas ordinárias. Isso não faz de você uma pessoa louca, apenas diferente. Não há nada de errado em ser diferente.

Clary abraçou as pernas e apoiou o queixo nos joelhos. Em sua mente, ela viu o armazém, o chicote dourado de Isabelle, o menino de cabelo azul sofrendo convulsões e espasmos enquanto morria e os olhos amarelados de Jace. Beleza e horror. Ela disse:

— Se meu pai tivesse sobrevivido, você acha que ele também teria sido um artista?

Luke parecia completamente abalado. Antes que pudesse responder, a porta se abriu e a mãe de Clary entrou na sala, os saltos das botas ecoando barulhentos ao tocarem o chão de madeira polido. Ela entregou a Luke o molho de chaves do carro e virou-se para encarar a filha.

Jocelyn Fray era uma mulher magra e miúda, de cabelos um pouco mais escuros que os de Clary, que tinham o dobro do comprimento. No momento, estavam enrolados em um elástico vermelho, presos por uma lapiseira que mantinha o penteado no lugar. Ela vestia um macacão coberto de tinta por cima de uma blusa lavanda e botas esportivas de cor marrom, cujas solas estavam cobertas de tinta a óleo.

As pessoas sempre diziam a Clary que ela se parecia com a mãe, mas ela não via semelhança alguma. Só o que tinham em comum era o tipo físico: ambas eram magras, tinham peitos pequenos e quadris estreitos. Ela sabia que não era linda como a mãe. Para ser bonita, era preciso ser alta e esguia. Quando se era baixinha como Clary, com pouco mais de um metro e meio, a pessoa era no máximo bonitinha. Não bonita ou linda, apenas bonitinha. Acrescente cabelos ruivos e um rosto cheio de sardas, e ela não passava de uma boneca de pano em comparação à Barbie que era sua mãe.

Jocelyn também tinha um andar gracioso que fazia com que as pessoas virassem a cabeça para vê-la passar. Clary, ao contrário, vivia tropeçando. As pessoas só paravam para olhar quando ela passava depressa por elas enquanto caía da escada.

— Obrigada por ter trazido as caixas aqui para cima — a mãe de Clary disse a Luke, sorrindo. No entanto, ele não retribuiu o sorriso. O estômago de Clary embrulhou de forma desagradável. Claramente alguma coisa estava acontecendo. — Desculpe por ter demorado tanto para encontrar uma vaga. Deve ter um milhão de pessoas no estacionamento hoje...

— Mãe? — interrompeu Clary. — Para que são essas caixas?

Jocelyn mordeu o lábio. Luke olhou para Clary, silenciosamente impelindo Jocelyn a continuar. Com um movimento nervoso de pulso, Jocelyn colocou uma mecha de cabelo atrás da orelha e foi se juntar à filha no sofá.

De perto, Clary podia perceber o quão cansada a mãe estava. Tinha olheiras enormes sob os olhos, e as pálpebras estavam pesadas de sono.

— Isso é por causa de ontem à noite? — perguntou Clary.

— Não — ela respondeu rapidamente e, em seguida, hesitou. — Talvez um pouco. Você não deveria ter feito o que fez ontem à noite. Você sabe muito bem.

— E eu já pedi desculpas. O que está acontecendo? Se você está me colocando de castigo, coloque logo.

— Não é isso que estou fazendo — disse a mãe. — Não estou te colocando de castigo. — Ela estava com a voz tensa como um fio. Ela olhou para Luke, que balançou a cabeça.

— Fale logo, Jocelyn — disse ele.

— Será que vocês poderiam deixar de falar de mim como se eu não estivesse aqui? — Clary disse irritada. — E como assim, me contar? Contar o quê?

Jocelyn soltou um suspiro.

— Vamos sair de férias.

A expressão de Luke ficou vazia, como uma tela em branco, sem qualquer pingo de tinta.

Clary sacudiu a cabeça.

— Então é isso? Vocês vão sair de férias? — Ela se apoiou nas almofadas. — Não estou entendendo. Por que tanto rebuliço?

— Acho que você não está entendendo. Quero dizer que vamos *todos* sair de férias. Nós três: você, Luke e eu. Vamos para o sítio.

— Ah. — Clary olhou para Luke, mas ele estava com os braços cruzados sobre o tórax, olhando pela janela, com o maxilar rígido. Ela ficou imaginando o que poderia estar incomodando-o tanto. Ele adorava o velho sítio ao norte do estado de Nova York — ele mesmo havia comprado e restaurado há dez anos, e ia para lá sempre que podia. — Por quanto tempo?

— Até o fim do verão — disse Jocelyn. — Eu trouxe as caixas caso você queira levar livros, materiais de pintura...

— Até o *fim do verão*? — Clary sentou-se empertigada, com indignação. — Eu não posso fazer isso, mãe. Tenho planos, Simon e eu íamos fazer uma festa de volta às aulas, e tenho várias reuniões com o meu grupo de arte, e mais dez aulas na Tisch...

— Sinto muito pela Tisch. Mas as outras coisas podem ser canceladas. Simon vai entender, e o grupo de arte também.

Clary identificou o tom implacável na voz da mãe e percebeu que ela estava falando sério.

— Mas eu paguei por essas aulas de arte! Passei o ano inteiro economizando! Você prometeu. — Ela girou, voltando-se para Luke. — Fale para ela! Fale que isso não é justo!

Luke não desgrudou o olhar da janela, embora um músculo da bochecha tenha saltado.

— Ela é a sua mãe. A decisão é dela.

— Eu não entendo — Clary olhou para a mãe. — Por quê?

— Preciso viajar, Clary — disse Jocelyn, com os cantos da boca tremendo. — Preciso de paz e sossego, para pintar. E estamos com pouco dinheiro agora...

— Então venda mais algumas ações do papai — esbravejou Clary. — É o que você sempre faz, não é?

Jocelyn encolheu-se.

— Você não está sendo justa.

— Olha só, pode ir se quiser. Não me importo. Eu fico aqui sem você. Posso trabalhar; posso arrumar um emprego no Starbucks, ou coisa parecida. Simon disse que eles sempre estão contratando. Já tenho idade o suficiente para cuidar de mim...

— Não! — A dureza na voz de Jocelyn fez com que Clary desse um salto. — Eu reembolso as aulas de arte, Clary. Mas você vem conosco. Não é opcional. Você é nova demais para ficar aqui sozinha. Alguma coisa poderia acontecer.

— Tipo o quê? O que poderia acontecer? — indagou Clary.

E então um barulho. Ela virou surpresa para ver que Luke havia derrubado um dos porta-retratos apoiados na parede. Com a expressão claramente incomodada, ele ajeitou a foto. Ao se recompor, estava com uma expressão ligeiramente rígida.

— Estou indo.

Jocelyn mordeu o lábio.

— Espere. — Ela correu atrás dele na entrada, alcançando-o bem no instante em que ele segurava a maçaneta. Virando-se no sofá, Clary podia ouvir o sussurro aflito da mãe.

— ... Bane — Jocelyn dizia. — Tenho ligado para ele sem parar nas últimas três semanas. A secretária eletrônica diz que ele está na Tanzânia. O que eu posso fazer?

— Jocelyn. — Luke balançou a cabeça. — Você não pode ficar recorrendo a ele para sempre.

— Mas Clary...

— Não é Jonathan — sibilou Luke. — Você nunca mais foi a mesma desde que aconteceu, mas Clary *não é Jonathan.*

O que o meu pai tem a ver com isso?, pensou Clary, assustada.

— Não posso simplesmente segurá-la em casa, impedir que saia. Ela não vai aceitar.

— É claro que não vai aceitar! — Luke parecia extremamente irritado. — Ela não é um animal de estimação, é uma adolescente. Quase adulta.

— Se estivéssemos fora da cidade...

— Fale com ela, Jocelyn. — A voz de Luke era firme. — Estou falando sério. — Ele colocou a mão na maçaneta novamente.

A porta se abriu. Jocelyn gritou.

— Meu Deus! — exclamou Luke.

— Na verdade sou só eu — disse Simon. — Mas já me disseram que somos muito parecidos. — Ele acenou para Clary da entrada da casa. — Você está pronta?

Jocelyn tirou a mão da boca.

— Simon, você estava ouvindo atrás da porta?

Simon piscou os olhos.

— Não, acabei de chegar. — Ele olhou do rosto pálido de Jocelyn para o austero Luke. — Está acontecendo alguma coisa? É melhor eu ir embora?

— Não se incomode — disse Luke. — Acho que já acabamos — ele passou por Simon, e foi descendo pelas escadas em ritmo acelerado. Lá embaixo, a porta da frente bateu.

Simon andou de um lado para o outro na entrada, com expressão de incerteza.

— Posso voltar mais tarde — disse ele. — De verdade. Não seria problema algum.

— Isso poderia... — Jocelyn começou a dizer, mas Clary já estava de pé.

— Esqueça, Simon. Estamos saindo — disse ela, pegando a bolsa que estava pendurada em um cabide perto da porta. Colocou-a no ombro, encarando a mãe. — Até mais tarde, mãe.

Jocelyn mordeu o lábio.

— Clary, você não acha que devemos conversar sobre isso?

— Vamos ter muito tempo para conversar durante as "férias" — disse Clary com um jeito venenoso, e teve a satisfação de ver a mãe titubear. — Não me espere acordada — ela acrescentou e, agarrando o braço de Simon, o arrastou para fora da porta.

Ele hesitou, olhando sobre o ombro de forma solidária para a mãe de Clary, que parecia pequena e desamparada na entrada, com as mãos entrelaçadas.

— Tchau, senhora Fray! — gritou ele. — Tenha uma boa-noite.

— Ah, Simon, cale a boca. — Irritou-se Clary, e bateu a porta, cortando a resposta da mãe.

— Ai, meu Deus, garota, não arranque o meu braço — protestou Simon enquanto Clary o arrastava pelas escadas atrás dela, seus sapatos verdes fazendo barulho ao bater no chão de madeira a cada passo enfurecido que dava. Ela olhou para cima, como se esperasse ver sua mãe olhando para baixo, mas a porta do apartamento permaneceu fechada.

— Desculpe — sussurrou Clary, soltando o pulso de Simon. Ela parou ao pé da escada, com a bolsa batendo no quadril.

O prédio de Clary, como a maioria em Park Slope, tinha sido uma única casa, de uma família rica. Indícios do antigo proprietário ainda eram evidentes na escadaria curvilínea, o chão de mármore lascado na entrada, a vasta claraboia acima. Agora a casa era dividida em apartamentos independentes, e Clary e a mãe dividiam o prédio de três andares com a proprietária que morava no andar debaixo, uma senhora que gerenciava uma loja mística no próprio apartamento. Ela quase não saía, embora as visitas dos clientes fossem raras. Uma placa dourada afixada na porta declarava que ela era MADAME DOROTHEA, VIDENTE E PROFETISA.

O aroma doce e carregado de incenso vazava da porta entreaberta e invadia o saguão. Clary podia ouvir um murmúrio baixo de vozes.

— Bom ver que ela está conduzindo um negócio em expansão — disse Simon. — É difícil se firmar como profetisa hoje em dia.

— Você tem que ser sarcástico com tudo? — disparou Clary.

Simon piscou os olhos, claramente espantado.

— Eu pensei que você gostasse quando sou irônico e sagaz.

Clary estava prestes a responder quando a porta da Madame Dorothea se abriu completamente e um homem saiu de lá. Ele era alto, bronzeado e tinha os olhos verdes dourados como os de um gato e cabelos negros desarrumados. Ele sorriu para Clary, exibindo dentes brancos e afiados.

Uma onda de tontura abateu-se sobre ela, uma forte sensação de que iria desmaiar.

Simon olhou desconfortavelmente para ela.

— Você está bem? Está com cara de que vai desmaiar.

Ela piscou para ele.

— O quê? Não, eu estou bem.

Ele não pareceu disposto a encerrar o assunto.

— Você está com cara de quem viu um fantasma.

Ela balançou a cabeça. A lembrança de ter visto alguém zombou dela, mas, ao tentar se concentrar, esvaiu-se.

— Não é nada. Eu pensei que tivesse visto o gato de Dorothea, mas acho que foi uma sombra. — Simon encarou-a. — Eu não como nada desde ontem — acrescentou defensivamente. — Acho que estou um pouco zonza.

Ele colocou um braço reconfortante nos ombros da amiga.

— Vamos. Vou comprar alguma coisa para você comer.

— Eu não consigo acreditar nisso — disse Clary pela quarta vez, raspando um resto de guacamole do prato com a ponta de um nacho. Eles estavam em um restaurante mexicano da vizinhança, um muquifo chamado Nacho Mama. — Como se me colocar de castigo semana sim, semana não, não fosse o suficiente. Agora vou ficar exilada pelo resto do verão.

— Mas você sabe que a sua mãe fica assim às vezes — disse Simon. — Como quando ela respira, por exemplo. — Ele sorriu para ela por cima do burrito vegetariano.

— Isso, muito bom, pode agir como se fosse engraçado — disse ela. — Não é *você* que está sendo arrastado para o meio do nada por Deus sabe quanto tempo...

— *Clary* — Simon interrompeu a declamação. — Não é de mim que você está com raiva. Além disso, não é algo permanente.

— Como é que você sabe disso?

— Bem, porque eu conheço a sua mãe — disse Simon após uma pausa. — Quero dizer, você e eu somos amigos há quanto tempo, uns dez anos? Eu sei que ela fica assim de vez em quando. Ela vai pensar melhor.

Clary pegou uma pimenta do prato e a mordeu de forma pensativa.

— Será mesmo? — disse ela. — Que você conhece a minha mãe, quero dizer? Às vezes eu fico pensando se alguém no mundo a conhece.

Simon piscou os olhos.

— Agora você me confundiu.

Clary respirou fundo para refrescar a boca, que estava queimando.

— Quer dizer, ela nunca fala sobre si mesma. Não sei nada sobre o começo da vida dela, da família, e quase nada sobre como ela conheceu meu pai. Ela nem sequer tem fotos do casamento. É como se a vida dela tivesse começado quando eu nasci. E é isso que ela sempre diz quando pergunto a respeito.

— Ah. — Simon fez uma careta. — Isso é bonito.

— Não, não é. É estranho. É estranho eu não saber nada sobre os meus avós. Quer dizer, eu sei que os pais do meu pai não eram muito legais com ela, mas será que foram *tão* ruins assim? Que tipo de gente não quer conhecer a própria neta?

— Talvez ela os odeie. Talvez fossem intrometidos ou coisa parecida — sugeriu Simon. — E ela tem todas aquelas cicatrizes.

Clary o encarou.

— Ela tem o quê?

Ele engoliu um pedaço enorme de burrito.

— Aquelas cicatrizes fininhas. Por todo o braço. Eu já vi a sua mãe de maiô, sabia?

— Eu nunca notei cicatriz alguma — disse Clary, afirmativa. — Acho que você está imaginando coisas.

Ele a encarou, e parecia estar a ponto de dizer alguma coisa quando o celular dela, enfiado na bolsa, começou a tocar insistentemente. Clary pegou-o, olhou para os números que estavam piscando na tela e franziu o rosto.

— É a minha mãe.

— Deu para perceber pela expressão no seu rosto. Você vai falar com ela?

— Agora não — disse Clary, sentindo aquela pontinha de culpa quando o telefone parou de tocar e a ligação caiu na caixa postal. — Não quero brigar com ela.

— Você sabe que sempre pode ficar na minha casa — disse Simon. — Por quanto tempo quiser.

— Bem, vamos ver se ela se acalma primeiro. — Clary apertou o botão do correio de voz no telefone. A voz da mãe parecia tensa, mas ela claramente estava tentando transmitir um tom de leveza: "Querida, desculpe se despejei em você o plano das férias. Volte para casa e vamos conversar." Clary desligou o celular antes que a mensagem fosse concluída, sentindo-se ainda mais culpada e ao mesmo tempo com raiva. — Ela quer conversar a respeito.

— Você quer conversar com ela?

— Não sei. — Clary esfregou os olhos com a parte de trás das mãos. — Você ainda vai para a leitura de poemas?

— Prometi que ia.

Clary se levantou, empurrando a cadeira para trás.

— Então eu vou com você. Eu ligo para ela quando acabar. — A alça da bolsa escorregou pelo braço de Clary. Simon puxou-a de volta para o lugar quase inconscientemente, com os dedos repousando no ombro exposto da amiga.

O ar lá fora estava denso com tanta umidade, que congelava o cabelo de Clary e deixava a camiseta azul de Simon grudada nas costas dele.

— Então, como vai a banda? — perguntou ela. — Alguma coisa nova? Ouvi muitos gritos ao fundo quando falei com você mais cedo.

O rosto de Simon se iluminou.

— As coisas estão ótimas — disse ele. — Matt disse que conhece alguém que pode nos arrumar um show no Bar Scrap. E também estamos discutindo nomes outra vez.

— Ah, é? — Clary conteve um sorriso. Na verdade, a banda de Simon nunca havia produzido música alguma. Eles passavam boa parte do tempo sentados na sala de Simon, brigando a respeito de possíveis nomes e logotipos para a banda. Às vezes ela ficava imaginando se algum deles realmente sabia tocar algum instrumento. — Quais são as opções?

— Estamos escolhendo entre Conspiração dos Vegetais Marítimos e Rock Solid Panda.

Clary sacudiu a cabeça.

— Ambos são péssimos.

— Eric sugeriu Crise na Cadeira de Grama.

— Talvez o Eric devesse se dedicar aos esportes.

— Mas aí teríamos que arrumar um novo baterista.

— Ah, é *isso* que o Eric faz? Eu achei que ele desse dinheiro pra vocês e saísse por aí dizendo para as garotas da escola que ele fazia parte de uma banda para impressioná-las.

— De jeito nenhum — Simon disse com toda leveza. — Ele virou a página. Arrumou uma namorada. Estão juntos há três meses.

— Praticamente casados — disse Clary, desviando-se de um casal que empurrava um carrinho de bebê no caminho: uma garotinha com presilhas de plástico amarelas no cabelo, que segurava com toda força uma boneca com asas azuis. Com o canto do olho, Clary pensou ter visto as asas baterem. Ela virou a cabeça apressadamente.

— O que significa que eu sou o único integrante da banda a *não* ter namorada. O que, você sabe, é o único objetivo de se ter uma banda. Arrumar garotas.

— Eu achei que fosse a música. — Um homem com uma bengala cruzou o caminho dela, caminhando em direção à Berkeley Street. Ela desviou o olhar, temerosa de que, se olhasse para alguém por tempo demais, a pessoa criaria asas, braços extras ou grandes línguas aforquilhadas como cobras. — Quem se importa se você tem uma namorada ou não?

— Eu me importo — disse Simon de um jeito sombrio. — Logo, logo, as únicas pessoas do mundo a não terem namorada seremos o Wendell, o zelador da escola, e eu. E ele tem cheiro de limpador de vidro.

— Pelo menos você sabe que ele ainda está disponível.

Simon olhou para ela.

— Não teve graça, Fray.

— Tem sempre a Scheila "tanga" Barbarino — sugeriu. Clary havia sentado atrás dela na aula de matemática durante todo o primeiro ano do Ensino Médio. Toda vez que Scheila derrubava o lápis — coisa que acontecia com frequência —, Clary era agraciada com a visão da roupa íntima de Scheila levantando-se sobre a cintura da sua calça superbaixa.

— É ela que Eric está namorando há três meses — disse Simon. — Enquanto isso, o conselho dele foi para que eu simplesmente decidisse quem é a garota mais gostosa e a convidasse para sair no primeiro dia de aula.

— Eric é um porco machista — disse Clary, repentinamente não querendo saber quem era a garota mais gostosa da escola na opinião de Simon. — Talvez vocês devessem chamar a banda de "Porcos Machistas"

— Tem sonoridade — disse Simon sem se incomodar. Clary fez uma careta para ele, sua bolsa vibrava enquanto o telefone brilhava. Ela o pegou no bolso da frente. — É a sua mãe outra vez? — perguntou ele.

Clary assentiu. Ela podia imaginar a mãe pequena e sozinha na entrada do apartamento. Um sentimento de culpa se espalhou em seu peito.

Ela olhou para Simon, que a observava com uma expressão sombria de preocupação naquele rosto tão familiar; ela poderia desenhá-lo até dormindo. Clary pensou sobre as semanas solitárias que passaria sem ele, e colocou o telefone de volta na bolsa.

— Vamos — disse ela. — Vamos nos atrasar para a apresentação.

Capítulo 3

CAÇADOR DE SOMBRAS

Ao chegarem ao Java Jones, Eric já estava no palco, movimentando-se para a frente e para trás diante do microfone com os olhos fechados. Ele havia pintado as pontas do cabelo de cor-de-rosa especialmente para a ocasião. Atrás dele, Matt, parecendo completamente chapado, batucava em um tambor.

— Isso vai ser pior que péssimo — previu Clary. Ela agarrou Simon pela manga e o puxou em direção à entrada. — Se corrermos agora, conseguiremos escapar.

Ele balançou a cabeça determinado.

— Eu não sou nada se não for um homem de palavra. — Ele deu de ombros. — Eu pego o café se você arrumar um lugar para sentarmos. O que você quer?

— Só café. Preto, *como a minha alma.*

Simon saiu em direção ao bar, resmungando para si mesmo que o que ele fazia agora era algo muito, muito melhor do que qualquer outra coisa que jamais houvesse feito antes. Clary foi procurar um lugar para sentar.

A cafeteria estava cheia para uma segunda-feira; a maioria dos sofás e poltronas surradas estava ocupada por adolescentes que aproveitavam uma noite de dia útil livre. O cheiro de café e cigarros de cravo-da-índia era insuportável. Finalmente, Clary encontrou um pequeno sofá desocupado em um canto escuro perto da saída. A única pessoa nos arredores era uma menina loura com uma camiseta laranja, absorvida pelo próprio iPod. *Ótimo,* pensou Clary. *Eric não vai conseguir nos encontrar aqui atrás no final da apresentação para perguntar como estava a poesia.*

A menina loura se inclinou na cadeira e cutucou o ombro de Clary.

— Com licença. — Clary olhou para cima, surpresa. — Aquele ali é seu namorado? — perguntou ela.

Clary seguiu o olhar da menina, pronta para dizer *Não, não o conheço,* quando percebeu que ela estava falando de Simon. Ele estava vindo na direção delas, com o rosto concentrado enquanto tentava não derramar uma gota sequer dos dois copos cheios de espuma.

— Ah, não — disse Clary. — Ele é meu amigo.

A menina sorriu.

— Ele é uma *graça.* Ele tem namorada?

Clary hesitou por um segundo longo demais antes de responder.

— Não.

A menina pareceu desconfiada.

— Ele é gay?

Clary se viu poupada de ter de responder a isso, pois Simon estava perto demais. A menina voltou apressadamente ao encosto da cadeira enquanto ele colocava os copos sobre a mesa e se jogava ao lado de Clary.

— Eu odeio quando acabam as canecas. Esses copos ficam quentes demais. — Ele soprou os dedos e franziu o rosto. Clary tentou conter um sorriso enquanto o observava. Normalmente ela nunca pensava se Simon era bonito ou não. Ele tinha um belo par de olhos escuros, concluiu, e se desenvolvera muito bem no último ano. Com o corte de cabelo certo...

— Você está me encarando — disse Simon. — Por que está me encarando? Tem alguma coisa errada com o meu rosto?

Eu deveria contar para ele, ela pensou, mas uma parte dela estava estranhamente relutante. *Seria uma péssima amiga se não contasse.*

— Não olhe agora, mas aquela garota loura ali achou você bonitinho — sussurrou Clary.

Os olhos de Simon se voltaram para o lado para encarar a menina, que estava imersa em um mangá.

— A garota de blusa laranja? — Clary assentiu. Simon pareceu incrédulo. — Por que você acha isso?

Conte a ele. Vamos, conte a ele. Clary abriu a boca para responder, e foi interrompida por um ruído de retorno. Ela franziu o rosto enquanto Eric, no palco, brigava com o microfone.

— Desculpe aí, pessoal! — gritou ele. — Certo. Eu sou Eric, e esse é o meu amigo Matt na percussão. Meu primeiro poema se chama "Sem título". — Ele fez uma careta, como se estivesse com dor e gemeu no microfone.

— *Vieste, meu falso fanático, meus lombos nefastos! Cubra cada protuberância com árido zelo!*

Simon escorregou na própria cadeira.

— Por favor, não conte a ninguém que o conheço.

Clary sorriu.

— Quem usa a palavra "lombos"?

— Eric — disse Simon impiedosamente. — Todos os poemas dele incluem lombos.

— *Meu tormento é túrgido!* — gemeu Eric. — *A agonia infla dentro de mim!*

— Pode apostar que sim — disse Clary. Ela escorregou na cadeira ao lado de Simon. — Mas, então, sobre a garota que achou você bonitinho...

— Deixe isso pra lá um pouco — disse Simon. Clary piscou os olhos em sinal de surpresa. — Tem um assunto que eu queria conversar com você.

— Verruga Furiosa não é um bom nome para a banda — Clary disse imediatamente.

— Não é isso — disse Simon. — É sobre aquilo que estávamos conversando antes. Sobre eu não ter uma namorada.

— Ah. — Clary deu de ombros. — Bem, eu não sei. Você poderia convidar a Jaida Jones para sair — sugeriu ela, indicando uma das poucas garotas de St. Xavier de quem ela de fato gostava. — Ela é legal, e gosta de você.

— Não quero convidá-la para sair.

— Por que não? — Clary se viu repentinamente incomodada com alguma coisa que não sabia identificar. — Você não gosta de garotas inteligentes? Ainda está procurando um *corpão?*

— Nada disso — disse Simon, parecendo agitado. — Eu não quero convidá-la para sair porque não seria justo com ela...

Ele parou no meio da frase. Clary se inclinou para a frente. Com o canto do olho, ela pôde perceber que a menina loura também se inclinara, tentando ouvir a conversa deles.

— Por que não?

— Porque eu gosto de outra pessoa — disse Simon.

— Muito bem — disse Clary. Simon estava meio verde, como se fosse desmaiar, do jeito que tinha acontecido uma vez, quando ele quebrou o tornozelo jogando futebol no parque e teve de voltar mancando para casa. Ela imaginou como gostar de alguém poderia fazer com que ele ficasse naquele estado de ansiedade. — Você não é gay, é?

O tom verde de Simon se intensificou.

— Se eu fosse, me vestiria melhor.

— Então, quem é? — perguntou Clary. Ela estava prestes a acrescentar que, se ele estivesse apaixonado por Scheila Barbarino, Eric quebraria a cara dele, quando ouviu alguém tossindo alto atrás dela. Era uma espécie de tosse contida, o tipo de barulho que alguém faria se não quisesse soltar uma gargalhada sonora.

Ela virou-se de costas.

Sentado em um sofá verde desbotado, a alguns metros de distância, estava Jace. Ele vestia as mesmas roupas escuras que havia usado na noite anterior na boate. Os braços estavam nus e cobertos por linhas brancas como velhas cicatrizes. Os pulsos traziam algemas de metal; ela podia ver o cabo de osso de uma faca saliente no lado esquerdo. Ele estava olhando diretamente para ela, um sorriso torto se formando no rosto. Pior do que a sensação de saber que estava rindo dela, era a absoluta convicção de Clary de que ele não estava ali há cinco minutos.

— O que foi? — Simon seguiu a direção do olhar de Clary, mas a expressão vazia em seu rosto indicava que ele não estava vendo Jace.

Mas eu estou. Ela encarou Jace enquanto pensava, e ele levantou a mão esquerda para acenar para ela. Um anel brilhou em seu dedo fino. Ele se levantou e começou a andar, sem a menor pressa, em direção à porta. Os lábios de Clary se partiram em surpresa. Ele estava indo embora, simplesmente isso.

Ela sentiu a mão de Simon em seu braço. Ele dizia seu nome, e perguntava se alguma coisa estava errada. Mas ela mal conseguia ouvi-lo.

— Já volto — ela se pegou dizendo, enquanto se levantava do sofá, quase se esquecendo de colocar o copo de café na mesa. Correu em direção à porta, e deixou Simon olhando para ela.

Clary atravessou as portas, apavorada com a possibilidade de que Jace tivesse evaporado nas sombras do beco como um fantasma. Mas ele estava lá, apoiado na parede. Acabara de tirar um objeto do bolso e estava apertando alguns botões. Ele olhou surpreso quando as portas da cafeteria se fecharam atrás dela.

No crepúsculo que caía rapidamente, o cabelo dele parecia dourado.

— A poesia do seu amigo é péssima — disse ele.

Clary piscou os olhos, momentaneamente sendo pega desprevenida.

— O quê?

— Eu disse que a poesia dele é péssima. Parece que ele engoliu um dicionário e saiu vomitando palavras a esmo.

— Não me importo com a poesia de Eric. — Clary estava furiosa. — Eu quero saber por que você está me seguindo.

— Quem disse que eu estava seguindo você?

— *Boa* tentativa. E você estava ouvindo a nossa conversa também. Você quer me dizer a razão, ou eu devo chamar a polícia?

— E dizer o que a eles? — disse Jace de forma arrasadora. — Que pessoas invisíveis estão te incomodando? Acredite em mim, garotinha, a polícia não vai prender alguém que não consegue enxergar.

— Eu já disse que meu nome não é garotinha — disse entredentes. — É Clary.

— Eu sei — disse ele. — É um nome bonito. Como uma erva. Sabe o que é Clary Sage? É um tipo de sálvia e antigamente as pessoas acreditavam que comer a semente faria com que enxergassem Fair Folk. Você sabia disso?

— Não faço ideia do que você está falando.

— Você não sabe quase nada, não é mesmo? — disse. Ele tinha uma expressão de descaso nos olhos dourados. — Você parece uma mundana como todos os outros, mas consegue me ver. É incompreensível.

— O que é um mundano?

— Alguém do mundo dos humanos. Alguém como você.

— Mas *você* é humano — disse Clary.

— Sou — disse ele. — Mas não sou como você. — Não havia qualquer tom de defesa em sua voz. Ele falava como se não se importasse se ela acreditava nele ou não.

— Você se acha melhor. É por isso que estava rindo da gente.

— Estava rindo porque declarações de amor me entretêm, sobretudo quando não há recíproca — disse ele. — E porque o seu Simon é um dos mundanos mais mundanos que já encontrei. E porque Hodge achou que você pudesse ser perigosa, mas, se for, certamente não sabe.

— *Eu* sou perigosa? — Clary rebateu completamente perplexa. — Eu vi você matar uma pessoa ontem à noite. Eu vi quando o esfaqueou completamente, e... — *e eu vi quando ele o arranhou com dedos que pareciam lâminas. Eu vi que você estava cortado e sangrando, e agora é como se nada tivesse tocado em você.*

— Eu posso até ser um assassino — disse Jace. — Mas eu sei o que sou. Você pode dizer o mesmo a seu respeito?

— Sou um ser humano comum, como você disse. Quem é Hodge?

— Meu tutor. E eu não me precipitaria tanto em me autointitular comum se fosse você. — Ele se inclinou para a frente. — Deixe-me ver sua mão direita.

— Minha mão direita? — retrucou Clary. Ele assentiu. — Se eu mostrar a mão, você me deixa em paz?

— Certamente. — Seu tom de voz era quase debochado.

Ela esticou a mão direita sem a menor vontade. Parecia pálida sob a meia luz que vazava das janelas, as juntas tinham sardas bem claras. De alguma forma, ela se sentiu tão exposta quanto se tivesse tirado a blusa e mostrado os seios. Ele pegou a mão dela, virou para um lado e para o outro.

— Nada. — Ele quase parecia desapontado. — Você não é canhota, é?

— Não. Por quê?

Ele soltou a mão e deu de ombros.

— A maioria das crianças Caçadoras de Sombras são marcadas na mão direita, ou esquerda, se forem canhotas, como eu, quando ainda são jovens. É uma marca permanente que traz uma habilidade extra com as armas. — Ele mostrou para ela as costas da própria mão esquerda; parecia perfeitamente normal para ela.

— Não estou vendo nada — disse ela.

— Deixe a mente relaxar — sugeriu ele. — Espere vir até você. Como se estivesse esperando por alguém emergir da água.

— Você é louco. — Mas ela relaxou, encarando a mão dele, vendo pequenas linhas nas juntas, as longas juntas dos dedos...

Saltou em direção a ela repentinamente, brilhando como um sinal vermelho. Um desenho preto nas costas da mão. Ela piscou os olhos e a marca sumiu.

— Uma tatuagem?

Ele sorriu convencido e abaixou a mão.

— Achei mesmo que você conseguiria. E não é uma tatuagem: é uma Marca. São símbolos queimados dentro da nossa pele.

— E fazem com que você maneje armas melhor? — Clary achava difícil acreditar nisso, mas talvez não mais difícil do que acreditar na existência de zumbis.

— Marcas diferentes fazem coisas diferentes. Algumas são permanentes, mas a maioria desaparece depois de usada.

— É por isso que os seus braços não estão desenhados hoje? — perguntou ela. — Mesmo quando eu me concentro?

— É exatamente por isso. — Ele parecia satisfeito consigo mesmo. — Eu sabia que você, no mínimo, tinha Visão. — Ele olhou para cima, em direção ao céu. — Está quase completamente escuro. É melhor irmos.

— *Nós*? Eu achei que você fosse me deixar em paz.

— Eu menti — disse Jace sem o menor embaraço. — Hodge disse que eu devo levá-la comigo ao Instituto. Ele quer falar com você.

— Por que ele quereria falar comigo?

— Porque você já sabe a verdade — disse Jace. — Há pelo menos cem anos não existe um único mundano que saiba sobre nós.

— Sobre *nós*? — ela ecoou. — Você quer dizer pessoas como você. Pessoas que acreditam em demônios.

— Pessoas que matam demônios — disse Jace. — Somos chamados de Caçadores de Sombras. Pelo menos é assim que nos autointitulamos. Os do mundo de baixo têm nomes menos apresentáveis para nós.

— Os do mundo de baixo?

— As Crianças Noturnas. Feiticeiros. Os condenados. O núcleo mágico dessa dimensão.

Clary sacudiu a cabeça.

— Não pare por aí. Suponho que também existam vampiros, lobisomens e zumbis...

— É claro que existem — informou Jace. — Mas você encontra mais zumbis no sul, onde ficam os padres *voudun*.

— E as múmias? Elas ficam só pelo Egito?

— Não seja ridícula. Ninguém acredita em múmias.

— Não?

— Claro que não — disse Jace. — Olhe, Hodge vai explicar tudo para você quando encontrá-lo.

Clary cruzou os braços.

— E se eu não quiser vê-lo?

— Isso é problema seu. Você pode vir por vontade própria ou não.

Clary não conseguia acreditar no que estava ouvindo.

— Você está ameaçando me *sequestrar*?

— Se você quiser encarar dessa maneira — disse Jace —, estou.

Clary abriu a boca para protestar furiosamente, mas foi interrompida pelo ruído estridente de um zumbido. O telefone estava tocando outra vez.

— Vá em frente e atenda se quiser — disse Jace, generosamente.

O telefone parou de tocar, depois recomeçou, alto e insistente. Clary franziu o rosto — a mãe dela devia estar desesperada. Ela se virou de costas para Jace e começou a procurar o telefone dentro da bolsa. Até desenterrá-lo, já estava na terceira sucessão de toques. Ela o colocou no ouvido.

— Mãe?

— Ah, Clary. Ah, graças a Deus. — Uma pontada aguda de alarme atravessou a espinha de Clary. Jocelyn parecia desesperada. — Ouça...

— Está tudo bem, mãe. Eu estou bem. Estou indo para casa...

— *Não!* — A voz dela estava gélida de terror. — Não venha para casa! Você está entendendo, Clary? Não ouse voltar para casa. Vá para a casa de Simon. Vá direto para a casa dele e fique lá até que eu possa... — Um barulho no fundo a interrompeu: o som de alguma coisa caindo, quebrando em pedacinhos, alguma coisa pesada atingindo o chão...

— Mãe! — Clary gritou ao telefone. — Mãe, você está bem?

Um ruído alto veio do telefone. A voz da mãe de Clary atravessou a barulheira.

— Apenas prometa que você não vai voltar para casa. Vá para a casa de Simon, e telefone para Luke: diga que *ele* me encontrou... — Suas palavras foram sufocadas por uma batida forte, como madeira quebrando em pedacinhos.

— Quem encontrou você? Mãe, você chamou a polícia? Você...

A pergunta frenética foi interrompida por um barulho que Clary jamais esqueceria — um ruído pesado, arrastado, seguido por uma batida. Clary ouviu a mãe respirar fundo antes de falar, com a voz surpreendentemente calma:

— Eu te amo, Clary.

O telefone ficou mudo.

— *Mãe!* — Clary gritou ao telefone. — Mãe, você está aí? — *Chamada encerrada,* dizia a tela. Mas por que ela teria desligado daquele jeito?

— Clary — disse Jace. Foi a primeira vez que ela o ouviu chamá-la pelo nome. — O que está acontecendo?

Clary o ignorou. Fervorosamente, apertou o botão que ligava para o número de casa. Não houve resposta, apenas o barulho duplo que indicava que o número estava ocupado.

As mãos de Clary começaram a tremer descontroladamente. Quando ela tentou rediscar, o telefone escorregou de sua mão trêmula e bateu forte no chão. Ela se jogou de joelhos no chão para recuperá-lo, mas estava inutilizado, com uma longa rachadura visível na frente.

— Droga! — Quase em lágrimas, ela jogou o telefone no chão.

— Pare com isso — Jace puxou-a, colocando-a de pé, agarrando-a pelo pulso. — Aconteceu alguma coisa?

— Me dê seu telefone — disse Clary, agarrando o metal preto alongado no bolso da camisa de Jace. — Eu preciso...

— Não é um telefone — disse Jace sem fazer qualquer movimento para pegá-lo de volta. — É um sensor. Você não vai conseguir usar.

— Mas eu preciso ligar para a polícia!

— Primeiro me conte o que aconteceu. — Ela tentou soltar o pulso, mas o punho de Jace era incrivelmente forte. — Eu posso *ajudar.*

Clary foi inundada por um sentimento de fúria, uma onda calorosa circulando suas veias. Sem sequer pensar a respeito, ela atacou o rosto dele, arranhando as bochechas de Jace com as unhas. Ele deu um salto para trás, surpreso com a situação. Libertando-se, Clary correu em direção às luzes da Seventh Avenue.

Quando alcançou a rua, ela girou, esperando ver Jace logo atrás. Mas o beco estava vazio. Por um instante, olhou incerta para as sombras. Nada nelas se mexia. Olhou para a frente e correu para casa.

Capítulo 4
RAVENER

A noite havia se tornado ainda mais quente, e correr para casa soava como nadar o mais rápido possível em sopa fervente. Na esquina de seu quarteirão, Clary ficou presa por um sinal vermelho para pedestres. Ela saltitou impacientemente enquanto o tráfego de carros passava em um borrão de faróis. Tentou ligar para casa outra vez, mas Jace não havia mentido; o telefone dele *não era* um telefone. Pelo menos não parecia com nenhum telefone que Clary já tivesse visto. Os botões do sensor não tinham números; só alguns daqueles símbolos estranhos, e não havia tela.

Correndo pela rua em direção à casa, ela viu que as janelas do segundo andar estavam acesas, o que, em geral, significava que a mãe estava em casa. *Tudo bem,* ela disse a si mesma. *Está tudo bem.* Mas o estômago embrulhou assim que ela pisou na entrada. A luz do teto havia queimado, e o saguão estava escuro. As sombras pareciam cheias de movimentos secretos. Tremendo, ela começou a subir.

— Aonde você pensa que vai? — disse uma voz.

Clary girou.

— O que...

Ela parou no meio da frase. Seus olhos estavam se ajustando à pouca luz, e ela podia enxergar o formato de uma poltrona grande, na frente da porta fechada da casa de Madame Dorothea. A senhora estava encaixada nela, como uma almofada enorme. Com a falta de luz, Clary só pôde ver o formato redondo do rosto da mulher, o leque branco em sua mão, o buraco escuro da boca enquanto ela falava.

— Sua mãe — disse Dorothea — está fazendo um barulho horroroso ali em cima. O que ela está fazendo? Arrastando móveis?

— Acho que não...

— E a luz da escada queimou, você percebeu? — Dorothea passou o leque no braço da cadeira. — Será que sua mãe pode pedir para o namorado dela trocar?

— Luke não é...

— A claraboia também precisa ser lavada. Está imunda. Não é à toa que está tudo preto ali dentro.

Luke NÃO é o zelador, Clary queria dizer, mas não o fez. Isso era típico da vizinha mais velha. Quando ela conseguisse que Luke viesse trocar uma lâmpada, pediria para ele fazer centenas de outras coisas — carregar as compras, consertar o chuveiro. Uma vez ela o fizera cortar um sofá ao meio com um machado para que ela conseguisse retirá-lo do apartamento sem remover a porta das dobradiças.

Clary suspirou.

— Vou pedir.

— É bom mesmo. — Dorothea fechou o leque com um rápido movimento de pulso.

A sensação de Clary de que alguma coisa estava errada só aumentou ao chegar à porta do apartamento. Estava destrancada, entreaberta, deixando vazar um feixe de luz no chão. Com um sentimento crescente de pânico, ela empurrou a porta.

Dentro do apartamento, as luzes estavam acesas, todas as lâmpadas, tudo completamente claro. O brilho agrediu seus olhos.

As chaves e a bolsa cor-de-rosa da mãe estavam na prateleira moldada de metal ao lado da porta, onde ela sempre as deixava.

— Mãe? — gritou Clary. — Mãe, estou em casa.

Não houve resposta. Ela foi até a sala. Ambas as janelas estavam abertas, metros de cortinas brancas e leves esvoaçavam com a brisa como fantasmas inquietos. Só quando o vento parou e as cortinas sossegaram Clary conseguiu ver que as almofadas tinham sido arrancadas do sofá e espalhadas pela sala. Algumas estavam completamente rasgadas, com os forros de algodão transbordando para o chão. As estantes de livros haviam sido derrubadas, e o conteúdo, disperso. O banco do piano estava caído de lado, aberto como uma ferida, os amados livros de música de Jocelyn, cuspidos para fora.

Ainda mais aterrorizantes eram as pinturas. Todas elas haviam sido cortadas da moldura e rasgadas em tiras, que estavam espalhadas pelo chão. O trabalho deveria ter sido feito com uma faca — lona de tela era quase impossível rasgar simplesmente usando as mãos. As molduras vazias pareciam ossos limpos. Clary sentiu um berro subindo pelo peito.

— *Mãe!* — ela gritou. — *Cadê você? Mamãe!*

Ela não chamava Jocelyn de "mamãe" desde os 8 anos.

Com o coração disparado, ela correu para a cozinha. Estava vazia, as portas dos armários abertas, um vidro de molho de pimenta quebrado estava derrubando um líquido vermelho e no linóleo. Os joelhos de Clary pareciam de gelatina. Ela sabia que deveria correr para fora do apartamento, arrumar um telefone e chamar a polícia. Mas tudo isso parecia muito distante — primeiro ela precisava encontrar a mãe, precisava saber que ela estava bem. E se tivessem entrado ladrões e Jocelyn tivesse reagido...?

Que espécie de ladrão não levaria a carteira, a televisão, o aparelho de DVD ou os laptops caros?

Ela estava à porta do quarto da mãe agora. Por um instante, parecia que pelo menos esse cômodo permanecera intocado. A colcha de flores feita à mão de Jocelyn estava cuidadosamente dobrada. O rosto de Clary sorria para ela mesma do alto da mesa de cabeceira, 5 anos, sorriso banguela, e cabelos cor de morango. Um choro se formou no peito de Clary. *Mãe,* ela chorou por dentro, *o que aconteceu com você?*

O silêncio respondeu. Não, não o silêncio — um barulho ecoou no apartamento, arrepiando os pelos da nuca de Clary. Como alguma coisa sendo derrubada —, um objeto pesado atingindo o chão com uma batida forte. A batida foi seguida por um barulho arrastado e vinha em direção ao quarto. Com o estômago contraindo de pavor, Clary se levantou e virou-se de costas lentamente.

Por um instante, ela pensou que a entrada estava vazia, e sentiu uma onda de alívio. Em seguida olhou para baixo.

Estava agachada no chão, uma criatura longa e escamada com um conjunto de olhos pretos vazios no centro do crânio. Alguma coisa entre um cruzamento de jacaré com centopeia, com um focinho grosso e liso e uma cauda peluda que balançava perigosamente de um lado para o outro. Pernas múltiplas se ajeitavam sob o corpo enquanto este se preparava para saltar.

Um berro partiu da garganta de Clary. Ela cambaleou para trás, escorregou e caiu, bem na hora em que a criatura atacou-a. Ela rolou para o lado, e não foi atingida por poucos centímetros, deslizando pelo chão de madeira, suas garras escavando estrias profundas no piso. Um rosnado baixo partiu da garganta da criatura.

Ela se levantou de qualquer jeito e saiu correndo para o corredor, mas a coisa era rápida demais para ela. Pulou mais uma vez, aterrissando exatamente acima da porta, onde ficou pendurada como uma aranha maligna gigante, encarando-a com um conjunto de olhos. A mandíbula se abria lentamente, exibindo uma fileira de dentes afiados dos quais pingava saliva esverdeada. Uma longa língua preta tremeluzia enquanto murmurava e sibilava. Para seu verdadeiro horror, Clary percebeu que os ruídos que emitia eram palavras.

— *Menina* — sibilou. — *Carne. Sangue. Comer, ah, comer.*

Começou a deslizar lentamente pela parede. Uma parte de Clary havia ultrapassado o terror e chegado a um estado de paralisação congelada. A coisa estava de pé agora, arrastando-se em direção a ela. Chegando para trás, ela pegou um porta-retrato na escrivaninha ao lado dela — ela, a mãe e Luke em Coney Island, prestes a entrar nos carrinhos bate-bate — e atirou contra o monstro.

A foto atingiu o centro da criatura e depois caiu no chão, com o barulho de vidro quebrando. O bicho não pareceu notar. Veio em direção a ela, com os pedaços de vidro quebrado sob os pés.

— *Ossos, quebrar, sugar a medula, beber as veias...*

Clary bateu com as costas na parede. Não tinha mais para onde recuar. Ela sentiu um movimento no quadril e quase saltou para fora da própria pele. O bolso. Colocando a mão dentro dele, retirou o objeto de plástico que pegara de Jace. O Sensor estava tremendo, como um telefone celular programado para vibrar. O material duro chegava a machucar a palma da mão dela de tão quente. Ela fechou a mão em torno do Sensor enquanto a criatura saltou.

O bicho se lançou violentamente contra ela, derrubando-a no chão, e sua cabeça e ombros bateram no chão. Ela girou para o lado, mas a coisa era pesada demais. Estava em cima dela, um peso opressivo e viscoso que fazia com que ela quisesse vomitar.

— *Comer, comer* — gemia. — *Mas não é permitido engolir, saborear.*

O hálito quente no rosto de Clary tinha cheiro de sangue. Ela não conseguia respirar. Parecia que suas costelas iam quebrar. Ela estava com o braço preso entre o próprio corpo e o do monstro, o Sensor cavando a palma da mão. Ela girou, tentando libertar a mão.

— *Valentim nunca vai ficar sabendo. Ele não falou nada sobre nenhuma garota. Valentim não ficará irado.* — Sua boca sem lábios se movimentava e, enquanto as mandíbulas abriam lentamente, uma onda de mau hálito vinha quente em seu rosto.

Clary libertou a mão. Com um grito, ela bateu na criatura, querendo esmagá-la, cegá-la. Ela já tinha quase esquecido do Sensor. Enquanto a criatura tentava atacá-la no rosto, com a boca amplamente aberta, ela enfiou o Sensor entre os dentes do monstro e sentiu uma saliva quente e ácida no pulso, e gotas ferventes pingarem na pele exposta do rosto e da garganta de Clary. Como se estivesse distante dali, podia se ouvir gritando.

Parecendo quase surpresa, a criatura recuou, com o Sensor alojado entre dois dentes. Rugiu, um barulho espesso e raivoso, e jogou a cabeça para trás. Clary a viu engolir, percebeu o movimento da garganta. *Sou a próxima,* ela pensou, em pânico. *Sou...*

De repente, a criatura começou a estremecer. Com espasmos incontroláveis, se afastou de Clary e rolou sobre as próprias costas, múltiplas pernas chutando o ar. Líquido preto vazou da boca do monstro.

Quase sem fôlego, Clary rolou e começou a se afastar da coisa também. Ela já havia praticamente alcançado a porta quando ouviu algo assobiar pelo ar próximo à sua cabeça. Ela tentou desviar, mas era tarde demais. Um objeto bateu forte na parte de trás da cabeça, e ela sucumbiu, entregue à escuridão.

A luz agrediu as pálpebras de Clary, azul, branca e vermelha. Havia um barulho agudo e de lamentação, subindo de tom como o grito de uma criança aterrorizada. Clary engasgou-se e abriu os olhos.

Ela estava deitada sobre o gramado frio e úmido. O céu noturno ondulava-se acima, o brilho metálico das estrelas ofuscado pelas luzes da cidade. Jace estava ajoelhado a seu lado, as algemas prateadas nos pulsos dele emitiam faíscas de luz enquanto ele rasgava o pedaço de tecido que segurava.

— Não se mexa.

Os lamentos ameaçavam cortar as orelhas dela ao meio. Clary girou a cabeça para o lado, desobedientemente, e foi recompensada com uma pontada aguda de dor nas costas. Ela estava deitada sobre uma grama atrás da roseira cuidadosamente cultivada de Jocelyn. A vegetação escondia parcialmente a vista da rua, onde um carro de polícia, com a sirene azul e branca piscando, estava parado no meio-fio, com a sirene tocando. Um pequeno grupo de vizinhos já havia se aglomerado, encarando enquanto a porta do carro se abria e dois policiais de uniforme azul emergiam.

A *polícia*. Ela tentou sentar, e não conseguiu, os dedos tremiam na terra úmida.

— Eu disse para não se mexer — sibilou Jace. — Aquele demônio Ravener te acertou na nuca. Ele já estava semimorto, então não provocou um dano grave, mas temos que levá-la ao Instituto. Fique parada.

— Aquela coisa, o monstro, ele *falava*. — Clary se mexia incontrolavelmente.

— Você já ouviu um demônio falar antes. — As mãos de Jace eram delicadas enquanto ele colocava a tira de pano sob o pescoço de Clary e amarrava. Estava embebido com alguma coisa que parecia cera, como o material de jardinagem que Jocelyn utilizava para manter macias as mãos que abusavam de tinta e de aguarrás.

— O demônio no Pandemônio parecia uma pessoa.

— Era um demônio Espectro. Capaz de mudar a forma. Raveners são daquele jeito mesmo. Nada atraentes, mas são burros demais para se importar com isso.

— Ele dizia que ia me comer.

— Mas não comeu. Você o matou. — Jace concluiu o curativo e sentou-se.

Para alívio de Clary, a dor na nuca havia passado. Ela conseguiu sentar.

— A polícia está aqui — A voz dela soou como o coaxar de um sapo. — Nós deveríamos...

— Não há nada que possam fazer. Alguém deve ter ouvido os seus gritos e os chamou. Aposto que não são policiais de verdade. Os demônios têm uma maneira de esconder os próprios rastros.

— Minha mãe — Clary disse, forçando as palavras através da garganta inchada.

— Há veneno de Ravener passando por suas veias *neste exato instante*. Você vai morrer dentro de uma hora se não vier comigo. — Ele se levantou e esticou a mão para ela. Ela aceitou e ele a levantou com um puxão. — Vamos.

O mundo estremeceu. Jace pôs a mão nas costas dela, segurando-a firme. Ele cheirava a sujeira, sangue e metal.

— Você consegue andar?

— Acho que sim. — Ela olhou através dos arbustos densos. Conseguia ver a polícia se aproximando. Um dos oficiais, uma mulher loura e magra, trazia uma lanterna em uma das mãos. Ao levantá-la, Clary viu que a mão não tinha carne, era uma mão esquelética afiada nas pontas dos dedos. — A mão dela...

— Eu disse que poderiam ser demônios — Jace olhou para o fundo da casa. — Temos que sair daqui. Dá para ir pelo beco?

Clary balançou a cabeça.

— É sem saída. Não tem como... — As palavras dela se dissolveram numa tosse. Ela levantou a mão para cobrir a boca. Voltou vermelha. Ela gemeu.

Ele agarrou o pulso de Clary, girando-o para que a parte branca e vulnerável do antebraço ficasse nua sob a luz da lua. Traços de veias azuladas mapeavam o interior da pele da menina, trazendo sangue envenenado para seu coração e seu cérebro. Clary sentiu os joelhos curvarem. Havia algo na mão de Jace, algo afiado e prateado. Ela tentou libertar a própria mão, mas o punho dele era forte demais: ela sentiu uma picada forte na pele. Quando ele a soltou, ela viu um símbolo preto tatuado, como aqueles que cobriam a pele dele, logo abaixo da dobra do próprio pulso. Parecia um aglomerado de círculos sobrepostos.

— O que exatamente isso faz?

— Vai esconder. — ele disse. — Temporariamente. — Ele colocou de volta no cinto a coisa que Clary pensara que era uma faca. Era um cilindro longo e luminoso, da grossura de um dedo indicador, e afunilado na ponta. — Minha estela — ele disse.

Clary não perguntou o que era aquilo. Ela estava ocupada tentando não cair. O chão estava pesando seus joelhos.

— Jace — ela disse, e caiu sobre ele. Ele a segurou, como se estivesse acostumado a segurar garotas desmaiando, como se fizesse isso todos os dias. E talvez fosse esse o caso. Ele a tomou nos braços, dizendo alguma coisa em seu ouvido que soava como *Pacto*. Clary esticou a cabeça para trás para olhar para ele, mas só viu as estrelas espalhadas no céu acima. Depois a base de tudo caiu, e mesmo os braços de Jace não bastavam para impedir que ela caísse.

Capítulo 5

CLAVE E PACTO

— Você acha que ela vai acordar alguma hora? Já faz três dias.

— Você precisa dar um tempo a ela. Veneno de demônio é forte demais, e ela é uma mundana. Não tem os símbolos para se manter forte como nós.

— Mundanos morrem com grande facilidade, não é mesmo?

— Isabelle, você sabe que dá azar falar em morte na sala dos doentes.

Três dias, Clary pensou lentamente. Todos os seus pensamentos passaram tão intensa e lentamente quanto sangue ou mel. *Preciso acordar.*

Mas ela não conseguia.

Os sonhos a prendiam, um após o outro, um rio de imagens que a levavam como uma folha capturada em uma corrente. Ela viu a mãe deitada em uma cama de hospital, os olhos pareciam hematomas no rosto pálido. Viu Luke, no topo de uma pilha de ossos. Jace com asas saindo das costas, Isabelle sentada nua com o chicote enrolado em si própria como uma rede de anéis dourados, Simon com cruzes queimadas nas palmas das mãos. Anjos, caindo e queimando. Caindo do céu.

— Eu disse que era a mesma garota.

— Eu sei. Pequena, não é? Jace disse que ela matou um Ravener.

— É. Eu pensei que ela fosse uma fada quando a vi pela primeira vez. Mas ela não é bonita o suficiente para ser uma fada.

— Bem, ninguém tem boa aparência quando está com sangue de demônio correndo pelas veias. Hodge vai chamar os Irmãos?

— Espero que não. Eles me dão arrepios. Qualquer um que se automutila daquele jeito...

— Nós nos automutilamos.

— Eu sei, Alec, mas, quando o fazemos, é permanente. E nem sempre machuca...

— Se você tiver idade o suficiente. Por falar nisso, onde está Jace? Ele a salvou, não é mesmo? Eu pensei que fosse demonstrar algum interesse pela recuperação dela.

— Hodge disse que ele não veio visitá-la desde que a trouxe para cá. Acho que não se importa muito.

— Às vezes eu fico pensando se ele... Olhe! Ela se mexeu!

— Acho que está viva, afinal de contas. — Um suspiro. — Vou contar a Hodge.

As pálpebras de Clary pareciam ter sido costuradas. Ela imaginou se poderia sentir a pele rasgando quando as abrisse lentamente e piscasse pela primeira vez em três dias.

Ela viu um céu límpido e azul acima, nuvens brancas fofas e anjos gorduchos com laços dourados que voavam a partir dos pulsos. *Será que estou morta?*, ela imaginou. *Será que o paraíso é assim*? Ela fechou os olhos com força e os abriu novamente: dessa vez ela percebeu que o que estava encarando era um teto arqueado de madeira, pintado com uma temática antiquada de nuvens e querubins.

Com dificuldade, ela se levantou para sentar. Todas as partes do corpo de Clary doíam, principalmente a nuca. Ela olhou em volta. Estava em uma cama com lençóis de linho, uma de uma longa fileira de camas similares com encosto metálico. A dela tinha uma pequena mesa de cabeceira ao lado, com um jarro branco e uma xícara em cima. Cortinas atadas cobriam as janelas, bloqueando a luz, apesar de ela ainda conseguir ouvir o fraco e constante ruído nova-iorquino do trânsito vindo do lado de fora.

— Então, finalmente acordou — disse uma voz seca. — Hodge vai ficar satisfeito. Todos *nós* pensamos que você morreria durante o sono.

Clary virou. Isabelle estava apoiada na cama ao lado, com os longos cabelos negros presos em duas tranças que ultrapassavam a cintura. O vestido branco havia sido substituído por jeans e uma camiseta azul justa, embora a joia vermelha ainda estivesse pendurada no pescoço. As tatuagens escuras e em espiral não estavam mais lá; a pele dela era tão homogênea quanto uma vasilha de creme.

— Sinto muito por desapontá-la. — A voz de Clary roçava como uma lixa. — Esse aqui é o Instituto, certo?

— Sim. Você está na nossa enfermaria, não que já não tivesse concluído isso.

Uma dor repentina e aguda fez com que Clary apertasse o estômago. Ela se engasgou. Isabelle olhou alarmada para ela.

— Você está bem?

A dor estava diminuindo, mas Clary podia sentir algo ácido no fundo da garganta e uma leve tontura.

— Meu estômago.

— Ah, certo. Eu quase esqueci. Hodge mandou dar isso a você quando acordasse. — Isabelle pegou o jarro de cerâmica e derramou um pouco do conteúdo na xícara que combinava, e a entregou a Clary. Estava cheia de um líquido nebuloso que tinha um vapor singelo. Tinha cheiro de ervas e mais alguma coisa, alguma coisa rica e escura. — Você não come nada há três dias — destacou Isabelle. — Provavelmente por isso está se sentindo mal.

Cautelosamente, Clary tomou um gole. Era delicioso, rico e encorpado, e deixava um gosto amanteigado no final.

— O que é isso?

Isabelle deu de ombros.

— Uma das tisanas de Hodge. Sempre funcionam. — Ela deslizou para fora da cama, aterrissando no chão com as costas arqueadas como um felino. — A propósito, sou Isabelle Lightwood. Moro aqui.

— Eu sei o seu nome. Eu sou Clary. Clary Fray. Foi Jace quem me trouxe aqui?

Isabelle fez que sim com a cabeça.

— Hodge ficou furioso. Você derramou fluido e sangue por todo o carpete da entrada. Se ele tivesse feito isso quando meus pais estavam aqui, certamente teria sido castigado. — Ela olhou para Clary mais estreitamente. — Jace disse que você matou aquele demônio Ravener sozinha.

Uma rápida imagem daquela espécie de escorpião com a face irritável e maldosa passou pela mente de Clary; ela deu de ombros e agarrou a xícara com mais força.

— Acho que matei.

— Mas você é mundana.

— Incrível, não? — disse Clary, saboreando a leve expressão de incredulidade no rosto de Isabelle. — Onde está Jace? Ele está por aqui?

Isabelle deu de ombros.

— Em algum lugar — ela disse. — É melhor avisar a todos que você acordou. Hodge vai querer falar com você.

— Hodge é o tutor de Jace, certo?

— Hodge é o tutor de todos nós — disse Isabelle. — O banheiro é por ali, e eu coloquei algumas das minhas roupas velhas penduradas no cabide de toalhas caso você queira se trocar.

Clary foi tomar outro gole e viu que a xícara estava vazia. Ela não estava mais com fome, nem tonta, o que era um alívio. Repousou a xícara na mesa e abraçou o lençol em torno de si.

— O que aconteceu com as *minhas* roupas?

— Estavam cobertas de sangue e veneno. Jace as queimou.

— Queimou? — perguntou Clary. — Me diga uma coisa, ele é sempre grosso ou guarda isso para os mundanos?

— Ah, ele é grosso com todo mundo — disse Isabelle alegremente. — É o que o faz ser tão sexy. Isso e o fato de que já matou mais demônios do que qualquer um de sua idade.

Clary olhou para ela, perplexa.

— Ele não é seu irmão?

Isso atraiu a atenção de Isabelle. Ela deu uma gargalhada alta.

— Jace? Meu irmão? Não. De onde você tirou uma ideia dessas?

— Bem, ele mora aqui com você — disse Clary. — Não mora?

Isabelle fez que sim com a cabeça.

— Bem, mora, mas...

— Por que ele não mora com os próprios pais?

Por um breve instante, Isabelle pareceu desconfortável.

— Porque eles estão mortos.

Clary abriu a boca, surpresa.

— Eles morreram em algum acidente?

— Não. — Isabelle inquietou-se, colocando um chumaço de cabelo preto atrás da orelha esquerda. — A mãe dele morreu quando ele nasceu. O pai foi assassinado quando ele tinha 10 anos. Jace viu tudo.

— Oh — disse Clary, com a voz fraca. — Foram... demônios?

Isabelle se levantou.

— Olhe, é melhor eu avisar a todos que você acordou. Há três dias que estão esperando para que você abra os olhos. Ah, e tem sabão no banheiro — ela acrescentou. — Talvez você queira se lavar. Está cheirando mal.

Clary encarou-a.

— Muito obrigada.

— Disponha.

As roupas de Isabelle eram ridículas. Clary teve de dobrar as pontas da calça jeans diversas vezes até parar de tropeçar nelas, e o decote da camiseta vermelha só exaltava a falta do que Eric chamaria de airbags.

Ela se arrumou em um pequeno banheiro, com uma barra de sabonete de lavanda. Secando-se com uma toalha de mão branca, deixou os cabelos molhados soltos e embaraçados, mas perfumados. Ela semicerrou os olhos para enxergar o próprio reflexo no espelho. Havia um hematoma roxo na bochecha esquerda, e os lábios estavam secos e inchados.

Tenho que ligar para Luke, ela pensou. Certamente havia um telefone aqui em algum lugar. Talvez deixassem que ela o utilizasse depois de falar com Hodge.

Ela encontrou os tênis repousados ao pé da cama da enfermaria, com as chaves amarradas nos cadarços. Deslizando os pés para dentro deles, ela respirou fundo e saiu à procura de Isabelle.

O corredor do lado de fora da enfermaria estava vazio. Clary olhou para baixo, perplexa. Parecia o tipo de corredor em que ela às vezes se encontrava em pesadelos, sombrio e infinito. Lâmpadas de vidro em forma de rosas penduravam-se em intervalos nas paredes, e o ar cheirava a poeira e cera de vela.

A distância, ela podia ouvir um barulho fraco e delicado, como sinos balançando com uma tempestade. Ela partiu lentamente pelo corredor, passando a mão na parede. O papel de parede vitoriano estava desbotado pelo tempo, cor de vinho cinza-claro. Cada um dos lados do corredor era alinhado com portas fechadas.

O som que ela estava seguindo foi aumentando. Agora podia identificá-lo como o barulho de um piano sendo tocado com uma habilidade desconexa — porém inegável —, mas ela não conseguia identificar a música.

Dobrando a esquina, ela chegou a uma entrada, a porta estava completamente aberta. Espiando o lado de dentro, ela viu o que era: sem dúvida, uma sala de música. Um piano de cauda estava em um dos cantos, e fileiras de cadeiras estavam alinhadas na parede oposta. Uma harpa coberta ocupava o centro da sala.

Jace estava sentado ao piano, os dedos esguios passeavam velozmente pelas teclas. Ele estava descalço, usando jeans e uma camiseta cinza, os cabelos claros bagunçados como se ele tivesse acabado de acordar. Observando os movimentos rápidos e convictos das mãos do menino, Clary se lembrou da sensação de ter sido erguida por aquelas mãos, cujos braços seguravam-na pela escada, e as estrelas no céu, que pareciam uma chuva de fios prateados.

Ela deve ter feito algum barulho, porque ele se virou no banco, piscando os olhos nas sombras.

— Alec? — ele perguntou. — É você?

— Não. Sou eu. — Ela deu alguns passos para dentro da sala. — Clary.

As teclas do piano chacoalharam quando ele se levantou.

— Nossa própria Bela Adormecida. Quem finalmente deu o beijo para você acordar?

— Ninguém. Eu acordei sozinha.

— Tinha alguém com você?

— Isabelle, mas ela saiu para buscar alguém, Hodge, eu acho. Ela me disse para esperar, mas...

— Eu deveria tê-la alertado sobre o seu hábito de nunca fazer o que te mandam. — Jace franziu os olhos para ela. — Essas são as roupas de Isabelle? Ficaram ridículas em você.

— Bem, afinal você queimou as *minhas* roupas.

— Isso foi meramente uma medida de precaução. — Ele fechou o piano. — Vamos, eu levo você até Hodge.

O Instituto era enorme, um vasto espaço cavernoso, que parecia menos projetado de acordo com um espaço plano e mais como um espaço naturalmente cavado em uma pedra pela passagem de água e dos anos. Através de portas entreabertas, Clary viu incontáveis quartinhos idênticos, cada um com uma cama simples, uma mesa de cabeceira e um grande armário de madeira aberto. Arcos claros de pedras erguiam os tetos altos, muitos deles cuidadosamente esculpidos com pequenas figuras. Ela percebeu algumas temáticas repetidas: anjos e espadas, sóis e rosas.

— Por que esse lugar tem tantos quartos? — perguntou Clary. — Eu pensei que fosse um instituto de pesquisa.

— Essa é a ala residencial. Juramos oferecer segurança e alojamento a qualquer Caçador de Sombras que requisitar. Podemos abrigar até duzentas pessoas aqui.

— Mas a maioria dos quartos está vazia.

— As pessoas vêm e vão. Ninguém fica por muito tempo. Geralmente somos só nós: Alec, Isabelle, Max, os pais deles, Hodge e eu.

— Max?

— Você não conheceu a formosa Isabelle? Alec é o irmão mais velho dela. Max é o mais novo, mas ele está viajando com os pais.

— De férias?

— Não exatamente — Jace hesitou. — Você pode pensar neles como diplomatas estrangeiros, e isso aqui como uma embaixada, mais ou menos. Agora eles estão no país natal dos Caçadores de Sombras, resolvendo algumas negociações de paz muito delicadas. Eles levaram Max junto porque ele é muito novo.

— País natal dos Caçadores de Sombras? — A cabeça de Clary estava girando. — Como se chama?

— Idris.

— Nunca ouvi falar.

— Claro que não. — Aquela superioridade irritante ainda embalava a voz de Jace. — Os mundanos não sabem nada a respeito. Existem sortilégios, feitiços protetores, por todas as fronteiras. Se você tentasse cruzar as fronteiras de Idris, simplesmente seria transportada de uma fronteira para a próxima. Você nem ficaria sabendo.

— Então não consta nos mapas?

— Não nos mundanos. Para os nossos propósitos, você pode considerá-lo um pequeno país entre Alemanha e França.

— Mas não tem nada entre a Alemanha e a França. Só a Suíça.

— Exatamente — disse Jace.

— Suponho que já tenha estado lá. Em Idris, quero dizer.

— Cresci lá. — A voz de Jace era neutra, mas alguma coisa no seu tom deixou claro que mais perguntas nesse sentido não seriam bem recebidas. — A maioria de nós cresceu lá. Existem, obviamente, Caçadores de Sombras no mundo inteiro. Temos que estar em todos os lugares, porque as atividades demoníacas estão em todos os lugares. Mas, para um Caçador de Sombras, Idris é sempre "sua casa".

— Como Mecca ou Jerusalém — disse Clary, pensativa. — Então a maioria de vocês é criada lá, e depois, quando crescem...

— Somos mandados para onde precisam de nós — disse Jace sucintamente. — E existem alguns, como Isabelle e Alec, que crescem longe do país natal, pois os pais estão longe. Com todos os recursos do Instituto aqui, o treinamento de Hodge... — Ele parou de falar. — Essa é a biblioteca.

Eles chegaram a um par de portas arqueadas. Um gato persa azul com olhos amarelos estava deitado à frente delas. Ele levantou a cabeça enquanto os dois se aproximavam e bocejou.

— Olá, Church — disse Jace, acariciando a cabeça do gato com o pé descalço. As pupilas dos olhos do gato se encolheram de satisfação.

— Espere aí — disse Clary. — Alec, Isabelle e Max... eles são os únicos Caçadores de Sombras da sua idade, os únicos com quem você socializa?

Jace parou de acariciar o gato.

— São.

— Isso deve ser muito solitário.

— Tenho tudo de que preciso. — Ele abriu as portas. Após um instante de hesitação, ela o seguiu.

A biblioteca era circular, com um teto cônico em uma parte, como se tivesse sido construída no interior de uma torre. As paredes eram alinhadas com livros, as prateleiras tão altas que escadas enormes eram postas em intervalos ao longo do recinto. E também não havia livros normais — eles eram encadernados em couro e veludo, enfeitados com cadeados de pedras brilhantes e iluminados com caligrafias douradas. Pareciam gastos de um jeito que deixava claro que não eram apenas velhos, mas bastante utilizados, amados.

O chão era de madeira polida, incrustada com pedaços de vidro, mármore e pedras semipreciosas. A camada interior formava um padrão que Clary não conseguia decifrar — poderiam ser as constelações, ou até um mapa do mundo; ela suspeitou que teria de subir a torre e olhar para baixo para enxergar direito.

No centro da sala, havia uma mesa magnífica. Era esculpida a partir de um único bloco de madeira, um pedaço grande e pesado de carvalho, luminoso com o brilho dos anos. O bloco se apoiava nas costas de dois anjos, esculpidos a partir da mesma madeira, as asas entrelaçadas e as faces entalhadas com olhar sofrido, como se o peso da mesa estivesse quebrando suas respectivas colunas. Atrás da escrivaninha, sentava um homem magro, com cabelos grisalhos e um longo nariz pontudo.

— Uma amante de livros, posso perceber — ele disse, sorrindo para Clary. — Você não tinha me contado isso, Jace.

Jace riu. Clary podia perceber que ele estava atrás dela, com as mãos no bolso, e aquele sorriso irritante.

— Não conversamos muito durante nosso breve contato — ele disse. — Temo que nossos hábitos de leitura não tenham sido abordados.

Clary virou-se para ele e lançou-lhe um olhar.

— Como você sabe? — ela perguntou para o homem atrás da mesa. — Que eu gosto de livros, quero dizer.

— A expressão no seu rosto quando você entrou — ele disse, levantando-se e circulando a mesa. — Por algum motivo duvidei que tivesse ficado tão impressionada *comigo*.

Clary conteve uma exclamação de espanto quando ele se levantou. Por um instante parecia que ele estava estranhamente deformado, o ombro esquerdo era mais alto que o outro. Ao se aproximar, ela percebeu que a protuberância era na verdade um pássaro, empoleirado no ombro dele — uma criatura de penas brilhantes com olhos pretos reluzentes.

— Esse é Hugo — disse o homem, tocando o pássaro no ombro. — Hugo é um corvo e, como tal, sabe muitas coisas. Enquanto eu, Hodge Starkweather, sou um professor de História, e como tal, não sei quase nada.

Clary deu uma risadinha e apertou a mão esticada de Hodge.

— Clary Fray.

— Honrado em conhecê-la — ele disse. — Ficaria honrado em conhecer qualquer pessoa capaz de matar um Ravener apenas com as próprias mãos.

— Não foram só as mãos. — Ainda parecia estranho ser exaltada por ter matado alguma coisa. — Foi aquela coisa do Jace, bem, não me lembro o nome, mas...

— Ela está falando do meu Sensor — disse Jace. — Ela o enfiou na garganta do bicho. Os símbolos devem tê-lo sufocado. Acho que vou precisar de um novo — ele acrescentou, quase como se só tivesse pensado nisso agora. — Deveria ter dito isso antes.

— Temos vários outros na sala das armas — disse Hodge. Quando ele sorriu para Clary, milhares de pequenas linhas saíam de seus olhos, como rachaduras em um quadro antigo. — Você pensou rápido. Como teve a ideia de usar o Sensor como uma arma?

Antes que ela pudesse responder, uma risada aguda ecoou pela sala. Clary estivera tão enfeitiçada pelos livros e distraída por Hodge que não havia notado Alec espalhado em uma poltrona vermelha ao lado da lareira vazia.

— Não acredito que você vá cair nessa história, Hodge — ele disse.

Inicialmente, Clary nem sequer registrou as palavras dele. Estava ocupada demais o encarando. Como muitos filhos únicos, ela ficara fascinada pela semelhança entre irmãos, e agora sob a clara luz do dia, podia notar o quão parecido com a irmã Alec era. Eles tinham o mesmo cabelo preto, as mesmas sobrancelhas finas curvadas nos cantos, a mesma pele pálida. Mas, enquanto Isabelle era pura arrogância, Alec se acomodava na cadeira, como se esperasse não ser notado por ninguém. Tinha cílios longos e escuros como os da irmã, mas Isabelle tinha olhos negros e ele tinha olhos azul-escuros, como uma garrafa de vidro. Encaravam Clary com uma hostilidade tão pura e concentrada quanto ácido.

— Não estou entendendo muito bem o que você quer dizer, Alec — Hodge ergueu uma sobrancelha. Clary ficou imaginando qual seria a idade dele; havia algo angelical a seu respeito, apesar da cor grisalha dos cabelos. Ele trajava um terno cinza impecável, perfeitamente passado. Ele poderia se passar por um professor universitário gentil se não fosse pela cicatriz grossa que marcava o lado direito do rosto. Ela ficou imaginando onde ele teria arrumado aquela marca.

— Você está sugerindo que ela não matou aquele demônio?

— É claro que não matou. Olhe para ela: ela é mundana, Hodge. Além disso, não passa de uma criança. É claro que ela não matou o Ravener.

— Eu não sou uma criança — interrompeu Clary. — Eu tenho 16 anos, bem, vou fazer 16 no domingo.

— A mesma idade de Isabelle — disse Hodge. — Você diria que ela é uma criança?

— Isabelle faz parte de uma das maiores dinastias de Caçadores de Sombras da História — disse Alec secamente. — E essa menina vem de Nova Jersey.

— Eu sou do Brooklyn! — Clary estava enfurecida. — E daí? Acabei de matar um demônio na minha própria casa, e você vai ficar se comportando como um babaca porque não sou uma riquinha mimada feito você e a sua irmã?

Alec espantou-se.

— Do *que* você me chamou?

Jace riu.

— Ela tem razão, Alec — disse Jace. — São esses demônios de ponte e túnel que você realmente tem que observar...

— Não tem graça, Jace — interrompeu Alec, olhando os próprios pés. — Você vai ficar aí parado, simplesmente, permitindo que ela me ofenda?

— Vou — disse Jace calmamente. — Vai fazer bem a você, pense nisso como um treinamento de resistência.

— Podemos ser *parabatai* — Alec disse severamente. — Mas a sua impertinência está esgotando a minha paciência.

— E a sua pertinácia está esgotando a minha. Quando a encontrei, ela estava caída no chão, em uma poça de sangue e um demônio moribundo praticamente em cima dela. Eu vi quando ele se dissolveu. Se ela não o matou, quem foi?

— Raveners são burros. Talvez ele tenha picado o próprio pescoço com o ferrão. Já aconteceu antes...

— Agora você está sugerindo que o demônio se suicidou?

A boca de Alec enrijeceu.

— Não é certo que ela esteja aqui. Mundanos não são permitidos no Instituto, e existem boas razões para isso. Se alguém soubesse disso, poderíamos ser reportados à Clave.

— Isso não é totalmente verdade — disse Hodge. — A Lei permite que ofereçamos santuário a alguns mundanos em certas circunstâncias. Um Ravener já tinha atacado a mãe de Clary, e ela poderia ser a próxima.

Atacou. Clary imaginou se isso seria um eufemismo para "assassinou". O corvo no ombro de Hodge se mexeu suavemente.

— Raveners são máquinas de busca e destruição — disse Alec. — Eles agem por ordem de feiticeiros ou poderosos lordes demoníacos. Agora, que interesse um feiticeiro ou um lorde demoníaco teria em uma casa mundana ordinária? — Os olhos dele brilhavam com desgosto ao olhar para Clary. — Alguma ideia?

Clary disse:

— Deve ter sido algum engano.

— Demônios não cometem esse tipo de engano. Se eles foram atrás da sua mãe, devem ter tido algum motivo para isso. Se ela fosse inocente...

— O que você quer dizer com "inocente"? — A voz de Clary soava tranquila.

Alec parecia espantado.

— Eu...

— O que ele quer dizer — disse Hodge — é que é extremamente incomum que um demônio poderoso, do tipo que controla um exército de demônios menores, fosse interessar-se por seres humanos. Nenhum mundano consegue invocar um demônio, eles não têm esse poder, mas existem alguns, tolos e desesperados, que encontraram feiticeiros ou bruxas que o fizessem para eles.

— Minha mãe não conhece nenhum bruxo. Ela não acredita em mágica. — Um pensamento ocorreu a Clary. — Madame Dorothea, que mora no andar debaixo, é uma bruxa. Talvez os demônios estivessem atrás dela e tenham pego minha mãe por engano...

As sobrancelhas de Hodge se ergueram subitamente.

— Uma bruxa mora no andar abaixo do seu?

— Ela é charlatã, falsa — disse Jace. — Eu já averiguei. Não há qualquer razão para um feiticeiro se interessar por ela, a não ser que esteja procurando bolas de cristal que não funcionem.

— E voltamos ao início. — Hodge alcançou o pássaro e o acariciou. — Acho que chegou o momento de avisar à Clave.

— Não! — disse Jace. — Não podemos...

— Fazia sentido manter a presença de Clary em segredo enquanto não sabíamos se ela iria se recuperar — disse Hodge. — Mas agora ela está melhor, e é a primeira mundana a atravessar as portas do Instituto em mais de cem anos. Você conhece as regras acerca do conhecimento de humanos sobre Caçadores de Sombras, Jace. A Clave deve ser informada.

— Exatamente — concordou Alec. — Eu poderia enviar uma mensagem ao meu pai...

— Ela não é mundana — disse Jace tranquilamente.

As sobrancelhas de Hodge saltaram novamente, e permaneceram levantadas. Alec, interrompido no meio de uma frase, engasgou com a surpresa. No silêncio repentino, Clary podia ouvir o som das asas de Hugo se agitando.

— Claro que sou — ela disse.

— Não — disse Jace. — Você não é. — Ele virou-se para Hodge, e Clary viu o leve movimento em sua garganta enquanto ele engolia em seco. Ela achou esse leve nervosismo em Jace estranhamente confortante. — Naquela noite havia demônios Du'sien, vestidos como policiais. Tivemos de passar por eles. Clary estava fraca demais para correr, e não tínhamos tempo para nos esconder, ela teria morrido. Então eu usei a minha estela, coloquei um símbolo *mendelin* no interior do braço dela. Eu achei que...

— Você está *louco*? — Hodge bateu com a mão no topo da escrivaninha com tanta força que Clary achou que a madeira fosse quebrar. — Você sabe o que a Lei diz sobre colocar Marcas em mundanos! Você, você, mais do que ninguém deveria saber!

— Mas deu certo — disse Jace. — Clary, mostre a eles o seu braço.

Com um olhar espantado na direção de Jace, ela esticou o braço. Ela se lembrou de ter olhado para ele naquela noite no beco, pensando no quão vulnerável parecia. Agora, logo abaixo da camada epitelial do pulso, ela podia ver três círculos sobrepostos desbotados, as linhas tão fracas quanto a lembrança de uma cicatriz que havia desbotado com o passar dos anos.

— Viu só, já está quase desaparecida — disse Jace. — E não a machucou nem um pouco.

— A questão não é essa. — Hodge mal podia controlar a própria raiva. — Você podia tê-la transformado em uma Renegada.

Dois pontos brilhantes de cor iluminaram as maçãs do rosto de Alec.

— Eu não acredito, Jace. Só Caçadores de Sombras podem receber Marcas de Pacto, elas *matam* mundanos...

— Ela não é mundana. Você não ouviu nada do que eu disse? Isso explica por que ela podia nos ver. Ela deve ter sangue de Clave.

Clary abaixou o braço, sentindo frio de repente.

— Mas não tenho. Não tem como.

— Você deve ter — disse Jace sem olhar para ela. — Se não tivesse, a Marca que eu fiz no seu braço...

— Basta, Jace — disse Hodge, o desagrado era claro em sua voz. — Não há motivo algum para assustá-la ainda mais.

— Mas eu estava certo, não estava? E também explica o que aconteceu à mãe dela. Se ela fosse uma Caçadora de Sombras em exílio, podia muito bem ter inimigos no Submundo.

— Minha mãe não era uma Caçadora de Sombras!

— Seu pai, então — disse Jace. — Que tal ele?

Clary revirou os olhos com uma expressão vazia.

— Ele morreu. Antes de eu nascer.

Jace se contraiu, quase imperceptivelmente. Foi Alec quem falou.

— É possível — disse, incerto. — Se o pai dela fosse um Caçador de Sombras e a mãe, uma mundana... bem, todos nós sabemos que é contra a Lei casar-se com um mundano. Talvez estivessem se escondendo.

— Minha mãe teria me contado — disse Clary, apesar de ter lembrado da única foto do pai, e na maneira como a mãe nunca falava a seu respeito, e sabido imediatamente que o que acabara de dizer não era verdade.

— Não necessariamente — disse Jace. — Todos nós temos segredos.

— Luke — Clary disse. — Nosso amigo. Ele saberia. — Com a imagem de Luke, veio um flash de culpa e horror. — Já faz três dias, ele deve estar desesperado. Posso ligar para ele? Tem algum telefone aqui? — Ela se virou para Jace. — Por favor?

Jace hesitou, olhando para Hodge, que anuiu com a cabeça e se afastou da mesa. Atrás dele, havia um globo, feito de metal, que não parecia em nada com os outros globos que ela já tinha visto; havia alguma estranheza sutil no formato dos países e dos continentes. Ao lado do globo, havia um telefone preto antiquado com um giro de discagem prateado. Clary o levantou para a orelha, o tom de discagem familiar a reconfortou.

Luke atendeu no terceiro toque.

— Alô?

— Luke! — Ela se apoiou na mesa. — Sou eu, Clary.

— Clary. — Ela percebeu o alívio na voz dele, junto com mais alguma coisa que não conseguia identificar. — Você está bem?

— Estou — ela disse. — Desculpe por não ter ligado antes. Luke, minha mãe...

— Eu sei. A polícia esteve aqui.

— Então você não teve notícias dela. — Qualquer esperança de que a mãe tivesse escapado e se escondido em algum lugar desapareceu. Ela nunca teria deixado de entrar em contato com Luke. — O que a polícia disse?

— Apenas que ela estava desaparecida. — Clary pensou na policial com a mão esquelética e estremeceu. — Onde você está?

— Estou na cidade — disse Clary. — Não sei exatamente onde. Com alguns amigos. Mas minha carteira desapareceu. Se você tiver dinheiro, eu posso pegar um táxi até a sua casa...

— Não — ele disse rapidamente.

O telefone escorregou na mão suada de Clary.

— O quê?

— Não — ele disse. — É perigoso demais, você não pode vir aqui.

— Poderíamos ligar para...

— Preste atenção. — A voz dele era severa. — Seja lá com que for que sua mãe tenha se metido, não tem nada a ver comigo. É melhor você ficar onde está.

— Mas eu não quero ficar aqui. — Ela podia ouvir a própria voz resmungando, como a de uma criança. — Não gosto dessas pessoas. Você...

— Eu *não* sou o seu pai, Clary. Já te disse isso.

Ela sentiu lágrimas queimando no fundo dos olhos.

— Desculpe, é que...

— Não me telefone mais para pedir favores — ele disse. — Tenho meus próprios problemas, não preciso ser incomodado com os seus — ele acrescentou e desligou o telefone.

Ela ficou parada olhando para o aparelho, o ruído buzinando no ouvido como uma vespa gigantesca. Ela discou novamente o número de Luke e esperou. Dessa vez a secretária eletrônica atendeu. Ela bateu o telefone, com as mãos tremendo.

Jace estava apoiado no braço da cadeira de Alec, observando Clary.

— Acho que ele não ficou feliz por receber notícias suas!

Parecia que o coração de Clary se encolhera ao tamanho de uma noz: uma pedrinha pequena e dura no peito. *Não vou chorar,* ela pensou. *Não na frente dessas pessoas.*

— Acho que gostaria de ter uma conversa com Clary — disse Hodge. — Em particular — acrescentou com firmeza ao ver a expressão de Jace.

Alec se levantou.

— Tudo bem. Vamos deixá-los a sós.

— Isso não é justo — protestou Jace. — Fui eu que a encontrei. Fui eu que salvei a vida dela! Você quer que eu fique aqui, não quer? — ele apelou, voltando-se para Clary.

Clary desviou o olhar, sabendo que se abrisse a boca começaria a chorar. Como se estivesse distante, ela ouviu a risada de Alec.

— Nem todo mundo quer você por perto o tempo todo, Jace — ele disse.

— Não seja ridículo. — Ela ouviu Jace dizer, mas ele parecia decepcionado. — Então tudo bem. Estaremos na sala das armas, à sua espera.

A porta fechou atrás dele com um clique definitivo. Os olhos de Clary estavam ardendo, do jeito que ficavam toda vez que ela tentava conter lágrimas por muito tempo. Hodge estava na frente dela, um borrão cinza difuso.

— Sente-se — ele disse. — Aqui, no sofá.

Ela afundou agradecida nas almofadas macias, piscando os olhos.

— Eu não costumo chorar muito — ela se viu dizendo. — Não é nada. Daqui a pouco vou estar bem.

— A maioria das pessoas não chora quando está chateada ou assustada, mas quando está frustrada. Sua frustração é compreensível. Você está passando por uma fase e tanto.

— Fase? — Clary limpou as lágrimas na blusa de Isabelle. — Acho que poderia dizer isso.

Hodge puxou a cadeira de trás da mesa, arrastando-a para que pudesse se sentar de frente para Clary. Os olhos dele, ela viu, tinham uma cor acinzentada, assim como o cabelo e o paletó, mas havia também gentileza em sua expressão.

— Tem alguma coisa que eu possa pegar para você? — ele perguntou. — Alguma coisa para beber? Um chá?

— Não quero chá — disse Clary, quase sem força. — Quero encontrar a minha mãe. Depois quero descobrir quem foi que a levou, e quero matar quem fez isso.

— Infelizmente — disse Hodge —, estamos sem vingança amarga no momento. Então é chá ou nada.

Clary soltou a base da blusa — agora marcada por pedaços molhados — e disse:

— Então o que devo fazer?

— Você poderia começar me contando um pouco a respeito do que aconteceu — disse Hodge, remexendo no bolso. Ele pegou um lenço imaculadamente dobrado, e o entregou a ela. Ela aceitou com um espanto silencioso. Ela nunca havia conhecido alguém que carregasse um lenço. — O demônio que você viu no apartamento, aquela foi a primeira criatura desse tipo que você já viu? Você não fazia a menor ideia de que existiam criaturas daquela espécie?

Clary balançou a cabeça, depois fez uma pausa.

— Um, antes, mas eu não percebi o que era. Na primeira vez que vi Jace...

— Certo, claro, que tolice a minha esquecer. — Hodge fez que sim com a cabeça. — No Pandemônio. Foi a primeira vez?

— Foi.

— E sua mãe nunca os mencionou para você, nada a respeito de algum outro mundo, talvez, que a maioria das pessoas não consegue ver? Ela parecia particularmente interessada em mitos, contos de fada, lendas do fantástico...

— Não. Ela detestava todas essas coisas. Ela detestava até mesmo os filmes da Disney. Não gostava que eu lesse mangá. Ela dizia que era muito infantil.

Hodge coçou a cabeça. O cabelo dele não se mexeu.

— Muito peculiar — ele disse.

— Na verdade, não — disse Clary. — Minha mãe não era peculiar. Ela era a pessoa mais normal do mundo.

— Pessoas normais não costumam encontrar suas casas saqueadas por demônios — disse Hodge, sem qualquer gentileza.

— Não pode ter sido um engano?

— Se tivesse sido um engano — disse Hodge — e você fosse uma garota normal, não teria visto o demônio que a atacou, ou, se tivesse visto, sua mente teria processado como alguma coisa completamente diferente: um cão raivoso, até mesmo outro ser humano. O fato de que você conseguia vê-lo, e ele ter falado com você...

— Como você sabe que ele falou comigo?

— Jace disse que você contou que "ele falava".

— Ele sibilava. — Clary estremeceu ao se lembrar. — Falava sobre querer me comer, mas que não deveria fazê-lo.

— Raveners geralmente ficam sob o controle de algum demônio mais poderoso. Eles não são muito inteligentes ou capazes por si só — explicou Hodge. — Ele disse o que o mestre dele estava procurando?

Clary se concentrou.

— Ele falou alguma coisa sobre um Valentim, mas...

Hodge se esticou subitamente, de forma tão abrupta, que Hugo, que estava descansando confortavelmente no ombro dele, se lançou ao ar, irritadiço.

— *Valentim*?

— Isso — disse Clary. — Eu ouvi o mesmo nome no Pandemônio, dito pelo menino, quero dizer, o demônio...

— É um nome que todos nós conhecemos — disse Hodge brevemente. Ele tinha a voz firme, mas ela podia ver que apresentava um leve tremor nas mãos. Hugo, de volta ao seu ombro, balançou as penas desconfortavelmente.

— Um demônio?

— Não. Valentim é, *era*, um Caçador de Sombras.

— Um Caçador de Sombras? Por que você disse *era*?

— Porque ele está morto — disse Hodge secamente. — Morreu há 16 anos.

Clary se afundou novamente nas almofadas do sofá. Sua cabeça estava latejando. Talvez ela devesse ter aceitado o chá.

— Será que poderia ser outra pessoa? Alguém com o mesmo nome?

A risada de Hodge foi um ruído sem qualquer sinal de humor.

— Não. Mas poderia ser alguém usando o nome dele para transmitir algum recado. — Ele se levantou e caminhou até a mesa, com as mãos nas costas. — E essa seria a época propícia para isso.

— Por que agora?

— Por causa dos Acordos.

— As negociações de paz? Jace as mencionou. Paz com quem?

— Com os habitantes do Submundo — murmurou Hodge. Ele olhou para Clary. A boca dele estava enrijecida. — Perdão — ele disse. — Isso deve ser muito confuso para você.

— Você acha?

Ele se apoiou na mesa, acariciando as penas de Hugo, distraído.

— Os habitantes do Submundo são aqueles que compartilham o Mundo de Sombras conosco. Sempre coexistimos de forma complicada.

— Como vampiros, lobisomens e...

— Os Fair Folk — disse Hodge. — Fadas. E os filhos de Lilith, como semidemônios, são feiticeiros.

— Então o que são vocês, Caçadores de Sombras?

— Às vezes somos chamados de Nephilim — disse Hodge. — Na Bíblia eles eram filhos de humanos e anjos. A lenda da origem dos Caçadores de Sombras diz que foram criados há mais de mil anos, quando os humanos estavam sendo dominados por invasões de demônios de outros mundos. Um feiticeiro invocou o Anjo Raziel, que misturou um pouco do próprio sangue com o de alguns homens e o deu para que estes o bebessem. Aqueles que beberam o sangue do Anjo se tornaram Caçadores de Sombras, assim como seus filhos e os filhos de seus filhos. O cálice passou a ser conhecido como Cálice Mortal.

Embora, talvez, não passe de uma lenda, a verdade é que, ao longo dos anos, quando os exércitos de Caçadores de Sombras foram reduzidos, sempre era possível criar novos Caçadores de Sombras através do Cálice.

— Sempre *era* possível?

— O Cálice não existe mais — disse Hodge. — Foi destruído por Valentim, imediatamente antes de morrer. Ele acendeu uma fogueira enorme e se queimou junto com sua família, a esposa e o filho. A terra ficou preta. Ninguém nunca mais construiu nela. Dizem que a terra é amaldiçoada.

— E é?

— Possivelmente. A Clave lança maldições como punição pela violação da Lei. Valentim quebrou a maior de todas as Leis: voltou-se contra os companheiros Caçadores de Sombras e os matou violentamente. Ele e o grupo que integrava, o Ciclo, mataram dúzias de seus irmãos, junto com centenas de habitantes do Submundo durante o último Acordo. Mas foram derrotados.

— Por que ele trairia outros Caçadores de Sombras?

— Ele reprovava os Acordos. Abominava os integrantes do Submundo e achava que tinham de ser esquartejados, vandalizados, para que esse mundo fosse mantido puro para os seres humanos. Apesar de os habitantes do Submundo não serem demônios, tampouco invasores, ele achava que tinham natureza demoníaca, e isso bastava. A Clave não concordava; achava que a assistência dos habitantes do Submundo era necessária se algum dia quiséssemos livrar o mundo dos demônios de uma vez por todas. E quem poderia discutir, de verdade, que os Fair Folks não pertenciam a este mundo, quando estavam aqui há mais tempo do que nós?

— Os Acordos foram assinados?

— Sim, foram assinados. Quando os habitantes do Submundo viram que a Clave se voltou contra Valentim e o Ciclo em defesa deles, perceberam que os Caçadores de Sombras não eram inimigos. Ironicamente, com essa insurreição, Valentim possibilitou os Acordos. — Hodge sentou novamente na cadeira. — Peço desculpas, isso deve ser uma aula monótona de História para você. Esse era Valentim. Incandescente, um visionário, um homem de grande charme e convicção. E um assassino. Agora alguém está invocando seu nome...

— Mas quem? — perguntou Clary. — E o que a minha mãe tem a ver com isso?

Hodge se levantou novamente.

— Não sei. Mas vou fazer o possível para descobrir. Vou mandar mensagens para a Clave e também para os Irmãos do Silêncio. Eles podem querer falar com você.

Clary não perguntou quem eram os Irmãos do Silêncio. Ela estava cansada de fazer perguntas cujas respostas só faziam com que se sentisse mais confusa. Ela se levantou.

— Existe alguma chance de que eu possa ir para casa?

Hodge pareceu preocupar-se.

— Não, acho que não seria sábio de sua parte.

— Tem coisas que preciso lá, mesmo que eu vá ficar aqui. Roupas...

— Nós podemos lhe dar dinheiro para comprar roupas novas.

— Por favor — disse Clary. — Eu tenho que ver se... eu preciso ver o que restou.

Hodge hesitou, depois acenou brevemente com a cabeça em afirmação.

— Se Jace concordar, vocês dois podem ir. — Ele virou-se para a mesa, remexendo alguns papéis. Olhou por cima do ombro, como se tivesse acabado de reparar que ela ainda estava ali. — Ele está na sala das armas.

— Eu não sei onde fica isso.

Hodge deu um sorriso torto.

— Church te leva até lá.

Ela olhou em direção à porta, onde o gato persa gordo e azul estava enrolado como um pequeno otomano. Ele se levantou enquanto ela se aproximava, seus pelos pareciam líquidos. Com um miado imperioso, ele a conduziu pelo corredor. Quando ela olhou para trás por sobre o ombro, viu que Hodge já estava fazendo anotações em um pedaço de papel. Enviando uma mensagem para a Clave misteriosa, ela supôs. Eles não pareciam pessoas muito gentis. Ela imaginou qual seria a resposta deles.

A tinta vermelha parece sangue contra o papel branco. Franzindo o rosto, Hodge Starkweather enrolou a carta, cuidadosa e meticulosamente na forma de um tubo, e assobiou para Hugo. O pássaro, grasnando suavemente, pousou no pulso de Hodge. Ele fez uma careta. Há anos, durante a Ascensão, ele sofreu um ferimento naquele ombro, e por mais leve que fosse Hugo — ou a virada das estações, uma mudança de temperatura ou umidade, um movimento súbito de braço — despertava antigas feridas e lembranças de uma dor que deveria manter-se esquecida.

Contudo, havia algumas lembranças que nunca se apagavam. Imagens explodiam como flashes por trás de suas pálpebras quando ele fechava os olhos. Sangue e corpos, terra pesada, um pódio branco manchado de vermelho. O choro dos moribundos. O verde e os campos de Idris e o infinito céu azul, espetados pelas torres da Cidade de Vidro. A dor da perda inflava nele como uma onda; ele cerrou o punho, e Hugo, com as asas batendo, bicou os dedos de Hodge com força, tirando sangue. Abrindo a mão, ele soltou a ave, que circulou sua cabeça enquanto subia pelo céu noturno e desaparecia.

Sacudindo-se para espantar a sensação de que alguma coisa terrível estava prestes a acontecer, Hodge alcançou outro pedaço de papel, sem notar as gotas de sangue que marcavam o papel enquanto ele escrevia.

Capítulo 6

RENEGADOS

A sala das armas parecia exatamente como alguma coisa chamada "sala das armas" deveria parecer. Paredes metálicas cobertas por todo tipo de espada, adaga, ponta de ferro, lança, baioneta, chicote, bastão, gancho e arco. Bolsas macias de couro cheias de flechas penduradas em ganchos, e havia prateleiras de botas, protetores de perna e armaduras para pulsos e braços. A sala cheirava a metal e couro e material de limpeza de aço. Alec e Jace, que não estava mais descalço, estavam sentados a uma longa mesa no centro da sala, com as cabeças curvadas sobre um objeto entre eles. Jace levantou o olhar assim que a porta se fechou atrás de Clary.

— Onde está Hodge? — ele disse.

— Escrevendo para os Irmãos do Silêncio.

Alec retraiu um movimento desdenhoso de ombros.

— Ugh.

Ela se aproximou lentamente da mesa, consciente do olhar de Alec.

— O que vocês estão fazendo?

— Dando os toques finais nesses aqui, — Jace chegou para o lado para que ela pudesse ver o que estava sobre a mesa: três longas varinhas finas com um brilho prateado oco. Elas não pareciam afiadas ou particularmente perigosas. — Sanvi, Sansanvi e Semangelaf. São lâminas serafim.

— Elas não se parecem com facas. Como você as fez? Mágica?

Alec pareceu horrorizado, como se ela tivesse solicitado que ele vestisse um tutu e executasse uma pirueta perfeita.

— O mais engraçado nos mundanos — disse Jace, para ninguém especificamente — é o quão obcecados por mágica eles são, considerando que são pessoas que nem conhecem o significado dessa palavra.

— Eu sei o que significa — disparou Clary.

— Não, você não sabe, só pensa que sabe. Mágica é uma força escura e elementar, não só um monte de varinhas brilhantes, bolas de cristal e peixinhos dourados falantes.

— Eu nunca disse que era um monte de peixinhos dourados falantes, você...

Jace balançou a varinha, interrompendo-a.

— Só porque você chama uma enguia elétrica de patinho de borracha, isso não faz dela um patinho de borracha, faz? E Deus proteja o idiota que resolver tomar um banho com esse pato.

— Você está delirando — observou Clary.

— Não estou, não — disse Jace, com muita dignidade.

— Está sim — disse Alec, inesperadamente. — Preste atenção, nós não fazemos mágica, entendeu? — ele acrescentou, sem olhar para Clary. — E isso é tudo que você precisa saber sobre o assunto.

Clary queria estapeá-lo, mas se conteve. Alec já parecia não gostar dela; não adiantaria nada agravar tanta hostilidade. Ela se virou para Jace.

— Hodge disse que eu posso ir para casa.

Jace quase derrubou a lâmina que estava segurando.

— *Ele disse o quê?*

— Que posso ir ver as coisas da minha mãe — ela suavizou. — Se você for comigo.

— Jace — bufou Alec, mas Jace o ignorou.

— Se você realmente quiser provar que minha mãe ou meu pai eram Caçadores de Sombra, deveríamos verificar as coisas dela. O que tiver sobrado.

— Na mosca. — Jace sorriu um sorriso torto. — Boa ideia, se formos agora, teremos mais três ou quatro horas de luz do dia.

— Você quer que eu vá junto? — perguntou Alec, enquanto Clary e Jace dirigiam-se para a porta. Clary olhou para ele. Ele já estava quase de pé, com o olhar cheio de expectativa.

— Não. — Jace nem virou as costas. — Não precisa. Eu e Clary damos conta do recado.

O olhar que Alec lançou a Clary foi tão amargo quanto veneno. Ela ficou feliz quando a porta se fechou atrás dela.

Jace conduziu o trajeto pelo corredor e Clary estava praticamente correndo para acompanhá-lo.

— Você está com as chaves da sua casa?

Clary olhou para baixo, para os próprios sapatos.

— Estou.

— Ótimo. Não que não pudéssemos invadir, mas correríamos o risco de incomodar qualquer guarda que estivesse acordado.

— Se você está dizendo. — O corredor se alargou em um saguão com o chão de mármore, um portão de metal preto em uma das paredes. Foi só quando Jace apertou um botão ao lado do portão e ele se acendeu que ela percebeu que se tratava de um elevador. Ele rangeu e rugiu enquanto subia ao encontro deles. — Jace?

— O quê?

— Como você sabia que eu tinha sangue de Caçador de Sombras? Tinha alguma coisa que fizesse você perceber?

O elevador chegou com um ronco final. Jace soltou o portão e ele se abriu. O interior lembrava uma gaiola, toda de metal preto, e alguns pedaços dourados decorativos.

— Eu supus — ele disse, selando a porta atrás. — Parecia a explicação mais lógica.

— Você supôs? Você devia ter muita certeza, considerando que poderia ter me matado.

Ele apertou um botão na parede e o elevador entrou em ação com um ronco vibrante que ela sentiu por todos os ossos e os pés.

— Eu tinha noventa por cento de certeza.

— Entendo — disse Clary.

Deve ter havido alguma coisa na voz dela, porque ele se virou para olhar para ela. A mão dela estalou contra o rosto dele, um tapa que fez com que ele cambaleasse. Ele pôs a mão na bochecha, em uma reação mais de surpresa do que de dor.

— Mas por que você fez isso?

— Os outros dez por cento — ela disse, e eles andaram o resto do caminho em silêncio.

Jace passou o trajeto de metrô até o Brooklyn imerso em um silêncio irritadiço. Clary ficou perto dele mesmo assim, sentindo um pouco de culpa, principalmente quando olhava para a marca vermelha que a agressão deixara no rosto dele.

Ela não se incomodava com o silêncio; dava-lhe a oportunidade de pensar. Ficou repassando a conversa com Luke, diversas vezes na cabeça. Doía pensar naquilo, como morder com um dente quebrado, mas ela não conseguia parar.

Mais longe no metrô, duas meninas adolescentes sentadas em um banco laranja estavam rindo. O tipo de garotas das quais Clary nunca havia gostado em St. Xavier, trazendo celulares cor-de-rosa e bronzeados artificiais. Por um instante, Clary imaginou se estariam rindo dela, antes de perceber com surpresa que elas estavam olhando para Jace.

Ela se lembrou da garota no café que ficou encarando Simon. Todas as meninas tinham aquela expressão no rosto quando achavam que alguém era bonitinho. Com tudo o que havia acontecido, ela quase se esquecera de que Jace *era* bonitinho. Ele não tinha a aparência delicada de Alec, o rosto dele era mais interessante. À luz do dia, ele tinha olhos dourados e eles estavam... olhando para ela. Ele ergueu uma sobrancelha.

— Posso te ajudar com alguma coisa?

Clary não hesitou em trair seu próprio gênero.

— Aquelas garotas do outro lado do vagão estão encarando você.

Jace deu um olhar afetado.

— Claro que estão — ele disse. — Sou extremamente atraente.

— Você nunca ouviu falar que a modéstia é um traço atraente?

— Só para pessoas feias — confidenciou Jace. — Os mais gentis podem herdar a terra, mas no momento ela pertence aos esnobes. Como eu. — Ele deu uma piscadela para as garotas, que sorriram e se esconderam atrás dos próprios cabelos.

Clary suspirou.

— Como elas conseguem te ver?

— É um saco usar magia. Às vezes nem nos incomodamos.

O episódio com as meninas do metrô pareceu deixá-lo mais bem-humorado. Quando saíram da estação e subiram a rua para o apartamento de Clary, ele tirou uma das lâminas serafim do bolso e começou a girá-la entre os dedos e através das juntas, cantando consigo mesmo.

— Você precisa mesmo fazer isso? — perguntou Clary. — É irritante.

Jace cantou mais alto. Era uma espécie de canto alto e bem entoado, algo entre "Parabéns para você" e "O hino da batalha da República".

— Desculpe por ter dado um tapa em você — ela disse.

Ele parou de cantarolar.

— Apenas se dê por satisfeita por ter batido em mim, e não em Alec. Ele teria revidado.

— Ele parece estar apenas procurando uma oportunidade — disse Clary, chutando uma lata de refrigerante vazia para fora do caminho. — O que foi aquilo que Alec te chamou? Para-alguma coisa?

— *Parabatai* — disse Jace. — Significa um par de guerreiros que lutam juntos, mais próximos que irmãos. Alec é mais do que apenas meu melhor amigo. Meu pai e o dele eram *parabatai* na juventude. O pai dele era meu padrinho, é por isso que moro com eles. São minha família adotiva.

— Mas seu sobrenome não é Lightwood.

— Não — disse Jace, e ela teria perguntado qual era, mas eles chegaram à casa dela, e o coração de Clary começara a bater tão forte que ela sabia que devia estar audível a quilômetros de distância. Ela ouvia um apito nos ouvidos, e as palmas das mãos estavam encharcadas de suor. Clary parou na frente dos arbustos, esperando ver uma fita policial amarela cercando a porta da frente, vidro quebrado na grama frontal, tudo reduzido a lixo.

Mas não havia sinal algum de destruição. Banhado pelo agradável sol do meio-dia, o prédio parecia brilhar. Abelhas voavam preguiçosamente ao redor das flores abaixo da janela da Madame Dorothea.

— Parece normal — disse Clary.

— Do lado de fora — Jace alcançou o bolso da calça jeans e pegou outro daquele objeto de plástico e metal que ela havia pensado ser um telefone celular.

— Então isso é um Sensor? O que isso faz? — ela perguntou.

— Capta frequências, como um rádio faz, mas com frequências de origem demoníaca.

— Ondas curtas de demônios?

— Algo do tipo. — Jace segurou o Sensor à sua frente enquanto se aproximava da casa. Apitou fracamente enquanto subia as escadas, depois parou. Jace franziu o cenho. — Está captando atividade de rastro, mas isso pode ser restos daquela noite. Não estou recebendo nada forte o suficiente para indicar a presença de demônios agora.

Clary soltou o ar que não havia percebido que estava prendendo.

— Ótimo. — Ela se abaixou para pegar as chaves. Ao se ajeitar, viu os arranhões na porta da frente. Devia estar escuro demais para que os visse da última vez. Pareciam marcas de garras, longas e paralelas, entalhadas com profundidade na madeira.

Jace tocou o braço dela.

— Eu vou entrar primeiro — ele disse. Clary queria dizer a ele que não precisava se esconder atrás dele, mas as palavras não saíam. Ela podia sentir o gosto do horror que havia sentido ao ver o Ravener pela primeira vez. O gosto era afiado e cúprico, como moedas velhas.

Ele empurrou a porta com uma das mãos, chamando-a atrás dele com a mão que segurava o Sensor. Uma vez na entrada, Clary piscou, ajustando o olhar à pouca luz. A lâmpada no teto ainda estava apagada, a claraboia, suja demais para permitir que qualquer luz entrasse, e as sombras sobrepunham-se pesadas ao chão lascado. A porta de Madame Dorothea estava fechada com firmeza. Não passava luz alguma pelo espaço entre o chão e a porta. Clary se sentiu desconfortável ao imaginar se alguma coisa teria acontecido a ela.

Jace ergueu a mão, passando-a pelo corrimão. Ficou molhada, suja de algo que parecia vermelho, quase preto à luz fraca.

— Sangue.

— Talvez seja meu. — A voz de Clary parecia pequena. — Da outra noite.

— Já estaria seco a essa altura se fosse seu — disse Jace. — Vamos.

Ele subiu as escadas, Clary logo atrás. O térreo estava escuro. E ela remexeu as chaves três vezes antes de conseguir colocar a certa na fechadura. Jace se inclinou sobre ela, observando impacientemente.

— Não respire no meu pescoço — ela sibilou; a mão de Clary tremia. Finalmente conseguiu e a tranca se abriu.

Jace puxou-a para trás.

— Eu vou na frente.

Ela hesitou, depois afastou-se para o lado, para permitir que ele passasse. As palmas de suas mãos estavam grudentas, e não era por causa do calor. Aliás, estava fresco dentro do apartamento, quase frio, ar gelado vinha pela entrada, pinicando a pele dela. Ela sentiu calafrios se formando ao seguir Jace pelo corredor curto até a sala.

Estava vazia. Espantosamente, inteiramente vazia, como estivera quando se mudaram para lá — as paredes estavam nuas, os móveis não estavam mais lá, e até as cortinas haviam sido rasgadas das janelas. Apenas alguns quadrados de tinta mais clara na parede indicavam os locais em que as pinturas de Jocelyn ficavam penduradas. Como se estivesse em um sonho, Clary virou e andou em direção à cozinha, Jace atrás, forçando a vista para enxergar.

A cozinha estava tão vazia quanto a sala, nem a geladeira estava mais lá, as cadeiras, a mesa — os armários da cozinha estavam abertos, as prateleiras vazias faziam com que ela se lembrasse de uma cantiga de ninar. Ela limpou a garganta.

— O que os demônios — ela perguntou — iriam fazer com o nosso micro-ondas?

Jace balançou a cabeça, a boca se curvando nos cantos.

— Não sei, mas não estou sentindo nenhuma presença demoníaca agora. Diria que já foram há muito tempo.

Ela olhou em volta mais uma vez. Alguém havia limpado o molho de pimenta derrubado, ela percebeu.

— Satisfeita? — perguntou Jace. — Não há nada aqui.

Ela sacudiu a cabeça.

— Quero ver o meu quarto.

Ele pareceu que ia dizer alguma coisa, mas depois pensou melhor.

— Se é o que você quer — ele disse, colocando a lâmina serafim no bolso.

A luz do corredor estava apagada, mas Clary não precisava de muita luz para andar pela própria casa. Com Jace logo atrás, ela encontrou a porta do quarto e alcançou a maçaneta. Estava frio na mão — tão frio que quase machucava, como tocar uma geleira com a pele desprotegida. Ela viu Jace olhá-la rapidamente, mas já estava girando a maçaneta, ou pelo menos tentando. A maçaneta se moveu lentamente, parecia ter algo grudento do outro lado como se estivesse coberto por alguma coisa gordurosa e aderente...

A porta explodiu para fora, derrubando Clary. Ela deslizou pelo chão do corredor e bateu contra a parede, rolando sobre a barriga. Então escutou um rugido forte nos ouvidos enquanto se levantava sobre os joelhos.

Jace, caído contra a parede, estava remexendo o bolso, no rosto uma expressão de absoluta surpresa. De pé à sua frente, como um gigante de conto de fadas, havia um homem enorme, largo como um carvalho, com um machado grande e afiado na mão. Panos rasgados e sujos penduravam-se na pele suja do gigante, e seu cabelo consistia de um único chumaço, grosso de sujeira. Ele cheirava a suor venenoso e carne podre. Clary estava satisfeita por não conseguir enxergar o rosto dele — ver suas costas já era ruim o bastante.

Jace estava com a lâmina serafim na mão. Ele a ergueu, gritando:

— Sansanvi!

Uma lâmina disparou do tubo. Clary pensou nos antigos filmes em que baionetas ficavam escondidas em bengalas e eram ativadas por um toque. Mas ela nunca tinha visto uma lâmina assim: clara como vidro, com um cabo brilhante, absurdamente afiada e quase tão comprida quanto o antebraço de Jace. Ele arremessou, ferindo o gigante, que cambaleou para trás com um urro.

Jace virou-se, correndo em direção a ela. Ele a pegou pelo braço, levantando-a sobre os pés, empurrando-a à frente dele pelo corredor. Ela conseguia ouvir a coisa atrás deles, seguindo-os; seus passos soavam como pesos de chumbo batendo no chão, mas vinham rapidamente.

Eles aceleraram pela entrada, e saíram pelo térreo, com Jace virando as costas para fechar a porta. Ela ouviu o clique da tranca automática e respirou aliviada. A porta balançou nas dobradiças e um tremendo impacto ecoou alto pelo lado de dentro do apartamento. Clary recuou para as escadas. Jace olhou para ela. Os olhos do menino brilhavam com uma agitação maníaca.

— Vá lá para baixo! Saia do...

Outra batida veio, e dessa vez as dobradiças cederam e a porta voou para fora. Poderia ter derrubado Jace, se ele não tivesse se mexido com tanta rapidez que Clary mal o viu; de repente, ele estava no topo da escada, a lâmina queimando na mão como uma estrela cadente. Ela viu Jace olhar para ela e gritar alguma coisa, mas não conseguia escutá-lo através do rugido da criatura gigantesca que saiu da porta destruída, indo em direção a ele. Ela se encostou à parede enquanto o gigante passava em uma onda de calor e fedor... em seguida, o machado estava voando, cortando o ar, em direção à cabeça de Jace. Ele desviou e o machado acertou o corrimão, penetrando profundamente na madeira.

Jace riu. A risada pareceu enfurecer a criatura; deixando de lado o machado, ele pulou para cima de Jace com punhos enormes levantados. Jace pegou a lâmina serafim com um rápido movimento circular, enterrando-a até o cabo no ombro do gigante. Por um instante, a criatura ficou balançando. Depois despencou para a frente, com as mãos esticadas, prontas para agarrar alguma coisa. Jace foi para o lado rapidamente, mas não o bastante: os punhos gigantescos o agarraram enquanto o gigante cambaleava e caía, arrastando Jace consigo. Jace gritou uma vez; houve uma série de batidas fortes e pesadas, seguidas de silêncio.

Clary se levantou e correu para o andar de baixo. Jace estava caído espalhado no pé da escada, com o braço dobrado sob ele em um ângulo esquisito. Em suas pernas, estava o gigante, o cabo da lâmina protuberante no ombro. Ele não estava exatamente morto, mas baqueava fracamente, uma espuma sangrenta escorria da boca. Clary podia ver o rosto agora — estava completamente branco e parecia feito de papel, riscado com uma rede de cicatrizes pretas e horríveis que quase ofuscavam as feições. Seus olhos eram poços vermelhos supurados. Lutando para não ficar paralisada, Clary desceu os últimos degraus, passou por cima do gigante, que se contorcia, e se ajoelhou ao lado de Jace.

Ele estava completamente parado. Ela pôs a mão no ombro dele, e sentiu a camiseta ensopada de sangue — se era a dele ou a do gigante, não conseguia saber.

— Jace?

Ele abriu os olhos.

— Está morto?

— Quase — respondeu Clary impiedosamente.

— Inferno. — Ele fez uma careta. — Minhas pernas...

— Fique parado. — Arrastando-se ao redor da cabeça dele, Clary pôs as mãos sob os braços de Jace e puxou. Ele rosnou de dor enquanto as pernas saíam de debaixo da carcaça em espasmos do gigante. Clary soltou, e ele lutou para ficar de pé, com o braço esquerdo sobre o próprio peito. Ela se levantou. — Seu braço está bem?

— Não. Quebrado — ele disse. — Você consegue alcançar o meu bolso?

Ela hesitou, depois anuiu com a cabeça.

— Qual deles?

— Dentro do casaco, do lado direito. Pegue uma das lâminas serafim e me entregue — ele disse enquanto ela colocava os dedos no bolso, nervosa. Estava tão próxima a ele que podia sentir seu cheiro, de suor, sabonete e sangue. A respiração dele fazia cócegas em sua nuca. Fechou os dedos em torno de um tubo, e o sacou, sem olhar para ele.

— Obrigado — ele disse. Ele passou os dedos brevemente antes de nomeá-lo — Sanvi — como o anterior, o tubo cresceu e se transformou em uma adaga mortal, cujo brilho iluminava a face de Jace. — Não olhe — ele disse, caminhando até o corpo cicatrizado da coisa. Ele ergueu a lâmina sobre a cabeça, trazendo-a para baixo. O sangue espirrou como um chafariz da garganta do gigante, encharcando as botas de Jace.

Ela estava quase esperando que o gigante se desintegrasse, contorcendo-se como o menino no Pandemônio. Mas isso não aconteceu. O ar estava carregado com o cheiro de sangue: pesado e metálico. Jace emitiu um som grave pela garganta. Ele estava pálido, se era de dor ou de desgosto, ela não sabia.

— Eu disse para não olhar — ele disse.

— Pensei que fosse desaparecer — ela disse. — De volta à própria dimensão, como você disse.

— Eu disse que isso é o que acontece aos demônios quando eles morrem. — Com uma careta, ele fez um movimento com o ombro esquerdo, tirando a jaqueta. — Aquilo não era um demônio. — Com a mão direita, ele pegou alguma coisa no cinto. Era aquele objeto pontudo que ele havia utilizado para marcar os círculos sobrepostos na pele de Clary. Olhando para aquilo, ela sentiu o antebraço começar a queimar.

Jace a viu encarando e esboçou um sorriso fantasmagórico.

— Isso — ele disse — é uma Estela. — Ele a encostou em uma marca logo abaixo do ombro, com um formato curioso parecido com uma estrela. Dois braços da estrela sobressaíam em meio à marca, desconectados. — E isso — ele disse — é o que acontece quando Caçadores de Sombras se ferem.

Com a ponta da estela, ele traçou uma linha conectando os dois braços da estrela. Quando abaixou a mão, a marca estava brilhando, como se tivesse sido gravada com tinta fosforescente. Enquanto Clary assistia, a estela penetrou a pele dele, como um objeto pesado afundando em água. Deixou para trás uma lembrança: uma cicatriz clara e fina, quase invisível.

Uma imagem surgiu na mente de Clary. As costas da mãe, não exatamente cobertas pela parte de cima do biquíni, as omoplatas e curvas da espinha manchadas com pequenas marcas finas e brancas. Era como algo que vira em um sonho — as costas da mãe não eram daquele jeito, ela sabia. Mas a imagem a incomodou.

Jace suspirou, a tensão deixando seu rosto. Ele mexeu o braço, inicialmente de forma bastante lenta, depois o movimentou para cima e para baixo, e cerrou o punho. Estava claro: estava curado.

— Isso é incrível — disse Clary. — Como você...?

— Foi uma *iratze*: uma marca de cura — disse Jace. — Concluir a marca com a estela completa a ativação. — Ele colocou a varinha fina no cinto, e vestiu a jaqueta. Com a ponta do pé da bota, ele balançou o corpo do gigante. — Vamos ter que relatar isso a Hodge — ele disse. — Ele vai ter um ataque — acrescentou, como se a ideia de que Hodge se preocupasse lhe trouxesse alguma satisfação. Jace, pensou Clary, era o tipo de pessoa que gostava quando as coisas estavam *acontecendo*, mesmo quando eram ruins.

— Por que ele vai ter um ataque? — perguntou Clary. — Então aquela coisa não era um demônio e por isso o Sensor não a registrou, certo?

Jace fez que sim com a cabeça.

— Está vendo as cicatrizes no rosto dele?

— Estou.

— Foram feitas com uma estela. Como essa aqui. — Ele cutucou a varinha no cinto. — Você me perguntou o que acontece quando se esculpem Marcas em alguém que não tem sangue de Caçador de Sombras. Uma única Marca te queima, mas muitas Marcas, Marcas poderosas? Entalhadas na carne de um ser humano qualquer sem nenhum traço ancestral de Caçador de Sombras? É isso o que acontece. — Ele apontou com o queixo para o corpo. — Os símbolos são absurdamente dolorosos. Os Marcados enlouquecem, a dor faz com que percam a cabeça. Eles se tornam assassinos insanos e impiedosos. Eles não comem ou dormem se não forem obrigados, e morrem quase sempre rápido. Os símbolos têm muito poder e podem ser utilizados para o bem, mas podem ser utilizados para fazer o mal. Os Renegados são maus.

Clary o encarou, horrorizada.

— Mas por que alguém faria isso consigo mesmo?

— Ninguém faria isso. É uma coisa feita a eles. Por um feiticeiro, talvez um habitante do Submundo que tenha se desvirtuado. Os Renegados são leais a quem os tiver marcado, e são assassinos impetuosos. E também podem obedecer a comandos simples. É como ter um, um... exército de escravos. — Ele passou por cima do Renegado morto, e olhou por cima do ombro para ela. — Vou subir outra vez.

— Mas não há nada lá.

— Pode ser que haja mais deles — ele disse, quase como se estivesse esperando que houvesse. — É melhor você esperar aqui — disse, subindo a escada.

— Eu não faria isso se fosse você — disse uma voz estridente e familiar. — Há mais de onde veio o primeiro.

Jace, que estava quase no topo da escada, virou-se de costas e encarou. Assim como Clary, apesar de ela ter descoberto imediatamente quem havia falado. O sotaque era inconfundível.

— Madame Dorothea?

A velha senhora inclinou a cabeça como alguém da nobreza. Ela estava na entrada do próprio apartamento, trajando o que parecia uma túnica de seda roxa. Correntes de ouro brilhavam nos pulsos e envolviam o pescoço. Seus longos cabelos escorriam do coque no topo da cabeça.

Jace continuava encarando.

— Mas...

— Mais o quê? — perguntou Clary.

— Mais Renegados — respondeu Dorothea com uma leveza que Clary considerava incabível, dadas as circunstâncias. Ela olhou ao redor da entrada. — Você fez uma verdadeira bagunça, não fez? E tenho certeza de que não tinha qualquer intenção de limpar. Típico.

— Mas você é uma *mundana* — disse Jace, concluindo a frase, afinal.

— Muito observador — disse Dorothea, com os olhos brilhando. — A Clave realmente renovou você.

O espanto no rosto de Jace desaparecia, sendo substituído por uma raiva crescente.

— Você sabe sobre a Clave? — ele perguntou. — Você sabia sobre eles, e sabia que havia Renegados na casa e não notificou? A mera existência de Renegados é um crime contra o Pacto...

— Nem a Clave nem o Pacto jamais fizeram nada por mim — disse Madame Dorothea, com os olhos brilhando de raiva. — Não devo nada a eles. — Por um instante, o sotaque nova-iorquino desapareceu, substituído por outra coisa, um sotaque mais espesso e profundo que Clary não reconhecia.

— Jace, pare com isso — disse Clary. Ela se voltou para Madame Dorothea. — Se você sabe a respeito da Clave e dos Renegados — ela disse —, então talvez saiba o que aconteceu com a minha mãe...

Dorothea balançou a cabeça, os brincos balançavam. Havia algo piedoso em seu olhar.

— O meu conselho a você — ela disse — é esquecer a sua mãe. Ela se foi.

O chão sob Clary pareceu se inclinar.

— Você está dizendo que ela está morta?

— Não — disse Dorothea quase relutantemente. — Tenho certeza de que ainda está viva. Por enquanto.

— Então tenho que encontrá-la — disse Clary. O mundo havia parado de se inclinar; Jace estava atrás dela, com a mão em seu cotovelo, como se fosse abraçá-la, mas ela nem sequer notou. — Você entende? Preciso encontrá-la antes...

Dorothea levantou a mão.

— Não quero me meter em assuntos de Caçadores de Sombras.

— Mas você conhecia a minha mãe. Ela era sua vizinha...

— Isso é uma investigação oficial da Clave — interrompeu Jace. — Posso muito bem voltar com os Irmãos do Silêncio.

— Ah, para... — Dorothea deu uma olhada para a porta, depois para Jace e Clary. — Suponho que possam entrar — ela disse, finalmente. — Vou dizer o que puder — ela começou a andar em direção à porta, depois parou na entrada, olhando fixamente. — Mas, se você contar a alguém que o ajudei, Caçador de Sombras, vai acordar amanhã com cobras no lugar de cabelos, e um par extra de braços.

— Isso poderia ser bom, um par de braços a mais — disse Jace. — Muito útil em uma briga.

— Não se saírem do seu... — Dorothea pausou e sorriu para ele, não sem malícia. — Pescoço.

— Ai — disse Jace.

— Isso mesmo, Jace Wayland. — Dorothea marchou para o apartamento, a túnica roxa esvoaçando como uma bandeira.

Clary olhou para Jace.

— Wayland?

— É o meu nome. — Jace parecia atordoado. — Não posso dizer que gostei de ela saber.

Clary foi atrás de Dorothea. As luzes estavam acesas no apartamento dela; o cheiro forte de incenso já estava inundando a entrada, misturando-se ao desagradável odor do sangue.

— Mesmo assim, acho que devemos tentar conversar com ela. Afinal, o que temos a perder?

— Depois que tiver passado um pouquinho mais de tempo no nosso mundo — disse Jace —, você não vai mais me perguntar isso.

Capítulo 7

A PORTA DE CINCO DIMENSÕES

O apartamento de Madame Dorothea parecia ter o mesmo layout do de Clary, embora ela tivesse feito um uso completamente diferente do espaço. A entrada, que cheirava a incenso, tinha cortinas de contas penduradas e pôsteres de astrologia. Um mostrava as constelações do zodíaco, outro um guia de símbolos mágicos chineses, e outro ainda tinha uma mão aberta, cada linha da palma cuidadosamente assinalada. Sobre o script da mão, em latim, liam-se as palavras "*In Manibus Fortuna*". Prateleiras estreitas que sustentavam diversos livros estendiam-se pela parede ao lado da porta.

Uma das cortinas de contas balançou e Madame Dorothea a atravessou com a cabeça.

— Interessada em quiromancia? — ela perguntou, notando o olhar fixo de Clary. — Ou simplesmente é enxerida?

— Nem uma coisa nem outra — disse Clary. — Você realmente sabe ler a sorte?

— Minha mãe tinha um talento extraordinário. Ela podia ver o futuro de um homem pelas mãos, ou pelas folhas no fundo de uma xícara de chá. Ela me ensinou alguns truques. — Ela desviou o olhar para Jace. — Por falar em chá, meu jovem, você gostaria de beber um pouco?

— O quê? — disse Jace, parecendo afobado.

— Chá. Em minha opinião, acalma o estômago e concentra a mente. É uma bebida maravilhosa, o chá.

— Eu aceito um pouco — disse Clary, percebendo que fazia tempo que não comia nem bebia nada. Ela estava com a sensação de que estava funcionando à base de adrenalina desde que acordara.

Jace se rendeu.

— Tudo bem. Desde que não seja Earl Grey — ele disse, franzindo o nariz. — Detesto bergamota.

Madame Dorothea gargalhou alto e desapareceu novamente através da cortina de contas, deixando-a balançar singelamente.

Clary ergueu as sobrancelhas para Jace.

— Você detesta bergamota?

Jace se dirigira à prateleira de livros e estava examinando o conteúdo.

— Alguma coisa contra? — ele respondeu.

— Você deve ser o único garoto da minha idade a saber o que é bergamota, quanto mais que tem bergamota no chá Earl Grey.

— Bem — disse Jace com um olhar arrogante —, não sou como outros garotos. Além disso — acrescentou, pegando um livro da prateleira —, no Instituto temos aulas sobre usos medicinais básicos de plantas. É obrigatório.

— Achei que todas as suas aulas fossem coisas do tipo Fundamentos Básicos da Carnificina e Decapitação para iniciantes.

Jace virou uma página.

— Muito engraçado, Fray.

Clary, que estava analisando o pôster da palma da mão, voltou-se para ele.

— Não me chame assim.

Ele olhou para cima, surpreso.

— Por que não? É o seu sobrenome, não é?

Por um momento, ela se lembrou de Simon. A última vez em que tinha visto o amigo, ele estava olhando para ela, enquanto ela corria para fora do Java Jones. Ela olhou de volta para o pôster, piscando os olhos.

— Por nada.

— Entendo — disse Jace, e ela pôde perceber pela voz dele que ele entendia mais do que ela gostaria. Ela o ouviu colocar o livro de volta na prateleira. — Isso deve ser a porcaria que ela guarda na frente para impressionar mundanos crédulos — ele disse, parecendo enojado. — Não há um único livro sério aqui.

— Só porque não é o tipo de mágica que você faz — sugeriu Clary.

Ele franziu as sobrancelhas, furioso, fazendo-a calar-se.

— *Eu não faço mágica* — ele disse. — Entenda de uma vez por todas: seres humanos não são usuários de magia. É parte daquilo que os faz humanos. Bruxas e feiticeiros só podem usar mágica porque têm sangue de demônio.

Clary levou um instante para processar a informação.

— Mas eu já o vi usando mágica. Você usa armas enfeitiçadas...

— Eu uso ferramentas que são mágicas. E para fazer apenas isso precisei passar por treinamentos rigorosos. Os símbolos tatuados na minha pele me protegem. Se você tentasse usar a lâmina serafim, por exemplo, provavelmente queimaria a pele, isso talvez até a matasse.

— E se eu tivesse as tatuagens? — perguntou Clary. — Poderia utilizá-las?

— Não — disse Jace mal-humorado. — As Marcas são apenas partes de um todo. Existem testes, provações, níveis de treinamento... ouça, esqueça isso, tá? Fique longe das minhas lâminas. Aliás, não toque em nenhuma das minhas armas sem permissão.

— Lá se vai meu plano de vendê-las no eBay— resmungou Clary.

— Vendê-las *onde*?

Clary sorriu maliciosamente para ele.

— Um lugar místico de grande poder mágico.

Jace pareceu confuso, depois deu de ombros.

— A maioria dos mitos é verdadeira, pelo menos em parte.

— Estou começando a entender isso.

A cortina de contas balançou outra vez, e a cabeça da Madame Dorothea apareceu.

— O chá está servido — ela disse. — Vocês não precisam continuar aí parados como duas mulas. Venham até o salão.

— Tem um salão? — exclamou Clary.

— É claro que tem um salão — disse Dorothea. — Onde mais eu receberia os convidados?

— Vou deixar meu chapéu com o lacaio — disse Jace.

Madame Dorothea lançou-lhe um olhar sombrio.

— Se você tivesse metade da graça que acha que tem, meu rapaz, seria duas vezes mais engraçado do que é — ela desapareceu novamente através das cortinas. Seu "Humpf!" alto quase foi ofuscado pelo tilintar das contas.

Jace franziu o rosto.

— Não entendi muito bem o que ela quis dizer com isso.

— Sério? — disse Clary. — Para mim, fez todo sentido. — Ela marchou através da cortina de contas antes que ele pudesse responder.

O salão estava tão pouco iluminado que Clary precisou piscar várias vezes até que os olhos se acostumassem. Uma luz fraca alinhava as cortinas de veludo preto que cobriam toda a parede esquerda. Pássaros e morcegos empalhados penduravam-se do teto em pequenas cordas e tinham contas pretas brilhantes no lugar dos olhos. O chão tinha uma camada desgastada de tapetes persa que levantavam poeira ao serem pisados. Um conjunto de poltronas cor-de-rosa se aglomerava ao redor de uma mesa baixa. Um baralho de cartas de tarô amarrado com um laço de seda ocupava uma das pontas da mesa, e uma bola de cristal com a base dourada ocupava a outra. No centro da mesa havia um conjunto prateado de chá, disposto para convidados: um prato de sanduíches, um bule azul exalando fumaça branca e duas xícaras em pires combinados em frente a duas cadeiras.

— Uau — disse Clary suavemente. — Está ótimo. — Ela se sentou em uma das cadeiras. Era agradável.

Dorothea sorriu, com um olhar astuto e brilhante.

— Tome um pouco de chá — disse ela, levantando o bule. — Leite? Açúcar?

Clary olhou de soslaio para Jace, que estava ao lado dela e já havia tomado posse do prato de sanduíches. Ele o estava examinando cuidadosamente.

— Açúcar — disse ele.

Jace deu de ombros, pegou um sanduíche e devolveu o prato à mesa. Clary o observou cautelosamente enquanto ele comia. Ele deu de ombros novamente.

— Pepino — disse ele em resposta ao olhar fixo de Clary.

— Eu sempre acho que sanduíche de pepino combina perfeitamente com chá, não é mesmo? — perguntou Madame Dorothea, para ninguém em particular.

— Detesto pepino — disse Jace e entregou o resto do sanduíche a Clary. Ela deu uma mordida; estava temperado com a quantidade perfeita de maionese e pimenta. Seu estômago ressoou em agradecimento ao receber a primeira comida desde os nachos que comera com Simon.

— Pepino e bergamota — disse Clary. — Tem mais alguma coisa que você odeie que eu deva saber?

Jace olhou para Dorothea por cima da borda da xícara de chá.

— Mentirosos — ele disse.

Calmamente, a senhora repousou a xícara de chá.

— Você pode me chamar de mentirosa, se quiser. É verdade, não sou uma bruxa. Mas minha mãe era.

Jace engasgou com o chá.

— Isso é impossível.

— Por que é impossível? — perguntou Clary, curiosa. Ela tomou um gole do chá. Estava amargo e fortemente aromatizado.

Jace respirou fundo.

— Porque são semi-humanos, semidemônios. Todas as bruxas e feiticeiros são mestiços. E, por serem mestiços, não podem ter filhos. São estéreis.

— Como as mulas — disse Clary, pensativa, lembrando alguma coisa da aula de biologia. — Mulas são criaturas mestiças estéreis.

— Seu conhecimento sobre pecuária é impressionante — disse Jace. — Todos os habitantes do Submundo são em parte demônios, mas só os feiticeiros são filhos de pais demônios. É por isso que são os mais poderosos.

— Vampiros e lobisomens, eles também são em parte demônios? E fadas?

— Vampiros e lobisomens resultam de doenças trazidas por demônios de suas dimensões habitacionais. A maioria das doenças demoníacas é fatal a humanos, mas nesses casos provocaram mudanças estranhas nos infectados, sem matá-los de fato. E fadas...

— Fadas são anjos caídos — disse Dorothea — que desceram do paraíso por seu orgulho.

— Essa é a lenda — disse Jace. — Também se diz que elas são frutos de anjos e demônios, o que para mim sempre pareceu mais provável. Bem e mal, misturados. As fadas são tão bonitas quanto os anjos deveriam ser, mas têm muita travessura e crueldade em si. E você pode perceber que a maioria evita a luz do meio-dia...

— Pois o demônio não tem poder — Dorothea disse suavemente, como se estivesse recitando uma velha rima —, senão na escuridão.

Jace franziu o rosto para ela. Clary disse:

— Deveriam ser? Você quer dizer que anjos não...

— Chega de falar de anjos — disse Dorothea, subitamente prática. — É verdade que feiticeiros não podem ter filhos. Minha mãe me adotou porque queria se certificar de que haveria alguém para cuidar deste lugar depois que ela se fosse. Não preciso fazer mágica. Devo apenas vigiar e guardar.

— Guardar o quê? — perguntou Clary.

— De fato, o quê? — Com uma piscadela, a senhora alcançou um sanduíche no prato, mas este estava vazio. Clary havia comido tudo. Dorothea sorriu. — É bom ver uma menina comendo bem. Na minha época, as meninas eram criaturas fortes e robustas, não os gravetos que são hoje em dia.

— Obrigada — disse Clary. Ela pensou na cinturinha de Isabelle e de repente se sentiu enorme. Ela repousou a xícara vazia de chá com um ruído.

Instantaneamente, Madame Dorothea pegou a xícara e olhou fixamente para ela, uma linha aparecendo entre as sobrancelhas pinceladas.

— O quê? — disse Clary nervosa. — Eu rachei a xícara ou alguma coisa assim?

— Ela está lendo suas folhas de chá — disse Jace, soando entediado, mas ele se inclinou para a frente junto com Clary, enquanto Dorothea girava a xícara, com dedos grossos, franzindo o rosto.

— É ruim? — perguntou Clary.

— Não é ruim nem bom. É confuso — Dorothea olhou para Jace. — Me dê a *sua* xícara — ordenou.

Jace pareceu afrontado.

— Mas ainda não acabei o meu...

A senhora arrancou a xícara da mão dele e jogou o excesso do chá de volta no bule. Franzindo o rosto, ela olhou fixamente para o que restava.

— Vejo violência no seu futuro, uma grande quantidade de sangue derramado por você e por outros. Você vai se apaixonar pela pessoa errada. E também tem um inimigo.

— Só um? Isso é uma boa notícia. — Jace recostou-se novamente na cadeira enquanto Dorothea guardava a xícara dele e pegava a de Clary outra vez. Ela balançou a cabeça.

— Não há nada para ler aqui. As imagens estão confusas, sem qualquer significado. — Ela olhou para Clary. — Sua mente está bloqueada?

Clary estava perplexa.

— Como?

— Algum feitiço que possa ocultar uma memória, ou que possa ter bloqueado sua Visão.

Clary balançou a cabeça.

— Não, é claro que não.

Jace se inclinou para a frente em alerta.

— Não se precipite — ele disse. — Ela alega não se lembrar de ter possuído a Visão antes dessa semana. Talvez...

— Talvez eu tenha me desenvolvido tardiamente — disse Clary. — E não me olhe assim só porque eu disse isso.

Jace assumiu um ar de ofendido.

— Eu não ia fazer isso.

— Você estava se preparando para um olhar malicioso, dava para perceber.

— Talvez — reconheceu Jace —, mas isso não significa que eu não tenha razão. Alguma coisa está bloqueando suas lembranças, tenho quase certeza disso.

— Muito bem, vamos tentar outra coisa — Dorothea repousou a xícara e alcançou as cartas de tarô envolvidas pela seda. Ela ventilou as cartas e as entregou a Clary. — Passe a mão nelas até sentir alguma que seja quente ou fria, ou que pareça se agarrar aos seus dedos. Em seguida, retire uma e me mostre.

Obediente, Clary passou os dedos pelas cartas. Elas eram frescas e escorregadias, mas nenhuma parecia particularmente quente ou fria, e nenhuma se agarrou a ela. Finalmente, escolheu a esmo, e a levantou.

— O Ás de Copas — disse Dorothea, parecendo estupefata. — A carta do amor.

Clary virou e olhou a carta, que pesava em sua mão. A imagem na frente era grossa, com tinta verdadeira. Mostrava uma mão segurando um cálice na frente de um sol pintado de dourado. O cálice era feito de ouro, marcado com sóis menores e cravejado de rubis. O estilo artístico lhe era tão familiar quanto sua própria respiração.

— É uma carta boa, não é?

— Não necessariamente. As coisas mais terríveis que os homens fazem são em nome do amor — disse Madame Dorothea, com os olhos brilhando. — Mas é uma carta poderosa. O que ela significa para você?

— Que foi pintada pela minha mãe — disse Clary, e colocou a carta na mesa. — Foi ela quem pintou, não foi?

Dorothea assentiu, com um olhar de satisfação estampado no rosto.

— Ela pintou todas as cartas. Um presente para mim.

— É o que você diz — disse Jace com os olhos frios. — O quanto você conhecia a mãe de Clary?

Clary esticou a cabeça para olhar para ele.

— Jace, você não precisa...

Dorothea sentou-se de volta na cadeira, com as cartas abertas em forma de leque sobre o peito.

— Jocelyn sabia o que eu era, e eu sabia o que ela era. Não conversávamos muito a respeito. Às vezes ela me fazia favores, como pintar esse baralho, e, em troca, eu contava algumas fofocas do Submundo. Havia um nome ao qual ela me pediu para prestar atenção, e eu o fiz.

Era impossível interpretar a expressão de Jace.

— Que nome era esse?

— Valentim.

Clary sentou-se reta.

— Mas esse...

— E quando você diz que sabe o que Jocelyn era, o que quer dizer? O que ela era? — perguntou Jace.

— Jocelyn era o que era — disse Dorothea. — Mas no passado ela foi como você. Uma Caçadora de Sombras. Parte da Clave.

— Não — sussurrou Clary.

Dorothea olhou para ela com olhos tristes, quase gentis.

— É verdade. Ela escolheu morar nesta casa precisamente porque...

— Porque isso é um Santuário — Jace disse a Dorothea. — Não é? Sua mãe era um Controle. Ela criou este espaço, escondido, protegido, perfeito para habitantes foragidos do Submundo se esconderem. É isso que você faz, não é? Você esconde criminosos aqui.

— Você os *chamaria* assim — disse Dorothea. — Você está familiarizado com o lema do Pacto?

— *Dura lex sed lex* — disse Jace, automaticamente. — A Lei é dura, mas é a Lei.

— Às vezes a Lei é dura demais. Eu sei que a Clave teria me tirado da minha mãe se pudesse. Você quer que eu permita que façam o mesmo com os outros?

— Então você ajuda a todos. — Os lábios de Jace se curvaram. — Suponho que você ache que eu vou acreditar que os habitantes do Submundo não lhe pagam um bom dinheiro pelo privilégio do seu Santuário?

Dorothea sorriu, um sorriso largo o suficiente para exibir o brilho de molares dourados.

— Não são todos que podem viver da beleza, como você.

Jace pareceu inabalado pelo elogio.

— Eu deveria denunciá-la para a Clave...

— Você não pode! — Clary estava de pé agora. — Você prometeu.

— Eu não prometi nada — Jace estava revoltado. Foi até a janela e empurrou uma das cortinas de veludo. — Você quer me contar o que é isso? — exigiu.

— É uma porta, Jace — disse Clary. *Era* uma porta, estranhamente colocada na parede entre as duas janelas. Claramente não poderia ser uma porta que levasse a qualquer lugar, ou ela seria visível do lado de fora da casa. Parecia feita de algum metal macio e brilhante, mais claro do que bronze, mas tão pesado quanto ferro. A maçaneta tinha o formato de um olho.

— Cale a boca — disse Jace, furioso. — É um Portal. Não é?

— É uma porta de cinco dimensões — disse Dorothea, colocando as cartas de volta sobre a mesa. — As dimensões não são linhas retas, você sabe — acrescentou, em resposta ao olhar confuso de Clary. — Têm mergulhos e entradas, cantos e recantos, todos espalhados. É um pouco difícil de explicar quando você nunca estudou teoria dimensional, mas, essencialmente, essa porta pode levá-lo a qualquer lugar que desejar ir nessa dimensão. É...

— Uma escotilha de fuga — disse Jace. — É por isso que sua mãe queria morar aqui. Para que ela sempre pudesse escapar a qualquer instante.

— Então por que ela não... — Clary começou e em seguida se interrompeu, repentinamente horrorizada. — Por minha causa — ela disse. — Ela não iria sem mim naquela noite. Então ficou.

Jace estava balançando a cabeça.

— Você não pode se culpar.

Sentindo as lágrimas se formando, Clary passou por Jace e foi até a porta.

— Quero ver para onde ela teria ido — ela disse, esticando o braço para alcançar a porta. — Quero ver para onde ela iria fugir...

— Clary, não! — Jace esticou-se para segurá-la, mas ela já estava com os dedos na maçaneta. Girou rapidamente sob suas mãos, e a porta se abriu como se ela tivesse empurrado. Dorothea se levantou com um grito, mas era tarde demais. Antes que sequer pudesse concluir a frase, Clary se viu empurrada para a frente, caindo no espaço vazio.

Capítulo 8

ARMA DE ESCOLHA

Ela estava surpresa demais para gritar. A sensação de queda foi a pior parte; o coração voou até a garganta e o estômago virou água. Ela esticou os braços, tentando agarrar alguma coisa, qualquer coisa que a desacelerasse.

Ela fechou as mãos em galhos. Folhas foram arrancadas. Ela caiu no chão, com força, o quadril e o ombro atingiram um solo compactado. Ela rolou para o lado, respirando fundo, devolvendo o ar aos pulmões. Estava começando a sentar quando alguém aterrissou em cima dela.

Ela foi derrubada para trás. Uma testa bateu na dela, seus joelhos nos de alguém. Presa por braços e pernas, Clary tossiu cabelo (não era sequer o dela) para fora da boca e tentou se livrar do peso que parecia esmagá-la.

— Ai — disse Jace no ouvido de Clary, em tom indignado. — Você me deu uma cotovelada.

— Bem, você *pousou* em cima de mim.

Ele se levantou e olhou para ela, placidamente. Clary podia ver o céu azul sobre a cabeça dele, um pedaço de um galho de árvore e o canto de uma casa cinza de ripa de madeira.

— Você não me deixou muita escolha, não é mesmo? — perguntou ele. — Não depois que resolveu pular alegremente pelo Portal, como se estivesse pulando no metrô da linha F. Você tem sorte de não termos ido parar dentro do rio.

— Não precisava vir atrás de mim.

— Precisava, sim — ele disse. — Você é inexperiente demais para se proteger em uma situação hostil sem mim.

— Que gracinha! Talvez eu perdoe você.

— Me perdoar? Pelo quê?

— Por ter me mandado calar a boca.

Ele franziu o cenho.

— Eu não mandei... bem, mandei, mas você estava...

— Deixe pra lá. — O braço dela, preso atrás das costas, estava começando a doer. Rolando para o lado a fim de livrá-lo, ela viu a grama marrom de um gramado morto, uma cerca de arame e um pouco mais da casa cinza de ripa de madeira, agora estranhamente familiar.

Ela congelou.

— Eu sei onde estamos.

Jace parou de fazer barulho.

— O quê?

— Esta é a casa do Luke. — Ela se sentou, empurrando Jace para o lado. Ele rolou graciosamente até ficar de pé, e esticou a mão para ajudá-la a se levantar. Ela o ignorou e cambaleou para cima, sacudindo o braço dormente.

Eles estavam em frente a uma pequena casa cinza desordenada, aninhada entre outras casas que alinhavam a costa de Williamsburg. Uma brisa soprava do rio, fazendo com que um pequeno anúncio balançasse sobre os degraus de tijolo da entrada. Clary observou Jace enquanto ele lia as palavras em voz alta:

— *Livros Garroway. Usados, novos e fora de catálogo. Fechado aos sábados.* — Ele olhou para a porta escura da frente, a maçaneta trancada com um cadeado enorme. Correspondências de alguns dias sobre o tapete na entrada, intocadas. Ele olhou para Clary. — Ele mora em uma livraria?

— Ele mora atrás da loja. — Clary olhou para cima e para baixo da rua vazia, que era cercada em uma ponta pelo arco da Willamsburg Bridge, e por uma fábrica de açúcar abandonada na outra. Do outro lado do rio, o sol estava se pondo atrás dos prédios de Manhattan, envolvendo-os em dourado. — Jace, como viemos parar aqui?

— Através do Portal — disse Jace, examinando o cadeado. — Leva você ao lugar em que estiver pensando.

— Mas eu não estava pensando neste lugar — argumentou Clary. — Eu não estava pensando em lugar nenhum.

— Você devia estar. — Ele encerrou o assunto, parecendo desinteressado. — Então, como já estamos aqui mesmo...

— O quê?

— O que você quer fazer?

— Quero ir embora, eu acho — disse Clary, amargamente. — Luke me disse para não vir aqui.

Jace balançou a cabeça.

— E você simplesmente aceitou isso?

Clary fechou os braços em torno de si. Apesar do calor do dia, ela estava com frio.

— E eu tenho escolha?

— Sempre temos escolhas — disse Jace. — Se eu fosse você, estaria bem curioso a respeito de Luke agora. Você tem a chave da casa?

Clary balançou a cabeça.

— Não, mas às vezes ele deixa a porta dos fundos destrancada — ela apontou para o beco estreito entre a casa de Luke e a vizinha. Lixeiras de plástico estavam organizadamente enfileiradas ao lado de pilhas de jornais e uma banheira plástica de garrafas de refrigerante vazias. Ao menos Luke continuava reciclando.

— Você tem certeza de que ele não está em casa? — perguntou Jace.

Ela olhou para o meio-fio vazio.

— Bem, a caminhonete não está aqui, a loja está fechada e todas as luzes estão apagadas. Eu diria que provavelmente não.

— Então, vá na frente.

A rua estreita entre as casas acabava em uma cerca. Envolvia o pequeno jardim dos fundos, em que as únicas plantas florescendo pareciam ser as ervas daninhas que cresciam entre as pedras do pavimento.

— Vamos pular — disse Jace, colocando a ponta da bota em um buraco na grade. Ele começou a escalar. A grade fez um barulho tão grande que Clary olhou em volta nervosa, mas não havia luzes acesas na casa dos vizinhos. Jace chegou ao topo da grade e saltou para o outro lado, aterrissando nos arbustos, acompanhado por um uivo ensurdecedor.

Por um instante, Clary achou que ele tivesse pousado em um gato de rua. Ela ouviu Jace gritar surpreso ao cair para trás. Uma sombra escura — grande demais para ser felina — explodiu do arbusto e correu pelo jardim, mantendo-se abaixado. Levantando-se rapidamente, Jace foi atrás dele, com um olhar assassino.

Clary começou a escalar. Ao passar a perna sobre o topo da grade, os jeans de Isabelle prenderam em um fio de arame solto e rasgaram na lateral. Ela pulou para o chão, os sapatos atingindo a terra macia, exatamente quando Jace gritou, triunfante.

— Peguei! — Clary virou para ver Jace sentado em cima do intruso, cujos braços estavam sobre a cabeça. Jace o agarrou pelos pulsos. — Vamos, deixe-me ver o seu rosto...

— Saia de cima de mim, seu babaca pretensioso — disparou o intruso, atacando Jace. Ele se debateu até conseguir sentar, os óculos derrubados.

Clary parou onde estava.

— *Simon*?

— Ah, meu Deus — disse Jace, soando decepcionado. — E eu achando que tinha conseguido alguma coisa interessante.

— Mas o que você estava fazendo nos canteiros de Luke? — perguntou Clary, tirando folhas do cabelo de Simon. Ele recebeu o gesto com muita má vontade. De alguma forma, quando ela pensou no reencontro com Simon, quando isso tudo acabasse, ele estaria com um humor melhor. — É isso que eu não estou entendendo.

— Tudo bem, chega. Eu posso arrumar meu próprio cabelo, Fray — disse Simon, desviando-se do toque dela. Eles estavam sentados em um dos degraus da varanda dos fundos de Luke. Jace se colocara no canto da varanda e estava fingindo ignorá-los completamente enquanto usava a estela para limar as pontas das unhas. Clary ficou imaginando se a Clave aprovaria.

— Quero dizer, Luke sabia que você estava aqui? — ela perguntou.

— É claro que ele não sabia que eu estava aqui — disse Simon, irritado. — Eu nunca perguntei, mas ele com certeza tem uma política rígida no que se refere a adolescentes quaisquer escondidos nos canteiros da casa dele.

— Você não é um qualquer; ele o conhece. — Ela queria esticar a mão e tocar a bochecha dele, que ainda estava sangrando um pouquinho após ter sido ligeiramente cortada por um galho. — O mais importante é que você está bem.

— Que *eu* estou bem? — Simon riu, um som afiado e descontente. — Clary, você faz ideia do que eu passei nesses últimos dias? A última vez em que a vi, você estava correndo do Java Jones como um morcego fugindo do inferno, e depois simplesmente... desapareceu. Não atendeu o celular, e o seu telefone de casa estava desligado, depois Luke me disse que você estava com alguns parentes no norte do estado quando eu *sei* que você não tem parente algum. Eu achei que tivesse feito alguma coisa que tivesse irritado você.

— Mas o que você poderia ter feito? — Clary tentou pegar a mão dele, mas ele a puxou sem olhar para ela.

— Não sei — ele disse. — Alguma coisa.

Jace, ainda entretido com a estela, deu uma risada baixa para si mesmo.

— Você é o meu melhor amigo — disse Clary. — Eu não estava chateada com você.

— É, bem, você também claramente não se preocupou em pegar o telefone para me falar que estava por aí com um pseudogótico com o cabelo pintado de louro que provavelmente conheceu no Pandemônio — disse Simon, amargamente. — Depois de eu ter passado os últimos três dias imaginando que você estava *morta*.

— Eu não estava com ele — disse Clary, grata por estar escuro o suficiente para encobrir o sangue que enrubesceu seu rosto.

— E o meu cabelo é naturalmente louro — disse Jace. — Só para deixar claro.

— Então o que você fez nos últimos três dias? — perguntou Simon, os olhos escuros desconfiados. — Você realmente tem uma tia-avó Matilda que contraiu gripe aviária e precisava de cuidados especiais?

— Foi isso que Luke disse?

— Não. Ele apenas disse que você tinha ido visitar alguém da família que estava doente, e que o seu telefone provavelmente não funcionava no campo. Não que eu tenha acreditado nisso. Depois que ele me expulsou pela varanda da frente, eu circulei a casa e olhei pela janela de trás. Assisti enquanto ele preparava uma maleta verde como se fosse passar o fim de semana fora. Foi então que resolvi ficar para vigiar as coisas.

— Por quê? Porque ele fez uma mala?

— Ele encheu a mala de armas — disse Simon, esfregando o sangue da bochecha com a manga da camiseta. — Facas, algumas adagas, até uma espada. E o mais engraçado é que algumas das armas pareciam estar brilhando. — Ele olhou de Clary para Jace, e para Clary outra vez. Sua voz estava tão afiada quanto uma das facas de Luke. — Agora você vai dizer que eu estava imaginando aquilo tudo?

— Não — disse Clary. — Eu não vou dizer isso. — Ela olhou para Jace. O último feixe de luz do pôr do sol refletia um brilho dourado em seus olhos. Então disse: — Vou contar a verdade para ele.

— Eu sei.

— Você vai tentar me impedir?

Ele olhou para a estela que tinha nas mãos.

— Meu juramento à Clave me impede — ele disse. — Você não está impedida por juramento algum.

Ela voltou-se novamente para Simon, respirando fundo.

— Muito bem — ela disse. — Eis o que você precisa saber.

O sol já se pusera completamente atrás do horizonte, e a varanda estava completamente escura quando Clary parou de falar. Simon havia escutado a longa explicação com uma expressão praticamente impassível, apenas franzindo o rosto quando ela chegou à parte do demônio Ravener. Quando acabou de contar, ela limpou a garganta, repentinamente desesperada por um copo d'água.

— Então — ela disse —, alguma pergunta?

Simon levantou a mão.

— Ah, eu tenho perguntas. Muitas.

Clary respirou fundo.

— Muito bem, vá em frente.

Ele apontou para Jace.

— Bem, ele é um... como você chama pessoas como ele mesmo?

— Ele é um Caçador de Sombras — disse Clary.

— Um caçador de demônios — explicou Jace. — Eu mato demônios. Não é muito complicado, na verdade.

Simon olhou novamente para Clary.

— Sério? — Ele estava com os olhos franzidos, como se estivesse esperando que ela lhe dissesse que nada daquilo era verdade e que Jace era de fato um louco foragido que ela havia decidido acolher por bondade.

— Sério.

Simon tinha um olhar decidido no rosto.

— E também existem vampiros? Lobisomens, feiticeiros, tudo isso?

Clary mordeu o lábio inferior.

— É o que ouvi.

— E você também os mata, Jace? — perguntou Simon, dirigindo a pergunta a Jace, que voltara a guardar a estela no bolso e estava examinando as unhas à procura de defeitos.

— Só quando se comportam mal.

Por um instante, Simon apenas ficou sentado olhando para os próprios pés. Clary imaginou se dar essas informações a ele tinha sido a atitude errada. Ele tinha um senso prático mais forte do que qualquer um que Clary conhecia; podia odiar saber de algo assim, uma coisa sem qualquer explicação lógica. Ela se inclinou para a frente, ansiosa, exatamente quando Simon levantou a cabeça.

— Isso é *magnífico* — ele disse.

Jace pareceu tão espantado quanto Clary se sentia.

— Magnífico?

Simon anuiu com entusiasmo o bastante para fazer com que os cachos pretos balançassem sobre a testa.

— Totalmente. É como RPG, só que *de verdade.*

Jace estava olhando para Simon como se ele fosse uma espécie estranha de inseto.

— É como o quê?

— É um jogo — Clary explicou. Ela se sentiu ligeiramente envergonhada. — As pessoas fingem ser magos e elfos, e matam monstros e coisas desse tipo.

Jace parecia abismado.

Simon sorriu.

— Você nunca ouviu falar em RPG? Em *Dungeons and Dragons*?

— Já ouvi falar em *dungeons*, masmorras — disse Jace. — Também em *dragons*, dragões. Apesar de estarem praticamente extintos.

Simon pareceu decepcionado.

— Você nunca matou um dragão?

— Ele provavelmente também nunca encontrou uma mulher-elfo gata de um metro e oitenta com biquíni de pele — disse Clary, irritada. — Dá um tempo, Simon.

— Elfos de verdade só têm vinte centímetros de altura, aproximadamente — disse Jace. — Além disso, eles mordem.

— Mas vampiras são gatas, não são? — disse Simon. — Quero dizer, algumas vampiras são gatinhas, não são?

Por um instante, Clary temeu que Jace fosse voar pela varanda e esganar Simon até ele perder os sentidos. Em vez disso, ele pensou na pergunta.

— Algumas são, acho.

— *Fantástico* — disse Simon. Clary concluiu que preferia quando eles estavam brigando.

Jace saiu da grade da varanda.

— Então, vamos revistar a casa ou não?

Simon se levantou.

— Estou dentro. O que estamos procurando?

— *Nós*? — disse Jace, com delicadeza sombria. — Não me lembro de ter convidado você.

— *Jace* — Clary disse, irritada.

O canto esquerdo de sua boca se curvou.

— Só estava brincando. — Ele chegou para o lado para deixar o caminho livre para a porta. — Vamos?

Clary tateou a porta no escuro, em busca da maçaneta. Ela abriu, ativando a luz da varanda, que iluminou a entrada. A porta que levava à livraria estava fechada. Clary mexeu na maçaneta.

— Está trancada.

— Permitam-me, mundanos — disse Jace, colocando-a de lado gentilmente. Ele retirou a estela do bolso e colocou-a na porta. Simon assistiu com certo despeito. Nem todas as vampiras do mundo, Clary suspeitou, fariam com que ele gostasse de Jace.

— Ele é uma coisa, não é? — resmungou Simon. — Como você aguenta?

— Ele salvou a minha vida.

Simon olhou para ela rapidamente.

— Como...

Com um clique, a porta se abriu.

— Lá vamos nós — disse Jace, colocando a estela de volta no bolso. Clary viu a Marca na porta, logo acima de sua cabeça, desbotar enquanto a atravessavam. A porta dos fundos se abriu em um pequeno armazém, as paredes nuas com tinta descascando. Caixas de papelão empilhadas por todos os lados, o conteúdo de cada uma assinalado com marcadores: "Ficção", "Poesia", "Culinária", "Interesse local", "Romance".

— O apartamento é por ali — Clary caminhou em direção à porta para a qual apontou, no lado oposto da sala.

Jace a pegou pelo braço.

— Espere.

Ela olhou nervosa para ele.

— Alguma coisa errada?

— Não sei. — Ele se colocou entre duas fileiras de caixas e assobiou. — Clary, acho que você deveria vir até aqui ver isso.

Ela olhou em volta. O armazém estava pouco iluminado e a única luz que entrava pela janela era a da varanda.

— Está tão escuro...

Acendeu-se uma luz, iluminando toda a sala com fulgor brilhante. Simon virou a cabeça para o lado, piscando os olhos.

— Ai.

Jace sorriu. Ele estava no topo de uma caixa selada, com a mão levantada. Alguma coisa brilhava na palma de sua mão, a luz escapava por entre os dedos curvados.

— Pedra enfeitiçada — ele disse.

Simon murmurou alguma coisa para si. Clary já estava passando pelas caixas, indo em direção a Jace. Ele estava atrás de uma pilha de livros misteriosos e a pedra enfeitiçada emitia um brilho estranho sobre o rosto dele.

— Veja isso — disse ele, indicando um espaço mais alto na parede. Inicialmente, ela pensou que ele estivesse apontando para um par de arandelas ornamentais. Enquanto seus olhos se ajustavam, ela percebeu que eram rodelas de metal presas a correntes curtas, cujas pontas estavam fincadas na parede.

— Por acaso são...

— Algemas — disse Simon, passando pelas caixas. — Isso é...

— Não diga "pervertido". — Clary lançou-lhe um olhar de aviso. — Estamos falando de Luke.

Jace levantou a mão para passar os dedos na parte interior de uma das rodelas de metal. Ao abaixá-la, os dedos estavam sujos com um pó vermelho-amarronzado.

— Sangue. E vejam. — Ele apontou para a parede ao lado da qual as correntes estavam fincadas; o papel de parede parecia saltar para fora. — Alguém tentou arrancar da parede. E com muita força, ao que tudo indica.

O coração de Clary começou a bater forte no peito.

— Você acha que está tudo bem com Luke?

Jace abaixou a pedra enfeitiçada.

— Acho melhor descobrirmos.

A porta do apartamento estava destrancada. Levava à sala de Luke. Apesar das centenas de livros na loja, havia outras centenas na casa. Prateleiras de livros iam até o teto. Nelas, os volumes ficavam em "duas filas", uma bloqueando a outra. A maioria era de poesia ou ficção, com alguns de fantasia e mistério no meio. Clary se lembrou de ter devorado toda a coleção *As Aventuras de Prydain*, deitada na cadeira abaixo da janela de Luke enquanto o sol se punha sobre o rio.

— Acho que ele ainda está por aqui — disse Simon, na porta da pequena cozinha de Luke. — A cafeteira está ligada e tem café nela. Quente ainda.

Clary espiou pela porta da cozinha. As louças estavam empilhadas na pia. Os casacos de Luke, cuidadosamente pendurados nos cabides do armário de casacos. Ela seguiu pelo corredor e abriu a porta do quarto. Parecia o mesmo de sempre, a cama desarrumada com a colcha cinza e os travesseiros, a mesa de cabeceira cheia de trocados. Ela virou de costas. Uma parte dela tinha certeza de que entraria e encontraria o lugar devastado, e Luke amarrado ou coisa pior. Agora ela não sabia o que pensar.

Entorpecida, ela atravessou o corredor até o quarto de hóspedes, onde havia ficado tantas vezes quando Jocelyn viajava a trabalho. Eles ficavam acordados até tarde vendo filmes de terror antigos na televisão em preto e branco. Ela até deixava uma mochila com coisas extras ali para não ter de ficar levando e trazendo roupas toda vez que voltasse para casa.

Ajoelhando-se, ela puxou a mochila de debaixo da cama pela alça verde-azeitona. Era coberta de broches, a maioria presente de Simon. JOGADORES SE DÃO MELHOR. OTAKU DE CAMPONESAS. AINDA NÃO SOU REI. Dentro, havia algumas roupas dobradas, algumas calcinhas extras, uma escova de cabelo e até xampu. *Graças a Deus,* ela pensou, e fechou a porta do quarto. Rapidamente, ela saiu das roupas grandes demais — e agora sujas de grama e suor — de Isabelle, colocando uma de suas velhas calças, uma camiseta azul com um desenho de personagens chineses na frente. Ela jogou as roupas de Isabelle na mochila, puxou a cordinha e saiu do quarto, com a bolsa sacudindo de modo familiar entre as omoplatas. Era bom voltar a ter alguma coisa que pertencia a ela.

Ela encontrou Jace no escritório abarrotado de livros, examinando uma mochila verde aberta sobre a mesa. Estava, como Simon dissera, cheia de armas — facas, um chicote e algo que parecia um disco de metal afiado.

— É um *chakhram* — disse Jace, levantando o olhar enquanto Clary entrava na sala. — Uma arma sique. Você enrola no dedo indicador antes de soltar. São muito raras e difíceis de usar. É estranho Luke ter uma. Era a arma de escolha de Hodge antigamente. Pelo menos é o que ele diz.

— Luke coleciona coisas. Objetos de arte. Você sabe — disse Clary apontando para a prateleira atrás da mesa, cheia de estátuas indígenas e ícones russos. Seu favorito era uma estatueta da deusa indiana da destruição, Kali, representada com uma espada e uma cabeça decepada enquanto dançava com a cabeça para trás com os olhos fechados. Ao lado da mesa, havia uma antiga tela chinesa, esculpida em madeira jacarandá brilhante. — Coisas bonitas.

Jace moveu o *chakhram* cautelosamente para o lado. Um punhado de roupas saiu da mochila desamarrada de Luke, como se tivessem sido acrescentadas em um segundo momento.

— Aliás, acho que isso é seu.

Ele pegou um objeto retangular escondido junto com as roupas: um porta-retratos de madeira com uma rachadura vertical no vidro. A rachadura se ampliava em linhas que pareciam teias de aranha sobre os rostos sorridentes de Clary, Luke e Jocelyn.

— Isso *é* meu — disse Clary, tirando da mão dele.

— Está quebrado — observou Jace.

— Eu sei. Fui eu que fiz isso. Eu quebrei. Quando atirei no demônio Ravener. — Ela olhou para ele, vendo a percepção que surgia no rosto de Jace. — Isso significa que Luke esteve no apartamento depois do ataque. Talvez hoje mesmo...

— Ele deve ter sido a última pessoa a passar pelo Portal — disse Jace. — Por isso nos trouxe aqui. Você não estava pensando em lugar algum, então ele nos mandou para o último lugar onde havia estado.

— Dorothea foi *muito* legal em nos contar que ele estava lá — disse Clary.

— Ele provavelmente pagou para ela ficar quieta. Isso ou ela confia mais nele do que na gente. O que significa que ele pode não ser...

— Gente! — Era Simon, entrando na sala em pânico. — Alguém está vindo.

Clary derrubou a foto.

— Luke?

Simon espiou o corredor, depois fez que sim com a cabeça.

— É. Mas ele não está sozinho. Dois homens estão com ele.

— Homens? — Jace atravessou a sala com alguns passos, espiou pela porta e resmungou baixinho. — Feiticeiros.

Clary o encarou.

— Feiticeiros? Mas...

Sacudindo a cabeça, Jace recuou.

— Tem algum jeito de sair daqui? Uma porta dos fundos?

Clary balançou a cabeça. O ruído de passos no corredor já era audível, provocando pontadas de medo em seu peito.

Jace olhou à sua volta desesperadamente. Seu olhar parou na tela de jacarandá.

— Vá para trás daquilo — ele disse, apontando. — *Agora.*

Clary derrubou a foto quebrada na mesa e se escondeu atrás da tela, puxando Simon consigo. Jace estava logo atrás, com a estela em mãos. Ele mal havia se escondido atrás da tela também quando Clary ouviu a porta se abrir, o barulho de pessoas entrando no escritório de Luke — em seguida vozes. Três homens falando. Ela olhou tensa para Simon, que estava muito pálido, e depois para Jace, que tinha a estela erguida na mão e estava mexendo levemente a ponta, em um formato quadrado. Enquanto observava, o quadrado clareou, como um painel de vidro. Ela viu Simon inspirar fundo — um ruído baixinho, praticamente inaudível — e Jace balançou a cabeça para os dois, falando sem som as seguintes palavras: *eles não conseguem nos ver, mas nós conseguimos vê-los.*

Mordendo o lábio, Clary inclinou-se para a frente e espiou através da tela agora de vidro, consciente da respiração de Simon em sua nuca. Ela enxergava a sala perfeitamente: as prateleiras de livros, a mesa com a mochila aberta — e Luke maltrapilho e ligeiramente curvado, com os óculos no alto da cabeça, parado ao lado da porta. Era assustador, mesmo sabendo que ele não podia enxergá-la, pois o vidro feito por Jace era como o espelho de uma sala de interrogatório policial: só tinha um lado.

Luke virou, olhando através da entrada.

— Sim, sintam-se livres para olhar por aí — ele disse, com o tom razoavelmente carregado por sarcasmo. — É muito gentil da parte de vocês mostrarem interesse.

Uma risadinha baixa ecoou do canto da sala. Com um movimento impaciente de pulso, Jace cutucou a ponta da "janela", que abriu um pouco mais. Havia dois homens com Luke, ambos em longas túnicas avermelhadas, com os capuzes empurrados para trás. Um deles era magro, com um bigode cinza elegante e barba pontuda. Quando sorriu, exibiu dentes extremamente brancos. O outro era corpulento, largo como um lutador, e tinha cabelos avermelhados. Tinha a pele roxa e as maçãs do rosto pareciam brilhar, como se sua pele tivesse sido esticada demais.

— Esses são feiticeiros? — Clary sussurrou suavemente.

Jace não respondeu. Ele havia ficado completamente rígido, como uma barra de ferro. *Ele está com medo que eu vá fugir, tentando surpreender a Luke,* pensou Clary. Ela gostaria de poder garantir a ele que não faria isso. Havia algo sobre aqueles dois homens, com suas capas grossas cor de sangue, completamente assustador.

— Considere isso um check-up amigável, *Graymark* — disse o homem de bigode cinza. Ele tinha um sorriso que exibia dentes tão afiados que pareciam ter sido cultivados para o canibalismo.

— Não há nada de amigável em você, Pangborn. — Luke se sentou na ponta da mesa, angulando o corpo de modo que a visão do sujeito ficasse bloqueada, fazendo com que ele não enxergasse a mochila ou seu conteúdo. Agora que ele estava mais perto, Clary podia ver que o rosto e as mãos de Luke estavam severamente feridos, os dedos arranhados e ensanguentados. Um longo corte no pescoço desaparecia sob o colarinho. *Que diabos acontecera a ele?*

— Blackwell, não toque nisso, é muito valioso — disse Luke, incisivo.

O grandalhão ruivo, que pegara a estátua de Kali da estante, passou os dedos sobre ela pensativamente.

— Que beleza — ele disse.

— Ah — disse Pangborn, tirando a estátua das mãos do colega. — Ela foi criada para combater um demônio que não podia ser morto por nenhum deus ou nenhum homem. "Oh Kali, minha mãe cheia de bem-aventurança! Feiticeira do todo-poderoso Shiva, em vossa alegria delirante vós dançais, batendo vossas mãos. Vós sois a Causadora de todas as causas, e nós não somos nada além de vossos brinquedos."

— Muito bem — disse Luke. — Não sabia que você estudava mitos indianos.

— Todos os mitos são verdadeiros — disse Pangborn, e Clary sentiu um leve calafrio subindo pela espinha. — Ou você se esqueceu até disso?

— Não me esqueci de nada — disse Luke. Embora parecesse relaxado, Clary podia sentir a tensão nos ombros e na boca dele. — Suponho que Valentim o tenha mandado?

— Mandou — disse Pangborn. — Ele achou que você pudesse ter mudado de ideia.

— Não há nada sobre o que mudar de ideia. Eu já disse que não sei de nada. Belas capas, a propósito.

— Obrigado — disse Blackwell com um sorriso astuto. — Pegamos de uns feiticeiros mortos.

— São túnicas oficiais do Acordo, não são? — perguntou Luke. — São da Ascensão?

Pagborn deu uma risada.

— Despojos de batalha.

— Vocês não têm medo de que alguém os confunda com os verdadeiros?

— Não — disse Blackwell —, quando chegarem perto.

Pangborn acariciou a ponta da túnica.

— Você se lembra da Ascensão, Lucian? — disse suavemente. — Foi um dia terrível e maravilhoso. Você se lembra de como treinamos juntos para a batalha?

O rosto de Luke enrijeceu.

— O passado é passado. Eu não sei o que dizer a vocês, cavalheiros. Não posso ajudálos agora. Não sei de nada.

— "Nada" é uma palavra tão genérica, tão sem sentido — disse Pangborn, soando melancólico. — Certamente alguém que tem tantos livros deve saber *alguma coisa*.

— Se você quiser saber onde encontrar uma andorinha na primavera, posso lhe indicar o título e a referência exata. Mas se quer saber como ou onde está o Cálice Mortal que desapareceu...

— Desapareceu pode não ser a palavra correta — ronronou Pangborn. — Escondido é melhor. Escondido por Jocelyn.

— Pode ser — disse Luke. — Então ela ainda não te contou onde está?

— Ela ainda não recobrou a consciência — disse Pangborn, desenhando no ar com os longos dedos da mão — Valentim está decepcionado. Ele estava ansioso pela reunião.

— Tenho certeza de que não ela não sentia o mesmo — murmurou Luke.

Pangborn murmurou algo.

— Está com ciúmes, Graymark? Talvez você não sinta por ela o que *costumava* sentir.

Uma tremedeira incontrolável tomou conta dos dedos de Clary, tão forte que ela teve de entrelaçar as mãos para que parasse. *Jocelyn? Será que estão falando da minha mãe?*

— Eu nunca senti nada em particular por ela — disse Luke. — Dois Caçadores de Sombra, exilados da própria espécie, você pode entender por que nos unimos. Mas não vou tentar interferir nos planos de Valentim para ela, se é isso que o preocupa.

— Eu não diria que ele está preocupado — disse Pangborn. — Curioso, eu diria. Todos nós tínhamos dúvida se vocês ainda estavam vivos. Ainda reconhecíveis como humanos.

Luke ergueu as sobrancelhas.

— E?

— Você parece bem o suficiente — disse Pangborn a contragosto. Ele recolocou a estatueta de Kali na prateleira. — Havia uma criança, não havia? Uma garota.

Luke pareceu espantado.

— O quê?

— Não banque o idiota — disse Blackwell em um tom de voz que parecia um rosnado. — Nós sabemos que a desgraçada teve uma filha. Encontraram fotos dela no apartamento, um quarto...

— Achei que estivessem perguntando sobre crianças minhas — interrompeu Luke calmamente. — Sim, Jocelyn teve uma filha. Clarissa. Presumo que ela tenha fugido. Valentim os mandou para encontrá-la?

— Nós não — disse Pangborn. — Mas ele está procurando.

— Poderíamos revistar esta casa — acrescentou Blackwell.

— Eu não recomendaria — disse Luke, e desceu da mesa. Havia uma ameaça velada em seu olhar ao encarar os dois homens, embora não tivesse mudado a expressão. — O que faz vocês pensarem que ela ainda está viva? Eu pensei que Valentim tivesse enviado Raveners para limpar o terreno. Com veneno de Ravener o suficiente, a maioria das pessoas vira cinzas, sem deixar traço algum.

— Havia um Ravener morto — disse Pangborn. — Isso deixou Valentim desconfiado.

— Tudo deixa Valentim desconfiado — disse Luke. — Talvez Jocelyn o tenha matado. Ela certamente tem essa capacidade.

Blackwell grunhiu.

— Talvez.

Luke deu de ombros.

— Prestem atenção, eu não faço ideia de onde a garota esteja, mas, se querem minha opinião, acho que ela está morta. Ela já teria aparecido se estivesse viva. Além do mais, ela não representa qualquer perigo. Ela tem 15 anos, nunca ouviu falar em Valentim, e não acredita em demônios.

Pangborn riu.

— Uma criança de sorte.

— Não mais — disse Luke.

Blackwell ergueu as sobrancelhas.

— Você parece irritado, Lucian.

— Não estou irritado, estou exasperado. Não tenho a menor intenção de interferir nos planos de Valentim, vocês entendem isso? Não sou tolo.

— Mesmo? — disse Blackwell. — É bom saber que desenvolveu algum respeito pela própria pele com o passar dos anos, Lucian. Você nem sempre foi tão pragmático.

— Você sabe — disse Pangborn, em tom casual — que trocaríamos Jocelyn pelo Cálice? Em perfeita segurança, bem à sua porta. Esta é uma promessa do próprio Valentim.

— Eu sei — disse Luke. — Não estou interessado. Não sei onde está o seu precioso Cálice, e não quero me envolver em suas políticas. Eu odeio Valentim — acrescentou —, mas o respeito. Eu sei que ele elimina todos que atravessam seu caminho. Pretendo estar fora de alcance quando isso acontecer. Ele é um monstro, uma máquina de destruição e morte.

— Olha quem está falando — rosnou Blackwell.

— Presumo que estas sejam suas preparações para sair do caminho de Valentim? — disse Pangborn, apontando um longo dedo para a mochila semifechada em cima da mesa. — Vai sair da cidade, Lucian?

Luke fez que sim com a cabeça.

— Vou para o campo. Pretendo ficar quieto por um tempo.

— Nós poderíamos impedi-lo — disse Blackwell. — Fazê-lo ficar.

Luke sorriu. Transformou sua expressão. De repente, ele não era mais o homem generoso e intelectual que empurrava Clary no balanço do parquinho e a ensinava a andar de triciclo. Subitamente, havia algo feroz por trás daqueles olhos, algo pérfido e frio.

— Vocês poderiam tentar.

Pangborn olhou para Blackwell, que balançou a cabeça uma vez, lentamente. Pangborn olhou mais uma vez para Luke.

— Você vai avisar se lembrar repentinamente de alguma coisa?

Luke ainda estava sorrindo.

— Você será o primeiro da lista.

Pangborn anuiu ligeiramente com a cabeça.

— Acho que vamos indo. Que o Anjo o proteja, Lucian!

— O Anjo não protege pessoas como eu — disse Luke. Ele pegou a mochila na mesa e fechou-a. — Estão saindo, cavalheiros?

Levantando os capuzes para cobrir novamente as faces, os dois saíram da sala, seguidos por Luke um instante mais tarde. Ele parou um instante na porta, olhando em volta como se estivesse pensando se teria esquecido alguma coisa. Depois a fechou cuidadosamente.

Clary ficou onde estava, congelada, ouvindo a porta da frente se fechar, e o tilintar metálico longínquo enquanto Luke recolocava o cadeado. Ela não parava de ver o olhar no rosto de Luke, incessantemente, quando ele disse que não estava interessado no que acontecesse à mãe dela.

Sentiu uma mão em seu ombro.

— Clary? — Era Simon, a voz hesitante, quase suave. — Você está bem?

Ela balançou a cabeça, muda. Estava longe de estar bem. Aliás, a sensação que tinha era de que jamais voltaria a ficar bem.

— É claro que ela não está bem — disse Jace, com a voz tão afiada e fria quanto pedaços de gelo. Ele pegou a tela e a empurrou para o lado bruscamente. — Pelo menos agora sabemos quem mandaria um demônio atrás de sua mãe. Aqueles homens acham que ela está com o Cálice Mortal.

Clary sentiu os lábios se contraírem em uma linha fina.

— Isso é completamente ridículo *e* impossível.

— Talvez — disse Jace, apoiando-se na mesa de Luke. Ele a encarou com olhos opacos como vidro embaçado. — Você já viu esses homens alguma vez?

— Não. — Ela balançou a cabeça. — Nunca.

— Lucian parecia conhecê-los. Parecia amigável com eles.

— Eu não diria amigável — disse Simon. — Diria que estavam contendo a hostilidade.

— Eles não o mataram logo de cara — disse Jace. — Acham que ele sabe mais do que está dizendo.

— Talvez — disse Clary — ou talvez estejam apenas relutantes em matar outro Caçador de Sombras.

Jace riu, um barulho duro, quase maldoso, que arrepiou os pelos nos braços de Clary.

— Duvido.

Ela o encarou severamente.

— O que faz você ter tanta certeza? Você os conhece?

A risada abandonou completamente a voz de Jace quando ele respondeu.

— Se os conheço? — ecoou. — Acho que você poderia dizer isso. São os homens que assassinaram meu pai.

Capítulo 9

O CICLO E A IRMANDADE

Clary deu um passo à frente para tocar o braço de Jace, dizer alguma coisa, qualquer coisa — o que se dizia para alguém que havia acabado de ver os assassinos do próprio pai? A hesitação de Clary revelou não ter importância alguma; Jace mexeu o ombro de modo a espantar seu toque, como se o machucasse.

— Devemos ir — ele disse, saindo do escritório e entrando na sala. Clary e Simon se apressaram atrás dele. — Não sabemos quando Luke voltará.

Eles saíram pela porta dos fundos, Jace utilizou a estela para trancar tudo direto para a rua silenciosa. A lua pendurava-se como um amuleto sobre a cidade, emitindo reflexos perolados na água do rio. O ronco distante de carros passando pela Williamsburg Bridge preenchia o ar úmido com um ruído que se assemelhava a asas batendo. Simon disse:

— Alguém quer me dizer para onde estamos indo?

— Para a linha L do metrô — disse Jace calmamente.

— Você só pode estar brincando — disse Simon, piscando os olhos. — Matadores de demônio andam de metrô?

— É mais rápido que ir de carro.

— Achei que fosse alguma coisa mais legal, como uma van com a frase "Morte aos Demônios" pintada do lado de fora, ou...

Jace nem se incomodou em fazer com que ele parasse. Clary olhou de soslaio para Jace. Às vezes, quando Jocelyn estava muito irritada com alguma coisa, ou simplesmente de mau humor, ficava de um jeito que Clary chamava de "assustadoramente calma". Era uma calma que fazia Clary pensar em como o gelo brilhava antes de quebrar com o peso da pessoa. Jace estava assustadoramente calmo. Com o rosto sem qualquer expressão, embora algo estivesse queimando no fundo daqueles olhos dourados.

— Simon — disse ela. — Chega.

Simon a olhou de um jeito como se dissesse *de que lado você está?*, mas Clary o ignorou. Ela continuava observando Jace enquanto viravam na Kent Avenue. As luzes da ponte atrás deles iluminavam os cabelos de Jace, criando um resplendor improvável. Ela imaginou se era errado o fato de ela estar satisfeita pelos homens que levaram sua mãe serem os mesmos que mataram o pai de Jace anos antes. Pelo menos por enquanto, ele teria de ajudá-la a encontrar Jocelyn, querendo ou não. Pelo menos por enquanto, não poderia deixá-la sozinha.

— Você mora *aqui*? — Simon estava olhando para o alto da catedral com as janelas quebradas e as portas seladas com fita amarela de polícia. — Mas é uma igreja.

Jace pôs a mão por dentro do colarinho da camisa e puxou uma chave de bronze pendurada em um chaveiro. Parecia o tipo de chave que alguém usaria para abrir um baú velho em um sótão. Clary assistiu à cena, curiosa — ele não havia trancado a porta quando saíram do Instituto; apenas a fechou.

— Achamos útil habitar um solo oco.

— Tudo bem, entendo, mas, sem querer ofender, este lugar é um lixo — disse Simon, olhando dubiamente para a grade de ferro curvada que cercava a antiga construção, cheia de lixo empilhado nas escadas.

Clary deixou a mente relaxar. Ela se imaginou pegando um dos trapos de terebintina da mãe e passando na vista à frente dela, limpando o feitiço, como se fosse tinta velha.

Lá estava: a verdadeira visão, brilhando através da falsa como luz através de um vidro escuro. Ela viu as espirais da catedral, o fulgor das janelas de chumbo, a placa de bronze fixada na parede de pedra ao lado da porta, com o nome do Instituto gravado. Conteve a visão por um instante antes de deixá-la sumir, quase com um suspiro.

— Tem muita magia, Simon — ela disse. — Não é realmente assim.

— Se essa é a sua ideia de magia, acho que vou repensar se vou deixar você ser a responsável pela minha mudança de visual.

Jace encaixou a chave na tranca, olhando para Simon por cima do ombro.

— Não sei se você tem noção da dimensão da honra que estou concedendo a você — ele disse. — Você será o primeiro mundano a ter entrado no Instituto um dia.

— Deve ser o cheiro que mantém os outros afastados.

— Ignore — Clary disse a Jace, e deu uma cotovelada em Simon. — Ele sempre diz exatamente o que vem à cabeça. Não tem filtro.

— Filtros são para cigarro e café — resmungou Simon enquanto entravam. — Duas coisas, por sinal, que cairiam muito bem agora.

Clary pensou desejosa em café enquanto subiam escadas em espiral, cada uma entalhada com um glifo. Estava começando a reconhecer alguns — atormentavam sua visão como palavras semiescutadas em uma língua estrangeira atormentavam sua audição, como se simplesmente se concentrando um pouco mais fosse possível extrair algum significado.

Clary e os dois meninos chegaram ao elevador e subiram em silêncio. Ela ainda estava pensando no café, grandes canecas de café, cujo conteúdo era metade leite, do jeito que Jocelyn fazia pela manhã. Às vezes Luke trazia saquinhos de rolinhos doces da confeitaria Golden Carriage em Chinatown. Ao pensar em Luke, o estômago de Clary se encolheu e ela perdeu o apetite.

O elevador parou com estrépito, e eles estavam novamente na entrada de que Clary lembrava. Jace tirou a jaqueta, jogou-a em cima de uma cadeira próxima e assobiou através dos dentes. Em alguns segundos, apareceu Church, abaixando-se, os olhos amarelos brilhando no ar empoeirado.

— Church — disse Jace, ajoelhando-se para acariciar a cabeça cinza do gato. — Onde está Alec, Church? Cadê o Hodge?

Church arqueou a coluna e miou. Jace franziu o nariz, coisa que Clary poderia ter achado bonitinho em outras circunstâncias.

— Eles estão na biblioteca? — Ele se levantou e Church se sacudiu, trotando um pouquinho pelo corredor, e olhando para trás. Jace seguia o gato como se isso fosse a coisa mais natural do mundo, indicando com um aceno que Clary e Simon deveriam acompanhá-lo.

— Não gosto de gatos — disse Simon, com o ombro batendo no de Clary enquanto manobravam pelo corredor estreito.

— Conhecendo Church — disse Jace —, é improvável que ele goste de você.

Eles estavam passando por um dos corredores alinhados com os quartos. As sobrancelhas de Simon se ergueram.

— Quantas pessoas moram aqui, exatamente?

— É um instituto — disse Clary. — Um lugar no qual os Caçadores de Sombras podem ficar quando estão na cidade. É uma espécie de combinação entre refúgio seguro e instalação de pesquisa.

— Pensei que fosse uma igreja.

— Fica *dentro* de uma igreja.

— E *isso* não é confuso. — Ela podia perceber o nervosismo sob o tom agitado de Simon. Em vez de brigar com ele, Clary esticou a mão e pegou a dele, entrelaçando os dedos nos dedos frios do amigo. Sua mão estava fria, mas ele retribuiu a pressão com um aperto agradecido.

— Eu sei que é estranho — ela disse calmamente —, mas você tem que embarcar na onda. Pode confiar em mim.

Os olhos escuros de Simon estavam sérios.

— Eu confio em você — ele disse. — Não confio *nele*. — Ele olhou na direção de Jace, que estava andando alguns passos à frente deles, aparentemente conversando com o gato. Clary imaginou sobre o que estariam falando. Política? Ópera? O preço alto do atum?

— Bem, você precisa tentar — ela disse. — Agora ele é a melhor chance que tenho de encontrar minha mãe.

Um arrepio passou por Simon.

— Este lugar não parece certo — ele sussurrou.

Clary se lembrou de como se sentira ao acordar ali pela manhã — como se tudo fosse estranho e familiar ao mesmo tempo. Para Simon, claramente, não havia qualquer familiaridade; só a sensação de estranheza, diferença e hostilidade.

— Você não precisa ficar comigo — ela disse, embora tivesse brigado com Jace no metrô pelo direito de manter Simon com ela, ressaltando que, após três dias vigiando Luke, ele poderia muito bem saber alguma coisa que lhes fosse útil quando tivessem a chance de examinar tudo nos mínimos detalhes.

— Preciso — disse Simon —, preciso sim. — E ele soltou a mão dela ao entrarem por uma porta e se encontrarem em uma cozinha. Era uma cozinha enorme e, ao contrário do resto do Instituto, inteiramente moderna, com bancadas metálicas e prateleiras de vidro que sustentavam fileiras de louças. Ao lado de um fogão vermelho de ferro fundido, estava Isabelle, com uma colher redonda na mão, os cabelos escuros presos em um coque. Vapor saía da panela, e os ingredientes estavam espalhados por todo lugar — tomates, alho e cebola picados, pedaços de ervas escuras, queijo ralado, cascas de amendoins, um punhado de azeitonas e um peixe inteiro, olhando para cima.

— Estou fazendo sopa — disse Isabelle, balançando a colher para Jace. — Você está com fome? — Então ela olhou atrás dele, vendo Clary e Simon. — Meu Deus — disse em caráter definitivo. — Você trouxe outro mundano? Hodge vai matar você.

Simon limpou a garganta.

— Eu sou Simon — ele disse.

Isabelle o ignorou.

— JACE WAYLAND — ela disse. — Explique-se.

Jace estava olhando para o gato.

— Eu disse para me levar até Alec! Seu traidor.

Church rolou sobre as costas, ronronando satisfeito.

— Não culpe Church — disse Isabelle. — Não é culpa dele se Hodge vai matá-lo. — Ela colocou a colher de volta na panela. Clary imaginou que gosto teria uma sopa de amendoim, peixe, azeitona e tomate.

— Eu tive que trazê-lo — disse Jace. — Isabelle... hoje eu vi os dois homens que mataram meu pai.

Os ombros de Isabelle enrijeceram, mas, quando ela virou para eles, parecia mais chateada do que surpresa.

— Suponho que esse aí não seja um deles... — inquiriu, apontando a colher para Simon.

Para a surpresa de Clary, Simon não disse nada em resposta. Ele estava ocupado demais encarando Isabelle, arrebatado e de queixo caído. Obviamente, percebeu Clary com uma pontada de irritação. Isabelle era exatamente o tipo de Simon — alta, glamourosa e linda. Pensando bem, talvez esse fosse o tipo de todo mundo. Clary parou de pensar na sopa de amendoim, peixe, azeitona e tomate e começou a imaginar o que aconteceria se despejasse todo o conteúdo da panela na cabeça de Isabelle.

— É claro que não — disse Jace. — Você acha que ele estaria vivo agora se fosse?

Isabelle lançou um olhar indiferente a Simon.

— Acho que não — concordou, derrubando um pedaço de peixe no chão com descaso. Church foi para cima dele avidamente.

— Não foi à toa que ele nos trouxe aqui — disse Jace, enojado. — Não acredito que você o está enchendo de peixe outra vez. Ele está particularmente rechonchudo.

— Ele não está rechonchudo. Além disso, nenhum de vocês jamais come nada. Peguei essa receita com um duende aquático no Chelsea Market. Ele disse que era deliciosa...

— Se você soubesse cozinhar, talvez eu comesse — resmungou Jace.

Isabelle congelou, segurando a colher num gesto ameaçador.

— *O que* foi que você disse?

Jace foi até a geladeira.

— Eu disse que vou procurar algum lanche para comer.

— Foi o que pensei. — Isabelle voltou a atenção para a sopa. Simon continuou olhando para Isabelle. Clary, inexplicavelmente furiosa, jogou a mochila no chão e seguiu Jace até a geladeira.

— Não acredito que você está comendo — ela sibilou.

— O que eu deveria estar fazendo? — perguntou com uma calma irritante. O interior da geladeira estava cheio de caixas de leite cujas datas de validade já haviam expirado há semanas, e potes de plástico rotulados com fitas nos quais se via escrito com tinta vermelha: DO HODGE. NÃO COMA.

— Nossa, ele é como um colega de apartamento maluco — observou Clary, momentaneamente distraída.

— Quem, Hodge? Ele só gosta das coisas organizadas. — Jace tirou um dos potes da geladeira e abriu. — Hummm. Espaguete.

— Não vá perder o apetite — disse Isabelle.

— Isso — disse Jace, fechando a geladeira com um chute e pegando um garfo de uma gaveta — é exatamente o que pretendo fazer. — Ele olhou para Clary. — Quer um pouco?

Ela balançou a cabeça.

— É claro que não — disse ele com a boca cheia. — Você comeu todos aqueles sanduíches.

— Não foram tantos sanduíches assim. — Ela olhou para Simon, que parecia ter tido êxito em iniciar uma conversa com Isabelle. — Podemos procurar Hodge agora?

— Você parece extremamente ansiosa para sair daqui.

— Você não quer contar a ele o que vimos?

— Ainda não decidi. — Jace colocou o pote na mesa e lambeu o molho de espaguete do dedo pensativamente. — Mas se você quer tanto ir...

— Quero.

— Tudo bem. — Ele parecia absurdamente calmo, ela pensou, não assustadoramente calmo como estivera antes, porém mais calmo do que deveria estar. Ela imaginou com que frequência ele deixava traços de sua verdadeira personalidade passarem pela fachada dura e brilhante como a camada de laca em uma das caixas chinesas de Jocelyn.

— Aonde vocês estão indo? — Simon levantou o olhar quando eles estavam chegando à porta. Fios de cabelo escuro caíam sobre seus olhos; ele parecia estupidamente espantado, Clary pensou maldosamente, como se alguém o tivesse acertado com um bastão na nuca.

— Encontrar Hodge — ela disse. — Eu preciso contar a ele o que aconteceu na casa do Luke.

Isabelle olhou para eles.

— Você vai contar para ele que viu aqueles homens, Jace? Os que...

— Não sei — ele a interrompeu. — Então guarde para si por enquanto.

Ela deu de ombros.

— Tudo bem. Você vai voltar? Quer um pouco de sopa?

— Não — disse Jace.

— Você acha que Hodge vai querer sopa?

— Ninguém quer sopa.

— *Eu* quero um pouco de sopa — disse Simon.

— Não, você não quer — disse Jace. — Você só quer transar com a Isabelle.

Simon se espantou.

— Isso *não* é verdade.

— Que coisa mais lisonjeira — Isabelle resmungou na direção da sopa, sorrindo.

— Ah, é sim — disse Jace. — Vá em frente e pergunte a ela, assim ela pode te dar um fora e nós podemos seguir em frente enquanto você lida com a própria humilhação. — Ele estalou os dedos. — Depressa, menino mundano, temos trabalho a fazer.

Simon desviou o olhar, completamente envergonhado. Clary, que há um segundo teria se sentido maliciosamente vingada, sentiu um ímpeto de raiva de Jace.

— Deixe-o em paz — disparou. — Não há motivo para ser sádico só porque ele não é um de *vocês*.

— Um de *nós* — disse Jace, mas o olhar sarcástico abandonara seu rosto. — Vou procurar Hodge. Pode vir junto ou não, a escolha é sua. — A porta da cozinha se fechou atrás dele, deixando Clary sozinha com Isabelle.

Isabelle serviu uma concha de sopa em uma vasilha e a empurrou sobre a bancada para Simon sem olhar para ele. Mas ela continuava sorrindo, Clary podia sentir. A sopa era verde-escura, e continha algumas coisas flutuantes de cor marrom.

— Eu vou com Jace — disse Clary. — Simon...?

— Euvoficaqui — resmungou, olhando para baixo.

— O quê?

— Eu vou ficar aqui — Simon sentou-se em um banco. — Estou com fome.

— Tudo bem. — A garganta de Clary estava apertada, como se ela tivesse engolido algo muito quente ou muito frio. Ela saiu da cozinha, com Church a seus pés, como uma sombra cinza.

No corredor, Jace estava girando uma das lâminas serafim entre os dedos. Ele a colocou no bolso ao vê-la.

— Gentileza sua deixar os pombinhos a sós.

Clary franziu o rosto para ele.

— Por que você é sempre tão desagradável?

— Desagradável? — Jace parecia estar a ponto de começar a rir.

— O que você disse para Simon...

— Eu estava tentando poupá-lo. Isabelle vai cortar o coração dele e pisar em cima com botas de salto alto. É isso que ela faz com garotos como ele.

— Foi isso que ela fez com você? — perguntou Clary, mas Jace apenas balançou a cabeça antes de se voltar para Church.

— Hodge — ele disse. — E Hodge *mesmo* dessa vez. Leve-nos a qualquer outro lugar e eu te transformo em uma raquete de tênis.

O gato persa ronronou e passou pelo corredor na frente deles. Clary, que vinha atrás de Jace, podia ver o estresse e o cansaço nos ombros dele. Ela imaginou se a tensão o abandonara em algum momento.

— Jace.

Ele olhou para ela.

— Quê?

— Me desculpe. Por estourar com você.

Ele riu.

— Qual das vezes?

— Você também já estourou comigo, sabia?

— Eu sei — ele disse, para a surpresa dela. — Tem alguma coisa em você que é tão...

— Irritante?

— Inquietante.

Ela queria perguntar se ele estava dizendo isso no bom ou no mau sentido, mas não o fez. Estava temerosa demais de que ele fizesse da resposta uma piada. Ela ficou procurando outra coisa para dizer.

— Isabelle sempre prepara o jantar para você? — ela perguntou.

— Não, graças a Deus. Na maior parte do tempo, os Lightwood estão aqui e Maryse, a mãe de Isabelle, cozinha para nós. Ela é uma ótima cozinheira. — Ele estava contemplativo, do jeito que Simon ficara quando olhou para Isabelle por cima da sopa.

— Então por que ela nunca ensinou a Isabelle? — Eles estavam passando pela sala de música agora, onde ela havia encontrado Jace tocando piano pela manhã. Sombras se haviam formado nos cantos.

— Porque — Jace disse lentamente — apenas recentemente as mulheres passaram a ser Caçadoras de Sombras ao lado dos homens. Quero dizer, sempre existiram mulheres na Clave, aprendendo os símbolos, criando armas, ensinando as Artes Mortais, mas poucas guerreiras, as que tinham habilidades excepcionais. Elas tinham de lutar para ser treinadas. Maryse fez parte da primeira geração de mulheres da Clave a serem treinadas para a luta, e acho que ela nunca ensinou Isabelle a cozinhar com medo de que ela fosse se prender à cozinha permanentemente.

— E isso aconteceria? — Clary perguntou curiosa. Ela pensou em Isabelle no Pandemônio, na confiança que demonstrava e na segurança com que usou aquele chicote mortal.

Jace deu uma risada leve.

— Não com Isabelle. Ela é uma das melhores Caçadoras de Sombras que eu já vi.

— Melhor que Alec?

Church, caminhando silenciosamente à frente deles pelas sombras, parou subitamente e miou. Ele estava agachado ao pé de uma escada metálica em espiral que girava, subindo através de uma luz fraca acima.

— Então ele está na estufa — disse Jace. Clary levou um instante para perceber que ele estava falando com o gato. — Não é surpresa alguma.

— Na estufa? — disse Clary.

Jace subiu o primeiro degrau.

— Hodge gosta de ficar lá em cima. Ele cultiva plantas medicinais, coisas que podemos usar. A maioria só é plantada em Idris. Acho que faz com que ele se lembre de casa.

Clary o seguiu. Seus sapatos faziam barulho nos degraus de metal; os de Jace não.

— Ele é melhor que Isabelle? — ela perguntou novamente. — Alec, quero dizer.

Ele parou e olhou para baixo para ela, inclinando-se, como se estivesse prestes a cair. Ela se lembrou do sonho que tivera: *anjos caindo e queimando.*

— Melhor? — ele disse. — Em mutilar demônios? Não, na verdade, não. Ele nunca matou nenhum.

— Sério?

— Não sei por que não. Talvez porque sempre esteja protegendo a mim e a Izzie. — Eles chegaram ao topo da escada. Portas duplas os receberam, entalhadas com plantas e vinhas. Jace as abriu com o ombro.

O cheiro atingiu Clary assim que ela cruzou as portas: um cheiro de vegetação, forte, o cheiro de coisas vivas e crescentes, de solo e raízes que cresciam em terra. Ela estava esperando alguma coisa pior, alguma coisa do tamanho da pequena estufa atrás de St. Xavier, onde os alunos de biologia clonavam ervilhas, ou algo do gênero. Esse era um cercado de vidro enorme, alinhado com árvores cujos galhos folhosos respiravam ar fresco e de aroma verde. Havia arbustos cheios de frutas silvestres, vermelhas, roxas e pretas, e pequenas árvores com frutas estranhas que ela nunca tinha visto.

Clary respirou fundo.

— Tem cheiro de... — *primavera,* ela pensou, *antes de o calor chegar e destruir as folhas e murchar as pétalas das flores.*

— Casa — disse Jace. — Para mim. — Ele empurrou um galho e desviou dele. Clary foi atrás.

A estufa estava disposta, segundo o olho não treinado de Clary, sem qualquer padrão de organização, mas para todos os cantos que olhava havia um turbilhão de cores: botões roxo-azulados caindo de um canto verde, uma vinha cheia de pontos cor de laranja. Elas emergiam em um espaço claro no qual um banco de granito se encontrava contra o tronco de uma árvore cheia de folhas verde-prateadas. Água brilhava em uma piscina de pedras. Hodge estava sentado no banco, com o pássaro preto empoleirado no ombro. Ele estava olhando para baixo pensativamente, mas levantou os olhos quando eles se aproximaram. Clary seguiu seu olhar e viu o teto de vidro da estufa iluminado sobre eles como a superfície de um lago invertido.

— Você parece estar esperando por alguma coisa — observou Jace, arrancando uma folha do ramo e enrolando-a entre os dedos. Para alguém que parecia tão contido, ele tinha muitos hábitos nervosos. Talvez apenas gostasse de estar em constante movimento.

— Estava perdido em meus pensamentos. — Hodge levantou-se do banco, esticando o braço para Hugo. O sorriso desapareceu de seu rosto ao olhar para eles. — O que aconteceu? Vocês estão com cara de que foram...

— Nós fomos atacados — disse Jace secamente. — Renegado.

— Guerreiros Renegados? Aqui?

— Guerreiro — disse Jace. — Só vimos um.

— Mas Dorothea disse que havia mais — acrescentou Clary.

— Dorothea? — Hodge ergueu a mão. — Talvez seja mais fácil se narrarem os eventos em ordem.

— Muito bem. — Jace lançou um olhar de aviso a Clary, interrompendo-a antes que ela pudesse começar a falar. Depois embarcou em um recital dos eventos da tarde, deixando de fora apenas um detalhe: que os homens no apartamento de Luke eram os mesmos que haviam matado seu pai sete anos antes. — O amigo da mãe de Clary, ou seja lá o que ele for, atende pelo nome de Luke Garroway — Jace finalmente concluiu. — Mas, enquanto estávamos na casa dele, os dois homens que se diziam emissários de Valentim se referiram a ele como Lucian Graymark.

— E os nomes deles eram...

— Pangborn — informou Jace. — E Blackwell.

Hodge ficara completamente pálido. Contra sua pele cinzenta, a cicatriz na face se destacava como um risco de arame vermelho.

— É como eu temia — ele disse, meio para si mesmo. — O Ciclo está ascendendo novamente.

Clary olhou para Jace em busca de explicação, mas ele parecia tão confuso quanto ela.

— O Ciclo? — ele perguntou.

Hodge estava sacudindo a cabeça, como se tentasse se livrar de teias de aranha no cérebro.

— Venham comigo — ele disse. — É hora de mostrar uma coisa.

As lâmpadas de gás estavam acesas na biblioteca, e as superfícies polidas de carvalho dos móveis pareciam arder como joias escuras. Cobertas por sombras, as faces dos anjos que seguravam a mesa enorme pareciam ainda mais sofridas. Clary sentou no sofá vermelho, com as pernas para cima, Jace se apoiou no braço do sofá ao lado dela.

— Hodge, se você precisar de ajuda para procurar...

— De maneira alguma. — Hodge emergiu de trás da mesa, sacudindo a poeira das calças. — Encontrei.

Ele trazia um livro enorme, encapado com couro marrom. Ele passou as páginas com um dedo ansioso, piscando como uma coruja por trás dos óculos e sussurrando:

— Onde... onde... ah, aqui está! — Ele limpou a garganta e leu em voz alta: — *Por intermédio deste, afirmo obediência incondicional ao Ciclo e a seus princípios... Estarei pronto a arriscar minha vida a qualquer instante pelo Ciclo, de modo a preservar a pureza da linhagem de sangue de Idris, e pelo mundo mortal cuja segurança nos é confiada.*

Jace fez uma careta.

— De onde foi isso?

— Era o juramento de lealdade do Ciclo de Raziel, há vinte anos — disse Hodge, soando estranhamente cansado.

— Que coisa arrepiante — disse Clary. — Parece uma organização fascista, ou algo do tipo.

Hodge repousou o livro. Ele parecia tão sofrido e tão estático quanto os anjos sob a mesa.

— Eram um grupo — disse lentamente — de Caçadores de Sombras, liderados por Valentim, dedicados a livrar o mundo dos habitantes do Submundo, e devolvê-lo a um estado "mais puro". O plano deles era esperar que os membros do Submundo chegassem a Idris para assinar o Acordo. Aproximadamente a cada 15 anos, eles têm de ser assinados novamente, para manter sua mágica potente — ele acrescentou, para que Clary pudesse entender. — Depois, planejavam matar todos eles, desarmados e indefesos. Esse ato terrível, eles pensaram, traria a guerra entre os humanos e o povo do Submundo, uma guerra que eles pretendiam vencer.

— Essa foi a Ascensão — disse Jace, finalmente reconhecendo na história de Hodge algo que lhe era familiar. — Eu não sabia que Valentim e seus seguidores tinham um nome.

— O nome não é dito com frequência nos dias de hoje — disse Hodge. — Sua existência se mantém como uma vergonha à Clave. A maioria dos documentos ligados a eles foi destruída.

— Então por que você tem uma cópia desse juramento? — perguntou Jace.

Hodge hesitou apenas por um instante, mas Clary percebeu, e sentiu um pequeno e inexplicável calafrio de apreensão atravessar a espinha.

— Porque — ele disse, afinal — ajudei a escrevê-lo.

Jace levantou o olhar ao ouvir isso.

— Você fazia parte do Ciclo.

— Fazia. Muitos de nós fazíamos. — Hodge estava olhando diretamente para a frente. — A mãe de Clary também.

Clary recuou, como se tivesse levado um tapa.

— *O quê?*

— Eu disse...

— Eu sei o que você disse! Minha mãe jamais teria pertencido a uma coisa dessas. Uma espécie de... uma espécie de grupo de ódio.

— Não era... — começou Jace, mas Hodge o interrompeu.

— Duvido — ele disse lentamente, como se as palavras doessem — que ela tenha tido escolha.

Clary o encarou.

— Do que você está falando? Por que ela não teria tido escolha?

— Porque — disse Hodge — ela era mulher de Valentim.

parte 2

Fácil é o descenso

Facilis descensus Averno;
Noctes atque dies pateta tri ianua Ditis;
Sed revocare grandum superasque evadere ad auras,
Hoc opus, hic labor est.

– Virgílio, Eneida

Capítulo 10

CIDADE DOS OSSOS

Houve um instante de silêncio antes que Clary e Jace, atônitos, começassem a falar ao mesmo tempo.

— Valentim tinha uma mulher? Ele era *casado*? Eu pensei que...

— Isso é impossível! Minha mãe jamais teria... ela só foi casada com o meu pai! Ela não tinha um ex-marido!

Hodge levantou as mãos, cansado.

— Crianças...

— Não sou criança. — Clary virou-se de costas para a mesa. — E não quero mais ouvir nada.

— Clary — disse Hodge. Não havia mais tanta gentileza em sua voz; ela se virou lentamente, e olhou para ele do outro lado da sala. Ela pensou no quão estranho era aquilo: com os cabelos grisalhos e a cicatriz no rosto, ele parecia muito mais velho que Jocelyn. E, contudo, tinham sido "jovens" juntos, haviam se juntado ao Ciclo juntos, haviam conhecido Valentim juntos.

— Minha mãe não teria... — Ela começou e parou no meio. Ela não sabia mais ao certo o quão bem conhecia Jocelyn. Sua mãe se tornara uma estranha para ela, uma mentirosa, guardiã de segredos. O que ela *não teria* feito?

— Sua mãe deixou o Ciclo — disse Hodge. Ele não se moveu em direção a ela, mas observou-a através da sala com a quietude de um pássaro. — Quando percebemos o quão radicais se haviam tornado os ideais de Valentim, quando estávamos preparados para tal, muitos de nós o abandonamos. Lucian foi o primeiro. Foi um golpe para Valentim. Eles eram muito próximos. — Hodge balançou a cabeça. — Depois Michael Wayland. Seu pai, Jace.

Jace levantou as sobrancelhas, mas não disse nada.

— Houve quem se mantivesse leal. Pangborn. Blackwell. Os Lightwood...

— Os Lightwood? Você quer dizer Robert e Maryse? — Jace parecia fulminado. — E você? Quando saiu?

— Eu não saí — disse Hodge, suavemente. — Nem eles... tivemos medo, muito medo do que ele poderia fazer. Depois da Ascensão, os mais leais, como Blackwell e Pangborn, desapareceram. Nós ficamos e cooperamos com a Clave. Demos nomes. Ajudamos a encontrar os que haviam fugido. Por isso recebemos clemência.

— Clemência? — O olhar de Jace foi rápido, mas Hodge viu.

Ele disse:

— Você está pensando na maldição que me prende aqui, não está? Você sempre presumiu que fosse um feitiço de vingança aplicado por um demônio furioso ou um feiticeiro. Deixei que pensasse. Mas não é verdade. A maldição que me prende aqui foi lançada pela Clave.

— Por ter integrado o Ciclo? — disse Jace, o rosto contorcido de espanto.

— Por não tê-lo deixado antes da Ascensão.

— Mas os Lightwood não foram punidos — disse Clary. — Por que não? Eles fizeram a mesma coisa que você.

— Houve circunstâncias atenuantes no caso deles: eram casados, tinham um filho. Mas eles não moram neste posto estrangeiro, longe de casa, por escolha própria. Fomos banidos para cá, nós três, nós quatro, devo dizer, pois Alec era um bebê quando deixamos a Cidade de Vidro. Eles só podem retornar a Idris em missões oficiais, e por períodos curtos. Eu jamais poderei voltar. Jamais voltarei a ver a Cidade de Vidro.

Jace o encarou. Era como se ele agora visse o tutor com novos olhos, Clary pensou, embora não tivesse sido Jace a sofrer qualquer mudança. Ele disse:

— A Lei é dura, mas é a Lei.

— Eu ensinei isso a você — disse Hodge, com um prazer seco na voz. — Agora está me devolvendo minhas próprias lições. E eu mereço ouvir isso. — Ele parecia querer afundar em alguma cadeira, mas manteve-se de pé assim mesmo. Com a postura rígida, havia um quê do soldado que havia sido um dia, pensou Clary.

— Por que você não me contou antes? — ela disse. — Que minha mãe foi casada com Valentim. Você sabia o nome dela...

— Eu a conheci como Jocelyn Fairchild, não Jocelyn Fray — disse Hodge. — E você foi tão firme quanto à ignorância dela a respeito do Mundo de Sombras que me convenceu que não podia se tratar da Jocelyn que conheci; e talvez eu não quisesse acreditar que fosse. Ninguém desejaria o retorno de Valentim — ele balançou a cabeça novamente. — Quando chamei os Irmãos da Cidade dos Ossos hoje de manhã, não fazia ideia de que notícias teríamos para eles — ele disse. — Quando a Clave descobrir que Valentim pode ter voltado, e que está procurando o Cálice, vai haver um alarde. Só espero que não interrompa os Acordos.

— Aposto que Valentim adoraria isso — disse Jace. — Mas por que ele quer tanto o Cálice?

O rosto de Hodge estava sombrio.

— Não é óbvio? — ele disse. — Para formar um exército para si.

Jace parecia abismado.

— Mas isso nunca...

— Hora do jantar! — Era Isabelle, na porta da biblioteca. Ela ainda estava com a colher na mão, embora o cabelo tivesse escapado do coque e estivesse caindo nos ombros. — Desculpem se estou interrompendo — disse após um breve cumprimento.

— Por Deus — disse Jace —, a hora temível está próxima.

Hodge parecia alarmado.

— Eu... eu.... eu... tive um bom café da manhã — gaguejou. — Quero dizer, um almoço. Almocei muito bem. Não conseguiria comer de jeito nenhum...

— Joguei a sopa fora — disse Isabelle. — E pedi comida daquele restaurante chinês.

Jace saiu da escrivaninha e se esticou.

— Ótimo. Estou faminto.

— Pode ser que consiga comer um pedacinho — admitiu Hodge.

— Vocês são péssimos em mentir — Isabelle disse sombriamente. — Prestem atenção, eu sei que não gostam da minha comida...

— Então pare de cozinhar — recomendou Jace. — Pediu porco *mu shu*? Você sabe que adoro porco *mu shu*.

Isabelle revirou os olhos.

— Pedi. Está na cozinha.

— Maravilha. — Jace desviou-se de Isabelle, mexendo afetuosamente em seus cabelos. Hodge foi atrás dele, parando apenas para acariciar o ombro dela, e logo depois não estava mais lá, dando um aceno de cabeça apologético. Será que Clary realmente havia conseguido ver há poucos minutos o fantasma do velho guerreiro Hodge?

Isabelle estava observando os dois irem, balançando a colher com dedos finos e cicatrizados. Clary disse:

— Ele é mesmo?

Isabelle não olhou para ela.

— Ele quem é o quê?

— Jace. Ele é realmente um péssimo mentiroso?

Agora Isabelle olhava para Clary. Seus olhos eram grandes, escuros e pareciam inesperadamente pensativos.

— Ele não é nem um pouco mentiroso. Não sobre coisas importantes. Ele conta verdades terríveis, mas não mente. — Ela fez uma pausa antes de acrescentar silenciosamente: — Por isso, como regra geral, é melhor não perguntar nada a ele, a não ser que saiba que pode suportar a verdade.

A cozinha estava quente e iluminada, e tinha o cheiro agridoce de comida chinesa. O cheiro lembrava a Clary o de sua casa; ela se sentou e olhou para o prato de macarrão, brincou com o garfo e tentou não olhar para Simon, que encarava Isabelle com uma expressão mais abobada que a de um pato.

— Bem, eu acho romântico — disse Isabelle, sugando grãos de tapioca com um enorme canudo cor-de-rosa.

— O quê? — perguntou Simon, alerta.

— Essa história toda de a mãe da Clary ter sido casada com Valentim — disse Isabelle. Jace e Hodge haviam contado tudo a ela, embora Clary tivesse percebido que ambos deixaram de fora a parte sobre os Lightwood terem integrado o Ciclo, e as punições aplicadas pela Clave. — Agora ele voltou do reino dos mortos e está procurando por ela. Talvez ele queira voltar.

— Acho pouco improvável que ele tenha mandado um demônio Ravener porque quer "voltar" com ela — disse Alec, que apareceu assim que a comida foi servida. Ninguém perguntou onde ele estivera, e ele não informou a ninguém. Estava sentado ao lado de Jace, em frente a Clary, evitando olhar para ela.

— Não seria a minha estratégia — concordou Jace. — Primeiro bombons e flores, depois cartas pedindo perdão e *depois* um exército de demônios furiosos. Nessa ordem.

— Ele pode ter mandado flores e bombons — disse Isabelle. — Nós não sabemos.

— Isabelle — Hodge disse pacientemente —, este é o homem que infligiu a Idris uma destruição como jamais se viu, que jogou Caçadores de Sombras contra os membros do Submundo e fez as ruas da Cidade de Vidro ficarem repletas de sangue.

— Isso é meio atraente — argumentou Isabelle —, essa coisa meio bad boy.

Simon tentou aparentar ser ameaçador, mas desistiu ao ver Clary o encarando.

— Então por que Valentim quer tanto esse Cálice, e por que acha que está com a mãe da Clary? — perguntou Simon.

— Você disse que era para que pudesse montar um exército — disse Clary, voltando-se para Hodge. — Você diz isso porque o Cálice pode ser utilizado para criar Caçadores de Sombras?

— Exatamente.

— Então Valentim poderia se aproximar de qualquer pessoa na rua e transformá-la em um Caçador de Sombras? — Simon se inclinou para a frente. — Funcionaria em mim?

Hodge lançou-lhe um olhar longo e calculado.

— Possivelmente — ele disse. — No entanto, provavelmente, você é velho demais. O Cálice funciona em crianças. Um adulto não seria afetado pelo processo, ou morreria no ato.

— Um exército de crianças — disse Isabelle suavemente.

— Só por alguns anos — disse Jace. — Crianças crescem rapidamente. Não demoraria muito até que se tornassem uma força difícil de ser contida.

— Não sei — disse Simon. — Transformar um monte de crianças em guerreiros, já ouvi falar de coisas piores acontecendo. Não entendo o alvoroço de impedir que ele chegue perto do Cálice.

— Desconsiderando o fato de que ele inevitavelmente utilizaria o exército para lançar um ataque contra a Clave — disse Hodge secamente —, a razão pela qual apenas alguns humanos são selecionados para ser transformados em Nephilim é que a maioria não sobreviveria à transição. É preciso ter muita força e ser capaz de recuperar-se rapidamente. Antes de poderem ser transformados, devem ser extensivamente testados, mas Valentim jamais perderia tempo com isso. Ele utilizaria o Cálice em qualquer criança que conseguisse capturar, e selecionaria os vinte por cento que sobrevivessem para formar o exército.

Alec estava olhando para Hodge com o mesmo horror que Clary sentia.

— Como você sabe que ele faria isso?

— Porque — disse Hodge —, quando ele estava no Ciclo, esse era o plano. Ele dizia que era a única maneira de construir o tipo de força necessária para defender nosso mundo.

— Mas isso é assassinato — disse Isabelle, que parecia ligeiramente verde. — Ele estava falando em matar crianças.

— Ele dizia que tinha deixado o mundo seguro para os humanos por milhares de anos — disse Hodge — e agora era hora de nos pagarem se sacrificando.

— Sacrificando as *crianças*? — perguntou Jace, com as faces enrubescidas. — Isso vai contra tudo que devemos representar. Proteção aos indefesos, guarda da humanidade...

Hodge empurrou o prato.

— Valentim era louco — ele disse. — Brilhante, porém louco. Ele não se importava com nada além de matar demônios e membros do Submundo. Nada além de deixar o mundo puro. Ele teria sacrificado o próprio filho pela causa e não entendia como alguém não faria o mesmo.

— Ele tinha um filho? — perguntou Alec.

— Falei hipoteticamente — disse Hodge, alcançando o lenço. Ele o utilizou para secar a testa antes de devolvê-lo ao bolso. A mão dele, Clary viu, estava ligeiramente trêmula. — Quando a terra dele foi incendiada, e a casa foi destruída, concluiu-se que ele havia se queimado junto com o Cálice, por preferir esse destino a entregar qualquer um dos dois à Clave. Seus ossos foram encontrados junto com as cinzas, assim como os de sua mulher.

— Mas minha mãe sobreviveu — disse Clary. — Ela não morreu naquele incêndio.

— Nem Valentim, ao que parece — disse Hodge. — A Clave não vai gostar de saber que foi enganada. Porém, o mais importante, vão querer proteger o Cálice. E ainda mais importante que isso: vão querer se certificar de que não caia nas mãos de Valentim.

— Ao que me parece, a primeira coisa que devemos fazer é encontrar a mãe de Clary — disse Jace. — Encontrá-la, encontrar o Cálice, obtê-lo antes de Valentim.

Isso parecia ótimo para Clary, mas Hodge olhou para Jace como se ele tivesse acabado de propor fazer malabarismo com nitroglicerina.

— De jeito nenhum.

— Então o que faremos?

— Nada — disse Hodge. — É melhor deixar isso nas mãos de Caçadores de Sombras mais habilidosos e experientes.

— Eu sou habilidoso — protestou Jace. — Eu *sou* experiente.

O tom de Hodge era firme, quase paternal.

— Sei que é, mas você ainda é uma criança, ou quase.

Jace olhou para Hodge com olhos de tigre. Ele tinha cílios longos, que formavam sombras em suas maçãs do rosto angulares. Em outra pessoa, teria sido um olhar tímido, talvez até de culpa, mas em Jace parecia estreito e ameaçador.

— Eu *não* sou uma criança.

— Hodge está certo — disse Alec. Ele estava olhando para Jace, e Clary pensou que ele deveria ser uma das poucas pessoas que olhavam para Jace não como se estivesse com medo dele, mas como se estivesse com medo *por* ele. — Valentim é perigoso. Sei que você é um bom Caçador de Sombras. Provavelmente o melhor da nossa idade. Mas Valentim é um dos melhores da história. Foi preciso realizar uma grande batalha para derrubá-lo.

— E ele não foi derrubado — disse Isabelle, examinando os dentes do garfo. — Aparentemente.

— Mas estamos aqui — disse Jace. — Estamos aqui, e por causa dos Acordos ninguém mais está. Se não fizermos alguma coisa...

— Nós vamos fazer alguma coisa — disse Hodge. — Vou enviar uma mensagem para a Clave hoje à noite. Eles podem enviar uma força de Nephilim aqui amanhã, se quiserem. Eles vão cuidar disso. Vocês já fizeram mais do que o suficiente.

Jace aquietou-se, mas seus olhos continuavam acesos.

— Não gosto disso.

— Você não tem que gostar — disse Alec. — Deve apenas ficar quieto e não fazer besteira alguma.

— Mas e quanto à minha mãe? — perguntou Clary. — Ela não pode ficar esperando um representante da Clave aparecer. Valentim está com ela agora, Pangborn e Blackwell disseram que sim, e ele pode estar... — ela não conseguia se forçar a dizer a palavra *torturando*, mas Clary sabia que não era a única que estava pensando nisso. De repente, ninguém à mesa conseguia olhar para ela.

Exceto Simon.

— Machucando-a — ele disse, concluindo a frase. — Porém, Clary, eles também disseram que ela estava inconsciente e que Valentim não estava satisfeito com isso. Ele parece estar esperando que ela acorde.

— Eu permaneceria inconsciente se fosse ela — murmurou Isabelle.

— Mas isso pode acontecer a qualquer instante — disse Clary, ignorando Isabelle. — Achei que a Clave tivesse o compromisso de proteger as pessoas. Não deveria haver Caçadores de Sombras aqui, agora? Não deveriam já estar procurando por ela?

— Isso seria mais fácil — irritou-se Alec — se tivéssemos alguma ideia de onde procurar.

— Mas nós temos — disse Jace.

— Você tem? — Clary olhou para ele, surpresa e ansiosa. — Onde?

— Aqui — Jace se inclinou para a frente e tocou com os dedos a lateral da têmpora de Clary, tão delicadamente que um rubor passou no rosto dela. — Tudo que precisamos saber está na sua cabeça, debaixo desses belos cachos ruivos.

Clary levantou a mão para tocar o próprio cabelo, de forma defensiva.

— Acho que não...

— Então o que você vai fazer? — Simon perguntou, desafiadoramente. — Abrir a cabeça dela e tirar tudo?

Os olhos de Jace faiscaram, mas ele respondeu calmamente.

— De jeito nenhum. Os Irmãos do Silêncio podem ajudá-la a recuperar as lembranças.

— Você *detesta* os Irmãos do Silêncio — protestou Isabelle.

— Não os detesto — disse Jace com sinceridade. — Tenho medo deles. Não é a mesma coisa.

— Pensei que você tivesse dito que eles eram bibliotecários — disse Clary.

— Eles são bibliotecários.

Simon assobiou.

— Você deve estar com umas multas por atraso bem altas.

— Os Irmãos do Silêncio são arquivistas, mas não é tudo que são — interrompeu Hodge, soando como se estivesse perdendo a paciência. — Para fortalecer a mente, escolheram aplicar em si mesmos alguns dos símbolos mais poderosos que já foram criados. O poder desses símbolos é tão grande que seu uso... — ele se interrompeu e Clary ouviu a voz de Alec em sua mente dizendo: *eles se automutilam.* — Bem, deformam e transformam sua forma física. Não são guerreiros no sentido que outros Caçadores de Sombras são. Seus poderes são da mente, não do corpo.

— Eles conseguem ler mentes? — indagou Clary, com a voz baixa.

— Dentre outras coisas. Estão entre os caçadores de demônios mais temidos.

— Não sei — disse Simon. — Não me parece tão ruim. É melhor ter alguém brincando com a sua cabeça do que arrancando-a.

— Então você é um idiota maior do que aparenta ser — disse Jace, olhando para ele com uma careta.

— Jace tem razão — disse Isabelle, ignorando Simon. — Os Irmãos do Silêncio *são* assustadores.

A mão de Hodge estava cerrada sobre a mesa.

— Eles são muito poderosos — ele disse. — Andam pela escuridão e não falam, mas podem abrir a mente de um homem como você abre uma amêndoa, e podem deixá-lo gritando sozinho na escuridão se quiserem.

Clary olhou para Jace, espantada.

— E você quer me deixar com *eles*?

— Quero que eles a *ajudem.* — Jace se inclinou tanto sobre a mesa que ela podia ver pontinhos mais escuros nos olhos claros dele. — Talvez a gente não possa procurar o Cálice — disse suavemente. — Talvez a Clave faça isso. Mas o que está na sua mente pertence a você. Alguém escondeu segredos aí, segredos que você não consegue ver. Você não quer saber a verdade sobre a própria vida?

— Não quero outra pessoa na minha mente — disse, baixinho. Ela sabia que ele estava certo, mas a ideia de se entregar a seres que os próprios Caçadores de Sombras consideravam assustadores fazia com que tremesse.

— Eu vou com você — disse Jace. — Fico com você enquanto eles fazem o que precisam.

— Basta. — Simon havia se levantado da mesa, vermelho de raiva. — Deixem-na em paz.

Alec olhou para Simon como se tivesse acabado de notá-lo, tirou os cabelos pretos dos olhos e piscou.

— O que você ainda está fazendo aqui, mundano?

Simon o ignorou.

— Eu disse, deixem-na em paz.

Jace olhou para ele, de forma lenta, doce e venenosa.

— Alec está certo — ele disse. — O Instituto jura abrigar Caçadores de Sombras, não amigos mundanos. Principalmente quando já abusaram da nossa hospitalidade.

Isabelle se levantou e pegou o braço de Simon.

— Eu mostro o caminho da rua. — Por um instante, parecia que ele ia oferecer resistência, mas ao captar o olhar de Clary do outro lado da mesa, balançando a cabeça lentamente, ele cedeu. De cabeça erguida, permitiu que Isabelle o retirasse da sala.

Clary se levantou.

— Estou cansada — ela disse. — Quero dormir.

— Você não comeu quase nada... — protestou Jace.

Ela pôs de lado a mão dele, que se esticava em direção a ela.

— Não estou com fome.

Estava mais frio no corredor do que na cozinha. Clary se apoiou na porta, puxando a camisa que estava grudando no suor frio que saía de seu peito. No fundo do corredor, ela podia ver as figuras de Simon e Isabelle que desapareciam, engolidas pelas sombras. Ela os observou silenciosamente, com uma sensação estranha crescendo no estômago. Quando Simon se tornara responsabilidade de Isabelle, e não dela? Se havia uma coisa que ela estava aprendendo com tudo isso era a facilidade com que é possível perder tudo que se pensa que será para sempre.

A sala era dourada e branca, com paredes altas que brilhavam como esmalte, e um teto, lá no alto, claro e brilhante como diamante. Clary trajava um vestido de veludo verde e trazia um leque dourado na mão. Seus cabelos, presos em um coque que deixava cachos caírem, faziam com que sua cabeça parecesse estranhamente pesada cada vez que ela virava para olhar para trás.

— Está vendo alguém mais interessante do que eu? — perguntou Simon. No sonho, misteriosamente, ele era um dançarino fantástico. Ele a conduzia pela multidão como se ela fosse uma folha caída na corrente de um rio. Ele estava todo de preto, como um Caçador de Sombras, o que realçava as cores dele: cabelos escuros, pele morena, dentes brancos. Ele é bonito, *pensou Clary, com uma ponta de surpresa.*

— Ninguém é mais interessante que você — disse Clary. — É este lugar. Nunca vi nada assim. — Ela virou novamente enquanto passavam por uma fonte de champanhe: uma enorme bandeja prateada, no centro uma sereia com uma jarra que entornava vinho espumante em suas costas nuas. As pessoas enchiam as taças na fonte, rindo e conversando. A sereia virou a cabeça quando Clary passou e sorriu. O sorriso mostrava dentes brancos tão afiados quanto os de um vampiro.

— Bem-vinda à Cidade de Vidro — disse uma voz que não era a de Simon. Clary descobriu que Simon havia desaparecido, e ela agora estava dançando com Jace, que estava vestido de branco, e o material da roupa era algodão fino; ela podia ver as Marcas pretas através da roupa. Havia uma corrente de bronze ao redor do

pescoço dele, e os olhos e os cabelos do rapaz estavam mais dourados do que nunca; ela pensou em como gostaria de pintar o retrato dele com a tinta dourada que às vezes via em ícones russos.

— Onde está Simon? — ela perguntou ao passarem novamente pela fonte de champanhe. Clary viu Isabelle lá, com Alec, ambos vestindo azul. Estavam de mãos dadas, como João e Maria na floresta escura.

— Este lugar é para os vivos — disse Jace. Suas mãos eram frias contra as dela, e ela as percebia de uma maneira que não notava as de Simon.

Ela estreitou o olhar para ele.

— O que quer dizer?

Ele se inclinou para perto dela. Ela podia sentir os lábios dele em sua orelha. Não tinham nada de frio.

— Acorde, Clary — sussurrava. — Acorde. Acorde.

Ela se levantou abruptamente, engasgando, suada e com o cabelo grudado no pescoço. Estava com os pulsos presos a um punho forte; tentou se soltar, mas depois percebeu quem a estava segurando.

— Jace?

— É.

Ele estava sentado na ponta da cama — como ela tinha ido parar na cama? —, descabelado, e aparentando estar semiacordado, despenteado e com os olhos sonolentos.

— Solte-me.

— Desculpe. — Os dedos dele escorregaram dos pulsos de Clary. — Você tentou me bater no segundo em que pronunciei seu nome.

— Estou um pouco agitada, eu acho. — Ela olhou em volta. Estava em um quartinho mobiliado com madeira escura. Pela característica luz fraca que entrava pela janela entreaberta, ela imaginou que estivesse amanhecendo, ou que acabara de amanhecer. A mochila dela estava apoiada em uma das paredes. — Como vim parar aqui? Não me lembro...

— Te encontrei dormindo no chão do corredor. — Jace parecia entretido. — Hodge me ajudou a trazê-la para a cama. Achamos que ficaria mais confortável em um quarto de hóspedes do que na enfermaria.

— Uau. Não me lembro de nada. — Ela passou as mãos pelos cabelos, tirando os cachos dos olhos. — Que horas são?

— Mais ou menos cinco.

— Da *manhã*? — Ela olhou fixamente para ele. — É bom que tenha uma boa razão para me acordar.

— Por quê, estava tendo um sonho bom?

Ela ainda podia ouvir a música nos ouvidos e sentir as joias pesadas encostando em sua face.

— Não me lembro.

Ele se levantou.

— Um dos Irmãos do Silêncio está aqui para vê-la. Hodge me mandou aqui para acordá-la. Na verdade, ele se ofereceu para chamá-la pessoalmente, mas, como são cinco da manhã, achei que fosse ficar menos mal-humorada se pudesse olhar para alguma coisa bonita.

— Quer dizer você?

— O que mais?

— Não concordei com isso, você sabe — disparou Clary. — Essa história de Irmão do Silêncio.

— Você quer encontrar sua mãe — ele disse — ou não?

Ela olhou fixamente para ele.

— Só precisa encontrar o Irmão Jeremiah. Só isso. Você pode até gostar dele. Ele tem ótimo senso de humor para alguém que nunca diz nada.

Ela pôs as mãos na cabeça.

— Saia daqui para eu poder trocar de roupa.

Clary pôs as pernas para fora da cama assim que a porta se fechou atrás dele. Embora mal estivesse amanhecendo, um calor úmido estava começando a se acumular no quarto. Ela fechou a janela e foi até o banheiro lavar o rosto e escovar os dentes. Sua boca tinha gosto de papel velho.

Cinco minutos depois, ela estava calçando os tênis verdes. Ela vestiu shorts e uma camiseta preta. Se ao menos aquelas pernas sardentas parecessem um pouquinho mais com os membros esguios e macios de Isabelle. Mas não havia nada que pudesse ser feito. Ela prendeu os cabelos em um rabo de cavalo e foi se juntar a Jace no corredor.

Church estava com ele, resmungando e andando em círculos.

— O que há com o gato? — perguntou Clary.

— Os Irmãos do Silêncio o deixam nervoso.

— Parece que deixam todo mundo nervoso.

Jace deu um sorriso discreto. Church miou quando partiram pelo corredor, mas não foi atrás. Ao menos as pedras pesadas da catedral ainda sustentavam um pouco do frio da noite: os corredores eram escuros e frescos.

Quando chegaram à biblioteca, Clary se surpreendeu ao ver que as luzes estavam apagadas. Estava iluminada apenas pelo brilho leitoso que passava pelas janelas altas posicionadas no teto vazio. Hodge estava sentado atrás de uma mesa enorme em um terno, com os cabelos grisalhos iluminados pela luz do amanhecer. Por um instante, ela pensou que ele estivesse sozinho na sala: que Jace pregara uma peça nela. Depois viu uma figura sair da sombra, e percebeu que o que achara que fosse um pedaço mais escuro da sala, na verdade, tratava-se de um homem. Um homem alto com uma túnica pesada que se estendia do pescoço aos pés, cobrindo-o completamente. O capuz da roupa estava levantado, cobrindo a face. A túnica em si tinha cor de pergaminho, e os desenhos elaborados dos símbolos ao redor da bainha e das mangas pareciam ter sido marcados com sangue. Os pelos se arrepiaram nos braços e na nuca de Clary, picando quase dolorosamente.

— Este — disse Hodge — é o Irmão Jeremiah, da Cidade do Silêncio.

O homem veio na direção deles, a capa pesada balançando enquanto ele se movia, e Clary percebeu o que havia de estranho nele: ele não emitia qualquer ruído enquanto andava, nem um passo sequer que fosse. Até sua capa, que deveria fazer algum barulho, era silenciosa. Ela quase poderia ter imaginado se ele era um fantasma — mas não, ela pensou quando ele parou na frente dela, havia um cheiro estranho nele, adocicado, como sangue e incenso, o cheiro de alguma coisa viva.

— E esta, Jeremiah — disse Hodge, levantando-se da escrivaninha —, é a menina a respeito de quem lhe escrevi: Clarissa Fray.

O rosto encapuzado virou lentamente para ela. Clary sentiu frio até a ponta dos dedos.

— Oi — ela disse.

Não houve resposta.

— Acho que você tinha razão, Jace — disse Hodge.

— Eu *tinha* razão — disse Jace. — Em geral, tenho.

Hodge ignorou o comentário.

— Mandei uma carta à Clave sobre isso tudo ontem à noite, mas as lembranças de Clary são dela. Ela é a única que pode decidir como quer lidar com o conteúdo da própria cabeça. Se quiser a ajuda dos Irmãos do Silêncio, a escolha deve ser dela.

Clary não disse nada. Dorothea dissera que alguma coisa estava bloqueando sua mente, escondendo algo. É claro que ela queria saber o que era. Mas a figura sombria do Irmão do Silêncio era tão... bem, silenciosa. O silêncio em si parecia exalar dele como uma onda escura, preta e grossa como tinta. Ela sentia calafrios até nos ossos.

O rosto do Irmão Jeremiah ainda estava voltado para ela, nada além da escuridão visível sob o capuz.

Esta é a filha de Jocelyn?

Clary engasgou-se, dando um passo para trás. As palavras ecoaram em sua mente, como se ela mesma as tivesse pensado — mas não tinha.

— É — disse Hodge, e acrescentou rapidamente: — Mas o pai dela era mundano.

Isso não importa, disse Jeremiah. *O sangue da Clave é dominante.*

— Por que você chamou minha mãe de Jocelyn? — disse Clary, procurando em vão por algum indício de rosto sob o capuz. — Você a conheceu?

— Os Irmãos guardam registros de todos os membros da Clave — explicou Hodge. — Registros exaustivos...

— Não tão exaustivos assim — disse Jace —, se nem ao menos sabiam que ela estava viva.

É provável que ela tenha recebido a assistência de algum feiticeiro no desaparecimento. A maioria dos Caçadores de Sombras não consegue escapar da Clave com tanta facilidade. Não havia qualquer emoção na voz de Jeremiah; ele não parecia aprovar nem reprovar as ações de Jocelyn.

— Tem uma coisa que não entendo — disse Clary. — Por que Valentim acharia que minha mãe está com o Cálice Mortal? Se ela teve tanto trabalho para desaparecer, como você disse, por que levaria o cálice consigo?

— Para evitar que ele pusesse as mãos nele — disse Hodge. — Ela, mais do que qualquer um, sabia o que aconteceria se Valentim tivesse o Cálice. E imagino que ela não confiasse na Clave para guardá-lo. Não depois que Valentim o tirou deles.

— Suponho que sim. — Clary não conseguia afastar da voz o tom de dúvida. A coisa toda parecia muito improvável. Ela tentou imaginar a mãe fugindo sob os lençóis da escuridão, com um enorme cálice de ouro no bolso do macacão, mas não conseguiu.

— Jocelyn voltou-se contra o marido quando descobriu o que ele pretendia fazer com o Cálice — disse Hodge. — Não é loucura imaginar que ela faria o possível para evitar que o Cálice fosse parar nas mãos dele. A própria Clave teria procurado primeiro por ela se acreditasse que ela estava viva.

— Ao que me parece — disse Clary com certa ironia na voz —, ninguém que a Clave pensa que está morto realmente está. Talvez devessem investir em registros dentários.

— Meu pai está morto — disse Jace, com o mesmo tom de voz. — Não preciso de registros dentários para saber disso.

Clary voltou-se para ele um pouco irritada.

— Ouça, não quis dizer...

Basta, interrompeu o Irmão Jeremiah. *Há uma verdade a ser aprendida aqui, se forem pacientes o bastante para ouvir.*

Com um gesto rápido, ele levantou as mãos e tirou o capuz do rosto. Esquecendo-se de Jace, Clary conteve o impulso de gritar. A cabeça do arquivista era careca, lisa e branca como um ovo, sombriamente denticulada no lugar em que deveriam estar os olhos. Não havia mais olhos agora. Ele tinha lábios entrelaçados por linhas escuras que pareciam pontos cirúrgicos. Agora ela entendia o que Isabelle queria dizer com mutilação.

Os Irmãos do Silêncio não mentem, disse Jeremiah. *Se quiser a verdade de mim, a verdade terá, mas pedirei o mesmo de você em troca.*

Clary levantou o queixo.

— Eu também não sou mentirosa.

A mente não pode mentir. Jeremiah caminhou em sua direção. *São suas lembranças que quero.*

O cheiro de sangue e tinta era sufocante. Clary sentiu uma onda de pânico.

— Espere...

— Clary — disse Hodge, em tom delicado. — É perfeitamente possível haver lembranças que você enterrou ou reprimiu, lembranças formadas quando você era nova demais para ter alguma recordação consciente delas, que o Irmão Jeremiah pode alcançar. Poderia nos ajudar imensamente.

Ela não disse nada, mordendo o lábio por dentro. Ela detestava a ideia de alguém alcançando o interior de sua mente, tocando lembranças tão pessoais e escondidas que nem mesmo ela conseguia alcançar.

— Ela não precisa fazer nada que não queira — Jace disse repentinamente. — Precisa?

Clary interrompeu Hodge antes que ele pudesse responder.

— Tudo bem. Eu faço.

O Irmão Jeremiah fez um aceno curto com a cabeça, e se moveu em direção a ela com o silêncio que lhe dava calafrios na espinha.

— Vai doer? — ela sussurrou.

Ele não respondeu, mas as mãos brancas e estreitas do Irmão Jeremiah tocaram o rosto dela. A pele dos dedos era fina como papel de pergaminho, toda marcada por símbolos. Ela podia sentir o poder deles, saltando como eletricidade pungindo sua pele. Ela fechou os olhos, mas não antes de ver a expressão ansiosa na face de Hodge.

Cores entrelaçavam-se na escuridão atrás das pálpebras de Clary. Ela sentiu uma pressão, um puxão na cabeça, nas mãos e nos pés. Ela fechou os punhos, lutando contra o peso, a escuridão. Sentiu-se como se estivesse sendo pressionada contra algo duro e inflexível, lentamente esmagada. Ela se ouviu engasgar e subitamente ficou toda fria, fria como o inverno. Em um flash, viu uma rua gelada, prédios cinzentos erguendo-se à frente, uma explosão de branco lacerando o rosto em partículas congeladas...

— Já *chega*. — A voz de Jace interrompeu o frio do inverno, e a neve parou de cair, um banho de faíscas brancas. Os olhos de Clary se abriram abruptamente.

Lentamente, a biblioteca entrou em foco — as paredes alinhadas com livros, as faces ansiosas de Hodge e Jace. O Irmão Jeremiah permaneceu imóvel, uma imagem entalhada de marfim e tinta vermelha. Clary se conscientizou da dor aguda nas mãos, e olhou para baixo para ver linhas avermelhadas na pele, onde as próprias unhas haviam penetrado.

— *Jace* — disse Hodge, em tom de reprovação.

— Olhe as mãos dela. — Jace apontou para Clary, que curvou os dedos para cobrir as palmas feridas.

Hodge pôs uma mão larga no ombro dela.

— Você está bem?

Lentamente, ela mexeu a cabeça em um aceno afirmativo. O peso esmagador havia desaparecido, mas ela podia sentir o suor encharcando o cabelo, grudando a camiseta nas costas como fita adesiva.

Você tem um bloqueio na mente, disse o Irmão Jeremiah. *Suas lembranças não podem ser acessadas.*

— Um bloqueio? — perguntou Jace. — Quer dizer que ela reprimiu as lembranças?

Não. Quero dizer que foram bloqueadas da consciência por um feitiço. Não posso quebrá-lo aqui. Ela terá de ir até a Cidade dos Ossos e se colocar perante a Irmandade.

— Um *feitiço*? — Clary perguntou, incrédula. — Quem teria colocado um feitiço em mim?

Ninguém respondeu. Jace olhou para o tutor. Ele estava surpreendentemente pálido, pensou Clary, considerando que havia sido ideia dele.

— Hodge, ela não deve ir se não...

— Tudo bem. — Clary respirou fundo. As palmas doíam onde haviam sido cortadas pelas unhas, e ela queria desesperadamente deitar em algum lugar escuro e descansar. — Eu vou. Quero saber a verdade. Quero saber o que está na minha cabeça.

Jace assentiu, afirmativo.

— Tudo bem. Então vou com você.

Deixar o Instituto era como entrar em uma bolsa de lona quente e molhada. O ar úmido pairava sobre a cidade, transformando a atmosfera em uma sopa encardida.

— Não entendo por que temos que ir separados do Irmão Jeremiah — resmungou Clary. Eles estavam na esquina do lado de fora do Instituto. As ruas estavam desertas, exceto por um caminhão de lixo que passeava lentamente pelo quarteirão. — Qual é o problema, ele tem vergonha de ser visto com Caçadores de Sombras ou coisa parecida?

— A Irmandade é *formada* por Caçadores de Sombras — explicou Jace. De algum jeito, ele conseguiu parecer frio, apesar do calor. E isso fazia com que Clary tivesse vontade de bater nele.

— Imagino que ele tenha ido pegar o carro — Clary falou sarcasticamente.

Jace sorriu.

— Alguma coisa assim.

Ela balançou a cabeça.

— Sabe, eu me sentiria muito melhor se Hodge fosse com a gente.

— Por quê? Não sou proteção o suficiente para você?

— Não é de proteção que preciso agora, mas de alguém que possa me ajudar a pensar — lembrando-se repentinamente, ela levou a mão à boca. — Ah! Simon!

— Não, eu sou Jace — ele disse, pacientemente. — Simon é o frangote com o péssimo corte de cabelo e uma completa falta de senso de moda.

— Ah, cale a boca — ela respondeu, mas foi mais automático do que sincero. — Queria ter ligado antes de dormir, para saber se ele chegou bem em casa.

Balançando a cabeça, Jace olhou para o céu, como se estivesse prestes a abrir e revelar os segredos do universo.

— Com tudo o que está acontecendo, você está preocupada com o Cara de Fuinha?

— Não fale assim dele. Ele não tem cara de fuinha.

— Você pode estar certa — disse Jace. — Eu já vi fuinhas atraentes uma ou duas vezes na vida. Ele se parece mais com um rato.

— Ele não...

— Ele deve estar em casa nadando em uma piscina da própria baba. Espere só até Isabelle se entediar com ele e você ter que catar os cacos.

— Será que Isabelle vai ficar entediada com ele? — perguntou Clary.

Jace pensou a respeito.

— Vai — respondeu.

Clary imaginou se Isabelle talvez fosse mais esperta do que Jace achava. Talvez ela percebesse que Simon era um cara incrível: engraçado, inteligente, legal. Talvez começassem a namorar. A ideia a encheu com um horror inominável.

Perdida nos próprios pensamentos, ela levou alguns instantes para perceber que Jace estava dizendo algo. Quando piscou para ele, viu que ele tinha um sorriso torto desenhado no rosto.

— O quê? — ela perguntou, sem qualquer afeto.

— Gostaria que você parasse de tentar chamar minha atenção tão desesperadamente — ele disse. — Está ficando embaraçoso.

— O sarcasmo é o refúgio dos fracos — ela disse a ele.

— Não consigo evitar. Uso minha sagacidade para esconder minha dor interna.

— Sua dor vai virar externa se não sair do meio da rua. Você está *tentando* ser atropelado por um táxi?

— Não seja ridícula — ele disse. — Nunca arrumaríamos um táxi com tanta facilidade nessa vizinhança.

Parecendo proposital, um carro pequeno e preto abriu as janelas na esquina e parou na frente de Jace, com o motor roncando. Era longo e lustroso, baixo como uma limusine, com as janelas curvadas para fora.

Jace a olhou de lado: sua expressão tinha um quê de entretida, mas também alguma urgência. Ela observou o carro novamente, deixando o olhar relaxar, deixando a força da realidade penetrar no véu da magia.

Agora o carro parecia a carruagem da Cinderela, exceto que, em vez de ser rosa, dourada e azul como um ovo de Páscoa, era preta como veludo, com as janelas escuras. As rodas eram pretas, e as bordas de couro, também todas pretas. No banco de metal preto do motorista estava o Irmão Jeremiah, segurando rédeas nas mãos cobertas por luvas. Seu rosto estava coberto pelo capuz da túnica cor de pergaminho. Do outro lado das rédeas, havia dois cavalos, pretos como fumaça, rosnando para o céu.

— Entre — disse Jace. Como ela continuou ali parada, boquiaberta, ele pegou o braço dela e quase a empurrou para dentro da carruagem, entrando em seguida. A carruagem começou a se mover antes que ele tivesse fechado a porta. Ele se ajeitou no assento, brilhante e estufado com pelúcia, e olhou para ela. — Uma escolta pessoal para a Cidade dos Ossos não é pouca coisa, então não seja metida.

— Não estava sendo metida. Só fiquei surpresa. Não esperava... quer dizer, pensei que seria um carro.

— Relaxa — disse Jace. — Aproveite o cheiro de carruagem nova.

Clary revirou os olhos e virou para espiar pelas janelas. Ela teria apostado que cavalos e carruagens não teriam a menor chance no trânsito de Manhattan, mas eles estavam se movimentando com grande facilidade, e o avanço, ainda que lento, passava completamente despercebido pelo ronco de táxis, ônibus e carros utilitários que engoliam a avenida. À frente deles, um táxi trocava de pistas, impedindo a passagem da carruagem. Clary mostrou-se tensa, preocupada com os cavalos — depois a carruagem deu um salto para cima quando os animais subiram levemente no topo do táxi. Ela conteve um engasgo. A carruagem, em vez de continuar se arrastando pelo chão, flutuou atrás dos cavalos, passando delicada e silenciosamente pelo teto do táxi, e desceu pelo outro lado. Clary olhou para trás enquanto a carruagem atingia novamente a pavimentação com um impacto — o motorista do táxi estava fumando e olhando para a frente, completamente desavisado.

— Sempre achei que motoristas de táxi não prestassem atenção ao trânsito, mas isso é ridículo — disse calmamente.

— Só porque você agora pode ver através da magia... — Jace deixou o resto da frase no ar entre eles.

— Só consigo enxergar através dele quando me concentro — ela disse. — E me dá um pouco de dor de cabeça.

— Aposto que é por causa do bloqueio na sua mente. Os Irmãos vão cuidar disso.

— E depois?

— Depois você verá o mundo como ele é: infinito — disse Jace com um sorriso seco.

— E não me venha citar Blake.

O sorriso se tornou menos seco.

— Não achei que fosse reconhecer. Você não me parece o tipo de pessoa que lê poesia.

— Todo mundo conhece essa citação por causa do The Doors.

Jace a olhou, confuso.

— The Doors. Era uma banda.

— Se você está dizendo — ele disse.

— Suponho que não tenha muito tempo para ouvir música — disse Clary, pensando em Simon, para quem música significava vida —, levando em conta a natureza do seu trabalho.

Ele deu de ombros.

— Talvez o esporádico coro arrastado dos condenados.

Clary olhou para ele de relance, para ver se estava brincando, mas ele estava completamente sem expressão.

— Mas você estava tocando piano ontem — ela começou — no Instituto. Você deve...

A carruagem saltou novamente. Clary agarrou as bordas do assento e olhou fixamente — eles estavam passando por cima de um ônibus da linha M1. Desse ponto privilegiado, ela podia ver os andares superiores dos antigos prédios que alinhavam a avenida, cuidadosamente esculpidos com gárgulas e cornijas ornamentadas.

— Estava só brincando — Jace disse sem olhar para ela. — Meu pai insistiu para que eu aprendesse a tocar um instrumento.

— Ele parece rígido, seu pai.

O tom de Jace era firme.

— Que nada! Meu pai me estimulava. Ele me ensinou tudo, treinamento de armas, demonologia, ciências secretas, línguas antigas. E me dava tudo que eu queria. Cavalos, armas, livros, até um falcão de caça.

Mas armas e livros não são exatamente o que as crianças querem ganhar de Natal, Clary pensou enquanto a carruagem descia outra vez.

— Por que você não mencionou a Hodge que conhecia os homens com quem Luke estava conversando? Que foram eles que mataram seu pai?

Jace olhou para as mãos. Eram finas e cuidadosas, mãos de um artista, não de um guerreiro. O anel que ela havia notado mais cedo brilhava no dedo dele. Ela teria pensado que haveria um quê de feminilidade em um menino usando um anel, mas não. O anel em si parecia pesado e duro, feito de prata escura com algumas estrelas ao redor. A letra W estava gravada nele.

— Porque, se eu dissesse — contou —, ele saberia que quero matar Valentim pessoalmente. E nunca me deixaria tentar.

— Quer dizer que quer matá-lo por vingança?

— Por justiça — disse Jace. — Nunca soube quem matou meu pai. Agora sei. É a minha chance de corrigir a situação.

Clary não sabia como matar alguém poderia corrigir outra morte, mas sentiu que não adiantaria nada dizer isso.

— Mas você sabia quem tinha matado — ela disse. — Foram aqueles homens. Você disse...

Jace não estava olhando para ela, então Clary parou de falar. Eles estavam passando por Astor Place, quase batendo em um bonde elétrico da Universidade de Nova York ao cortar o trânsito. Pedestres pareciam esmagados pelo ar pesado, como insetos presos por um pino em um quadro de vidro. Alguns grupos de crianças sem-teto agregavam-se ao redor da base de uma grande estátua de bronze, com placas em papelão pedindo dinheiro levantadas à frente deles. Clary viu uma menina mais ou menos da idade dela com a cabeça raspada apoiada em um menino mulato com dreadlocks no cabelo e diversos piercings no rosto. Ele virou a cabeça enquanto a carruagem passava, como se pudesse vê-la, e Clary visualizou o brilho em seu olhar. Um deles estava embaçado, como se não tivesse pupila.

— Eu tinha 10 anos — disse Jace. Ela virou para olhar para ele. Ele continuava com a expressão vazia. Sempre parecia que a cor desaparecia dele toda vez que falava no pai. — Vivíamos em um casarão, no campo. Meu pai sempre dizia que era mais seguro estar longe das pessoas. Eu os ouvi passando pela estradinha e corri para avisar. Ele mandou que me escondesse, então me escondi. Debaixo da escada. Vi aqueles homens entrarem. Havia outros com eles. Não homens. Renegados. Eles renderam meu pai e cortaram sua garganta. O sangue correu pelo chão. Ensopou meus sapatos. Eu não me mexi.

Clary levou um instante para perceber que ele acabara de falar, e outro para encontrar a própria voz.

— Sinto muito, Jace.

Seus olhos brilhavam na escuridão.

— Não entendo por que os mundanos sempre se lamentam por coisas das quais não têm culpa alguma.

— Não estou me lamentando. É uma forma de... solidariedade. De dizer que sinto muito pela sua infelicidade.

— Não sou infeliz — ele disse. — Só pessoas sem propósito são infelizes. Eu tenho um propósito.

— Você está falando de matar demônios ou de vingar a morte do seu pai?

— De ambos.

— Seu pai realmente desejaria que você matasse aqueles homens? Por pura vingança?

— Um Caçador de Sombras que mata outro de seus irmãos é pior do que um demônio e, como tal, deve ser eliminado — disse Jace, soando como se estivesse ditando palavras de um livro-texto.

— Mas todos os demônios são maus? — ela perguntou. — Quer dizer, se nem todos os vampiros são maus, nem todos os lobisomens são maus...

Jace olhou para ela, exasperado.

— Não é a mesma coisa. Vampiros, lobisomens e até feiticeiros são semi-humanos. Parte deste mundo, nascido nele. Pertencem a ele. Mas demônios vêm de outros mundos. São parasitas interdimensionais. Vêm a um mundo e usurpam dele. Não podem construir, apenas destroem; não conseguem fazer, só usar. Esgotam um lugar e o reduzem a cinzas, e depois de morto, dirigem-se ao próximo. É vida que querem, não só a sua vida ou a minha, mas toda a vida deste mundo, rios, cidades, oceanos, tudo. E a única coisa entre eles e a destruição de tudo *isso* — ele apontou para fora da janela da carruagem, gesticulando como se quisesse abranger tudo, desde o topo dos prédios mais altos até o trânsito na Houston Street — é o Nephilim.

— Ah — disse Clary. Não parecia haver mais muita coisa a dizer. — Quantos outros mundos existem?

— Ninguém sabe. Centenas? Milhões, talvez.

— E são todos... mundos mortos? Esgotados? — Clary sentiu o estômago afundar, mas pode ter sido por causa do impacto ao passarem por um carro Mini roxo. — Isso é tão triste.

— Eu não disse isso. — A luz laranja-escura da bruma da cidade entrava pelas janelas, destacando o perfil de Jace. — Provavelmente existem outros mundos habitados como o nosso. Mas apenas demônios podem viajar entre eles. Porque quase não têm matéria, em parte, mas ninguém sabe exatamente por quê. Muitos feiticeiros já tentaram, mas nunca funcionou. Nada da Terra pode passar pelas alas entre os mundos. Se pudéssemos — acrescentou —, poderíamos bloquear a vinda deles para cá, mas ninguém nunca foi capaz de descobrir como fazer isso. Aliás, cada vez mais demônios vêm para cá. Costumava haver somente pequenas invasões demoníacas neste mundo, facilmente contidas. Mas, desde que nasci, mais e mais deles entraram pelas alas. A Clave vive tendo de despachar Caçadores de Sombras, e em muitas ocasiões eles não voltam.

— Mas, se você tivesse o Cálice Mortal, poderia criar mais, não é mesmo? Mais caçadores de demônios? — Clary arriscou o palpite.

— Claro — disse Jace. — Mas há alguns anos não temos o Cálice, e muitos de nós morrem cedo. Então nossos números caem lentamente.

— Mas vocês não estão... bem... — Clary procurou pela palavra certa. — Se reproduzindo?

Jace caiu na gargalhada no mesmo instante em que a carruagem virou à esquerda bruscamente. Ele se segurou, mas Clary foi jogada contra ele. Ele a segurou, com as mãos delicadas, mas afastadas do próprio corpo. Ela sentiu o toque do anel como uma fibra solta de gelo contra a pele suada.

— Claro — ele disse. — Nós adoramos nos reproduzir. É uma das nossas atividades prediletas.

Clary se afastou dele, com o rosto queimando na escuridão, e virou-se para olhar pela janela. Eles estavam passando por um portão pesado de ferro gasto, entrelaçado com vinhas escuras.

— Chegamos — anunciou Jace, enquanto a locomoção macia das rodas sobre o asfalto se transformou em sacolejo sobre pedras. Clary enxergou algumas palavras pelo arco ao passarem sob ele: CEMITÉRIO DE MÁRMORE DE NOVA YORK.

— Mas pararam de enterrar pessoas em Manhattan há séculos, por falta de espaço, não pararam? — ela disse. Eles estavam passando por um beco estreito com paredes altas de pedra em cada lado.

— A Cidade dos Ossos já estava aqui muito antes disso. — A carruagem parou subitamente. Clary saltou quando Jace esticou o braço, mas ele só estava passando por ela para abrir a porta daquele lado. O braço dele era ligeiramente musculoso e cheio de pelos dourados, finos como pólen.

— Você não tem escolha, tem? — ela perguntou. — Quanto a ser um Caçador de Sombras. Você não pode simplesmente renunciar.

— Não — ele disse. A porta se abriu, permitindo que uma onda de ar mormacento saísse. A carruagem havia parado em um pátio aberto de grama verde cercado por paredes de mármore. — Mas, se eu tivesse escolha, escolheria isso ainda assim.

— Por quê? — ela perguntou.

Ele levantou uma sobrancelha, o que provocou inveja instantânea em Clary. Ela sempre quis conseguir fazer isso.

— Porque — ele disse — é nisso que sou bom.

Ele pulou para fora da carruagem. Clary deslizou para a ponta do assento, balançando as pernas. Era uma longa queda até o chão de mármore. Ela pulou. O impacto machucou seus pés, mas não caiu. Ela girou triunfante e viu que Jace olhava para ela.

— Eu teria ajudado você a descer — ele disse.

Ela piscou.

— Tudo bem. Não precisava.

Ele olhou para trás de si. O Irmão Jeremiah estava descendo do poleiro atrás dos cavalos em uma queda silenciosa de panos. Ele não formava sombra alguma no gramado ensolarado.

Venham, disse. Ele deslizou para longe da carruagem e das luzes reconfortantes da Second Avenue, caminhando em direção ao centro escuro do jardim. Estava claro que ele queria que os seguissem.

A grama estava seca e dura sob os pés, as paredes de mármore, de ambos os lados, lisas e peroladas. Havia nomes entalhados na pedra das paredes, nomes e datas. Clary demorou um pouco para perceber que eram marcas de túmulos. Um calafrio percorreu a espinha da menina. Onde estavam os corpos? Nas paredes, enterrados verticalmente como se tivessem sido emparedados vivos...?

Ela se esquecera de olhar para onde estava indo. Quando colidiu contra alguma coisa viva, gritou alto.

Era Jace.

— Não grite desse jeito. Você vai acordar os mortos.

Ela franziu o rosto para ele.

— Por que estamos parando?

Ele apontou para o Irmão Jeremiah, que havia parado em frente a uma estátua um pouquinho mais alta do que ele, com a base cheia de musgo. A estátua era de um anjo. A imagem de mármore era tão lisa que era quase translúcida. A face do anjo era voraz, linda e triste. Com longas mãos brancas, ele segurava um copo, com a borda cravejada de joias de mármore. Algo na estátua incomodou a memória de Clary com uma familiaridade desconfortável. Havia uma data marcada na base, 1234, e palavras gravadas ao redor: *NEPHILIM: FACILIS DESCENSUS AVERNI.*

— É para ser o Cálice Mortal? — ela perguntou.

Jace fez que sim com a cabeça.

— E esse é o lema dos Nephilim, os Caçadores de Sombras, ali na base.

— O que significa?

O sorriso de Jace era um flash branco na escuridão.

— Significa: Caçadores de Sombras: mais bonitos de preto do que as viúvas de nossos inimigos desde 1234.

— Jace...

Significa, disse Jeremiah, *a descida ao Inferno é fácil.*

— Alegre e feliz — disse Clary, mas uma onda gelada passou por sua pele, apesar do calor.

— É uma piadinha dos Irmãos ter isso aqui — disse Jace. — Você vai ver.

Ela olhou para o irmão Jeremiah. Ele havia sacado uma estela, que brilhava ligeiramente, de algum bolso no interior da túnica, e com a ponta traçou um símbolo na base da estátua. A boca do anjo de pedra de repente se abriu em um grito silencioso, e um buraco escuro expansivo se abriu na grama aos pés de Jeremiah. Parecia uma sepultura aberta.

Lentamente, Clary se aproximou da borda e espiou lá dentro. Um grupo de degraus de granito levava ao buraco, as bordas amolecidas pelos anos de uso. Havia tochas dispostas em intervalos ao longo dos degraus, emitindo verde quente e azul gélido. A base da escada estava perdida na escuridão.

Jace desceu as escadas com a calma de alguém que se encontra em uma situação familiar, quiçá confortável. A meio caminho da primeira tocha, ele parou e olhou para cima, para Clary.

— Vamos — ele disse, impaciente.

Clary mal havia posto os pés no primeiro degrau quando sentiu o braço ser agarrado por um punho frio. Ela olhou para cima, espantada. O Irmão Jeremiah estava segurando o pulso dela, com os gélidos dedos brancos pressionando sua pele. Ela podia ver o brilho ósseo do rosto cicatrizado sob a base do capuz.

Não tenha medo, disse a voz na cabeça de Clary. *Seria preciso muito mais do que o único grito de um humano para acordar esses mortos.*

Quando soltou seu braço, Clary desceu as escadas atrás de Jace, com o coração batendo contra as costelas. Ele estava esperando por ela na base. Pegara uma das tochas verdes e a estava segurando na altura dos olhos. Provocava um brilho verde-claro em sua pele.

— Você está bem?

Ela fez que sim com a cabeça, não confiando em si mesma para falar. As escadas acabavam em um solo superficial; à frente deles, esticava-se um túnel, longo e negro, invadido por raízes curvilíneas de árvore. Uma fraca luz azulada era visível no fim do túnel.

— É tão... escuro — gaguejou.

— Quer que eu segure a sua mão?

Clary colocou as duas mãos atrás das costas como uma criança pequena.

— Não fale assim comigo.

— Tá bom... — Jace passou por ela, a tocha derramava faíscas à medida que ele se movia. — Não precisa fazer cerimônia, Irmão Jeremiah — ele disse. — Vá em frente. Estamos logo atrás.

Clary deu um salto. Ela ainda não estava acostumada às idas e vindas silenciosas do arquivista. Ele passou silenciosamente de onde estava atrás dela e foi túnel adentro. Após um instante, ela o seguiu, empurrando para o lado a mão esticada de Jace enquanto passava.

A primeira visão de Clary da Cidade do Silêncio consistiu de fileira após fileira de arcos de mármore que se erguiam para o alto, desaparecendo na distância como fileiras de árvores em um pomar. O mármore em si era puro, com marfim, de aparência dura e polida, marcado em alguns pontos por linhas finas de ônix, jaspe e jade. Ao se afastarem do túnel e se aproximarem da floresta de arcos, Clary viu que o chão estava inscrito com os mesmos símbolos que às vezes decoravam a pele de Jace com linhas e giros e curvas.

Enquanto os três passavam pelo primeiro arco, alguma coisa larga e branca se erguia à esquerda, como um iceberg na proa do *Titanic*. Era um bloco de pedra branca, liso e quadrado, com uma espécie de porta encravada na frente. Parecia uma casa de bonecas do tamanho de crianças, mas não suficientemente grande para que ela conseguisse ficar de pé lá dentro.

— É um mausoléu — disse Jace, direcionando a luminosidade para ele. Clary podia ver que havia um símbolo entalhado na porta, que estava selada com parafusos de ferro. — Uma tumba. Enterramos nossos mortos aqui.

— Todos os seus mortos? — ela disse, como se quisesse perguntar se o pai dele estava enterrado ali, mas ele já tinha seguido em frente, fora do alcance auditivo. Ela se apressou atrás dele, não querendo ficar a sós com o Irmão Jeremiah nesse lugar arrepiante. — Pensei que você tivesse dito que este lugar era uma biblioteca.

Há muitos níveis na Cidade do Silêncio, disse Jeremiah. *E nem todos os mortos estão enterrados aqui. Há outro ossuário em Idris, é claro, muito maior. Mas nesse nível encontram-se os mausoléus e o local de cremação.*

— Local de cremação?

Os que morrem em batalha são queimados, e as cinzas, utilizadas para fazermos os arcos de mármore que você vê aqui. O sangue e os ossos dos matadores de demônios são em si uma forte proteção contra o mal. Mesmo na morte, a Clave serve à causa.

Que coisa mais exaustiva, pensou Clary, lutar a vida inteira, e ter de continuar com a luta mesmo depois de ela ter chegado ao fim. Com a visão periférica, ela podia enxergar as câmaras mortuárias quadradas e brancas se erguendo em cada um dos lados em fileiras de tumbas organizadas, cada porta trancada pelo lado de fora. Agora ela entendia por que se chamava Cidade do Silêncio: os únicos habitantes eram os Irmãos mudos e os mortos, guardados com tanto zelo.

Eles chegaram a outra escadaria que levava a mais crepúsculo; Jace colocou a tocha à sua frente, formando sombras nas paredes.

— Vamos para o segundo nível, onde ficam os arquivos e as salas do conselho — ele disse, como se estivesse tranquilizando Clary.

— Onde fica o quartel dos vivos? — perguntou Clary, em parte para ser educada, em parte por legítima curiosidade. — Onde os Irmãos dormem?

Dormem?

A palavra silenciosa pairou pela escuridão entre eles. Jace riu, e a chama da tocha balançou.

— Você tinha que perguntar.

No pé da escada, havia outro túnel, que se alargava no fim em um pavilhão quadrado, com cada um dos cantos marcado por um pináculo de osso entalhado. Luminárias acesas encontravam-se em longos apoios de ônix nas laterais do quadrado, e o ar cheirava a cinzas e fumaça. No centro do pavilhão, havia uma longa mesa de basalto preto com veios brancos. Atrás da mesa, contra a parede escura, havia uma enorme espada de prata pendurada, apontada para baixo, com o cabo ornamentado em forma de asas abertas. À mesa, havia uma fileira de Irmãos do Silêncio sentados, cada um deles vestido e encapuzado com vestes da mesma cor de pergaminho que as de Jeremiah.

Jeremiah não perdeu tempo.

Chegamos. Clarissa, apresente-se perante o Conselho.

Clary olhou para Jace, mas ele estava piscando, claramente confuso. O Irmão Jeremiah provavelmente só havia falado na cabeça *dela*. Ela olhou para a mesa, para a longa fileira de figuras silenciosas ocultas sob túnicas pesadas. Quadrados alternados compunham o chão do pavilhão: bronze dourado e vermelho-escuro. À frente da mesa, havia um quadrado maior, feito de mármore negro com um design parabólico de estrelas prateadas.

Clary dirigiu-se ao centro do quadrado negro como se estivesse se colocando em frente a um esquadrão de infantaria. Ela levantou a cabeça.

— Muito bem — ela disse. — E agora?

Então os Irmãos emitiram um ruído, um som que arrepiou os cabelos da nuca e dos braços de Clary. Era um barulho como um suspiro ou um rugido. De forma uníssona, ergueram as mãos e retiraram as capas, exibindo os rostos cicatrizados e os buracos dos olhos vazios.

Apesar de já ter visto o rosto do Irmão Jeremiah, o estômago de Clary embrulhou. Era como olhar para uma fileira de esqueletos, como uma daquelas xilogravuras medievais em que os mortos andavam, falavam e dançavam em pilhas de corpos de vivos. As bocas costuradas pareciam sorrir para ela.

O Conselho a cumprimenta, Clarissa Fray, ela ouviu, e não era apenas uma voz silenciosa na mente, mas uma dúzia, algumas graves e secas, outras suaves e monótonas, mas todas exigentes, insistentes, pressionando as barreiras frágeis da sua mente.

— Parem — ela disse e, para próprio espanto, a voz saiu firme e forte. Os ruídos na mente de Clary cessaram tão repentinamente quanto um disco que parava de girar. — Vocês podem entrar na minha cabeça — ela disse —, mas só quando eu estiver pronta.

Se não quiser a nossa ajuda, não há qualquer necessidade disso. Afinal, foi você que solicitou nossa assistência.

— Vocês querem saber o que está na minha mente, assim como eu — ela disse. — Isso não significa que não possam ser cuidadosos.

O Irmão sentado ao centro passou os dedos finos sob o queixo. *É um quebra-cabeça interessante, devo admitir,* ele disse, e a voz na cabeça de Clary era seca e neutra. *Mas não há necessidade do uso de força, se você não resistir.*

Ela cerrou os dentes. Ela queria resistir, queria expulsar aquelas vozes invasivas para fora de sua cabeça. Ficar parada e permitir uma violação desse tipo, de sua posse mais íntima e pessoal...

Mas havia grandes chances de isso já ter acontecido, ela lembrou a si mesma. Não havia nada além da escavação de um crime pretérito, do roubo da memória. Se funcionasse, o que lhe havia sido tirado poderia ser restaurado. Ela fechou os olhos.

— Vão em frente — ela disse.

O primeiro contato veio como um sussurro na mente, delicado como o toque de uma folha em queda.

Diga seu nome ao Conselho.

Clarissa Fray.

A primeira voz recebeu a companhia de outras.

Quem é você?

Sou Clary. Minha mãe é Jocelyn Fray. Moro no número 807 de Berkeley Place no Brooklyn. Tenho 15 anos. O nome do meu pai era...

A mente de Clary pareceu estalar em si mesma, como um elástico de borracha, e ela se dirigiu silenciosamente a um redemoinho de imagens projetadas contra o interior das pálpebras. Jocelyn corria com ela em uma rua negra entre montes de neve suja. Depois um céu mais baixo, cinza e chumbado, fileiras de árvores pretas e nuas. Um quadrado vazio cortado na terra, um caixão abaixando nele. *Cinzas para cinzas.* Jocelyn enrolada em uma manta artesanal, lágrimas correndo pelas bochechas, rapidamente fechando uma caixa e colocando-a sob uma almofada quando Clary entrou na sala. Ela viu novamente as iniciais na caixa: JC.

As imagens vinham mais rapidamente agora, como as páginas de um daqueles livros em que os desenhos pareciam se mexer ao passá-las. Clary estava no alto de uma escadaria, olhando para baixo, para um corredor estreito, e lá estava Luke outra vez, com a mochila verde aos pés. Jocelyn na frente dele, balançando a cabeça. "Por que agora, Lucian? Eu pensei que você estivesse morto..." Clary piscou os olhos; Luke estava diferente, quase um estranho, barbado, cabelos longos e emaranhados — e galhos desceram bloqueando a visão de Clary; ela estava no parque outra vez, e fadas verdes, pequenas como palitos de dente, zumbiam entre flores vermelhas. Ela esticou a mão para pegar uma delas em deleite, e Jocelyn a pegou no colo com um grito de horror. Depois era inverno novamente na rua escura e elas estavam correndo, amontoadas sob um guarda-chuva, Jocelyn meio empurrando e meio arrastando Clary entre os bancos de neve. Uma entrada de granito se elevava através da tempestade branca. Havia palavras gravadas sobre a porta. O MAGNÍFICO. Depois ela estava numa entrada que cheirava a ferro e neve derretendo. Estava com os dedos dormentes de frio. Uma mão sob seu queixo fez com que olhasse para cima, e ela viu uma fileira de palavras esculpida na parede. Duas palavras se destacavam, queimando os olhos da menina: *MAGNUS BANE.*

Uma dor repentina passou pelo braço direito de Clary. Ela gritou enquanto as imagens sumiam e ela girava para a frente, rompendo a superfície da consciência como um mergulhador quebrava uma onda. Havia algo frio que lhe pressionava a bochecha. Ela abriu os olhos e viu estrelas prateadas. Piscou duas vezes antes de perceber que estava deitada no chão de mármore, com os joelhos contraídos encostando no peito. Ao se mexer, sentiu uma dor incandescente no braço.

Ela se sentou repentinamente. A pele do cotovelo esquerdo estava aberta e sangrando. Ela devia ter aterrissado sobre ele quando caiu. Havia sangue na blusa. Clary olhou em volta, desorientada, e viu Jace olhando para ela, imóvel, mas a tensão era nítida em seus lábios, contraídos.

Magnus Bane. As palavras significavam alguma coisa, mas o quê? Antes que ela pudesse fazer a pergunta em voz alta, foi interrompida pelo Irmão Jeremiah.

O bloqueio na sua mente é mais forte do que imaginávamos, ele disse. *Só pode ser desfeito em segurança por quem o aplicou. Se nós o removêssemos, a mataríamos.*

Ela se levantou cambaleante, segurando o braço machucado.

— Mas eu não sei quem fez isso. Se soubesse, não estaria aqui.

A resposta está contida na teia de seus pensamentos, disse o Irmão Jeremiah. *Quando sonhou acordada, você o viu escrito.*

— *Magnus Bane*? Mas... isso nem é nome de gente!

É o suficiente. O Irmão Jeremiah se levantou. Como se isso fosse um sinal, o resto dos Irmãos se levantou com ele. Inclinaram a cabeça em direção a Jace, um gesto de reconhecimento silencioso, antes de saírem entre os pilares e desaparecerem. Só o Irmão Jeremiah ficou. Ele assistiu, impassível, enquanto Jace corria em direção a Clary.

— Seu braço está bem? Deixe-me ver — exigiu, pegando o pulso de Clary.

— Ai! Está bem. Não faça isso, você só está piorando — disse Clary, tentando puxar o braço de volta.

— Você sangrou nas Estrelas Falantes — ele disse. Clary olhou e viu que ele tinha razão: havia sangue dela no mármore branco e prateado. — Aposto que há alguma lei a esse respeito em algum lugar. — Ele girou o braço de Clary, com mais delicadeza do que ela considerava possível. Ele mordeu o lábio inferior e assobiou; ela olhou para baixo e viu uma luva de sangue que cobria o antebraço do cotovelo até o pulso. O braço estava latejando, rígido e dolorido.

— É nessa hora que você começa a rasgar tiras da própria blusa para fazer um curativo no meu machucado? — brincou Clary. Ela tinha horror a sangue, principalmente ao dela própria.

— Se você queria que eu arrancasse minhas roupas, bastava pedir. — Ele pôs a mão no bolso e pegou a estela. — Teria sido muito menos doloroso.

Lembrando a sensação aguda de quando a estela lhe havia tocado o pulso, ela se preparou, mas só o que sentiu enquanto o instrumento brilhante deslizava gentilmente sobre o machucado foi um calor fraco.

— Pronto — ele disse, recompondo-se. Clary flexionou o braço, impressionada. Embora o sangue ainda estivesse ali, o machucado desaparecera, assim como a dor e a rigidez. — E, na próxima vez que estiver planejando se machucar para chamar minha atenção, lembre-se de que um bom papo produz maravilhas.

Clary sentiu a boca formar um sorriso.

— Lembrarei disso — ela disse e, ao virar de costas, acrescentou: — Obrigada.

Ele guardou a estela de volta no bolso sem virar para olhar para ela, mas ela achou ter visto algum orgulho na postura dele.

— Irmão Jeremiah — ele disse, esfregando as mãos uma na outra —, você ficou muito quieto esse tempo todo. Certamente tem pensamentos que gostaria de compartilhar...

Estou incumbido de levá-los para fora da Cidade do Silêncio, e isso é tudo, disse o arquivista. Clary pensou se estaria imaginando ou se realmente havia uma singela afronta no tom de "voz" dele.

— Nós podemos ir sozinhos — sugeriu Jace, esperançoso. — Tenho certeza de que me lembro do caminho...

As maravilhas da Cidade do Silêncio não são para os olhos dos não iniciados, disse Jeremiah, e virou as costas para eles silenciosamente. *Por aqui.*

Quando emergiram de volta à área aberta, Clary respirou fundo o ar carregado da manhã, apreciando o cheiro de sujeira e humanidade da cidade. Jace olhou em volta pensativamente.

— Vai chover — ele disse.

Ele tinha razão, pensou Clary, olhando para o céu cinza-chumbo.

— Vamos de carruagem de volta para o Instituto?

Jace olhou do Irmão Jeremiah, ainda como uma estátua, para a carruagem, surgindo como uma sombra negra no arco que levava à rua. Depois sorriu.

— De jeito nenhum — ele disse. — Detesto essas coisas. Vamos pegar um táxi.

Capítulo 11

MAGNUS BANE

Jace se inclinou para a frente e bateu a cabeça na divisão que o separava do motorista do táxi.

— Vire à esquerda! Esquerda! Eu disse para pegar a Broadway, seu idiota!

O taxista reagiu girando o volante com tanta força para a esquerda que Clary foi jogada contra Jace. Ela soltou um suspiro de raiva.

— Por que estamos indo pela Broadway?

— Estou morrendo de fome — disse Jace. — E não tem nada em casa além de resto de comida chinesa. — Ele tirou o telefone do bolso e começou a discar. — Alec! Acorda! — ele gritou. Clary podia ouvir um zumbido irritado do outro lado da linha. — Vá nos encontrar no Taki's. Café da manhã. É. Você ouviu. Café da manhã. O quê? São só alguns quarteirões. Vamos.

Ele desligou e colocou o telefone em um dos muitos bolsos enquanto encostavam. Entregando ao motorista um punhado de notas, Jace empurrou Clary para fora do carro. Quando pisou na rua, ele se esticou como um gato e abriu os braços.

— Bem-vinda ao melhor restaurante de Nova York!

Não parecia grande coisa — um prédio baixo de tijolos, arqueado no meio como um suflê murcho. Um sinal de néon com o nome do restaurante pendurava-se de lado e estava falhando. Dois homens de casacos longos e chapéus encontravam-se na entrada estreita. Não havia janelas.

— Parece um presídio — disse Clary.

Ele apontou para ela.

— Em um presídio, você pode pedir um espaguete *fra diavolo* que a faça lamber os beiços? *Acho* que não.

— Não quero espaguete. Quero saber o que é *Magnus Bane.*

— Não é o quê. É quem — disse Jace. — É um nome.

— Você sabe quem ele *é*?

— É um feiticeiro — respondeu Jace com a voz mais sensata possível. — Só um feiticeiro poderia ter posto um bloqueio desse na sua mente. Ou um dos Irmãos do Silêncio, mas claramente não foram eles.

— Ele é um feiticeiro do qual você já tenha *ouvido falar*? — perguntou Clary, que já estava se cansando da voz sensata de Jace.

— O nome soa familiar...

— Ei! — Era Alec, com cara de que havia levantado da cama e vestido a calça jeans por cima do pijama. O cabelo, despenteado, completamente rebelde. Ele caminhou em direção a eles, com os olhos fixos em Jace, ignorando Clary, como sempre. — Izzy está a caminho — ele disse. — Está trazendo o mundano.

— Simon? De onde ele veio? — perguntou Jace.

— Ele apareceu hoje pela manhã. Não conseguiu ficar longe da Izzy, eu acho. Patético. — Alec parecia entediado. Clary queria chutá-lo. — E então, vamos entrar ou não? Estou morrendo de fome.

— Eu também — disse Jace. — Alguns rabos de rato fritos cairiam bem.

— Alguns o quê? — perguntou Clary, certa de que tinha ouvido errado.

Jace sorriu para ela.

— Relaxa — ele disse. — É só um jantar.

Eles foram parados na porta da frente por um dos homens. Enquanto ele se recompunha, Clary conseguiu enxergar o rosto dele sob o chapéu. A pele tinha uma tonalidade vermelho-escura, e as mãos quadradas acabavam em unhas em tom preto-azulado. Clary se sentiu enrijecer, mas Jace e Alec pareciam despreocupados. Disseram alguma coisa para o homem, que acenou e deu um passo para trás, permitindo que passassem.

— *Jace* — sibilou Clary enquanto a porta fechava atrás deles. — Quem *era* ele?

— Está falando do Clancy? — perguntou Jace, olhando em volta do restaurante iluminado. Era agradável do lado de dentro, apesar da ausência de janelas. Cabines de madeira aconchegantes apoiadas umas nas outras, cada qual alinhada com almofadas brilhantes. Louças descombinadas cobriam o balcão, atrás do qual havia uma garota loura com um avental de garçonete rosa e branco, contando rapidamente o troco de um homem robusto de camisa de flanela. Ela viu Jace, acenou e assinalou que deveriam sentar onde quisessem.

— Clancy espanta os indesejáveis — disse Jace, conduzindo-a a uma das cabines.

— Ele é um demônio — Clary sibilou. Diversos clientes viraram para olhar para ela, um menino com cabelo arrepiado e azul estava sentado com uma menina indiana linda, com longos cabelos negros e asas douradas brotando das costas. O menino franziu o rosto sombriamente. Clary sentiu-se aliviada com o fato de o restaurante estar praticamente vazio.

— Não é, não — disse Jace, acomodando-se na cabine. Clary foi para o assento ao lado dele, mas Alec já estava lá. Ela se acomodou delicadamente no banco em frente a ele, com o braço ainda rígido, apesar dos cuidados de Jace. Ela se sentia vazia por dentro, como se os Irmãos do Silêncio a tivessem alcançado e recolhido suas entranhas, deixando-a leve e tonta. — Ele é um ifrit — explicou Jace. — São feiticeiros sem mágica. Semidemônios que não conseguem lançar feitiços de forma alguma.

— Coitados — disse Alec, pegando o cardápio. Clary também pegou o dela e olhou. Gafanhotos com mel faziam parte dos especiais do dia, assim como pratos de carne crua, peixe cru inteiro e alguma coisa chamada sanduíche de morcego torrado. Uma página da seção de bebidas era dedicada a diferentes tipos de sangue que tinham em barril; para alívio de Clary, eram diferentes tipos de sangue animal, e não tipo A, tipo O, ou tipo B negativo.

— Quem come peixe cru inteiro? — ela perguntou em voz alta.

— Kelpies — disse Alec. — Selkies. Talvez até nixies.

— Não peça nenhuma das comidas de fadas — disse Jace, olhando por cima do cardápio. — Em geral, deixam humanos um pouco doidos. Uma hora você está comendo uma ameixa de fada, e de repente está correndo nu pela Madison Avenue com a calça na cabeça. Não que isso — acrescentou repentinamente — já tenha acontecido comigo.

Alec riu.

— Você se lembra... — Ele começou, iniciando uma história que continha tantos nomes e pronomes pessoais misteriosos que Clary nem se incomodou em tentar acompanhar. Em vez disso, ela estava olhando para Alec, observando-o enquanto conversava com Jace. Havia uma energia cinética, quase febril, em Jace que o afiava e o colocava em foco. Se ela fosse desenhá-los juntos, pensou, faria Jace, um pouco embaçado, e Alec ficaria em destaque, acentuado, em planos e ângulos claros.

Jace estava olhando para baixo enquanto Alec falava, com um leve sorriso, batucando na água com a unha. Ela sentiu que ele estava pensando em outras coisas. Sentiu uma leve onda de solidariedade por Alec. Não podia ser fácil gostar de Jace. *Estava rindo porque declarações de amor me entretêm, sobretudo quando não há recíproca.*

Jace levantou os olhos quando a garçonete passou.

— Vamos conseguir um café alguma hora? — ele disse em voz alta, interrompendo Alec.

Alec baixou o tom de voz, a energia se esvaindo.

— Eu...

Clary falou repentinamente.

— E essa carne crua toda, para que serve? — perguntou, apontando para a terceira página do cardápio.

— Lobisomens — disse Jace. — Apesar de que, de vez em quando, eu também gosto de uma carne sangrenta. — Ele alcançou o cardápio de Clary do outro lado da mesa e passou as páginas. — A parte de comidas humanas fica no final.

Ela examinou o cardápio perfeitamente normal com assombro. Tudo isso era demais.

— Eles têm vitaminas aqui?

— Tem uma vitamina de damasco com ameixa e mel que é simplesmente divina — disse Isabelle, que havia aparecido com Simon ao lado. — Chega pra lá — ela disse para Clary, que se aproximou tanto da parede que podia sentir os tijolos frios pressionarem seu braço. Simon, sentando ao lado de Isabelle, esboçou um sorriso para ela que não foi retribuído. — Você deveria tomar uma.

Clary não teve certeza se Isabelle estava falando com ela ou com Simon, então não disse nada. O cabelo de Isabelle esbarrou no rosto dela, e tinha cheiro de alguma espécie de perfume de baunilha. Clary conteve o impulso de espirrar. Ela detestava perfume de baunilha. Nunca havia entendido a necessidade de algumas garotas cheirarem a sobremesas.

— E como foi na Cidade dos Ossos? — perguntou Isabelle, abrindo o cardápio. — Descobriram o que há na cabeça de Clary?

— Conseguimos um nome — disse Jace. — Magnus...

— *Cale-se* — sibilou Alec, atacando Jace com o cardápio fechado.

Jace pareceu ferido.

— Jesus. — Ele esfregou o braço. — Qual é o seu problema?

— Este lugar é cheio de habitantes do Submundo. Você sabe disso. Acho que deve manter os detalhes da nossa investigação em segredo.

— *Investigação*? — Isabelle riu. — Agora somos detetives? Talvez devêssemos ter codinomes.

— Boa ideia — disse Jace. — Serei o Barão Hotschaft Von Hugenstein.

Alec cuspiu a água de volta no copo. Naquele instante, a garçonete chegou para anotar o pedido. De perto, ela ainda era uma menina loura bonita, mas tinha olhos inquietantes, inteiramente azuis, sem parte branca ou pupila. Ela sorriu com dentes afiados.

— Já sabem o que vão querer?

Jace sorriu.

— O de sempre — ele disse e, como resposta, obteve um sorriso da garçonete.

— Eu também — disse Alec, mas ele não ganhou sorriso nenhum. Isabelle pediu uma vitamina de frutas, Simon, um café, e Clary, após um instante de hesitação, optou por um café grande e panquecas de coco. A garçonete deu uma piscadela com o olho azul e saiu.

— Ela também é ifrit? — perguntou Clary, observando-a ir.

— Kaelie? Não. Parte visionária, eu acho — disse Jace.

— Ela tem olhos de nixie — Isabelle disse pensativamente.

— Você realmente não sabe o que ela é? — perguntou Simon.

Jace balançou a cabeça.

— Respeito a privacidade dela. — Ele cutucou Alec com o cotovelo. — Ei, me deixa sair um instante.

Fazendo careta, Alec chegou para o lado. Clary observou Jace enquanto ele foi até Kaelie, que estava apoiada no bar, falando com o cozinheiro através da passagem para a cozinha. Só o que Clary podia ver do cozinheiro era uma cabeça abaixada em um chapéu branco de chefe de cozinha. Orelhas altas e peludas saíam por buracos de cada lado do chapéu.

Kaelie virou-se para sorrir para Jace, que pôs o braço em volta dela. Ela se acomodou. Clary imaginou se era isso que ele queria dizer com respeitar a privacidade dela.

Isabelle revirou os olhos.

— Ele não deveria ficar provocando a garçonete desse jeito.

Alec olhou para ela.

— Você acha que ele não está sendo sincero? Sobre ela, quero dizer.

Isabelle deu de ombros.

— Ela vem do Submundo — disse Isabelle, como se isso explicasse tudo.

— Não entendo — disse Clary.

Isabelle olhou para ela sem interesse.

— Não entende o quê?

— Essa coisa de Submundo. Vocês não caçam os habitantes de lá, porque não são exatamente demônios, mas também não são pessoas. Vampiros matam, bebem sangue...

— Só vampiros desonestos bebem sangue de pessoas — interrompeu Alec. — E estes, nós podemos matar.

— E lobisomens são o quê? Apenas cachorrinhos que cresceram demais?

— Eles matam demônios — disse Isabelle. — Então, se não nos incomodarem, não os incomodamos.

Como deixar que as aranhas vivam porque comem mosquitos, pensou Clary.

— Então eles são bons o suficiente para continuar vivendo, bons o suficiente para cozinhar para vocês, bons o suficiente para um flerte, mas não são *realmente* bons o suficiente? Quer dizer, não tão bons quanto as pessoas.

Isabelle e Alec olharam para ela como se ela estivesse falando urdu.

— Diferente de pessoas — disse Alec afinal.

— Melhor que mundanos? — acrescentou Simon.

— Não — disse Isabelle decididamente. — Você poderia transformar um mundano em um Caçador de Sombras. Quero dizer, nós viemos de mundanos. Mas você jamais poderia transformar alguém do Submundo em um membro da Clave. Eles não conseguem suportar os símbolos.

— Então eles são fracos? — perguntou Clary.

— Não diria isso — disse Jace, voltando ao assento ao lado de Alec. Seu cabelo estava despenteado e ele tinha uma marca de batom na bochecha. — Pelo menos não com um peri, um djinn, um ifrit e sabe Deus quem está ouvindo. — Ele sorriu quando Kaelie apareceu e distribuiu a comida. Clary olhou para as panquecas com bastante admiração. Pareciam fantásticas: douradas, cheias de mel. Ela comeu um pedaço enquanto Kaelie e seus saltos altos saíam.

— Estavam deliciosas.

— Eu falei que era o melhor restaurante de Manhattan — disse Jace, comendo batatas fritas com a mão.

Ela olhou para Simon, que estava mexendo o café, olhando para baixo.

— Hum — disse Alec, com a boca cheia.

— Certo — disse Jace. Ele olhou para Clary. — Não é uma via de mão única — ele disse. — Nem sempre gostamos dos habitantes do Submundo, mas eles nem sempre gostam de nós. Algumas centenas de anos de Acordos não apagam mil anos de hostilidade.

— Duvido que ela saiba o que são os Acordos, Jace — disse Isabelle.

— Na verdade, sei sim — disse Clary.

— Eu não — disse Simon.

— É verdade, mas ninguém se importa com o que você sabe. — Jace examinou uma batata antes de mordê-la. — Eu gosto da companhia de alguns membros do Submundo em certas horas e lugares. Mas não frequentamos as mesmas festas.

— Espere aí. — Isabelle repentinamente se sentou ereta. — Como você disse que era o nome? — perguntou, olhando para Jace. — O nome na cabeça de Clary.

— Não disse — falou Jace. — Pelo menos não concluí. É Magnus Bane. — Olhou para Alec, zombeteiro. — Está mais para mala sem alça.

Alec resmungou uma resposta no café. Ou calo no pé. Clary sorriu internamente.

— Não pode ser... mas tenho quase certeza... — Isabelle começou a revirar a bolsa e retirou um pedaço de papel azul dobrado. Ela o mexeu entre os dedos. — Dê uma olhada *nisso.*

Alec esticou a mão para pegar o papel, olhou para ele, deu de ombros, depois o entregou a Jace.

— É um convite para uma festa. Em algum lugar no Brooklyn — ele disse. — Detesto o Brooklyn.

— Não seja tão esnobe — disse Jace. Em seguida, assim como Isabelle fizera, ele se sentou ereto e olhou fixamente. — Onde você conseguiu isso, Izzy?

Ela balançou a mão no ar.

— Com aquele kelpie no Pandemônio. Ele disse que seria fantástica. Estava com uma pilha de convites.

— O que é? — indagou Clary, impacientemente. — Você vai mostrar para o resto de nós ou não?

Jace virou o papel para que todos pudessem ler. Impresso em papel fino, quase um pergaminho, com a letra fina e elegante. Anunciava uma reunião na humilde morada de Magnus, o Magnífico Feiticeiro, e prometia a quem comparecesse "*uma noite arrebatadora de prazeres além da imaginação mais selvagem*".

— Magnus — disse Simon. — Magnus como Magnus Bane?

— Duvido que haja muitos feiticeiros de nome Magnus na área — disse Jace.

Alec piscou os olhos.

— Isso quer dizer que teremos que ir à festa? — perguntou a ninguém em particular.

— Não *teremos* que fazer nada — disse Jace, que estava lendo as letrinhas pequenas do convite. — Mas, de acordo com isso aqui, Magnus Bane é o Magnífico Feiticeiro do Brooklyn. — Ele olhou para Clary. — Particularmente, estou um pouquinho curioso quanto ao que o nome do Magnífico Feiticeiro do Brooklyn está fazendo na sua cabeça.

A festa não ia começar antes de meia-noite, então, com um dia inteiro para matar, Jace e Alec desapareceram para a sala das armas e, enquanto Isabelle e Simon anunciaram a intenção de passear pelo Central Park para que ela pudesse mostrar a ele os círculos das fadas. Simon perguntou a Clary se ela queria ir junto. Disfarçando uma fúria assassina, ela recusou, alegando exaustão.

Não era exatamente mentira — ela *estava* exausta, com o corpo ainda enfraquecido pelos efeitos colaterais do veneno e de ter acordado tão cedo. Estava deitada na cama do Instituto, sem os sapatos, querendo dormir, mas o sono não vinha. A cafeína efervescia como água gaseificada em seu sangue, e sua mente estava cheia de imagens perturbadoras. Ela via o rosto da mãe olhando para ela, com uma expressão de pavor. Não conseguia parar de ver as Estrelas Falantes e ouvir as vozes dos Irmãos do Silêncio. Por que haveria um bloqueio em sua mente? Por que um feiticeiro poderoso o teria colocado lá, e com que propósito? Ela imaginou quais lembranças teria perdido, quais experiências teria vivido e não conseguia lembrar. Ou talvez tudo que ela achava que pensava se lembrar fosse uma mentira...?

Ela sentou, não conseguindo mais suportar os locais para onde os próprios pensamentos a conduziam. Descalça, ela foi pelo corredor, em direção à biblioteca. Talvez Hodge pudesse ajudá-la.

Mas a biblioteca estava vazia. A luz da tarde entrava pelas frestas entre as cortinas, formando barras douradas pelo chão. Na escrivaninha estava o livro que Hodge tinha lido mais cedo, e a capa de couro desbotada brilhava. Ao lado, Hugo dormia no poleiro, com o bico escondido na asa.

Minha mãe conhecia esse livro, pensou Clary. Ela o tocou e o leu. A dor de segurar algo que era parte da vida da mãe provocava pontadas na boca do estômago. Ela atravessou o quarto precipitadamente e pôs as mãos no livro. Estava morno, o couro aquecido pela luz do sol. Ela levantou a capa.

Alguma coisa dobrada caiu de dentro das páginas e aterrissou no chão ao lado dos pés de Clary. Ela se curvou para pegá-lo, abrindo-o automaticamente.

Era a fotografia de um grupo de jovens, nenhum deles muito mais velho que a própria Clary. Ela sabia que havia sido tirada há pelo menos vinte anos, não por causa das roupas que estavam vestindo — que, assim como a maioria dos equipamentos dos Caçadores de Sombras, eram indefiníveis e pretas —, mas porque reconheceu a mãe instantaneamente: Jocelyn, com não mais do que 17 ou 18 anos, cabelos compridos até a cintura e o rosto um pouco mais redondo, o queixo e a boca menos definidos. Ela parece comigo, pensou Clary.

O braço de Jocelyn estava em torno de um menino que Clary não reconhecia. Ela sentiu um impacto. Ela nunca havia pensado na mãe envolvida com ninguém além do próprio pai, pois Jocelyn nunca namorava ou demonstrava qualquer interesse em romance. Ela não era como a maioria das mães solteiras, que iam a reuniões de pais e mestres à procura de pais bonitões, ou a mãe de Simon, que sempre checava sua página em um site de namoro na internet. O menino era bonito, e com cabelos tão claros que eram quase brancos, e olhos pretos.

— Este é Valentim — disse uma voz por trás dela. — Aos 17 anos.

Ela deu um salto para trás e quase derrubou a foto. Hugo soltou um pio espantado e irritadiço antes de voltar ao poleiro, com as penas arrepiadas.

Era Hodge, observando-a com olhos curiosos.

— Desculpe — ela disse, colocando a foto sobre a mesa e recuando apressadamente. — Não queria bisbilhotar suas coisas.

— Não tem problema. — Ele tocou a foto com uma mão cheia de cicatrizes e rugas: um contraste estranho com a manga impecável da roupa que vestia. — Afinal de contas, é parte do seu passado.

Clary voltou lentamente para a mesa, como se a foto exercesse um magnetismo que a puxasse naquela direção. O menino com cabelos brancos estava sorrindo para Jocelyn, com olhos que brilhavam do jeito que os olhos dos meninos brilham quando eles gostam muito de você. Ninguém, Clary pensou, jamais tinha olhado para *ela* daquele jeito.

Valentim, com o rosto frio e delicado, era completamente diferente do pai dela, com aquele sorriso aberto e os cabelos brilhantes que ela havia herdado.

— Valentim parece... mais ou menos legal.

— Legal, ele não era — disse Hodge com um sorriso torto —, mas era charmoso, inteligente e com grande poder de persuasão. Você reconhece mais alguém?

Ela olhou novamente. Atrás de Valentim, um pouco à esquerda, havia um menino magro, com cabelos castanho-claros. Ele tinha ombros grandes e braços estranhos de quem ainda não tinha crescido toda a sua altura.

— É você?

Hodge fez que sim com a cabeça.

— E...?

Ela teve de olhar duas vezes antes de identificar alguém que conhecia: tão jovem que estava praticamente irreconhecível. No fim das contas, os óculos o denunciaram, e os olhos por trás, em tom azulado como a água do mar.

— Luke — ela disse.

— Lucian. E aqui. — Inclinando-se sobre a foto, Hodge indicou um casal adolescente elegante, ambos com cabelos escuros, a menina meia cabeça mais baixa que o rapaz. Tinha feições estreitas e predatórias, quase cruéis. — Os Lightwood — ele disse. — E ali — ele indicou um garoto muito bonito com cabelos escuros ondulados cujo rosto de mandíbula quadrada tinha uma cor bastante acentuada — está Michael Wayland.

— Ele não se parece em nada com Jace.

— Jace é parecido com a mãe.

— E ela por acaso está nessa foto? — perguntou Clary.

— Não. Essa é uma foto do Ciclo, tirada no ano em que foi formado. É por isso que Valentim, o líder, está à frente, e Luke está à sua direita; ele era o homem número um de Valentim.

Clary desviou o olhar.

— Continuo não entendendo por que a minha mãe se juntaria a algo desse tipo.

— Você precisa entender...

— Você fica repetindo isso — Clary disse interrompendo-o. — Não vejo por que tenho que entender coisa alguma. Você me diz a verdade, e eu vou entender ou não.

O canto da boca de Hodge se contraiu.

— Como queira. — Ele parou para esticar o braço e acariciar Hugo, que estava passeando pela ponta da mesa. — Os Acordos nunca contavam com o apoio de toda a Clave. As famílias mais veneráveis, principalmente, se prendiam aos velhos tempos, quando os membros do Submundo tinham de ser mortos. Não por ódio, mas porque assim se sentiam mais seguros. É mais fácil confrontar uma ameaça em grupo, em massa, não indivíduos que tenham que ser avaliados um a um... e a maioria de nós conhecia alguém que tivesse sido ferido ou morto por alguém do Submundo. Não há nada — ele acrescentou — como o absolutismo moral dos jovens. E é fácil, na infância, acreditar em bem e mal, em luz e escuridão. Valentim nunca perdeu isso, nem o idealismo destrutivo e o ódio passional a tudo que considerasse não humano.

— Mas ele amava a minha mãe — disse Clary.

— Sim — disse Hodge. — Ele amava sua mãe. E amava Idris...

— O que tem de tão bom em Idris? — perguntou Clary, percebendo o desdém na própria voz.

— Era — começou Hodge, e se corrigiu —, é a casa dos Nephilim, onde é possível ser autêntico, um lugar em que não há necessidade de se esconder, ou de feitiço. Um lugar abençoado pelo Anjo. Você nunca viu uma cidade até ter visto Alicante das torres de vidro. É mais bonito do que você pode imaginar. — Havia dor verdadeira em sua voz.

Clary pensou repentinamente no sonho que tivera.

— Havia... bailes na Cidade de Vidro?

Hodge piscou os olhos para ela como se estivesse sendo acordado de um sonho.

— Toda semana. Eu nunca fui, mas sua mãe sim. E Valentim. — Ele sorriu levemente. — Eu era mais acadêmico. Passava os dias na biblioteca em Alicante. Os livros que você vê aqui são apenas uma fração dos tesouros de lá. Pensava que talvez pudesse me juntar à Irmandade um dia, mas, depois do que fiz, é claro, eles não me aceitaram.

— Sinto muito — Clary disse, desconfortável. Sua mente ainda estava cheia da lembrança do sonho. *Havia um chafariz de sereia onde dançavam? Valentim usava branco, de modo que minha mãe pudesse ver as Marcas em sua pele mesmo através da camisa?*

— Posso ficar com isso? — ela perguntou, apontando para a foto.

Uma leve hesitação passou pelo rosto de Hodge.

— Preferiria que não mostrasse a Jace — ele disse. — Ele já tem muito que suportar, sem que fotos do pai morto apareçam por aí.

— Claro. — Ela abraçou o retrato ao peito. — Obrigada.

— De nada. — Ele olhou para ela, confuso. — Você veio para a biblioteca para me ver ou tinha outro propósito em mente?

— Queria saber se você já tinha recebido notícias da Clave. Sobre o Cálice. E... a minha mãe.

— Recebi uma resposta breve.

Ela podia ouvir a ansiedade na própria voz.

— Eles enviaram alguém? Caçadores de Sombras?

Hodge desviou o olhar.

— Sim, enviaram.

— Por que não estão hospedados aqui? — ela perguntou.

— Há certa preocupação com a possibilidade de o Instituto estar sendo observado por Valentim. Quanto menos ele souber, melhor. — Ele viu a expressão devastada de Clary e suspirou. — Sinto muito não poder lhe contar mais nada, Clarissa. A Clave não confia muito em mim, até hoje. Revelaram muito pouco. Gostaria de poder ajudá-la.

Havia um tom de tristeza na voz dele que fez com que ela relutasse em pedir mais informações.

— Você pode — ela disse. — Não consigo dormir. Estou com a cabeça muito cheia de coisas. Você poderia...

— Ah, a mente inquieta. — Sua voz estava carregada de solidariedade. — Posso lhe dar algo para isso. Espere aqui.

A poção que Hodge lhe deu tinha um odor agradável de junípero e folhas. Clary ficou abrindo o frasco e cheirando no caminho de volta pelo corredor. Infelizmente, ainda estava aberto quando entrou no quarto e viu Jace espalhado na cama dela, olhando para seu caderno de desenhos. Com um singelo gritinho de espanto, ela derrubou o frasco; caiu no chão, espalhando um líquido verde-claro.

— Ai, meu Deus — disse Jace, sentando-se e largando o caderno de lado. — Espero que não seja nada importante.

— Era uma poção para dormir — ela disse, irritada, tocando o frasco com a ponta do tênis. — Agora não sobrou nada.

— Se ao menos Simon estivesse aqui. Ele podia entediá-la até você cair no sono.

Clary não estava com humor para defender Simon. Em vez disso, ela se sentou na cama, pegando o caderno.

— Geralmente não deixo ninguém ver isso.

— Por que não? — Jace estava descabelado, como se ele próprio estivesse dormindo. — Você é uma artista muito boa. Às vezes excelente.

— Bem, porque... é como um diário. Exceto pelo fato de que não penso em palavras, e sim em figuras, então só tem desenhos. Mas, mesmo assim, é muito pessoal. — Ela imaginou se soava tão louca quanto suspeitava.

Jace pareceu ofendido.

— Um diário sem desenhos de mim? Onde estão as fantasias tórridas? As capas de livros de romance? Os...

— Por acaso *todas* as garotas que te conhecem se apaixonam por você? — Clary perguntou suavemente.

A pergunta pareceu desinflá-lo, como um alfinete estourando um balão.

— Não é *paixão* — ele disse após uma pausa. — Pelo menos...

— Você poderia tentar não ser tão charmoso o tempo todo — disse Clary. — Pode ser um alívio para alguns.

Ele olhou para as próprias mãos. Já eram como as mãos de Hodge, brancas e com pequenas cicatrizes brancas, embora a pele fosse jovem e não tivesse rugas.

— Se você está cansada, posso colocá-la para dormir — ele disse. — Posso contar uma história de ninar.

Ela olhou para ele.

— Você está falando sério?

— Sempre falo sério.

Ela imaginou se o cansaço havia deixado ambos um pouco loucos. Mas Jace não parecia cansado. Parecia quase triste. Ela repousou o caderno na mesa de cabeceira e se deitou, curvando-se para o lado sobre o travesseiro.

— Tudo bem.

— Feche os olhos.

Ela os fechou. Ainda dava para enxergar as lâmpadas refletidas nas pálpebras, como pequenas estrelas cadentes.

— Era uma vez um menino — disse Jace.

Clary o interrompeu imediatamente.

— Um menino Caçador de Sombras?

— É claro. — Por um instante, uma alegria contagiou a voz dele. Depois desapareceu. — Quando o menino tinha 6 anos, ganhou do pai um falcão para treinar. Falcões são aves de rapina, para matar pássaros, o pai lhe dissera, os Caçadores de Sombras do céu.

"O falcão não gostava do menino, e o menino não gostava dele. Tinha um bico afiado que o deixava nervoso, e aqueles olhos brilhantes que sempre pareciam observá-lo. Sempre avançava nele com o bico e as garras quando ele se aproximava: durante várias semanas, o menino ficou com os pulsos e as mãos sangrando. Ele não sabia, mas o pai havia selecionado um falcão que habitara o mundo selvagem por mais de um ano, portanto era quase impossível domá-lo. Mas o menino tentava, pois o pai ordenara que tornasse o falcão obediente, e o menino queria agradar ao pai.

"Ele ficava constantemente com o falcão, mantendo-o acordado por meio de conversas com ele, e até tocando música para ele, pois uma ave cansada é mais fácil de ser domada. Ele aprendeu tudo sobre todo o equipamento: as argolas, as capas, as cordas, a coleira que prendia o pássaro ao pulso. Ele deveria ter cegado o falcão, mas não conseguiu fazê-lo: em vez disso, tentava sentar onde o pássaro pudesse vê-lo enquanto o acariciava nas asas, tentando conquistar sua confiança. Ele o alimentava com a mão, e inicialmente o pássaro não comeu. Depois comeu com tanta avidez que o bico cortava a palma da mão do menino. Mas o menino estava satisfeito, afinal era um progresso, e ele queria que o pássaro o conhecesse, mesmo que para isso tivesse de consumir seu sangue.

"Ele começou a ver que o falcão era lindo, que as asas finas eram feitas para a velocidade de um voo, que ele era forte e veloz, voraz e suave. Quando mergulhava em direção ao chão, movia-se como a luz. Quando aprendeu a voar em círculos e voltar para ele, o menino quase gritou em deleite. Às vezes, o pássaro pulava no ombro dele e colocava o bico em seu cabelo. Ele sabia que o falcão o amava e, quando teve certeza de que não estava apenas domado, mas perfeitamente domado, foi até o pai e mostrou o que fizera, esperando que ele fosse ficar orgulhoso.

"Em vez disso, o pai pegou o pássaro, agora domado e dotado de confiança, nas mãos e quebrou o pescoço dele. 'Eu disse para torná-lo obediente', ele disse, e derrubou o corpo sem vida do falcão no chão. 'Em vez disso, você o ensinou a amá-lo. Falcões não devem ser animais domésticos dóceis: são vorazes e selvagens, ferozes e cruéis. Este pássaro não estava domado, e sim arruinado.'

"Mais tarde, quando o pai o deixou, o menino chorou pelo animal, até que o pai enviou um empregado para recolher o corpo do pássaro e enterrá-lo. O menino nunca mais chorou, e nunca se esqueceu do que aprendeu: que amar é destruir, e que ser amado é ser destruído."

Clary, que estava deitada, quase sem respirar, rolou para cima das costas e abriu os olhos.

— Essa história é *péssima* — disse indignada.

Jace estava com as pernas para cima, com o queixo apoiado nos joelhos.

— É? — indagou ele, pensativamente.

— O pai do menino é horrível. É uma história de crueldade contra uma criança. Eu deveria saber que é isso que os Caçadores de Sombras pensam que é uma história de ninar. Qualquer coisa que provoque pesadelos gritantes...

— Às vezes as Marcas trazem pesadelos gritantes — disse Jace. — Caso a pessoa as obtenha muito jovem. — Ele olhou pensativamente para ela. A luz de fim de tarde entrava pelas cortinas e fazia com que o rosto dele se tornasse um verdadeiro estudo de contrastes. *Chiaroscuro,* ela pensou. A arte de sombra e luz. — É uma boa história se você refletir a respeito — disse ele. — O pai do menino só está tentando torná-lo mais forte. Inflexível.

— Mas é preciso saber se dobrar um pouquinho também — disse Clary com um bocejo. Apesar do conteúdo da história, o ritmo da voz de Jace a deixara com sono. — Ou você quebra.

— Não se você for forte o bastante — disse Jace com firmeza. Ele esticou a mão e ela sentiu a parte de trás da mão dele acariciá-la na bochecha; ela percebeu que estava com os olhos fechando. A exaustão tornara líquidos os ossos de Clary; ela se sentia como se fosse escorrer e desaparecer. Enquanto caía no sono, ouvia o eco de palavras na mente. *E me dava tudo que eu queria. Cavalos, armas, livros, até um falcão de caça.*

— Jace — ela tentou dizer. Mas o sono já tomara conta dela; arrastou-a, e ela ficou em silêncio.

Clary foi acordada por uma voz alarmada.

— Acorde!

Ela abriu os olhos lentamente. Eles pareciam grudentos, colados. Algo fazia cócegas em seu rosto. Era o cabelo de alguém. Ela se sentou rapidamente e bateu com a cabeça em alguma coisa dura.

— Ai! Você me acertou na cabeça! — Era uma voz feminina. Isabelle. Ela acendeu a luz ao lado da cama e olhou para Clary ressentidamente, esfregando a cabeça. Ela parecia brilhar com a luz; estava vestindo uma saia longa meio prateada e uma blusa de lantejoulas, e tinha as unhas pintadas como moedas brilhantes. Fios prateados presos aos cabelos escuros de Isabelle. Parecia uma deusa da lua. Clary a detestava.

— Bem, ninguém disse que você podia se inclinar por cima de mim desse jeito. Você praticamente me matou de susto. — Clary esfregou a própria cabeça. Havia um ponto dolorido logo acima da sobrancelha. — O que você quer afinal?

Isabelle apontou para a noite escura lá fora.

— É quase meia-noite. Precisamos sair para a festa, e *você* ainda não está vestida.

— Eu ia vestir isso aqui — disse Clary, indicando o jeans e a camiseta. — Tem algum problema?

— Se tem algum problema? — Isabelle parecia que ia desmaiar. — Claro que tem problema! Ninguém no Submundo usaria essas roupas. E é uma festa. Você vai se destacar como um dedão machucado se se vestir tão... casualmente — ela concluiu, dando a impressão de que queria usar alguma palavra bem pior do que "casualmente".

— Não sabia que íamos ter que nos arrumar — Clary disse amargamente. — Não tenho roupa de festa.

— Você vai ter que pegar alguma coisa minha emprestada.

— Ah *não*. — Clary pensou na camiseta grande demais e nos jeans. — Quero dizer, não poderia. De verdade.

O sorriso de Isabelle era tão brilhante quanto as unhas.

— Eu insisto.

— Preferia realmente usar minhas próprias roupas — Clary protestou, encolhendo-se desconfortavelmente enquanto Isabelle a posicionava à frente do espelho do tamanho da parede no quarto dela.

— Bem, você não pode — disse Isabelle. — Você parece ter 8 anos, e pior, parece uma mundana.

Clary cerrou os maxilares, insatisfeita.

— Nenhuma das suas roupas vai caber em mim.

— Isso é o que veremos.

Clary observou Isabelle no espelho enquanto remexia no armário. No quarto dela, parecia que uma bola de discoteca havia explodido. As paredes eram pretas e brilhavam com curvas de tinta dourada. Havia roupas espalhadas por todos os lados: na cama vermelha, penduradas nas costas de cadeiras de madeira, transbordando do closet e do armário alto encostado à parede. A penteadeira, cujo espelho era rebordado com pelugem cor-de-rosa, era coberta de brilho, lantejoulas e potinhos de blush e pó de arroz.

— Belo quarto — disse Clary, pensando saudosa nas paredes cor de laranja de sua casa.

— Obrigada. Eu mesma pintei. — Isabelle surgiu do closet, trazendo algo preto e colante. Ela o jogou para Clary.

Clary levantou o tecido, deixando-o desdobrar-se.

— Parece pequeno demais.

— É para ser justo — disse Isabelle. — Agora vá vesti-lo.

Rapidamente, Clary voltou ao pequeno banheiro, que era pintado de azul brilhante. Ela colocou o vestido por cima da cabeça — era apertado, com algumas tiras. Tentando prender a respiração, ela voltou ao quarto, onde Isabelle estava sentada na cama, alguns anéis nos dedos dos pés, calçados com uma sandália.

— Você tem muita sorte de ter um busto tão pequeno — disse Isabelle. — Eu jamais conseguiria vestir isso sem sutiã.

Clary franziu o rosto.

— Está curto demais.

— Não está curto, não, está bom — disse Isabelle, remexendo-se pela cama enquanto procurava sapatos. Ela pegou umas botas e uma meia arrastão. — Pronto, você pode usar com isso. Vão fazer com que você pareça mais alta.

— Certo, pois sou uma tábua *e* uma anã. — Clary ajeitou o vestido. Ela quase nunca usava saia, ainda mais tão curta, então ver tanto assim das próprias pernas era algo alarmante. — Se é curto assim em mim, o quão curto não deve ser em você? — falou em tom de brincadeira e provocação.

— Em mim, é uma blusa.

Clary sentou-se na cama, ajeitou as meias e calçou as botas. Os sapatos estavam um pouco grandes, mas não a ponto de ela ficar dançando dentro deles. Ela os amarrou e se levantou, olhando-se no espelho. Ela tinha de admitir que a combinação de vestido preto, meia e botas altas era bastante *bad girl*. A única coisa que estragava era...

— Seu cabelo — disse Isabelle. — Precisa de um jeito. Desesperadamente. Sente-se. — Ela apontou imperativamente para a penteadeira. Clary obedeceu, e fechou os olhos com força enquanto Isabelle desembaraçava seus cabelos, de um jeito nem um pouco gentil, escovando-os e colocando o que pareciam ser pregadores. Ela abriu os olhos na hora em que foi atingida pelo pó de arroz, que liberou uma nuvem densa de brilho. Clary tossiu e olhou para Isabelle de forma acusatória.

Ela riu.

— Não olhe para mim, olhe para si mesma.

Olhando no espelho, Clary viu que Isabelle ajeitara seus cabelos em um coque elegante, preso por pregadores brilhantes. Ela se lembrou de repente do sonho, do cabelo pesado que puxava sua cabeça para baixo, dançando com Simon... ela se mexeu inquieta.

— Não se levante ainda — disse Isabelle. — Ainda não acabamos. — Ela pegou um lápis de olho. — Abra os olhos.

Clary arregalou os olhos, o que foi bom para evitar que gritasse.

— Isabelle, posso fazer uma pergunta?

— Claro — disse Isabelle, manejando o lápis de olho como uma especialista.

— Alec é gay?

O pulso de Isabelle foi para trás bruscamente. O lápis de olho escapuliu, desenhando uma longa linha preta do canto do olho até o contorno do cabelo de Clary.

— Ai, que inferno! — Isabelle exclamou, repousando o lápis sobre a penteadeira.

— Não tem problema — disse Clary, levantando a mão até o olho.

— Tem sim. — Isabelle parecia à beira das lágrimas enquanto remexia em volta nas pilhas de bagunça da penteadeira. Acabou achando um algodão, que entregou a Clary. — Tome, use isto aqui. — Ela se sentou na beira da cama, com as pulseiras de tornozelo balançando, e olhou para Clary através do cabelo. — Como você adivinhou? — perguntou, finalmente.

— Eu...

— Você não pode contar a absolutamente ninguém — ela disse.

— Nem para Jace?

— Principalmente para Jace!

— Tudo bem. — Clary ouviu a rigidez da própria voz. — Acho que não imaginei que fosse tão grave assim.

— Seria para os meus pais — Isabelle disse tranquilamente. — Eles deserdariam Alec e o jogariam para fora da Clave...

— Por quê, não se pode ser gay e Caçador de Sombras?

— Não há nenhuma regra oficial. Mas as pessoas não gostam. Quero dizer, pessoas da nossa idade não ligam tanto... eu acho — ela acrescentou, incerta, e Clary se lembrou de quão poucas pessoas da idade dela Isabelle havia conhecido. — Mas a geração antiga não. Se acontecer, não se fala a respeito.

— Ah — disse Clary, desejando nunca ter mencionado nada.

— Eu amo meu irmão — disse Isabelle. — Faria qualquer coisa por ele. Mas não há nada que eu possa fazer.

— Pelo menos ele tem você — disse Clary desconfortavelmente, e por um instante pensou em Jace, que imaginava o amor como algo que o destruiria. — Você realmente acha que Jace iria... se importar?

— Não sei — disse Isabelle, em tom que indicava que não queria mais falar nesse assunto. — Mas não é escolha minha.

— Acho que não — disse Clary. Ela se inclinou em direção ao espelho, utilizando o algodão dado por Isabelle para retirar o excesso de maquiagem do olho. Quando se sentou outra vez, quase derrubou o algodão de surpresa: o que Isabelle *fizera* com ela? Suas maçãs do rosto pareciam afiadas e angulares, os olhos profundos e misteriosos, além de verdes luminosos.

— Estou parecendo a minha mãe — ela disse, surpresa.

Isabelle ergueu as sobrancelhas.

— Como? De meia-idade demais? Talvez um pouco mais de brilho...

— Não precisa de mais brilho — Clary disse rapidamente. — Está bom. Gostei.

— Ótimo. — Isabelle se levantou da cama, com os tornozelos tilintando. — Vamos.

— Preciso ir até o meu quarto pegar uma coisa — disse Clary, levantando-se. — Além disso... preciso de alguma arma? Você precisa?

— Tenho várias. — Isabelle sorriu, dando um chute no ar, de modo que as pulseiras dos tornozelos tilintassem como sinos de Natal. — Estes aqui, por exemplo. O esquerdo é electrum, que é venenoso para demônios, e o direito é ferro benzido, caso encontre algum vampiro do mal, ou mesmo alguma fada: fadas detestam ferro. Ambos têm símbolos fortes marcados em si, então posso dar chutes poderosos.

— Caça a demônios e moda — disse Clary. — Nunca pensei que pudessem andar juntos.

Isabelle riu em voz alta.

— Você não acreditaria.

Os meninos estavam esperando na entrada. Vestidos de preto, até Simon, em um par de calças um pouco grandes demais, e a própria camisa do avesso para esconder o logotipo da banda. Ele estava desconfortável, enquanto Jace e Alec estavam apoiados na parede, parecendo entediados. Simon levantou o olhar quando Isabelle chegou à entrada, com o chicote dourado enrolado no pulso, as correntes de metal nos tornozelos tilintando como sinos. Clary esperava que ele fosse ficar embasbacado — Isabelle realmente estava um espetáculo —, mas seus olhos se voltaram para Clary, onde repousaram com uma expressão espantada.

— O que é isso? — ele perguntou, recompondo-se. — O que você está usando, eu quero dizer.

Clary olhou para si mesma. Ela pusera uma jaqueta leve por cima, para se sentir menos exposta, e pegara a mochila no quarto. Estava pendurada nos ombros, aquela sensação familiar entre as omoplatas. Mas Simon não estava olhando para a mochila; ele estava olhando para as pernas dela, como se nunca as tivesse visto.

— É um vestido, Simon — disse Clary secamente. — Sei que não é uma coisa que eu use com frequência, mas sério...

— É tão curto — ele disse, confuso. Mesmo semivestido com roupas de Caçador de demônios, Clary pensou, ele parecia o tipo de menino que buscaria a namorada em casa para um encontro e seria educado com seus pais e atencioso com os animais de estimação.

Jace, por outro lado, parecia o tipo de menino que viria até a sua casa e tocaria fogo só para se divertir.

— Gostei do vestido — ele disse, desencostando da parede. Seus olhos passearam preguiçosamente por Clary de cima a baixo. — Mas precisa de alguma coisa extra.

— Então agora você é um expert em moda? — A voz de Clary saiu desigual, ele estava muito perto dela, perto o suficiente para que ela sentisse seu calor, e o cheiro fraco de queimadura de Marcas recém-aplicadas.

Ele pegou algo do casaco e entregou a ela. Era uma adaga longa e fina em uma capa de couro. O cabo da adaga tinha uma única pedra vermelha cravejada, na forma de uma rosa.

Ela balançou a cabeça.

— Eu nem saberia usar isso...

Ele apertou-a nas mãos de Clary, fechando os dedos dela em torno da arma.

— Você aprende. — Ele abaixou a voz. — Está no seu sangue.

Ela puxou a mão.

— Tudo bem.

— Posso te dar uma faixa para a coxa, para prender isso — ofereceu Isabelle. — Tenho várias.

— ABSOLUTAMENTE NÃO — disse Simon.

Clary lançou um olhar irritado a ele.

— Obrigada, mas não faz muito o meu tipo. — Ela colocou a adaga no bolso da frente da mochila.

Enquanto fechava o bolso, olhou para cima e viu Jace observá-la com atenção.

— Uma última coisa — ele disse. Ele esticou a mão por cima dela e puxou o pregador brilhante do cabelo, de modo que este caiu em cachos pesados pelo pescoço. A sensação de cabelo tocando a pele nua era estranha e curiosamente agradável.

— Muito melhor — ele disse, e ela achou que a voz dele também estava um pouco diferente.

Capítulo 12

A FESTA DE UM MORTO

As instruções no convite os levaram a uma área totalmente industrial no Brooklyn, cujas ruas eram alinhadas com fábricas e depósitos. Alguns, Clary notou, haviam sido transformados em lofts e galerias, mas ainda havia alguma coisa proibitiva naquelas formas quadradas que traziam poucas janelas cobertas por cercas de ferro.

Eles saíram da estação do metrô, Isabelle encarregada da navegação com o Sensor, que aparentemente tinha um sistema de mapeamento embutido. Simon, que adorava apetrechos, estava fascinado — ou ao menos fingindo que era pelo Sensor que estava fascinado. Desejando evitá-los, Clary ficou atrás enquanto atravessavam um parque cuja grama mal conservada estava completamente queimada pelo calor do verão. À sua direita, os pináculos de uma igreja brilhavam em cinza e preto contra o céu noturno sem estrelas.

— Continue — disse uma voz irritadiça a seu ouvido. Era Jace, que ficara para trás para andar junto a ela. — Não quero ter que ficar olhando para trás para me certificar de que não aconteceu nada.

— Então não se incomode com isso.

— Na última vez em que a deixei sozinha, você foi atacada por um demônio — disse ele.

— Bem, eu certamente detestaria interromper sua agradável caminhada noturna com a minha morte súbita.

Ele piscou os olhos.

— Há uma linha tênue entre sarcasmo e pura hostilidade, e acho que você a cruzou. Qual é o problema?

Ela mordeu o lábio.

— Hoje de manhã uns caras estranhos e assustadores invadiram minha mente. Agora vou encontrar o cara estranho e assustador que invadiu minha mente em primeiro lugar. E se eu não gostar do que ele encontrar?

— O que faz você pensar que não vai?

Clary tirou o cabelo da pele, que já estava grudenta.

— Detesto quando você responde a uma pergunta com outra.

— Não detesta nada, acha um charme. Independentemente de qualquer coisa, você não prefere saber a verdade?

— Não. Quero dizer, talvez. Não sei — ela suspirou. — Você preferiria?

— Essa é a rua certa! — gritou Isabelle, já no meio do quarteirão seguinte. Eles estavam em uma avenida estreita alinhada com antigos depósitos, apesar de a maioria agora esboçar sinais de habitação humana: flores em janelas, cortinas balançando com o sopro da brisa noturna, latas de lixo plásticas na calçada. Clary cerrou os olhos, mas não tinha como saber se essa era a rua que ela vira na Cidade dos Ossos; afinal, a visão havia sido em um cenário coberto de neve.

Ela sentiu os dedos de Jace acariciarem seu ombro.

— Sem dúvida. Sempre — ele murmurou.

Ela olhou de lado para ele, sem entender.

— O quê?

— A verdade — ele disse. — Eu iria...

— Jace! — Era Alec. Ele estava no asfalto, não muito longe; Clary ficou imaginando por que a voz dele soara tão alta.

Jace virou, tirando a mão do ombro dela.

— O que foi?

— Acha que estamos no lugar certo? — Alec estava apontando para alguma coisa que Clary não conseguia ver; estava escondido atrás da sombra de um carro preto.

— O quê? — Jace se juntou a Alec; Clary ouviu-o rir. Circulando o carro, ela viu o que eles estavam olhando: diversas motocicletas, impecáveis e prateadas, com chassis baixos e pretos. Tubos de aparência oleosa e canos curvados enrolados sobre eles, como veias. Havia um ar singelo de alguma coisa orgânica nas motocicletas, como as biocriaturas de uma pintura Giger.

— Vampiros — disse Jace.

— Pra mim, parecem motos — disse Simon, juntando-se a eles com Isabelle ao lado. Ela franziu o cenho ao ver as motocicletas.

— E são, mas foram alteradas para funcionar com energia demoníaca — ela explicou. — São utilizadas por vampiros, permitem que se locomovam em alta velocidade. Não é exatamente legal, mas...

— Já ouvi falar em motos que voam — disse Alec, ansiosamente. Parecia Simon falando de um videogame novo. — Ou ficam invisíveis por meio de um interruptor. Ou funcionam embaixo d'água.

Jace havia pulado do meio-fio e estava circulando entre as motocicletas, examinando-as. Ele esticou a mão e arrastou-a por uma das motos pelo chassi suave e brilhante. Havia palavras pintadas na lateral, na cor prateada: *NOX INVICTUS*.

— Noite vitoriosa — ele traduziu.

Alec estava olhando para ele de um jeito estranho.

— O que você está fazendo?

Clary achou ter visto Jace colocar a mão rapidamente dentro do casaco.

— Nada.

— Vamos logo — disse Isabelle. — Eu não me arrumei toda para ficar vendo vocês no canto olhando um monte de motocicletas.

— São muito bonitas de se olhar — disse Jace, subindo novamente no meio-fio. — Isso, você tem que admitir.

— Eu também sou — disse Isabelle, que não parecia disposta a admitir nada. — Agora, vamos logo.

Jace estava olhando para Clary.

— Este prédio — ele disse, apontando para o armazém de tijolos vermelhos. — É este aqui?

— Só tem um jeito de descobrir — disse Isabelle, subindo os degraus a passos determinados. Os demais a seguiram, amontoando-se na entrada que cheirava mal. Uma lâmpada solitária pendurava-se em uma corda no teto, iluminando uma ampla porta metálica e uma fileira de campainhas na parede esquerda. Apenas uma tinha um nome escrito: BANE.

Isabelle apertou a campainha. Nada aconteceu. Ela tocou outra vez. Estava prestes a repetir o ato uma terceira vez quando Alec a segurou pelo pulso.

— Não seja mal-educada — ele disse.

Ela olhou para ele.

— Alec...

A porta se abriu.

Um homem esguio parado na entrada os analisou com curiosidade. Isabelle foi a primeira a se recuperar, exibindo um sorriso brilhante.

— Magnus? Magnus Bane?

— O próprio. — O homem bloqueando a entrada era tão alto e magro quanto um poste; a cabeça, uma coroa de densas pontas pretas. Clary supôs pela curva dos olhos sonolentos e pelo tom dourado da pele bronzeada de Magnus que ele tinha ascendência asiática. Ele trajava jeans e uma camisa preta coberta com dúzias de fivelas de metal. Seus olhos estavam cercados por uma máscara de guaxinim de brilho carbônico, e tinha os lábios pintados com um tom escuro de azul. Ele passou a mão cheia de anéis pelo cabelo espetado e os encarou pensativamente. — Filhos de Nephilim — ele disse. — Ora, ora. Não me lembro de tê-los convidado.

Isabelle pegou o convite e balançou como uma bandeira branca.

— Eu tenho um convite. Estes — ela indicou o restante do grupo com um grande aceno de braço — são meus amigos.

Magnus pegou o convite da mão dela e olhou para o papel com profundo desgosto.

— Eu devia estar bêbado — ele disse. Ele abriu a porta. — Entrem. E tentem não assassinar nenhum dos meus convidados.

Jace passou pela entrada, medindo Magnus com o olhar.

— Mesmo que algum deles derrube bebida nos meus sapatos novos?

— Mesmo assim. — A mão de Magnus foi para a frente com tanta rapidez que mal formou uma sombra. Ele pegou a estela da mão de Jace, a qual Clary nem sequer percebera que ele estava segurando, e ergueu-a. O rapaz pareceu remotamente espantado. — Quanto a isso — Magnus disse, colocando-a no bolso dos jeans de Jace —, deixe nas calças, Caçador de Sombras.

Magnus sorriu e começou a subir as escadas, deixando um Jace surpreso segurando a porta.

— Vamos — ele disse, acenando para que todos entrassem. — Antes que alguém pense que a festa é *minha*.

Eles passaram por Jace, rindo de nervosismo. Só Isabelle parou para balançar a cabeça.

— Tente não irritá-lo, por favor. Assim ele não vai nos ajudar.

Jace parecia aborrecido.

— Eu sei o que estou fazendo.

— Espero que sim. — Isabelle passou por ele com a saia balançando.

O apartamento de Magnus ficava no alto de uma escadaria perigosa. Simon se apressou em alcançar Clary, que estava reclamando de ter posto a mão no corrimão para se recompor. Estava grudento, com alguma coisa que brilhava em verde-claro.

— Eca — disse Simon, que ofereceu o canto da camiseta para ela limpar a mão. Ela o fez. — Está tudo bem? Você parece... distraída.

— É que ele me parece tão familiar. Magnus, quero dizer.

— Você acha que ele estuda na St. Xavier's?

— Muito engraçadinho. — Ela olhou com amargura para ele.

— Você tem razão. Ele é velho demais para ser um estudante. Acho que foi meu professor de química no ano passado.

Clary gargalhou em voz alta. Imediatamente, Isabelle estava ao lado deles, respirando no pescoço dela.

— Estou perdendo alguma coisa engraçada? Simon?

Simon teve a sensibilidade de parecer envergonhado, mas não disse nada.

— Não está perdendo nada — murmurou Clary, e foi para trás deles. As botas de solas pesadas de Isabelle estavam começando a machucar seus pés. Ao chegar ao topo da escadaria, estava mancando, mas se esqueceu da dor assim que entrou pela porta da frente de Magnus.

O loft era imenso, e quase completamente desprovido de móveis. As janelas, que iam do chão ao teto, eram cobertas por uma camada grossa de filme de sujeira e tinta, bloqueando praticamente toda a luminosidade do recinto para a rua. Grandes pilares metálicos acabados com luzes coloridas sustentavam um teto arqueado e escurecido por fuligem. Portas arrancadas das dobradiças e dispostas sobre latas de lixo entalhadas formavam um bar artesanal no fim da sala. Uma mulher de pele lilás com um bustiê metálico estava preparando drinques no bar em copos altos e coloridos que pintavam o líquido interior: vermelho-sangue, azul-cianose, verde-veneno. Até para uma *barwoman* de Nova York, ela era surpreendentemente rápida — provavelmente ajudada pelo fato de que tinha outro par de longos braços além do normal. Clary se lembrou da estátua da deusa indiana de Luke.

O resto do público também era bem estranho. Um menino bonito com cabelos verdes e pretos sorriu para ela por cima de uma travessa que parecia carregar peixe cru. Ele tinha dentes afiados e serrados, como os de um tubarão. Ao lado dele, havia uma menina com longos cabelos louro-sujos, presos com flores. Sob a saia do vestido verde e curto, ela tinha pés como os de um sapo. Um grupo de jovens mulheres tão pálidas que Clary imaginou se estariam utilizando maquiagem branca, típica do teatro kabuki, tomava um líquido vermelho grosso demais para ser vinho em taças de cristal. O centro da sala estava abarrotado de corpos dançando ao som da batida eletrizante que exalava das paredes, embora Clary não enxergasse nenhuma banda em lugar algum.

— Está gostando da festa?

Ela virou para ver Magnus apoiado em um dos pilares. Seus olhos brilhavam na escuridão. Olhando em volta, ela reparou que Jace e os outros haviam sumido, engolidos pela multidão.

Ela tentou sorrir.

— É em homenagem a alguma coisa?

— Aniversário do meu gato.

— Ah. — Ela olhou em volta. — Onde está o gato?

Ele desgrudou do pilar, com olhar solene.

— Não sei. Fugiu.

Clary foi poupada de ter de responder a isso, graças ao aparecimento de Jace e Alec. Alec, como sempre, parecia não querer falar com ninguém. Jace estava usando um cordão de flores brilhantes em torno do pescoço e parecia satisfeito.

— Onde estão Simon e Isabelle? — perguntou Clary.

— Na pista de dança — ele apontou. Ela pôde enxergá-los entre corpos grandes e fortes. Simon estava fazendo o que sempre fazia em vez de dançar, que era remexer-se para cima e para baixo desconfortavelmente. Isabelle movia-se em círculo em volta dele, sinuosa como uma cobra, passando os dedos pelo seu peito. Ela olhava para ele como se estivesse planejando puxá-lo a um canto para transar. Clary cruzou os braços, as pulseiras bateram umas contra as outras. *Se dançarem um pouquinho mais perto um do outro, não precisarão ir para o canto para transar.*

— Olhe só — disse Jace, voltando-se para Magnus —, nós realmente precisamos conversar com...

— MAGNUS BANE! — A voz profunda e imponente pertencia a um homem surpreendentemente baixo, que parecia ter algo em torno de 30 e poucos anos. Ele era musculoso e compacto, a cabeça sem pelos, cuidadosamente raspada, e um cavanhaque pontudo. Ele levantou um dedo trêmulo para Magnus. — Alguém acabou de jogar água-benta no meu tanque de gasolina. Está estragado. Destruído. Todos os canos estão derretidos.

— Derretidos? — murmurou Magnus. — Que horror!

— Quero saber quem fez isso. — O homem exibiu os dentes, mostrando longos caninos afiados. Clary o encarou, fascinada. Não eram nada como ela imaginava que fossem os dentes dos vampiros: estes eram tão finos e afiados quanto agulhas. — Achei que você tivesse jurado que não haveria lobisomens aqui hoje, *Bane.*

— Não convidei nenhum dos Filhos da Lua — disse Magnus, examinando as próprias unhas brilhantes. — Justamente por causa dessa rixa entre vocês. Se algum deles tentou sabotar sua moto, não estava aqui a convite meu, portanto... — Ele deu um sorriso sagaz. — Não é minha responsabilidade.

O vampiro rugiu de raiva, apontando o dedo para Magnus.

— Você está tentando me dizer que...

O indicador de Magnus se moveu uma pequena fração, tão pouco que Clary quase pensou que não havia sequer se mexido. No meio do grunhido, o vampiro engasgou e pôs as mãos na garganta. A boca mexia, mas não emitia som algum.

— Você já abusou da minha hospitalidade — disse Magnus de maneira preguiçosa. Clary viu, com leve surpresa, que ele tinha pupilas finas e verticais, como as de um gato. — Agora vá — ele mexeu os dedos e o vampiro se virou, como se alguém o tivesse agarrado pelos ombros e o girado. Ele marchou de volta pela multidão, dirigindo-se à porta.

Jace assobiou para si mesmo.

— Isso foi impressionante.

— Aquela coisinha irritada? — Magnus voltou os olhos para o teto. — Eu sei. Qual *é* o problema dela?

Alec emitiu um som de engasgo. Após um instante, Clary reconheceu como uma risada. *Ele deveria fazer isso mais vezes.*

— Nós colocamos a água-benta no tanque de gasolina — disse ele.

— ALEC — disse Jace. — Cale a boca.

— Presumi que sim — disse Magnus, aparentando estar entretido. — Malditos seres vingativos vocês são, hein? Sabem que as motos funcionam com energia demoníaca. Duvido que ele consiga consertar.

— Menos um sanguessuga com transporte bacana — disse Jace. — Estou com o coração partido.

— Ouvi dizer que alguns conseguem fazer motos voarem — acrescentou Alec, que pela primeira vez parecia animado. Ele estava praticamente sorrindo.

— É só uma lenda — disse Magnus com os olhos de gato brilhando. — Então é por isso que queriam entrar de penetras na minha festa, para estragar a moto de um sanguessuga?

— Não. — Jace parecia novamente sério. — Precisamos falar com você. De preferência, em um local privado.

Magnus ergueu uma sobrancelha. *Droga,* pensou Clary. *Mais um.*

— Estou com problemas com a Clave?

— Não — disse Jace.

— Provavelmente não — disse Alec. — Ai! — ele olhou para Jace, que lhe dera um chute no tornozelo.

— Não — repetiu Jace. — Podemos falar com você sob o selo do Pacto. Se nos ajudar, qualquer coisa que disser será confidencial.

— E se não ajudar?

Jace abriu as mãos. Os símbolos tatuados nas palmas se destacaram em cor preta.

— Talvez nada. Talvez uma visita à Cidade do Silêncio.

A voz de Magnus era como mel entornado em pedras de gelo.

— É uma boa escolha que está me oferecendo, Caçadorzinho de Sombras.

— Não é escolha alguma — disse Jace.

— Sim — disse o feiticeiro. — É exatamente o que eu quis dizer.

O quarto de Magnus era todo colorido: lençóis em tom amarelo-canário e colcha jogados por cima de um colchão no chão, penteadeira azul-brilhante com mais potes de tinta e maquiagem do que a de Isabelle. Cortinas de veludo arco-íris escondiam a janela que se estendia do chão até o teto, e uma coberta de lã cobria o chão.

— Belo lugar — disse Jace, puxando de lado a cortina pesada. — Acho que paga bem ser o Magnífico Feiticeiro do Brooklyn.

— Paga — disse Magnus. — Não temos benefícios, contudo. Não temos plano odontológico. — Ele fechou a porta e se apoiou nela. Quando cruzou os braços, a camiseta subiu, mostrando uma barriga lisa e dourada, sem qualquer sinal que revelasse ser uma barriga humana. — Então — ele disse. — O que se passa nessas cabecinhas endiabradas?

— Não são eles, na verdade — disse Clary, encontrando a voz antes que Jace pudesse responder. — Sou eu que preciso falar com você.

Magnus voltou o olhar para ela.

— Você não é um deles — ele disse. — Não da Clave. Mas consegue enxergar o Mundo Invisível.

— Minha mãe era integrante da Clave — disse Clary. Era a primeira vez que dizia isso em voz alta e sabia que era verdade. — Mas nunca me contou. Manteve em segredo. Não sei por quê.

— Então pergunte a ela.

— Não posso. Ela... — Clary hesitou. — Ela se foi.

— E o seu pai?

— Morreu antes de eu nascer.

Magnus expirou, irritado.

— Como disse Oscar Wilde certa vez: "Perder um dos pais pode ser encarado como falta de sorte. Perder os dois parece descuido."

Clary ouviu Jace emitir um singelo som sibilado, como o ar sendo sugado entre os dentes. Ela disse:

— Não perdi a minha mãe. Ela foi tirada de mim. Por Valentim.

— Não conheço nenhum Valentim — disse Magnus, mas seus olhos balançaram como chamas de uma vela, e Clary sabia que ele estava mentindo. — Sinto muito por suas trágicas circunstâncias, mas não vejo o que isso tem a ver comigo. Se você pudesse me dizer...

— Ela não pode dizer porque não se lembra — Jace disse, incisivo. — Alguém apagou suas lembranças. Então nós fomos até a Cidade do Silêncio para ver o que os Irmãos conseguiam extrair da cabeça dela. Eles acharam duas palavras. Acho que você consegue imaginar quais sejam.

Fez-se um curto silêncio. Finalmente, Magnus deixou a boca se mexer no canto. Seu sorriso era amargo.

— Minha assinatura — ele disse. — Sabia que estava defeituosa quando fiz. Um ato de hubris...

— Você *assinou* a minha mente? — Clary perguntou, incrédula.

Magnus levantou a mão, traçando as letras de fogo contra o ar. Quando soltou a mão, ficaram lá, quentes e douradas, fazendo com que as linhas pintadas de seus olhos e boca queimassem com o reflexo da luz. MAGNUS BANE.

— Fiquei orgulhoso do meu trabalho em você — ele disse, olhando para Clary. — Tão limpo. Tão perfeito. O que você visse se esqueceria, mesmo ao ver. Nenhuma imagem de fada ou duende ou fera de pernas longas permaneceria para atrapalhar seu sono mortal. Era assim que ela queria.

A voz de Clary era fraca e tensa.

— Assim que quem queria?

Magnus suspirou e, ao toque da respiração, as letras de fogo se transformaram em cinzas brilhantes. Finalmente ele falou — e, apesar de não se surpreender, de saber exatamente o que ele iria dizer, mesmo assim ela sentiu as palavras como um sopro contra o coração.

— Sua mãe — ele disse.

Capítulo 13

LEMBRANÇAS BRANCAS

— Minha mãe fez isso comigo? — Clary perguntou, mas sua surpresa não soava convincente, nem para ela própria. Olhando em volta, ela viu pena no olhar de Jace e no de Alec; até Alec sentia pena dela. — Por quê?

— Não sei. — Magnus esticou as longas mãos brancas. — Perguntar não faz parte da minha função. Eu faço o que sou pago para fazer.

— Nos limites do Pacto — Jace o lembrou, com a voz macia como pelo de gato.

Magnus inclinou a cabeça.

— Nos limites do Pacto, é claro.

— Então o Pacto concorda com isso tudo, com essa violação da mente? — Clary perguntou amargamente. Como ninguém respondeu, ela afundou na ponta da cama de Magnus. — Foi só uma vez? Havia alguma coisa específica que ela queria que eu esquecesse? Você sabe o que era?

Magnus andou de um lado para o outro, impacientemente, até a janela.

— Acho que você não entende. Na primeira vez em que a vi, você devia ter mais ou menos 2 anos. Eu estava olhando por esta janela — ele cutucou o vidro, liberando uma nuvem de poeira e lascas de tinta — e a vi correndo pela rua, segurando algo embrulhado em um cobertor. Fiquei surpreso quando parou à minha porta. Ela parecia tão comum, tão nova.

A luz do luar tocou o perfil dele, iluminando-o em tom prateado.

— Ela desembrulhou o cobertor quando entrou pela minha porta. Era você que estava dentro do embrulho. Ela colocou-a no chão e você começou a fazer bagunça, pegando coisas, puxando o rabo do meu gato, você gritou como uma Banshee quando o gato a arranhou, então perguntei para a sua mãe se você era parte Banshee. Ela não achou graça. — Ele fez uma pausa. Todos olhavam intensamente para ele agora, até mesmo Alec. — Ela me disse que era Caçadora de Sombras. De nada adiantaria mentir a respeito; marcas do Pacto aparecem, mesmo quando já desbotaram com o tempo, como fracas cicatrizes prateadas contra a pele. Elas se mexiam quando ela se movia. — Ele esfregou a maquiagem ao redor dos próprios olhos. — Ela me disse que tivera a esperança de que você tivesse nascido com um Olho Interno cego: alguns Caçadores de Sombras têm de ser ensinados a enxergar o Mundo de Sombras. Mas ela vira você naquela tarde provocando uma fada que havia ficado presa nas plantas. Ela sabia que você podia *ver*. Então me perguntou se era possível cegá-la da Visão.

Clary emitiu um pequeno ruído, soltou uma respiração dolorida, mas Magnus prosseguiu sem qualquer remorso.

— Eu disse a ela que aleijar essa parte da sua mente poderia deixá-la com sequelas severas, possivelmente até louca. Ela não chorou. Não era o tipo de mulher que chorava facilmente, a sua mãe. Perguntou se havia outro jeito, e eu disse que poderia fazê-la esquecer dessas partes do Mundo de Sombras que podia ver, mesmo enquanto as via. O único incômodo seria ela ter que vir até mim a cada dois anos, quando os efeitos do feitiço começassem a diminuir.

— E ela veio? — perguntou Clary.

Magnus anuiu com a cabeça.

— Eu a vejo a cada dois anos desde a primeira vez. Pude vê-la crescer. Você foi a única criança que vi crescer desse jeito, sabia? No meu âmbito profissional, as pessoas não são muito receptivas a crianças humanas.

— Então você reconheceu Clary quando entramos — observou Jace. — Deve ter reconhecido.

— Claro que reconheci. — Magnus parecia exasperado. — E foi um choque, também. Mas o que você teria feito? Ela não me conhecia. Não deveria me conhecer. Só o fato de que estava aqui significava que o feitiço começara a perder o efeito, aliás, tínhamos uma visita marcada há cerca de um mês. Até fui à sua casa quando voltei da Tanzânia, mas Jocelyn disse que vocês haviam brigado e você tinha fugido. Ela disse que me telefonaria quando você voltasse, mas — deu de ombros elegantemente — nunca ligou.

Uma onda fria de lembrança perfurou a pele de Clary. Ela se lembrou de estar no saguão ao lado de Simon, tentando se lembrar de alguma coisa que passeava no limite de sua visão... *Achei que tivesse visto o gato de Dorothea, mas foi só um truque da luz.*

Mas Dorothea não tinha um gato.

— Você estava lá naquele dia — disse Clary. — Eu o vi saindo do apartamento de Dorothea. Lembro-me dos seus olhos.

Magnus parecia a ponto de ronronar.

— Sou inesquecível, é verdade — ele se regozijou. Depois balançou a cabeça. — Você não deveria se lembrar de mim — ele disse. — Lancei um feitiço duro como uma parede assim que a vi. Você deveria ter dado de cara com ele, psicologicamente falando.

Se você der com a cara em uma parede psíquica, fica com hematomas psíquicos?

— Se você retirar o feitiço de mim, vou conseguir me lembrar de todas as coisas que esqueci? Todas as lembranças que você me roubou? — perguntou Clary.

— Não posso retirá-lo de você. — Magnus parecia desconfortável.

— O quê? — Jace parecia furioso. — Por que não? A Clave exige que você...

Magnus olhou friamente para ele.

— Não gosto que me digam o que fazer, Caçadorzinho de Sombras.

Clary podia perceber o quanto Jace detestava ser chamado de "inho", mas, antes que ele pudesse disparar uma resposta, Alec falou. Com a voz suave, contemplativa.

— Você não sabe como revertê-lo? — ele perguntou. — O feitiço, quero dizer.

Magnus suspirou.

— Desfazer um feitiço é muito mais difícil do que criá-lo. A complexidade deste, o cuidado que imprimi em criá-lo... se eu cometesse um erro, por menor que fosse, ao desfazê-lo, a mente dela poderia ficar comprometida para sempre. Além disso — ele acrescentou —, já começou a passar o efeito. Eles vão desaparecer sozinhos com o tempo.

Clary lançou-lhe um olhar decidido.

— E, quando passar, vou recuperar minhas lembranças? Seja o que for que tenha sido retirado da minha cabeça?

— Não sei. Podem voltar todas de uma vez, ou aos poucos. Ou você pode nunca se lembrar do que esqueceu ao longo dos anos. O que sua mãe me pediu para fazer foi algo único na minha experiência. Não faço ideia do que vá acontecer.

— Mas eu não quero esperar. — Clary cruzou os braços com força, os dedos juntos com tanta firmeza que as pontas ficaram brancas. — Passei a vida inteira achando que havia alguma coisa errada comigo. Alguma coisa faltando ou estragada. Agora eu sei...

— Eu não estraguei você. — Foi a vez de Magnus interromper, com os lábios contraídos pela raiva, exibindo dentes brancos e afiados. — Todos os adolescentes do mundo se sentem assim, arrasados ou estranhos, diferentes de algum jeito, algo como um rei nascido em uma família de camponeses por engano. Talvez não melhores, mas diferentes. E não é fácil ser diferente. Você quer saber como é quando seus pais são boas pessoas frequentadoras de igreja e você nasce com a marca do demônio? — Ele apontou para os próprios olhos, dedos chanfrados. — Quando seu pai se contrai ao vê-lo e sua mãe se enforca no celeiro, levada à loucura pelo que fez? Quando eu tinha 10 anos, meu pai tentou me afogar no rio. Reagi atacando-o com todas as minhas forças e o incinerei onde ele estava. Fui até os padres da igreja e pedi abrigo. Eles me esconderam. Dizem que ter pena é uma coisa ruim, mas é melhor do que ódio. Quando descobri que na verdade só era parte humano, tive ódio de mim mesmo. Qualquer coisa é melhor do que isso.

Formou-se um silêncio quando Magnus parou de falar. Para a surpresa de Clary, foi Alec quem o quebrou.

— Não era culpa sua — ele disse. — Você não pode mudar a forma como nasceu.

A expressão de Magnus era séria.

— Já superei isso — ele disse. — Acho que você me entendeu. Diferente não quer dizer melhor, Clarissa. Sua mãe estava tentando protegê-la. Não tenha raiva disso.

As mãos de Clary relaxaram.

— Não me importo em ser diferente — ela disse. — Só quero ser quem realmente sou.

Magnus resmungou em alguma língua que ela não conhecia. Soava como chamas consumindo a madeira.

— Muito bem. Ouça. Não posso desfazer o que já fiz, mas posso lhe dar outra coisa. Um pedaço do que teria sido seu se você tivesse sido criada como uma verdadeira filha de Nephilim. — Ele atravessou o quarto até a estante e pegou um livro pesado com a capa de veludo verde desbotada. Folheou as páginas, levantando poeira e alguns pedacinhos de tecido escurecido. As páginas eram finas, quase um pergaminho transparente, cada qual marcada com um símbolo azul.

As sobrancelhas de Jace se ergueram.

— É uma cópia do Livro Gray?*

Magnus, folheando as páginas fervorosamente, não disse nada.

— Hodge tem um — observou Alec. — Ele me mostrou uma vez.

— Não é cinza. — Clary se sentiu na obrigação de destacar. — É verde.

— Se existisse literalismo terminal, você teria morrido ainda na infância — disse Jace, esfregando a poeira do parapeito da janela e olhando-o como se estivesse analisando se estava limpo o suficiente para se sentar. — Gray é abreviação de "Gramarye". Significa "magia, sabedoria oculta". Nele, há uma cópia de cada símbolo escrito pelo Anjo Raziel no Livro do Pacto original. Não existem muitas cópias, pois cada uma teve de ser feita especialmente. Alguns dos símbolos são tão poderosos que queimariam páginas normais.

Alec pareceu impressionado.

— Não sabia de nada disso.

---

* Gray significa "cinza" em inglês. (*N. do T.*)

Jace subiu no parapeito da janela e balançou as pernas.

— Nem todos nós passamos as aulas de história dormindo.

— Eu não...

— Ah, dormia sim. Além disso, ainda babava na mesa.

— Calem-se — disse Magnus, embora de forma bastante branda. Ele pôs o dedo entre duas páginas do livro e foi até Clary, colocando-o cuidadosamente sobre o colo dela. — Bem, agora, quando eu abrir o livro, quero que você estude a página cuidadosamente. Olhe até sentir alguma coisa em sua mente mudar.

— Vai doer? — Clary perguntou apreensiva.

— Todo conhecimento dói — ele respondeu e se levantou, deixando o livro se abrir em seu colo. Clary encarou a página limpa com a Marca preta estampada. Parecia algo como uma espiral alada, até ela inclinar a cabeça, e então parecia um bastão envolvido por vinhas. Os cantos mutáveis da estampa mexiam com a mente dela como penas tocando uma pele sensível. Ela sentiu uma leve reação, que fez com que quisesse fechar os olhos, mas os manteve abertos até arderem e embaçarem. Estava prestes a piscar quando sentiu um clique na mente, como uma chave girando na fechadura.

O símbolo na página pareceu entrar em foco, e ela pensou involuntariamente, *Lembre-se.* Se o símbolo fosse uma palavra, teria sido essa, mas havia mais significado naquilo do que em qualquer palavra que ela pudesse imaginar. Era a primeira lembrança de uma criança, de luz atravessando às barras de um berço, o cheiro da chuva e das ruas da cidade, a dor de uma perda não esquecida, a picada de uma humilhação lembrada e o esquecimento cruel da velha idade, quando as lembranças mais antigas se destacam com precisão clara e agonizante e os incidentes mais próximos ficam perdidos além de qualquer possibilidade de recordação.

Com um leve suspiro, ela virou para a página seguinte, e a próxima, permitindo que as imagens e as sensações fluíssem por ela. *Tristeza. Reflexão. Força. Proteção. Graciosidade* — depois gritou com surpresa repreensiva enquanto Magnus retirava o livro do colo.

— Basta — ele disse, recolocando-o na prateleira. Ele limpou o pó das mãos nas calças coloridas, deixando linhas cinzentas. — Se você ler todos os símbolos de uma só vez, vai ficar com dor de cabeça.

— Mas...

— A maioria das crianças Caçadoras de Sombras cresce aprendendo um símbolo de cada vez em um período de anos — disse Jace. — O Livro Gray contém símbolos que nem eu conheço.

— Imagine só uma coisa dessas — disse Magnus.

Jace o ignorou.

— Magnus mostrou o símbolo da compreensão e da lembrança. Ele abre a mente para ler e reconhecer o resto das Marcas.

— Também serve como um gatilho para ativar memórias dormentes — disse Magnus. — Elas podem voltar mais depressa do que voltariam em outro caso. É o melhor que posso fazer.

Clary olhou para o próprio colo.

— Continuo não me lembrando de nada a respeito do Cálice Mortal.

— É por *isso* que fizeram isso tudo? — Magnus parecia genuinamente abismado. — Vocês estão atrás do Cálice? Olhe, já passeei pelas suas lembranças. Não havia nada nelas sobre os Instrumentos Mortais.

— Instrumentos Mortais? — ecoou Clary, espantada. — Eu pensei...

— O Anjo deu três itens aos primeiros Caçadores de Sombras. Um cálice, uma espada e um espelho. Os Irmãos do Silêncio têm a espada; o cálice e o espelho estavam em Idris, pelo menos até a chegada de Valentim.

— Ninguém sabe onde está o espelho — disse Alec. — Há anos ninguém sabe.

— É o Cálice que nos preocupa — disse Jace. — Valentim está procurando por ele.

— E vocês querem encontrá-lo antes dele? — perguntou Magnus, erguendo as sobrancelhas.

— Pensei que você tivesse dito que não sabia quem era Valentim — disse Clary.

— Eu menti — admitiu Magnus sinceramente. — Não sou um dos visionários, saiba. Não tenho que ser verdadeiro. E só um louco se colocaria entre Valentim e sua vingança.

— É disso que você acha que ele está atrás? Vingança? — disse Jace.

— Diria que sim. Sofreu uma grande derrota, e ele não me parecia, não me parece, o tipo de homem capaz de aceitar uma derrota com elegância.

Alec olhou com mais firmeza para Magnus.

— Você estava na Ascensão?

Os olhos de Magnus encontraram os de Alec.

— Estava. Matei diversos do seu bando.

— Membros do Ciclo — disse Jace, rapidamente. — Não nossos...

— Se você insiste em repudiar aquilo que é disforme sobre o que vocês fazem — afirmou Magnus, ainda olhando para Alec —, nunca aprenderá com os próprios erros.

Alec, mexendo na colcha, enrubesceu com tristeza.

— Você não parece surpreso de ouvir que Valentim ainda está vivo — sugeriu, evitando o olhar de Magnus.

Magnus abriu os braços.

— E você está?

Jace abriu a boca, depois a fechou novamente. Ele parecia realmente perplexo. E acabou dizendo:

— Então você não vai nos ajudar a achar o Cálice Mortal?

— Não ajudaria se pudesse — disse Magnus —, coisa que, por sinal, não posso. Não faço ideia de onde esteja, nem quero saber. Só um louco, como já disse.

Alec se sentou ereto.

— Mas sem o Cálice não podemos...

— Fazer mais de vocês. Eu sei — disse Magnus. — Talvez nem todos encarem isso como o desastre que vocês pensam. Fiquem sabendo — ele disse — que, se eu tivesse que escolher entre a Clave e Valentim, escolheria a Clave. Pelo menos eles não juram dizimar a minha espécie. Mas a Clave nunca fez nada que conquistasse minha lealdade incondicional. Então, não, vou ficar de fora dessa. Agora, se já tivermos concluído o assunto, gostaria de voltar para a minha festa antes que os convidados comecem a devorar uns aos outros.

Jace, que estava abrindo e fechando as mãos, parecia prestes a dizer alguma coisa agressiva, mas Alec, de pé, pôs a mão em seu ombro. Clary não poderia afirmar em decorrência da pouca luz, mas parecia que Alec estava apertando com força.

— É algo provável? — ele perguntou.

Magnus estava olhando para ele com um quê de divertimento.

— Já aconteceu antes.

Jace murmurou alguma coisa para Alec, que o soltou. Depois veio até Clary.

— Você está bem? — perguntou em tom baixo.

— Acho que sim. Não me sinto em nada diferente...

Magnus, parado na porta, estalou os dedos impacientemente.

— Vamos logo, adolescentes. A única pessoa que pode afagar no meu quarto é o magnífico eu.

— Afagar? — repetiu Clary, que nunca tinha ouvido essa palavra num contexto desses antes.

— Magnífico? — repetiu Jace, que estava apenas sendo petulante. O rosnado parecia um "Saia daqui".

Eles saíram, Magnus atrás deles, enquanto parava para trancar a porta do quarto. A festa parecia sutilmente diferente a Clary. Talvez fosse apenas a visão ligeiramente alterada: tudo parecia mais claro, pontas cristalinas completamente definidas. Ela observou um grupo de músicos no pequeno palco no centro da sala. Vestiam roupas esvoaçantes em profundos tons de dourado, roxo e verde, e tinham vozes afinadas e etéreas.

— Detesto bandas de fadas — murmurou Magnus enquanto a banda começava outra música assombrosa. A melodia era tão delicada e translúcida quanto um cristal. — Só tocam baladas.

Jace, olhando ao redor da sala, riu.

— Onde está Isabelle?

Uma onda de preocupação culpada atingiu Clary. Esquecera-se de Simon. Ela girou, procurando os ombros magros familiares e os cabelos escuros.

— Não estou vendo. Eles, quero dizer.

— Lá está ela. E cuidado com o Puca.

— Cuidado com o Puca? — repetiu Jace, olhando na direção de um homem magro de pele marrom com um colete verde que encarava Isabelle contemplativamente enquanto ela passava.

— Ele me beliscou quando passei por ele mais cedo — disse Alec rigidamente. — Em uma área altamente pessoal.

— Detesto dizer isso a você, mas, se ele está interessado nas suas áreas altamente pessoais, provavelmente não está interessado nas da sua irmã.

— Não necessariamente — disse Magnus. — Fadas não são muito exigentes.

Jace contraiu o lábio fazendo uma careta na direção do feiticeiro.

— Você ainda está aqui?

Antes que Magnus pudesse responder, Isabelle aproximou-se, com o rosto rosado e manchado, e cheirando a álcool.

— Jace! Alec! Onde vocês estavam? Procurei por vocês em toda...

— Cadê o Simon? — interrompeu Clary.

Isabelle cambaleou.

— Ele é um rato — disse sombriamente.

— Ele fez alguma coisa com você? — perguntou Alec, cheio de preocupação fraternal. — Ele tocou em você? Se ele tiver tentado alguma coisa...

— Não, Alec — disse Isabelle, irritadiça. — Não é isso. Ele é um *rato*.

— Ela está bêbada — disse Jace, começando a se virar, enojado.

— Não estou não — Isabelle disse indignada. — Bem, talvez um pouco, mas a questão não é essa. A questão é que Simon tomou um daqueles drinques azuis, eu disse para não tomar, mas ele não me ouviu, e se *transformou em um rato.*

— *Um rato*? — Clary repetiu, incrédula. — Você não quer dizer...

— Quero dizer um rato — afirmou Isabelle. — Pequeno. Marrom. Com rabo comprido.

— A Clave não vai gostar nada disso — disse Alec dubiamente. — Tenho certeza de que transformar mundanos em ratos é contra a Lei.

— Tecnicamente ela não o transformou em um rato — disse Jace. — O máximo de que podem acusá-la é negligência.

— Quem se *importa* com a droga da Lei? — gritou Clary, agarrando o pulso de Isabelle. — Meu melhor amigo é um rato!

— Ai — Isabelle tentou puxar o pulso de volta —, me solte!

— Não até você me dizer onde ele está. — Ela nunca tivera tanta vontade de agredir alguém como estava com vontade de agredir Isabelle naquela hora. — Não posso acreditar que você o abandonou, ele deve estar apavorado...

— Se não tiver sido pisoteado — acrescentou Jace, que não estava ajudando em nada.

— Eu não o larguei. Ele correu para baixo do bar — protestou Isabelle, apontando. — Solte, você está estragando a minha pulseira.

— Sua vaca — Clary disse irritada, e empurrou, com força, a mão de Isabelle, que estava completamente surpresa. Ela não parou para ver a reação; correu em direção ao bar. Caindo de joelhos, espiou no espaço escuro embaixo. Na sombra com cheiro de mofo, ela achou que via um par de olhos brilhando.

— Simon? — ela perguntou, com a voz engasgada. — É você?

Simon, o rato, caminhou para a frente, com os bigodes tremendo. Ela podia ver o formato das pequenas orelhas redondas, achatadas na cabeça, e a ponta afiada do nariz. Conteve uma sensação de repulsa (nunca tinha gostado de ratos, com aqueles dentes amarelos e quadrados, prontos para morder). Ela gostaria que ele tivesse se transformado em um hamster.

— Sou eu, Clary — disse lentamente. — Você está bem?

Jace e os outros chegaram atrás dela, com Isabelle agora mais irritada do que chorosa.

— Ele está aí embaixo? — Jace perguntou, curioso.

Clary, ainda agachada sobre as mãos e os joelhos, fez que sim com a cabeça.

— Shhh. Você vai assustá-lo. — Ela colocou os dedos cautelosamente embaixo do limite do bar, e balançou-os. — Por favor, saia, Simon. Vamos pedir para Magnus reverter o feitiço. Vai ficar tudo bem.

Ela ouviu um chiado, e o focinho cor-de-rosa do rato apareceu por baixo do bar. Com uma exclamação de alívio, Clary pegou o rato nas mãos.

— Simon! Você me entendeu!

O rato, aconchegado na curva da mão dela, manifestou-se por meio de chiados. Feliz da vida, ela o abraçou.

— Ah, pobrezinho — ela disse, como se ele fosse um animal de estimação. — Pobre Simon, vai ficar tudo bem, eu prometo...

— Eu não sentiria tanta pena dele assim — aconselhou Jace. — Isso deve ser o mais perto que ele já chegou de uma garota.

— Cale a boca! — Clary olhou para Jace furiosamente, mas ela abrandou a força do abraço no rato. Os bigodes dele tremiam, se era de raiva ou agitação, ou simplesmente medo, não havia como saber. — Vá buscar Magnus — disse, em tom de desafio. — Temos que transformá-lo em humano outra vez.

— Não vamos nos precipitar. — Jace estava sorrindo como um idiota. Ele esticou o braço em direção a Simon, como se fosse acariciá-lo. — Ele fica bonitinho assim. Veja só o narizinho cor-de-rosa dele.

Simon exibiu os dentes amarelos para Jace e fez um movimento de ataque. Jace puxou de volta a mão esticada.

— Izzy, vá buscar nosso magnífico anfitrião.

— Por que eu? — Isabelle perguntou, em tom petulante.

— Porque o mundano virou um rato por culpa sua, idiota — ele disse, e Clary espantou-se com a raridade com que qualquer um deles, exceto Isabelle, usava o verdadeiro nome de Simon. — E não podemos deixá-lo aqui.

— Você ficaria feliz em deixá-lo se não fosse por *ela* — disse Isabelle, conseguindo injetar na palavra monossilábica veneno suficiente para contaminar um elefante. Ela partiu, com a saia comprida esvoaçando ao redor dos quadris.

— Não acredito que ela o deixou beber o negócio azul — Clary disse para o rato Simon. — Viu só o que conseguiu por ser tão superficial?

Simon chiou irritado. Clary ouviu uma risada e olhou para cima, para ver Magnus inclinado sobre ela. Isabelle estava atrás dele, com uma expressão furiosa.

— *Rattus norvegicus* — disse Magnus, olhando para Simon. — Um rato marrom comum, nada exótico.

— Não me importa o tipo de rato que ele é — Clary disse, irritada. — Eu o quero humano novamente.

Magnus coçou a cabeça pensativamente, derrubando purpurina.

— Não tem por quê — ele disse.

— NÃO TEM POR QUÊ? — gritou Clary, tão alto que Simon escondeu a cabeça embaixo do polegar dela. — COMO VOCÊ PODE DIZER QUE NÃO TEM POR QUÊ?

— Porque ele vai voltar ao normal em algumas horas — disse Magnus. — O efeito dos coquetéis é temporário. Não há por que fazer um feitiço de transformação; isso só vai traumatizá-lo. Mágica demais afeta muito os mundanos, porque os organismos não estão acostumados.

— Também duvido que o organismo dele esteja acostumado a ser um rato — ressaltou Clary. — Você é um feiticeiro. Não pode simplesmente reverter o feitiço?

Magnus refletiu sobre a pergunta.

— Não — ele disse.

— Quer dizer que não quer?

— Não de graça, querida, e você não tem condições financeiras de me bancar.

— E também não posso levar um rato no metrô — disse Clary. — Vou deixá-lo cair, ou algum policial do metrô vai me prender por levar uma peste em transporte público. — Simon chiou, irritado. — Não que você seja uma peste, é claro.

Uma garota que estava gritando perto da porta acabara de receber a companhia de seis ou sete outras. O som de vozes irritadas sobressaiu ao barulho da festa e à música. Magnus revirou os olhos.

— Com licença — ele disse, voltando para a multidão, que se fechou atrás dele imediatamente.

Isabelle, cambaleando sobre as sandálias, suspirou.

— Que bela ajuda a *dele*!

— Quer saber? — disse Alec. — Você pode muito bem colocar o rato na sua mochila.

Clary o encarou severamente, mas não conseguiu encontrar nada de errado para dizer. Afinal, ela não tinha bolso algum onde pudesse guardá-lo. As roupas de Isabelle não permitiam bolsos; eram justas demais. Clary ficava impressionada por vestirem a própria Isabelle.

Tirando a mochila das costas, ela encontrou um esconderijo para o pequeno rato marrom que outrora fora Simon, aninhado entre um casaco e um caderno. Ele se encolheu sobre a carteira dela, com um ar de reprovação.

— Desculpe — ela pediu, triste.

— Não se incomode — replicou Jace. — A razão pela qual os mundanos tomam para si culpas que não têm é um verdadeiro mistério para mim. Você não forçou o drinque na garganta desse tolo.

— Se não fosse por mim, ele nem teria vindo para cá — disse Clary, baixinho.

— Não seja convencida. Ele veio por causa de Isabelle.

Com raiva, Clary fechou a mochila e se levantou.

— Vamos sair daqui. Estou cheia deste lugar.

Descobriu-se que os responsáveis pelos gritos à porta eram mais vampiros, facilmente reconhecíveis pela palidez e pela negritude morta dos cabelos. Aposto que pintam, pensou Clary, não podiam ser todos naturalmente morenos. Além disso, alguns deles tinham sobrancelhas louras. Estavam reclamando em voz alta das motocicletas vandalizadas, e do fato de que alguns amigos estavam desaparecidos, e ninguém sabia deles.

— Provavelmente estão bêbados e desmaiados em algum lugar — disse Magnus, acenando os longos dedos brancos de maneira entediada. — Vocês sabem como a sua espécie costuma se transformar em morcegos e montes de poeira quando tomam Bloody Marys demais.

— Eles misturam vodca com sangue de verdade — Jace disse no ouvido de Clary.

A pressão da respiração dele fez com que ela tremesse.

— Sim, entendi isso, obrigada.

— Não podemos sair por aí pegando todos os montes de poeira que aparecerem para o caso de serem o Gregor de manhã — disse uma garota com a boca raivosa e as sobrancelhas pintadas.

— Gregor vai ficar bem. Eu raramente varro o chão — atenuou Magnus. — Será um prazer enviar qualquer um que ficar para trás de volta ao hotel amanhã; em um carro com janelas pretas, é claro.

— Mas e as nossas motos? — indagou um menino magro cujas raízes louras apareciam sob a tintura de cabelo malfeita. Um brinco de ouro em forma de estaca pendurava-se da orelha esquerda dele. — Levaremos horas para consertá-las.

— Vocês têm até o amanhecer — disse Magnus, claramente perdendo a paciência. — Sugiro que comecem logo. — Ele levantou o tom de voz. — Muito bem, CHEGA! Acabou a festa! Todo mundo: rua! — Ele balançou os braços, derrubando purpurina por todos os lados.

Com uma única batida sonora, a banda parou de tocar. Uma lamúria em alto volume foi emitida pelos convidados, mas eles acabaram se dirigindo para a porta, obedientes. Nenhum deles parou para agradecer a Magnus pela festa.

— Vamos — Jace empurrou Clary para a saída. A multidão era densa. Ela segurou a mochila na frente do corpo, com as mãos embrulhando-a de forma protetora. Alguém esbarrou em seu ombro, com força, e ela cambaleou e foi para o lado, afastando-se de Jace. Uma mão tocou a mochila dela. Ela levantou o olhar e viu o vampiro com o brinco de estaca sorrindo maliciosamente para ela.

— Olá, bonitinha — ele cumprimentou. — O que você tem na mochila?

— Água-benta — disse Jace, reaparecendo ao lado dela como se tivesse sido conjurado, como um gênio da lâmpada mágica. Um gênio louro e sarcástico com problemas de comportamento.

— Uhhhh, um *Caçador de Sombras* — disse o vampiro. — Que medo! — Com uma piscadela, ele voltou para a multidão.

— Vampiros são tão exibicionistas. — Magnus suspirou da porta. — Sinceramente, não sei por que dou estas festas.

— Por causa do seu gato — Clary o lembrou.

Magnus se recompôs.

— É verdade. O Presidente Miau merece todos os meus esforços. — Ele olhou para ela e para o grupo de Caçadores de Sombras logo atrás. — Vocês estão saindo?

Jace anuiu com a cabeça.

— Não queremos abusar da sua hospitalidade.

— Que hospitalidade? — indagou Magnus. — Eu diria que foi um prazer conhecê-los, mas não foi. Não que não sejam charmosos, e quanto a você... — Ele deu uma piscadela para Alec, que parecia perplexo. — Me liga?

Alec enrubesceu e gaguejou, e provavelmente teria ficado ali parado a noite inteira se não fosse Jace, que o pegou pelo cotovelo e o arrastou para a porta, com Isabelle logo atrás. Clary estava prestes a seguir quando sentiu um toque no braço; era Magnus.

— Tenho um recado para você — ele disse. — Da sua mãe.

Clary ficou tão surpresa que quase derrubou a mochila.

— Da minha mãe? Quero dizer, ela pediu para você me falar alguma coisa?

— Não exatamente — disse Magnus. Seus olhos felinos, rasgados pela única linha vertical que eram as pupilas, como fissuras em uma parede verde-dourada, pareciam sérios pela primeira vez. — Mas eu a conheci de um jeito que você não conheceu. Ela fez tudo isso para mantê-la fora de um mundo que ela odiava. Toda a sua existência, as fugas, os esconderijos, as mentiras, como você as chamou, foram para protegê-la. Não desperdice os sacrifícios dela arriscando a própria vida. Ela jamais iria querer isso.

— Ela não desejaria que eu a salvasse?

— Não se para isso você tivesse que correr perigo.

— Mas eu sou a única pessoa que se importa se acontecer algum mal a ela...

— Não — disse Magnus. — Não é, não.

Clary piscou os olhos.

— Não estou entendendo. Existe... Magnus, se você sabe de alguma coisa...

Ele a interrompeu com precisão brutal.

— E uma última coisa. — Os olhos dele desviaram-se para a porta, através da qual Jace, Alec e Isabelle haviam desaparecido. — Tenha em mente que, quando a sua mãe fugiu do Mundo de Sombras, não era dos monstros que ela estava se escondendo. Não era dos feiticeiros, dos lobisomens, das fadas, nem dos próprios demônios. Era *deles*. Era dos Caçadores de Sombras.

Eles estavam esperando por ela do lado de fora do armazém. Jace, com as mãos nos bolsos, estava apoiado no corrimão da escada e observando enquanto os vampiros passeavam em volta das motocicletas quebradas, reclamando e xingando. Ele tinha um sorriso suave no rosto. Alec e Isabelle estavam um pouco afastados. Isabelle estava esfregando os olhos, chorando, e Clary sentiu um ódio irracional — Isabelle mal conhecia Simon. Não era uma desgraça para *ela*. Clary era a única com o direito de se sentir daquele jeito, não a Caçadora de Sombras.

Jace desgrudou do corrimão quando Clary surgiu. Ele foi para o lado dela, sem falar nada. Parecia perdido nos próprios pensamentos. Isabelle e Alec, apressados na frente, pareciam estar discutindo um com o outro. Clary apressou o passo, esticando o pescoço para ouvi-los melhor.

— Não é culpa sua — dizia Alec. Ele parecia esgotado, como se já tivesse passado por aquilo com a irmã anteriormente. Clary imaginou quantos namorados ela já havia transformado acidentalmente em ratos. — Mas deveria te ensinar a não ir a tantas festas do Submundo — ele acrescentou. — Dão mais prejuízo do que lucro.

Isabelle fungou.

— Se alguma coisa tivesse acontecido a ele, eu... eu não sei o que teria feito.

— Provavelmente o que quer que fosse que você fazia antes — disse Alec com a voz entediada. — Afinal de contas, você nem o conhecia tão bem assim.

— Isso não quer dizer que eu não...

— O quê? Que o ama? — Alec levantou a voz. — É preciso *conhecer* alguém para poder amar.

— Mas não é só isso. — Isabelle soava quase triste. — Você não se divertiu na festa, Alec?

— Não.

— Achei que você pudesse gostar do Magnus. Ele é legal, não é?

— Legal? — Alec olhou para a irmã como se ela fosse louca. — Filhotes de gatos são legais. Feiticeiros... — ele hesitou. — Não são — concluiu sem qualquer originalidade.

— Achei que vocês pudessem se dar bem. — Os olhos maquiados de Isabelle brilharam com lágrimas quando olhou para o irmão. — Tornar-se amigos.

— Eu tenho amigos — disse Alec, e olhou por cima do ombro, quase como se não pudesse evitar, para Jace.

Mas Jace, com a cabeça dourada para baixo, perdido em pensamentos, não percebeu.

Impulsivamente, Clary esticou a mão para abrir a mochila e dar uma olhada — e congelou. Estava aberta. Ela voltou mentalmente para a festa — ela levantara a mochila e fechara o zíper. Tinha certeza disso. Ela abriu ainda mais, com o coração acelerado.

Ela se lembrou da ocasião em que roubaram sua carteira no metrô. Ela se lembrava de ter aberto a mochila, não ter visto a carteira dentro, e a boca secando em sinal de surpresa — *Será que eu a deixei cair? Será que a perdi?* Até que se deu conta: *não estava mais lá*. Foi assim, só que mil vezes pior. Com a boca seca de nervoso, Clary revirou a mochila, jogando as roupas e o caderno de lado, as unhas arranhando a base. Nada.

Ela havia parado de andar. Jace estava pouco à frente dela, aparentando impaciência, Alec e Isabelle já estavam um quarteirão à frente.

— O que houve? — perguntou Jace, e ela percebeu que ele estava prestes a acrescentar alguma coisa sarcástica. Mas deve ter reparado no olhar estampado no rosto dela, pois nada disse. — Clary?

— Ele se foi — ela sussurrou. — Simon. Ele estava na minha mochila...

— Ele saiu sozinho?

Não era uma pergunta insensata, mas Clary, exausta e completamente em pânico, reagiu de forma insensata.

— *É claro que não!* — ela gritou. — Qual é, você acha que ele quer ser esmagado por um carro, morto por um gato...

— Clary...

— Cale a boca! — ela gritou, balançando a mochila na direção dele. — Foi você que disse para não perder tempo mudando o feitiço...

Com um reflexo, ele pegou a mochila enquanto ela a balançava. Retirando-a da mão de Clary, ele a examinou.

— O zíper está arrebentado — ele disse. — Pelo lado de fora. Alguém rasgou essa mochila para abri-la.

Sacudindo a cabeça, completamente atordoada, Clary só conseguia sussurrar:

— Eu não...

— Eu sei. — A voz dele era delicada. Em seguida gritou: — Alec! Isabelle! Podem ir na frente! Alcançaremos vocês.

Os dois, já adiantados, pararam; Alec hesitou, mas Isabelle o pegou pelo braço, empurrando-o com firmeza para a entrada do metrô. Algo pressionou as costas de Clary: era a mão de Jace, virando-a gentilmente. Ela deixou que ele a levasse para o frente, tropeçando em rachaduras na calçada, até estarem de volta na entrada do prédio de Magnus. O cheiro de álcool e o inconfundível aroma doce que Clary passara a associar ao Submundo preenchiam o ambiente. Tirando a mão das costas dela, Jace apertou a campainha sobre o nome de Magnus.

— Jace — ela disse.

Ele olhou para baixo, para ela.

— O quê?

Ela buscou as palavras certas.

— Você acha que ele está bem?

— Simon? — ele hesitou e ela pensou nas palavras de Isabelle: *não faça nenhuma pergunta a ele se não puder suportar a resposta*. Em vez de falar alguma coisa, ele limitou-se a apertar a campainha outra vez.

Dessa vez, Magnus respondeu, a voz ecoando sombria pela entradinha.

— QUEM OUSA PERTURBAR MEU DESCANSO?

Jace parecia quase nervoso.

— Jace Wayland. Lembra? Sou da Clave.

— Ah, sim. — Magnus pareceu se acalmar. — Você é o de olhos azuis?

— Ele está perguntando se você é o Alec — explicou Clary.

— Não. Os meus geralmente são descritos como dourados — Jace falou ao interfone. — E luminosos.

— Ah, *esse* — Magnus parecia desapontado. Se Clary não estivesse tão chateada, teria rido. — Acho que é melhor você subir.

O feiticeiro abriu a porta trajando quimono de seda estampado com dragões, um turbante dourado e tinha uma expressão de irritação quase incontrolável.

— Eu estava dormindo — disse com cara de travesseiro, então Clary o interrompeu.

— Desculpe incomodá-lo...

Algo pequeno e branco passou pelos calcanhares do feiticeiro. Tinha listras de cor cinza em ziguezague e orelhas rosadas que o faziam parecer mais um rato grande do que um gato pequeno.

— Presidente Miau? — adivinhou Clary.

Magnus anuiu com a cabeça.

— Ele voltou.

Jace olhou para o pequeno animal com uma careta no rosto.

— Isso não é um gato — observou ele. — É do tamanho de um hamster.

— Vou fazer a gentileza de esquecer que você falou isso — disse Magnus, utilizando o pé para colocar aqui Presidente Miau atrás dele. — Agora, para que exatamente vocês vieram aqui?

Clary esticou a mochila rasgada.

— Simon. Desapareceu.

— Ah — disse Magnus, delicadamente —, desapareceu como?

— Desapareceu — repetiu Jace —, sumiu, está ausente, destacado por sua falta de presença, desapareceu.

— Talvez ele tenha fugido e se escondido embaixo de alguma coisa — sugeriu Magnus. — Não deve ser fácil acostumar-se a ser um rato, principalmente para alguém tão pouco sagaz.

— Simon não é pouco sagaz — Clary protestou, furiosa.

— É verdade — concordou Jace. — Ele só parece pouco sagaz. Na verdade, a inteligência dele está bem na média. — Seu tom era leve, mas os ombros ficaram tensos quando ele se voltou para Magnus. — Quando estávamos indo embora, um dos seus convidados esbarrou na Clary. Acho que ele rasgou a mochila dela e pegou o rato. Simon, quero dizer.

Magnus olhou para ele.

— E?

— E eu preciso descobrir quem é — Jace disse com firmeza. — Suponho que você saiba. Você é o Magnífico Feiticeiro do Brooklyn. Acho que não se passa muita coisa que você não saiba no seu próprio apartamento.

Magnus inspecionou uma unha.

— Você não está enganado.

— Por favor, nos conte — disse Clary. A mão de Jace apertou o pulso dela. Ela sabia que ele queria que ela ficasse quieta, mas isso era impossível. — Por favor.

Magnus suspirou.

— Tudo bem. Eu vi um dos vampiros motoqueiros sair com um rato marrom nas mãos. Honestamente, achei que fosse um deles. Às vezes os Filhos da Noite se transformam em ratos ou morcegos quando ficam bêbados.

As mãos de Clary estavam tremendo.

— Mas agora você acha que era o *Simon*?

— É só um palpite, mas parece provável.

— Tem mais uma coisa — Jace falou com calma, mas já estava alerta, do jeito que estivera no apartamento, quando encontraram o Renegado. — Onde é a toca deles?

— O quê?

— A toca dos vampiros. Eles foram para lá, não é?

— Suponho que sim. — Magnus parecia querer estar em qualquer outro lugar.

— Preciso que você me diga onde é.

Magnus balançou a cabeça.

— Eu não vou me indispor com os Filhos da Noite por um mundano que nem sequer conheço.

— Espere — interrompeu Clary. — O que eles poderiam querer com Simon? Achei que não pudessem machucar pessoas...

— Meu palpite? — disse Magnus, sem ser ofensivo. — Eles devem ter achado que era um rato domado e pensaram que seria engraçado matar o animal de estimação de um Caçador de Sombras. Eles não gostam muito de vocês, independente do que digam os Acordos, e não há nada no Pacto sobre não matar animais.

— Eles vão matá-lo? — perguntou Clary, olhando fixamente para ele.

— Não necessariamente. — Magnus apressou-se em dizer. — Podem ter pensado que ele era um deles.

— Nesse caso, o que acontecerá com ele? — perguntou Clary.

— Bem, quando ele voltar a ser humano, vão matá-lo *assim mesmo*. Mas você pode ter mais algumas horas.

— Então você precisa nos ajudar — Clary disse ao feiticeiro. — Caso contrário, Simon morrerá.

Magnus a olhou de cima a baixo com uma espécie de simpatia.

— Todo mundo morre, querida — ele disse. — Você deveria se acostumar com isso.

Ele começou a fechar a porta. Jace esticou o pé, mantendo-a aberta.

— O que foi agora?

— Você ainda não nos falou onde é a toca — disse Jace.

— E não vou dizer. Eu falei...

Dessa vez, foi Clary que interrompeu, colocando-se na frente de Jace.

— Você mexeu com o meu cérebro — ela disse. — Tomou minhas lembranças. Você não pode fazer nada por mim?

Magnus franziu os olhos de gato. Em algum lugar a distância, o Presidente Miau estava chorando. Lentamente, o feiticeiro abaixou a cabeça e a esfregou uma vez, com força, contra a parede.

— No Hotel Dumort — ele disse. — Na parte norte da cidade.

— Eu sei onde é. — Jace parecia satisfeito.

— Precisamos chegar lá agora mesmo. Você tem um Portal? — perguntou Clary, dirigindo-se a Magnus.

— Não. — Ele parecia irritado. — É muito difícil construir portais que não representem um risco pequeno ao dono. Coisas ruins podem passar por eles se não forem adequadamente protegidos. Os únicos que conheço em Nova York são os da casa da Dorothea, e um que fica em Renwick, mas ambos ficam longe demais para fazer valer o esforço de tentar chegar até eles, mesmo que você tivesse certeza de que os proprietários permitiriam que você utilizasse, algo que provavelmente não aconteceria. Entendeu? Agora podem ir embora — Magnus olhou em tom desafiador para o pé de Jace, que continuava bloqueando a porta. Jace não se moveu.

— Mais uma coisa — disse Jace. — Tem algum lugar sagrado por aqui?

— Boa ideia. Se você vai enfrentar uma toca inteira de vampiros sozinho, é melhor rezar antes.

— Precisamos de armas — disse Jace secamente. — Mais do que temos conosco.

Magnus apontou.

— Há uma igreja católica na Diamond Street. Serve?

Jace anuiu com a cabeça, dando um passo para trás.

— Isso...

A porta fechou na cara deles. Clary, sem fôlego, olhou fixamente para ela até Jace pegá-la pelo braço e arrastá-la pelas escadas noite adentro.

Capítulo 14

O HOTEL DUMORT

À noite, a igreja da Diamond Street parecia espectral, as janelas góticas arqueadas refletindo a luz do luar como espelhos prateados. Uma grade enferrujada pintada de preto cercava o prédio. Clary sacudiu o portão com barulho, mas um cadeado pesado o mantinha fechado.

— Está trancado — ela disse, olhando para Jace por cima do ombro.

Ele pegou a estela.

— Deixe que eu cuide disso.

Ela observou enquanto ele mexia no cadeado, olhando a curva de sua coluna vertebral, o inchaço dos músculos sob as mangas curtas da camiseta. O luar refletiu a cor dos cabelos dele, deixando-os mais prateados do que dourados.

O cadeado atingiu o chão com um barulho metálico. Jace parecia satisfeito consigo.

— Como sempre — ele disse. — Sou muito bom nisso.

Clary sentiu-se repentinamente irritada.

— Quando os autoelogios da noite acabarem, talvez possamos voltar para a missão de salvar da morte meu melhor amigo desamparado?

— Desamparado — disse Jace, impressionado. — Que palavrão!

— E você é um...

— Tsc tsc — ele interrompeu. — Nada de xingar dentro da igreja.

— Não estamos *dentro* da igreja ainda — resmungou Clary, seguindo-o pelo caminho de pedras que levava às portas duplas da frente. O arco de pedra acima das portas era lindamente esculpido, um anjo olhando para baixo de seu ponto mais alto. Pináculos afiados contra o céu noturno, e Clary percebeu que essa era a igreja que ela vira mais cedo naquela noite, no Parque McCarren. Ela mordeu o lábio. — De algum jeito, parece errado arrombar um cadeado de igreja no meio da noite.

O perfil de Jace ao luar era sereno.

— Não vamos arrombar — ele disse, guardando a estela de volta no bolso. Ele pôs uma mão marrom fina, inteiramente marcada com algumas cicatrizes finas e brancas delicadas como um véu, contra a madeira da porta, logo acima da fechadura.

— Em nome da Clave — ele disse —, peço entrada neste recinto sagrado. Em nome da Batalha que Nunca Acaba, peço autorização para usar vossas armas. E em nome do Anjo Raziel, peço vossas bênçãos em minha missão contra a escuridão.

Clary olhou fixamente para ele. Ele não se movia, embora o vento noturno soprasse os cabelos nos olhos; ele piscou e, quando ela estava prestes a falar, a porta se abriu e as dobradiças emitiram um clique. Girou para dentro suavemente diante deles, abrindo em um espaço frio, escuro e vazio, aceso por alguns pontos de fogo.

Jace deu um passo para trás.

— Primeiro as damas.

Quando Clary entrou, uma onda de ar frio a envolveu, junto com o cheiro de pedra e cera de vela. Fileiras de assentos alinhavam-se em direção ao altar e um banco de velas brilhava como um leito de chamas contra a parede. Ela percebeu que, fora o Instituto, que não contava muito, ela nunca estivera em uma igreja antes. Ela já tinha visto fotos e interiores de igreja em filmes e séries, onde apareciam regularmente. Uma cena em uma de suas séries favoritas de anime se passava em uma igreja com um padre vampiro monstruoso. A pessoa deveria se sentir segura dentro de uma igreja, mas não se sentia. Formas estranhas pareciam erguer-se sobre ela a partir das sombras. Ela estremeceu.

— As paredes de pedra evitam a passagem de calor — disse Jace, reparando.

— Não é isso — ela disse. — Sabe, eu nunca estive em uma igreja antes.

— Você já esteve no Instituto.

— Estou falando de uma igreja de verdade. Em uma celebração. Esse tipo de coisa.

— Sério? Bem, este é a nave, onde ficam os assentos. É onde as pessoas sentam durante as celebrações. — Eles caminharam para a frente, as vozes ecoavam das paredes de pedras. — Aqui em cima é a abside. É onde estamos. E esse é o altar, onde o padre ministra a Eucaristia. É sempre ao lado leste da igreja. — Ele se ajoelhou em frente ao altar, e por um instante ela achou que ele estivesse rezando. O altar em si era alto, feito de granito escuro e coberto por um pano vermelho. Atrás dele, erguia-se uma tela dourada ornamentada, marcada com figuras de santos e mártires, cada um com um disco dourado atrás da cabeça representando uma auréola.

— Jace — ela sussurrou. — O que você está fazendo?

Ele pôs as mãos no chão de pedra, e começou a movê-las para a frente e para trás rapidamente, como se estivesse procurando alguma coisa; as pontas dos dedos remexiam a poeira.

— Procurando armas.

— Aqui?

— Estariam escondidas, geralmente ao redor do altar. Guardadas para nosso uso em caso de emergência.

— E o que é isso? Alguma espécie de acordo que vocês têm com a Igreja Católica?

— Não especificamente. Os demônios existem há tanto tempo quanto nós. Estão espalhados por todo o mundo, em diferentes formas: *daemons* gregos, *daevas* persas, *asuras* hindus, *oni* japoneses. A maioria acredita que os sistemas têm algum método de incorporar a existência de ambos na luta contra eles. Os Caçadores de Sombras não assumem uma única religião, e em troca, todas elas nos assistem em nossa batalha. Eu poderia ter ido a uma sinagoga, ou a um templo xintoísta, ou... Ah. Aqui está. — Ele sacudiu a poeira enquanto ela se ajoelhava ao lado dele. Esculpido em uma das pedras octógonas em frente ao altar, havia um símbolo antigo. Clary o reconheceu, quase com a mesma facilidade que teria para ler uma palavra na própria língua. Era o símbolo que significava "Nephilim".

Jace pegou a estela e encostou-a na pedra. Com um barulho de máquina de moer, ela foi para trás, revelando um compartimento escuro na parte de baixo. Dentro do compartimento, havia uma longa caixa de madeira; Jace levantou a tampa, e olhou para os objetos cuidadosamente dispostos com grande satisfação.

— O que são essas coisas? — perguntou Clary.

— Frascos de água-benta, facas benzidas, lâminas de aço e prata — disse Jace, empilhando as armas no chão ao lado dele —, fio electrum, que não vai ter grande utilidade agora, mas é sempre bom ter balas de prata, amuletos de proteção, crucifixos, estrelas de davi...

— Jesus — disse Clary.

— Duvido que ele fosse caber aqui.

— *Jace* — Clary estava indignada.

— O quê?

— Não sei, mas não me parece certo fazer piadas desse tipo em uma igreja.

Ele deu de ombros.

— Não sou muito crente.

Clary olhou para ele surpresa.

— Não é?

Ele balançou a cabeça. O cabelo caiu no rosto, mas ele estava examinando um frasco com líquido claro e não esticou o braço para arrumá-lo. Os dedos de Clary se coçaram com a vontade de fazê-lo por ele.

— Você pensou que eu fosse religioso? — perguntou ele.

— Bem — ela hesitou. — Se existem demônios, então devem existir...

— Devem existir o quê? — Jace pôs o frasco no bolso. — Ah — ele disse. — Você está querendo dizer que, se existe isso — ele apontou para baixo, em direção ao chão — então deve existir isso — ele apontou para cima, para o teto.

— Faz sentido. Não faz?

Jace abaixou a mão e pegou uma lâmina, examinando o cabo.

— Vou te dizer uma coisa — ele a advertiu. — Venho matando demônios há um terço da minha existência. Já devo ter enviado uns quinhentos deles de volta a seja qual for a dimensão infernal da qual saíram. E, em todo esse tempo, *todo* esse tempo, nunca vi um anjo sequer. Nem nunca ouvi falar em quem tivesse visto um.

— Mas foi um anjo que criou os Caçadores de Sombras — disse Clary. — Foi o que Hodge disse.

— É uma boa historinha. — Jace olhou para ela com olhos de gato. — Meu pai acreditava em Deus — ele disse. — Eu não.

— Nem um pouco? — Ela não sabia ao certo por que estava pressionando Jace, pois nunca havia parado para pensar se ela própria acreditava em Deus, anjos e outros seres, e se alguém perguntasse, ela diria que não. Mas alguma coisa a respeito de Jace fazia com que ela quisesse insistir, quebrar a crosta do cinismo e fazê-lo admitir que acreditava em *alguma coisa*, sentia alguma coisa, se importava com qualquer coisa que fosse.

— Deixe-me colocar de outra maneira — ele disse, colocando um par de facas no cinto. A luz fraca filtrada pelas janelas de vitrais lançava quadrados de cor no rosto dele. — Meu pai acreditava em um Deus justo. *Deus volt*, esse era o lema dele, "porque é a vontade de Deus", era o lema dos Cruzados, e eles foram para a batalha e foram chacinados, assim como o meu pai. E, quando o vi caído e morto em uma piscina do próprio sangue, ali eu soube que não deixara de acreditar em Deus. Apenas deixara de acreditar que Deus se importava. Pode ser que haja um Deus, Clary, mas pode ser que não, mas acho que isso não faz diferença. Seja como for, é cada um por si.

Eles eram os únicos passageiros daquele vagão que ia para a parte norte da cidade. Clary sentou sem falar nada, pensando em Simon. De vez em quando, Jace olhava para ela como se estivesse prestes a dizer alguma coisa, antes de voltar para um silêncio incomum.

Quando saltaram do metrô, as ruas estavam desertas, o ar pesado e metálico, as bodegas, lavanderias a quilo e caixas eletrônicos silenciosos por trás das portas noturnas de ferro corrugado. Finalmente, encontraram o hotel, após uma hora procurando, em um dos lados da 116th Street. Passaram por ele duas vezes, pensando que fosse apenas mais um prédio abandonado, antes de Clary ver a placa, que tinha se desprendido de um prego e estava pendurado por trás de uma árvore. HOTEL DUMONT, deveria dizer, mas alguém havia pintado o N, substituindo-o por um R.

— Hotel Dumort — disse Jace quando ela mostrou a ele. — Que gracinha!

Clary só havia estudado dois anos de francês, mas era o bastante para que ela pudesse entender a piada.

— *Du mort* — ela disse. — De morte.

Jace fez que sim com a cabeça. Repentinamente, ele havia ficado alerta, como um gato que vê um rato escondido atrás do sofá.

— Mas não pode ser o hotel — disse Clary. — As janelas estão todas fechadas, a porta foi cimentada... Oh — ela concluiu, percebendo o olhar dele. — Certo. Vampiros. Mas como eles fazem para entrar?

— Eles voam — disse Jace, e apontou para os andares superiores do prédio. Claramente, havia sido um hotel luxuoso e agradável algum dia. A fachada de pedras era elegantemente decorada com arabescos e flores-de-lis entalhadas, escuras e gastas por anos de exposição a ar poluído e chuva ácida.

— Nós não voamos. — Clary se sentiu na obrigação de frisar.

— Não — concordou Jace. — Nós não voamos. Arrombamos e invadimos. — Ele começou a atravessar a rua em direção ao hotel.

— Voar parece mais divertido — disse Clary, apressando-se em alcançá-lo.

— Agora tudo parece mais divertido. — Ela imaginou se ele estaria falando sério. Havia um quê de excitação nele, uma ansiedade que precedia a caça que fazia com que ela não acreditasse que ele estava tão insatisfeito quanto alegava estar. *Ele matou mais demônios do que qualquer pessoa de sua idade.* Ninguém matava tantos demônios assim na retaguarda, de modo relutante.

Uma brisa quente passou, soprando as folhas caídas à frente das árvores do lado de fora do hotel, fazendo com que o lixo da sarjeta e da calçada voassem pelo pavimento rachado. A área era estranhamente deserta, pensou Clary — em geral, em Manhattan, sempre havia mais alguém na rua, mesmo às quatro da manhã. Diversos postes de luz que alinhavam as calçadas estavam apagados, embora o mais próximo do hotel emitisse um singelo brilho amarelo na rua que levava ao que um dia havia sido a porta da frente.

— Mantenha-se longe da luz — aconselhou Jace, puxando-a pela manga em direção a ele. — Eles podem estar espiando pela janela. E não olhe para cima — ele acrescentou, mas era tarde demais. Clary já tinha olhado para as janelas quebradas dos andares superiores. Por um instante, ela achou que tivesse visto uma espécie de movimento em uma das janelas, um flash branco que poderia ter sido um rosto, ou uma mão manuseando um...

— Vamos. — Jace puxou-a com ele para o meio das sombras, para perto do hotel. Ela sentiu o nervosismo subindo pela espinha, chegando ao pulso e pulsando nas orelhas. O barulho distante de carros parecia muito longe; o único ruído provinha dos sapatos dela passando pelo chão cheio de lixo. Ela desejou poder andar silenciosamente, como uma Caçadora de Sombras. Talvez um dia pedisse a Jace para ensiná-la.

Eles dobraram a esquina do hotel e foram para um beco que provavelmente servira como área para serviço de entregas. Era estreito, cheio de lixo: caixas de papelão mofadas, garrafas de vidro vazias, plástico danificado, coisas quebradas que inicialmente Clary pensou que fossem palitos, mas de perto pareciam...

— Ossos — Jace disse secamente. — Ossos de cachorros, de gatos. Não olhe perto demais; examinar lixo de vampiros nunca é uma boa coisa.

Ela engoliu a náusea em seco.

— Bem — ela disse —, pelo menos sabemos que estamos no lugar certo. — E foi recompensada pelo leve ar de respeito que foi brevemente exibido pelos olhos de Jace.

— Ah, estamos no lugar certo — ele disse. — Agora só precisamos descobrir como vamos fazer para entrar.

Certamente houvera janelas em outra época, e agora estavam cobertas por tijolos. Não havia porta ou qualquer placa que indicasse uma saída de incêndio.

Quando isso era um hotel — Jace disse lentamente —, deveriam fazer entregas por aqui. Quero dizer, eles não iam trazer coisas pela porta da frente, e não há outro lugar para os caminhões pararem. Então deve haver alguma entrada.

Clary pensou nas pequenas lojas e bodegas perto da casa dela, no Brooklyn. Ela já as vira receber entregas, cedo, pela manhã, enquanto ia para a escola, já vira os proprietários coreanos abrindo portas de metal na calçada, próximas às respectivas portas da frente, de modo que pudessem carregar caixas de toalhas de papel e comida de gato para os depósitos.

— Aposto que as portas estão no chão. Provavelmente enterradas sob esse lixo todo.

Jace, um pouquinho atrás dela, fez que sim com a cabeça.

— Exatamente o que eu estava pensando — ele suspirou. — Acho que o melhor é retirar o lixo. Podemos começar com aquela lata ali — ele apontou, sem qualquer entusiasmo.

— Você preferia encarar uma horda de demônios, não é mesmo? — indagou Clary.

— Pelo menos não estariam se arrastando como vermes. Bem — acrescentou de forma pensativa —, pelo menos não a maioria. Uma vez, teve um demônio que localizei nos esgotos embaixo da estação Grand Central...

— Não. — Clary levantou a mão em sinal de aviso. — Não estou no clima para isso agora.

— Essa é a primeira vez que uma garota diz isso para mim — disse Jace.

— Continue comigo e não será a última.

Um dos cantos da boca de Jace estremeceu.

— Agora não é hora de brincadeiras sem sentido. Temos muito lixo para limpar. — Ele foi até a lata de lixo e pegou um dos lados. — Você pega o outro. Vamos virá-la.

— Virar vai fazer muito barulho — argumentou Clary, assumindo o posto no outro lado daquele container enorme. Era uma lata de lixo padrão da cidade, pintada de verde-escuro, suja com manchas estranhas. Tinha um cheiro horrível, pior do que o da maioria das lixeiras, de lixo e mais alguma coisa, alguma coisa grossa e doce que tomou a garganta de Clary, fazendo com que ela tivesse ânsia de vômito. — Deveríamos empurrá-la.

— Olhe — começou Jace, quando uma voz falou, subitamente, nas sombras atrás deles.

— Vocês realmente acham que deveriam estar fazendo isso? — a voz perguntou.

Clary congelou, olhando fixamente para as sombras, na entrada do beco. Por um instante de pânico, ela pensou se não teria imaginado a voz, mas Jace também estava paralisado, com uma expressão perplexa no rosto. Era muito raro algo surpreendê-lo, mais raro ainda aproximar-se dele sem ser notado. Ele se afastou da lata de lixo, com a mão deslizando para o cinto, com a voz seca.

— Tem alguém aí?

— *Dios mio.* — A voz era masculina, entretida, e falava um espanhol claro. — Você não é desta vizinhança, é?

Ele deu um passo para a frente, saindo da parte mais espessa das sombras. O formato dele evoluiu lentamente: um menino, não muito mais velho do que Jace, provavelmente uns 15 centímetros mais baixo. Era magro, tinha olhos grandes e escuros, e pele dourada como um modelo de uma pintura de Diego Rivera. Vestia calças pretas, camiseta branca com gola em V e um cordão de ouro em volta do pescoço que brilhava singelamente à medida que ele se aproximava da luz.

— Pode-se dizer que sim — Jace disse cuidadosamente, sem afastar a mão do cinto.

— Vocês não deveriam estar aqui. — O menino passou a mão nos cachos pretos caídos sobre a própria testa. — Este lugar é perigoso.

Ele quer dizer que a vizinhança não é das melhores. Clary quase queria rir, apesar de aquilo não ter graça alguma.

— Nós sabemos — ela disse. — Só estamos um pouco perdidos.

O menino apontou para a lata de lixo.

— O que vocês estavam fazendo com isso?

Não sou boa em mentir, pensou Clary, e olhou para Jace, que, ela esperava, fosse ótimo nisso. Ele a decepcionou imediatamente.

— Estávamos tentando entrar no hotel. Achamos que talvez pudesse haver uma entrada para a adega atrás desta lata de lixo.

Os olhos do menino se arregalaram em sinal de descrença.

— *Puta madre*... por que vocês iam querer fazer uma coisa assim?

Jace deu de ombros.

— De brincadeira, você sabe. Só para nos divertirmos um pouco.

— Vocês não entendem. Este lugar é assombrado, amaldiçoado. Ruim. — Ele sacudiu a cabeça vigorosamente e disse uma porção de coisas em espanhol que Clary desconfiou que tivessem a ver com a estupidez de adolescentes brancos mimados em geral, e a estupidez deles dois em particular. — Venham comigo, vou levá-los até o metrô.

— Nós sabemos onde fica o metrô — disse Jace.

O menino deu uma risada leve e vibrante.

— *Claro*. É claro que sabem, mas se forem comigo ninguém irá incomodá-los. Vocês não querem ter problemas, não é mesmo?

— Depende — disse Jace, e se movimentou de modo que sua jaqueta abriu levemente, exibindo um flash das armas que tinha no cinto. — Quanto estão pagando a você para manter pessoas afastadas do hotel?

O menino olhou para trás de si e os nervos de Clary ficaram à flor da pele enquanto ela imaginava o beco estreito se enchendo de outras figuras sombrias, com rostos brancos, bocas vermelhas, caninos afiados como faíscas metálicas no asfalto. Quando ele olhou de volta para Jace, sua boca formava um sorriso fino.

— Quanto quem está me pagando, *chico*?

— Os vampiros. Quanto estão pagando? Ou é outra coisa, disseram que fariam de você um deles, ofereceram vida eterna, sem dor, sem doenças, você poderia viver para sempre? Pois não vale a pena. A vida fica longa demais quando você nunca pode ver a luz do sol, *chico* — disse Jace.

O rosto do menino não tinha qualquer expressão.

— Meu nome é Raphael. Não *chico*.

— Mas você sabe do que estamos falando. Você sabe sobre os vampiros? — indagou Clary.

Raphael virou o rosto para o lado e cuspiu. Quando olhou de volta para eles, os olhos estavam cheios de brilho de ódio.

— *Los* vampiros, *sí*, os animais que bebem sangue. Mesmo antes de o hotel ser fechado, já havia histórias, as risadas tarde da noite, os animais pequenos desaparecendo, os ruídos... — Ele parou, balançando a cabeça. — Todos da vizinhança sabem que devem manter distância, mas o que se pode fazer? Não se pode ligar para a polícia e dizer que o seu problema é com vampiros.

— Você já os viu? — perguntou Jace. — Ou conhece alguém que já os tenha visto?

Raphael falou lentamente.

— Apenas alguns meninos, uma vez, um grupo de amigos. Eles acharam que tinham tido uma boa ideia, de entrar no hotel e matar os monstros do lado de dentro. Levaram armas, facas também, tudo benzido por padres. Nunca mais voltaram. Minha tia encontrou suas roupas, mais tarde, na frente da casa.

— Da casa dela? — perguntou Jace.

— *Sí*. Um dos meninos era meu irmão — Raphael disse secamente. — Então agora vocês sabem por que passo por aqui no meio da noite, às vezes, quando estou voltando da casa da minha tia, e por que eu os alertei para manterem distância. Se entrarem, não vão mais sair.

— Meu amigo está lá dentro — disse Clary. — Viemos para buscá-lo.

— Ah — disse Raphael —, então talvez não consiga mantê-los longe.

— Não — disse Jace. — Mas não se preocupe. O que aconteceu com os seus amigos não vai acontecer conosco. — Ele pegou uma das lâminas dos anjos de seu cinto e ergueu-a: a pouca luz emitida por ela iluminou os espaços sob as maçãs do rosto, e ofuscou seus olhos. — Já matei muitos vampiros antes. Os corações deles não batem, mas eles morrem mesmo assim.

Raphael respirou fundo e disse alguma coisa em espanhol, baixo e rápido demais para que Clary pudesse entender. Ele veio na direção deles, quase tropeçando sobre uma pilha de embrulho de plástico amassado com a pressa.

— Eu sei o que vocês são; já ouvi falar na sua espécie, o velho padre em Santa Cecília contou. Mas achei que fosse só uma história.

— Todas as histórias são verdadeiras — disse Clary, mas tão silenciosamente que pareceu que ele não a ouviu. Ele estava olhando para Jace, com os punhos cerrados.

— Quero ir com vocês — ele disse.

Jace balançou a cabeça.

— Não, de jeito nenhum.

— Posso mostrar como entrar — disse Raphael.

Jace hesitou. A tentação no rosto era evidente.

— Não podemos levá-lo conosco.

— Tudo bem — Raphael o seguiu e chutou de lado uma pilha de lixo contra uma parede. Havia uma grade de metal ali, barras finas cobertas por uma camada de ferrugem. Ele se ajoelhou, agarrou as barras e levantou a grade. — Foi assim que meu irmão e seus amigos entraram. Dá no porão, eu acho — ele olhou enquanto Jace e Clary se juntavam a ele. Clary prendeu a respiração; o cheiro de lixo era insuportável, e mesmo no escuro ela podia ver as sombras de baratas passando sob o lixo acumulado.

Um fino sorriso se havia formado nos cantos da boca de Jace. Ele ainda tinha a lâmina do anjo nas mãos. A luz enfeitiçada emitida por ela deixava seu rosto com um ar fantasmagórico, o que fez com que ela se lembrasse de Simon segurando uma lanterna sob o queixo enquanto contava histórias de terror quando tinham 11 anos.

— Obrigado — ele disse a Raphael. — Está ótimo.

O rosto do outro menino estava pálido.

— Entre aí e faça pelo seu amigo o que eu não pude fazer pelo meu irmão.

Jace devolveu a lâmina serafim ao bolso e olhou para Clary.

— Siga-me — ele disse, e atravessou a grade com um único movimento suave, com os pés primeiro. Ela prendeu o ar, esperando um grito de agonia ou surpresa, mas só ouviu o suave ruído de pés aterrissando em terra firme. — Está tudo bem — ele disse, com a voz sufocada. — Pode pular que eu seguro você.

Ela olhou para Raphael.

— Obrigada pela ajuda.

Ele não disse nada; apenas estendeu a mão. Ela a utilizou para se equilibrar enquanto se posicionava. Ele tinha dedos frios. Soltou-a assim que ela escorregou pelo buraco. A queda durou apenas um segundo e Jace pegou-a, o vestido dela subindo pelas coxas e a mão dele passando pela sua perna enquanto ela escorregava pelos braços de Jace. Ele a soltou quase imediatamente.

— Você está bem?

Ela abaixou o vestido, aliviada por ele não poder vê-la no escuro.

— Tudo bem.

Jace pegou a lâmina levemente acesa do bolso, levantando-a, deixando que a luz iluminasse os arredores. Eles estavam em um espaço estreito, com o teto baixo e o chão de concreto rachado. Quadrados de sujeira mostravam onde o chão havia sido quebrado, e Clary podia ver que as vinhas pretas haviam começado a subir pela parede. Uma entrada, cuja porta não estava mais lá, conduzia a outra sala.

Uma batida alta fez com que ela parasse e virasse para ver Raphael aterrissando, com os joelhos dobrados, a alguns metros dela. Ele os havia seguido pela grade. Ele se recompôs e sorriu.

Jace parecia furioso.

— Eu falei...

— E eu ouvi. — Raphael acenou, interrompendo-o. — O que você vai fazer a respeito? Não posso sair pelo caminho que entramos, e vocês não podem simplesmente me largar aqui para ser encontrado pelos mortos... podem?

— Estou pensando nisso — disse Jace. Ele parecia cansado. Clary viu com alguma surpresa que as bolsas sob os olhos dele estavam mais acentuadas.

Raphael apontou.

— Temos que ir por ali, em direção às escadas. Eles ficam nos andares mais altos do hotel. Vocês vão ver. — Ele passou por Jace, pela entrada estreita. Jace olhou atrás dele, balançando a cabeça.

— Estou começando a odiar os mundanos — ele disse.

O andar inferior do hotel era um emaranhado de corredores que pareciam labirintos desembocando em armazéns vazios, uma lavanderia deserta — pilhas de toalhas mofadas em cestos apodrecidos de vime — até mesmo uma cozinha fantasmagórica, bancadas de aço inoxidável se esticando pelas sombras. Boa parte das escadarias que iam para os andares superiores não existia mais; não apodrecidas, mas deliberadamente arrancadas, reduzidas a pilhas de tacos apoiados na parede, pedaços de tapetes persas outrora luxuosos grudados nos tacos como botões de mofo peludo.

Os degraus faltantes deixaram Clary abismada. O que os vampiros tinham contra escadas? Finalmente, encontraram uma escadaria intacta, escondida atrás da lavanderia. Devia ser utilizada por empregadas para carregar toalhas e lençóis para cima e para baixo antigamente quando não existiam elevadores. Os degraus tinham camadas espessas de poeira agora, como montes de neve cinzenta, que fizeram Clary tossir.

— Shhh — sibilou Raphael. — Eles vão ouvir. Estamos perto de onde eles dormem.

— Como *você* sabe? — ela sussurrou de volta. Ele nem deveria estar ali. Quem lhe dera o direito de passar sermão a respeito de barulho?

— Posso sentir — o canto do olho dele tremeu, e ela percebeu que ele estava tão assustado quanto ela. — Você não?

Ela balançou a cabeça. Ela não sentia nada, a não ser um frio estranho; depois do calor noturno lá de fora, o frio no interior do hotel era intenso.

No topo da escadaria, havia uma porta em que a palavra pintada "Lobby" era praticamente ilegível sob a sujeira acumulada. A porta soltou ferrugem quando Jace a empurrou. Clary passou os braços em volta do próprio corpo...

Mas a sala em que a porta desaguava estava vazia. Estavam em um largo saguão, cuja tapeçaria apodrecida havia sido arrancada para mostrar os tacos de madeira cheios de farpas abaixo. O centro desse saguão fora uma escadaria majestosa um dia, elegantemente curvada, alinhada com corrimãos dourados e cheia de carpetes em vermelho-escuro e dourado. Agora só restavam os degraus superiores que levavam à escuridão. O resto da escadaria acabava logo acima de suas cabeças, no meio do ar. A visão era tão surreal quanto uma das pinturas abstratas de Magritte que Jocelyn tanto apreciava. Esta, Clary pensou, se chamaria *A Escadaria para o Nada*.

A voz dela soava seca como a poeira que cobria tudo.

— O que os vampiros têm contra escadas?

— Nada — disse Jace. — Eles só não precisam delas.

— É uma maneira de mostrar que este lugar é um dos deles. — Os olhos de Raphael brilhavam. Ele parecia quase excitado. Jace olhou de soslaio para ele.

— Você já viu algum vampiro de verdade, Raphael? — ele perguntou.

Raphael olhou para ele com uma expressão quase vazia.

— Sei como eles são. São mais pálidos e mais magros que seres humanos normais, mas muito fortes. Eles andam como gatos e atacam com a eficiência das serpentes. São belos e terríveis. Como este hotel.

— Você o acha belo? — perguntou Clary, surpresa.

— Dá para ver como era antes, anos atrás. Como uma senhora que já foi muito bonita, mas teve a beleza levada pelo tempo. Você tem que imaginar a escadaria do jeito que ela foi um dia, com lampiões acesos por toda sua extensão, como pirilampos no escuro, e as sacadas cheias de gente. Não do jeito que está agora, tão... — ele parou, procurando uma palavra.

— Mutilado? — Jace sugeriu secamente.

Raphael pareceu quase pasmo, como se Jace o tivesse acordado de um sono profundo. Ele deu uma risada trêmula e virou-se de costas.

Clary voltou-se para Jace.

— Onde estão, afinal? Os vampiros, quero dizer...

— Lá em cima, provavelmente. Eles gostam de ficar no alto quando dormem, como morcegos. E o sol já está quase nascendo.

Como marionetes com a cabeça presa em cordas, Clary e Raphael olharam para cima simultaneamente. Não havia nada acima deles além do teto de afrescos, rachado e escurecido em alguns pontos, como se tivesse passado por um incêndio. Um arco à esquerda deles levava mais adiante na escuridão; os pilares de ambos os lados esculpidos com figuras de temática de folhas e flores. Quando Raphael olhou de volta para baixo, uma cicatriz na garganta dele, muito branca contra a pele escura, brilhou como uma piscadela de olho. Ela imaginou o que a teria causado.

— Acho que deveríamos voltar para a escadaria dos serventes — ela sussurrou. — Estou me sentindo muito exposta aqui.

Jace assentiu.

— Você sabe que quando chegarmos lá você vai ter que chamar pelo Simon e esperar que ele consiga ouvi-la?

Ela imaginou se o medo que estava sentindo estaria estampado no rosto.

— Eu...

Clary teve as palavras interrompidas por um grito estridente. Ela se virou para trás.

Raphael. Ele havia desaparecido, sem qualquer marca na poeira que pudesse indicar para onde teria ido — ou sido arrastado. Ela esticou o braço para alcançar Jace, um ato reflexo, mas ele já estava se movendo, correndo na direção do arco aberto na parede oposta e nas sombras além. Ela não conseguia vê-lo, mas seguiu a luz emitida pela lâmina que ele carregava, como um viajante sendo guiado em um pântano por uma coisa obscura e traiçoeira.

Além do arco, havia o que outrora fora um grande salão. O chão arruinado era de mármore branco, tão quebrado que lembrava um mar cheio de pedaços de gelo boiando no Ártico. Sacadas curvas estendiam-se pelas paredes, com as grades cobertas por ferrugem. Espelhos de moldura dourada penduravam-se em intervalos entre elas, cada um coroado com uma cabeça de cupido. Teias de aranha caíam pelo ar como antigos véus de casamento.

Raphael estava no centro da sala, com os braços nas laterais. Clary correu para ele, Jace seguindo atrás um pouco mais devagar.

— Você está bem? — ela perguntou sem fôlego.

Ele fez que sim com a cabeça lentamente.

— Achei que tivesse visto uma movimentação nas sombras. Não foi nada.

— Decidimos voltar para a escadaria dos serventes — disse Jace. — Não há nada neste andar.

Raphael fez que sim com a cabeça.

— Boa ideia.

Ele foi para a porta, sem olhar para trás para ver se os outros o estavam seguindo. Ele só dera alguns passos quando Jace falou.

— Raphael?

Raphael girou, com os olhos arregalados em sinal de interrogação, e Jace atirou a faca.

Os reflexos de Raphael foram rápidos, mas não o suficiente. A lâmina o atingiu em cheio, e a força do impacto o derrubou. Seus pés saíram do chão e ele caiu com tudo no piso de mármore. Sob a luz fraca da lâmina, o sangue que escorria parecia preto.

— Jace — Clary sibilou descrente, completamente chocada. Ele disse que detestava mundanos, mas nunca havia...

Ao virar para ver Raphael, Jace a empurrou brutalmente de lado. Ele se lançou sobre o outro menino e estendeu a mão para pegar a faca presa ao peito de Raphael.

Mas Raphael foi mais rápido. Ele pegou a faca, e gritou quando a mão entrou em contato com o cabo em forma de crucifixo. A lâmina preta caiu no chão de mármore. Jace tinha uma das mãos no tecido da camisa de Raphael, Sanvi na outra. Brilhava tão forte que Clary podia ver as cores novamente: o azul do papel de parede que estava soltando, as manchas douradas no chão de mármore, a mancha vermelha se espalhando no peito de Raphael.

Mas Raphael estava rindo.

— Você errou — ele disse, e sorriu pela primeira vez, mostrando dentes brancos afiados. — Você errou o meu coração.

Jace cerrou o punho.

— Você se moveu no último segundo — ele disse. — Foi um gesto de grande desconsideração de sua parte.

Raphael franziu o rosto e cuspiu um líquido vermelho. Clary deu um passo para trás, assistindo a tudo, horrorizada.

— Quando você percebeu? — ele perguntou. O sotaque havia desaparecido, as palavras agora eram mais precisas e claras.

— Adivinhei no beco — disse Jace. — Mas imaginei que você fosse nos ajudar a entrar no hotel, depois se voltaria contra nós. Uma vez aqui dentro, estaríamos fora da proteção do Pacto. Justo. Quando não nos atacou, pensei que poderia estar errado. Então vi a cicatriz na sua garganta — ele recuou um pouco, ainda segurando a lâmina contra a garganta de Raphael. — Quando vi essa corrente pela primeira vez, achei que fosse do tipo em que se pendura uma cruz. E você pendurou, não foi? Quando foi ver sua família. O que é a cicatriz de uma pequena queimadura quando a sua espécie se cura tão facilmente?

Raphael riu.

— Isso foi tudo? A minha cicatriz?

— Quando você saiu do saguão, seus pés não deixaram marcas na poeira. Foi então que eu soube.

— Não foi seu irmão que entrou aqui procurando por monstros e nunca mais saiu, não é? — disse Clary, dando-se conta de tudo. — Foi você.

— Vocês dois são muito espertos — disse Raphael. — Mas não o suficiente. Olhem para cima — ele disse e levantou a mão, apontando para o teto.

Clary afastou a mão sem desgrudar os olhos de Raphael.

— Clary. O que você está vendo?

Ela levantou a cabeça devagar, completamente apavorada.

Você tem de imaginar a escadaria do jeito que ela foi um dia, com lampiões acesos em toda sua extensão, como pirilampos no escuro, e as sacadas cheias de gente. Estavam cheias agora, fileiras e mais fileiras de vampiros com os rostos pálidos, bocas vermelhas, confusos, olhando para baixo.

Jace ainda estava olhando para Raphael.

— Você os chamou, não foi?

Raphael continuava sorrindo. O sangue havia parado de se espalhar da fenda no peito.

— Faz alguma diferença? Há muitos deles, mesmo para você, Wayland.

Jace não disse nada. Apesar de não ter se movido, ele estava ofegante, e Clary quase podia sentir a força do desejo dele em matar o menino vampiro, enfiar a faca no coração dele e eliminar aquele sorriso do rosto dele para sempre.

— Jace — ela disse em tom de alerta. — Não o mate.

— Por que não?

— Talvez seja possível utilizá-lo como refém.

Os olhos de Jace se arregalaram.

— *Refém*?

Ela podia vê-los, preenchendo a entrada arqueada, movendo-se tão silenciosamente quanto os Irmãos da Cidade dos Ossos. Mas os Irmãos não tinham a pele tão branca e incolor, nem mãos tão curvadas em forma de garras na ponta...

Clary passou a língua nos lábios secos.

— Sei o que estou fazendo. Levante-o, Jace.

Jace olhou para ela e, em seguida, deu de ombros.

— Tudo bem.

Raphael se irritou.

— Não tem a menor graça.

— Por isso ninguém está rindo. — Jace se levantou, puxando Raphael para cima, colocando a ponta da faca entre as omoplatas do vampiro. — Posso perfurar o seu coração com a mesma facilidade pelas costas — ele disse. — Eu não me mexeria se fosse você.

Clary virou-se de costas para eles, para olhar para as formas escuras que não paravam de chegar. Ela levantou a mão.

— Parem onde estão — ela disse. — Ou ele vai enfiar aquela lâmina no coração de Raphael.

Uma espécie de murmúrio circulou pelo aglomerado, que poderiam ter sido risadas ou sussurros.

— Parem — Clary disse outra vez, e dessa vez Jace fez alguma coisa, ela não viu o quê, mas obrigou Raphael a soltar um grito de dor e surpresa.

Um dos vampiros esticou um braço para conter os companheiros. Clary o reconheceu como o menino magro e louro com o brinco que ela vira na festa de Magnus.

— Ela está falando sério — ele disse. — Eles são Caçadores de Sombras.

Outra vampira passou pela multidão para se posicionar ao lado dele — uma menina bonita, asiática, com cabelos azuis, vestindo uma saia prateada. Clary ficou pensando se existia algum vampiro feio, talvez algum gordo. Talvez não fizessem vampiros de pessoas feias. Ou talvez os feios não quisessem viver para sempre.

— Caçadores de Sombras invadindo nosso território — ela disse. — Estão fora da proteção do Pacto. Acho que devemos matá-los; eles mataram vários dos nossos.

— Qual de vocês é o mestre deste lugar? — indagou Jace, com a voz extremamente seca. — Que ele dê um passo à frente!

A menina exibiu os dentes afiados.

— Não utilize jargão da Clave conosco, Caçador de Sombras. Você quebrou seu precioso Pacto entrando aqui. A Lei não pode protegê-los.

— Basta, Lily — disse o menino louro. — Nossa mestra não está aqui. Ela está em Idris.

— Alguém deve estar encarregado durante a ausência dela — observou Jace.

Fez-se silêncio. Os vampiros nas sacadas se penduravam nas grades, inclinando-se para ouvir o que estava sendo dito. Finalmente:

— Raphael é o nosso líder — disse o vampiro louro.

A menina de cabelos azuis, Lily, sibilou em sinal de desaprovação.

— Jacob...

— Proponho uma troca — disse Clary rapidamente, interrompendo a observação de Lily a respeito da revelação de Jacob. — A essa altura, vocês devem saber que trouxeram para casa muitas pessoas da festa ontem à noite. Um deles é o meu amigo Simon.

Jacob ergueu as sobrancelhas.

— Você é amiga de um vampiro?

— Ele não é um vampiro. Nem um Caçador de Sombras — ela acrescentou, vendo os olhos de Lily franzirem. — É apenas um menino humano comum.

— Nós não trouxemos nenhum menino humano da festa de Magnus conosco. Isso teria sido uma violação do Pacto.

— Ele estava transformado em rato. Um pequeno rato marrom — disse Clary. — Alguém pode ter pensado que ele era um animal de estimação, ou...

A voz dela parou. Eles estavam olhando para ela como se fosse louca.

— Deixe-me ver se entendi — disse Lily. — Você está nos oferecendo trocar a vida de Raphael por um *rato*?

Desesperada, Clary olhou para Jace. Ele lançou de volta um olhar que dizia: *Isso foi ideia sua, você está sozinha nessa.*

— Sim — ela disse, voltando-se novamente para os vampiros. — Esta é a troca que estamos oferecendo.

Eles olharam para ela, os rostos pálidos, quase sem expressão. Em outro contexto, Clary teria dito que pareciam estupefatos.

Ela podia sentir Jace logo atrás, ouvir o som áspero de sua respiração. Ela imaginou se ele estaria pensando por que havia permitido que ela os arrastasse para lá. Imaginou se ele estava começando a odiá-la.

— Você está falando deste rato aqui?

Clary piscou os olhos. Outro vampiro, um menino negro magro com dreadlocks, havia passado pela multidão, colocando-se à frente deles. Ele trazia algo nas mãos algo marrom que se contorcia debilmente.

— Simon — ela sussurrou.

O rato chiou e começou a se sacudir violentamente na mão do menino. Ele olhou para o roedor com uma expressão de desgosto.

— Droga, pensei que ele fosse o Zeke. Estava mesmo intrigado pelo fato de ele estar tão rebelde. — Ele balançou a cabeça, com os dreadlocks sacudindo. — Por mim, ela pode ficar com ele, já me mordeu cinco vezes.

Clary esticou o braço para pegar Simon, as mãos doíam com a ânsia de segurá-lo. Mas Lily colocou-se na sua frente, antes que ela pudesse dar mais um passo na direção dele.

— Espere — disse Lily. — Como sabemos que você não vai pegar o rato e matar Raphael em seguida?

— Você tem a nossa palavra — disse Clary imediatamente, depois ficou tensa, esperando que eles rissem.

Ninguém riu. Raphael resmungou alguma coisa em espanhol. Lily olhou curiosa para Jace.

— Clary — ele disse. Havia um tom de desespero na voz dele. — Isso é realmente...

— Sem juramento, não faremos a troca — Lily declarou imediatamente, aproveitando-se da incerteza dele. — Elliot, segure este rato.

O menino de dreadlocks apertou o punho em torno de Simon, que afundou os dentes na mão de Elliot.

— Cara, isso doeu — ele disse, irritado.

Clary aproveitou a oportunidade para sussurrar para Jace.

— Basta jurar. Que mal há nisso?

— Jurar para nós não é como para vocês, mundanos — disse irritado. — Ficarei ligado eternamente a qualquer juramento que fizer.

— Ah é? E o que acontece se você o quebrar?

— Eu não o quebraria, o problema é esse...

— Lily está certa — disse Jacob. — Um juramento é necessário. Jure que não vai machucar o Raphael. Mesmo que a gente devolva o rato.

— Não vou machucar o Raphael — Clary disse imediatamente. — Aconteça o que acontecer.

Lily lançou um sorriso tolerante a ela.

— Não é com você que estamos preocupados. — Ela olhou para Jace, que estava segurando Raphael com tanta firmeza que as juntas dos dedos estavam brancas. A marca de suor escurecia o tecido da camisa dele, exatamente entre as omoplatas.

Então, ele disse:

— Tudo bem. Eu juro.

— Recite o juramento — Lily disse rapidamente. — Jure pelo Anjo. Diga tudo.

Jace balançou a cabeça.

— Você tem que jurar primeiro.

As palavras dele recaíram sobre o silêncio como pedras, lançando um murmúrio generalizado pelo recinto. Jacob parecia preocupado; Lily, furiosa.

— Sem chance, Caçador de Sombras.

— Nós temos o seu líder. — A ponta da faca de Jace entrou ainda mais na garganta de Raphael. — E o que vocês têm aí? Um rato.

Simon, preso às mãos de Elliot, chiou furiosamente. Clary desejava poder pegá-lo, mas se conteve.

— Jace...

Lily olhou para Raphael.

— Mestre?

Raphael estava com a cabeça baixa, os cachos escuros escondiam seu rosto. O colarinho da camisa estava manchado de sangue, escorrendo pela pele morena sob ela.

— Um rato muito importante — ele disse — para vocês virem até aqui atrás dele. É você, Caçador de Sombras, eu acho, que deveria jurar primeiro.

O punho de Jace cerrou ainda mais. Clary viu os músculos incharem sob a pele dele, os dedos ficarem brancos e os cantos da boca tremerem enquanto lutava contra a própria raiva.

— O rato é um mundano — ele disse afiadamente. — Se vocês o matarem, estarão sujeitos à Lei...

— Ele está no nosso território. Invasores não são protegidos pelo Pacto, você sabe bem disso...

— Vocês o trouxeram para cá — interveio Clary. — Ele não invadiu.

— Detalhes — disse Raphael, sorrindo para ela, apesar da faca na garganta. — Além disso, você acha que nós não ouvimos os rumores, a notícia que corre pelo Submundo como sangue corre pelas veias? Valentim está de volta. Em breve, não haverá mais Acordos ou Pactos.

A cabeça de Jace se ergueu.

— Onde você ouviu isso?

Raphael franziu o rosto, fazendo uma careta.

— Todo o Submundo sabe. Ele pagou um feiticeiro para convocar um exército de Raveners há uma semana. Ele trouxe o Renegado dele para procurar o Cálice Mortal. Quando encontrá-lo, não haverá mais essa falsa paz entre nós, só guerra. Nenhuma Lei vai me impedir de arrancar seu coração no meio da rua, Caçador de Sombras...

Isso foi o suficiente para Clary. Ela mergulhou em direção a Simon, empurrando Lily de lado, e pegou o rato das mãos de Elliot. Simon subiu pelo braço dela, agarrando as mangas da roupa da amiga com patas frenéticas.

— Está tudo bem — ela sussurrou —, tudo bem — disse, apesar de saber que não estava. Ela virou-se para correr, e sentiu mãos pegarem-na pelo casaco, segurando-a. Ela se debateu, mas os esforços para se livrar das mãos que a prendiam, as mãos de Lily, finas, ossudas e com unhas pretas, foram bloqueados pelo medo de perder Simon, que se segurava nela com as patas e os dentes. — Solte-me! — ela gritou, chutando a vampira. A bota atingiu Lily violentamente, e ela gritou de dor e ódio. Ela atacou com a mão, atingindo a bochecha de Clary com força suficiente para empurrar a cabeça dela para trás.

Clary cambaleou e quase caiu. Ela ouviu Jace gritar o nome dela, e virou para ver que ele havia largado Raphael e estava correndo em sua direção. Clary tentou correr para ele, mas teve os ombros agarrados por Jacob, cujos dedos pressionavam a pele dela com força.

Clary gritou — e o barulho se perdeu em um ruído mais alto, enquanto Jace, pegando um dos frascos de vidro do casaco, atirou o conteúdo nela. Ela sentiu a água atingi-la no rosto, e ouviu Jacob gritar enquanto a água tocava a pele dele. Saiu fumaça dos dedos dele, e ele a soltou, uivando como um animal. Lily correu em direção a ele, gritando seu nome, e naquele pandemônio, Clary sentiu alguém agarrá-la pelo pulso. Ela lutou para se livrar.

— Pare com isso, idiota, sou *eu* — Jace sussurrou ao ouvido dela.

— Ah. — Ela relaxou momentaneamente, depois voltou a ficar tensa, vendo uma sombra familiar se erguer por trás de Jace. Ela gritou e Jace desviou e girou enquanto Raphael se lançava sobre ele, com os dentes expostos, rápido como um gato. Suas presas pegaram a camisa de Jace perto do ombro e rasgaram o tecido, enquanto Jace cambaleava. Raphael se segurou como uma aranha, com os dentes avançando para o pescoço de Jace. Clary remexeu a mochila em busca da adaga que lhe havia sido entregue por Jace...

Uma pequena sombra marrom passou pelo chão, voou entre os pés de Clary e se lançou na direção de Raphael.

Raphael gritou. Simon estava pendurado no antebraço dele, os dentes de rato enfiados na carne. Raphael soltou Jace, cambaleando para trás, o sangue escorria enquanto gritava uma série de palavrões em espanhol.

Jace espantou-se e ficou de queixo caído.

— Filho da...

Recobrando o equilíbrio, Raphael se livrou do rato e o jogou no chão de mármore. Simon chiou de dor uma vez, depois correu para Clary. Ela se agachou e o pegou, segurando-o o mais firme possível contra o próprio peito sem machucá-lo. Ela podia sentir as batidas daquele coraçãozinho contra os dedos.

— Simon — ela sussurrou. — Simon...

— Não há tempo para isso. Segure-o. — Jace a agarrara pelo braço direito, com muita força. Na outra mão, ele segurava a lâmina serafim brilhante. — Vamos andando.

Ele começou a puxá-la e empurrá-la ao mesmo tempo na direção da multidão. Os vampiros se afastaram da luz da lâmina serafim que brilhava sobre eles, provocando um sibilar coletivo como gatos escaldados.

— Chega de ficarem parados! — Era Raphael. Seu braço estava sangrando, os lábios contraídos atrás dos incisivos afiados. Ele olhou para a massa repleta de vampiros confusos. — Peguem os invasores — ele gritou. — Matem os *dois*, e o rato também.

Os vampiros correram para Jace e Clary, alguns andando, outros deslizando, outros saltando de varandas superiores como morcegos pretos. Jace apertou o passo enquanto se livravam da multidão, correndo para a parede oposta. Clary se contorceu, como se olhasse para ele.

— Não deveríamos ficar de costas um para o outro, ou coisa parecida?

— O quê? Por quê?

— Não sei. Nos filmes é isso que fazem nesse tipo de... situação.

Ela o sentiu tremer. Ele estava assustado? Não, ele estava rindo.

— Você — ele respirou. — Você é a pessoa mais...

— Mais o quê? — perguntou, indignada. Eles continuavam recuando, cautelosamente, para evitar os pedaços de móveis quebrados e mármore esmagado que atulharam o chão. Jace segurava a lâmina do anjo no alto de suas cabeças. Ela podia ver como os vampiros ficavam nos contornos do círculo que formava. Ela pensou em quanto tempo aquilo bastaria para mantê-los afastados.

— Nada — ele disse. — Isso não é uma situação, entendeu? Reservo essa palavra para quando a situação fica realmente feia.

— *Realmente* feia? Isso não é realmente feio? O que você quer, uma...

Ela parou de falar com um grito enquanto Lily, enfrentando a luz, se lançou na direção de Jace, com os dentes expostos em um rosnado sinistro. Jace pegou a segunda lâmina do bolso, levantando-a pelo ar; Lily caiu para trás gritando, com um corte enorme no braço. Enquanto cambaleava, os outros vampiros foram para a frente, colocando-se à sua volta. Eram tantos, Clary pensou, tantos...

Ela apalpou o próprio cinto, seus dedos se fecharam ao redor do cabo da adaga. Era frio e estranho na mão dela. Ela não sabia como usar uma faca. Ela nunca havia batido em ninguém, quanto mais esfaqueado. Ela havia matado a aula de educação física no dia em que ensinaram a atacar assaltantes e estupradores com objetos comuns como chaves de carro ou lápis. Segurou a faca com a mão trêmula...

A janela explodiu com um banho de vidro quebrado. Ela se ouviu gritar, viu os vampiros — a mais ou menos um braço de distância dela e de Jace — girarem abismados, com um choque aterrorizado nas faces. Através das janelas quebradas, entraram diversas sombras suaves, de quatro patas, abaixadas no chão, os pelos brilhantes com a luz do luar e os pedaços de vidro quebrado. Tinham olhos azuis como o fogo, e das gargantas emitiam um rosnado baixo que parecia o impacto de uma cachoeira.

Lobos.

— *Isso* — disse Jace — é uma situação.

Capítulo 15
DESAMPARADOS

Os lobos agacharam-se, rosnando, e os vampiros, completamente espantados, recuaram. Só Raphael se manteve firme. Ele ainda apoiava o braço ferido, sua camiseta era uma mistura de sangue e sujeira.

— *Los niños de la Luna* — ele sibilou. Até Clary, cujo espanhol era praticamente nulo, sabia o que ele dissera. Os Filhos da Lua; lobisomens.

— Pensei que eles se odiassem — ela sussurrou para Jace. — Vampiros e lobisomens.

— Eles se odeiam. Eles nunca vão para a toca uns dos outros. Nunca. O Pacto proíbe. Ele parecia quase indignado. — Alguma coisa deve ter acontecido. Isso é ruim. Muito ruim.

— Como pode ser pior do que estava antes?

— Porque — ele disse — estamos prestes a entrar no meio de uma guerra.

— COMO OUSAM ENTRAR NO NOSSO TERRENO? — gritou Raphael. O rosto dele estava vermelho, irado, cheio de sangue sob a pele.

O maior dos lobos, um monstro cinza tigrado com dentes como os de um tubarão, deu uma risada como a de um cachorro. Ao ir para a frente, entre um passo e outro, ele pareceu mover-se e mudar como uma onda subindo e se curvando. Agora era um homem alto e muito musculoso com cabelos longos em um emaranhado grisalho. Vestia calças jeans, uma jaqueta de couro grossa, e ainda havia um quê de lobo na feição daquele rosto magro e úmido.

— Não viemos para guerrear — ele disse. — Viemos buscar a garota.

Raphael conseguiu uma expressão ao mesmo tempo confusa e furiosa.

— Quem?

— A garota humana. — O lobisomem esticou um braço rígido, apontando para Clary.

Ela estava chocada demais para se mover. Simon, que estivera se contorcendo nas mãos dela o tempo todo, ficou completamente parado. Atrás dela, Jace sussurrou alguma coisa que parecia particularmente feia.

— Você não me disse que conhecia lobisomens. — Ela podia sentir o espanto no tom seco dele; Jace estava tão surpreso quanto ela.

— Não conheço.

— Isso é ruim — disse Jace.

— Você já disse isso.

— Pareceu adequado repetir.

— Bem, não foi — Clary se encolheu para trás em direção a ele. — *Jace*. Estão todos olhando para mim.

Todos os rostos estavam voltados para ela; a maioria parecia espantada. Os olhos de Raphael se estreitaram. Ele voltou-se mais uma vez para o lobisomem, lentamente.

— Você não pode ficar com ela — ele disse. — Ela invadiu nosso terreno; portanto, é nossa.

O lobisomem riu.

— Estou tão feliz por você ter dito isso — ele falou, e se lançou para a frente. No meio do ar, o corpo dele se transformou, e era um lobo novamente, com o pelo brilhante, as mandíbulas abertas, prontas para atacar. Ele atingiu Raphael no peito, e os dois se engalfinharam, rosnando um para o outro. Com uivos enfurecidos em resposta, os vampiros atacaram os lobisomens, que os encontraram no centro do salão.

O barulho era diferente de tudo que Clary já havia escutado. Se as pinturas de Bosch do inferno viessem com uma trilha sonora, seria algo como isso que ela estava ouvindo.

Jace assobiou.

— Raphael está tendo uma noite excepcionalmente ruim.

— E daí? — Clary não tinha qualquer compaixão pelo vampiro. — E o que *nós* vamos fazer?

Ele olhou à sua volta. Estavam presos a um canto pela massa de corpos; apesar de estarem sendo ignorados por ora, a situação não ficaria assim por muito tempo. Antes que Clary pudesse verbalizar esse pensamento, Simon de repente se contorceu violentamente e se livrou das mãos dela, pulando para o chão.

— Simon! — ela gritou, enquanto ele corria para o canto e para uma pilha de cortinas de veludo mofadas. — Simon, *pare!*

As sobrancelhas de Jace se ergueram de um jeito excêntrico.

— O que ele... — ele agarrou o braço de Clary, puxando-a de volta para trás. — Clary, não siga o rato. Ele está fugindo. É isso que os ratos fazem.

Ela lançou um olhar furioso em sua direção.

— Ele não é um rato. É o Simon. E ele mordeu o Raphael por você, seu cretino ingrato. — Ela livrou o braço das mãos dele e correu para trás de Simon, que estava agachado entre as dobras da cortina, batendo os dentes excitadamente e dando patadas nela. Percebendo tardiamente o que ele estava tentando dizer a ela, ela abriu as cortinas. Estavam imundas de tanto mofo, mas atrás delas havia...

— Uma porta — ela respirou fundo. — Seu ratinho genial.

Simon chiou modestamente enquanto ela o pegava de volta.

— Uma porta, hein? Bem, será que abre?

Ela pegou a maçaneta e olhou para ele, desanimada.

— Está trancada. Ou presa.

Jace se lançou contra a porta, que não se mexeu. Ele xingou.

— Meu ombro nunca mais será o mesmo. Espero que você cuide de mim até eu me recuperar.

— Apenas quebre a porta, será que dá?

Ele olhou para trás dela com os olhos arregalados.

— Clary...

Ela virou. Um lobo enorme se desvencilhara da briga e estava correndo na direção dela, as orelhas eretas na cabeça fina. Era enorme, cinza-escuro e tigrado, com uma grande língua vermelha. Clary gritou. Jace se lançou novamente contra a porta, ainda reclamando. Ela esticou a mão até o cinto, pegou a adaga e lançou-a.

Ela nunca havia arremessado uma arma antes, aliás, jamais sequer pensara em tocar em uma. O mais próximo que já tinha chegado de armas antes dessa semana fora em desenhos que ela mesma fizera. Então Clary ficou mais surpresa do que qualquer outra pessoa, ela suspeitou, quando a adaga voou, um pouco torta, porém precisa, e afundou na lateral do lobisomem.

Ele ganiu, desacelerando, mas três de seus companheiros já estavam correndo em direção a eles. Um parou ao lado do lobo ferido, mas os outros correram para a porta. Clary gritou outra vez enquanto Jace se lançava contra a porta pela terceira vez. Ela cedeu com um ruído explosivo de ferrugem moendo e madeira arrebentando.

— A terceira vez nunca falha — disse ele ofegante, segurando o próprio ombro. Ele mergulhou no espaço escuro, atravessando a porta quebrada, e virou para estender uma mão impaciente. — Clary, *vamos* logo.

Arfante, ela correu atrás dele e bateu a porta, exatamente quando dois corpos pesados a atingiram. Ela apalpou em busca da maçaneta, mas não estava mais lá, pois fora arrancada onde Jace havia arrombado.

— Abaixe-se — ele disse e, ao fazê-lo, a estela passou por cima da cabeça dela, esculpindo linhas escuras na madeira apodrecida da porta. Ela esticou o pescoço para ver o que ele havia entalhado: uma curva como uma foice, três linhas paralelas, uma estrela irradiante. *Para resistir à perseguição.*

— Perdi sua adaga — ela confessou. — Desculpe.

— Acontece. — Ele guardou a estela no bolso. Ela podia ouvir as batidas enfraquecidas repetidamente contra a porta, que resistia. — O símbolo vai contê-los, mas não por muito tempo. É melhor nos apressarmos.

Ela olhou para cima. Eles estavam em uma passagem fria e úmida; uma escadaria estreita que levava à escuridão. Os degraus eram de madeira, os corrimãos, cheios de poeira. Simon colocou o focinho para fora do bolso da jaqueta de Clary, seus olhos pretos brilhavam à luz enfraquecida.

— Muito bem. — Ela acenou com a cabeça para Jace. — Você primeiro.

Jace parecia querer sorrir, mas estava exaurido demais para isso.

— Você sabe que eu gosto de ir primeiro. Mas devagar — ele acrescentou. — Não sei se as escadas aguentam o nosso peso.

Clary também não sabia. Os degraus rangiam e roncavam à medida que eles subiam, como uma velha senhora reclamando de dores. Clary agarrou-se ao corrimão para se equilibrar, e um pedaço dele quebrou em sua mão, o que fez com que ela chiasse e arrancasse uma risada exaurida de Jace. Ele pegou a mão dela.

— Aqui. Firme.

Simon emitiu um ruído que, para um rato, parecia muito com um ronco. Jace não pareceu ouvir. Eles estavam cambaleando pela escada o mais rápido que ousavam. Ela se erguia em espiral através do prédio. Eles passaram pelos andares, um após o outro, mas não viram porta alguma. Chegaram à quarta curva inexpressiva quando ouviram uma explosão na escadaria e uma nuvem de poeira subiu.

— Eles conseguiram atravessar a porta — Jace disse irritado. — Droga, pensei que fosse segurar mais tempo.

— Devemos correr agora? — perguntou Clary.

— *Agora* — ele disse, e eles aceleraram pela escadaria, que rangia e gemia sob o peso deles, os pregos disparando como balas de revólver. Estavam no quinto andar agora e ela podia ouvir as leves batidas das patas dos lobos nas escadas inferiores, ou talvez o barulho fosse fruto da própria imaginação. Ela sabia que não havia realmente sopro quente em sua nuca, mas os rosnados e uivos, que se tornavam mais altos à medida que os lobos se aproximavam, eram reais e aterrorizantes.

O sexto andar surgiu à frente deles, que correram naquela direção. Clary estava engasgada, o ar passava doloroso por seus pulmões, mas ela conseguiu uma leve manifestação de alegria ao ver a porta. Era de metal pesado, cheia de pregos, as dobradiças estavam muito duras. Ela mal teve tempo de imaginar por que, quando Jace a abriu com um chute, empurrou-a para o outro lado, e seguindo atrás, bateu-a com força. Clary ouviu um nítido clique enquanto a porta se trancava atrás deles. *Graças a Deus,* ela pensou.

Em seguida, virou-se de costas.

O céu noturno girava sobre ela, pintado com estrelas como um punhado de diamantes soltos. Não era preto, mas claramente azul-escuro, da cor do alvorecer que se aproximava. Eles estavam sobre um telhado de ardósia com chaminés de tijolos. Uma velha caixa d'água, escurecida pela falta de cuidados, encontrava-se sobre uma plataforma em uma das pontas; uma lona pesada escondia uma pilha de lixo na outra extremidade.

— Deve ser assim que entram e saem — disse Jace, olhando para a porta. Clary agora podia vê-lo sob a fraca luz, as linhas de fadiga ao redor de seus olhos como cortes superficiais. O sangue na roupa nova, quase todo de Raphael, parecia preto. — Eles voam para cá. Não que isso nos ajude muito.

— Pode ser que haja uma saída de incêndio — sugeriu Clary. Juntos, foram cautelosamente até a ponta do telhado. Clary nunca gostara muito de altura, e a queda de dez andares até a rua fez com que seu estômago revirasse. Assim como a visão da saída de incêndio, um pedaço de metal inutilizável pendurado na fachada de pedra do hotel. — Ou não — ela disse. Ela olhou de volta para a porta por onde haviam entrado. Ficava em uma espécie de estrutura de cabine no centro do telhado. Estava vibrando e a maçaneta sacudia com toda força. Só resistiria por mais alguns minutos, talvez menos.

Jace esfregou as costas das mãos nos olhos. O ar chumbado os estava deixando esgotados, e espetava a nuca de Clary. Ela podia ver o suor no colarinho dele. Ela desejou que chovesse. Uma chuva estouraria essa bolha de calor como uma bolha d'água desfeita.

Jace estava murmurando para si mesmo.

— Pense, Wayland, *pense...*

Alguma coisa começou a se formar no canto da mente de Clary. Um símbolo surgiu: dois triângulos para baixo, unidos por uma barra — um símbolo como um par de asas...

— É isso — suspirou Jace, relaxando os braços, e por um momento de espanto Clary imaginou se ele teria lido sua mente. Ele parecia febril, com os olhos dourados extremamente brilhantes. — Não acredito que não pensei nisso antes. — Ele foi para a ponta extrema do telhado, depois pausou e olhou de volta para ela. Ela ainda estava parada, espantada, com os pensamentos cheios de formas brilhantes. — Vamos, Clary.

Ela foi atrás dele, afastando da mente os pensamentos de símbolos. Ele chegou à lona e estava puxando a ponta, revelando o que não era lixo, mas sim metal cromado brilhante, couro e tinta.

— *Motocicletas?*

Jace foi até a mais próxima, uma Harley Davidson vermelho-escura enorme com chamas douradas pintadas no tanque e no para-lamas. Ele passou uma perna por cima da motocicleta e olhou para ela por cima do ombro.

— Suba.

Clary o encarou.

— Você está falando sério? Você nem sequer sabe dirigir esse negócio! Você tem as *chaves*?

— Não preciso de chaves — ele explicou com toda a paciência do mundo. — Ela opera com energia demoníaca. Agora, você vai subir ou quer pegar uma para você?

Entorpecida, Clary subiu na moto atrás dele. Em algum lugar, em alguma parte do cérebro, uma pequena voz gritava para ela dizendo que essa era uma péssima ideia.

— Ótimo — disse Jace. — Agora ponha os braços em volta de mim. — Ela obedeceu, sentindo os músculos duros do abdômen dele se contraírem enquanto se inclinava para a frente e acionava a ignição com a ponta da estela. Para o espanto de Clary, a moto ganhou vida. No bolso dela, Simon chiava alto.

— Está tudo bem — ela disse, da maneira mais suave possível. — Jace! — ela gritou por cima do ronco do motor da moto. — O que você está fazendo?

Ele gritou de volta alguma coisa que parecia "acionando o engasgo!".

Clary piscou os olhos.

— Bem, depressa! A porta...

Com a deixa, a porta do telhado explodiu com uma batida, arrancada das dobradiças. Os lobos passaram pelo buraco, correndo pelo telhado em direção a eles. Por cima deles, voavam os vampiros, sibilando e gritando, preenchendo o ar noturno com uivos predatórios.

Ela sentiu o braço de Jace recuar e a motocicleta avançar, fazendo com que o estômago dela fosse lançado contra a espinha. Ela se agarrou com toda força ao cinto de Jace enquanto eles avançavam, com os pneus cantando pela ardósia, fugindo dos lobos, que iam ganindo e abrindo espaço. Ela ouviu Jace gritar algo, mas as palavras dele foram sufocadas pelo ruído das rodas, do vento e do motor. A ponta do telhado estava se aproximando rapidamente, bem rapidamente, e Clary queria fechar os olhos, mas algo os manteve abertos enquanto a motocicleta chegava ao parapeito e despencava como uma pedra para o chão, dez andares abaixo.

Se Clary havia gritado, não se lembrava de nada. Era como a primeira queda de uma montanha-russa, quando os trilhos descem e você se sente chocando-se contra o espaço, com as mãos balançando inutilmente pelo ar e o estômago subindo até a boca. Quando a moto se ajeitou com um arranhão e uma arrancada súbita, ela quase não se sentiu surpresa. Em vez de descerem, eles agora estavam indo em direção ao céu estrelado.

Clary olhou para trás e viu um aglomerado de vampiros no telhado do hotel, cercados por lobos. Ela desviou o olhar — se nunca mais visse aquele hotel na vida, não faria a menor falta.

Jace estava gritando, uivos sonoros de deleite e alívio. Clary se inclinou para a frente, com os braços firmes em torno dele.

— Minha mãe sempre me disse que, se eu andasse de moto com algum menino, ela me mataria — ela gritou por cima do barulho do vento passando pelos ouvidos dela e o ronco ensurdecedor do motor.

Ela não conseguia ouvi-lo rir, mas sentiu o corpo dele tremer.

— Ela não diria isso se me conhecesse — ele respondeu, confiante. — Sou um ótimo piloto.

Tardiamente, Clary se lembrou de uma coisa.

— Pensei que vocês tivessem dito que só *algumas* motocicletas de vampiros podiam voar!

Habilmente, Jace passou por um sinal no processo de passar de vermelho para verde. Lá embaixo, Clary podia ouvir os carros buzinando, as sirenes de ambulâncias agitadas e os ônibus parando nos pontos, mas ela não se incomodou em olhar.

— Só algumas podem!

— E como você sabia que essa podia?

— Não sabia! — ele gritou alegremente, e fez algo que levou a moto a se levantar quase verticalmente no ar. Clary gritou e agarrou o cinto dele outra vez.

— Você deveria olhar para baixo! — gritou Jace. — É incrível!

A curiosidade superou o medo e a vertigem. Engolindo em seco, Clary abriu os olhos.

Eles estavam mais altos do que ela imaginava, e por um instante a terra balançou embaixo dela, uma paisagem embaçada de sombra e luz. Eles estavam voando a leste, afastando-se do parque, em direção à autoestrada que se estendia pelo lado direito da cidade.

Havia certa dormência nas mãos de Clary, uma pressão forte no peito. Era adorável, isso ela podia perceber: a cidade se erguendo ao lado dela como uma floresta de prata e vidro, o brilho cinza e fosco do East River, cortando Manhattan e o subúrbio como uma cicatriz. O vento soprava fresco em seus cabelos, na pele, uma sensação maravilhosa após tantos dias de calor e viscosidade. Mesmo assim, ela nunca tinha voado, nem mesmo de avião, e o vasto espaço vazio entre eles e o chão a deixava apavorada. Ela não podia deixar de fechar os olhos enquanto voavam sobre o rio. Logo abaixo da Queensboro Bridge, Jace virou a moto na direção sul e foi para a ponta da ilha. O céu havia começado a clarear, e, a distância, Clary podia ver o arco brilhante da Brooklyn Bridge, e além dela, no horizonte, a Estátua da Liberdade.

— Você está bem? — perguntou Jace.

Clary não disse nada; apenas se agarrou com mais força nele. Ele endireitou a moto e logo eles estavam indo em direção à ponte, e Clary podia ver as estrelas através dos cabos de suspensão. Um trem matutino estava passando — da linha Q, transportando várias pessoas sonolentas. Ela pensou em quantas vezes já estivera naquele trem. Uma onda de vertigem se abateu sobre ela, e ela fechou os olhos com força, completamente enjoada.

— Clary? — chamou Jace. — Clary, você está bem?

Ela balançou a cabeça, com os olhos ainda fechados, sozinha no escuro e no vento, acompanhada apenas das batidas do coração. Algo afiado arranhou o peito dela. Ela ignorou novamente, até que veio mais uma vez, insistente. Mal abrindo um olho, ela viu que era Simon, com a cabeça saindo do bolso do casaco, mexendo com a pata de forma alarmante.

— Tudo bem, Simon — ela disse com esforço, sem olhar para baixo. — Foi só a ponte...

Ele arranhou outra vez, depois apontou para o horizonte da água do Brooklyn, subindo à esquerda deles. Tonta e enjoada, ela olhou e viu, além dos contornos dos depósitos e fábricas, que um nascer do sol dourado estava começando a se tornar visível, como o pedaço de uma moeda.

— Sim, é muito bonito — disse Clary, fechando os olhos novamente. — Belo nascer do sol.

Jace enrijeceu subitamente, como se tivesse levado um tiro.

— Nascer do sol? — ele gritou, depois virou a moto subitamente para a direita. Os olhos de Clary se abriram enquanto eles iam em direção à água, que começara a brilhar azul com a aproximação do amanhecer.

Clary se inclinou para perto de Jace, o máximo que podia, sem esmagar Simon entre eles.

— O que há de tão ruim com o nascer do sol?

— Eu te disse! As motos funcionam com energia demoníaca! — ele retraiu de modo que ficaram no nível da água, passeando sobre a superfície com as rodas sobre as águas. A água do rio bateu no rosto de Clary. — Assim que o sol subir...

A moto começou a crepitar. Jace resmungou furiosamente, acelerando com tudo. A moto deu uma arrancada, depois pegou, impactando sob eles como um cavalo pulando. Jace ainda estava resmungando quando o sol começou a surgir sobre o velho cais do Brooklyn, iluminando o mundo com ampla claridade. Clary podia ver cada pedra abaixo deles, enquanto saíam de cima do rio e chegavam à margem estreita. Abaixo deles estava a estrada, já movimentada com o trânsito da manhã. Eles mal passaram por cima, as rodas quase raspando no teto de um caminhão. Mais além, encontrava-se um estacionamento sujo de um enorme supermercado.

— Segure firme! — Jace gritava, enquanto a moto sacudia e crepitava sob eles. — Segure firme, Clary, e *não*...

A moto empinou e atingiu o asfalto do estacionamento, com a roda da frente primeiro. Ela se lançou para a frente, cambaleando violentamente, e deslizou, colidindo contra o solo irregular, fazendo a cabeça de Clary sacudir para a frente e para trás com intensa força. O ar cheirava a borracha queimada, mas a moto estava desacelerando, parando — depois atingiu uma barra de estacionamento com tanta intensidade que ela foi lançada ao ar e arremessada de lado, sua mão soltando o cinto de Jace. Ela mal teve tempo de se contrair em uma bola protetora, mantendo os braços o mais firme possível e rezando para que Simon não fosse esmagado quando caíssem no chão.

Ela atingiu o solo com força, e o braço se encheu de dor. Algo a atingiu no rosto, e ela estava tossindo enquanto rolava para cima das costas. Ela pôs a mão no bolso. Estava vazio. Ela tentou dizer o nome de Simon, mas estava completamente sem ar. Ela arquejou enquanto tentava respirar. Estava com o rosto molhado e o colarinho ensopado.

Isso é sangue? Ela abriu os olhos dolorosamente. Seu rosto parecia um grande hematoma, os braços doíam e espetavam. Como carne crua. Ela rolou de lado, estava caída em uma poça de água suja. O amanhecer já havia chegado com tudo — ela podia ver os restos da motocicleta, transformando-se em um monte de cinzas irreconhecíveis ao ser atingida pelos raios de sol.

E lá estava Jace, levantando-se. Ele começou a se apressar em direção a ela, depois desacelerou ao se aproximar. A manga da camisa estava rasgada e havia uma longa linha ensanguentada no seu braço esquerdo. O rosto dele, sob os cachos dourados sujos de suor, sujeira e sangue, estava branco como uma folha de papel. Ela ficou imaginando por que ele estava daquele jeito. Será que a perna dela havia sido mutilada e estava em algum lugar no estacionamento, mergulhada em uma poça de sangue?

Ela começou a tentar se levantar e sentiu uma mão no ombro.

— Clary?

— *Simon!*

Ele estava ajoelhado ao lado dela, piscando os olhos como se ele mesmo não conseguisse acreditar naquilo. Suas roupas estavam amarrotadas e sujas, e ele havia perdido os óculos em algum lugar, mas, fora isso, parecia intacto. Sem os óculos, ele parecia mais novo, indefeso e um pouco confuso. Ele esticou o braço para tocar o rosto dela, mas ela recuou.

— Ai!

— Você está bem? Parece ótima — ele disse, com certa hesitação no rosto. — A melhor coisa que vejo desde...

— É porque você está sem os óculos — ela disse fracamente, mas, se estava esperando uma resposta engraçadinha, não obteve uma. Em vez disso, ele jogou os braços sobre ela, abraçando-a com força. As roupas dele cheiravam a sangue, suor e sujeira, o coração dele estava acelerado, e ele estava pressionando os machucados dela, mas, mesmo assim, era um alívio ser abraçada por ele e saber, saber de fato, que ele estava bem.

— Clary — ele disse, rouco. — Eu pensei... pensei que você...

— Não fosse voltar para buscar você? Mas é claro que voltaria — ela disse. — É claro que eu voltei.

Ela o abraçou. Tudo nele era familiar, desde o tecido gasto da camiseta até o ângulo agudo abaixo de seu queixo. Ele pronunciou o nome dela, e ela acariciou as costas dele. Quando olhou para trás por um instante, viu Jace virando, como se o brilho do sol nascente machucasse seus olhos.

Capítulo 16

ANJOS CADENTES

Hodge estava enfurecido. Ele estava no saguão, Isabelle e Alec atrás dele, quando Clary e os meninos entraram, imundos de sangue. Imediatamente teve início uma palestra que teria orgulhado a mãe de Clary. Ele não se esqueceu de incluir a parte sobre terem mentido para ele a respeito de para onde estavam indo — coisa que Jace aparentemente havia feito — ou a parte sobre nunca mais voltar a confiar em Jace, e até acrescentou alguns adereços, como trechos sobre violar a Lei, ser expulso da Clave e envergonhar o tradicional e honrado nome Wayland. Acalmando-se, ele olhou fixamente para Jace.

— Você colocou pessoas em perigo com sua obstinação. Este é um incidente ao qual não vou deixá-lo dar de ombros!

— Não estava planejando isso — disse Jace. — Não posso dar de ombros para nada. Meu ombro está deslocado.

— Se eu achasse que dor física fosse um estorvo para você — Hodge disse furiosamente. — Mas você só vai passar os próximos dias na enfermaria com Alec e Isabelle se divertindo com você. Provavelmente vai até *gostar.*

Hodge tinha alguma razão: Jace e Simon foram parar na enfermaria, mas só Isabelle estava com eles quando Clary — que fora tomar banho — entrou algumas horas mais tarde. Hodge havia curado a ferida no braço dela, e vinte minutos no chuveiro tinham removido quase todos os vestígios de asfalto da pele, mas ela ainda se sentia dolorida e em carne viva.

Alec, que estava no parapeito da janela parecendo uma nuvem de tempestade, franziu o rosto enquanto a porta se fechava atrás dela.

— Ah. É você.

Ela o ignorou.

— Hodge disse que está vindo e espera que vocês consigam resistir até ele chegar — ela disse a Simon e Jace. — Ou algo que o valha.

— Gostaria que ele se apressasse — Jace disse mal-humorado. Ele estava sentado em uma cama com alguns travesseiros brancos, ainda com as roupas imundas.

— Por quê? Você está com dor? — perguntou Clary.

— Não. Tenho muita tolerância à dor. Aliás, não chega nem a ser tolerância; eu sou assim. Mas fico entediado com facilidade. — Ele franziu os olhos para ela. — Lembra-se de quando estávamos no hotel e você prometeu que, se sobrevivêssemos, você iria se vestir de enfermeira e me dar um banho de esponja?

— Na verdade, acho que você ouviu mal — disse Clary. — Foi Simon quem prometeu o banho.

Jace olhou involuntariamente para Simon, que lançou um largo sorriso em sua direção.

— Assim que eu melhorar, bonitão.

— Eu sabia que deveríamos tê-lo deixado continuar sendo um rato — disse Jace.

Clary riu e foi até Simon, que parecia extremamente desconfortável, cercado por dúzias de almofadas e lençóis cobrindo suas pernas.

Clary se sentou na ponta da cama de Simon.

— Como você está se sentindo?

— Como se alguém tivesse me massageado com um ralador de queijo — disse Simon, fazendo uma careta enquanto levantava a perna. — Quebrei um osso do pé. Estava tão inchado que Isabelle teve de cortar o sapato.

— Que bom que ela está cuidando tão bem de você. — A voz de Clary era ácida ao dizer isso.

Simon se inclinou para a frente, sem tirar os olhos de Clary.

— Quero falar com você.

Clary assentiu com a cabeça, concordando com alguma relutância.

— Vou para o meu quarto. Vá me ver depois que Hodge consertá-lo, tudo bem?

— Claro. — Para a surpresa de Clary, ele se inclinou para a frente e deu um beijo em sua face. Foi um beijinho de borboleta, os lábios esbarraram rapidamente na pele, mas, ao se afastar, ela sabia que estava vermelha. Provavelmente, ela pensou, levantando-se, por todos estarem olhando para eles.

No corredor, ela tocou a face, surpresa. Um beijinho singelo não significava nada, mas não era algo muito usual para Simon. Talvez ele estivesse tentando enciumar

Isabelle? Homens, pensou Clary, eram tão instáveis. E Jace, bancando o príncipe ferido. Ela havia saído antes que ele pudesse começar a reclamar da contagem de fios dos lençóis.

— Clary!

Ela virou de costas, surpresa. Alec estava correndo pelo corredor atrás dela, apressando-se para alcançá-la.

— Preciso falar com você.

Ela olhou surpresa para ele.

— Sobre o quê?

Ele hesitou. Com a pele clara e os olhos azuis-escuros, ele era tão lindo quanto a irmã, mas, ao contrário de Isabelle, ele fazia de tudo para não realçar a própria aparência. Os moletons desbotados e o cabelo que parecia ter sido cortado por ele mesmo no escuro eram apenas parte do pacote. Ele parecia desconfortável na própria pele.

— Acho que você deve ir embora. Voltar para casa — ele disse.

Ela sabia que ele não gostava dela, mas, ainda assim, foi como um tapa na cara.

— Alec, na última vez em que fui para casa, ela estava infestada de Renegados. E Raveners. Com dentes afiados. Ninguém quer voltar para casa mais do que eu, só que...

— Você deve ter algum parente com quem possa ficar... — Havia um leve desespero na voz dele.

— Não. Além disso, Hodge quer que eu fique — disse ela secamente.

— Impossível. Quero dizer, não depois do que você fez...

— O que *eu* fiz?

Ele engoliu em seco.

— Você quase causou a morte de Jace.

— *Eu* quase... do que você está *falando*?

— Correr atrás do seu amigo daquele jeito, você imagina o perigo que o fez passar? Você sabe...

— Ele? Você está falando do Jace? — Clary o interrompeu no meio da frase. — Para sua informação, foi tudo ideia dele. Ele perguntou ao Magnus onde era a toca. Ele foi até a igreja pegar as armas. Se eu não tivesse ido com ele, ele teria ido assim mesmo.

— Você não entende — disse Alec. — Você não o conhece. Eu o conheço. Ele acha que tem que salvar o mundo; e morreria por isso com prazer. Às vezes acho até que ele quer morrer, mas você não precisa estimulá-lo.

— Não entendo — ela disse. — Jace é Nephilim. Isso é o que vocês *fazem*, vocês salvam pessoas, matam demônios, colocam a própria vida em perigo. O que teve de diferente na noite passada?

Alec perdeu o controle.

— Porque ele *me* deixou para *trás!* — ele gritou. — Normalmente eu estaria com ele, dando-lhe cobertura, protegendo, mantendo-o em segurança. Mas você... você é um peso morto, uma *mundana* — ele proferiu a última palavra como se fosse uma obscenidade.

— Não — disse Clary. — Não sou, não. Sou Nephilim, assim como você.

O lábio dele se contraiu no canto.

— Talvez — ele disse. — Mas, sem treinamento, sem nada, você não tem a menor utilidade, não é mesmo? Sua mãe a criou em um ambiente de mundanos, e lá é o seu lugar. Não aqui, fazendo com que Jace aja desse jeito, como se não fosse um de nós. Fazendo com que ele quebre o juramento da Clave, fazendo com que viole a Lei...

— Só para você saber — irritou-se Clary. — Eu não *obrigo* Jace a fazer nada. Ele faz o que quer. Você deveria saber disso.

Ele a olhava como se ela fosse uma espécie de demônio particularmente odiosa que ele não conhecia.

— Vocês, mundanos, são completamente egoístas, não são? Será que você não faz ideia do que ele fez por você, dos riscos pessoais que correu? E não estou falando apenas na segurança dele. Ele pode perder tudo. Já perdeu o pai e a mãe; você quer garantir que ele perca a família que restou também?

Clary recuou. Uma raiva enorme cresceu nela como uma onda negra — raiva de Alec, porque ele estava parcialmente certo; e raiva de tudo e de todos: da estrada gelada que havia provocado a morte de seu pai, de Simon, por quase ter morrido, de Jace, por ser um mártir e por não se importar se viveria ou morreria. De Luke, por ter fingido que se importava quando tudo não passava de uma grande mentira. E da própria mãe, por não ser a mãe normal, monótona e simples que sempre tinha fingido ser, mas outra pessoa: uma pessoa heroica, espetacular e corajosa que Clary não conhecia nem um pouco. Alguém que não estava lá agora, quando ela mais precisava.

— Olha quem fala em egoísmo — ela sibilou tão perfidamente que ele deu um passo para trás. — Você não se importa com ninguém além de você, Alec Lightwood. Não é à toa que você não matou demônio algum; você é medroso demais.

Alec pareceu espantado.

— Quem disse isso?

— Jace.

Ele parecia ter levado um tapa na cara.

— Não. Ele não diria isso.

— Ele disse — ela podia ver o quanto o estava machucando, e se sentiu feliz com isso. Mais alguém tinha de sofrer, só para variar um pouco. — Você pode falar o quanto quiser sobre honra e honestidade, e como os mundanos são desprovidos de ambas, mas, se *você* fosse honesto, admitiria que essa birra toda é porque você está apaixonado por ele. Não tem nada a ver com...

Alec se moveu com grande velocidade. Um estalo soou na cabeça dela. Ele a empurrara contra a parede com tanta força que a parte posterior da cabeça de Clary atingiu a madeira. O rosto dele estava a poucos centímetros do dela, olhos enormes e sombrios.

— *Nunca* — ele sussurrou, com a boca praticamente imóvel —, nunca diga nada assim para ele, ou eu mato você. Juro pelo Anjo, mato você.

O braço dela doía muito, ele estava agarrando com força. Contra a própria vontade, Clary ficou boquiaberta. Ele piscou — como se estivesse acordando de um sonho — e soltou-a, afastando as mãos dela, como se tivesse se queimado ao tocar sua pele. Sem mais uma palavra, ele se virou e voltou para a enfermaria. Ele se balançava enquanto andava, como alguém bêbado ou tonto.

Clary esfregou os braços doloridos, olhando para ele, atordoada pelo que ela mesma fizera. *Muito bem, Clary. Agora você realmente fez com que ele a odeie.*

Ela deveria ter caído na cama imediatamente, mas, apesar da exaustão, o sono ainda estava fora de cogitação. Então, pegou o caderno da mochila e começou a desenhar, apoiando a capa nos joelhos. Rabiscos aleatórios inicialmente — um detalhe da fachada em ruínas do hotel dos vampiros: uma gárgula com dentes afiados e olhos esbugalhados. Uma rua vazia, um poste solitário produzindo uma piscina de luz amarela, uma figura sombria no limite da luz. Ela desenhou Raphael com a camisa branca ensanguentada com a cicatriz de cruz na garganta. Depois desenhou Jace no telhado, olhando para baixo, para a queda de dez andares à frente. Não temeroso, mas como se a queda o desafiasse — como se não houvesse espaço vazio que ele não fosse capaz de preencher com a confiança na própria invencibilidade. Como no próprio sonho, ela o desenhou com asas que se curvavam atrás dos ombros dele em um arco, como as asas de uma das estátuas de anjo na Cidade dos Ossos.

Tentou desenhar Jocelyn, por último. Ela dissera a Jace que não se sentia diferente depois de ter lido o Livro Gray, e isso era quase cem por cento verdade. Mas agora, enquanto tentava visualizar o rosto da mãe, percebeu que havia uma coisa diferente na lembrança de Jocelyn: ela ainda podia ver as cicatrizes da mãe, as pequenas marcas brancas que cobriam as costas e os ombros dela, como se ela tivesse ficado parada em uma tempestade de neve.

Doía saber que a maneira pela qual sempre tinha visto a mãe, durante toda a vida, era uma mentira. Ela guardou o caderno embaixo do travesseiro, com os olhos ardendo.

Ela ouviu uma batida à porta, leve, hesitante. Esfregou os olhos apressadamente.

— Entre.

Era Simon. Ela ainda não havia parado para se preocupar com seu estado. Ele não tinha tomado banho, vestia roupas rasgadas e manchadas, e completamente descabelado. Ele hesitou na entrada, estranhamente formal.

Ela chegou para o lado, abrindo espaço para ele na cama. Não havia nada de estranho em sentar na cama com Simon; há anos dormiam na casa um do outro, montavam barracas e fortes com lençóis quando eram pequenos, ficavam acordados até tarde lendo revistas em quadrinhos quando ficaram mais velhos.

— Você achou os óculos — ela disse. Uma das lentes estava quebrada.

— Estavam no meu bolso. Resistiram melhor do que eu imaginava. Vou ter que escrever uma carta de agradecimento à ótica. — Ele se sentou cautelosamente a seu lado.

— Hodge cuidou de você?

Ele concordou com a cabeça.

— Sim. Continuo me sentindo como se tivesse sido passado a ferro, mas não tenho nada quebrado. Não mais. — Ele se virou para olhar para ela. Os olhos atrás dos óculos estragados eram os olhos dos quais ela se lembrava: escuros e sérios, emoldurados com os tipos de cílio para os quais meninos não ligavam, mas pelos quais qualquer menina morreria. — Clary, você ter voltado para me buscar, o fato de você ter se arriscado daquele jeito...

— Não. — Ela levantou a mão embaraçosamente. — Você teria feito o mesmo por mim.

— É claro — ele disse sem arrogância ou pretensão —, mas eu sempre pensei que as coisas fossem desse jeito, com a gente. Você sabe.

Ela se mexeu para encará-lo, confusa.

— Como assim?

— Quero dizer — Simon murmurou, como se parecesse surpreso por ter de explicar algo que deveria ser óbvio —, eu sempre precisei mais de você do que você de mim.

— Isso não é verdade. — Clary estava perplexa.

— É sim — disse Simon, com a mesma calma inabalada. — Você nunca pareceu precisar de ninguém, Clary. Você sempre foi tão... controla. Precisava apenas de seus lápis e mundos imaginários. Várias vezes eu já tive de dizer as coisas seis ou sete vezes antes de você responder, e você estava tão longe. Depois virava para mim e sorria daquele jeito engraçado, e eu sabia que você havia se esquecido de mim, e tinha acabado de se lembrar. Mas eu nunca fiquei chateado com você por isso. Metade da sua atenção é melhor do que toda a atenção de qualquer outra pessoa.

Ela tentou pegar a mão dele, mas segurou o pulso. Podia sentir a pulsação sob a pele.

— Só amei três pessoas na vida — ela disse. — Minha mãe, Luke e você. E perdi todos, menos você. Nunca pense que não é importante para mim, jamais pense algo assim.

— Minha mãe diz que as pessoas só precisam contar com outras três para atingir a plenitude — disse Simon. Seu tom era leve, mas a voz hesitou no meio da palavra "plenitude". — Ela diz que você parece bastante plena.

Clary sorriu tristemente para ele.

— Por acaso sua mãe tem mais alguma pérola de sabedoria a meu respeito?

— Tem — ele retribuiu o sorriso com outro tão torto quanto. — Mas não vou contar qual é.

— Não é justo guardar segredo!

— E quem foi que disse que o mundo é justo?

No fim, eles deitaram apoiados um no outro como faziam quando eram crianças: ombro com ombro, a perna de Clary sobre a de Simon. Os dedos do pé dela embaixo do joelho dele. De costas, eles ficaram olhando para o teto enquanto conversavam, um hábito cultivado nos tempos em que o teto de Clary era coberto por estrelas que brilhavam no escuro. Onde Jace cheirava a sabão e alguma coisa cítrica, Simon cheirava a alguém que havia rolado pelo estacionamento de um supermercado, mas Clary não se importava.

— O mais estranho foi — Simon enrolou um cacho de Clary no próprio dedo — que eu estava brincando com Isabelle sobre vampiros antes de tudo aquilo acontecer. Tentando fazê-la rir, sabe? "O que assusta vampiros judeus? Estrelas de davi prateadas? Fígado picado? Cheques de 18 dólares?"

Clary riu.

Simon parecia agradecido.

— Isabelle não riu.

Clary pensou em diversas coisas que queria dizer, e não as disse.

— Acho que esse não é o tipo de humor dela.

Simon lançou um olhar de lado sob aqueles cílios.

— Ela está transando com Jace?

O chiado de surpresa de Clary se transformou em tosse. Ela olhou para ele.

— Eca, não. Eles são quase irmãos. Não fariam isso — ela parou. — Pelo menos *acho* que não.

Simon deu de ombros.

— Não que eu me importe — ele disse com firmeza.

— Claro que não.

— Não me importo! — Ele rolou para o lado dela. — Sabe, no começo achei que Isabelle fosse, sei lá, legal. Excitante. Diferente. Depois, na festa, percebi que ela era louca.

Clary cerrou os olhos para ele.

— Foi ela que falou para você tomar o drinque azul?

Ele balançou a cabeça.

— Foi ideia minha. Eu vi você saindo com Jace e Alec, não sei... Você parecia diferente do normal. Você *estava* tão diferente. Não pude deixar de pensar que você já tinha mudado, e que esse seu novo mundo não me incluiria. Queria fazer alguma coisa que me tornasse um pouco mais parte dele. Então, quando o cara verdinho passou com a bandeja de drinques...

Clary resmungou.

— Você é um idiota.

— Nunca disse que não era.

— Desculpe. Foi horrível?

— Ser um rato? Não. Primeiro fiquei desorientado. De repente, estava da altura do calcanhar de todo mundo. Pensei ter tomado uma poção que tivesse me feito encolher, mas não conseguia entender por que tinha um impulso incontrolável de roer papel de chiclete usado.

Clary riu.

— Não. Estou falando do hotel dos vampiros. Foi horrível?

Alguma coisa piscou atrás dos olhos dele. Ele desviou o olhar.

— Não. Na verdade, não me lembro muito de nada entre a festa e o estacionamento.

— Melhor assim.

Ele começou a dizer alguma coisa, mas foi interrompido no meio de um bocejo. A luz no quarto se esvaiu lentamente. Desprendendo-se de Simon e dos lençóis, Clary se levantou e abriu as cortinas do quarto. Lá fora, a cidade estava banhada com o brilho avermelhado do pôr do sol. O telhado prateado do prédio da Chrysler, a cinquenta blocos para baixo, brilhava como um atiçador esquecido na lareira por muito tempo.

— O sol está se pondo. Talvez devêssemos procurar alguma coisa para jantar.

Não houve resposta. Ao se virar, ela viu que Simon estava dormindo, com os braços cruzados embaixo da cabeça e as pernas estendidas. Ela suspirou, foi até a cama, tirou os óculos dele e os repousou na mesa de cabeceira. Ela já havia perdido a conta de quantas vezes ele tinha dormido de óculos e acordado com o barulho das lentes quebrando.

Agora onde eu vou dormir? Não que ela se importasse em dividir a cama com Simon, mas ele não tinha deixado espaço algum para ela. Ela considerou a possibilidade de cutucá-lo para acordá-lo, mas ele parecia tão sereno. Além disso, ela não estava com sono. Estava tentando alcançar o caderno embaixo do travesseiro quando ouviu alguém bater à porta.

Ela atravessou o quarto descalça e abriu a maçaneta silenciosamente. Era Jace. Limpo, com calças jeans e camiseta cinza, os cabelos lavados e dourados. Os hematomas em seu rosto já estavam passando de roxo a cinza-claro, e ele estava com as mãos para trás.

— Você estava dormindo? — ele perguntou. Não tinha qualquer contrição na voz, apenas curiosidade.

— Não. — Clary foi até o corredor, fechando a porta atrás de si. — Por que você acha isso?

Ele examinou a camiseta azul-bebê de algodão e o short combinando.

— Por nada.

— Passei o dia quase todo na cama — ela disse, o que tecnicamente era verdade. Ao vê-lo, o nível de agitação de Clary aumentou em cerca de mil por cento, mas ela não viu motivo algum para compartilhar essa informação. — E você? Não está exausto?

Ele balançou a cabeça.

— Mais ou menos como o serviço de correios, caçadores de demônios nunca dormem. Nem o sol, nem a chuva, nem que a sombra da noite permanecesse...

— Você estaria seriamente encrencado se a sombra da noite permanecesse com você — ela disse.

Ele sorriu. Diferentemente dos cabelos, seus dentes não eram perfeitos. Um dos incisivos superiores estava levemente lascado de um jeito adorável.

Ela se abraçou. Estava frio no corredor e ela podia sentir calafrios nos braços.

— O que você está fazendo aqui afinal?

— Aqui, referindo-se ao seu quarto, ou aqui, referindo-se à grande questão espiritual do propósito da vida neste planeta? Se você estiver perguntando se é tudo uma coincidência cósmica ou se há um propósito maior à vida, bem, essa é uma questão para séculos de discussão, um simples reducionismo ontológico é um argumento claramente falaz, mas...

— Vou voltar para a cama. — Clary esticou a mão para alcançar a maçaneta.

Ele se colocou entre ela e a porta.

— Estou aqui — ele disse — porque Hodge me lembrou que é seu aniversário.

Clary suspirou exasperada.

— Só amanhã.

— Isso não é motivo para não começarmos a celebrar agora.

Ela olhou para ele.

— Você está evitando Alec e Isabelle.

Ele concordou com a cabeça.

— Os dois estão tentando provocar briguinhas comigo.

— Pelo mesmo motivo?

— Não sei. — Ele olhou para cima e para baixo do corredor furtivamente. — Hodge também. Todo mundo quer falar comigo. Menos você. Aposto que você não quer falar comigo.

— Não — disse Clary. — Quero comer. Estou faminta.

Ele mostrou as mãos. Nelas, trazia um saco de papel levemente amassado.

— Peguei um pouco de comida na cozinha quando Isabelle não estava olhando.

Clary sorriu.

— Um piquenique? Está um pouco tarde para o Central Park, você não acha? Está cheio de...

Ele acenou com a mão.

— Fadas. Eu sei.

— Eu ia dizer assaltantes — disse Clary. — Embora eu tenha pena do assaltante que resolver ir atrás de você.

— E essa á uma atitude sábia, meus cumprimentos por isso — disse Jace, parecendo agradecido. — Mas não estava pensando no Central Park. Que tal a estufa?

— Agora? À noite? Não vai estar... escuro?

Ele sorriu como se fosse um segredo.

— Vamos. Eu te mostro.

Capítulo 17

A FLOR DA MEIA-NOITE

À meia-luz, as enormes salas vazias que atravessaram a caminho do telhado pareciam tão desertas quanto palcos vazios, os móveis cobertos de branco erguendo-se à luz como icebergs através da fumaça.

Quando Jace abriu a porta da estufa, o cheiro atingiu Clary, suave como o toque da patinha de um gato: algo escuro e carregado de terra, e o cheiro mais forte de flores noturnas brotando — daturas, trombeteiros, maravilhas — e algumas que ela não reconhecia, como uma planta que trazia um botão amarelo em forma de estrela cujas pétalas eram cheias de pólen dourado. Através das paredes de vidro do recinto, ela podia ver as luzes de Manhattan queimando como joias.

— Uau. — Ela virou lentamente, absorvendo aquilo tudo. — É muito lindo à noite!

Jace sorriu.

— E temos o lugar só para nós. Alec e Isabelle detestam vir aqui. Eles são alérgicos.

Clary tremeu, embora não estivesse com frio.

— Que espécie de flor é esta?

Jace deu de ombros e sentou, cuidadosamente, ao lado de um arbusto verde lustroso cheio de botões de flores.

— Não faço ideia. Você acha que eu presto atenção à aula de botânica? Não vou ser arquivista. Não preciso saber nada disso.

— Você só precisa saber como matar coisas?

Ele olhou para ela e sorriu. Ele parecia um anjo louro de um quadro de Rembrandt, exceto por aquela boca diabólica.

— Isso mesmo. — Ele pegou um pacote embrulhado em um guardanapo do saco de papel e ofereceu a ela. — Além disso — ele acrescentou —, faço um sanduíche de queijo delicioso. Prove um.

Clary sorriu com certa relutância e sentou-se na frente dele. O chão de pedra da estufa estava frio contra suas pernas nuas, mas era agradável, depois de ter passado por tanto calor. Do saco de papel, Jace tirou algumas maçãs, uma barra de chocolate com frutas e amêndoa, e uma garrafa de água.

— Até que não foi um saque qualquer — ele disse, admirando o próprio piquenique.

O sanduíche de queijo estava morno e um pouco mole, mas o gosto era bom. De um dos incontáveis bolsos da jaqueta, Jace pegou uma faca com cabo de osso que parecia capaz de cortar um urso pardo. Ele começou a partir as maçãs em oito pedaços.

— Bem, não é um bolo de aniversário — ele disse, dando um pedaço a ela —, mas espero que seja melhor do que nada.

— "Nada" era exatamente o que eu estava esperando, então, obrigada. — Ela mordeu um pedaço. A maçã tinha gosto verde e fresco.

— Ninguém deveria ficar sem nada no aniversário. — Ele estava descascando a segunda maçã, a casca saía em tiras curvilíneas. — Aniversários têm que ser especiais. Meu aniversário sempre era o dia que meu pai dizia que eu podia fazer o que eu quisesse.

— Qualquer coisa? — ela riu. — E que tipo de coisa você queria fazer?

— Bem, quando fiz 5 anos, quis tomar banho com espaguete.

— Mas ele não deixou, certo?

— Não, aí é que está. Ele deixou. Disse que não era caro, e por que não, se era o que eu queria? Ele mandou os empregados encherem uma banheira com água fervendo e macarrão, e quando esfriou... — Ele deu de ombros. — Eu tomei banho.

Empregados?, pensou Clary. Em voz alta, ela disse:

— Como foi?

— Escorregadio.

— Aposto que sim. — Ela tentou imaginá-lo como um garotinho, gargalhando, com macarrão até os ouvidos. A imagem não se formava. Certamente ele nunca gargalhara, nem aos 5 anos. — O que mais você pedia?

— Armas, na maioria das vezes — ele disse —, tenho certeza de que isso não a surpreende. Livros. Eu lia muito, sozinho.

— Você não ia para a escola?

— Não — ele disse, e agora falava lentamente, quase como se estivessem se aproximando de um tópico que ele não quisesse discutir.

— Mas os seus amigos...

— Eu não tinha amigos — ele disse. — Só o meu pai. Ele era tudo que eu precisava.

Ela olhou fixamente para ele.

— Nenhum amigo?

Ele encontrou o olhar dela.

— Na primeira vez em que encontrei o Alec — ele disse —, quando tinha 10 anos, foi a primeira vez que encontrei outra criança da minha idade. A primeira vez que *tive* um amigo.

Ela abaixou o olhar. Agora uma imagem estava se formando, nem um pouco bem-vinda, na cabeça dela: ela pensou em Alec, no jeito que ele olhara para ela. *Ele não diria isso.*

— Não sinta pena de mim — disse Jace, como se estivesse adivinhando os pensamentos dela, embora não fosse dele que ela estava sentindo pena. — Ele me deu a melhor educação, o melhor treinamento. Ele me levou por todo o mundo. Londres. São Petersburgo. Egito. Adorávamos viajar. — Os olhos dele estavam sombrios. — Não fui a lugar algum desde que ele morreu. Nenhum lugar além de Nova York.

— Você tem sorte — disse Clary. — Nunca saí deste estado na vida. Minha mãe não me deixava nem ir a passeios da escola em Washington. Acho que agora sei por quê — ela acrescentou.

— Ela tinha medo de que você pirasse? Começasse a ver demônios na Casa Branca?

Ela mordeu um pedaço do chocolate.

— Tem demônios na Casa Branca?

— Eu estava brincando — disse Jace. — Eu acho. — Ele deu de ombros filosoficamente. — Com certeza alguém teria dito alguma coisa.

— Acho que só não queria que eu ficasse muito longe dela. Minha mãe, quero dizer. Depois que o meu pai morreu, ela mudou muito. — A voz de Luke ecoou em sua mente. *Você nunca mais foi a mesma desde que aconteceu. Mas Clary não é Jonathan.*

Jace ergueu a sobrancelha para ela.

— Você se lembra do seu pai?

Ela balançou a cabeça.

— Não. Ele morreu antes de eu nascer.

— Sorte sua — ele disse. — Assim você não sente falta dele.

Se fosse qualquer outra pessoa, teria sido horrível dizer isso, mas pela primeira vez não havia qualquer amargura em seu tom de voz, só a dor da solidão pela ausência do próprio pai.

— Alguma hora desaparece? — ela perguntou. — A falta dele, quero dizer.

Ele olhou para ela de forma oblíqua, mas não respondeu.

— Você está com saudades da sua mãe?

Não. Ela não ia pensar na mãe desse jeito.

— Do Luke, para falar a verdade.

— Não que esse seja o nome dele. — Ele mordeu a maçã pensativamente e disse: — Tenho pensado nele. Alguma coisa a respeito de seu comportamento não faz sentido.

— Ele é um covarde. — A voz de Clary era amarga. — Você o ouviu. Não vai se posicionar contra Valentim. Nem pela minha mãe.

— Mas é exatamente isso... — Uma longa reverberação metálica o interrompeu. Em algum lugar, um sino soava. — Meia-noite — disse Jace, repousando a faca. Ele se levantou, esticando a mão para puxar Clary para o lado dele. Seus dedos estavam levemente grudentos com o sumo de maçã. — Agora observe.

O olhar dele estava fixo no arbusto verde ao lado do qual eles estavam sentados, com duas dúzias de botões fechados. Ela começou a perguntar para onde deveria olhar, mas ele levantou a mão para contê-la. Os olhos dele estavam brilhando.

— Espere — ele disse.

As folhas no arbusto continuavam imóveis. De repente, um dos botões começou a tremer. Inchou, atingindo o dobro do tamanho original e abriu. Era como assistir a um filme de uma flor brotando em alta velocidade: as folhas verdes abrindo para fora, libertando as pétalas internas. Estavam cheias de pólen dourado tão leve quanto talco.

— Oh! — Clary exclamou e olhou para cima, então viu Jace observando-a. — Elas brotam toda noite?

— Só à meia-noite — ele disse. — Feliz aniversário, Clarissa Fray.

Ela estava estranhamente comovida com aquilo.

— Obrigada.

— Tenho uma coisa para você — disse. Ele colocou a mão no bolso e retirou algo, que apertou contra a mão dela. Era uma pedra cinza, levemente irregular, gasta em alguns pontos.

— Hum — disse Clary, virando a pedra nos dedos. — Uma pedra? Um rubi ou uma esmeralda?

— Muito interessante, minha amiguinha sarcástica. E não é uma pedra, exatamente. Todos os Caçadores de Sombras têm uma pedra com símbolos enfeitiçados.

— Ah. — Ela olhou para a pedra com interesse renovado, fechando os dedos ao redor dela, como tinha visto Jace fazer na adega. Ela não tinha certeza, mas achou ter visto um flash de luz emitido através dos próprios dedos.

— Vai te trazer luz — disse Jace —, mesmo nas sombras mais escuras deste mundo e de outros.

Ela guardou a pedra no bolso.

— Bem, obrigada. Foi gentil em me dar alguma coisa. — A tensão entre eles pareceu pressioná-la como ar úmido. — Muito melhor do que um banho de espaguete.

Ele falou sombriamente:

— Se você dividir essa informação com alguém, posso ser obrigado a matá-la.

— Bem, quando *eu* tinha 5 anos, queria que minha mãe me deixasse entrar na secadora para ficar dando voltas com as roupas — disse Clary. — A diferença é que ela disse não.

— Talvez porque entrar em uma secadora ligada pode ser fatal — destacou Jace —, ao passo que banho de macarrão raramente acaba em morte. A não ser que o macarrão tenha sido feito pela Isabelle.

A flor da meia-noite já estava perdendo as pétalas. Elas caíam ao chão, brilhando como pedacinhos de estrelas.

— Quando eu tinha 12 anos, queria uma tatuagem — disse Clary. — Minha mãe também não deixou.

Jace não riu.

— A maioria dos Caçadores de Sombras recebe as primeiras Marcas aos 12 anos. Devia estar no seu sangue.

— Talvez. Mas duvido que a maioria dos Caçadores de Sombras faça uma tatuagem do Donatello das Tartarugas Ninja no ombro esquerdo.

Jace parecia abismado.

— Você queria uma tartaruga no ombro?

— Queria cobrir uma cicatriz de catapora. — Ela puxou a manga gentilmente, mostrando a marca branca em forma de estrela. — Viu?

Ele desviou o olhar.

— Está ficando tarde — ele disse. — É melhor descermos.

Clary puxou a alça de volta, embaraçada. Como se ele fosse querer ver aquelas cicatrizes estúpidas!

As palavras seguintes saíram da boca de Clary de forma natural:

— Você e Isabelle já... namoraram?

Agora ele olhava para ela. A luz do luar realçava os olhos dele. Agora eram mais prateados do que dourados.

— Isabelle? — retrucou, de forma evasiva.

— Eu pensei... — Agora ela estava se sentindo ainda mais embaraçada. — Simon estava se perguntando.

— Talvez ele devesse perguntar a ela.

— Não sei se ele quer — disse Clary. — De qualquer forma, deixe pra lá. Não tenho nada a ver com isso.

Ele sorriu.

— A resposta é não. Quero dizer, pode ser que já tenha havido alguma época em que um ou outro tenha considerado essa possibilidade, mas ela é quase uma irmã para mim. Seria esquisito.

— Quer dizer que você e Isabelle nunca...

— Nunca — disse Jace.

— Ela me odeia — observou Clary.

— Não, ela não te odeia — ele disse, para a surpresa dela. — Você só a deixa nervosa, porque ela sempre foi a única menina no meio de meninos que a adoravam, e agora não é mais.

— Mas ela é tão linda!

— Você também — disse Jace. — E muito diferente dela, e ela não pôde deixar de notar isso. Ela sempre quis ser pequena e delicada. Detesta ser mais alta do que a maioria dos meninos.

Clary não respondeu nada, porque não tinha nada a dizer. Linda. Ele a tinha chamado de linda. Ninguém nunca dissera isso a respeito dela na vida, exceto Jocelyn, o que não contava. Mães têm a obrigação de achar os filhos lindos. Ela olhou fixamente para ele.

— Acho que deveríamos descer — ele disse outra vez. Ela sabia que o estava deixando desconfortável, olhando para ele daquele jeito, mas não conseguia parar.

— Tudo bem — disse ela, afinal. Para seu alívio, a voz soou normal. Foi um alívio ainda maior parar de olhar para ele ao se virar de costas. A lua, exatamente acima deles agora, iluminava tudo com um brilho quase diurno. Entre um passo e outro, ela viu um brilho branco sendo emitido de alguma coisa no chão: era a faca que Jace havia utilizado para cortar as maçãs, repousada sobre a lateral. Ela foi subitamente para trás para não pisar, e seu ombro bateu no dele, ele pôs a mão para ajudá-la a se equilibrar, bem na hora em que ela se virou para se desculpar. Em seguida, de algum jeito, ela estava nos braços dele, e ele a estava beijando.

Inicialmente, foi quase como se ele não quisesse beijá-la: a boca dele estava dura, inflexível; depois ele colocou os dois braços em volta dela, e a puxou para perto. Os lábios suavizaram. Ela podia sentir os batimentos rápidos do coração dele, o gosto doce da maçã ainda na boca. Ela pôs as mãos nos cabelos dele, como quisera fazer desde a primeira vez em que o vira. Os cabelos dele se enrolaram nos dedos dela, finos e sedosos. O coração dele batia forte, e ela ouviu um ruído nos ouvidos, como asas batendo...

Jace afastou-se com uma exclamação espantada, embora continuasse com os braços em volta dela.

— Não entre em pânico, mas temos plateia.

Clary virou a cabeça. Empoleirado no galho de árvore mais próximo estava Hugo, observando-os com olhos negros e brilhantes. Então o barulho que ela tinha ouvido realmente fora de asas batendo, e não fruto de sua imaginação. Isso foi decepcionante.

— Se ele está aqui, Hodge não está longe — murmurou Jace. — É melhor irmos.

— Ele está te *vigiando*? — sibilou Clary. — Hodge, quero dizer.

— Não. Ele só gosta de vir aqui em cima para refletir. É uma pena, nós estávamos tendo uma conversa tão boa. — Ele riu consigo mesmo.

Eles desceram por onde haviam subido, mas para Clary a travessia parecia inteiramente diferente. Jace continuou segurando a mão dela, enviando pequenas correntes elétricas pelas veias e por todos os lugares onde a tocava: os dedos, o pulso, a palma da mão. Sua mente estava explodindo com perguntas, mas ela estava com medo de quebrar o clima fazendo alguma delas. Ele disse que fora uma pena, então ela concluiu que a noite havia acabado, pelo menos a parte do beijo.

Eles chegaram à porta do quarto dela. Ela se apoiou na parede, olhando para ele.

— Obrigada pelo piquenique de aniversário — ela disse, tentando manter o tom neutro.

Ele parecia relutante em soltar a mão dela.

— Você vai dormir?

Ele só está sendo educado, ela disse a si mesma. Mas este era Jace. Ele nunca era educado. Ela resolveu responder a uma pergunta com outra.

— Você não está cansado?

Sua voz veio baixa.

— Nunca estive tão acordado.

Ele se inclinou para beijá-la, puxando o rosto dela com a mão livre. Os lábios se tocaram, inicialmente de forma suave, depois com uma pressão mais intensa. Foi exatamente nesse instante que Simon abriu a porta do quarto e entrou no corredor.

Ele estava piscando muito, e com o cabelo no rosto, e sem óculos, mas podia enxergar muito bem.

— Que diabos é isso? — ele perguntou, tão alto que Clary saltou para longe de Jace, como se o toque dele queimasse.

— Simon! O que você está fazendo... quero dizer, pensei que você estivesse...

— Dormindo? Eu estava — ele disse. As maçãs de seu rosto estavam completamente vermelhas, sobressaindo no bronzeado, como sempre ficavam quando ele estava envergonhado ou irritado. — Depois acordei e você não estava lá, então pensei que...

Clary não conseguia pensar em nada para dizer. Por que não ocorrera a ela que isso poderia acontecer? Por que ela não havia sugerido que fossem para o quarto de Jace? A resposta era tão simples quanto terrível: ela se esquecera completamente de Simon.

— Sinto muito — ela disse, incerta quanto a quem estava se referindo. Com o canto do olho, ela pensou ter visto Jace lançar-lhe um olhar de raiva, mas, quando olhou para ele, ele estava do mesmo jeito de sempre: calmo, confiante, e ligeiramente entediado.

— No futuro, Clarissa — ele disse —, seria uma boa ideia mencionar que já tem um homem na sua cama, para evitar situações desse tipo.

— Você o convidou para a sua *cama*? — perguntou Simon, parecendo abalado.

— Ridículo, não é mesmo? — disse Jace. — Nunca caberíamos os três.

— Eu não o convidei para a minha cama — irritou-se Clary. — Só estávamos nos beijando.

— Só nos beijando? — O tom de Jace zombava dela com uma falsa tristeza. — Como você desqualifica assim o nosso amor?

— Jace...

Ela viu a malícia nos olhos dele e parou de falar. Não tinha por quê. O estômago dela pareceu subitamente pesado.

— Simon, está tarde — ela disse com a voz cansada. — Sinto muito por tê-lo acordado.

— Eu também. — Ele voltou para o quarto, batendo a porta atrás de si.

O sorriso de Jace parecia tão comum quanto torrada com manteiga.

— Vá em frente, vá atrás dele. Passe a mão na cabeça dele e diga que ele continua sendo seu carinha mais do que especial. Não é isso que você quer fazer?

— Pare com isso — ela disse. — Pare de agir desse jeito.

O sorriso dele se alargou.

— De que jeito?

— Se você está irritado, apenas diga que está. Não aja como se nada nunca o atingisse. Parece até que você nunca sente nada.

— Talvez você devesse ter pensado nisso antes de me beijar — ele disse.

Ela olhou para ele, incrédula.

— *Eu* beijei você?

Ele olhou maliciosamente para ela.

— Não se preocupe — ele disse —, também não foi tão memorável assim para mim.

Ela o observou enquanto ele se afastava, e sentiu, ao mesmo tempo, vontade de começar a chorar e de correr atrás dele com o único propósito de chutá-lo na canela. Sabendo que qualquer ação lhe traria imensa satisfação, ela não fez nem uma coisa nem outra; apenas voltou para o quarto.

Simon estava no meio do quarto, parecendo perdido. Ele pusera os óculos de volta. Ela ouviu a voz de Jace mentalmente, dizendo *passe a mão na cabeça dele e diga que ele continua sendo seu carinha mais do que especial* em tom de desdém.

Ela deu um passo em direção a ele, depois parou quando percebeu o que ele estava segurando. O caderno, aberto na página do último desenho que ela estivera fazendo, que retratava Jace com asas de anjo.

— Bonito — ele disse. — Todas aquelas aulas de arte estão surtindo efeito.

Normalmente, Clary teria brigado com ele por estar olhando o caderno, mas não era hora para isso.

— Simon...

— Admito que correr para o *seu* quarto pode não ter sido a melhor das manobras — ele interrompeu, jogando o caderno de volta na cama. — Mas eu tinha que pegar as minhas coisas.

— Para onde você vai?

— Para casa. Já passei tempo demais aqui, em minha opinião. Mundanos como eu não pertencem a lugares como este.

Ela suspirou.

— Simon, sinto muito, tudo bem? Não tinha a intenção de beijá-lo; aconteceu. Sei que você não gosta dele.

— Não — Simon disse ainda mais secamente. — Eu não *gosto* de refrigerante sem gás. Eu não *gosto* de música pop de *boy bands*. Eu não *gosto* de ficar preso no trânsito. Eu não *gosto* de dever de matemática. Eu *odeio* Jace. Percebe a diferença?

— Ele salvou a sua vida — disse Clary, sentindo-se uma fraude. Afinal, Jace só tinha ido ao hotel Dumort porque ficou com medo de se encrencar se ela morresse.

— Detalhes — disse Simon desconsiderando. — Ele é um idiota. Pensei que você fosse melhor do que isso.

Clary se irritou.

— Ah, e agora você vai bancar o superior para cima de mim? — disse. — Era você que ia convidar a menina com "o melhor corpo" para a festa da escola. — Ela imitou o tom despreocupado de Eric. A boca de Simon se contraiu em irritação. — E daí que Jace banque o idiota às vezes? Você não é meu irmão, não é meu pai, você não *precisa* gostar dele. Eu nunca gostei de nenhuma das suas namoradas, mas pelo menos tive a decência de guardar isso para mim.

— Isso — Simon disse entre dentes cerrados — é diferente.

— Como? Diferente como?

— Porque eu vejo o jeito como você olha para ele! — gritou. — E eu nunca olhei para qualquer daquelas garotas desse jeito. Era só um passatempo, uma maneira de praticar, até...

— Até o quê? — Clary tinha a leve noção de que estava sendo péssima, a situação toda era péssima; eles nunca haviam tido uma briga mais séria do que uma discussão sobre quem comera a última bala da caixa na casa da árvore, mas ela não parecia conseguir se controlar. — Até Isabelle aparecer? Eu não posso acreditar que você esteja me passando um sermão a respeito de Jace quando bancou o idiota por ela! — A voz de Clary se elevou a um grito.

— Eu estava *tentando deixá-la com ciúmes!* — gritou Simon, em resposta. Seus punhos estavam cerrados. — Você é tão idiota, Clary. Você é tão *idiota,* será que não consegue enxergar nada?

Ela o encarou completamente espantada. Mas que diabos ele estava querendo dizer?

— Tentando me deixar com ciúmes? Por que você faria uma coisa assim?

Ela percebeu imediatamente que essa era a pior coisa que poderia ter perguntado.

— Porque — ele disse, tão amargamente que a chocou — sou apaixonado por você há dez anos, então achei que era hora de descobrir se a recíproca era verdadeira. O que, por sinal, vejo que não.

Foi como se ele tivesse lhe dado um chute no estômago. Ela não conseguia falar; o ar tinha saído de seus pulmões. Ela o encarou, tentando formular uma resposta, qualquer resposta.

Ele a interrompeu bruscamente.

— Não. Não há nada que você possa dizer. — Ela o observou indo até a porta como se tivesse sido paralisada, sem conseguir se mover para contê-lo, por mais que quisesse. O que ela poderia dizer? "Também amo você"? Mas ela não o amava, amava?

Ele parou na porta, com a mão na maçaneta, e virou para olhar para ela. Os olhos por trás dos óculos pareciam mais cansados do que furiosos agora.

— Você realmente quer saber o que mais a minha mãe disse sobre você? — ele perguntou.

Ela balançou a cabeça.

Ele não pareceu perceber.

— Ela disse que você partiria meu coração — ele lhe disse, e saiu. A porta se fechou atrás dele com um clique definitivo e Clary se viu sozinha.

Depois que ele foi embora, ela voltou para a cama e pegou o caderno. Ela o abraçou com força, não queria desenhar, apenas ansiava pelo cheiro de coisas familiares: tinta, papel, lápis de cera.

Ela pensou em correr atrás de Simon, tentando alcançá-lo. Mas o que diria? O que *poderia* dizer? *Você é tão idiota, Clary,* ele dissera a ela. *Será que não consegue enxergar nada?*

Ela pensou em centenas de coisas que ele tinha dito ou feito, piadinhas que Eric e outras pessoas faziam a respeito deles, conversas interrompidas quando ela entrava na sala. Jace sabia desde o começo. *Estava rindo porque declarações de amor me entretêm, sobretudo quando não há reciprocidade.* Ela não tinha parado para pensar no que ele estava querendo dizer, mas agora sabia.

Mais cedo ela dissera a Simon que só tinha amado três pessoas na vida: a mãe, Luke e ele. Ela ficou imaginando se era realmente possível, no espaço de uma semana, perder todas as pessoas que amava. Imaginou seria possível sobreviver àquilo. E, mesmo assim, naqueles breves instantes no telhado com Jace, ela se esquecera da mãe. Esquecera Luke. Esquecera Simon. E tinha se sentido feliz. Isto era o pior de tudo: ela tinha se sentido feliz.

Talvez isso, ela pensou, *perder Simon, talvez isso seja o meu castigo pelo egoísmo de me sentir feliz, mesmo que por um segundo apenas, quando a minha mãe continua desaparecida.* Nada daquilo havia sido real. Jace podia até beijar muito bem, mas ele não gostava dela. Ele mesmo dissera.

Ela abaixou o caderno lentamente para seu colo. Simon tinha razão; era um belo desenho de Jace. Ela havia conseguido retratar a linha rígida de sua boca, aqueles olhos estranhamente vulneráveis. As asas pareciam tão reais que ela imaginou que, se passasse os dedos nelas, elas seriam macias. Ela deixou a mão passar pela página, com a mente vagando.

E levou a mão para trás, olhando fixamente. Seus dedos tocaram não a página seca, mas a maciez das penas. Ela olhou para os símbolos que havia desenhado no canto da folha. Estavam brilhando, do jeito que ela vira brilharem os símbolos que Jace desenhava com a estela.

O coração de Clary começou a bater acelerado, firme e rígido. Se um símbolo podia dar vida a um desenho, então talvez...

Sem tirar os olhos do desenho, ela procurou os lápis. Sem fôlego, ela passou as folhas, procurando uma página nova, limpa, e apressadamente começou a desenhar a primeira coisa que veio à sua mente. Foi a xícara de café repousada na cabeceira ao lado da cama. Acessando as lembranças das aulas de desenho de natureza-morta, ela desenhou nos mínimos detalhes: a aba borrada, a rachadura na alça. Quando terminou, a figura era tão precisa quanto ela podia fazer. Guiada por alguma espécie de instinto que ela não conseguia entender muito bem, ela pegou a xícara e colocou-a sobre o papel. Depois, cuidadosamente, começou a desenhar os símbolos ao lado dela.

Capítulo 18

O CÁLICE MORTAL

Jace estava deitado na cama fingindo dormir — para não falar com ninguém — quando as batidas na porta finalmente se tornaram demais para ele. Ele se arrastou para fora da cama, franzindo o rosto. Por mais que ele tivesse fingido que estava tudo bem na estufa, ainda tinha dores no corpo inteiro por tudo que havia sofrido na noite anterior.

Ele sabia quem era antes de abrir a porta. Talvez Simon tivesse conseguido se transformar em um rato outra vez. Dessa vez, ele podia continuar um maldito rato pelo resto da vida, porque ele, Jace Wayland, não ia fazer nada a respeito.

Ela trazia o caderno de desenho, os cabelos brilhantes escapando do elástico. Ele se apoiou na porta, ignorando o jorro de adrenalina produzido ao vê-la. Ele imaginou o porquê, e não foi a primeira vez. Isabelle utilizava a beleza como utilizava o chicote, mas Clary não fazia a menor ideia de que era linda. Talvez fosse por *isso*.

Ele só podia pensar em uma razão para ela estar lá, embora não fizesse o menor sentido depois do que ele dissera a ela. Palavras são como armas, seu pai lhe ensinara, e ele quis machucar Clary mais do que jamais havia desejado machucar uma garota. Em geral, ele apenas as queria, e depois queria que o deixassem sozinho.

— Não diga — ele disse, proferindo as palavras daquele jeito que ele sabia que ela detestava. — Simon se transformou em uma jaguatirica e você quer que eu faça alguma coisa a respeito antes que Isabelle o transforme em uma estola. Bem, você vai ter que esperar até amanhã. Estou fora de expediente. — Ele apontou para o pijama azul com um buraco na manga que estava usando. — Veja. Pijama.

Clary parecia mal tê-lo escutado. Ele percebeu que ela estava carregando alguma coisa nas mãos — o caderno de desenhos.

— Jace — ela disse. — É importante.

— Não me diga — ele respondeu. — Você está com uma emergência artística. Precisa de um modelo nu. Na verdade, não estou a fim. Você pode pedir para Hodge — acrescentou, como uma ideia que tivesse ocorrido depois. — Ouvi dizer que ele faz qualquer coisa por...

— JACE! — ela interrompeu, com a voz se elevando a um grito. — QUER CALAR A BOCA POR UM SEGUNDO E OUVIR, POR FAVOR?

Ele piscou.

Ela respirou fundo e olhou para ele, a expressão cheia de incerteza. Um impulso estranho surgiu nele: o impulso de colocar os braços em volta dela e dizer que estava tudo bem. Não o fez. Pela sua experiência, as coisas raramente estavam bem.

— Jace — ela disse, tão suavemente que ele teve de se inclinar para a frente para ouvir —, acho que sei onde a minha mãe escondeu o Cálice Mortal. Está dentro de um quadro.

— O quê? — Jace ainda a estava olhando como se ela tivesse dito que havia encontrado um dos Irmãos do Silêncio dando estrelas no corredor. — Quer dizer que ela escondeu *atrás* de uma pintura? Todas as pinturas da sua casa foram arrancadas das molduras.

— Eu sei. — Clary olhou para o quarto de Jace. Não parecia haver mais ninguém ali, para alívio dela. — Então, posso entrar? Quero te mostrar uma coisa.

Ele deu passagem a ela.

— Se precisa...

Ela se sentou na cama, equilibrando o caderno nos joelhos. As roupas que ele estava usando antes estavam espalhadas por cima das cobertas, mas o resto do local estava impecável, como o quarto de um monge. Não havia fotos na parede, pôsteres ou fotos de amigos ou familiares. Os lençóis eram brancos e estavam esticados sobre a cama. Não era exatamente o quarto típico de um adolescente.

— Aqui — disse ela, virando as páginas até encontrar o desenho da xícara de café. — Veja isso.

Jace se sentou ao lado dela, jogando para o lado a camiseta que estava ali.

— É uma xícara de café.

Ela podia ouvir a irritação na própria voz.

— Eu *sei* que é uma xícara de café.

— Mal posso esperar pelo dia em que você vai desenhar alguma coisa realmente complicada, como a Brooklyn Bridge, ou uma lagosta. Você provavelmente vai me mandar um telegrama cantado.

Ela o ignorou.

— Veja, era isso que eu queria que você visse. — Ela passou a mão sobre o desenho; depois, com um rápido movimento, alcançou *dentro* do papel. Quando retirou a mão um instante mais tarde, lá estava a xícara de café, pendurada nos dedos dela.

Ela havia imaginado Jace saltando da cama espantado e dizendo algo do tipo "Minha Nossa Senhora!". Isso não aconteceu — principalmente, ela suspeitava, porque Jace já vira coisas mais estranhas na vida, e também porque ninguém mais utilizava esta exclamação. Mas os olhos dele se arregalaram.

— Você fez isso?

Ela fez que sim com a cabeça.

— Quando?

— Agora mesmo, no meu quarto, depois... depois que Simon foi embora.

Seu olhar ficou duro, mas ele não insistiu no assunto.

— Você utilizou símbolos? Quais?

Ela balançou a cabeça, colocando o dedo na página que agora estava em branco.

— Não sei. Eles vieram à minha cabeça e eu desenhei exatamente como os vi.

— Aqueles que viu mais cedo no Livro Gray?

— Não sei. — Ela ainda estava balançando a cabeça. — Não posso afirmar.

— E ninguém nunca ensinou você como fazer isso? Sua mãe, por exemplo?

— Não. Já disse, minha mãe sempre disse que mágica não existia...

— Aposto que ela ensinou — ele a interrompeu — e fez com que você esquecesse em seguida. Magnus disse que suas lembranças voltariam lentamente.

— Talvez.

— Claro que sim. — Jace se levantou e começou a andar de um lado para o outro. — Provavelmente é contra a Lei utilizar símbolos desse tipo, a não ser que seja licenciado para tal. Você acha que a sua mãe escondeu o Cálice em um quadro? Do mesmo jeito que você acabou de fazer com essa xícara?

Clary fez que sim com a cabeça.

— Mas não em um dos quadros que estavam lá em casa.

— Onde mais? Numa galeria? Pode estar em qualquer lugar...

— Não em um quadro — disse Clary. — Em uma carta.

Jace fez uma pausa, virando em direção a ela.

— Uma carta?

— Lembra daquele baralho de tarô da Madame Dorothea? O que a minha mãe pintou para ela?

Ele fez que sim com a cabeça.

— E lembra quando peguei o Ás de Copas? Mais tarde, quando vi a estátua do Anjo, o Cálice me pareceu familiar. Era porque já tinha visto antes, no Ás. Minha mãe *pintou o Cálice Mortal no baralho de tarô da Madame Dorothea.*

Jace estava um passo atrás dela.

— Porque ela sabia que estaria seguro com um Controle, e foi o jeito que ela encontrou de entregá-lo a Dorothea sem ter de dizer o que era ou a razão pela qual precisava mantê-lo escondido.

— Ou mesmo que precisava mantê-lo escondido. Dorothea nunca sai, ela nunca daria a ninguém...

— E sua mãe estava convenientemente perto para vigiá-la e também o Cálice. — Jace parecia quase impressionado. — Nada mal.

— Pois é. — Clary teve de se esforçar para conter o tremor na própria voz. — Quem dera ela não tivesse escondido tão bem.

— Como assim?

— Quer dizer, se eles tivessem encontrado o Cálice, talvez tivessem deixado minha mãe em paz. Se só o que queriam era o Cálice...

— Eles teriam matado a sua mãe, Clary — disse Jace. Ela sabia que ele estava falando a verdade. — São os mesmos homens que mataram meu pai. A única razão pela qual ela talvez esteja viva é o fato de eles não terem encontrado o Cálice. Agradeça por ela tê-lo escondido tão bem.

— Não vejo o que isso tem a ver conosco — disse Alec, com uma expressão confusa sob o cabelo. Jace havia acordado o resto dos moradores do Instituto ao amanhecer e os arrastara para a biblioteca, para, como ele disse, "conceber as estratégias de luta". Alec ainda estava de pijama, e Isabelle vestia um roupão cor-de-rosa. Hodge, com o terno impecável de sempre, estava tomando café em uma xícara de cerâmica azul lascada. Somente Jace, com os olhos brilhantes apesar dos hematomas que já estavam desaparecendo, parecia realmente acordado. — Pensei que a busca pelo Cálice estivesse nas mãos da Clave agora.

— É melhor se fizermos isso pessoalmente — disse Jace com certa impaciência na voz. — Eu e Hodge já discutimos e foi isso que decidimos.

— Bem... — Isabelle colocou o cabelo atrás da orelha. — Estou dentro.

— Eu não — disse Alec. — Há cooperativas da Clave na cidade agora procurando pelo Cálice. Passe a informação e deixe que eles façam o serviço.

— Não é tão simples assim — disse Jace.

— É simples. — Alec virou-se para a frente, franzindo o rosto. — Isso não tem nada a ver conosco e tudo a ver com o seu... o seu vício pelo perigo.

Jace balançou a cabeça, claramente irritado.

— Não sei por que você está brigando comigo.

Porque ele não quer que você se machuque, pensou Clary, e ficou pensando na total incapacidade dele em ver o que realmente se passava com Alec. Mas, verdade seja dita, ela também não percebeu o que acontecia com Simon. Quem era ela para julgar?

— Vejam, Dorothea, a dona do Santuário, não confia na Clave. Ela os detesta, para falar a verdade. Mas confia na gente.

— Ela confia em mim — disse Clary. — Quanto a você, eu não sei. Não tenho certeza se ela gosta de você.

Jace ignorou-a.

— Vamos, Alec. Vai ser divertido. E pense na glória que teremos se trouxermos o Cálice Mortal de volta para Idris! Nossos nomes jamais serão esquecidos.

— Não ligo para a glória — disse Alec, sem desgrudar os olhos de Jace em nenhum momento. — Preocupo-me em não fazer nada estúpido.

— Mas, neste caso, Jace tem razão — disse Hodge. — Se a Clave fosse ao Santuário, seria um verdadeiro desastre. Dorothea fugiria com o Cálice e provavelmente jamais seria encontrada. Não, Jocelyn claramente queria que somente uma pessoa pudesse encontrar o Cálice, e essa pessoa é Clary, somente ela.

— Então deixe que ela vá sozinha — disse Alec.

Até Isabelle se espantou com isso. Jace, que estava inclinado para a frente, olhou friamente para Alec. Jace era a única pessoa, pensou Clary, capaz de ter uma aparência *cool* em uma calça de pijama e uma camiseta velha, mas ele conseguia, provavelmente por pura força de vontade.

— Se você tem medo de alguns Renegados, por favor, fique em casa — ele disse calmamente.

Alec ficou pálido.

— Não tenho medo — ele disse.

— Ótimo — disse Jace. — Então não temos problema algum, certo? — Ele olhou em volta do quarto. — Estamos juntos nessa.

Alec resmungou afirmativamente, enquanto Isabelle assentiu vigorosamente.

— Claro — ela concordou. — Parece divertido.

— Não sei de diversão — acrescentou Clary. — Mas estou dentro, é claro.

— Mas Clary... — Hodge advertiu rapidamente. — Se você está preocupada com o perigo, não precisa ir. Podemos notificar a Clave...

— Não — disse Clary, surpreendendo a si mesma. — Minha mãe queria que eu encontrasse. Não o Valentim, nem eles. — *Não era dos monstros que ela estava se escondendo,* Magnus dissera. — Se ela realmente passou a vida inteira tentando manter Valentim afastado do cálice, é o mínimo que posso fazer.

Hodge sorriu para ela.

— Acho que ela sabia que você ia dizer isso — ele sugeriu.

— Mas não precisa se preocupar — disse Isabelle. — Você vai ficar bem. Nós conseguimos dar conta de alguns Renegados. Eles são loucos, mas não são muito inteligentes.

— E muito mais fáceis de lidar do que demônios — lembrou Jace. — Não tão traiçoeiros. Ah, e vamos precisar de um carro — acrescentou. — De preferência, um grande.

— Por quê? — perguntou Isabelle. — Nunca precisamos de um carro antes.

— Porque nunca tivemos que nos preocupar com um objeto de valor incomensurável. Não quero ter que arrastá-lo pela linha L do metrô.

— Existem táxis — disse Isabelle. — E vans para alugar.

Jace balançou a cabeça.

— Quero um ambiente que possamos controlar. Não quero ter que lidar com motoristas de táxi ou empresas mundanas que aluguem veículos quando estivermos fazendo algo dessa importância.

— Você não tem carteira de motorista e carro? — Alec perguntou a Clary, olhando para ela com ódio mascarado. — Pensei que todos os mundanos tinham essas coisas.

— Não aos 15 anos — Clary disse secamente. — Eu ia tirar a carteira esse ano, mas não ainda.

— Que grande utilidade você tem!

— Pelo menos meus amigos podem dirigir — retorquiu ela. — Simon tem carteira.

Imediatamente, ela se arrependeu de ter dito aquilo.

— Tem? — disse Jace, em um tom perigosamente pensativo.

— Mas ele não tem carro — ela acrescentou rapidamente.

— Mas ele dirige o carro dos pais? — perguntou Jace.

Clary suspirou, encostando-se na mesa.

— Não. Geralmente ele dirige a van do Eric. Para shows e coisas do tipo. Às vezes o Eric empresta para outros fins. Se ele tiver um encontro com alguma garota, por exemplo.

Jace riu desdenhosamente.

— Ele busca garotas de van? Não é à toa que faz tanto sucesso com elas.

— É um carro — corrigiu Clary. — Você só está com raiva porque ele tem algo que você não tem.

— Ele tem várias coisas que eu não tenho. Miopia, falta de postura e uma falta de coordenação assustadora.

— Sabe — disse Clary —, a maioria dos psicólogos concorda que hostilidade é, na verdade, atração sexual mascarada.

— Ah — Jace disse alegremente —, isso pode explicar o motivo de tantas pessoas que encontro parecerem desgostar de mim.

— Eu não desgosto de você — Alec declarou rapidamente.

— Isso é porque partilhamos uma afeição de irmãos — explicou Jace, aproximando-se da mesa. Ele pegou o telefone preto e entregou-o a Clary. — Ligue para ele.

— Para quem? — disse Clary, tentando enrolar. — Eric? Ele jamais me emprestaria o carro.

— Simon — disse Jace. — Ligue para ele e pergunte se pode nos levar até a sua casa.

Clary fez uma última tentativa.

— Você não conhece nenhum Caçador de Sombras que tenha carro?

— Em Nova York? — O sorriso de Jace se desmanchou. — Olhe só, todo mundo está em Idris por causa dos Acordos, e independente disso, insistiriam em vir conosco. É isso ou nada.

Ela encontrou o olhar dele por um instante. Havia um quê de provocação neles, como se ele a estivesse desafiando a explicar a relutância. Com o rosto franzido, ela foi até ele e pegou o telefone de sua mão.

Não teve de pensar antes de discar. O número de Simon era tão familiar quanto o seu próprio. Ela se preocupou em ter de lidar com a mãe ou a irmã dele, mas ele atendeu no segundo toque.

— Alô?

— Simon?

Silêncio.

Jace estava olhando para ela. Clary fechou os olhos com força, tentando fingir que ele não estava lá.

— Sou eu — ela disse. — Clary.

— Eu *sei* quem é. — Ele parecia irritado. — Eu estava dormindo, sabia?

— Eu sei. Está cedo. Desculpe. — Ela enrolou o fio do telefone no dedo. — Preciso de um favor seu.

Do outro lado da linha, fez-se silêncio antes de ele rir.

— Você está brincando.

— Não estou — ela disse. — Sabemos onde está o Cálice Mortal, e estamos prontos para pegá-lo, e estamos prontos para buscar. A única questão é que precisamos de um carro.

Ele riu de novo.

— Desculpe, você está me dizendo que seus amiguinhos matadores de demônios precisam de carona para o próximo assassinato com forças sombrias, e você está pedindo a ajuda da *minha mãe*?

— Na verdade, pensei que você poderia pedir ao Eric a van emprestada.

— Clary, se você acha que eu...

— Se conseguirmos o Cálice Mortal, terei como resgatar a minha mãe. É a única razão pela qual Valentim não a matou ou soltou ainda.

Simon suspirou profundamente.

— Você acha que vai ser fácil fazer uma troca? Clary, eu não sei.

— Eu também não. Só sei que é uma chance.

— Essa coisa é poderosa, não é? Em RPG, geralmente é melhor não mexer com os objetos poderosos até você saber o que eles fazem.

— Não vou mexer com ele. Só vou usar para resgatar a minha mãe.

— Isso não faz o menor sentido, Clary.

— Isso não é RPG, Simon! — ela quase gritou. — Não é um joguinho em que, na pior das hipóteses, você consegue um lance de dados desfavorável. É da minha *mãe* que estamos falando, e Valentim pode estar torturando-a. Ele pode *matá-la*. Tenho que fazer o possível para resgatá-la, assim como fiz por você.

Pausa.

— Talvez você tenha razão. Não sei, esse não é o meu mundo. Para onde vamos, exatamente? Preciso falar para Eric.

— *Não* leve Eric — ela disse rapidamente.

— Eu sei — respondeu com paciência exagerada. — Não sou burro.

— Vamos para a minha casa. Está na minha casa.

Fez-se um breve silêncio — dessa vez de espanto.

— Na sua *casa*? Pensei que a sua casa estivesse cheia de zumbis.

— Guerreiros Renegados. Não são zumbis. Seja como for, Jace e os outros podem cuidar deles enquanto eu pego o Cálice.

— Por que *você* tem que pegar o Cálice? — ele parecia alarmado.

— Porque sou a única que pode — ela disse. — Busque-nos na esquina assim que puder.

Ele resmungou algo inaudível e depois:

— Tudo bem.

Ela abriu os olhos. Era difícil focar o mundo em meio às lágrimas.

— Obrigada, Simon — ela disse. — Você é...

Mas ele havia desligado.

— Ocorre a mim — disse Hodge — que os dilemas de poder são sempre os mesmos.

Clary olhou de lado para ele.

— O que você quer dizer?

Ela se sentou à janela na biblioteca, Hodge na cadeira com Hugo no braço. O resto do café da manhã — biscoito com geleia, farelos de torrada e manchas de manteiga

— estava sobre um prato na mesa baixa que ninguém parecia interessado em limpar. Após o café, eles se dispersaram para se arrumar, e Clary tinha sido a primeira a voltar. O que não era surpresa alguma, considerando que tudo que tinha de fazer era vestir um jeans e uma camiseta, e passar uma escova no cabelo, enquanto os outros tinham de se armar da cabeça aos pés. Tendo perdido a adaga de Jace no hotel, o único objeto remotamente sobrenatural que ela possuía era a pedra enfeitiçada no bolso.

— Estava pensando no seu Simon — disse Hodge — e em Alec e Jace, entre outros.

Ela olhou através da janela. Estava chovendo, pingos grossos batendo na vidraça. O céu era de uma cor cinza impenetrável.

— O que eles têm a ver entre si?

— Onde há sentimentos não correspondidos — disse Hodge —, há um desequilíbrio de poder. É um desequilíbrio fácil de ser explorado, mas não é um curso sábio. Onde há amor, frequentemente também há ódio. Podem existir lado a lado.

— Simon não me odeia.

— Mas pode odiar, com o tempo, se sentir que você o está usando. — Hodge levantou a mão. — Sei que não é sua intenção, e em alguns casos a necessidade se sobrepõe aos sentimentos. Mas a situação me trouxe outra à mente. Você ainda tem aquela foto que eu lhe dei?

Clary balançou a cabeça.

— Não comigo. Está no meu quarto. Posso buscá-la...

— Não. — Hodge acariciou as penas negras de Hugo. — Quando sua mãe era jovem, tinha um melhor amigo, assim como você tem Simon. Eles eram tão próximos quanto irmãos. Aliás, eram frequentemente confundidos como tal. Ao crescerem, tornou-se claro para todo mundo que ele estava apaixonado por ela, mas ela nunca percebeu isso. Ela sempre se referiu a ele como um "amigo".

Clary olhou fixamente para Hodge.

— Você está falando do Luke?

— Estou — disse Hodge. — Lucian sempre achou que ele e Jocelyn fossem ficar juntos. Quando ela conheceu e se apaixonou por Valentim, ele não suportou. Depois que eles se casaram, ele deixou o Ciclo, desapareceu e permitiu que todos nós pensássemos que ele estivesse morto.

— Ele nunca disse, nunca sequer deu a entender nada nesse sentido — disse Clary. — Todos esses anos e ele poderia ter tentado...

— Ele sabia qual seria a resposta — disse Hodge, olhando através dela em direção ao céu chuvoso. — Lucian nunca foi o tipo de homem a se iludir. Não, ele se contentava em estar perto dela, presumindo, talvez, que com o tempo os sentimentos dela pudessem mudar.

— Mas, se ele a amava, por que disse àqueles homens que não se importava com o que acontecesse a ela? Por que ele se recusou a permitir que dissessem onde ela estava?

— Como disse antes, onde há amor, também há ódio — disse Hodge. — Ela o machucou muito há alguns anos. Ela deu as costas para ele. E, mesmo assim, ele bancou o cão fiel desde então, nunca demonstrando, confrontando ou falando com ela sobre seus sentimentos. Talvez ele tenha encontrado uma oportunidade de virar a mesa. De machucá-la tanto quanto ela o machucou.

— Luke não faria isso — mas Clary estava se lembrando do tom gelado que ele utilizou quando disse a ela para não lhe pedir favor algum. Ela viu o olhar duro nos olhos dele quando encarou os homens de Valentim. Aquele não era o Luke que ela conhecia, o Luke com quem havia crescido. Aquele Luke nunca teria querido punir Jocelyn por não tê-lo amado o suficiente do jeito certo. — Mas ela o amava — disse Clary, falando em voz alta sem perceber. — Apenas não do mesmo jeito que ele a amava. Será que isso não basta?

— Talvez ele achasse que não.

— O que irá acontecer quando pegarmos o Cálice? — perguntou ela. — Como vamos entrar em contato com Valentim para informá-lo de que estamos com ele?

— Hugo irá encontrá-lo.

A chuva batia forte nos vidros. Clary tremeu.

— Vou pegar um casaco — ela disse, saindo de onde estava.

Ela encontrou o casaco verde de capuz no fundo da mochila. Quando o puxou, ouviu alguma coisa se mexer. Era a foto do Ciclo, de sua mãe e Valentim. Ela olhou para a fotografia durante um longo tempo antes de colocá-la de volta na mochila.

Quando voltou para a biblioteca, os outros estavam todos reunidos lá: Hodge, sentado vigilante à mesa com Hugo no ombro, Jace todo de preto, Isabelle com as botas de atacar demônios e o chicote dourado, e Alec com uma bolsa de flechas cruzada no ombro e uma pulseira de couro cobrindo o braço direito do pulso até o cotovelo. Todos, exceto Hodge, exibiam Marcas recém-aplicadas, cada centímetro de pele nua tatuado com desenhos curvilíneos. Jace estava com a manga esquerda dobrada, queixo no ombro, e estava franzindo o rosto enquanto fazia uma Marca octogonal na pele do braço.

Alec olhou para ele.

— Você está fazendo errado — ele disse. — Deixe comigo.

— Eu sou canhoto — disse Jace, suavemente e estendeu a estela. Alec parecia aliviado ao pegá-la, como se até então não tivesse certeza se havia sido perdoado por seu comportamento anterior. — É *iratze* básico — disse Jace enquanto Alec inclinava a cabeça sobre o braço de Jace, desenhando cuidadosamente as linhas do símbolo de cura. Jace franziu o rosto enquanto a estela deslizava sobre sua pele nua, estreitando os olhos, cerrando os punhos até os músculos do braço direito sobressaírem como cordas. — Pelo Anjo, Alec...

— Estou tentando ser cuidadoso — disse Alec. Ele soltou o braço de Jace e se afastou para admirar o próprio trabalho. — Pronto.

Jace relaxou o punho, abaixando o braço.

— Obrigado. — Ele então pareceu sentir a presença de Clary, olhou para ela e cerrou os olhos dourados. — Clary.

— Você parece pronto — ela disse enquanto Alec, repentinamente enrubescido, se afastava de Jace e se ocupava com as flechas.

— Estamos — disse Jace. — Você ainda está com aquela adaga que eu te dei?

— Não. Perdi no Dumort, lembra?

— É verdade. — Jace olhou para ela, satisfeito. — Quase matou um lobisomem com ela. Lembro.

Isabelle, que estava junto à janela, revirou os olhos.

— Tinha me esquecido de que é isso que o anima e chama sua atenção, Jace. Garotas matando coisas.

— Gosto de qualquer um matando coisas — disse ele. — Principalmente eu.

Clary olhou ansiosamente para o relógio na mesa.

— É melhor descermos. Simon chegará a qualquer instante.

Hodge se levantou da cadeira. Ele parecia muito cansado, pensou Clary, como se não dormisse há dias.

— Que o Anjo olhe por todos vocês — ele disse, e Hugo alçou voo chiando alto, na hora em que os sinos do meio-dia começaram a tocar.

Ainda estava chovendo quando Simon parou a van na esquina e buzinou duas vezes. O coração de Clary saltou — parte dela estava preocupada com a possibilidade de ele não aparecer.

Jace cerrou os olhos através da chuva pesada. Eles quatro haviam se abrigado sob uma cornija de pedra esculpida.

— *Essa* é a van? Parece uma banana apodrecendo.

Isso era inegável — Eric havia pintado a van com um tom de amarelo néon, e ela estava toda manchada de ferrugem e arranhões, como algo decadente. Simon buzinou novamente. Clary conseguia vê-lo, uma forma embaçada através das janelas molhadas. Ela suspirou e puxou o capuz sobre a cabeça.

— Vamos.

Eles pisaram nas poças imundas que se haviam formado no asfalto, as botas enormes de Isabelle emitiam um ruído alto cada vez que ela tocava o chão com os pés. Simon, deixando o volante, se arrastou até a parte de trás para abrir a porta, revelando assentos cujos forros estavam praticamente podres. Molas de aparência perigosa passavam pelo buraco. Isabelle franziu o nariz.

— É seguro sentar?

— Mais seguro do que ser amarrada ao teto — Simon disse de maneira simpática —, que é sua outra opção — ele acenou com a cabeça um cumprimento para Jace e Alec, ignorando Clary completamente. — E aí?

— E aí? — repetiu Jace, e levantou a bolsa de lona que trazia todas as armas. — Onde podemos colocar isso?

Simon o direcionou para a parte de trás, onde os meninos geralmente guardavam os instrumentos musicais, enquanto Alec e Isabelle se arrastavam pelo banco e se empoleiravam nos assentos.

— Tiro!** — anunciou Clary quando Jace apareceu de volta ao lado da van.

Alec pegou o arco, preso às costas dele.

— Onde?

— O que ela está dizendo é que quer o banco da frente — disse Jace, tirando o cabelo molhado dos olhos.

— É um belo arco — disse Simon, com um aceno de cabeça para Alec.

Alec piscou, com a chuva escorrendo dos cílios.

— Você sabe alguma coisa sobre arco e flecha? — ele perguntou em um tom que sugeria dúvida.

— Participei de um acampamento de arco e flecha — disse Simon. — Por seis anos consecutivos.

A resposta foram três olhares vazios e um sorriso de apoio de Clary, que Simon ignorou. Ele olhou para o céu, que estava desabando.

— É melhor irmos antes que comece um dilúvio.

O banco da frente do carro estava coberto por sacos vazios de Doritos e pedaços de bala. Clary afastou o que podia. Simon ligou o carro antes que ela tivesse terminado, lançando-a contra o assento.

— Ai — ela exclamou, em tom de reprovação.

— Desculpe — disse, sem olhar para ela.

Clary podia ouvir os outros conversando suavemente entre si — provavelmente, discutindo estratégias de batalha e a melhor maneira de decapitar um demônio sem sujar as botas de couro novas. Apesar de não haver nada separando os bancos dianteiros do traseiro, Clary sentiu um silêncio desconfortável entre ela e Simon, como se eles estivessem sozinhos.

— Então, qual é a do "E aí"? — ela perguntou para Simon enquanto ele manobrava a van pela FDR, a autoestrada que corria ao longo do East River.

** *Shotgun* no original. Além de significar tiro de arma de fogo, é uma gíria comum nos Estados Unidos: quem fala primeiro a palavra, ganha o direito de ficar no banco da frente. (*N. do E.*)

— Que "e aí"? — ele respondeu, fechando um carro utilitário preto cujo ocupante, um homem de terno com um telefone celular nas mãos, fez um gesto obsceno para eles por trás do vidro fumê.

— Essa coisa do "e aí" que os meninos fazem. Como quando viu Jace e Alec, você disse "e aí", e eles disseram "e aí" de volta. O que há de errado com "oi"?

Ela pensou ter visto um músculo se contrair na face dele.

— "Oi" é coisa de menina — ele informou. — Homens de verdade são diferentes. Falam "e aí".

— Então, quanto mais homem você for, menos educado?

— Isso mesmo — Simon fez que sim com a cabeça. À sua frente, Clary podia ver o nevoeiro que descia sobre o East River, blindando a margem do lago com uma névoa cinzenta. A água em si tinha cor de chumbo, agitada como creme de chantilly pelo vento forte. — É por isso que, quando os caras mais broncos se cumprimentam nos filmes, não dizem nada, apenas acenam com a cabeça. O aceno significa "eu sou bronco e reconheço que você também é", mas eles não dizem nada porque são o Wolverine e o Magneto, e explicar isso estragaria o clima.

— Não faço ideia do que você está falando — disse Jace, do banco de trás.

— Ótimo — retrucou Clary, e foi recompensada com um sorriso contido de Simon, enquanto ele virava na Manhattan Bridge, em direção ao Brooklyn e à casa dela.

Até chegarem à casa de Clary, finalmente já havia parado de chover. Raios de sol penetravam o restante da névoa e as poças nas calçadas estavam diminuindo. Jace, Alec e Isabelle fizeram Clary e Simon esperarem perto da van enquanto foram checar, conforme dissera Jace, "os níveis de atividade demoníaca".

Simon observou enquanto os três Caçadores de Sombras foram até o caminho alinhado de rosas que levava à entrada da casa.

— Níveis de atividade demoníaca? Por acaso, eles têm um dispositivo que mede se os demônios dentro da casa estavam fazendo power yoga?

— Não — respondeu Clary, tirando o capuz para poder aproveitar a sensação da luz do sol sobre o cabelo molhado. — O Sensor diz a eles o quão poderosos são os demônios, se houver demônios.

Simon parecia impressionado.

— Isso *é* realmente útil.

Ela virou para ele.

— Simon, sobre ontem à noite...

Ele levantou a mão.

— A gente não precisa falar sobre isso. Aliás, prefiro não falar.

— Só me deixe dizer uma coisa — ela continuou rapidamente. — Eu sei que, quando você disse que me amava, a minha resposta não foi exatamente o que queria ouvir.

— É verdade. Eu sempre esperei que, quando finalmente resolvesse dizer "eu te amo" a uma garota, que ela fosse dizer "eu sei" em resposta, como a princesa Leia disse para o Han em *O retorno de Jedi*.

— Que coisa mais *nerd* — disse Clary, sem conseguir se conter.

Ele olhou fixamente para ela.

— Desculpe — ela disse. — Olhe, Simon, eu...

— Não — ele disse. — Olhe *você*, Clary. Olhe para mim, e me veja de verdade. Você consegue fazer isso?

Ela olhou para ele. Olhou para os olhos escuros, marcados com uma cor mais fraca no limite da íris, e para as sobrancelhas levemente desiguais, os cílios longos, os cabelos escuros e o sorriso hesitante e as mãos musicais, tudo parte de Simon, que era parte dela. Se ela tivesse de falar a verdade, será que realmente diria que nunca soubera que ele a amava? Ou simplesmente que nunca soubera o que faria a respeito se ele se declarasse?

Ela suspirou.

— Ver através do feitiço é fácil. As pessoas é que são difíceis.

— Todo mundo vê o que quer ver — ele disse tranquilamente.

— Jace não — ela observou, sem conseguir se controlar, pensando naqueles olhos claros e frios.

— Ele consegue mais do que ninguém.

Ela franziu o rosto.

— O que você...

— Certo. — Veio a voz de Jace, interrompendo-os. Clary se virou rapidamente. — Checamos todos os quatro cantos da casa: nada. Atividade baixa. Provavelmente só os Renegados e eles podem até não nos incomodar, a não ser que tentemos entrar no apartamento de cima.

— E, se incomodarem — disse Isabelle, com um sorriso tão brilhante quanto o chicote —, estaremos prontos para eles.

Alec arrastou a bolsa de lona para fora da van, jogando-a sobre a calçada.

— Pronto — ele anunciou. — Vamos acabar com alguns demônios!

Jace olhou para ele de um jeito estranho.

— Você está bem?

— Estou. — Sem olhar para ele, Alec descartou o arco e a flecha em favor de um bastão de madeira polida com duas lâminas brilhantes que surgiram ao leve toque de dedos. — Assim é melhor.

Isabelle olhou preocupada para o irmão.

— Mas o arco...

Alec interrompeu-a.

— Sei o que estou fazendo, Isabelle.

O arco estava no banco de trás, reluzindo ao sol. Simon se esticou para pegá-lo, depois puxou de volta a mão, enquanto um grupo de jovens moças empurrando carrinhos passava na direção do parque. Elas não perceberam os três adolescentes fortemente armados perto da van amarela.

— Como eu consigo ver vocês? — perguntou Simon. — O que aconteceu com a mágica da invisibilidade de vocês?

— Você consegue nos ver — disse Jace — porque agora sabe a verdade sobre o que está vendo.

— É — disse Simon. — Acho que sim.

Ele protestou um pouco quando pediram para que ele ficasse junto à van, mas Jace o convenceu de que era importante haver um carro de fuga posicionado na esquina.

— A luz do sol é fatal para os demônios, mas não atinge os Renegados. E se eles nos perseguirem? E se o carro for *rebocado*?

A última coisa que Clary viu de Simon quando virou para acenar da varanda foram suas longas pernas sobre o painel do carro enquanto ele remexia a coleção de CDs de Eric. Ela suspirou aliviada. Pelo menos Simon estava seguro.

O cheiro a atingiu assim que atravessaram a porta da frente. Era quase indescritível, como ovos podres, carne estragada e algas apodrecendo na praia. Isabelle torceu o nariz e Alec ficou verde, mas Jace parecia estar inalando um perfume raro.

— Demônios passaram por aqui — ele anunciou seco, mas com deleite. — E recentemente, por sinal.

Clary olhou ansiosa para ele.

— Mas eles não estão...

— Não. — Ele balançou a cabeça. — Teríamos sentido. Ainda — ele apontou com o queixo para a porta de Dorothea, completamente fechada, sem qualquer feixe de luz emitido por baixo. — Ela pode ter algumas satisfações a dar para a Clave se descobrirem que anda recebendo demônios.

— Duvido que a Clave queira saber disso — disse Isabelle. — Em média, ela provavelmente vai se sair melhor do que nós.

— Eles não vão se importar, contanto que a gente acabe com o Cálice nas mãos. — Alec estava olhando em volta, seus olhos azuis estavam absorvendo o saguão, a escadaria curvada que dava lá em cima, as manchas na parede. — Principalmente se mutilarmos alguns Renegados no processo.

Jace balançou a cabeça.

— Eles estão no apartamento de cima. Meu palpite é que eles não vão nos incomodar, a não ser que tentemos entrar.

Isabelle tirou uma pequena mecha de cabelos da face e franziu o rosto para Clary.

— O que você está esperando?

Clary olhou involuntariamente para Jace, que lhe lançou um sorriso de lado. *Vá em frente*, a expressão dele dizia.

Ela atravessou o saguão em direção à porta de Dorothea, caminhando cuidadosamente. Com a claraboia escurecida com sujeira e a lâmpada da entrada ainda apagada, a única luminosidade provinha da pedra enfeitiçada de Jace. O ar estava quente e pesado, e as sombras pareciam se erguer diante dela como plantas que crescem magicamente em uma floresta de pesadelo. Ela estendeu a mão para bater à porta de Dorothea, primeiro levemente, depois com mais força.

A porta se abriu, entornando uma onda de luz dourada no saguão. Dorothea estava lá, grande e imponente, em tons de verde e laranja. Hoje, o turbante que usava era amarelo brilhante, adornado com um canarinho empalhado e aba de penas. Brincos de candelabro batiam nos cabelos, e os pés estavam descalços. Clary se surpreendeu — ela jamais vira Dorothea descalça, nem calçando algo que não fossem chinelos desbotados.

As unhas dos pés estavam pintadas em um tom de rosa-claro de muito bom gosto.

— Clary — exclamou ela, e tomou-a em um forte abraço. Por um instante, Clary se debateu, sufocada por um mar de perfume, veludo e as pontas do xale de Dorothea. — Por Deus, menina — disse a bruxa, balançando a cabeça de modo que os brincos sacudiram como moinhos de vento em uma tempestade. — Da última vez em que a vi, você estava desaparecendo pelo meu Portal. Onde você foi parar?

— Em Williamsburg — disse Clary, recuperando o ar.

As sobrancelhas de Dorothea se ergueram alto.

— E ainda dizem que não há transporte público eficiente no Brooklyn. — Ela abriu a porta e gesticulou para os outros entrarem.

O local parecia inalterado desde a última vez em que Clary o tinha visto: as mesmas cartas de tarô e bola de cristal sobre a mesa. Seus dedos coçaram para alcançar as cartas, pegá-las e ver o que poderia estar escondido sob as superfícies pintadas.

Dorothea sentou-se agradecida em uma poltrona e olhou para os Caçadores de Sombras com um olhar tão certeiro quanto os olhos do canarinho empalhado do chapéu. Velas aromáticas queimavam em pratos em ambos os lados da mesa, o que não adiantava muito para conter o cheiro horrível que impregnava o restante da casa.

— Suponho que ainda não tenha localizado a sua mãe? — ela perguntou a Clary.

Clary sacudiu a cabeça.

— Não. Mas eu sei quem a levou.

Os olhos de Dorothea passaram de Clary para Alec e Isabelle, que estavam examinando a Mão do Destino na parede. Jace, parecendo completamente despreocupado no papel de guarda-costas, estava no braço da cadeira. Satisfeita por nenhum de seus bens estar sendo destruído, Dorothea voltou o olhar novamente para Clary.

— Foi...

— Valentim — confirmou Clary. — Foi ele.

Dorothea suspirou.

— Era o que eu temia — ela se ajeitou novamente sobre as almofadas. — Você sabe o que ele quer com ela?

— Eu sei que ela foi casada com ele...

A bruxa rosnou.

— Amor tomando rumos adversos. A pior coisa.

Jace fez um barulho suave, quase inaudível ao ouvir isso — uma risada. As orelhas de Dorothea se mexeram, como as de um gato.

— Qual é a graça, menino?

— O que você sabe sobre o assunto? — ele perguntou. — Digo, sobre amor.

Dorothea cruzou as mãos macias e pálidas sobre o próprio colo.

— Mais do que você possa imaginar — ela respondeu. — Eu não li suas folhas de chá, menino? Por acaso você já se apaixonou pela pessoa errada?

Jace disse:

— Infelizmente, Dama dos Refugiados, meu único verdadeiro amor permanece sendo eu mesmo.

Dorothea sorriu desdenhosamente ao ouvir isso.

— Pelo menos — ela disse —, você não precisa se preocupar com rejeição, Jace Wayland.

— Não necessariamente. Eu mesmo às vezes me dispenso, só para manter as coisas interessantes.

Dorothea sorriu novamente. Clary a interrompeu.

— Você deve estar imaginando o que estamos fazendo aqui, Madame Dorothea.

A senhora recuou, esfregando os olhos.

— Por favor — ela disse —, sinta-se à vontade para dar a mim meu título adequado, como o menino o fez. Você pode me chamar de Dama. E presumo — ela acrescentou — que vocês vieram pelo prazer da minha companhia. Por acaso estou errada?

— Não tenho tempo para o prazer da companhia de ninguém. Tenho que ajudar a minha mãe, e para isso preciso de uma coisa.

— E que coisa é essa?

— Algo chamado Cálice Mortal — respondeu Clary — e Valentim achou que minha mãe o tivesse. Foi por isso que a levaram.

Dorothea parecia verdadeiramente surpresa.

— O Cálice do Anjo? — ela disse, com a voz carregada de descrença. — O Cálice de Raziel, no qual ele misturou o sangue de anjos e homens e deu essa mistura para um homem beber, e criou o primeiro Caçador de Sombras?

— Esse mesmo — disse Jace, com o tom levemente seco.

— E por que ele acharia que sua mãe estava com o Cálice? — perguntou Dorothea. — Logo Jocelyn? — A percepção recaiu sobre seu rosto antes que Clary pudesse falar. — Porque ela não era Jocelyn Fray, de jeito nenhum — ela disse. — Ela era Jocelyn Fairchild, mulher dele. A que todos pensavam que estivesse morta. Ela pegou o Cálice e fugiu, não foi?

Algo se acendeu no fundo dos olhos da bruxa, mas ela abaixou as pálpebras tão depressa que Clary achou que pudesse estar imaginando.

— Então — disse Dorothea —, você sabe o que vai fazer agora? Onde quer que ela tenha escondido, não vai ser fácil de achar, mesmo que você queira. Valentim poderia fazer coisas terríveis se tivesse o Cálice em mãos.

— Quero encontrá-lo — afirmou Clary. — Nós queremos...

Jace interrompeu-a suavemente.

— Nós sabemos onde está — ele acrescentou. — Só precisamos resgatá-lo.

Os olhos de Dorothea se arregalaram.

— Bem, e onde está?

— Aqui — disse Jace, em um tom tão convicto que Isabelle e Alec abandonaram a análise da estante de livros para ver o que estava se passando.

— Aqui? Quer dizer que está com você?

— Não exatamente, cara Dama — respondeu Jace, que estava, Clary sentiu, adorando aquilo tudo de um jeito muito assustador. — Quero dizer que está com *você*.

A boca de Dorothea se fechou.

— Isso não tem a menor graça — ela disse, tão brutalmente que Clary se preocupou com a possibilidade de que isso tudo tivesse tomando um rumo muito errado. Por que Jace sempre tinha de antagonizar a todos?

— Está com você, sim — Clary interrompeu apressadamente —, mas não...

Dorothea se levantou da poltrona, recompondo-se em sua altura plena e magnífica, e olhou para eles.

— Vocês estão enganados — ela disse friamente. — Tanto por imaginarem que eu estou com o Cálice quanto por ousarem vir até aqui e me chamarem de mentirosa.

A mão de Alec foi para a sua arma.

— Oh, Deus — ele disse a si mesmo.

Espantada, Clary balançou a cabeça.

— Não — ela disse rapidamente. — Não a estou chamando de mentirosa, juro. Estou dizendo que o Cálice está aqui, mas *você nunca soube.*

Madame Dorothea encarou-a. Seus olhos quase escondidos nas dobras do rosto eram duros como bolas de gude.

— Explique-se — ela disse.

— Estou dizendo que minha mãe o escondeu aqui — disse Clary. — Há anos. Ela nunca contou por não querer envolvê-la.

— Então ela o deu disfarçado — explicou Jace —, sob a forma de um presente.

Dorothea o encarou com olhos vazios.

Será que ela não se lembra?, pensou Clary, confusa.

— O baralho de tarô — ela disse. — As cartas que ela pintou para você.

O olhar da Bruxa se voltou para as cartas, dispostas na mesa sobre os embrulhos de seda.

— As cartas? — enquanto os olhos dela se arregalavam, Clary foi até a mesa e pegou o baralho. As cartas estavam mornas, quase escorregadias. Agora, de um jeito que não havia conseguido antes, ela sentiu o poder dos símbolos pintados nas partes de trás pulsando nas pontas de seus dedos. Ela encontrou o Ás de Copas pelo toque e o pegou, deixando as demais cartas sobre a mesa.

— Aqui está — ela disse.

Todos estavam olhando para ela, com expectativa, absolutamente parados. Lentamente, ela virou a carta e admirou mais uma vez o trabalho artístico da mãe: a mão fina pintada, com os dedos envoltos no caule dourado do Cálice Mortal.

— Jace — ela disse. — Me dê a sua estela.

Ele a pressionou, morna e vibrante contra a palma da mão dela. Ela virou a carta e passou a estela sobre os símbolos desenhados na parte de trás — um giro aqui e ali e eles passavam a significar alguma coisa inteiramente diferente. Quando virou a carta outra vez, a figura havia mudado sutilmente: os dedos haviam soltado o Cálice, e a mão parecia estar oferecendo-o a ela, como se dissesse: *Aqui, pegue-o.*

Ela pôs a estela no bolso. Depois, apesar de o quadrado pintado não ser maior que sua mão, ela alcançou dentro da carta como se fosse um buraco amplo. Ela segurou o Cálice pela base — com os dedos cerrados em torno dele — e, ao puxar a mão de volta, com o Cálice firmemente preso a ela, pensou ter ouvido leves suspiros ante a carta, agora branca e vazia, transformada em cinzas que escorreram por entre seus dedos, para o carpete no chão.

Capítulo 19
ABBADON

Clary não tinha certeza quanto ao que estava esperando — exclamações de deleite, talvez uma onda de aplausos. Em vez disso, fez-se silêncio, que só foi quebrado quando Jace falou.

— Por algum motivo, pensei que fosse maior.

Clary olhou para o Cálice que tinha em mãos. Era do tamanho, talvez, de uma taça de vinho normal, só que muito mais pesado. Ela sentia o poder que corria por ele, como sangue através das veias.

— É um tamanho muito bom — disse ela, indignada.

— Bem, é grande o bastante — disse ele em tom de consolo —, mas por algum motivo eu esperava alguma coisa... você sabe. — Ele fez um gesto com as mãos, indicando algo aproximadamente do tamanho de uma casa de gato.

— É o Cálice Mortal, Jace, não a Latrina Mortal — disse Isabelle. — Acabamos? Podemos ir?

Dorothea estava com a cabeça inclinada para um dos lados, com os olhos acesos e interessados.

— Mas está danificado! — exclamou ela. — Como isso foi acontecer?

— Danificado? — Clary olhou espantada para o Cálice. Parecia em perfeito estado para ela.

— Aqui — disse a bruxa —, deixe-me mostrar a vocês — e ela deu um passo em direção a Clary, estendendo as mãos com longas unhas vermelhas para o Cálice. Clary, sem saber a razão, recuou. De repente, Jace estava entre elas, com a mão passeando por perto da espada que trazia na cintura.

— Sem querer ofender — ele disse calmamente —, mas ninguém além de nós toca no Cálice.

Dorothea olhou para ele por um instante, e aquela estranha negritude voltou a seus olhos.

— Bem — ela disse —, não sejamos precipitados. Valentim ficaria muito aborrecido se alguma coisa acontecesse ao Cálice.

Com um leve chiado, a espada de Jace surgiu. A ponta balançou logo abaixo do queixo de Dorothea. O olhar de Jace era firme.

— Não sei o que há — ele disse —, mas nós já estamos indo.

Os olhos da senhora brilharam.

— Perfeitamente, Caçador de Sombras — ela disse, recuando para a parede de cortina. — Vocês gostariam de utilizar o Portal?

A ponta da espada de Jace balançou enquanto ele a encarou momentaneamente confuso. Então Clary viu sua mandíbula enrijecer.

— Não encoste nisso...

Dorothea sorriu, e rápida como um flash, puxou as cortinas que cobriam a parede. Eles caíram com o leve som de um colapso. O Portal atrás deles estava aberto.

Clary ouviu Alec, atrás dela, respirar fundo.

— O que é aquilo? — Clary só viu levemente o que era visível através da porta: nuvens vermelhas cortadas com raios negros, e uma forma escura e terrível que avançava em direção a eles, quando Jace gritou para se abaixarem. Ele se jogou ao chão, derrubando Clary consigo. De barriga para baixo, ela levantou a cabeça a tempo de ver a coisa escura atingir Madame Dorothea, que gritou, lançando os braços ao alto. Em vez de derrubá-la, a coisa escura a envolveu como tinta absorvida por papel. Suas costas monstruosamente corcundas, o formato dela se alongou enquanto ela se elevava e se elevava pelo ar, com a estrutura se alongando e mudando de forma. Um barulho agudo de objetos atingindo o chão fez com que Clary olhasse para baixo: eram as pulseiras de Dorothea, deformadas e quebradas. Em meio às joias, havia o que pareciam pequenas pedras brancas. Clary levou um instante para perceber que eram dentes.

A seu lado, Jace sussurrou alguma coisa. Parecia uma exclamação de descrença. A seu lado, Alec engasgou e disse:

— Mas você disse que não havia muita atividade demoníaca. Você disse que os níveis estavam baixos!

— Eles *estavam* baixos — rosnou Jace.

— Seu entendimento de baixo deve ser bem diferente do meu! — gritou Alec, enquanto a coisa que outrora fora Dorothea uivava e girava. Parecia estar se ampliando, corcunda e saliente, grotescamente disforme...

Clary desgrudou os olhos quando Jace se levantou, e foi atrás dele. Isabelle e Alec se levantaram cambaleando, pegando as armas. A mão que segurava o chicote de Isabelle estava ligeiramente trêmula.

— Ande! — Jace empurrou Clary para a porta do apartamento. Quando tentou olhar para trás por cima do ombro, ela viu algo espesso e cinza girando, como nuvens de tempestade, uma forma escura no centro...

Eles quatro correram pelo saguão de entrada, Isabelle à frente do grupo. Ela correu em direção à porta da frente, tentou abri-la e virou para os outros com a expressão assustada.

— Está resistente. Deve ser um feitiço...

Jace resmungou e apalpou o próprio casaco.

— Onde diabos está a minha estela...?

— Está comigo — disse Clary, lembrando-se. Enquanto alcançava o bolso, um trovão explodiu no recinto. O chão tremeu sob os pés dela. Ela cambaleou e quase caiu, mas conseguiu se segurar no corrimão. Quando olhou para cima, ela viu um novo buraco se abrindo na parede que separava o saguão do apartamento de Dorothea, completamente alinhado por suas pontas desbotadas com madeira e gesso, através do qual alguma coisa estava subindo, quase vazando...

— Alec! — Era Jace, gritando: Alec estava na frente do buraco, pálido e horrorizado. Resmungando, Jace correu para cima e o agarrou, arrastando-o bem no instante em que a coisa se libertou da parede e se lançou ao saguão.

Clary ouviu o próprio fôlego voltar. A carne da criatura era viva e parecia cheia de hematomas. Através da pele fina, os ossos apareciam — não ossos novos e brancos, mas ossos que pareciam estar embaixo da terra há mil anos, pretos, rachados e imundos. Os dedos eram descascados e esqueléticos, os braços finos eram cheios de machucados pretos através dos quais se viam ossos amarelados. O rosto era uma caveira, o nariz e os olhos eram buracos. Os dedos enormes esfregaram o chão. Enrolados nos pulsos e ombros, a coisa tinha pedaços de tecido brilhante: tudo o que sobrava das echarpes e do turbante de seda de Madame Dorothea. Tinha, no mínimo, dois metros e meio de altura.

Olhou para baixo, para os quatro adolescentes com aqueles buracos dos olhos vazios.

— Me dê — disse, com uma voz que parecia vento soprando lixo sobre asfalto vazio. — O Cálice Mortal. Entregue-o a mim, e permitirei que viva.

Em pânico, Clary olhou para os outros. Isabelle estava com a aparência de quem tinha sido atingida por um golpe no estômago ao ver a criatura. Alec estava imóvel. Foi Jace que, como sempre, falou:

— O que é você? — ele perguntou, com a voz firme, embora parecesse mais estarrecido do que Clary jamais vira.

A coisa inclinou a cabeça.

— Sou Abbadon. Sou o Demônio do Abismo. São meus os lugares vazios entre os mundos. São meus o vento e a escuridão uivante. Sou tão diferente daquelas coisas chorosas que vocês chamam de *demônios* quanto uma águia de uma mosca. Vocês não têm a menor chance de me derrotar. Entreguem o Cálice ou morram.

O chicote de Isabelle tremeu.

— É um Demônio Maior — ela disse. — Jace, se nós...

— E Dorothea? — A voz de Clary veio aguda, antes que ela pudesse conter. — O que aconteceu com ela?

Os olhos vazios do demônio balançaram para olhar para ela.

— Ela era apenas um veículo — disse a coisa. — Ela abriu o Portal e eu me apossei dela. Sua morte foi suave. — O olhar dele se voltou para o Cálice na mão dela. — A sua não será.

A criatura começou a se mover em direção a ela. Jace bloqueou a passagem, com a espada em uma das mãos e uma lâmina serafim aparecendo na outra. Alec o observava, com a expressão completamente horrorizada.

— Pelo Anjo — disse Jace, olhando o demônio de cima a baixo. — Eu sabia que Demônios Maiores eram feios, mas ninguém me alertou quanto ao cheiro.

Abbadon abriu a boca e sibilou. Tinha duas fileiras de dentes afiados como cacos de vidro.

— Não tenho certeza quanto a essa história de vento e escuridão uivante — prosseguiu Jace. — Me parece mais um aterro. Tem certeza de que não é de Staten Island?

O demônio saltou em sua direção. Jace moveu as lâminas para cima e para fora com uma velocidade quase assustadora; ambas afundaram na parte mais carnuda do demônio. Ele uivou e o atacou de volta, empurrando-o, jogando-o de lado do jeito que um gato poderia jogar um filhote. Jace rolou e se levantou, mas Clary podia ver pela maneira como estava segurando o braço que ele se machucara.

Isso bastou para Isabelle. Lançando-se para a frente, ela atacou o demônio com o chicote. Atingiu as costas cinzas do demônio, e um inchaço vermelho apareceu, formado por sangue. Abbadon ignorou-a e avançou em direção a Jace.

Com a mão que estava boa, Jace sacou a segunda lâmina serafim. Ele sussurrou para ela, que se libertou, brilhante e intensa. Levantou-a enquanto o demônio se erguia perante ele; ele parecia absurdamente pequeno em comparação, como uma criança tornada anã pela presença de um monstro. E estava sorrindo, mesmo enquanto o demônio se estendia tentando pegá-lo. Isabelle, gritando, o atacou, e o sangue dele jorrou em um spray grosso pelo chão.

O demônio atacou, com as mãos que pareciam lâminas avançando na direção de Jace. Jace cambaleou para trás, mas não sofreu qualquer dano. Alguma coisa fora atirada entre ele e o demônio, uma sombra magra e escura com uma lâmina brilhante nas mãos. Alec. O demônio gritou — a arma de Alec havia perfurado sua pele. Com um rugido, ele atacou novamente, agarrando Alec, jogando-o perfidamente para o alto, lançando-o contra a parede oposta. Ele bateu com um barulho horrível e deslizou para o chão.

Isabelle gritou o nome do irmão. Ele não se moveu. Abaixando o chicote, ela começou a correr para ele. O demônio, girando, acertou-a com um golpe que a jogou no chão. Tossindo sangue, Isabelle começou a se levantar; Abbadon voltou a derrubá-la e, dessa vez, ela ficou deitada imóvel.

O demônio avançou em direção a Clary.

Jace estava congelado, olhando para o corpo esmagado de Alec como alguém preso em um sonho. Clary gritou enquanto Abbadon se aproximava dela. Ela começou a recuar para as escadas, pisando nos degraus quebrados. A estela queimava sua pele, se ao menos ela tivesse uma arma, qualquer coisa...

Isabelle se arrastara até conseguir sentar. Colocando os cabelos cheios de sangue para trás, ela gritou para Jace. Clary ouviu o próprio nome nos gritos de Isabelle e viu Jace, piscando como se tivesse sido estapeado até acordar, virar em direção a ela. Ele começou a correr. O demônio agora estava perto o bastante para que Clary pudesse ver os machucados pretos que ele tinha na pele, podia ver que havia *coisas* se arrastando dentro deles. O monstro se esticou para pegá-la...

Mas Jace estava lá, empurrando a mão de Abbadon. Ele atacou o demônio com a lâmina serafim; atingiu a criatura no peito, ao lado das duas lâminas que já estavam lá. O demônio rosnou como se as lâminas não fossem mais do que uma irritação.

— Caçador de Sombras — ele rosnou. — Terei prazer em matá-lo, em ouvir seus ossos quebrando como os do seu amigo...

Pendurando-se no corrimão, Jace se lançou ao Abbadon. A força do pulo empurrou o demônio para trás; ele cambaleou e Jace se agarrou às suas costas. Ele puxou uma das lâminas serafim do peito, que lançou um spray escuro, atacando as costas do demônio repetidas vezes com ela e, deixando os ombros da criatura cheios de fluido escuro.

Rosnando, Abbadon recuou para a parede, Jace tinha de se soltar ou seria esmagado. Ele caiu no chão, pousou levemente, e ergueu a lâmina mais uma vez. Mas Abbadon foi rápido demais para ele; suas mãos se estenderam, empurrando Jace pela escada. Ele caiu, com um círculo de tacos de madeira na garganta.

— Diga para me darem o Cálice — rugiu Abbadon, com os tacos quase soltos logo acima da pele de Jace. — Diga para me darem o Cálice e permitirei que vivam.

Jace engoliu em seco.

— Clary...

Mas Clary nunca saberia o que ele teria dito, pois naquele instante a porta da frente se abriu. Por um instante, só o que ela viu foi um brilho intenso. Depois, piscando para espantar aquela imagem flamejante, ela viu Simon parado na entrada. *Simon*. Ela se esquecera de que ele estava lá fora, quase se esquecera de que ele existia.

Ele a viu, abaixada nas escadas, e desviou o olhar dela para Abbadon e Jace. Esticou a mão para trás do ombro. Estava segurando o arco de Alec, e a bolsa das flechas estava pendurada nas costas. Ele sacou uma flecha, ajeitou-a na corda, levantou o arco como um expert, como se já tivesse feito aquilo centenas de vezes.

A flecha se soltou. Emitiu um ruído que parecia um zumbido, como uma abelha-rainha, ao passar por cima da cabeça de Abbadon, voar em direção ao telhado...

E atingir o teto. Pedaços de vidro preto e sujo caíram como chuva e, através da parte quebrada, a luz do sol penetrou, grande quantidade de luz solar, grandes barras douradas entrando e inundando o saguão com sua luminosidade.

Abbadon gritou e cambaleou para trás, protegendo a cabeça deformada com as duas mãos. Jace pôs as mãos na garganta, que estava intacta, encarando, descrente, enquanto o demônio se contorcia no chão, uivando. Clary quase esperava que ele fosse começar a pegar fogo, mas em vez disso começou a se encolher. As pernas foram em direção ao torso, o crânio oscilando como papel em chamas, e em um minuto desapareceu completamente, deixando apenas algumas marcas para trás.

Simon abaixou o arco. Ele estava piscando por trás dos óculos, com a boca ligeiramente aberta. Parecia tão espantado quanto Clary.

Jace estava na escadaria, onde o demônio o havia jogado. Estava lutando para se levantar enquanto Clary escorregava pelos degraus e caía de joelhos a seu lado.

— Jace...

— Estou bem — ele se sentou, limpando o sangue da boca. Ele tossia e cuspia vermelho. — Alec...

— Sua estela — ela interrompeu, alcançando o bolso. — Você precisa dela para se curar?

Ele olhou para ela. A luz do sol que entrava pelo teto quebrado iluminava o rosto dele. Ele parecia estar se contendo com grande esforço para não fazer alguma coisa.

— Estou *bem* — ele disse novamente, e a empurrou de lado, sem grandes gentilezas. Ele se levantou, cambaleou e quase caiu; a primeira coisa que já o vira fazer sem graciosidade. — Alec?

Clary o observou enquanto ele mancava pelo saguão em direção ao amigo que estava inconsciente. Então ela colocou o Cálice Mortal no bolso do casaco e se levantou. Isabelle havia se arrastado para o lado do irmão e apoiado a cabeça dele no colo, acariciando seus cabelos. O tórax de Alec subia e descia lentamente, mas ele estava respirando. Simon, apoiado na parede assistindo àquela cena, parecia esgotado. Clary segurou a mão do amigo ao passar por ele.

— Obrigada — ela sussurrou. — Foi incrível.

— Não agradeça a mim — ele disse. — Agradeça ao programa de arco e flecha do acampamento de verão B'nai B'rith.

— Simon, eu não...

— Clary! — Era Jace, gritando. — Traga a minha estela.

Simon a soltou, relutante. Ela se ajoelhou ao lado dos Caçadores de Sombras, com o Cálice Mortal apertado na lateral. O rosto de Alec estava pálido, marcado com gotas de sangue, os olhos ganharam um tom artificial de azul. Ele estava agarrando o pulso de Jace com tanta força que deixou marcas vermelhas.

— Eu... — Ele começou, depois pareceu ver Clary, como se fosse pela primeira vez. Havia alguma coisa em seu olhar que ela não estava esperando. Triunfo. — Eu o matei?

O rosto de Jace contorceu-se dolorosamente.

— Você...

— Sim — disse Clary. — Está morto.

Alec olhou para ela e riu. Ele estava cheio de sangue na boca. Jace puxou de volta o pulso, e tocou a face de Alec com os dedos.

— Não — ele disse. — Fique parado, apenas fique parado.

Alec fechou os olhos.

— Faça o que tiver que fazer — ele sussurrou.

Isabelle estendeu a estela para Jace.

— Aqui.

Ele assentiu com a cabeça e colocou a ponta da estela na frente da blusa de Alec. O material se partiu como se tivesse sido cortado com uma faca. Isabelle assistiu com olhos vidrados enquanto rasgava a blusa, deixando o tórax de Alec nu. Sua pele era muito branca, marcada em alguns pontos por antigas cicatrizes transparentes. Havia outras feridas ali também: um emaranhado escuro de marcas de garras, cada buraco vermelho e vazando. Com o maxilar rígido, Jace pôs a estela na pele de Alec, movendo-a para cima e para baixo com a facilidade de quem tinha prática. Mas alguma coisa estava errada. Mesmo enquanto desenhava as marcas de cura, elas pareciam desaparecer como se ele estivesse escrevendo em água.

Jace jogou a estela de lado.

— Droga!

A voz de Isabelle estava absolutamente aguda.

— O que está havendo?

— Ele o cortou com as garras — disse Jace. — Ele está com veneno de demônio no corpo. As Marcas não vão funcionar — ele tocou o rosto de Alec outra vez, suavemente. — Alec — ele disse. — Você está me ouvindo?

Alec não se moveu. As sombras sob seus olhos pareciam azuis e tão escuras quanto hematomas. Não fosse pela respiração, Clary pensaria que ele já estava morto.

Isabelle abaixou a cabeça e seu cabelo cobriu o rosto de Alec. Ela estava com os braços à sua volta.

— Talvez — ela disse — nós pudéssemos...

— Levá-lo a um hospital. — Era Simon, de pé, sobre eles, com o arco na mão. — Eu ajudo a carregá-lo para a van. O Hospital Metodista fica na Seventh Avenue...

— Nada de hospitais — disse Isabelle. — Precisamos levá-lo para o Instituto.

— Mas...

— Não vão saber como cuidar dele em um hospital — disse Jace. — Ele foi cortado por um Demônio Maior. Nenhum médico mundano saberia como curar esses ferimentos.

Simon concordou com a cabeça.

— Tudo bem. Vamos levá-lo para o carro.

Por sorte, a van não havia sido rebocada. Isabelle esticou um cobertor sujo no banco de trás e puseram Alec sobre ele, com a cabeça no colo de Isabelle. Jace se agachou ao lado do amigo. Sua camisa estava manchada na frente e nas mangas com sangue, humano e de demônio. Quando ele olhou para Simon, Clary viu que todo o dourado se esvaíra dos olhos, em função de alguma coisa que ela nunca tinha visto neles antes. Pânico.

— Depressa, mundano — ele disse. — Dirija como se o diabo o estivesse seguindo.

Simon dirigiu.

Ele acelerou pela Flatbush e voou pela ponte, mantendo o ritmo com o trem Q, enquanto ele rugia pela água azul. O sol brilhava dolorosamente nos olhos de Clary, com faíscas quentes que vinham do rio. Ela se agarrou na cadeira enquanto Simon fez a curva na saída da ponte a 80km/h.

Ela pensou nas coisas horríveis que dissera a Alec, no jeito como ele se jogara na frente de Abbadon, o olhar de triunfo em seu rosto. Quando virou, ela viu Jace ajoelhado ao lado do amigo, e o sangue pingando pelo cobertor. Ela pensou no garotinho com o falcão morto. *Amar é destruir.*

Clary se virou mais uma vez, com um nó na garganta. Isabelle era visível no retrovisor, enrolando o cobertor no pescoço de Alec. Ela levantou os olhos e encontrou o olhar de Clary.

— Quanto tempo falta?

— Talvez uns dez minutos. Simon está indo o mais rápido possível.

— Eu sei — disse Isabelle. — Simon, o que você fez, aquilo foi incrível. Você foi extremamente rápido. Eu jamais acharia que um mundano fosse capaz de pensar uma coisa daquelas.

Simon não pareceu tocado pelo elogio de uma fonte tão inesperada; estava com os olhos fixos na estrada.

— Você está falando sobre a flechada no teto? Tive a ideia logo depois que vocês entraram. Pensei no telhado e no que vocês haviam dito sobre demônios não suportarem a luz do sol. Então, na verdade, demorei um pouco para agir. Não se sinta mal — ele acrescentou —, nem dá para ver aquela claraboia, a não ser que você saiba que está lá.

Eu sabia que estava lá, pensou Clary. *Deveria ter feito alguma coisa. Mesmo não tendo um arco e flecha como Simon, poderia ter jogado alguma coisa, ou ter falado para Jace.* Ela se sentiu burra, inútil e oca, como se sua cabeça estivesse cheia de algodão. A verdade era que ela havia ficado assustada. Assustada demais para pensar corretamente. Ela sentiu uma onda de vergonha queimar atrás das pálpebras, como um pequeno sol.

Então Jace falou.

— Agiu muito bem — ele disse.

Os olhos de Simon franziram.

— Então, se você não se importa em me falar, aquela coisa, o demônio, veio de onde?

— Era Madame Dorothea — disse Clary. — Quero dizer, era mais ou menos ela.

— Ela nunca foi nenhum colírio para os olhos, mas não me lembrava de ela ser tão feia assim.

— Acho que ela foi possuída — disse Clary, lentamente, tentando formular tudo em sua mente. — Ela queria que eu desse o Cálice a ela. Depois abriu o Portal...

— Foi esperto — disse Jace. — O demônio a possuiu, depois escondeu a maior parte de sua forma etérea logo atrás do Portal, onde o Sensor não registraria. Então entramos preparados para lutar com alguns Renegados. Em vez disso, ficamos cara a cara com um Demônio Maior. Abbadon, um dos Anciãos. O Lorde dos Incididos.

— Bem, parece que os Incididos terão que aprender a se virar sem ele de agora em diante — disse Simon, entrando na rua.

— Ele não está morto — disse Isabelle. — Praticamente ninguém consegue matar um Demônio Maior. É preciso matá-los em sua forma física *e* etérea antes de eles morrerem. Nós apenas o espantamos.

— Oh! — Simon pareceu desapontado. — E Madame Dorothea? Ela vai ficar bem agora que...

Ele parou de falar, pois Alec começou a se engasgar, com o ar fraco no peito.

— *Por que ainda não chegamos?* — praguejou Jace para si mesmo.

— Já chegamos. Só não quero entrar pela parede. — Enquanto Simon parava cuidadosamente na esquina, Clary viu que a porta do Instituto estava aberta. Hodge estava de pé sob o arco de entrada.

A van parou e Jace saltou apressado, esticando os braços para levantar Alec, como se ele não pesasse mais do que uma criança. Isabelle o seguiu até a entrada, segurando a arma sangrenta do irmão. A porta do Instituto bateu atrás deles.

Sentindo a exaustão, Clary olhou para Simon.

— Desculpe. Não sei como você vai explicar todo aquele sangue para Eric.

— Dane-se o Eric — ele disse com convicção. — *Você* está bem?

— Nem um arranhão. Todos se machucaram, menos eu.

— É o trabalho deles, Clary — disse ele, gentilmente. — Combater demônios, isso é o que eles fazem. Não o que você faz.

— O que eu faço, Simon? — ela perguntou, examinando o rosto dele à procura de uma resposta. — O que *eu* faço?

— Bem, você pegou o Cálice — ele disse. — Não pegou?

Ela fez que sim com a cabeça e apalpou o bolso.

— Peguei.

Ele pareceu aliviado.

— Quase não tive coragem de perguntar — ele disse. — Isso é bom, não é?

— É — ela respondeu. Ela pensou na mãe, e apertou a mão em torno do Cálice. — Eu sei que é.

Church a encontrou no topo da escadaria, miando como uma Maria Fumaça, e a levou para a enfermaria. As portas duplas estavam abertas e, através delas, Clary podia ver a figura parada de Alec, imóvel em uma das camas. Hodge estava curvado sobre ele; Isabelle, ao lado do tutor, segurava uma bandeja de prata nas mãos.

Jace não estava com eles. Estava do lado de fora da enfermaria, apoiado na parede, com as mãos ensanguentadas junto ao próprio corpo. Quando Clary parou na frente dele, suas pálpebras se abriram, e ela viu que ele estava com as pupilas dilatadas, todo o dourado engolido pelo preto.

— Como ele está? — ela perguntou, o mais gentilmente possível.

— Ele perdeu muito sangue. Envenenamento por demônio é muito comum, mas, como era um Demônio Maior, Hodge não tem certeza se os antídotos que geralmente aplica serão eficazes.

Ela se esticou para tocar o braço dele.

— Jace...

Ele se esquivou.

— Não.

Ela respirou fundo.

— Jamais desejaria algo de mal a Alec. Sinto muito.

Ele olhou para ela como se a estivesse vendo ali pela primeira vez.

— Não é *sua* culpa — ele disse. — É minha.

— Sua? Jace, não, não é...

— Ah, é sim — ele insistiu, com a voz frágil como uma camada de gelo. — *Mea culpa, mea maxima culpa.*

— O que isso quer dizer?

— Minha culpa — ele disse. — Culpa unicamente minha, minha culpa mais terrível. É latim. — Ele tirou uma mecha do cabelo dela da testa com extrema naturalidade, como se nem percebesse o que estava fazendo. — Parte da Missa.

— Pensei que você não fosse ligado em religião.

— Posso não acreditar em pecado — ele disse —, mas sinto culpa. Nós, Caçadores de Sombras, vivemos por um código, e esse código é inflexível. Honra, culpa, penitência, isso tudo é verdadeiro para nós, e não têm nada a ver com religião, e tudo com o que somos. Isso é o que eu *sou*, Clary — ele disse, alterado. — Sou parte da Clave. Está no meu sangue e nos meus ossos. Então me diga: se você está tão certa de que isso não foi minha culpa, então por que o meu primeiro pensamento ao ver Abbadon não foi pelos meus companheiros, mas por *você*? — Ele levantou a outra mão; estava segurando o rosto dela, prendendo-o entre as palmas. — Eu sei, eu sabia que Alec não estava agindo normalmente. Sabia que alguma coisa estava errada. Mas a única pessoa em quem conseguia pensar era você...

Ele curvou a cabeça para a frente, de modo que a testa de ambos se tocou. Ela podia sentir a respiração dele sobre os cílios. Ela fechou os olhos, deixando a proximidade dele lavá-la como uma onda.

— Se ele morrer, será como se eu o tivesse matado — ele disse. — Deixei meu pai morrer, e agora matei o único irmão que já tive.

— Isso não é verdade — ela sussurrou.

— É sim. — Eles estavam próximos o suficiente para se beijar. Mesmo assim, ele a segurou com firmeza, como se quisesse se certificar de que ela fosse real. — Clary — ele chamou. — O que está acontecendo comigo?

Ela pesquisou a mente em busca de uma resposta — e ouviu alguém limpar a garganta. Então, abriu os olhos. Hodge estava na porta da enfermaria, o terno sujo com algumas manchas de ferrugem.

— Fiz o que pude. Ele está sedado, não está sentindo dor, mas... — ele balançou a cabeça. — Preciso contatar os Irmãos do Silêncio. Isso está além da minha capacidade.

Jace se afastou lentamente de Clary.

— Quanto tempo eles vão levar para chegar aqui?

— Não sei. — Hodge começou a caminhar pelo corredor, balançando a cabeça. — Vou mandar Hugo imediatamente, mas os Irmãos vêm quando bem entendem.

— Mas para *isso*... — Mesmo Jace estava com dificuldade para acompanhar as passadas longas de Hodge; Clary estava muito atrás deles e teve que se esforçar para escutar o que ele estava falando. — Ele pode morrer.

— Pode. — Foi tudo que Hodge disse em resposta.

A biblioteca estava escura e tinha cheiro de chuva: uma das janelas havia sido deixada aberta, e uma poça d'água se formara sob as cortinas. Hugo chiou e se mexeu no poleiro ao ver Hodge se aproximar, pausando somente para acender a luz da mesa.

— É uma pena — disse Hodge, puxando um papel e uma caneta-tinteiro — que vocês não tenham recuperado o Cálice. Traria, penso eu, algum conforto para Alec, e certamente para...

— Mas eu *recuperei* o Cálice — Clary disse, surpresa. — Você não contou a ele, Jace?

Jace estava piscando, mas, se foi por surpresa ou pela luz súbita, Clary não sabia.

— Não tive tempo, estava levando Alec lá para cima...

Hodge estava completamente paralisado, com a caneta imóvel entre os dedos.

— *Você está com o Cálice?*

— Estou. — Clary tirou o Cálice do bolso: ainda estava frio, como se o contato com o corpo dela não pudesse aquecer o metal. Os rubis piscavam como olhos vermelhos. — Está aqui.

A caneta caiu da mão de Hodge e atingiu o chão. A lâmpada, que iluminava para cima, não favorecia o rosto espantado dele: mostrava cada linha de severidade, preocupação e desespero.

— Esse é o Cálice do Anjo?

— O próprio — disse Jace. — Estava...

— Nada que possa dizer importa agora — disse Hodge. Ele repousou o papel na mesa e foi em direção a Jace, pegando o aluno pelos ombros. — Jace Wayland, você sabe o que fez?

Jace olhou para Hodge, surpreso. Clary percebeu o contraste: o rosto enrugado do homem mais velho, e o do menino, intacto, os cachos claros caindo nos olhos, fazendo-o parecer ainda mais jovem.

— Não tenho certeza do que você está falando — disse Jace.

O hálito de Hodge sibilou entre os dentes.

— Você se parece tanto com ele...

— Com quem? — disse Jace, estupefato; claramente nunca tinha ouvido Hodge falar daquele jeito.

— Com o seu pai — disse Hodge, e levantou os olhos para onde Hugo, cujas asas negras batiam pelo ar úmido, sobrevoava logo acima.

Hodge cerrou os olhos.

— Hugin — ele disse, e com um chiado estranho o pássaro voou direto para o rosto de Clary, com as garras esticadas.

Clary ouviu Jace gritar, em seguida o mundo não era nada além de penas girando e bico e garras atacando. Ela sentiu uma dor absurda na bochecha e gritou, jogando as mãos para cima instintivamente, a fim de cobrir o rosto.

Ela sentiu o Cálice Mortal ser arrancado de suas mãos.

— Não! — ela gritou, agarrando com força. Uma dor agonizante passou pelo braço dela. Suas pernas pareceram ter sido arrancadas do chão. Ela escorregou e caiu de joelhos no chão. Garras atacaram sua testa.

— Basta, Hugo — disse Hodge com sua voz tranquila.

Obediente, o pássaro se afastou de Clary. Gaguejando, ela piscou o sangue para fora dos olhos. Ela tinha a sensação de que o rosto estava completamente rasgado.

Hodge não se havia mexido; ficou onde estava, segurando o Cálice Mortal. Hugo o rodeava em círculos amplos e agitados, chiando suavemente. E Jace — Jace estava deitado no chão aos pés de Hodge, completamente parado, como se tivesse caído no sono repentinamente.

Todos os outros pensamentos se esvaíram da mente de Clary.

— *Jace!* — falar doía, a dor na bochecha era aguda e ela sentia gosto de sangue na boca. Jace não se mexia.

— Ele não está machucado — disse Hodge. Clary começou a se levantar, desejando lançar-se contra ele, depois caiu para trás como se alguma coisa invisível, porém dura e forte como vidro, a tivesse atingido. Furiosa, ela começou a socar o ar.

— Hodge — ela gritou. Ela chutou, quase quebrando os pés na mesma parede invisível. — Não seja tolo. Quando a Clave descobrir o que você fez...

— Já terei desaparecido há muito tempo — ele disse, ajoelhando-se sobre Jace.

— Mas... — Ela foi dominada por uma sensação de choque, uma onda elétrica de percepção. — Você não mandou mensagem nenhuma para a Clave, mandou? Foi por isso que você agiu de um jeito tão estranho quando perguntei. Você queria o Cálice.

— Não — disse Hodge —, não para mim.

A garganta de Clary estava seca como poeira.

— Você trabalha para o Valentim — ela sussurrou.

— Eu não trabalho *para* o Valentim — disse Hodge. Ele levantou a mão de Jace e pegou alguma coisa que ele estava segurando. O anel gravado que Jace sempre usava. Hodge o colocou no próprio dedo. — Mas sou o homem de Valentim, isso é verdade.

Com um rápido movimento, ele girou o anel três vezes em torno do próprio dedo. Por um momento, nada aconteceu; depois Clary ouviu o som de uma porta se abrindo e virou instintivamente para ver quem estava entrando na biblioteca. Quando virou mais uma vez, viu que o ar em volta de Hodge estava brilhando, como a superfície de um lago vista a distância. O véu brilhante do ar se partiu como uma cortina de prata, em seguida um homem alto estava ao lado de Hodge, como se tivesse sido conjurado a partir do ar úmido.

— Starkweather — ele disse. — Você está com o Cálice?

Hodge ergueu o Cálice com as mãos, mas nada disse. Ele parecia paralisado, por medo ou por espanto, era impossível dizer. Clary sempre tivera a impressão de que ele era alto, mas agora parecia encolhido e pequeno.

— Meu Lorde Valentim — ele disse afinal. — Não o esperava tão rapidamente.

Valentim. Ele quase não se parecia com o menino bonito da foto, embora os olhos ainda fossem pretos. O rosto não era como o que Clary esperava: era contido, fechado, introspectivo, rosto de padre, com olhos tristes. Saindo do terno feito sob medida, estavam as cicatrizes brancas que relatavam anos de estela.

— Eu falei que viria a você por um Portal — ele disse. A voz era ressonante e estranhamente familiar. — Você não acreditou em mim?

— Acreditei. Eu só... pensei que enviaria Pangborn ou Blackwell, não achei que viesse pessoalmente.

— Você acha que eu os mandaria para buscar o Cálice? Não sou tolo. Conheço o valor desse objeto. — Valentim estendeu a mão, e Clary viu, brilhando, um anel igual ao de Jace. — Dê-me.

Mas Hodge segurou o Cálice com firmeza.

— Primeiro quero o que me prometeu.

— Primeiro? Você não confia em mim, Starkweather? — Valentim sorriu, bem-humorado. — Farei o que você pediu. Trato é trato. Mas devo confessar que fiquei surpreso em receber sua mensagem. Não achei que fosse se incomodar com uma vida de contemplação oculta, por assim dizer. Você nunca foi muito de campo de batalha.

— Você não sabe como é — disse Hodge, soltando o ar com uma exclamação sibilante. — Sentir medo o tempo todo...

— É verdade. Não sei. — A voz de Valentim era tão triste quanto os olhos, como se ele sentisse pena de Hodge. Mas também tinha desgosto no olhar, um traço de desdém. — Se não tinha a intenção de me entregar o Cálice — ele disse —, não deveria ter me convocado.

Hodge fechou a cara.

— Não é fácil trair aquilo em que se acredita, aqueles que confiam em você.

— Você está falando dos Lightwood ou dos filhos deles?

— Ambos — disse Hodge.

— Ah, os Lightwood. — Valentim esticou a mão e acariciou o globo metálico sobre a mesa, os longos dedos contornando as linhas dos continentes e mares. — Mas o que você deve a eles, realmente? Você ficou com o castigo que deveria ter sido deles. Se eles não tivessem contatos tão influentes na Clave, teriam sofrido o mesmo destino que você. Hoje, eles estão livres para voltar para casa. — Sua voz quando disse "casa" vibrou como todo o significado da palavra. O dedo dele havia deixado de se movimentar pelo globo; Clary tinha certeza de que ele estava tocando o lugar no qual Idris estaria.

O olhar de Hodge se desviou.

— Eles fizeram o que qualquer um teria feito.

— Você não teria feito. Nem eu. Deixar um amigo sofrer em meu lugar? E você certamente deve ter algum rancor, Starkweather, por saber que deixaram esse destino cair sobre você sem qualquer hesitação...

Os ombros de Hodge balançaram.

— Mas não é culpa das crianças. Elas não fizeram nada...

— Nunca soube que você gostava tanto de crianças, Starkweather — disse Valentim, como se achasse graça daquilo.

Ele segurou o ar no peito.

— Jace...

— Você não vai falar sobre Jace. — Pela primeira vez, Valentim parecia bravo. Ele olhou para o menino parado no chão. — Ele está sangrando — observou. — Por quê?

Hodge segurou o Cálice contra o próprio coração. As juntas dos dedos estavam brancas.

— O sangue não é dele. Ele está inconsciente, mas não está ferido.

Valentim levantou a cabeça com um sorriso agradável.

— Imagino — ele disse — o que ele vai pensar a seu respeito quando acordar. Traição nunca é uma coisa boa, mas trair uma criança... é uma traição dupla, você não acha?

— Você não irá machucá-lo — sussurrou Hodge. — Você jurou que não iria machucá-lo.

— Nunca fiz isso — disse Valentim. — Agora vamos. — Ele se afastou da mesa, em direção a Hodge, que recuou como um animal pequeno, encarcerado. Clary podia ver a tristeza dele. — E o que você faria se eu dissesse que planejava machucá-lo? Lutaria contra mim? Manteria o Cálice longe de mim? Mesmo que pudesse me matar, a Clave nunca retiraria seu castigo. Você se esconderia aqui até morrer, com medo até mesmo de abrir uma janela. O que você não faria para não ter mais que sentir medo? O que você não daria em troca de poder voltar para casa?

Clary desviou o olhar. Ela não podia mais suportar a expressão na face de Hodge. Com a voz engasgada, ele disse:

— Diga que não vai machucá-lo e entrego a você.

— Não — disse Valentim. — Você vai me entregar independentemente disso. — Ele estendeu a mão.

Hodge fechou os olhos. Por um instante, o rosto dele parecia de um dos anjos de mármore sobre a mesa, sofrida, pesada e esmagada sob um peso terrível. Depois resmungou, de forma patética, para si mesmo, e esticou a mão para entregar o Cálice Mortal a Valentim, embora estivesse com a mão tremendo como folhas ao vento.

— Obrigado — disse Valentim. Ele pegou o Cálice e o examinou pensativo. — Acho que você danificou a borda.

Hodge não disse nada. Estava com o rosto sombrio. Valentim se curvou e pegou Jace; ao levantá-lo gentilmente, Clary viu o paletó impecável esticar nos braços e nas costas e se deu conta de que ele era um homem encorpado, com um torso que parecia o tronco de um carvalho. Jace, com os braços caídos, parecia uma criança.

— Logo estará com o pai — disse Valentim, olhando para o rosto pálido de Jace. — Onde tem que estar.

Hodge estremeceu. Valentim se afastou dele e andou de volta à cortina de ar brilhante através da qual havia entrado. Ele provavelmente deixara o Portal aberto, percebeu Clary. Olhar para a passagem era como olhar para a luz do sol refletida em um espelho.

Hodge esticou uma mão suplicante.

— Espere! — ele gritou. — E a sua promessa? Você jurou acabar com a minha maldição.

— Isso é verdade — disse Valentim. Ele fez uma pausa, olhou fixamente para Hodge, que exclamou e recuou, com a mão voando para o peito, como se tivesse sido atingido no coração. Fluido escuro passou por entre os dedos esguios do tutor e atingiu o chão. Hodge levantou o rosto marcado para Valentim.

— Pronto? — ele perguntou, ansioso. — A maldição se foi?

— Sim — respondeu Valentim. — E que sua liberdade comprada lhe traga alegria. — E com isso ele atravessou a cortina de ar brilhante. Por um instante, ele parecia reluzir, como se estivesse embaixo d'água. Depois desapareceu, levando Jace consigo.

Capítulo 20

NO BECO DO RATO

Hodge, engasgando, olhou para trás de si, fechando e abrindo os punhos. A mão esquerda estava completamente coberta pelo fluido escuro e molhado que escorrera do peito. O olhar que tinha no rosto era um misto de exaltação e ódio a si mesmo.

— Hodge! — Clary socou a parede invisível entre eles. O braço doía absurdamente, mas não era nada comparado à dor que sentia no peito. Ela tinha a sensação de que o coração ia saltar para fora das costelas. *Jace, Jace, Jace,* as palavras ecoavam na mente, querendo ser berradas. Ela as conteve. — Hodge, me solte!

Hodge virou, balançando a cabeça.

— Não posso — ele disse, usando um lenço cuidadosamente dobrado para esfregar a mão suja. Ele parecia genuinamente triste. — Você vai tentar me matar.

— Não vou — ela disse. — Prometo.

— Mas você não foi criada como Caçadora de Sombras — ele disse — e suas promessas não significam nada. — A ponta do lenço agora estava soltando fumaça, como se tivesse tocado ácido, e a mão não estava menos escura. Franzindo o rosto, ele desistiu.

— Mas, Hodge — ela disse desesperada —, você não ouviu o que ele disse? Ele vai matar Jace.

— Ele não disse isso. — Hodge estava na mesa agora, pegando um pedaço de papel. Ele pegou uma caneta no bolso, e começou a batê-la com força na ponta da mesa para fazer a tinta fluir. Clary o encarou. Ele estava escrevendo uma *carta*?

— Hodge — ela disse cuidadosamente —, Valentim disse que Jace estaria com o pai em breve. O pai de Jace está *morto*. O que mais ele poderia estar dizendo?

Hodge não tirou os olhos do papel em que estava escrevendo.

— É complicado. Você não entenderia.

— Eu entendo o suficiente. — Parecia que ia queimar a própria língua com tamanha amargura. — Entendo que Jace confiou em você e você o entregou a um homem que detestava o pai dele, e provavelmente o odeia também, por pura covardia de viver com o castigo que merecia.

Hodge levantou a cabeça.

— É isso que você pensa?

— É o que eu sei.

Ele repousou a caneta, balançando a cabeça. Ele parecia cansado, e tão velho, muito mais velho que Valentim, embora tivessem a mesma idade.

— Você só sabe pedaços e fragmentos, Clary. E é melhor assim. — Ele dobrou o papel em que estava escrevendo e jogou-o no fogo, que subiu com um verde ácido brilhante antes de desaparecer.

— O que você está *fazendo*? — perguntou Clary.

— Enviando uma mensagem — Hodge se afastou do fogo. Ele estava perto dela, separado apenas pela parede invisível. Ela pressionou os dedos contra o obstáculo, desejando furar os olhos de Hodge, apesar aparentarem tanta tristeza quanto os de Valentim aparentaram fúria. — Você é jovem — ele disse. — O passado não é nada para você, nem mesmo um estranho como o é para os mais velhos, ou um pesadelo como o é para a culpa. A Clave me amaldiçoou porque ajudei Valentim. Mas eu não era o único membro do Ciclo a servi-lo; por acaso, os Lightwood não eram tão culpados quanto eu? Ou os Wayland? Eu fui o único condenado a viver fora da minha vida sem nem sequer poder pisar lá fora, sem poder colocar a mão através de uma janela.

— Isso não é culpa minha — disse Clary. — E não é culpa de Jace. Por que castigá-lo pelo que a Clave fez? Entendo entregar o Cálice a Valentim, mas entregar Jace? Ele vai matá-lo, como matou o pai dele...

— Valentim — disse Hodge — não matou o pai de Jace.

Clary sentiu um aperto no peito.

— Não acredito em você! Só o que você faz é contar mentiras! Tudo que já disse é mentira!

— Ah — ele disse —, o absolutismo moral dos jovens, que não permite concessões. Você não está vendo, Clary, que à minha maneira estou tentando ser um bom homem?

Ela balançou a cabeça.

— Não é assim que funciona. As coisas boas que você faz não neutralizam as ruins. Mas — ela mordeu o lábio — se você me dissesse onde o Valentim está...

— Não — ele suspirou. — Dizem que os Nephilim são os filhos de homens e anjos. Toda essa herança angelical nos deu um abismo maior em que cair. — Ele tocou a superfície da barreira invisível com as pontas dos dedos. — Você não foi criada como uma de nós. Você não tem nem uma parte dessa vida de cicatrizes e morte. Ainda há tempo para escapar. Deixe o Instituto, Clary, o mais rápido possível. Vá e não volte nunca mais.

Ela balançou a cabeça.

— Não posso — ela disse. — Não posso fazer isso.

— Então sinto muito — ele disse, e saiu da sala.

A porta se fechou atrás de Hodge, deixando Clary em silêncio. Só havia ela, sua respiração pesada e os dedos contra a barreira invisível que não cedia entre ela e a porta. Ela fez exatamente o que dissera a si mesma que não faria, que foi lançar-se contra a barreira repetidas vezes, até estar completamente exausta e com o corpo dolorido. Depois se jogou no chão e tentou não chorar.

Em algum lugar do outro lado dessa barreira, Alec estava morrendo, enquanto Isabelle esperava que Hodge voltasse e o salvasse. Em algum lugar além desta sala, Jace estava sendo acordado brutalmente por Valentim. Em algum lugar, as chances de Jocelyn estavam desaparecendo, a cada segundo, a cada instante. E ela estava presa ali, tão inútil e impotente quanto a criança que era.

Ela se sentou, lembrando-se do instante na casa de Madame Dorothea em que Jace havia pressionado a estela em sua mão. Ela havia devolvido a ele? Prendendo a respiração, ela apalpou o bolso esquerdo do casaco; estava vazio. Lentamente, a mão foi para o bolso direito, com os dedos suados pegando algo vazio, depois deslizando para alguma coisa dura, lisa e redonda: a estela.

Ela se levantou, com o coração acelerado, e apalpou a parede invisível com a mão esquerda. Ao encontrá-la, recompôs-se, esticando a ponta da estela para a frente com a outra mão até não estar apoiada em mais nada além do ar. Uma imagem já se formava na mente de Clary, como um peixe subindo em água turva, a nitidez das escamas aumentado cada vez mais à medida que se aproximava da superfície. Lentamente no início, depois com mais confiança, ela passou a estela na parede, deixando linhas brilhantes no ar à frente.

Ela sentiu quando o símbolo estava pronto e abaixou a mão, respirando forte. Por um instante, tudo ficou parado e silencioso, e o símbolo estava ali como néon brilhante, queimando-lhe os olhos. Depois fez-se um ruído como o estilhaçar mais alto que Clary já tinha ouvido, como se ela estivesse em uma cachoeira de pedras ouvindo-as baterem no chão ao redor. O símbolo que desenhou ficou preto e se desintegrou como cinzas; o chão sob seus pés estremeceu; depois parou, e ela sabia, sem qualquer sombra de dúvida, que estava livre.

Ainda segurando a estela, ela correu para a janela e abriu a cortina. O crepúsculo caía e as ruas abaixo eram banhadas por um brilho roxo-avermelhado. Ela viu Hodge atravessando a rua, a cabeça grisalha do tutor balançava em meio à multidão.

Ela correu para fora da biblioteca e desceu as escadas, parando somente para colocar a estela de volta no bolso. Ela desceu as escadas correndo e chegou à rua, onde uma multidão já estava se formando. As pessoas que estavam passeando com os respectivos cachorros no crepúsculo úmido deram passagem enquanto ela corria pela borda do East River. Ela viu o próprio reflexo na janela escura de um prédio enquanto dobrava uma esquina. O cabelo suado estava grudado à testa, e o rosto sujo, com sangue seco.

Ela chegou ao cruzamento onde tinha visto Hodge. Por um instante, ela achou que o tivesse perdido. Ela correu pela multidão perto da entrada do metrô, empurrando as pessoas, usando os joelhos e os cotovelos como armas. Suada e ferida, Clary se libertou da multidão a tempo de ver um fragmento do terno desaparecer em uma esquina de um beco entre dois prédios.

Ela passou por um lixão e entrou no beco. O fundo da garganta parecia queimar cada vez que ela respirava. Apesar do crepúsculo na rua, no beco estava escuro como a madrugada. Ela só conseguia enxergar Hodge, no lado oposto do beco, que acabava nos fundos de um restaurante fast-food. O lixo do restaurante estava acumulado do lado de fora: sacos de comida, pratos de papel sujos e talheres de plástico que quebravam desagradavelmente sob os sapatos dele enquanto ele virava para olhar para ela. Ela se lembrou de um poema que havia lido na aula de inglês: "acho que estamos no beco do rato/onde os homens mortos perderam os ossos".

— Você me seguiu — ele disse. — Não deveria ter feito isso.

— Eu o deixarei em paz se me disser onde Valentim está.

— Não posso fazer isso — ele disse. — Ele vai saber que contei e minha liberdade será tão curta quanto a minha vida.

— Já vai ser assim quando a Clave descobrir que você deu o Cálice Mortal a Valentim — disse Clary. — Depois de nos manipular para o encontrarmos para você. Como você pode viver sabendo o que ele planeja fazer?

Ele a interrompeu com uma risada curta.

— Tenho mais medo de Valentim do que da Clave, e você sentiria o mesmo se fosse esperta — ele disse. — Ele teria encontrado o Cálice de qualquer jeito, com ou sem a minha ajuda.

— E você não se importa com o fato de que ele vai utilizá-lo para matar crianças?

Um espasmo passou pelo rosto de Hodge enquanto ele dava um passo para a frente; ela viu alguma coisa brilhar nas mãos dele.

— Isso tudo realmente importa tanto assim?

— Como disse antes — ela disse. — Não posso simplesmente largar tudo.

— É uma pena — ele disse, e ela o viu levantar o braço, e de repente se lembrou de Jace dizendo que a arma de Hodge era o *chakram*, os discos de arremessar. Ela se abaixou mesmo antes de ver o círculo brilhante de metal girar sonoramente em direção a ela; ele passou, assobiando, a centímetros do rosto dela e se enterrou na escada de metal à sua esquerda.

Ela olhou para cima. Hodge continuava encarando-a, com o segundo disco de metal na mão direita.

— Você ainda pode correr — ele disse.

Instintivamente, ela levantou as mãos, embora a lógica dissesse a ela que o disco simplesmente a cortaria em pedaços.

— Hodge...

Alguma coisa lançou-se violentamente na frente dela, algo grande, cinza-escuro e *vivo*. Ela ouviu Hodge soltar um grito de horror. Recuando de forma cambaleante, Clary viu a coisa com mais clareza enquanto esta saltava entre ela e Hodge. Era um lobo, de um metro e oitenta de altura, com a pelagem preta marcada por uma única listra cinza.

Hodge, com o disco metálico na mão, estava tão branco quanto um osso.

— Você — ele suspirou, e, espantada, ela percebeu que Hodge estava falando com o lobo. — Pensei que você tinha fugido...

Os lábios do lobo se contraíram, deixando os dentes à mostra, e ela viu a língua vermelha do bicho. Os olhos se encheram de ódio ao avistarem Hodge, um ódio puro e humano.

— Você veio atrás de mim ou da garota? — indagou Hodge, com as têmporas suadas, mas a mão estava firme.

O lobo foi em direção a ele, rosnando baixo.

— Ainda há tempo — disse Hodge. — Valentim te aceitaria de volta...

Com um uivo, o lobo atacou. Hodge gritou novamente, depois viu-se um flash prateado, e também um barulho horrível enquanto a *chakram* se enterrava na lateral do lobo. O animal empinou, e Clary viu a ponta do disco na pele do lobo, cheio de sangue, exatamente quando ele atingiu Hodge.

Hodge gritou uma vez enquanto caía, as mandíbulas do lobo se fechando sobre o ombro dele. Sangue voou no ar como o spray de tinta de uma lata furada, respingando a parede de cimento de vermelho. O lobo levantou a cabeça do corpo do tutor e voltou o olhar cinzento e lupino para Clary, com os dentes pingando um líquido vermelho.

Ela não gritou. Não tinha ar suficiente nos pulmões para que pudesse produzir algum barulho; Clary cambaleou e correu para a entrada do beco e para as familiares luzes de néon da rua, para a segurança do mundo real. Ela podia ouvir o lobo rosnando, podia sentir a respiração quente na parte de trás das pernas, expostas. Ela deu uma última guinada, lançando-se em direção à rua...

As mandíbulas do lobo se fecharam na perna dela, puxando-a para trás. Antes de bater com a cabeça no pavimento, caindo na escuridão, Clary descobriu que tinha ar suficiente para gritar, afinal.

O som de água pingando a acordou. Lentamente, Clary abriu os olhos. Não tinha muito para ver. Ela estava deitada em uma cama baixa larga, no chão de um pequeno quarto com paredes sujas. Havia uma mesa apoiada em uma parede. Nela, havia um castiçal de aparência barata com uma vela vermelha que provia a única luz do quarto. O teto estava rachado e úmido, e a água corria pelas fissuras na pedra. Clary teve a vaga impressão de que alguma coisa estava faltando no quarto, mas essa preocupação logo perdeu espaço para o forte cheiro de cachorro molhado.

Ela se sentou e imediatamente desejou não tê-lo feito. Uma dor quente passou por sua cabeça como uma lança, seguida por uma onda de náuseas. Se ela tivesse alguma coisa no estômago, teria vomitado.

Havia um espelho sobre a cama, pendurado em um prego enterrado entre duas pedras. Ela olhou para ele e ficou chocada. Não era surpresa estar com o rosto dolorido — arranhões longos e paralelos estendiam-se do canto direito de seu olho até o limite da boca. A bochecha direita estava cheia de sangue, e havia sangue no pescoço e em toda a frente da blusa e do casaco. Um pânico súbito a invadiu, ela levou a mão ao bolso, e então relaxou. A estela ainda estava lá.

Foi então que percebeu o que havia de estranho com o recinto. Uma das paredes era composta por barras: barras de ferro espesso que ia do chão até o teto. Ela estava em uma cela.

Com as veias pulsando de adrenalina, Clary se levantou cambaleante. Uma onda de tontura se abateu sobre ela, que precisou se apoiar na mesa para não cair. *Não vou desmaiar,* ela disse a si mesma. Em seguida ouviu passos.

Alguém estava vindo pelo corredor do lado de fora da cela. Clary recuou em direção à mesa.

Era um homem. Ele trazia uma lâmpada, com luz mais brilhante do que vela, o que fez com que ela piscasse e o reduzia a uma sombra iluminada. Ela viu altura, ombros largos, cabelos desgrenhados; somente quando ele empurrou a porta da cela e entrou foi que ela percebeu quem era.

Ele parecia o mesmo: jeans gastos, camisa jeans, botas de trabalho, cabelo desigual e o mesmo par de óculos na ponta do nariz. As cicatrizes que havia observado na lateral de sua garganta quando o vira pela última vez agora eram fragmentos brilhantes de pele em processo de cura.

Luke.

Aquilo tudo era demais para Clary. Exaustão, falta de sono e de comida, pavor e perda de sangue, tudo isso a alcançou em uma onda só. Ela sentiu os joelhos tremerem enquanto caía ao chão.

Em um segundo, Luke atravessou a sala. Ele agiu tão rápido que ela não teve tempo de atingir o chão antes de ele segurá-la, levantando-a do jeito que fazia quando ela era uma garotinha. Ele a ajeitou na cama e deu um passo para trás, com olhos ansiosos.

— Clary — disse ele, estendendo-se a ela. — Você está bem?

Ela recuou, levantando as mãos para afastá-lo.

— Não toque em mim.

Uma expressão de dor profunda cruzou o rosto dele. Cansado, ele passou a mão na testa.

— Acho que mereço isso.

— É verdade. Merece.

A expressão no rosto dele era perturbada.

— Não espero que confie em mim...

— Ótimo. Pois não confio.

— Clary... — ele começou a andar de um lado para o outro na cela. — O que eu fiz... não espero que você entenda. Sei que você acha que te abandonei...

— Mas você me abandonou mesmo — ela disse. — Você disse para nunca mais te ligar. Você nunca se importou comigo. Nunca se importou com a minha mãe. Mentiu sobre tudo.

— Não sobre tudo — ele disse.

— Então seu nome realmente é Luke Garroway?

Os ombros dele relaxaram perceptivelmente.

— Não — ele disse, em seguida olhou para baixo. Uma linha vermelha estava se espalhando na frente da blusa jeans azul dele.

Clary sentou ereta.

— Isso é *sangue*? — ela perguntou. Esqueceu de ficar furiosa por um instante.

— É — disse Luke, com as mãos nas laterais do corpo. — A ferida deve ter aberto quando te levantei.

— Que ferida? — Clary não pôde deixar de perguntar.

Ele, então, respondeu:

— Os discos de Hodge ainda são afiados, apesar de o braço dele não ser mais o mesmo. Acho que ele pode ter fraturado uma costela.

— Hodge? — disse Clary. — Quando você...?

Ele olhou para ela, sem dizer nada, e Clary de repente se lembrou do lobo no beco, todo preto, exceto por uma linha cinza na lateral, e ela se lembrou do disco que o atingiu, então percebeu.

— Você é um *lobisomem*.

Ele afastou a mão da camisa; os dedos estavam manchados de branco.

— Sim — ele confimou, lacônico. Ele foi até a parede e a arranhou com força: uma, duas, três vezes. Em seguida virou novamente para ela. — Sou.

— Você matou Hodge — ela disse, lembrando-se.

— Não — ele balançou a cabeça. — Eu o machuquei bastante, eu acho, mas quando voltei para pegar o corpo, não estava mais lá. Ele deve ter fugido.

— Você atacou o ombro dele — ela disse. — Eu vi.

— Sim. Mas vale a pena observar que ele estava tentando te matar. Ele machucou mais alguém?

Clary mordeu o lábio. Ela sentiu gosto de sangue, mas era sangue velho de onde Hugo a havia atacado.

— Jace — ela disse em um sussurro. — Hodge o nocauteou e o entregou... a Valentim.

— A *Valentim*? — perguntou Luke, abismado. — Eu sabia que Hodge tinha dado o Cálice Mortal a Valentim, mas não sabia...

— Como você sabia disso? — começou Clary, antes de se lembrar. — Você me ouviu conversando com ele no beco — ela disse. — Antes de pular em cima dele.

— Eu pulei em cima dele, como você mesma disse, porque ele estava prestes a arrancar sua cabeça — disse Luke, em seguida olhou para cima enquanto a porta da cela se abria novamente e um homem entrava, seguido por uma mulher pequena, tão baixa que parecia uma criança. Ambos vestiam roupas simples e casuais: jeans e camisetas de algodão, e ambos tinham o mesmo penteado desarrumado, embora os cabelos da mulher fossem claros e os do homem, grisalhos. Os dois tinham o mesmo rosto jovem-velho, sem rugas, mas com olhos cansados. — Clary — disse Luke —, estes são meu número dois e número três, Gretel e Alaric.

Alaric inclinou a enorme cabeça para ela.

— Nós nos conhecemos.

Clary o encarou, alarmada.

— Conhecemos?

— No Hotel Dumort — ele disse. — Você pôs uma faca nas minhas costelas.

Ela se encolheu contra a parede.

— Eu... Eu sinto muito...

— Não sinta — ele disse. — Foi um arremesso excelente. — Ele pôs a mão no bolso do peito e pegou a adaga de Jace, dando uma piscadela com o olho vermelho. Ele a estendeu para ela. — Acho que isso é seu!

Clary olhou fixamente.

— Mas...

— Não se preocupe. — Ele a tranquilizou. — Eu limpei a lâmina.

Sem palavras, ela pegou a adaga. Luke estava rindo consigo mesmo.

— Pensando bem — ele disse —, talvez a incursão no Dumort não tenha sido tão bem planejada quanto poderia ter sido. Eu havia separado um grupo dos meus lobos para observá-la, e irem atrás de você se você corresse algum perigo. Quando você entrou no Dumort...

— Eu e Jace poderíamos ter dado conta do recado — Clary pôs a adaga no cinto.

Gretel sorriu para ela de forma tolerante.

— Foi para isso que nos chamou, senhor?

— Não — disse Luke. Ele tocou o lado do corpo. — Minha ferida se abriu, e Clary está com alguns ferimentos que também demandam alguns cuidados. Se você não se importar em buscar o material...

Gretel inclinou a cabeça.

— Já volto com o kit de primeiros socorros — ela disse, e saiu, Alaric a seguiu como se fosse uma sombra gigante.

— Ela te chamou de "senhor" — disse Clary, assim que a porta da cela se fechou atrás deles. — E o que você quer dizer com número dois e número três? Dois e três em quê?

— No comando — Luke disse lentamente. — Sou o líder deste bando. É por isso que Gretel me chamou de "senhor". Pode acreditar, tive muito trabalho para fazer com que ela parasse de me chamar de "mestre".

— Minha mãe sabia?

— Sabia o quê?

— Que você é um lobisomem?

— Sim. Ela sabe desde que aconteceu.

— Nenhum de vocês dois, é claro, pensou em mencionar nada para mim.

— Eu teria contado — disse Luke. — Mas sua mãe estava decidida a não deixar que você soubesse nada sobre os Caçadores de Sombras ou sobre o Mundo de Sombras. Eu não poderia explicar o fato de ser um lobisomem como um evento isolado, Clary. Tudo faz parte da situação maior que sua mãe não queria que você soubesse. Não sei o que você já sabe...

— Muita coisa — Clary disse secamente. — Sei que minha mãe era uma Caçadora de Sombras. Sei que foi casada com Valentim e roubou dele o Cálice Mortal, e se refugiou. Sei que, depois que me teve, ela me levou a Magnus Bane a cada dois anos para tirar a minha Visão. Sei que, quando Valentim tentou te convencer a contar para ele onde estava o Cálice Mortal em troca da vida da minha mãe, você disse que não se importava com ela.

Luke olhou fixamente para a parede.

— Eu não sabia onde o Cálice estava — ele disse. — Ela nunca me contou.

— Você poderia ter tentado negociar...

— Valentim não negocia. Nunca negociou. Se a vantagem não for dele, ele nem conversa. Ele é inteiramente egoísta e não tem a menor compaixão, e apesar de ter amado a sua mãe um dia, não hesitaria em matá-la. Não, eu não iria negociar com Valentim.

— Então você simplesmente decidiu *abandoná-la*? — Clary perguntou furiosamente. — Você é o líder de um bando inteiro de lobisomens e simplesmente decidiu que ela não precisava da sua ajuda? Sabe, já era ruim quando eu pensava que você fosse outro Caçador de Sombras que tinha virado as costas para ela por causa de algum juramento estúpido de Caçador de Sombras, mas agora sei que você não passa de mais um membro lodoso do Submundo que sequer se importou com o fato de que durante todos aqueles anos ela te tratou como um amigo, como um semelhante, e é assim que você retribui!

— Ouça só você — Luke disse silenciosamente. — Você soa como uma Lightwood.

Ela franziu os olhos.

— Não fale de Alec e Isabelle como se os conhecesse.

— Estava falando dos pais deles — disse Luke. — A quem conheci, muito bem, por sinal, quando todos nós éramos Caçadores de Sombras.

Ela sentiu os lábios se partirem em uma reação de surpresa.

— Eu sabia que você era do Ciclo, mas como conseguiu impedi-los de descobrir que você era um lobisomem? Eles não sabiam?

— Não — disse Luke. — Porque eu não nasci um lobisomem. Fui transformado em um. E sei que, se você se dispuser a ouvir alguma coisa que eu tenha a dizer, terá que ouvir a história inteira. É longa, mas acho que temos tempo.

parte três

O descenso acena

O descenso acena,

como a ascensão acenou.

– William Carlos Williams, The Descent.

Capítulo 21

O CONTO DO LOBISOMEM

A verdade é que conheço sua mãe desde que éramos crianças. Crescemos em Idris. É um lugar lindo, e sempre lamentei o fato de você nunca tê-lo visto: você adoraria os pinheiros no inverno, a terra escura, os rios cristalinos. Há uma pequena rede de povoados, e uma única cidade, Alicante, onde a Clave se reúne. Chamam-na de Cidade de Vidro porque as torres são esculpidas com a mesma substância que repele demônios encontrada em nossas estelas; no sol, brilham como vidro.

"Quando eu e Jocelyn tínhamos idade suficiente, fomos mandados para a escola em Alicante. Foi lá que conheci Valentim.

"Ele era um ano mais velho do que eu. De longe, o menino mais popular da escola. Era bonito, inteligente, rico, dedicado, um guerreiro incrível. Eu não era nada — nem rico, nem brilhante; vinha de uma família do campo sem qualquer importância. E tinha dificuldade nos estudos. Jocelyn era uma Caçadora de Sombras nata; eu, não. Não conseguia suportar a mais leve das Marcas, ou aprender as técnicas mais simples. Às vezes pensava em fugir, voltar envergonhado para casa. Até mesmo em me tornar um mundano. Eu era muito infeliz.

"Foi Valentim que me salvou. Ele veio até o meu quarto, eu nem imaginava que ele soubesse o meu nome. Ofereceu-se para me treinar. Disse que sabia que eu tinha dificuldades, mas enxergou em mim as sementes para um grande Caçador de Sombras. E sob a tutela dele realmente melhorei. Passei nas provas, fiz as primeiras Marcas, matei meu primeiro demônio.

"Eu o idolatrava. Achava que o sol nascia e se punha em Valentim Morgenstern. Não fui o único estranho no ninho que ele resgatou, é claro. Havia outros. Hodge Starkweather, que se relacionava melhor com livros do que com pessoas; Maryse Trueblood, cujo irmão se casara com uma mundana; Robert Lightwood, que morria de medo das Marcas — Valentim cuidou de todos eles. Naquela época, achei que fosse bondade; hoje não tenho tanta certeza assim. Acho que ele estava construindo um culto a si mesmo.

"Valentim era obcecado pela ideia de que a cada geração havia menos Caçadores de Sombras — que éramos uma espécie em extinção. Ele tinha certeza de que, se a Clave utilizasse o Cálice de Raziel com mais liberdade, mais Caçadores de Sombras poderiam ser fabricados. Para os professores, essa ideia era um sacrilégio — não é qualquer um que pode determinar quem pode e quem não pode tornar-se um Caçador de Sombras. Desenvolto, Valentim perguntava: Então por que não tornar todos os homens Caçadores de Sombras? Por que não presentear a todos eles com a capacidade de enxergar o Mundo de Sombras? Por que manter o poder restrito a nós, de forma tão egoísta?

"Quando os professores respondiam que a maioria dos humanos não consegue sobreviver à transição, Valentim alegava que estavam mentindo, tentando manter o poder de Nephilim limitado a uma elite de poucos. Era isso que ele dizia na época — agora acho que ele provavelmente achava que o efeito colateral justificava o resultado final. De qualquer forma, ele convenceu nosso pequeno grupo de que estava certo. Formamos o Ciclo, e nossa intenção declarada era salvar a raça dos Caçadores de Sombras da extinção. É claro que, aos 17 anos, não sabíamos ao certo como iríamos fazer isso, mas tínhamos certeza de que eventualmente conquistaríamos alguma coisa majestosa.

"Então veio a noite em que o pai de Valentim foi morto em um treinamento de rotina, em um acampamento de lobisomens. Quando Valentim voltou à escola, depois do enterro, estava com as Marcas vermelhas de luto. Estava diferente em outros aspectos. A bondade intercalava com flashes de raiva que beiravam a crueldade. Atribuí esse novo comportamento à dor e tentei agradá-lo mais do que nunca. Jamais reagi à sua raiva com raiva. Tive apenas a impressão terrível de que o havia desapontado.

"A única pessoa capaz de acalmar a raiva dele era sua mãe. Ela sempre se manteve um pouco apartada do nosso grupo, às vezes zombava, de nós, chamando-nos de fã-clube do Valentim. Isso mudou quando o pai dele morreu. A dor dele despertou a solidariedade dela. Eles se apaixonaram.

"Eu também o amava: ele era meu melhor amigo, e eu estava feliz em ver Jocelyn com ele. Quando saímos da escola, eles se casaram e foram viver na propriedade da família dela. Eu também voltei para casa, mas o Ciclo continuou. Havia começado como uma espécie de aventura de escola, mas cresceu em poder e em escala, e Valentim cresceu junto. Os ideais também haviam mudado. O Ciclo ainda clamava pelo Cálice Mortal, mas, desde a morte do pai, Valentim se tornara um militante em favor de guerra contra todos os membros do Submundo, não apenas aqueles que quebravam os Acordos. Este mundo era para humanos, ele dizia, não para quem fosse em parte demônio. Em demônios não se podia confiar.

"Eu me sentia desconfortável com a nova direção do Ciclo, mas me mantive unido a eles — em parte, porque ainda não conseguia suportar decepcionar Valentim, em parte porque Jocelyn me pediu para continuar. Ela tinha alguma esperança de que eu trouxesse alguma moderação ao Ciclo, mas isso era impossível. Não havia como moderar Valentim, e Robert e Maryse Lightwood — que já eram casados — eram quase tão ruins quanto. Somente Michael Wayland estava incerto, como eu, mas, a despeito da relutância, seguimos com o Ciclo; como um grupo, caçávamos membros do Submundo incansavelmente, perseguindo todos aqueles que tivessem cometido alguma infração, por menor que fosse. Valentim nunca matou qualquer criatura que não tivesse quebrado os Acordos, mas fazia outras coisas. Eu o vi amarrar moedas de prata nas pálpebras de uma menininha lobisomem, em uma tentativa de fazer com que a garota contasse onde o irmão dela estava... eu vi... mas você não precisa ouvir isso. Não. Desculpe.

"O que aconteceu em seguida foi que Jocelyn engravidou. No dia em que me contou isso, ela também me confessou que passara a sentir medo do marido. O comportamento dele havia se tornado estranho, errático. Ele desaparecia pelos celeiros durante noites a fio. Ela às vezes ouvia gritos pelas paredes...

"Fui até ele. Ele riu, desconsiderando os medos dela como paranoias de uma mulher que carregava o primeiro filho no ventre. Ele me convidou para caçar com ele naquela noite. Ainda estávamos tentando limpar o bando de lobisomens que matara seu pai anos antes. Éramos *parabatai*, um time de caça perfeito composto por dois guerreiros que morreriam um pelo outro. Então, quando Valentim disse que me cobriria naquela noite, acreditei nele. Não vi o lobo até que ele estivesse em cima de mim. Lembro-me dos dentes cravados no meu ombro, e de mais nada daquela noite. Quando acordei, estava deitado na casa de Valentim, com o ombro atado, e Jocelyn estava lá.

"Nem todas as mordidas de lobisomem resultam em licantropia. Curei-me do ferimento e passei as semanas seguintes em um tormento de espera. Espera pela lua cheia. A Clave teria me trancado em uma cela de observação se tivesse sabido. Mas Valentim e Jocelyn guardaram segredo. Três semanas depois, a lua subiu, cheia e brilhante, e eu comecei a me transformar. A primeira Transformação é sempre a mais difícil. Lembro-me de uma agonia infindável, de uma escuridão sem-fim e de ter acordado horas mais tarde em um campo a quilômetros da cidade. Estava coberto de sangue, com o corpo mutilado de uma espécie de animal da floresta a meus pés.

"Voltei para o casarão e eles me encontraram na porta. Jocelyn caiu sobre mim, choramingando, mas Valentim a puxou para longe. Eu estava lá sangrento e tremendo nos pés. Mal conseguia pensar, com o gosto de carne crua ainda na boca. Não sei o que tinha esperado, mas acho que deveria ter sabido.

"Valentim me arrastou para baixo das escadas e para a floresta com ele. Ele me disse que deveria me matar pessoalmente, mas que, ao me ver ali, não conseguia. Ele me deu uma adaga que pertencera ao pai dele. Ele disse que eu deveria ter a atitude honrosa de me matar. Beijou a adaga ao entregá-la para mim, voltou para dentro do casarão e bloqueou a porta.

"Corri pela noite, às vezes como homem, às vezes como lobo, até cruzar a fronteira. Fui parar no meio do acampamento de lobisomens, empunhando a adaga, e exigi encontrar em combate o licantrope que me mordera e me transformara em um deles. Rindo, eles me apontaram para o líder do clã. Com as mãos e os dentes ainda sangrentos da caça, ele se levantou para me encarar.

"Nunca tinha sido muito fã de combate individual. Minha arma era o arco e flecha; eu tinha mira e visão excelentes. Mas nunca havia sido muito bom em batalhas de curta distância. Eu só queria morrer, e levar comigo a criatura que me arruinara. Acho que pensei que, se conseguisse me vingar, e matar os lobos que tinham matado o pai dele, Valentim sentiria a minha perda. Enquanto lutávamos, às vezes como homens e às vezes como lobos, vi que ele se surpreendeu com a minha ferocidade. Enquanto a noite se transformava em dia, ele começou a se cansar, mas minha fúria não se abateu. E, quando o sol começou a baixar novamente, enfiei a adaga no pescoço dele e ele morreu, deixando-me ensopado de sangue.

"Esperava que o bando fosse partir para cima de mim e me estraçalhar. Mas se ajoelharam aos meus pés e exibiram as gargantas em sinal de submissão. Os lobos têm uma lei: quem matar o líder do clã assume seu lugar. Fui ao local dos lobos e, em vez de encontrar morte e vingança, encontrei uma nova vida.

"Deixei minha antiga vida para trás e quase me esqueci de como era ser um Caçador de Sombras. Mas não me esqueci de Jocelyn. Ela, em meus pensamentos, era minha constante companhia. Temia por ela, em virtude da presença de Valentim, mas sabia que se me aproximasse do casarão o Ciclo me perseguiria até me matar.

"No fim das contas, ela veio até mim. Eu estava dormindo no acampamento quando meu segundo no comando disse que uma jovem Caçadora de Sombras queria me ver. Imediatamente soube quem era. Eu podia ver o ar de reprovação nos olhos deles enquanto corria para encontrá-la. Todos eles sabiam que eu já havia sido um Caçador de Sombras, é claro, mas isso era considerado um segredo vergonhoso, jamais mencionado. Valentim teria rido.

"Ela estava esperando por mim do lado de fora do acampamento. Não estava mais grávida, e tinha uma aparência pálida e esgotada. Ela tivera o filho, um menino, e o batizara de Jonathan Christopher. Ela chorou ao me ver. Estava brava por eu não tê-la avisado de que ainda estava vivo. Valentim dissera ao Ciclo que eu me matara, mas ela não acreditara. Ela sabia que eu jamais faria isso. Senti que a fé dela em mim não tinha garantias, mas estava tão aliviado em vê-la novamente que não a contradisse.

"Perguntei como ela havia me encontrado. Ela disse que havia boatos em Alicante sobre um lobisomem que já havia sido Caçador de Sombras. Valentim também escutara os boatos, e ela tinha vindo para me alertar. Ele veio logo depois, mas me escondi dele, como os lobisomens podem fazer, e ele foi embora sem qualquer derramamento de sangue.

"Depois disso, comecei a me encontrar com Jocelyn em segredo. Era o ano dos Acordos, e todo o Submundo estava alvoroçado por conta deles, e por conta dos prováveis planos de Valentim para interrompê-los. Ouvi dizer que ele havia discutido fervorosamente na Clave contra os Acordos, mas sem sucesso. Então o Ciclo pensou num novo plano, elaborado em sigilo. Eles se aliaram aos demônios — os maiores inimigos dos Caçadores de Sombras — para conseguir armas que pudessem entrar no Grande Salão do Anjo sem serem detectadas, onde os Acordos seriam assinados. E, com a ajuda de um demônio, Valentim roubou o Cálice Mortal. Em seu lugar, deixou uma cópia. A Clave levou meses para perceber que o Cálice havia desaparecido, e àquela altura era tarde demais.

"Jocelyn tentou descobrir o que Valentim pretendia fazer com o Cálice, mas não conseguiu. Mas ela sabia que o Ciclo pretendia avançar sobre os membros do Submundo desarmados e assassiná-los no Salão. Depois de um massacre daquela natureza, os Acordos falhariam.

"Apesar do caos, de um jeito estranho, aqueles foram dias felizes. Eu e Jocelyn enviamos mensagens dissimuladamente para as fadas, os feiticeiros e até mesmo os velhos inimigos dos lobos, os vampiros, alertando-os quanto aos planos de Valentim, e anunciando que deveriam preparar-se para a batalha. Trabalhamos juntos, lobisomem e Nephilim.

"No dia dos Acordos, assisti escondido enquanto Jocelyn e Valentim deixavam o casarão. Lembro-me de como ela se abaixou para beijar a cabeça loura, quase branca, do filho. Lembro-me do sol iluminando a cabeça dela; lembro-me do sorriso.

"Eles foram para Alicante de charrete; fui atrás correndo sobre quatro patas, e meu bando correu comigo. O Grande Salão do Anjo estava lotado com todos os membros da Clave e fileiras e fileiras de membros do Submundo. Quando os Acordos foram apresentados para assinatura, Valentim se levantou, e o Ciclo se levantou com ele, tirando as capas para sacar as armas. Quando o Salão se transformou em um caos, Jocelyn correu para as portas duplas do Salão e as abriu.

"Meu bando era o primeiro à porta. Invadimos o Salão, rasgando a noite com nossos uivos, seguidos por guerreiros do reino das fadas com armas de vidro e chifres tortos. Depois deles, vieram os Filhos da Noite com as garras expostas, e feiticeiros com ferro e chamas. Enquanto as massas em pânico fugiam do Salão, atacamos os membros do Ciclo.

"O Grande Salão do Anjo jamais havia testemunhado um banho de sangue daqueles. Tentamos não ferir os Caçadores de Sombras que não faziam parte do Ciclo; Jocelyn os havia marcado, um a um, com o encanto de um feiticeiro. Mas muitos morreram, e temo que tenhamos sido responsáveis por algumas mortes. Certamente, depois disso, fomos responsabilizados por muitas. Quanto ao Ciclo, havia muito mais deles do que imaginávamos, e eles combateram os integrantes do Submundo ferozmente. Passei pela multidão até Valentim. Ele era meu único pensamento — que talvez eu pudesse ser o responsável por sua morte, que poderia ter essa honra. Finalmente, eu o encontrei ao lado da grande estátua do Anjo, matando um cavaleiro do reino das fadas com um golpe certeiro da adaga suja de sangue. Ao me ver, ele sorriu, brutal e feroz.

"— Um lobisomem que luta com espadas e adaga — ele disse — é tão artificial quanto um cachorro que come com garfo e faca.

"— Você conhece a espada, você conhece a adaga — falei. — E sabe quem eu sou. Se tiver que se dirigir a mim, use o meu nome.

"— Não uso nomes de semi-homens — disse Valentim. — Tive um amigo, um homem de honra que morreria antes de permitir que seu sangue se poluísse. Agora um monstro inominável com o rosto dele está na minha frente. — Ele ergueu a espada. — Deveria tê-lo matado quando tive a chance — ele gritou, e correu em minha direção.

"Interceptei o golpe, lutamos pelo estrado, enquanto a batalha fervilhava a nosso redor, e os membros do Ciclo caíam, um a um. Vi os Lightwood largarem as armas e fugirem; Hodge já havia desaparecido, fugiu logo no início. Depois vi Jocelyn correndo para cima das escadas em minha direção, seu rosto era uma máscara de medo.

"— Valentim, pare! — ela gritou. — É Luke, seu quase irmão...

"Com um rosnado, Valentim a pegou e colocou-a na frente dele, com a adaga no pescoço dela. Larguei minha lança. Não arriscaria a segurança dela. Ele viu o que havia nos meus olhos.

"— Você sempre a quis — ele sibilou. — Agora vocês dois tramaram me trair. Vocês vão se arrepender do que fizeram, pelo resto da vida.

"Com isso, ele arrancou o cordão do pescoço de Jocelyn e o jogou para mim. O cordão de prata me queimou como um açoite. Gritei e caí para trás, e naquele momento ele desapareceu no campo de batalha, levando-a com ele. Fui atrás, queimado e sangrando, mas ele foi rápido demais, cortando caminho pela multidão e pelos mortos.

"Cambaleei até o luar. O Salão estava queimando e o céu estava aceso com fogo. Podia enxergar por todos os campos verdes da capital, até o rio escuro, e a estrada pela margem do rio, onde as pessoas fugiam noite afora. Encontrei Jocelyn na margem do rio, finalmente. Valentim havia desaparecido, e ela estava desesperada por Jonathan, desesperada para voltar para casa. Encontramos um cavalo, e ela partiu. Transformando-me em lobo, fui atrás.

"Lobos são velozes, mas um cavalo descansado é ainda mais. Logo fiquei para trás, e ela chegou ao casarão antes de mim.

"Enquanto me aproximava, eu sabia que alguma coisa estava terrivelmente errada. Lá também o cheiro de fogo estava pesado no ar, e havia algo se sobrepondo a ele, algo espesso e doce — o cheiro de feitiço demoníaco. Tornei-me homem novamente e fui mancando pela estrada, branca ao luar, como um rio de chumbo prateado... em ruínas. O casarão fora reduzido a cinzas, camada sobre camada de brancura, espalhadas na entrada pelo vento noturno. Só os alicerces, como ossos queimados, ainda eram visíveis: uma janela aqui, uma chaminé caída ali — mas a essência da casa, os tijolos e a argamassa, os livros de valor inestimável e as tapeçarias antigas, passadas de geração em geração de Caçadores de Sombras, tudo havia virado pó, que estava voando sob a face da lua.

"Valentim havia destruído a casa com fogo demoníaco. Só podia. Nenhum fogo neste mundo queima tanto, ou deixa tão pouco para trás.

"Fui até as ruínas que ainda queimavam. Encontrei Jocelyn ajoelhada no que talvez tivessem sido os degraus de entrada. Estavam escurecidos pelo fogo. E havia ossos. Escurecidos, mas reconhecidamente humanos, com pedaços de tecido aqui e ali, e fragmentos de joias que o fogo não tinha levado. Fios dourados e vermelhos ainda nos ossos da mãe de Jocelyn, e o calor do fogo havia derretido a adaga do pai dela em sua mão esquelética. Entre outra pilha de ossos, brilhava o amuleto prateado de Valentim, com a insígnia do Ciclo ainda queimando no rosto dele... e, entre os restos, espalhados como se fossem frágeis demais para se manter juntos, havia os despojos de uma criança.

"Vocês vão se arrepender do que fizeram, Valentim dissera. E, ao me ajoelhar com Jocelyn no pavimento de pedras queimadas, sabia que ele estava certo. Eu me arrependi, e me arrependi todos os dias desde então.

"Voltamos pela cidade naquela noite, entre os incêndios que ainda queimavam e as pessoas berrando, depois pela escuridão do campo. Jocelyn levou uma semana para voltar a falar. Fugimos para Paris. Não tínhamos dinheiro, mas ela se recusou a ir ao Instituto de lá para pedir ajuda. Ela não queria saber mais de Caçadores de Sombras, ela me disse, não queria mais saber do Mundo de Sombras.

"Sentei em um hotel pequeno e barato, em um quarto que tínhamos alugado, e tentei devolver-lhe o juízo, mas não adiantou nada. Ela era obstinada. Finalmente me disse por quê: estava grávida novamente, e sabia disso. Ela faria uma vida nova para ela e para o novo bebê, e não queria que qualquer menção de Clave ou Pacto envenenasse seu futuro. Ela me mostrou o amuleto que havia retirado da pilha de ossos; no mercado de pulgas de Clignancourt, ela o vendeu e com aquele dinheiro comprou uma passagem de avião. Ela não quis me dizer para onde estava indo. Quanto mais longe de Idris conseguisse ficar, ela me disse, melhor.

"Eu sabia que deixar a antiga vida para trás significava me deixar para trás também, e argumentei com ela, mas não adiantou nada. Eu sabia que, se não fosse pelo bebê que ela estava esperando, ela teria se matado e, como perdê-la para o mundo dos mundanos era melhor do que perdê-la para a morte, finalmente concordei com o plano, embora relutante. Então me despedi dela no aeroporto. As últimas palavras que Jocelyn me disse naquela terrível despedida me deram calafrio na espinha: "Valentim não está morto."

"Depois que ela se foi, voltei para meu bando, mas não encontrei paz. Havia um vazio doloroso e constante em mim, e eu sempre acordava com o nome dela nos lábios. Não era mais o líder de outrora; isso eu sabia. Eu era justo e correto, mas contido; não conseguia fazer amigos entre os lobos, tampouco tinha uma parceira. No fim das contas, eu era excessivamente humano — excessivamente Caçador de Sombras — para encontrar sossego entre os licantropes. Eu caçava, mas a caça não trazia satisfação; e quando chegou a hora de os Acordos serem finalmente assinados, fui até a cidade.

"No Salão do Anjo, limpos do sangue, os Caçadores de Sombras e as quatro espécies de semi-humanos sentaram novamente para assinar os papéis que selariam a paz entre nós. Fiquei chocado ao ver os Lightwood, que pareciam tão chocados quanto eu pelo fato de eu não estar morto. Eles mesmos, disseram, junto com Hodge Starkweather e Michael Wayland, foram os únicos membros do antigo Ciclo a escapar da morte naquela noite no Salão. Michael, abalado pela dor de ter perdido a mulher, se refugiara em seu próprio estado com o filho. A Clave havia punido os outros três com o exílio: estavam sendo enviados para Nova York, para dirigirem o Instituto de lá. Os Lightwood, que tinham conexões com as famílias mais importantes da Clave, receberam uma sentença muito mais leve que a de Hodge. Ele havia sido amaldiçoado: iria com eles, mas, se algum dia saísse dos confins do Instituto, seria instantaneamente morto. Ele estava se dedicando aos estudos, eles disseram, e se tornaria um bom tutor para os filhos deles.

"Quando assinamos os Acordos, levantei da minha cadeira e saí do salão, fui até o rio onde havia encontrado Jocelyn na noite da Ascensão. Observando o fluxo das águas escuras, soube que nunca encontraria paz na minha própria terra: precisava estar com ela ou em lugar nenhum. Resolvi que iria procurá-la.

"Deixei meu bando, indicando um sucessor para ocupar meu lugar; acho que ficaram aliviados com a minha partida. Viajei como um lobo sem bando viaja: sozinho, à noite, mantendo-me próximo às estradas. Voltei a Paris, mas não achei pista alguma por lá. Depois fui a Londres. De lá, peguei um barco para Boston.

"Passei um tempo nas cidades, depois nas Montanhas Brancas do norte congelado. Viajei bastante, mas cada vez mais me via pensando em Nova York, e nos Caçadores de Sombras exilados de lá. Jocelyn, de certa forma, também estava exilada. Logo cheguei à Nova York, com apenas uma mochila, e sem a menor ideia de onde procurar sua mãe. Teria sido muito fácil encontrar um bando de lobisomens ao qual me juntar, mas resisti. Como havia feito em outras cidades, enviei mensagens pelo Submundo, procurando qualquer sinal de Jocelyn, mas não havia nada, nenhuma pista, era como se ela simplesmente tivesse desaparecido na realidade mundana sem deixar rastros. Comecei a me desesperar.

"No fim das contas, eu a encontrei por acaso. Estava nas ruas do SoHo, a esmo. Enquanto pisava sobre o asfalto de pedras da Broome Street, um quadro na vitrine de uma galeria chamou minha atenção.

"Era uma paisagem que reconheci imediatamente: a vista da janela do casarão da família dela, o gramado verde passando entre as árvores que escondiam a estrada além. Reconheci seu estilo, as pinceladas, tudo. Bati à porta da galeria, e dessa vez vi a assinatura. Foi a primeira vez que vi seu novo nome: Jocelyn Fray.

"Antes daquela noite, eu já a encontrara, morando no quinto andar de um prédio sem elevador, naquele refúgio dos artistas, o East Village. Subi as escadas pouco iluminadas com o coração na garganta, e bati à sua porta. Quem abriu foi uma garotinha com tranças ruivas e olhos inquisitivos. Então, atrás dela, vi Jocelyn caminhando em minha direção, com as mãos sujas de tinta e o rosto idêntico à época em que éramos crianças...

"O resto, você já sabe."

Capítulo 22

A RUÍNA DE RENWICK

Por um longo instante depois que Luke acabou de falar, fez-se silêncio na sala. O único som era o fraco ruído da água correndo pelas paredes de pedra. Finalmente, ele falou:

— Diga alguma coisa, Clary.

— *O que você quer que eu diga?*

Ele suspirou.

— Talvez que entende?

Clary podia ouvir o sangue latejando nas orelhas. Ela se sentia como se a própria vida tivesse sido construída em uma folha de gelo, fina como papel, e agora o gelo estava começando a rachar, ameaçando lançá-la na escuridão gelada abaixo. Na água escura, ela pensou, onde todos os segredos da mãe navegavam pelas correntes, os restos esquecidos de uma vida naufragada.

Ela olhou para Luke. Ele parecia hesitante, indefinido, como se ela estivesse olhando por um vidro embaçado.

— Meu pai — ela disse. — Aquela foto que a minha mãe sempre guardou na lareira...

— Aquele não era o seu pai — disse Luke.

— Ele nem sequer existia? — A voz de Clary se levantou. — Algum dia existiu um John Clark ou minha mãe o inventou também?

— John Clark existiu, mas ele não era seu pai. Ele era o filho de dois dos vizinhos de sua mãe quando vocês moravam no East Village. Ele morreu em um acidente de carro, como sua mãe te contou, mas ela nunca o conheceu. Ela tinha a foto dele porque os vizinhos encomendaram uma pintura sua com o uniforme do exército. Ela entregou o retrato pintado, mas guardou a foto, e fingiu que aquele homem era seu pai. Imagino que ela tenha achado que seria mais fácil assim. Afinal de contas, se ela tivesse alegado que ele tinha fugido ou desaparecido, você iria querer procurá-lo. Um homem morto...

— Não contradiz nenhuma mentira — Clary concluiu amargamente. — Ela nunca pensou que pudesse ser errado, todos esses anos, me deixar pensar que meu pai estava morto, quando meu verdadeiro pai...

Luke não disse nada, deixando que ela mesma encontrasse a conclusão daquela frase, deixando que ela ousasse concluir aquilo sozinha.

— É *Valentim.* — A voz dela tremeu. — É isso que você está me dizendo, não é? Que Valentim era, é, meu pai?

Luke fez que sim com a cabeça. A tensão nos dedos era o único indício do que ele estava sentindo.

— É.

— Meu *Deus.* — Clary se levantou, sem conseguir ficar sentada ali, parada. Ela foi ofegante até as grades da cela. — Não é possível. Simplesmente não é possível.

— Clary, por favor, não se chateie...

— Não me chatear? Você está me dizendo que meu pai basicamente é uma espécie de príncipe do mal e quer que eu não me chateie?

— No início, ele não era mau — disse Luke, soando praticamente apologético.

— Ah, sinto em discordar. Acho que ele era *claramente* malvado. Tudo aquilo que ele pregava sobre manter a raça humana pura e a importância do sangue puro, ele era como um daqueles líderes nazistas. E vocês dois caíram na dele.

— Não era eu que estava falando em membros "lodosos" do Submundo há alguns minutos — disse Luke. — Ou sobre como não se pode confiar neles.

— Não é a mesma coisa! — Clary podia ouvir os soluços na própria voz. — Eu tive um irmão — ela prosseguiu, com a voz acompanhando. — Avós também. Eles estão mortos?

Luke assentiu, olhando para baixo, para as mãos, abertas sobre os joelhos.

— Estão mortos.

— Jonathan — ela disse suavemente. — Ele seria mais velho do que eu? Um ano mais velho?

Luke não disse nada.

— Sempre quis ter um irmão.

— Não — ele disse. — Não se martirize. Você pode perceber por que sua mãe escondeu isso tudo de você, não pode? Que bem teria feito saber de tudo o que você perdeu antes mesmo de nascer?

— Aquela caixa — lembrou Clary, com a mente a mil por hora e — com as iniciais J.C. Jonathan Christopher. Era por isso que ela vivia chorando, aquela mecha de cabelo, do meu irmão, não do meu pai.

— É.

— E, quando você disse "Clary não é Jonathan", você estava falando do meu irmão. Minha mãe era protetora daquele jeito porque já tivera um filho morto.

Antes que Luke pudesse responder, a porta da cela se abriu e Gretel entrou. O "kit de primeiros socorros" que Clary imaginava ser uma caixa de plástico com uma cruz vermelha era, na verdade, uma bandeja de madeira com ataduras dobradas, vasilhas cheias de vapor com líquidos não identificados e ervas que exalavam um odor cítrico forte. Gretel repousou a bandeja ao lado da cama e gesticulou para Clary sentar, e ela obedeceu sem vontade.

— Boa menina — disse a mulher loba, molhando um pedaço de pano em uma das vasilhas e levantando-o para o rosto de Clary. Gentilmente, ela limpou o sangue seco. — O que aconteceu com você? — ela perguntou em tom de reprovação, como se suspeitasse que Clary tivesse posto uma sanduicheira no rosto.

— Estava me perguntando a mesma coisa — acrescentou Luke, assistindo aos acontecimentos com os braços cruzados.

— Hugo me atacou — Clary tentou não franzir o rosto enquanto o líquido ardia em seus ferimentos.

— Hugo? — Luke piscou.

— O pássaro de Hodge. Pelo menos eu acho que era o pássaro dele. Talvez fosse de Valentim.

— Hugin — Luke disse suavemente. — Hugin e Munin eram os pássaros de estimação de Valentim. Os nomes significam "Pensamento" e "Memória".

— Bem, deveriam significar "Atacar" e "Matar" — sugeriu Clary. — Hugo quase arrancou meus olhos.

— Ele é treinado para fazer isso. — Luke estava batendo os dedos de uma das mãos no outro braço. — Hodge deve ter ficado com ele depois da Ascensão. Mas ele ainda seria uma criatura de Valentim.

— Assim como Hodge — disse Clary, franzindo o rosto enquanto Gretel limpava a longa ferida no braço, que estava cheio de sujeira e sangue ressecado. Depois Clary começou a fazer o curativo.

— Clary...

— Não quero mais falar sobre o passado — disse com determinação. — Quero saber o que vamos fazer agora. Agora que Valentim está com a minha mãe, Jace e com o Cálice. E nós não temos nada.

— Não diria que não temos nada — disse Luke. — Temos um poderoso bando de lobisomens. O problema é que não sabemos onde Valentim está.

Clary balançou a cabeça. Fios de cabelos caíram em seus olhos, e ela os sacudiu, impaciente. Nossa, como ela estava suja. O que ela mais queria na vida, mais que qualquer coisa — *quase* qualquer coisa —, era um banho.

— Valentim não tem uma espécie de esconderijo? Uma toca secreta?

— Se ele tem — disse Luke —, realmente a manteve em segredo.

Gretel soltou Clary, que mexeu o braço cautelosamente. O líquido verde que ela havia passado no machucado de fato havia minimizado a dor, mas o braço ainda estava rígido e desajeitado.

— Espere aí — exclamou Clary.

— Nunca entendi por que as pessoas dizem isso — disse Luke, a ninguém em particular. — Eu não estava indo a lugar algum.

— Será que Valentim pode estar em algum lugar de Nova York?

— Possivelmente.

— Quando o vi no Instituto, ele veio por um Portal. Magnus disse que só há dois Portais em Nova York. O de Dorothea e o de Renwick. O de Dorothea foi destruído, e eu não consigo imaginá-lo escondido por aí, então...

— Renwick? — Luke parecia espantado. — Renwick não é um nome de Caçador de Sombras.

— Mas e se Renwick não for uma pessoa? — disse Clary. — E se for um lugar? Renwick. Tipo um restaurante, ou... ou um hotel, ou alguma coisa.

Os olhos de Luke se arregalaram repentinamente. Ele se voltou para Gretel, que estava avançando em sua direção com o kit de primeiros socorros.

— Traga-me uma lista telefônica — ele disse.

Ela parou onde estava, segurando a bandeja em sua direção com uma expressão de reprovação.

— Mas, senhor, seus *ferimentos*...

— Esqueça os ferimentos e me traga uma lista telefônica — ele pediu. — Estamos em uma prisão, deve haver várias por aqui.

Com um olhar de exasperação desdenhosa, Gretel repousou a bandeja no chão e marchou para fora do quarto. Luke olhou para Clary por cima dos óculos, que haviam escorregado pelo nariz.

— Bem pensado.

Ela não respondeu. Havia um nó no seu estômago. Ela se viu tentando respirar apesar dele. Um pensamento incipiente passou pela mente de Clary, querendo transformar-se em uma percepção concreta. Mas ela o afastou em definitivo. Ela não podia gastar energia e recursos com nada além do problema imediato.

Gretel voltou com páginas amarelas de aparência mofada e jogou-as para Luke. Ele examinou o livro de pé, enquanto a mulher lobo atacava o lado ferido com ataduras e vidros de remédio.

— Há sete Renwicks na lista telefônica — ele disse afinal. — Nenhum restaurante, hotel ou outros locais. — Ele empurrou os óculos para cima; eles voltaram a escorregar instantaneamente. — Não são Caçadores de Sombras — ele disse — e me parece improvável que Valentim fosse montar um quartel-general na casa de um mundano ou de um membro do Submundo. Mas talvez...

— Você tem um telefone? — interrompeu Clary.

— Não comigo. — Luke, ainda com a lista telefônica na mão, olhou para Gretel por baixo dela. — Você pode pegar o telefone?

Com um ronco desdenhoso, ela descartou os pedaços de pano sangrentos que estava segurando no chão e saiu do recinto uma segunda vez. Luke pôs a lista na mesa, pegou o rolo de atadura e começou a enrolá-la em torno do corte diagonal na área das costelas.

— Desculpe — ele disse enquanto Clary o encarava. — Sei que é repugnante.

— Se pegarmos Valentim — ela perguntou abruptamente —, podemos matá-lo?

Luke quase derrubou as ataduras.

— O quê?

Ela estava mexendo em um pedaço de barbante que estava saindo do bolso da calça jeans.

— Ele matou o meu irmão. Ele matou meus avós. Não foi?

Luke colocou as ataduras na mesa e puxou a camisa para baixo.

— E você acha que matá-lo fará o quê? Acha que vai apagar tudo isso?

Gretel voltou antes que Clary pudesse responder. Ela estava com uma expressão martirizada e entregou a Luke um telefone celular de aparência estranha e antiquada. Clary ficou imaginando quem pagava as contas.

Clary estendeu a mão.

— Deixe-me dar um telefonema.

Luke parecia hesitante.

— Clary...

— É sobre Renwick. Vai demorar um segundo.

Ele entregou o telefone cautelosamente. Ela digitou o número e virou meio de costas para ele, a fim de criar uma ilusão de privacidade.

Simon atendeu no terceiro toque.

— Sou eu.

Sua voz subiu uma oitava.

— Você está bem?

— Estou. Por quê? Ouviu alguma coisa de Isabelle?

— Não. O que eu teria ouvido de Isabelle? Tem alguma coisa errada? É o Alec?

— Não — respondeu Clary, não querendo mentir e dizer que Alec estava bem. — Não é ele. Olhe só, eu preciso que você pesquise uma coisa na internet para mim.

Simon bufou.

— Você está brincando. Eles não têm um computador aí? Quer saber, não precisa responder. — Ela ouviu os ruídos de uma porta se abrindo, e o miado agressivo do gato da mãe de Simon ao ser expulso de seu lugar nos teclados do computador. Ela podia enxergar Simon mentalmente com toda a clareza enquanto se sentava, e os dedos se moviam rapidamente sobre as teclas. — O que você quer que eu procure?

Ela disse a ele. Ela podia sentir o olhar preocupado de Luke em cima dela enquanto falava. Eram os mesmo de quando ela tinha 11 anos e contraiu uma gripe com febre alta. Ele trouxera pedras de gelo para ela chupar e teve de ler todos os seus livros preferidos, fazendo todas as vozes diferentes.

— Você tem razão — disse Simon, retirando-a de seus devaneios. — É um lugar. Pelo menos era um lugar. Está abandonado agora.

O telefone escorregou por suas mãos suadas e ela segurou com mais força.

— Conte mais.

— *O mais famoso asilo de lunáticos, prisão de devedores e hospital construído na Ilha Roosevelt no século XIX* — Simon leu. — *O Hospital de Varíola Renwick foi projetado pelo arquiteto Jacob Renwick e pretendia abrigar em quarentena as vítimas mais pobres da epidemia incontrolável de varíola em Manhattan. Durante o século seguinte, o hospital foi abandonado. O acesso público às ruínas é proibido.*

— Tudo bem, isso é o bastante — disse Clary, com o coração acelerado. — Tem que ser isso. Ilha Roosevelt? Mas não há pessoas *morando* lá?

— Nem todo mundo mora na corte, princesa — disse Simon, com um razoável grau de sarcasmo. — Mas, então, você precisa que eu te dê mais uma carona, ou algo assim?

— Não! Estou bem, não preciso de nada. Só queria a informação.

— Tudo bem. — Ele soou um pouco magoado, Clary pensou, mas disse a si mesma que não tinha importância. Simon estava a salvo em casa, e era isso que importava realmente.

Ela desligou, e voltou-se para Luke.

— Há um hospital abandonado no sul da Ilha Roosevelt chamado Renwick. Acho que Valentim está lá.

Luke levantou os óculos novamente.

— A Ilha de Blackwell. É claro.

— Como assim, de Blackwell? Eu disse...

Ele a interrompeu com um gesto.

— É como a Ilha de Roosevelt se chamava. Blackwell. Pertencia a uma família de Caçadores de Sombras. Eu deveria ter adivinhado. — Ele virou para Gretel. — Vá buscar Alaric. Vamos precisar de todo mundo aqui o quanto antes. — Seus lábios estavam curvados em um meio sorriso que fez com que Clary se lembrasse do sorriso frio que Jace usava enquanto lutava. — Diga a eles para se prepararem para a batalha.

Eles subiram para a rua por um labirinto de celas e corredores que eventualmente se abriam no que outrora havia sido uma delegacia de polícia. O prédio estava abandonado agora, e a luz do fim da tarde formava estranhas sombras nas escrivaninhas vazias, as cabines fechadas a cadeado cheias de buracos pretos de cupim, os tacos rachados no chão soletravam o lema da Polícia Federal de Nova York: *Fidelis ad Mortem.*

— Fidelidade até a morte — explicou Luke, seguindo o olhar de Clary.

— Deixe-me adivinhar — disse Clary. — Do lado de dentro, é uma delegacia abandonada; por fora, os mundanos só veem um prédio condenado, ou um lote vago, ou...

— Na verdade, parece um restaurante chinês visto de fora — disse Luke. — Só para a viagem, sem serviço de mesa.

— Um restaurante chinês? — ecoou Clary, descrente.

Ele deu de ombros.

— Bem, estamos em Chinatown. Este já foi o prédio do Distrito.

— As pessoas devem achar estranho o fato de não haver qualquer telefone para os pedidos.

Luke sorriu.

— Tem telefone, sim. A gente só não atende muito. Às vezes, quando estão entediados, alguns lobinhos entregam porco mu shu.

— Você está brincando.

— De jeito nenhum. As gorjetas são extremamente úteis — ele abriu a porta da frente, deixando um fio de luz solar entrar.

Ainda incerta sobre ele estar brincando ou não, Clary seguiu Luke pela Baxter Street para onde o carro dele estava estacionado. O interior da picape era confortavelmente familiar. O cheiro fraco dos pedaços de madeira, de papel velho e sabão, o par desbotado de dados dourados que ela lhe dera quando tinha 10 anos porque eles pareciam o par de dados pendurados no espelho retrovisor da Millennium Falcon. Os papéis velhos de chiclete e os copos de café vazios no chão. Clary subiu no banco do passageiro, ajeitando-se com um suspiro. Ela estava mais cansada do que gostaria de admitir.

Luke fechou a porta atrás dela.

— Fique aqui.

Ela observou enquanto ele falava com Gretel e Alaric, que estavam nos degraus da velha delegacia de polícia, esperando pacientemente. Clary se entreteve deixando os olhos entrarem e saírem de foco, vendo o feitiço aparecer e desaparecer. Primeiro era uma velha delegacia de polícia, depois uma fachada de loja dilapidada que dizia JADE WOLF CULINÁRIA CHINESA.

Luke estava gesticulando para o número dois e o número três na linha de comando, apontando para a rua. A picape era a primeira de uma linha de vans, motos, jipes e até um ônibus escolar estragado. Os veículos se estendiam por uma linha pelo quarteirão, dobrando a esquina. Um comboio liderado por lobisomens. Clary imaginou como eles imploraram, pegaram emprestado, roubaram ou comandaram tantos veículos em um espaço de tempo tão curto. Pelo menos não teriam de ir no bonde aéreo.

Luke aceitou um saco de papel branco de Gretel e, com um aceno de cabeça, voltou para a picape. Curvando-se atrás do volante, ele entregou o saco a ela.

— Você está encarregada disso.

Clary olhou desconfiada para o saco.

— O que tem aqui? Armas?

Os ombros de Luke sacudiram com uma risada silenciosa.

— Pães no vapor, para falar a verdade — ele disse, conduzindo a picape para a rua — e café.

Clary rasgou o saco enquanto iam para a parte norte da cidade, com o estômago roncando furiosamente. Ela abriu um dos pães, degustando o sabor rico e salgado da carne suína, e a maciez do pão. Ela tomou um gole de café preto superadoçado, e ofereceu um dos pães a Luke.

— Quer um?

— Claro. — Era quase como nos velhos tempos, ela pensou, enquanto entravam na Canal Street, quando iam buscar os bolinhos quentes da Padaria Golden Carriage e comiam a metade no caminho sobre a Manhattan Bridge.

— Então, me fale sobre esse Jace — pediu Luke.

Clary quase engasgou com o pão. Ela esticou a mão para pegar o café, sufocando a tosse com o líquido quente.

— O que tem ele?

— Você tem alguma ideia do que Valentim possa querer com ele?

— Não.

Luke franziu o rosto ao sol poente.

— Pensei que Jace fosse um dos Lightwood...

— Não. — Clary mordeu o terceiro pedaço de pão. — O sobrenome dele é Wayland. O pai dele era...

— Michael Wayland?

Ela fez que sim com a cabeça.

— E quando Jace tinha 10 anos, Valentim o matou. Michael, quero dizer.

— Parece mesmo algo que ele faria — disse Luke. O tom era neutro, mas havia alguma coisa na voz que fez com que Clary o olhasse de lado. Será que ele não estava acreditando nela?

— Jace o viu morrer — ela informou, como se quisesse legitimar a alegação.

— Que horror — disse Luke. — Pobre menino perturbado.

Eles estavam dirigindo sobre a Fifty-Ninth Street Bridge. Clary olhou para baixo e viu o rio todo em dourado e sangue pelo sol que se punha. Ela podia ver o sul da Roosevelt Island de lá, embora fosse só um pouco ao norte.

— Ele não ficou tão mal — ela disse. — Os Lightwood cuidaram bem dele.

— Posso imaginar. Sempre foram próximos de Michael — observou Luke, entrando na pista da esquerda. No retrovisor lateral, Clary podia ver a caravana de veículos que seguiam alterando a rota para acompahá-los. — Eles quereriam cuidar do filho dele.

— O que acontece quando a lua sobe? — ela perguntou. — Você vai virar um lobo de repente ou o quê?

A boca de Luke se contraiu involuntariamente.

— Não exatamente. Somente os mais jovens, os que acabaram de se transformar, não conseguem controlar as alterações. A maioria de nós já aprendeu como fazer, ao longo dos anos. Só uma lua no auge de sua fase cheia consegue forçar uma transformação sobre mim agora.

— Então, quando a lua está parcialmente cheia, você só se sente um pouco lobo? — perguntou Clary.

— Pode-se dizer que sim.

— Bem, você pode ir em frente e colocar a cabeça para fora da janela se quiser.

Luke riu.

— Sou um lobisomem, não um golden retriever.

— Há quanto tempo você é líder do clã? — ela perguntou repentinamente.

Luke hesitou.

— Há cerca de uma semana.

Clary se virou para olhar para ele.

— Uma *semana*?

Ele suspirou.

— Eu sabia que Valentim tinha levado sua mãe — ele disse sem muita inflexão. — Sabia que sozinho tinha poucas chances contra ele, e que não poderia esperar qualquer ajuda da Clave. Levei um dia para localizar o bando mais próximo de licantropes.

— Você matou o líder do clã para tomar o lugar dele?

— Foi a maneira mais rápida que consegui imaginar para adquirir um número substancial de aliados em um curto período de tempo — disse Luke, sem qualquer arrependimento no tom de voz, apesar de também não demonstrar orgulho algum. Ela se lembrou de tê-lo espiado na casa dele, de ter notado arranhões fundos nas mãos e no rosto dele, e da maneira como ele mexia o braço. — Já fizera isso antes. Tinha quase certeza de que poderia fazer outra vez. — Ele deu de ombros. — Sua mãe havia sumido. Eu sabia que tinha feito com que você me odiasse. Não tinha nada a perder.

Clary apoiou os tênis verdes sobre o painel do carro. Através do para-brisa, por cima da ponta dos dedos dos pés, a lua subia por cima da ponte.

— Bem — ela disse. — Agora você tem.

O hospital na ala sul da Roosevelt Island estava iluminado à noite, com os contornos fantasmagóricos curiosamente visíveis contra a escuridão do rio e a majestosa iluminação de Manhattan. Luke e Clary se silenciaram enquanto a picape entrava na pequena ilha, e a estrada pavimentada em que estavam se transformava em cascalhos e finalmente em sujeira acumulada. A estrada seguiu a curva de uma cerca alta de correntes, cujo topo estava cheio de pontas de fios que pareciam lâminas com laços de fita festivos.

Quando a estrada se tornou esburacada demais para conseguirem dirigir por ela, Luke parou a caminhonete e apagou os faróis. Ele olhou para Clary.

— Alguma chance de você me esperar aqui se eu pedir?

Ela balançou a cabeça.

— Não necessariamente seria mais seguro no carro. Quem sabe o que Valentim deixou patrulhando esse perímetro?

Luke deu uma risada suave.

— *Perímetro.* Ouça você. — Ele saiu do carro e ficou ao lado dela para ajudá-la a descer. Ela poderia ter saltado da caminhonete sozinha, mas aquilo era bom, o mesmo jeito que a ajudava quando era pequena demais para descer sozinha.

Os pés dela atingiram o chão sujo, levantando nuvens de poeira. Os carros que vinham atrás estavam parando, um a um, formando uma espécie de círculo ao redor da caminhonete de Luke. Os faróis varreram a visão dela, iluminando a grade de corrente, deixando-a com uma cor branco-prateada. Além da cerca, o hospital em si era uma ruína banhada por uma luz crua que acentuava seu estado dilapidado: as paredes sem teto se erguendo a partir de um chão como dentes quebrados, os parapeitos de pedra ofuscados por um tapete verde de grama excessivamente crescida.

— Que coisa descuidada. — Ela se ouviu dizer suavemente, com um quê de apreensão na voz. — Não vejo como Valentim poderia estar se escondendo aqui.

Luke desviou o olhar para o hospital.

— É um grande feitiço — ele disse. — Tente olhar através das luzes. — Alaric estava andando na direção deles pela estrada, a leve brisa fazendo com que sua jaqueta jeans abrisse, exibindo o peito com cicatrizes abaixo. Os lobisomens andando atrás deles pareciam pessoas completamente normais, pensou Clary. Se os tivesse visto todos juntos em grupo em algum lugar, ela poderia ter pensado que se conheciam de algum lugar; havia certa semelhança não física, uma rudeza naqueles olhares, uma força nas expressões. Ela poderia ter pensado que fossem fazendeiros, pois pareciam mais bronzeados, corcundas e ossudos do que pessoas típicas da cidade, ou talvez tivesse pensado que formassem uma gangue de motoqueiros. Mas não pareciam monstros, de jeito algum.

Logo vieram em uma rápida conferência perto da caminhonete de Luke, como um grupo de jogadores de futebol discutindo uma estratégia antes de a bola entrar em jogo. Clary, sentindo-se muito excluída, virou para olhar novamente para o hospital. Dessa vez, ela tentou olhar em volta das luzes, ou através delas, do jeito que às vezes é possível olhar por cima de uma camada de tinta para ver o que há embaixo. Como geralmente acontecia, pensar em como a desenharia ajudou. As luzes pareceram diminuir, e agora ela estava olhando através de um campo de carvalhos, uma estrutura ornamentada gótica que parecia erguer-se sobre as árvores como o baluarte de um grande navio. As janelas dos andares inferiores eram escuras e blindadas, mas a luz vinha forte através dos arcos mitrados das janelas dos três andares, como uma linha de chama queimando sobre a crista de uma cadeia de montanhas. À frente, havia uma varanda de pedras que ocultava a porta de entrada.

— Está vendo? — Era Luke, que se havia aproximado por trás dela com a graça de... bem, um lobo.

Ela ainda o estava encarando.

— Parece mais um castelo do que um hospital.

Pegando-a pelos ombros, Luke virou Clary de modo que ela o encarasse.

— Clary, ouça. — As mãos dele eram tão firmes que a machucaram. — Quero que você fique perto de mim. Mexa-se quando eu me mexer. Segure na manga da minha roupa se precisar. Os outros vão ficar em torno de nós, protegendo-nos, mas, se você sair do círculo, não poderão tomar conta de você. Eles vão nos guiar até a porta. — Ele tirou as mãos dos ombros dela e, quando se mexeu, ela viu o brilho metálico de alguma coisa na jaqueta dele. Ela não havia percebido que ele estava trazendo uma arma, mas depois ela se lembrou do que Simon tinha dito sobre o conteúdo da mochila verde de Luke e concluiu que fazia sentido. — Você promete que vai fazer o que eu disser?

— Prometo.

A cerca era real, não fazia parte do feitiço. Alaric, ainda à frente, tocou-a experimentalmente, depois levantou uma mão preguiçosa. Longas garras surgiram sob as unhas das mãos, e ele rasgou a grade com elas, fatiando o metal. Eles caíram em uma pilha, como brinquedos de lata.

— Vão. — Ele gesticulou para os outros passarem. Eles avançaram como se fossem uma única pessoa, um mar de movimento coordenado. Agarrando o braço de Clary, Luke empurrou-a à frente dele, abaixando-se para seguir. Eles se esticaram do lado de dentro, olhando para cima, para o hospital de varíola, onde sombras escuras aglomeradas na varanda estavam começando a se mover escadaria abaixo.

Alaric estava com a cabeça levantada, farejando o ar.

— O cheiro de morte está pesado no ar.

O ar de Luke deixou os pulmões em uma onda sibilante.

— *Renegados.*

Ele empurrou Clary para trás dele; ela foi, cambaleando um pouco sobre o solo desigual. O bando começou a se mover em direção a ela e Luke; enquanto se aproximavam, caíram sobre os quatro membros, com os lábios se contraindo para trás, exibindo as presas brilhantes, braços e pernas se esticando em extremidades longas e peludas, roupas dando lugar à pelugem. Algumas vozes instintivas deixaram Clary alerta: *Lobos! Fuja!* Mas ela combateu os instintos e ficou onde estava, embora pudesse sentir as mãos tremendo.

O bando os cercou, olhando para fora. Mais lobos se juntaram ao círculo por todos os lados. Era como se ela e Luke fossem o centro de uma grande estrela. Assim, eles começaram a se mover em direção à varanda da frente do hospital. Ainda atrás de Luke, Clary nem sequer viu os primeiros Renegados quando atacaram. Ela ouviu um lobo uivar como se sentisse dor. O uivo aumentou, logo se tornando um rugido. Houve um ruído de batida, depois um grito e um som que parecia papel rasgando...

Clary se pegou imaginando se os Renegados eram comestíveis.

Ela olhou para Luke. O rosto dele estava rígido. Ela podia vê-los agora, além do anel de lobos, a cena iluminada pela luz do hospital e pelo brilho de Manhattan, cauterizada por símbolos que pareciam lesões. Eles tinham olhos vazios enquanto se transformavam em lobos, e os lobos deram de cara com eles, com as garras afiadas, dentes grandes e imponentes. Ela viu um dos guerreiros Renegados — uma mulher — cair para trás, com a garganta rasgada, e os braços ainda tremendo. Outro atacou um lobo com um braço enquanto o outro estava jogado ao chão, a mais de um metro de distância, com o sangue pulsando do tronco aberto. Sangue negro, como a água de pântano viajava em correntes, molhando a grama, de modo que os pés de Clary escorregavam nela. Luke pegou-a antes que ela pudesse cair.

— Fique comigo.

Estou aqui, ela queria dizer, mas nenhuma palavra saía de sua boca. O grupo ainda estava se movendo pelo gramado em direção ao hospital, em um ritmo agonizantemente lento. O punho de Luke era rígido como ferro. Clary não conseguia perceber quem estava ganhando, se é que alguém estava. Os lobos tinham tamanho e velocidade em seu favor, mas os Renegados se moviam com uma determinação que era surpreendentemente difícil de acabar. Ela viu um lobo enorme que era Alaric matar um passando uma rasteira, e atacando sua garganta. Continuou se movendo mesmo desintegrado, com o machado abrindo um longo corte vermelho no pelo brilhante de Alaric.

Distraída, Clary quase não percebeu o Renegado que penetrou o círculo protetor até que ele se ergueu na frente dela, como se tivesse crescido da grama aos pés dela. Com olhos brancos e cabelos emaranhados, levantou uma faca.

Ela gritou. Luke girou, arrastando-a de lado, pegou a coisa pelo pulso e girou. Ela ouviu o rompimento de um osso, e a faca caiu no chão. A mão do Renegado estava pendurada, quebrada, mas ele continuou vindo na direção deles, sem mostrar qualquer sinal de dor. Luke estava gritando rouco para Alaric. Clary tentou alcançar a adaga no cinto, mas Luke a estava segurando com muita força. Antes que ela pudesse gritar para que ele a soltasse, uma linha de fogo prateado passou entre eles. Era Gretel. Ela aterrissou com as patas da frente no tórax do Renegado, derrubando-o no chão. Um rugido firme de ira surgiu da garganta de Gretel, mas o Renegado era mais forte; ele a derrubou de lado como uma boneca de pano e se levantou.

Alguma coisa levantou Clary dos próprios pés. Ela gritou, mas era Alaric, meio lobo, meio homem, com as mãos com garras afiadas. Mesmo assim, elas a seguraram gentilmente quando ele a lançou ao ar nos braços dele.

Luke estava acenando para eles.

— Tire-a daqui! Leve-a até a porta! — ele estava gritando.

— Luke! — Clary girou nas garras de Alaric.

— Não olhe — Alaric rugiu.

Mas ela olhou. O bastante para ver Luke avançar em direção a Gretel, com uma espada nas mãos, mas ele não foi rápido o suficiente. O Renegado pegou a própria faca, que havia caído na grama suja de sangue, e enterrou-a nas costas de Gretel, repetidas vezes, enquanto ela arranhava, lutara, até que finalmente sucumbiu, a luz nos olhos prateados se apagando pela escuridão. Com um grito, Luke atacou a garganta do Renegado com a espada...

— Eu disse para não olhar — rosnou Alaric, girando para que o campo visual dela fosse bloqueado por sua forma. Eles estavam correndo para cima de uns degraus agora, o som das patas de garras arranhando o granito como unhas no quadro-negro.

— Alaric — chamou Clary.

— Sim?

— Desculpe-me por ter jogado uma faca em você.

— Não peça desculpas. Foi um golpe bem aplicado.

Ela tentou olhar através dele.

— Onde está Luke?

— Estou aqui — respondeu ele. Alaric virou. Luke estava subindo os degraus, guardando a espada de volta na capa, que estava presa à lateral de seu corpo, por baixo da jaqueta. A lâmina estava escura e grudenta.

Alaric deixou Clary escorregar para a varanda. Ela aterrissou, virando de costas. Ela não podia ver Gretel ou o Renegado que a havia matado, apenas uma massa de corpos pesados e metal brilhante. Estava com o rosto molhado. Ela levantou uma mão livre para ver se estava sangrando, mas percebeu que estava chorando. Luke olhou curioso para ela.

— Ela era apenas um membro do Submundo — ele disse.

Os olhos de Clary queimavam.

— Não *diga* isso.

— Entendi. — Ele virou para Alaric. — Obrigado por ter cuidado dela. Enquanto continuamos...

— Vou com vocês — disse Alaric. Ele completou boa parte da transformação para homem, mas ainda tinha olhos de lobos, e lábios contraídos exibindo dentes tão longos quanto palitos. Ele flexionou as mãos com as unhas compridas.

Os olhos de Luke estavam perturbados.

— Alaric, não.

A voz rosnada de Alaric era seca.

— Você é o líder do bando. Sou seu segundo na linha de comando agora que Gretel morreu. Não seria correto deixá-lo ir sozinho.

— Eu... — Luke olhou para Clary, depois para o campo na frente do hospital. — Preciso de você aqui, Alaric. Sinto muito. É uma ordem.

Os olhos de Alaric brilharam com raiva, mas ele recuou. A porta do hospital era feita de madeira pesada ornamentada, estampas familiares a Clary, as flores de Idris, símbolos curvilíneos, sóis raiados. Cedeu com o barulho explosivo de um fecho quebrado quando Luke a chutou. Ele empurrou Clary para a frente enquanto a porta se abria amplamente.

— Entre.

Ela cambaleou para a frente dele, voltada para a entrada. Ela viu rapidamente Alaric olhando para eles, com os olhos lupinos brilhando. Atrás dele, o gramado em frente ao hospital estava cheio de corpos, a poeira manchada de sangue, preto e vermelho. Quando a porta se fechou atrás dela, interrompendo sua visão, ela ficou agradecida.

Ela e Luke estavam em uma entrada de pedra pouco iluminada, onde havia uma única tocha acesa. Após a tensão da batalha, o silêncio era como uma capa sufocante. Clary se viu ofegante, inalando grande quantidade de ar, de um ar que não era espesso com umidade e cheiro de sangue.

Luke segurou-a pelo ombro com a mão.

— Você está bem?

Ela limpou as bochechas.

— Você não deveria ter dito aquilo. Sobre Gretel ser apenas um membro do Submundo. Eu não acho isso.

— Fico feliz em ouvir. — Ele pegou a tocha pelo apoio de metal. — Detestei a ideia de os Lightwood terem transformado você em uma cópia deles.

— Bem, não fizeram isso comigo.

A tocha não soltou na mão de Luke. Ele franziu o cenho. Catando no bolso, Clary pegou a pedra lisa que havia recebido de Jace como presente de aniversário, e a levantou alto. Luz brilhou entre os dedos dela, como se ela tivesse rachado uma semente de escuridão, libertando a luminosidade que estava presa em seu interior. Luke soltou a tocha.

— Pedra enfeitiçada? — ele perguntou.

— Jace me deu. — Ela podia senti-la pulsando na mão, como os batimentos cardíacos de um passarinho. Ela imaginou onde Jace estaria nessa pilha cinzenta de pedras que eram os quartos, se ele estava assustado, se ele tinha pensado se a veria outra vez.

— Há anos que não luto com pedra enfeitiçada — disse Luke, e começou a subir as escadas. Os degraus rangiam sonoramente sob as botas dele. — Siga-me.

O brilho flamejante da pedra formava as sombras deles, alongadas de uma forma estranha, contra as paredes lisas de granito. Eles pararam em um andar de pedras curvado sob um arco. Sobre eles, ela pôde ver luz.

— Era assim o hospital, há centenas de anos? — sussurrou Clary.

— Ah, os ossos da construção de Renwick ainda estão aqui — disse Luke. — Mas imagino que Valentim, Blackwell e os outros tenham reformado o lugar para que correspondesse um pouco mais ao gosto deles. Olhe isso aqui. — Ele passou a bota no chão: Clary olhou para baixo e viu um símbolo esculpido no granito sob os pés deles; um círculo em cujo centro havia um lema em latim: *In Hoc Signo Vinces.*

— O que isso significa? — ela perguntou.

— Significa "Por este sinal, venceremos". Era o lema do Ciclo.

Ela olhou para cima, em direção à luz.

— Então eles estão aqui.

— Eles estão aqui — disse Luke, e havia ansiedade em seu tom de voz. — Vamos.

Eles subiram a escadaria em espiral, sob a luz, até que esta estivesse ao redor deles, por todos os lados, quando chegavam à entrada de um longo e estreito corredor. Tochas brilhavam ao longo da passagem. Clary fechou a mão em torno da pedra enfeitiçada, que piscou como uma estrela apagada.

Havia portas dispostas em intervalos ao longo do corredor, todas lacradas. Ela imaginou se teriam sido alas nos tempos em que este lugar era um hospital, ou talvez quartos privados. Enquanto desciam pelo corredor, Clary viu marcas de pegadas, cheias de lama, do gramado lá de fora, marcando a passagem. Alguém havia passado por ali recentemente.

A primeira porta que tentaram abriu com facilidade, mas o quarto estava vazio: apenas um chão polido de madeira e paredes de pedra, acesas pela forte luz do luar que vazava pela janela. O rugido fraco da batalha do lado de fora preenchia o quarto, tão ritmado quanto o som do oceano. O segundo quarto estava cheio de armas: espadas, cedros e machados. O luar corria como água prateada sobre todas as fileiras de aço impecável. Luke assobiou para si mesmo.

— É uma coleção e tanto.

— Você acha que Valentim usa tudo isso?

— Pouco provável. Desconfio que sejam para o exército particular dele. — Luke virou-se de costas.

O terceiro quarto era efetivamente um quarto. As cortinas sobre a cama eram azuis, o tapete persa tinha estampa azul, preta e cinza, e a mobília era pintada de branco, como os móveis de um quarto de criança. Uma camada fina e fantasmagórica de poeira cobria tudo, brilhando fraca ao luar.

Sobre a cama, dormindo, estava Jocelyn.

Ela estava com a barriga para cima, com uma das mãos colocadas sobre o peito, e os cabelos espalhados no travesseiro. Estava com uma espécie de camisola branca que Clary nunca tinha visto, e respirava calma e uniformemente. Através da luz perfurante do luar, Clary podia ver os movimentos das pálpebras da mãe enquanto ela sonhava.

Com um gritinho, Clary se lançou para a frente — mas os braços velozes e atentos de Luke a pegaram pelo peito como uma barra de ferro, impedindo que ela avançasse.

— Espere. — A voz dele próprio estava tensa com o esforço. — Precisamos ter cuidado.

Clary olhou fixamente para ele, mas ele estava olhando através dela, com a expressão furiosa e sofrida. Ela seguiu o traço do olhar dele e viu o que não quis ver antes. Correntes prateadas prendendo os pulsos e os pés de Jocelyn, cujas pontas estavam enterradas fundas no chão de pedra em ambos os lados da cama. A mesa de cabeceira estava coberta por um estranho arranjo de tubos e garrafas, jarras de vidro e instrumentos longos e absurdamente afiados brilhando com aço cirúrgico. Um tubo de borracha corria de uma das jarras de vidro até uma veia no braço esquerdo de Jocelyn.

Clary se livrou da mão de Luke e avançou até a cama, passando os braços em volta da mãe, que não respondia. Mas era como tentar abraçar uma boneca que não havia sido montada adequadamente. Jocelyn se mantinha parada e rígida, a respiração lenta permanecia inalterada.

Há uma semana, Clary teria chorado como na primeira noite terrível em que descobriu que a mãe estava desaparecida — chorado e gritado. Mas nenhuma lágrima veio agora, ao soltar a mãe e se recompor. Agora não havia terror, nem pena de si mesma: apenas uma raiva amarga e a necessidade de encontrar o homem que fizera isso, o responsável por tudo.

— Valentim — ela disse.

— É claro. — Luke estava ao lado dela, tocando levemente o rosto de Jocelyn, erguendo suas pálpebras. Os olhos abaixo eram brancos como mármore. — Ela está dopada — ele disse. — Alguma espécie de feitiço, imagino.

Clary soltou o ar em um soluço.

— Como podemos tirá-la daqui?

— Não posso tocar nas algemas — disse Luke. — Prata. Você tem...

— O quarto das armas — disse Clary, levantando-se. — Vi um machado lá. Vários. Poderíamos cortar as correntes...

— Essas correntes são inquebráveis. — A voz que falou da porta era grave, arenosa e familiar. Clary se virou e viu Blackwell. Ele estava sorrindo agora, vestindo as mesmas roupas cor de sangue de antes, com o capuz para trás, botas sujas de lama visíveis sob a borda. — Graymark — ele disse. — Que bela surpresa!

Luke se levantou.

— Se você está surpreso, é porque é um idiota — ele disse. — Minha chegada não foi exatamente silenciosa.

As bochechas de Blackwell enrubesceram, com uma cor escura, quase roxa, mas ele não se moveu em direção a Luke.

— Mais uma vez líder do clã, certo? — perguntou, e deu uma risada desagradável. — Não consegue quebrar o hábito de pegar gente do Submundo para fazer seu trabalho sujo? As tropas de Valentim estão ocupadas espalhando pedaços deles por todo o gramado, e você está aqui em cima, a salvo com suas meninas — ele franziu o rosto na direção de Clary. — Essa aí parece um pouco jovem para você, Lucian.

Clary enrubesceu de raiva, com os punhos cerrados, mas a voz de Luke, ao responder, foi educada.

— Eu não chamaria aquilo de *tropas*, Blackwell — ele disse. — São Renegados. Atormentados outrora humanos. Se minha memória não falha, a Clave condena veementemente essas coisas, torturar pessoas, executar magia negra. Acho que não ficarão muito satisfeitos.

— Problema da Clave — rosnou Blackwell. — Não precisamos deles, nem da tolerância que têm a mestiços. Além disso, os Renegados não serão Renegados por muito tempo. Depois que Valentim utilizar o Cálice com eles, serão Caçadores de Sombras tão bons quanto o restante de nós, melhores do que a estirpe que a Clave tem aprovado como guerreiros atualmente. Malditos amantes de membros do Submundo. — Ele mostrou os dentes.

— Se é esse o plano dele para o Cálice — disse Luke —, por que ainda não o colocou em prática? O que ele está esperando?

As sobrancelhas de Blackwell se ergueram.

— Você não soube? Ele...

Uma risada divertida o interrompeu. Pangborn havia aparecido, todo vestido de preto, com uma alça de couro no ombro.

— Basta, Blackwell — ele disse. — Você fala demais, como sempre. — Ele sorriu para Luke com dentes afiados. — Manobra interessante, Graymark. Não achei que tivesse estômago para conduzir seu novo bando em uma missão suicida.

Um músculo se contraiu na face de Luke.

— Jocelyn — ele disse. — O que ele fez com ela?

Pangborn deu uma risada sonora.

— Pensei que você não se importasse.

— Não sei o que ele quer com ela agora — prosseguiu Luke, ignorando a provocação. — Ele está com o Cálice. Ela não tem mais utilidade alguma. Valentim nunca foi de cometer assassinatos despropositados. Assassinatos com um propósito, sim. Bem, isso seria outra história.

Pangborn deu de ombros, demonstrando indiferença.

— Não faz a menor diferença para nós o que ele fez com ela — informou. — Ela era mulher dele. Talvez a odeie. Isso é um propósito.

— Deixe-a ir — disse Luke — e nós iremos com ela, levando o clã. E vou te dever uma.

— Não! — O grito furioso de Clary fez Pangborn e Blackwell voltarem os olhares para ela. Ambos pareciam completamente chocados, como se ela estivesse falando uma língua estranha. Ela olhou para Luke. — Também tem o Jace. Ele está aqui em algum lugar.

Blackwell estava rindo.

— Jace? Nunca ouvi falar em Jace — declarou. — Bem, eu poderia pedir a Pangborn para soltá-la. Mas prefiro não fazê-lo. Ela sempre foi péssima comigo, sempre foi. Achava que era melhor do que o resto de nós, por causa da aparência e da linhagem. Uma vadia com pedigree, só isso. Ela só se casou com ele para poder afetar o resto de nós...

— Ficou decepcionado por você próprio não ter conseguido se casar com ele, Blackwell? — Foi tudo o que Luke respondeu, embora Clary pudesse perceber uma ira velada em seu tom de voz.

Blackwell, com o rosto quase roxo, deu um passo furioso para dentro do quarto.

E Luke, movendo-se tão suavemente que Clary quase não percebeu, pegou um bisturi na mesa de cabeceira e o arremessou. Girou duas vezes no ar e afundou a ponta na garganta de Blackwell, interrompendo o rugido. Ele se engasgou, os olhos giraram até ficarem completamente brancos, e ele caiu de joelhos, com as mãos na garganta. Líquido escarlate pulsava entre os dedos dele. Ele abriu a boca como se fosse falar, mas só uma linha fina de sangue saiu. As mãos escorregaram para fora da garganta, e ele sucumbiu ao chão como uma árvore caindo.

— Oh, Deus — disse Pangborn, olhando fixamente para o corpo caído de seu camarada com um desgosto contido. — Que desagradável!

O sangue da garganta cortada de Blackwell estava se espalhando pelo chão em uma poça vermelha viscosa. Luke, com a mão ombro de Clary, sussurrou algo a seu ouvido. Não significou nada. Clary só conseguia perceber um zumbido entorpecido na própria cabeça. Ela se lembrou de outro poema da aula de inglês, alguma coisa sobre como, depois da primeira morte que você testemunha, nenhuma outra importa. Aquele poeta não sabia do que estava falando.

Luke soltou-a.

— As chaves, Pangborn — ele disse.

Pangborn cutucou Blackwell com o pé e olhou para cima. Ele parecia irritado.

— O quê? Você vai atirar uma seringa em mim? Só havia uma espada na mesa. Não — ele acrescentou, alcançando atrás do próprio ombro e sacando uma espada longa e imponente —, acho que, se você quiser as chaves, terá que vir pegá-las. Não porque eu me importe com Jocelyn Morgenstern, de um jeito ou de outro, entenda, mas apenas porque eu, particularmente, estou ansioso para matá-lo... há anos.

Ele arrastou a última palavra, saboreando-a com uma deliciosa exaltação enquanto avançava no interior do quarto. Sua espada brilhou, um feixe de luz ao luar. Clary viu Luke estender a mão para ela — uma mão estranhamente alongada, culminando em unhas que pareciam pequenas adagas — e ela percebeu duas coisas: que ele estava a ponto de se transformar, e que o que ele havia sussurrado ao ouvido dela fora uma única palavra.

Corra.

Clary correu. Ela se desviou de Pangborn, que mal olhou para ela, saltou o corpo de Blackwell, e já tinha atravessado a porta e chegado ao corredor, com o coração acelerado, antes que a transformação de Luke se completasse. Ela não olhou para trás, mas ouviu um uivo, longo e penetrante, o ruído de metal em metal, e uma queda estilhaçada. Vidro quebrando, ela pensou. Talvez tivessem derrubado a mesa de cabeceira.

Ela atravessou o hall para a sala das armas. Lá dentro, ela alcançou um machado de aço encharcado. Estava preso firmemente à parede, e não importava a força com que o puxasse. Ela tentou uma espada, depois uma lança — até uma pequena adaga —, mas nem uma única arma se soltava em sua mão. Finalmente, com as unhas destruídas e os dedos sangrando com o esforço, ela teve de desistir. Havia magia nessa sala, e não a magia dos símbolos: alguma coisa selvagem e estranha, alguma coisa *sombria*.

Ela saiu de lá. Não havia nada nesse andar que pudesse ajudá-la. Ela mancou pelo corredor — estava começando a sentir a dor da exaustão nos braços e nas pernas — e se encontrou no meio de uma escadaria. Para cima ou para baixo? Embaixo, ela se lembrou, estava completamente escuro. É claro que ela tinha a pedra enfeitiçada no bolso, mas algo nela estremecia só de pensar em se meter naqueles espaços escuros sozinha. Lá em cima, ela viu o brilho de mais luzes, e o flash de alguma coisa que poderia ter sido um movimento.

Ela subiu. As pernas doíam, os pés doíam, tudo doía. Os ferimentos dela haviam recebido curativos, mas isso não impedia que ardessem. Seu rosto doía onde Hugo a havia atacado, e sua boca tinha um gosto amargo e metálico.

Ela chegou ao último andar. Era singelamente curvado, como a proa de um navio, e tão silencioso quanto o andar de baixo; nenhum barulho de luta lá fora alcançava o campo auditivo de Clary. Outro longo corredor se estendia à sua frente, com as mesmas portas múltiplas, mas aqui algumas se abriam, derramando ainda mais luz no corredor. Ela avançou, e algum instinto a levou para a última porta à esquerda. Cautelosamente, ela espiou o lado de dentro.

Inicialmente, o quarto a fazia lembrar de uma das amostras de períodos de reconstrução do Museu Metropolitan. Era como se ela tivesse entrado no passado — as paredes brilhavam como se tivessem sido polidas recentemente, assim como a mesa de jantar infinitamente longa posta com porcelana delicada. Um espelho com a moldura dourada ornamentava a parede oposta, entre dois quadros de pintura a óleo em molduras pesadas. Tudo brilhava sob a luz da tocha: os pratos sobre a mesa, cheios de comida, as taças em forma de lírio, os descansos tão brancos que quase cegavam. No fim do quarto, havia duas largas janelas, com cortinas pesadas de veludo. Jace estava em uma das janelas, tão parado que por um instante ela pensou que ele fosse uma estátua, até perceber que podia ver a luz brilhando em seus cabelos. A mão dele segurava a cortina aberta, e na janela escura ela viu o reflexo de dúzias de velas no interior do quarto, brilhando no vidro como pirilampos.

— Jace. — Ela chamou. Ela ouviu a própria voz como se estivesse a distância: espanto, gratidão, ansiedade tão forte que era quase dolorosa. Ele virou, soltando a cortina, e viu o olhar inquisidor no rosto dele.

— Jace! — Ela chamou novamente, e correu em sua direção. Ele a segurou quando ela se lançou para cima dele. Seus braços a envolveram gentilmente.

— Clary. — A voz dele era quase irreconhecível. — Clary, o que você está fazendo aqui?

A voz dela foi abafada pela camisa dele.

— Vim atrás de você.

— Não deveria ter feito isso. — O abraço dele se soltou subitamente; ele deu um passo para trás, segurando-a um pouco afastada dele. — Meu Deus — ele exclamou, tocando o rosto dela. — Sua tola, que coisa estúpida de se fazer. — A voz dele tinha tom de fúria, mas o olhar que passou pelo rosto dela, os dedos que empurraram o cabelo dela para trás com toda gentileza, eram afáveis. Ela nunca o tinha visto assim; havia certa fragilidade nele, como se não pudesse ser apenas tocado, mas machucado. — Por que você nunca *pensa*? — ele sussurrou.

— Eu *estava* pensando — ela disse. — Estava pensando em você.

Ele fechou os olhos por um instante.

— Se alguma coisa tivesse acontecido a você... — As mãos dele contornaram os braços dela gentilmente, até os pulsos, como que para se certificar de que ela realmente estava lá. — Como você me encontrou?

— Luke — ela respondeu. — Eu vim com ele. Para resgatá-lo.

Ainda segurando-a, ele olhou do rosto dela para a janela, com uma leve contração se formando no canto da boca.

— Então aqueles são... você veio com um clã de lobisomens? — ele perguntou, com um tom estranho na voz.

— Do Luke — ela disse. — Ele é um lobisomem, e...

— Eu sei — Jace interrompeu-a. — Eu deveria ter adivinhado... as algemas — ele olhou em direção à porta. — Onde ele está?

— Lá embaixo — Clary disse lentamente. — Ele matou Blackwell. Subi para procurar você...

— Ele vai ter que ordenar que o clã pare — disse Jace.

Ela olhou para ele com total incompreensão.

— O quê?

— Luke — disse Jace. — Ele vai ter que cancelar a missão do bando. Houve um mal-entendido.

— O que exatamente, você se sequestrou? — Ela queria que aquilo soasse como uma provocação, mas a voz saiu fraca demais. — Ora, Jace...

Ela tentou se soltar de seus braços, mas ele resistiu. Ele estava olhando fixamente para Clary, e ela percebeu com assombro o que não tinha notado com a primeira onda de alívio.

Da última vez em que o vira, ele estava cortado e machucado, as roupas manchadas de sangue, o cabelo sujo e empoeirado. Agora estava vestido com uma camisa branca larga e calças escuras, com o cabelo limpo caindo no rosto, dourado e esvoaçante. Ele afastou alguns fiapos do olho com a mão livre, e ela viu que o anel estava de volta no dedo dele.

— Essas são as suas roupas? — ela perguntou, espantada. — E... você parece muito saudável. — Ela parou de falar. — Valentim parece estar cuidando muito bem de você.

Ele sorriu para ela com afeição esgotada.

— Se eu te contasse a verdade, você me chamaria de louco — ele disse.

Ela sentiu o coração batendo forte no peito, como as asas velozes de um canarinho.

— Claro que não chamaria.

— Meu pai me deu essas roupas — ele disse.

O coração acelerou ainda mais.

— Jace — ela disse cuidadosamente —, seu pai está morto.

— Não. — Ele balançou a cabeça. Ela tinha a sensação de que ele estava contendo algum sentimento majestoso, como horror ou deleite... ou ambos. — Pensei que estivesse, mas não está. Foi tudo um grande equívoco.

Ela se lembrou do que Hodge dissera sobre Valentim, e o talento que ele tinha para contar mentiras tentadoras e convincentes.

— Isso é alguma coisa que Valentim contou a você? Porque ele é um mentiroso, Jace. Lembre-se do que Hodge disse. Se ele está dizendo que seu pai está vivo, é uma mentira para conseguir com que você faça o que ele quer.

— Eu vi o meu pai — disse Jace. — Falei com ele. Ele me deu isso. — Ele puxou a camisa nova, limpa, como se fosse uma prova irrefutável. — Meu pai não está morto. Hodge mentiu para mim. Durante todos esses anos, pensei que estivesse, mas não estava.

Clary olhou em volta, descontroladamente, para o quarto com a porcelana brilhante, tochas acesas, completamente vazio, cheio de espelhos.

— Bem, se o seu pai se encontra realmente aqui, onde ele está? Valentim o sequestrou também?

Os olhos de Jace estavam brilhando. O colarinho da camisa estava aberto e ele podia ver as cicatrizes brancas e finas que cobriam a clavícula, como rachaduras na pele dourada.

— Meu pai...

A porta do quarto, que Clary havia fechado atrás de si, abriu com um rangido, e um homem entrou.

Era Valentim. O cabelo prateado e aparado brilhava como um capacete de aço, os lábios numa linha rígida. Ele tinha um revestimento no cinto grosso, e o cabo de uma longa espada estendia-se dele.

— Então — ele disse, colocando uma das mãos no cabo enquanto falava —, já juntou as suas coisas? Nossos renegados só podem conter os lobos por...

Ao ver Clary, ele interrompeu a frase no meio. Ele não era o tipo de homem que era pego de surpresa com frequência, mas ela viu um leve indício de espanto nos olhos dele.

— O que está havendo? — ele perguntou, voltando o olhar para Jace.

Mas Clary já estava apalpando a cintura à procura da adaga. Ela a pegou pelo cabo, retirando-a da capa, e levantou a mão. Raiva latejava em seus olhos como uma batida musical. Ela poderia matar aquele homem. Ela *iria* matar aquele homem.

Jace a segurou pelo pulso.

— Não.

Ela não pôde conter a própria incredulidade.

— Mas Jace...

— Clary — ele disse, com firmeza. — Este é o meu pai.

Capítulo 23

VALENTIM

— Vejo que interrompi alguma coisa — disse Valentim, com a voz tão seca quanto uma tarde no deserto. — Filho, você pode me dizer quem é esta? Uma das filhas dos Lightwood, talvez?

— Não — disse Jace. Ele parecia cansado e infeliz, mas sua mão não se soltou. — Esta é Clary. Clarissa Fray. Uma amiga minha. Ela...

Os olhos negros de Valentim examinaram-na lentamente, do topo da cabeça despenteada às pontas dos tênis velhos. Pararam na adaga ainda presa à mão dela.

Um olhar indefinível passou pelo rosto dele — parte divertimento, parte irritação.

— Onde você arrumou essa adaga, mocinha?

Clary respondeu friamente.

— Jace me deu.

— É claro que deu — disse Valentim. O tom de voz era suave. — Posso vê-la?

— Não! — Clary deu um passo para trás, como se achasse que ele pudesse avançar nela, e sentiu a adaga ser retirada de forma certeira. Jace, segurando a espada, olhou para ela com uma expressão apologética. — *Jace* — ela sibilou, imprimindo cada centímetro da traição que sentia no nome dele.

Tudo o que ele disse foi:

— Você ainda não entende, Clary. Com uma espécie de tratamento atencioso que a enojava completamente, ele foi até Valentim e lhe entregou a adaga. — Aqui, pai.

Valentim tomou a adaga na mão longa e ossuda e examinou-a.

— É *kindjal*, uma adaga da Circássia. Essa em particular costumava fazer par com uma gêmea. Aqui, veja a estrela dos Morgenstern, esculpida na lâmina. Ele girou-a, mostrando para Jace. — Estou surpreso com o fato de os Lightwood nunca terem percebido.

— Nunca mostrei a eles — disse Jace. — Eles me deixavam ter minhas próprias coisas. Não me controlavam.

— Claro que não — disse Valentim. Ele devolveu a *kindjal* a Jace. — Eles pensavam que você fosse o filho de Michael Wayland.

Jace, recolocando a adaga de cabo vermelho no cinto, levantou o olhar.

— E eu também — disse suavemente, e naquele instante Clary percebeu que não era brincadeira, que Jace não estava fingindo com intenções ocultas. Ele realmente pensava que Valentim fosse seu pai e tivesse voltado para ele.

Um desespero frio estava se espalhando pelas veias de Clary. Jace nervoso, Jace hostil, furioso, qualquer um dos casos ela poderia enfrentar, mas esse novo Jace, frágil e aceso pela luz do próprio milagre, esse era um estranho para ela.

Valentim olhou sobre a cabeça dourada de Jace; os olhos dele estavam frios com aquela diversão.

— Talvez — ele disse — fosse uma boa ideia você se sentar agora, Clary...

Ela cruzou os braços sobre o peito, resistente.

— Não.

— Como quiser — Valentim puxou uma cadeira e se sentou à cabeceira da mesa. Após um instante, Jace sentou também, ao lado de uma garrafa de vinho pela metade. — Mas você vai ouvir algumas coisas que farão com que você desejasse ter aceitado a cadeira.

— Eu aviso — Clary disse — se isso acontecer.

— Muito bem — Valentim se acomodou, com a mão atrás da cabeça. O colarinho da camisa estava um pouco aberto, exibindo a clavícula cheia de cicatrizes. Cicatrizes, como as do filho, como todos os Nephilim. *Uma vida de cicatrizes e morte*, Hodge dissera. — Clary — ele começou outra vez, como se sentisse o gosto do nome dela. — Apelido de Clarissa? Não é o nome que eu teria escolhido.

Havia um sorriso em seus lábios. *Ele sabe que sou filha dele*, pensou Clary. *De algum jeito, ele sabe. Mas ele não está dizendo. Por que não está dizendo?*

Por causa de Jace, ela percebeu. Jace pensaria — ela não podia imaginar o que ele pensaria. Valentim os vira abraçados quando entrou no quarto. Ele devia saber que tinha uma informação devastadora em mãos. Em algum lugar atrás daqueles olhos negros insondáveis, sua mente aguçada estava trabalhando rapidamente, tentando pensar na melhor maneira de usar o que sabia.

Ela olhou inquisitivamente para Jace mais uma vez, mas ele estava olhando para a taça de vinho que segurava com a mão esquerda, quase cheia de líquido púrpuro. Ela podia ver o movimento rápido do tórax dele enquanto ele respirava; ele estava mais chateado do que demonstrava.

— Eu realmente não me importo com o que você teria escolhido — informou Clary.

— Tenho certeza disso — respondeu Valentim, inclinando-se para a frente.

— Você não é o pai de Jace — ela disse. — Você está tentando nos enganar. O pai de Jace era Michael Wayland. Os Lightwood sabem disso. Todo mundo sabe disso.

— Os Lightwood receberam a informação errada — disse Valentim. — Eles realmente acreditavam, *acreditam*, que Jace seja filho do amigo deles, Michael. Assim como a Clave. Nem mesmo os Irmãos do Silêncio sabem quem ele realmente é. Apesar de que, em breve, saberão.

— Mas o anel Wayland...

— Ah, sim — disse Valentim, olhando para a mão de Jace, onde o anel brilhava como as escamas de uma cobra. — O anel. Engraçado, não é, como um M de cabeça para baixo lembra um W? É claro que, se a pessoa parasse para pensar, veria que é um pouco estranho que o símbolo da família Wayland fosse uma estrela cadente. Mas não seria nem um pouco estranho ser o símbolo dos Morgenstern.

Clary olhou fixamente para ele.

— Não faço ideia do que você está falando.

— Esqueço o quão desleixada é a educação dos mundanos — disse Valentim. — Morgenstern significa "estrela da manhã". Algo do tipo: *Como vós sois caídos do céu, Oh Lucifer, filho da manhã! Como sois vós enviados ao chão, o que enfraqueceu as nações!*

Um leve calafrio passou por Clary.

— Você está falando de Satã.

— Ou de qualquer grande poder perdido — disse Valentim —, por recusa a servir. Como aconteceu comigo. Não quis servir a um governo corrupto, e por isso perdi minha família, minhas terras, quase a minha vida...

— A Ascensão foi *culpa* sua! — disparou Clary. — Pessoas morreram por conta dela! Caçadores de Sombras como você!

— Clary. — Jace se inclinou para a frente, quase derrubando a taça próxima ao cotovelo dele. — Apenas ouça, por favor? Não é como você pensa. Hodge mentiu para nós.

— Eu sei — disse Clary. — Ele nos traiu por Valentim. Era um peão de Valentim.

— Não — disse Jace. — Não. Era Hodge que queria o Cálice Mortal o tempo todo. Meu pai, Valentim, só descobriu tudo depois, e veio para impedi-lo. Ele trouxe sua mãe para cá a fim de curá-la, não machucá-la.

— E você acreditou nisso? — Clary indagou com desgosto. — Não é verdade. Hodge estava trabalhando para Valentim. Eles estavam juntos na procura pelo Cálice. Ele armou para cima da gente, é verdade, mas foi apenas uma ferramenta.

— Mas era ele que precisava do Cálice Mortal — sugeriu Jace. — Para poder se livrar da maldição e fugir antes que meu pai pudesse contar à Clave tudo o que ele havia feito.

— Eu sei que isso não é verdade! — Clary disse, irritada. — Eu estava lá! — Ela virou-se para Valentim. — Eu estava na sala quando você foi buscar o Cálice. Você não podia me ver, mas eu estava lá. Eu o vi. Você pegou o Cálice e quebrou a maldição de Hodge. Ele não teria conseguido fazer isso sozinho. Ele mesmo disse.

— Eu quebrei a maldição — disse Valentim comedidamente —, mas fiz isso por pena. Ele parecia tão patético.

— Você não sentiu pena. Você não sentiu nada.

— Já basta, Clary! — repreendeu Jace. Ela o encarou. As bochechas dele estavam vermelhas como se ele tivesse bebido o vinho que estava sobre a mesa, e os olhos, excessivamente brilhantes. — Não fale assim com o meu pai.

— Ele *não é o seu pai!*

Jace parecia que havia sido estapeado por ela.

— Por que você está tão determinada em não acreditar na gente?

— Porque ela ama você — disse Valentim.

Clary sentiu o sangue fugir de suas faces. Ela olhou para ele, sem saber o que poderia dizer em seguida, mas morrendo de medo do que poderia ser. Ela se sentiu como se estivesse se aproximando de um precipício, de uma terrível queda no nada e em lugar nenhum. Foi tomada por uma vertigem.

— O quê? — Jace parecia surpreso.

Valentim estava olhando entretido para Clary, como se soubesse que a tinha presa lá como uma borboleta em um quadro.

— Ela teme que eu esteja me aproveitando de você — ele disse. — Que tenha feito uma lavagem cerebral. Claro que nada disso é verdade. Se pudesse enxergar as próprias memórias, Clary, você saberia.

— Clary — Jace começou a se levantar, com os olhos fixos nela. Ela podia ver as olheiras, o cansaço dele. — Eu...

— Sente-se — pediu Valentim. — Deixe-a entender sozinha, Jonathan.

Jace se conteve imediatamente, afundando de volta na cadeira. Através da tontura da vertigem, Clary lutou para entender. *Jonathan?*

— Pensei que seu nome fosse Jace — ela disse. — Você mentiu sobre isso também?

— Não. Jace é um apelido.

Ela estava muito perto do precipício agora, tão perto que quase conseguia olhar para baixo.

— Como?

Ele olhou para ela como se não conseguisse entender a razão para ela estar criando tanto caso por uma coisa tão pequena.

— Por causa das minhas iniciais — ele disse. — J.C.

O precipício se abriu diante dela. Ela podia ver a longa queda na escuridão.

— Jonathan — ela disse fracamente. — Jonathan Christopher.

Jace franziu os olhos.

— Como você...?

Valentim interrompeu. Sua voz era pacificadora.

— Jace, eu tinha pensado em poupá-lo. Pensei que uma história sobre uma mãe morta fosse doer menos do que uma história sobre uma mãe que o abandonou antes do seu primeiro aniversário.

Os dedos de Jace cerraram em torno da haste da taça. Por um instante, Clary pensou que fosse quebrar.

— Minha mãe ainda está viva?

— Está — disse Valentim. — Viva e dormindo em um dos quartos lá de baixo neste instante. Sim — ele acrescentou, interrompendo antes que Jace pudesse falar —, Jocelyn é sua mãe, Jonathan. E Clary... Clary é sua irmã.

Jace puxou a mão de volta para si. A taça de vinho caiu, derrubando líquido vermelho sobre a toalha de mesa branca.

— Jonathan — chamou Valentim.

Jace estava com uma aparência horrorosa, uma espécie de branco-esverdeado tingiu seu rosto.

— Isso não é verdade — ele disse. — Alguma coisa está errada. Isso não pode ser verdade.

Valentim olhou fixamente para o filho.

— É uma ocasião a ser celebrada — ele disse com uma voz baixa e contemplativa —, eu diria. Ontem você era órfão, Jonathan. Agora tem um pai, uma mãe e uma irmã que você não sabia que tinha.

— Não é possível — disse Jace novamente. — Clary não é minha irmã. Se fosse...

— O quê? — perguntou Valentim.

Jace não respondeu, mas o olhar de horror e náusea foi o suficiente para Clary. Tropeçando um pouco, ela circulou a mesa e se ajoelhou ao lado da cadeira dele, estendendo a mão para pegar a dele.

— Jace...

Ele se afastou dela, com os dedos arrastando pela toalha de mesa manchada.

— *Não.*

Um sentimento de ódio a Valentim queimava na garganta de Clary como lágrimas não derramadas. Ele havia se contido, e ao não falar o que sabia — que ela era filha dele — fez com que ela fosse cúmplice no silêncio. E agora, após jogar a verdade neles com o peso esmagador de uma pedra, ele se sentou para assistir aos resultados com uma consideração fria. Como Jace podia não perceber o quanto ele era odioso?

— Diga que não é verdade — pediu Jace, olhando fixamente para a toalha de mesa.

Clary engoliu em seco, apesar da garganta que queimava.

— Não posso fazer isso.

Valentim soava como se estivesse sorrindo.

— Então agora você admite que falei a verdade o tempo todo?

— Não — ela disparou sem olhar para ele. — Você está mentindo e inserindo algumas verdades no meio, só isso.

— Já estou ficando cansado disso — disse Valentim. — Se quiser ouvir a verdade, Clarissa, essa é a verdade. Você ouviu histórias sobre a Ascensão e pensa que sou o vilão. Não é verdade?

Clary não disse nada. Ela estava olhando para Jace, que parecia estar a ponto de vomitar. Valentim prosseguiu de forma implacável.

— É tudo muito simples, na verdade. A história que você ouviu era verdadeira em parte, mentiras com verdades inseridas, como você disse, mas não em outras. O fato é que Michael Wayland não é nem nunca foi o pai de Jace. Wayland foi morto durante a Ascensão. Assumi o nome dele e fugi da Cidade de Vidro com o meu filho. Foi muito fácil; Wayland não tinha relações com ninguém, e os melhores amigos dele, os Lightwood, estavam no exílio. Ele teria sofrido uma forte desgraça com a Ascensão, então eu vivi aquela vida desgraçada, quieto, sozinho com Jace na casa dos Wayland. Li livros. Criei meu filho. E esperei a minha hora. — Ele tocou a ponta da taça pensativamente. Ele era canhoto, Clary percebeu, como Jace.

— Dez anos mais tarde, recebi uma carta. O autor indicava saber minha verdadeira identidade, e se eu não estivesse preparado para dar alguns passos, ele a revelaria. Eu não sabia quem era o remetente da carta, mas não tinha a menor importância. Não estava preparado para dar a ele o que queria. Além disso, sabia que minha segurança estava comprometida, e assim seria, a não ser que ele acreditasse que eu estava morto, fora de alcance. Forjei minha morte pela segunda vez, com a ajuda de Blackwell e Pangborn, e para a própria segurança de Jace, certifiquei-me de que ele fosse mandado para cá, para viver sob a proteção dos Lightwood.

— Então você deixou que Jace pensasse que você estava morto? Você simplesmente permitiu que ele acreditasse que você estava morto, durante todos estes anos? Isso é desprezível.

— Não — Jace disse novamente. Ele havia levantado as mãos para cobrir o rosto. Falou através dos próprios dedos, com a voz abafada. — Não diga nada, Clary.

Valentim olhou para o filho com um sorriso que Jace não podia ver.

— Jonathan tinha que acreditar que eu estava morto, sim. Ele precisava pensar que era filho de Michael Wayland, ou os Lightwood não o teriam protegido como o fizeram. Era com Michael que tinham uma dívida, não comigo. Foi por causa de Michael que o amaram, não por mim.

— Talvez o amassem por ele mesmo — disse Clary.

— Uma interpretação consideravelmente sentimental — disse Valentim —, porém improvável. Você não conhece os Lightwood como eu conheci — ele não viu Jace mudar de expressão, ou, se viu, ignorou. — E, no fim das contas, isso não tem a menor importância — acrescentou Valentim. — O propósito dos Lightwood era proteger Jace, não substituir a família. Ele tem uma família. Ele tem um pai.

Jace fez um barulho na garganta, e tirou as mãos do rosto.

— Minha mãe...

— Fugiu depois da Ascensão — disse Valentim. — Caí em desgraça. A Clave teria me perseguido se tivesse acreditado que eu estava vivo. Ela não podia suportar qualquer associação a mim, então fugiu. — A dor em sua voz era palpável, e forjada, Clary pensou amargamente. Que criatura mais manipuladora! — Eu não sabia que ela estava grávida na época. De Clary. — Ele deu um sorriso breve, passando o dedo pela taça de vinho. — Sangue chama sangue, como se diz — ele prosseguiu. — O destino nos trouxe a essa convergência. Nossa família, unida novamente. Podemos usar o Portal — ele disse, voltando o olhar para Jace. — Ir para Idris. De volta ao casarão.

Jace estremeceu um pouco, mas fez que sim com a cabeça, ainda olhando entorpecido para as próprias mãos.

— Ficaremos juntos lá — disse Valentim. — Como deve ser.

Parece ótimo, pensou Clary. *Só você, sua mulher em coma, seu filho absolutamente chocado e sua filha, que te odeia acima de tudo. Sem falar no fato de que seus filhos podem estar apaixonados um pelo outro. É, parece uma ótima reunião de família.* Em voz alta, ela apenas disse:

— Eu não vou a lugar algum com você, e minha mãe também não.

— Ele está certo, Clary — disse Jace com a voz rouca. Ele flexionou as mãos, as pontas dos dedos estavam sujas de vermelho. — É o único lugar para onde podemos ir. Podemos resolver as coisas lá.

— Você não pode estar falando sério...

Uma forte batida veio do andar de baixo, tão alta que parecia que uma das paredes do hospital havia desabado. *Luke,* pensou Clary, levantando-se.

Jace, apesar do olhar de horror e náusea, respondeu automaticamente, levantando-se da cadeira, com a mão ao cinto.

— Pai, eles estão...

— Eles estão subindo — Valentim se levantou. Clary ouviu passos. Um instante depois, a porta do quarto se abriu, e Luke estava na entrada.

Clary conteve um grito. Ele estava coberto de sangue, os jeans e a camisa escura cheias de coágulos, e a parte inferior do rosto formando uma barba de sangue. As mãos estavam vermelhas até os pulsos, o sangue que as manchava ainda corria. Ela não fazia a menor ideia se o sangue era dele. Ela se ouviu gritando o nome dele, em seguida estava correndo pelo quarto em sua direção, quase tropeçando em si mesma com a ansiedade de agarrar a frente da camisa de Luke e segurar firme, de um jeito que não fazia desde os 8 anos.

Por um instante, a mão gigantesca dele se levantou e apoiou a cabeça dela, segurando-a contra o próprio corpo, com um abraço de um braço só. Depois, empurrou-a gentilmente.

— Estou todo sujo de sangue — ele disse. — Não se preocupe, não é meu.

— Então de quem é? — Era a voz de Valentim, e Clary virou, com o braço protetor de Luke no ombro dela. Valentim estava observando os dois, com os olhos franzidos e calculistas. Jace havia se levantado e circulado a mesa, e estava de pé, hesitante, ao lado do pai. Clary não conseguia se lembrar de tê-lo visto fazendo nada hesitante antes.

— Pangborn — informou Luke.

Valentim passou a mão sobre o rosto, como se a notícia o ferisse.

— Entendo. Você arrancou a garganta dele com os próprios dentes?

— Na verdade — disse Luke —, eu o matei com isso —, com a mão livre, ele estendeu a adaga longa e fina com a qual matara o Renegado. À luz ela podia ver as pedras azuis no cabo. — Lembra?

Valentim olhou, e Clary percebeu seu maxilar enrijecer.

— Lembro — ele disse, e Clary imaginou se ele também estava se lembrando da conversa que haviam tido pouco antes.

É uma kindjal, *uma adaga da Circássia. Essa, em particular, costumava fazer par com uma gêmea.*

— Você a entregou a mim há 17 anos, e me disse para colocar um fim à minha vida com ela — disse Luke, com a arma firme na mão. A arma era mais longa do que a do cabo vermelho presa ao cinto de Jace; era algo entre uma adaga e uma espada, e a lâmina tinha a ponta como de uma agulha. — E quase o fiz.

— Você espera que eu negue? — Havia dor na voz de Valentim, a lembrança de uma antiga mágoa. — Tentei salvá-lo de si mesmo, Lucian. Cometi um grave erro. Se tivesse tido força para matá-lo pessoalmente, você poderia ter morrido como homem.

— Como você? — perguntou Luke, e naquele instante Clary viu algo do Luke que sempre conhecera, que sabia quando ela estava mentindo ou fingindo, que brigava com ela quando estava sendo arrogante ou fazendo algo ilícito. Na amargura da voz dele,

Clary ouviu o amor que ele já tivera por Valentim transformado em um ódio curtido.
— Um homem que acorrenta a própria esposa inconsciente a uma cama com a esperança de torturá-la em busca de informação quando ela acordar? É essa a sua *coragem*?

Jace estava olhando fixamente para o pai. Clary viu a raiva que momentaneamente ditou as feições de Valentim; depois desapareceu, mostrando suavidade.

— Não a torturei — ele disse. — Ela está acorrentada por conta de sua própria segurança.

— Contra o *quê*? — perguntou Luke, adentrando ainda mais o quarto. — A única coisa que representa perigo a ela é você. Ela passou a vida inteira fugindo de você.

— Eu a amava — disse Valentim. — Jamais faria qualquer coisa para machucá-la. Foi você que a jogou contra mim.

Luke riu.

— Ela não precisava de mim para se voltar contra você. Ela aprendeu a odiá-lo por conta própria.

— Isso é *mentira*! —Valentim rugiu com repentina ferocidade, e sacou a espada do cinto. A lâmina era chata e negra, estampada com estrelas prateadas. Ele levantou a lâmina na direção do coração de Luke.

Jace deu um passo em direção a Valentim.

— Pai...

— Jonathan, *cale-se*! — gritou Valentim, mas era tarde demais; Clary viu o choque no rosto de Luke enquanto ele olhava para Jace.

— *Jonathan*? — ele sussurrou.

A boca de Jace tremeu.

— Não me chame assim — ele disse furiosamente, com os olhos dourados brilhando. — Eu o mato pessoalmente se me chamar assim.

Luke, ignorando a lâmina apontada para seu coração, não tirou os olhos de Jace.

— Sua mãe ficaria orgulhosa — ele disse, tão tranquilamente que até Clary, que estava ao lado dele, teve de se esforçar para ouvir.

— Eu não tenho mãe — disse Jace. Suas mãos estavam tremendo. — A mulher que me trouxe ao mundo me abandonou antes mesmo que eu pudesse me lembrar de seu rosto. Eu não era nada para ela, então ela não é nada para mim.

— Não foi sua mãe que o abandonou — disse Luke, com o olhar se voltando lentamente para Valentim. — Achei que até você fosse incapaz de usar a própria carne como isca — ele disse, lentamente. Acho que me enganei.

— Basta. — O tom de Valentim era quase apático, mas havia ferocidade nele, uma ameaça faminta de violência. — Solte a minha filha, ou eu o mato onde você está.

— Não sou sua filha — Clary disse, furiosamente, mas Luke a empurrou para longe dele com tanta força que ela quase caiu.

— Saia daqui — ele ordenou. — Vá para um lugar seguro.

— Não vou deixá-lo aqui!

— Clary, estou falando sério. *Saia daqui.* — Luke já estava levantando a adaga. — Essa luta não é sua.

Clary correu para longe dele, em direção à porta que levava ao andar térreo. Talvez ela pudesse buscar ajuda, Alaric...

Então Jace se pôs na frente dela, bloqueando a passagem para a porta. Ela se esquecera do quão rápido ele se movia, suave como um gato, veloz como água.

— Você está louca? — ele indagou. — Eles arrombaram a porta da frente. O lugar vai estar cheio de Renegados.

Ela o empurrou.

— Me deixe sair.

Jace a segurou com punhos firmes como aço. Clary se afastou de Jace e viu que Valentim havia atacado Luke, que respondeu ao golpe com uma defesa de estourar os tímpanos. As lâminas estavam afastadas, e agora estavam se movendo através do chão em um embaraço de fintas e cortes.

— Ah, meu Deus — ela sussurrou. — Eles vão se matar.

Os olhos de Jace estavam praticamente negros.

— Você não entende — ele disse. — É assim que as coisas são feitas... — Ele parou de falar e respirou fundo quando Luke furou a guarda de Valentim, atingindo-o com um golpe no ombro. Sangue corria livremente, manchando o tecido da camisa branca.

Valentim lançou a cabeça para trás e riu.

— Um verdadeiro golpe — ele disse. — Não pensei que conseguisse, Lucian.

Luke estava completamente reto, com a faca bloqueando o rosto dele da visão de Clary.

— Você mesmo me ensinou esse golpe.

— Mas isso foi há anos — disse Valentim, com uma voz crua como seda — e desde então você quase não precisou usar faca, não é mesmo? Não havia razão, com presas e garras à sua disposição.

— Muito melhor para rasgar seu coração.

Valentim balançou a cabeça.

— Você rasgou meu coração há anos — ele disse, e nem Clary conseguia determinar se a dor na voz era real ou forjada. — Quando me traiu e me abandonou. — Luke o atacou novamente, mas Valentim estava movendo-se rapidamente pelo recinto. Para um homem daquele tamanho, ele se movia com leveza surpreendente. — Foi você que fez com que minha mulher se voltasse contra a própria espécie. Você foi até ela no momento de maior fraqueza, com seu ar de pena, sua carência incorrigível. Eu estava distante e ela pensava que você a amava. Era uma tola.

Jace estava tenso ao lado de Clary. Ela podia sentir a tensão dele, como as faíscas que saíam de um fio elétrico arrebentado.

— É da sua mãe que Valentim está falando — ela disse.

— Ela me abandonou — disse Jace. — Bela mãe.

— Ela pensou que você estivesse *morto*. Quer saber como eu sei disso? Porque ela mantinha uma caixa no quarto dela. Tinha as suas iniciais. J. C.

— Então ela tinha uma caixa — disse Jace. — Muitas pessoas têm caixas. Para guardar coisas. Está na moda, ouvi dizer.

— Tinha um cacho do seu cabelo dentro. Cabelo de bebê. E uma foto, talvez duas. Ela costumava pegar todo ano e chorar. Um choro terrível, de coração partido...

Jace cerrou os punhos.

— Pare com isso — disse ele entredentes.

— Parar de quê? De dizer a verdade? Ela pensava que você estivesse morto, ela jamais o teria deixado se soubesse que você estava vivo. Você pensou que seu pai estivesse morto...

— Eu o *vi* morrer! Ou pensei que tivesse visto. Eu não... simplesmente ouvi e escolhi acreditar!

— Ela encontrou seus ossos queimados — Clary disse calmamente. — Nas ruínas da casa dela. Junto com os ossos da mãe e do pai dela.

Finalmente Jace olhou para ela. Ela viu que os olhos dele pareciam completamente descrentes, e ao redor deles, a força de conservar a descrença. Ela podia ver, quase como se estivesse vendo através de um feitiço, a frágil construção da fé no próprio pai que ele vestia como uma armadura transparente, protegendo-o contra a verdade. Em algum lugar, ela pensou, havia uma rachadura naquela armadura; em algum lugar, se ela conseguisse encontrar as palavras certas, poderia ser quebrada.

— Isso é ridículo — ele disse. — Eu não morri, não havia ossada alguma.

— Tinha sim.

— Então era um feitiço — ele concluiu bruscamente.

— Pergunte ao seu pai o que aconteceu aos sogros dele — pediu Clary. Ela estendeu a mão para tocar a dele. — Pergunte a ele se aquilo também era um feitiço...

— *Cale a boca!* — O controle de Jace acabou e ele se virou contra ela, lívido. Clary viu Luke olhar em direção a eles, chocado pelo barulho, e, naquele instante de distração, Valentim quebrou a guarda dele e, com um único ataque frontal, enfiou a lâmina da espada no peito de Luke, pouco abaixo da clavícula.

Os olhos de Luke se arregalaram como que de surpresa, e não de dor. Valentim lançou a mão para trás, e a lâmina também recuou, manchada de vermelho até o cabo. Com uma risada afiada, Valentim atacou novamente, dessa vez derrubando a arma da mão de Luke. Ela atingiu o chão com um ruído oco e Valentim a chutou com força, enviando-a para baixo da mesa enquanto Luke caía.

Valentim levantou a espada preta sobre o corpo inclinado de Luke, pronto para executar o golpe fatal. Estrelas prateadas entalhadas na lâmina brilhavam e Clary pensou, congelada em um instante de horror, *como alguma coisa tão mortal pode ser tão bela?*

Jace, como se soubesse o que Clary ia fazer antes mesmo que o fizesse, rodopiou para a frente dela.

— Clary...

O momento de estagnação passou. Clary livrou-se de Jace, desviando das mãos dele que se aproximavam, e correu pelo chão de pedras em direção a Luke. Ele estava no chão, sustentando-se com um braço; Clary se jogou em cima dele, exatamente quando a espada de Valentim foi para baixo.

Ela viu os olhos de Valentim enquanto a espada vinha em sua direção; parecia uma eternidade, apesar de não ter sido mais do que uma fração de segundo. Ela viu que ele poderia ter interrompido o golpe se quisesse. Viu que ele sabia que poderia atingi-la se não interrompesse. Viu que atacaria assim mesmo.

Ela jogou as mãos para o alto, fechando os olhos...

Houve um ruído metálico. Ela ouviu Valentim gritar, e olhou para cima para vê-lo com a mão da espada vazia e sangrando. A *kindjal* de cabo vermelho estava a vários centímetros de distância no chão de pedras, perto da espada preta. Virando-se surpreso, ele viu Jace perto da porta; ele estava com o braço ainda levantado, e percebeu que deveria ter jogado a adaga com força suficiente para derrubar a espada preta da mão do pai.

Pálido, ele abaixou o braço lentamente, com os olhos fixos em Valentim — arregalados e suplicantes.

— Pai, eu...

Valentim olhou para a mão que sangrava e, por um instante, Clary viu um espasmo de ira cruzar seu rosto, como uma luz brilhando. A voz dele, quando falou, estava branda.

— Foi um lançamento excelente, Jace.

Jace hesitou.

— Mas a sua mão. Eu pensei...

— Eu não teria machucado a sua irmã — disse Valentim, movendo-se rapidamente para recuperar a espada e a *kindjal* de cabo vermelho, que ele colocou no cinto. — Teria interrompido o ataque. Mas sua preocupação com a família é louvável.

Mentiroso. Mas Clary não tinha tempo para as bobagens de Valentim. Ela virou-se para olhar para Luke e sentiu uma angústia aguda. Luke estava deitado de costas, com olhos semifechados, e a respiração irregular. Sangue borbulhava pelo buraco de sua camisa rasgada.

— Preciso de uma atadura — Clary disse engasgando. — Um pano, qualquer coisa.

— Não se mova, Jonathan — disse Valentim em tom ameaçador, e Jace parou onde estava, com as mãos já quase no bolso. — Clarissa — disse o pai dela, com uma voz tão oleosa quanto aço cheio de manteiga —, esse homem é um inimigo da nossa família, inimigo da Clave. Nós somos caçadores, o que significa que às vezes somos matadores. Você certamente entende isso.

— Caçadores de *demônios* — disse Clary. — Matadores de *demônios*. Não *assassinos*. Existe uma diferença.

— Ele é um demônio, Clarissa — disse Valentim, com a mesma voz suave. — Um demônio com rosto de homem. Eu sei como esses monstros podem ser dissimulados. Lembre-se, eu mesmo o poupei certa vez.

— Monstro? — ecoou Clary. Ela pensou em Luke: Luke a empurrando no balanço quando ela tinha 5 anos, mais alto, sempre mais alto; Luke na formatura do ginásio, fotografando sem parar, como um pai orgulhoso; Luke procurando em cada caixa de livro que chegava à sua loja, separando qualquer coisa que achasse que ela pudesse gostar. Luke levantando-a para pegar maçãs nas árvores perto do sítio dele. Luke, cujo lugar de pai este homem estava tentando tirar. — Luke não é um monstro — ela disse, com uma voz que se igualava à de Valentim, tão afiada quanto. — Nem um assassino. Você é.

— Clary! — gritou Jace.

Clary o ignorou. Os olhos dela estavam fixos nos do pai.

— Você matou os pais da sua mulher, não em uma batalha, mas a sangue frio — ela disse. — E aposto que matou Michael Wayland, e o filho dele também. Jogou os ossos deles junto com os dos meus avós para fazer com que a minha mãe pensasse que você e Jace também estavam mortos. Colocou o seu colar no pescoço de Michael Wayland antes de queimá-lo para que todos pensassem que aqueles ossos eram seus. Depois de todo o seu discurso sobre sangue puro da Clave, você não deu a mínima para o sangue ou para a inocência deles quando os matou, não foi? Matar idosos e crianças a sangue frio, *isso* sim é monstruoso.

Outro espasmo de raiva contorceu as feições de Valentim.

— *Basta!* — rugiu Valentim, erguendo a espada negra novamente, e Clary ouviu naquela voz quem ele realmente era, o ódio que o conduzira durante toda a vida. A raiva infinita e efervescente. — Jonathan, arraste sua irmã para fora do meu caminho, ou, pelo Anjo, vou derrubá-la para matar o monstro que ela está protegendo!

Por um breve instante, Jace hesitou. Então levantou a cabeça.

— Certamente, pai — ele disse, e atravessou a sala na direção de Clary. Antes que ela pudesse levantar as mãos para contê-lo, ele já a pegara pelo braço. Ele a puxou, levantando-a, afastando-a de Luke.

— Jace — ela sussurrou, perplexa.

— Não — disse ele. Os dedos dele a agarravam dolorosamente. Ele cheirava a vinho, metal e suor. — Não fale comigo.

— Mas...

— Eu disse para não *falar.* — Ele a sacudiu, com força. Ela tropeçou, recuperou o equilíbrio e olhou para cima, para ver Valentim de pé, regozijando sobre o corpo abatido de Luke. Ele levantou o pé e pisou em Luke, que emitiu um ruído de engasgo.

— Deixe-o em paz! — gritou Clary, tentando se livrar das garras de Jace. Não adiantou nada, ele era forte demais.

— Pare com isso — ele sibilou em seu ouvido. — Você só está piorando as coisas. É melhor não assistir.

— Como você faz? — perguntou ela de volta. — Fechar os olhos e fingir que alguma coisa não está acontecendo não faz com que ela não aconteça, Jace. Você deveria saber...

— Clary, *pare.* — O tom dele quase a pegou de surpresa. Ele parecia desesperado.

Valentim estava rindo.

— Se ao menos tivesse pensado — ele disse — em trazer uma lâmina de prata de verdade, poderia despachá-lo da verdadeira maneira da sua espécie, Lucian.

Luke murmurou alguma coisa que Clary não conseguiu ouvir. Ela desejou que fosse grosseira. Ela tentou se livrar de Jace. Seus pés escorregaram e ele a pegou, levantando-a novamente com força agonizante. Ele estava com os braços em volta dela, ela pensou, mas não da maneira como ela sonhara um dia, não do jeito que já houvesse imaginado.

— Ao menos me deixe levantar — pediu Luke. — Deixe-me morrer de pé.

Valentim olhou para ele através da lâmina, e deu de ombros.

— Você pode morrer de bruços ou de joelhos — ele disse. — Mas somente um homem merece morrer de pé, e você não é um homem.

— NÃO! — Clary gritou quando Luke, sem olhar para ela, começou a se ajeitar sobre os joelhos.

— Por que tem que tornar as coisas piores para você? — perguntou Jace em um sussurro baixo e tenso. — Eu disse para não olhar.

Ela estava ofegante com o esforço e a dor.

— Por que você tem que *mentir* para si?

— Não estou mentindo! — As garras em torno dela cerraram de maneira selvagem, embora ela não tivesse tentado se livrar. — Só quero coisas boas na minha vida, meu pai, minha família, não posso perder tudo outra vez.

Luke estava ajoelhado agora. Valentim havia erguido a espada suja de sangue. Os olhos de Luke estavam fechados, e ele estava murmurando alguma coisa: palavras, uma oração, Clary não sabia. Ela girou nos braços de Jace, de modo que pudesse olhar em seus olhos. Os lábios dele estavam contraídos, o maxilar tenso, mas os olhos...

A frágil armadura estava quebrando. Só precisava de um último golpe dela. Ela batalhou para encontrar as palavras certas.

— Você tem uma família — ela disse. — A família é composta por pessoas que o amam. Como os Lightwood o amam. Alec, Isabelle... — A voz dela falhou. — Luke é minha família, e você vai me fazer vê-lo morrer do mesmo jeito que pensou que tivesse visto seu pai morrer quando tinha 10 anos? É isso que você quer, Jace? É esse o tipo de homem que você quer ser? Como...

Ela parou de falar, repentinamente apavorada com a possibilidade de ter ido longe demais.

— Como o meu pai — ele disse.

A voz dele estava gelada, distante, insípida como a lâmina de uma faca.

Perdi, Clary pensou desesperada.

— Abaixe-se — ele disse, e empurrou-a, com força. Ela cambaleou, caiu no chão, rolou sobre um joelho. Ajoelhando-se, ela viu Valentim erguer a espada por cima da cabeça. O brilho do candelabro no alto refletia na espada e agredia os olhos dela com pontinhos de luz. — *Luke!* — ela gritou.

A lâmina foi com tudo — para o chão. Luke não estava mais lá. Jace, que se movera mais rápido do que Clary podia imaginar, até nos padrões dos Caçadores de Sombras, o empurrara para fora do caminho, jogando-o para o lado. Jace se levantou, encarando o pai através do cabo da espada, com o rosto pálido, porém firme.

— Acho que é melhor você ir — disse Jace.

Valentim olhou incrédulo para o filho.

— *O que você disse?*

Luke estava sentado. Sangue fresco manchava sua camisa. Ele encarou enquanto Jace estendia a mão e gentilmente, quase desinteressado, acariciava o cabo da espada que havia sido enterrada no chão.

— Acho que você ouviu, pai.

A voz de Valentim era como um chicote.

— Jonathan Morgenstern...

Rápido como um raio, Jace pegou o cabo da espada, libertou-a do chão, e a ergueu. Ele segurou com leveza, firme e plana, com a ponta a alguns centímetros do queixo do pai.

— Esse não é o meu nome — ele disse. — Meu nome é Jace Wayland.

Os olhos de Valentim continuavam fixos em Jace; ele mal parecia perceber a espada na garganta.

— *Wayland*? — ele rugiu. — Você não tem sangue Wayland! Michael Wayland era um estranho para você...

— Você — disse Jace calmamente — também é. — Ele moveu a espada para a esquerda. — Agora vá.

Valentim estava balançando a cabeça.

— Nunca. Não vou receber ordens de uma criança.

A ponta da espada tocou a garganta de Valentim. Clary observava com um horror fascinado.

— Sou uma criança muito bem treinada — disse Jace. — Você mesmo me instruiu na arte de matar. Só preciso mover dois dedos para cortar sua garganta, sabia? — ele estava com os olhos firmes. — Acho que sabe disso.

— Você é suficientemente habilidoso — concordou Valentim. Seu tom era de desconsideração, mas Clary percebeu que ele estava completamente imóvel. — Mas você não poderia me matar. Sempre teve o coração mole.

— Talvez ele não possa. — Era Luke, agora de pé, pálido e sangrento, mas de pé. — Mas eu posso. E não acredito que ele consiga me impedir.

Os olhos efervescentes de Valentim se voltaram para Luke, e de volta para o filho. Jace ainda não tinha virado quando Luke falou, mas estava parado como uma estátua, com a espada imóvel na mão.

— Você ouve o monstro me ameaçar, Jonathan — disse Valentim — e fica ao lado *dele*?

— Ele tem razão — disse Jace de forma branda. — Não tenho certeza de que conseguiria impedi-lo se ele quisesse feri-lo. Lobisomens se curam rapidamente.

O lábio de Valentim se contraiu.

— Então — ele disparou —, assim como a sua mãe, você prefere esta criatura, este semidemônio a seu próprio sangue, sua própria família?

Pela primeira vez, espada na mão de Jace pareceu tremer.

— Você me deixou quando eu era uma criança — ele disse com a voz controlada. — Você me deixou pensar que estava morto e me mandou morar com estranhos. Você nunca me contou que eu tinha uma mãe, uma irmã. Você me deixou *sozinho*. — A última palavra foi um lamento.

— Fiz por você, para mantê-lo seguro — protestou Valentim.

— Se você se importasse com Jace, se ligasse para sangue, não teria assassinado os avós dele. Você matou pessoas inocentes — interrompeu Clary, furiosa.

— Inocentes? — irritou-se Valentim. — Em uma guerra ninguém é inocente! Eles se aliaram a Jocelyn, contra mim! Eles teriam permitido que ela tomasse meu filho de mim!

Luke sibilou.

— Você sabia que ela iria deixá-lo — ele disse. — Você sabia que ela ia fugir, mesmo antes da Ascensão?

— É claro que sabia! — rosnou Valentim. O controle frio que sustentava havia se quebrado e Clary podia sentir a raiva borbulhando, manifestando-se nos tendões e no pescoço dele, cerrando os punhos. — Fiz o que precisei para proteger os meus, e no fim dei a eles mais do que um dia mereceram: a pira funerária que só é concedida aos maiores guerreiros da Clave!

— Você os incinerou — disse Clary secamente.

— Sim! — gritou Valentim. — *Eu os incinerei.*

Jace emitiu um ruído engasgado.

— Meus avós...

— Você nunca os conheceu — justificou Valentim. — Não finja uma dor que não sente.

A ponta da espada estava tremendo mais rapidamente. Luke pôs a mão no ombro de Jace.

— Com firmeza — ele disse.

Jace não olhou para ele. Ele estava respirando como se estivesse correndo. Clary podia ver o suor brilhando no músculo sobre a clavícula, grudando os cabelos às têmporas. As veias eram visíveis nas costas da mão. *Ele vai matá-lo,* ela pensou. *Ele vai matar Valentim.*

Ela deu um passo precipitado para a frente.

— Jace, nós precisamos do Cálice. Ou você sabe o que ele vai fazer com ele?

Jace lambeu os lábios secos.

— O Cálice, pai. Onde está?

— Em Idris — Valentim disse calmamente. — Onde você nunca vai encontrá-lo.

A mão de Jace estava tremendo.

— Diga-me...

— Dê-me a espada, Jonathan. — Era Luke, com a voz calma, até mesmo gentil.

Jace soava como se estivesse falando do fundo de um poço.

— O quê?

Clary deu um passo à frente.

— Dê a espada para Luke, Jace. Deixe que ele fique com ela.

Ele balançou a cabeça.

— Não posso fazer isso.

Ela deu outro passo à frente; mais um e ela estaria perto o suficiente para tocá-lo.

— Pode sim — ela disse, gentilmente. — Por favor.

Ele não olhou para ela. Os olhos estavam fixos nos do pai. O momento se prolongou, mais e mais, interminável. Finalmente ele fez que sim com a cabeça, brevemente, sem abaixar a mão. Mas permitiu que Luke fosse para perto dele, e colocasse a mão sobre a dele, no cabo da espada.

— Pode soltar agora, Jonathan — disse Luke, e então, vendo o rosto de Clary, se corrigiu. — Jace.

Jace parecia não tê-lo ouvido. Ele soltou o cabo e se afastou do pai. Parte da cor de Jace havia voltado, e ele agora tinha um tom menos pálido, o lábio sangrava onde ele havia mordido. Clary sofria com a vontade de tocá-lo, abraçá-lo, saber que ele jamais a deixaria.

— Tenho uma sugestão — Valentim dirigiu-se a Luke em tom surpreendentemente calmo.

— Deixe-me adivinhar — disse Luke. — É "não me mate", não é?

Valentim riu, um som sem qualquer humor.

— Jamais me rebaixaria a ponto de pedir a você pela minha vida — ele disse.

— Ótimo — retrucou Luke, tocando o queixo de Valentim com a lâmina. — Não vou matá-lo a não ser que force a minha mão, Valentim. Não vou matá-lo na frente dos seus próprios filhos, Valentim. Só quero o Cálice.

O rugido lá embaixo estava mais alto agora. Clary podia ouvir o que pareciam passos no corredor do lado de fora.

— Luke...

— Estou ouvindo — disparou.

— O Cálice está em Idris, já disse — afirmou Valentim, com os olhos passando por Luke.

Luke gotejava de suor.

— Se está em Idris, você usou o Portal para levá-lo até lá. Eu vou com você. Traga-o de volta. — Os olhos de Luke eram certeiros. Havia mais movimentação no corredor lá fora agora, sons de gritos, de alguma coisa estilhaçando. — Clary, fique com o seu irmão. Depois que atravessarmos, use o Portal para levá-la a um lugar seguro.

— Não vou sair daqui — disse Jace.

— Vai sim. — Alguma coisa bateu forte na porta. Luke levantou a voz. — Valentim, o Portal. Ande.

— Ou o quê? — Os olhos de Valentim estavam fixos na porta com uma expressão reflexiva.

— Ou eu vou matá-lo se me forçar — disse Luke. — Na frente deles ou não. O Portal, Valentim. Agora.

Valentim abriu os braços.

— Como queira.

Ele deu um passo singelo para trás, exatamente quando a porta explodiu para dentro, com as dobradiças se espalhando pelo chão. Luke desviou para não ser atingido pela porta que caía, girando ao fazê-lo, a espada firme na mão.

Um lobo estava na entrada, uivos, pelos, ombros curvados para a frente, lábios contraídos e dentes afiados. Sangue visível em inúmeros talhos sob a capa de pelos.

Jace estava resmungando baixinho, com uma lâmina serafim já na mão. Clary o pegou pelo pulso.

— Não. Ele é amigo.

Jace olhou incrédulo para ela, mas abaixou o braço.

— Alaric — Luke gritou alguma coisa em seguida, em uma língua que Clary não entendia. Alaric rosnou novamente, agachando-se mais próximo ao chão, e por um instante ela pensou que ele fosse se atirar em Luke. Então viu a mão de Valentim no cinto, o brilho de joias vermelhas, e percebeu que se esquecera de que ele ainda estava com a adaga de Jace.

Ela ouviu uma voz gritar o nome de Luke, pensou que fosse a dela própria — então percebeu que sua garganta parecia selada, e que havia sido de Jace o grito.

Luke girou, de um jeito que parecia dolorosamente lento, enquanto a faca deixava a mão de Valentim e voava em direção a ele como uma borboleta prateada, girando repetidamente no ar. Luke ergueu a própria lâmina — e alguma coisa cinza se lançou entre ele e Valentim. Ela ouviu o uivo de Alaric, crescente, subitamente interrompido; ela ouviu o ruído da lâmina atacar. Ela engasgou e tentou correr para a frente, mas Jace a puxou de volta.

O lobo caiu aos pés de Luke, com o pelo cheio de sangue. Debilmente, com as patas, Alaric pegou o cabo da faca enterrada no peito.

Valentim riu.

— E é assim que você paga pela lealdade inquestionável que comprou tão barata, Lucian — ele disse. — Permitindo que morram por você. — Ele estava recuando, com os olhos ainda em Luke.

Luke, pálido, olhou para ele, depois para Alaric; balançou a cabeça uma vez, caiu de joelhos, inclinando-se sobre o lobisomem abatido. Jace, ainda segurando Clary pelos ombros, murmurou:

— Fique aqui, você está me ouvindo? Fique *aqui.* — E foi atrás de Valentim, que estava correndo, inexplicavelmente rápido, para a parede do lado oposto do quarto. Será que ele estava planejando se atirar pela janela? Clary podia enxergar o reflexo dele no espelho, enorme e de moldura dourada, enquanto ele se aproximava, e a expressão no rosto dele, uma espécie de alívio sarcástico, preencheu-a com uma fúria assassina.

— Nem pensar — ela sussurrou, movendo-se atrás de Jace. Ela só parou para pegar a *kindjal* de cabo azul no chão embaixo da mesa, para onde Valentim a havia chutado. A arma na mão dela agora parecia confortável, transmitia segurança, enquanto ela empurrava uma cadeira caída para fora do caminho e se aproximava do espelho.

Jace estava com a lâmina serafim, sua luz emitia uma luminosidade intensa para cima, escurecendo os círculos sob os olhos e o vazio das bochechas. Valentim se virara e era contornado pelo brilho da luz, de costas para o espelho. Pelo reflexo, Clary também podia enxergar Luke atrás deles; ele havia repousado a espada, e estava puxando a *kindjal* vermelha do peito de Alaric, suave e cuidadosamente. Ela se sentiu enjoada e segurou a própria adaga com mais força.

— Jace... — ela começou.

Ele não se virou para falar com ela, embora, é claro, pudesse enxergá-la pelo reflexo do espelho.

— Clary, eu disse para esperar.

— Ela é igual à mãe — disse Valentim. Uma das mãos estava atrás do corpo; ele a estava passando pelo contorno dourado do espelho. — Não gosta de obedecer.

Jace não estava tremendo como antes, mas Clary podia perceber o quanto o controle dele se havia esgotado.

— Eu vou para Idris com ele, Clary. Vou trazer o Cálice de volta.

— Não, você não pode — começou Clary, e viu, pelo espelho, como o rosto dele se contraiu.

— Você tem alguma ideia melhor? — ele perguntou.

— Mas Luke...

— Lucian — Valentim disse com a voz macia — está cuidando de um comparsa caído. Quanto ao Cálice, e Idris, ele não está longe. Através da lente, pode-se dizer.

Os olhos de Jace cerraram.

— O espelho é o Portal?

Os lábios de Valentim se afinaram e ele abaixou a mão, afastando-se do espelho enquanto a imagem dele girava e mudava como tinta de aquarela em uma tela. No lugar do quarto com as velas e a madeira escura, Clary agora podia ver campos verdes, as folhas pesadas das árvores, cor de esmeralda, e um vasto campo que se estendia até uma casa de pedras a distância. Ela podia ouvir o zumbido das abelhas e o ruído das folhas ao vento, e o cheiro de mel transportado pela brisa.

— Eu disse que não era longe. — Valentim estava no que agora era uma porta arqueada, com o mesmo vento soprando os cabelos. — É como você lembrava, Jonathan? Alguma coisa mudou?

O coração de Clary apertou dentro do peito. Ela não tinha a menor dúvida de que esta era a casa da infância de Jace, apresentada para tentá-lo, do jeito que alguém tentaria uma criança com uma bala ou um brinquedo. Ela olhou para Jace, mas ele não parecia percebê-la. Ele estava olhando para o Portal e para a vista além, com os campos verdes e o casarão. Ela viu seu rosto suavizar, a curva de seus lábios, como se ele estivesse olhando para alguém que amasse.

— Você ainda pode chamar de casa — disse o pai. A luz da lâmina serafim de Jace projetava a sombra dele para trás, de modo que parecia mover-se pelo Portal, escurecendo os campos e o pátio à sua frente.

O sorriso se apagou do rosto de Jace.

— Essa não é a minha casa — ele disse. — Minha casa agora é aqui.

Com uma onda de fúria distorcendo suas feições, Valentim olhou para o filho. Ela jamais esqueceria aquele olhar — fez com que ela sentisse um desejo avassalador de estar com a mãe. Pois, por mais irritada que Jocelyn já pudesse ter ficado, ela nunca havia olhado para Clary daquele jeito. Ela sempre tinha olhado para a filha com amor.

Se ela pudesse sentir mais pena de Jace do que já estava sentindo, teria sido naquele instante.

— Muito bem — Valentim disse e deu um passo para trás através do Portal, de modo que seus pés atingiram o solo de Idris. Os lábios dele se curvaram em um sorriso. — Ah — ele disse. — Minha casa.

Jace correu para a borda do Portal antes de parar, com a mão apoiada no contorno do espelho, uma estranha hesitação tomando conta dele, mesmo enquanto Idris brilhava diante dele como uma miragem no deserto. Bastaria um passo...

— Não, Jace — Clary disse afobada. — Não vá atrás dele.

— Mas o Cálice — disse Jace. Ela não sabia o que ele estava pensando, mas a adaga na mão dele balançava violentamente enquanto ele tremia.

— Deixe que a Clave cuida disso! Jace, por favor. — *Se você passar por este Portal, pode nunca mais voltar. Valentim vai matá-lo. Você não quer acreditar, mas é o que ele vai fazer.*

— Sua irmã tem razão. — Valentim estava no campo verde florido, com as plantas passando pelos pés dele, e Clary que percebeu que, apesar de estarem a poucos centímetros de distância, estavam em países diferentes. — Você realmente acha que pode vencer esta batalha? Mesmo tendo uma lâmina serafim e eu estando desarmado? Não só sou mais forte do que você, como também duvido que tenha coragem de me matar. E terá que me matar, Jonathan, antes que eu entregue o Cálice.

Jace apertou a adaga do anjo com mais força.

— Eu posso...

— Não, você não pode — Valentim estendeu a mão, *através* do Portal, e pegou Jace pelo pulso, arrastando-o para a frente até a ponta da lâmina serafim tocar-lhe o peito. Onde a mão e o pulso de Jace haviam passado pelo Portal, pareciam brilhar como se tivessem sido imersos na água. — Então faça — disse Valentim. — Enterre a lâmina. Oito centímetros, talvez dez. — Ele puxou a lâmina para a frente e a ponta rasgou o tecido da camisa. Uma linha circular vermelha como uma papoula surgiu bem acima do coração. Jace, engasgando, puxou o braço de volta para si e cambaleou para trás.

— Como eu pensei — disse Valentim. — Fraco demais. — E, com uma rapidez repentina, ele lançou o punho em direção a Jace. Clary gritou, mas o golpe não o acertou: em vez disso, atingiu a superfície do Portal entre eles com um som que parecia um milhão de coisas frágeis estilhaçando. Rachaduras como teias de aranha se formaram no vidro que não era vidro; a última coisa que Clary ouviu antes que o Portal se dissolvesse em um dilúvio de cacos foi a risada desdenhosa de Valentim.

Pedaços de vidro caíram pelo chão como um banho de gelo, uma cascata estranhamente bonita de cacos prateados. Clary deu um passo para trás, mas Jace estava completamente parado enquanto o vidro caía a seu redor, olhando para a forma vazia do espelho.

Clary havia esperado que ele fosse resmungar, gritar ou xingar o pai, mas em vez disso, ele simplesmente esperou que o vidro parasse de cair. Quando aconteceu, ele se ajoelhou silenciosa e cuidadosamente, e pegou um dos pedaços maiores, virando-o na mão.

— Não. — Clary se ajoelhou a seu lado, repousando a faca que estava segurando. Não se sentia mais confortável em segurá-la. — Não havia nada que você pudesse ter feito.

— Havia sim. — Ele continuava olhando para o vidro. Pedacinhos quebrados estavam caídos sobre o cabelo dele. — Poderia tê-lo matado. — Ele virou o caco para ela. — Olhe — ele disse.

Ela olhou. No pedacinho de vidro, ela ainda podia ver um fragmento de Idris — um pedaço de céu azul, a sombra das folhas verdes. Ela suspirou dolorosamente.

— Jace...

— Vocês estão bem?

Clary olhou para cima. Era Luke, de pé sobre eles. Ele estava desarmado, os olhos evidenciavam sua exaustão.

— Estamos bem — ela disse. Ela podia ver a figura abatida no chão atrás dele, metade coberta com o longo casaco de Valentim. Uma mão saía de baixo da ponta do tecido; a ponta era de garras. — Alaric...?

— Está morto — disse Luke. Havia dor em sua voz; apesar de mal tê-lo conhecido, Clary sabia do peso da culpa que ficaria com ele para sempre. *E é assim que você paga a lealdade inquestionável que comprou tão barata, Lucian. Deixando que ele morra por você.*

— Meu pai escapou — contou Jace. — Com o Cálice — sua voz soava vazia. — Entregamos nas mãos dele. Eu fracassei.

Luke deixou uma das mãos cair sobre a cabeça de Jace, tirando os pedaços de vidro de seus cabelos. As garras ainda estavam para fora, os dedos manchados de sangue, mas Jace não pareceu se incomodar com o toque dele, e não disse nada.

— Não é culpa sua — disse Luke, olhando para Clary. Seus olhos azuis eram firmes. Diziam: *seu irmão precisa de você; fique com ele.*

Ela fez que sim com a cabeça, e Luke os deixou e foi até a janela. Ele abriu, permitindo que uma corrente de ar entrasse no quarto e derrubasse as velas. Clary podia ouvi-lo gritando, chamando os lobos abaixo.

Ela se ajoelhou perto de Jace.

— Está tudo bem — ela disse hesitante, embora obviamente não estivesse, e talvez nunca mais estivesse, e pôs a mão no ombro dele. O tecido da camisa era duro contra as pontas dos dedos dela, úmido de suor, estranhamente reconfortante. — Temos minha mãe de volta. Temos você. Temos tudo que importa.

— Ele estava certo. Por isso não consegui atravessar o Portal — sussurrou Jace. — Não conseguiria. Não conseguiria matá-lo.

— Você só teria fracassado — ela disse — se tivesse feito isso.

Ele não disse nada, apenas soluçou baixinho. Ela não conseguiu ouvir muito bem suas palavras, mas estendeu a mão e pegou o pedaço de vidro da mão dele. Ele estava sangrando onde o havia segurado, em duas linhas finas. Ela descartou o vidro e pegou a mão dele, fechando os dedos sobre a palma machucada.

— Sinceramente, Jace — ela disse, tão suavemente quanto o tocou —, você não sabe que não deve brincar com vidro quebrado?

Ele emitiu um ruído como uma risada engasgada antes de estender a mão e tomá-la em um abraço. Ela estava ciente de Luke os observando da janela, mas fechou os olhos e enterrou o rosto no ombro de Jace. Ele cheirava a sal e sangue, mas, somente quando a boca dele se aproximou do ouvido dela, Clary conseguiu entender o que ele estava dizendo, o que havia sussurrado antes, e era a ladainha mais simples de todas: o nome dela. Só o nome dela.

Epílogo
A ASCENSÃO ACENA

O corredor do hospital era tão branco que quase cegava. Após tantos dias vivendo à luz de uma lanterna, de tochas e de pedra enfeitiçada, a luz fluorescente fazia as coisas parecerem pálidas e artificiais. Quando Clary deu entrada na recepção, percebeu que a enfermeira entregando o formulário tinha a pele estranhamente amarelada sob as luzes brilhantes. *Talvez ela seja um demônio*, Clary pensou, devolvendo o formulário.

— Última porta no final do corredor — disse a enfermeira, exibindo um sorriso simpático. *Ou, posso estar enlouquecendo.*

— Eu sei — disse Clary. — Estive aqui ontem. — E anteontem, e no dia anterior. Era princípio de noite, e o corredor não estava tão cheio. Um senhor passeava pelo carpete com chinelos e robe, arrastando uma unidade móvel de oxigênio. Dois médicos trajando roupas cirúrgicas na cor verde, trazendo copos de papelão de café, com vapor sendo emitido da superfície dos copos no ar frígido. Dentro do hospital, o ar-condicionado estava forte, embora lá fora o tempo tivesse finalmente começado a caminhar para o outono.

Clary encontrou a porta no final do corredor. Estava aberta. Ela espiou lá dentro, sem querer acordar Luke caso ele estivesse dormindo na cadeira ao lado da cama, como estivera nas últimas duas vezes em que ela tinha vindo. Mas ele estava acordado e conversando com um homem alto com as vestes dos Irmãos do Silêncio. Ele se virou, como se tivesse sentido a chegada de Clary, e ela viu que era o Irmão Jeremiah.

Ela cruzou os braços sobre o peito.

— O que está havendo?

Luke parecia exausto, com três dias sem fazer a barba, os óculos empurrados para cima da cabeça. Ela podia ver as ataduras que ainda envolviam seu tórax sob a camisa larga de flanela.

— O Irmão Jeremiah já estava de saída — ele informou.

Levantando o capuz, Jeremiah foi em direção à porta, mas Clary bloqueou a passagem.

— Então — Clary o desafiou. — Você vai ajudar a minha mãe?

Jeremiah se aproximou dela. Ela podia sentir o frio emitido por seu corpo, como fumaça de um iceberg. *Você não pode salvar os outros antes de salvar a si própria*, disse a voz em sua mente.

— Essas frases de biscoitos da sorte já estão ficando velhas — disse Clary. — O que há de errado com a minha mãe? Você sabe? Os Irmãos do Silêncio podem ajudá-la como ajudaram Alec?

Não ajudamos ninguém, disse Jeremiah. *E não cabe a nós prestar assistência àqueles que se separaram da Clave por vontade própria.*

Ela recuou enquanto Jeremiah passava por ela na direção do corredor. Ela o observou se afastar, misturar-se à multidão; ninguém prestou atenção nele. Quando deixou os próprios olhos se fecharem parcialmente, ela viu a áurea brilhante de magia que o circulava, e imaginou o que as outras pessoas estavam vendo: outro paciente? Um médico apressado vestindo roupas cirúrgicas? Um visitante sofrido?

— Ele estava falando a verdade — Luke observou. — Ele não curou Alec; quem o fez foi Magnus Bane. E também não sabe o que há de errado com a sua mãe.

— Eu sei — disse Clary, voltando para o quarto. Ela se aproximou cautelosamente da cama. Era difícil relacionar a figura branca na cama, cheia de tubos, com sua mãe vibrante e ruiva. É claro que os cabelos dela continuavam vermelhos, espalhados pelo travesseiro como um xale de linho cúprico, mas sua pele estava tão branca que fazia com que Clary se lembrasse da estátua de cera da Bela Adormecida no museu Madame Tussauds, cujo peito só subia e descia por ser ativado por um mecanismo.

Ela pegou a mão fina da mãe e a segurou, como fizera na véspera e no dia anterior. Ela podia sentir a pulsação de Jocelyn, firme e insistente. *Ela quer acordar*, pensou Clary. *Sei que quer.*

— É claro que quer — disse Luke, e Clary percebeu que havia falado em voz alta. — Ela tem todos os motivos do mundo para melhorar, até mais do que imagina.

Clary devolveu a mão da mãe para a cama, delicadamente.

— Você está falando de Jace.

— Claro que estou falando de Jace — disse Luke. — Ela sofreu a perda dele durante 17 anos. Se eu pudesse dizer a ela que não precisa mais sofrer... — Ele parou de falar.

— Dizem que pessoas em coma às vezes escutam — arriscou Clary. É claro que os médicos também tinham dito que este não era um coma como qualquer outro, nenhum ferimento, sem falta de oxigênio, não fora causado por qualquer falência súbita, cardíaca ou cerebral. Era simplesmente como se ela estivesse dormindo e não pudesse acordar.

— Eu sei — concordou Luke. — Tenho conversado com ela. Quase sem parar. — Ele exibiu um sorriso fatigado. — Contei a ela sobre como você tem sido corajosa. Sobre o quão orgulhosa ela estaria de você. A filha guerreira.

Alguma coisa afiada e dolorida surgiu no fundo da garganta de Clary. Ela engoliu em seco, desviando o olhar de Luke, voltando-o para a janela. Através dela, era possível ver a parede branca de tijolos do prédio em frente. Nenhuma vista bonita de árvores ou do rio ali.

— Fiz as compras que você pediu — ela disse. — Comprei pasta de amendoim, leite, cereal e pão da Fortunato Brothers — ela colocou a mão no bolso. — Trouxe o troco...

— Pode ficar com ele — disse Luke. — Use-o para pagar o táxi de volta.

— Simon vai me levar para casa — disse Clary. Ela verificou o relógio de borboleta pendurado no chaveiro. — Na verdade, ele já deve estar lá embaixo.

— Que bom! Estou feliz por você estar passando algum tempo com ele. — Luke parecia aliviado. — Fique com o dinheiro assim mesmo. Peça alguma coisa para comer hoje à noite.

Ela abriu a boca para discutir, depois voltou a fechá-la. Luke era, como sua mãe sempre dizia, uma rocha em tempos de crise — sólido, confiável, e totalmente firme.

— Vá para casa alguma hora, está bem? Você também precisa dormir.

— Dormir? Quem precisa dormir? — ele zombou, mas ela podia ver a exaustão no rosto dele enquanto retornava à cadeira ao lado da cama de Jocelyn. Delicadamente, ele esticou a mão para tirar um cacho de cabelos do rosto dela. Clary virou-se de costas, com os olhos ardendo.

A van de Eric estava dobrando a esquina quando ela saiu pela porta principal do hospital. O céu acima tinha um tom perfeito de azul, escurecendo para safira sobre o rio Hudson, onde o sol estava se pondo. Simon se inclinou para abrir a porta para ela, que se sentou a seu lado.

— Obrigada.

— Para onde? Para casa? — ele perguntou, com a van de volta ao trânsito da First Avenue.

Clary suspirou.

— Nem sei mais onde fica isso.

Simon olhou de lado para ela.

— Com pena de si mesma, Fray? — O tom era zombeteiro, porém delicado. Se olhasse através dele, seria possível ver as manchas no banco de trás, onde Alec havia deitado, sangrando, no colo de Isabelle.

— Sim. Não. Não sei — ela suspirou novamente, puxando um cacho do próprio cabelo. — Tudo mudou. Tudo está diferente. Às vezes desejo que as coisas possam voltar a ser como antes.

— Eu não — disse Simon, surpreendendo-a. — Para onde vamos? Pelo menos me diga se é para cima ou para baixo.

— Para o Instituto — disse Clary. — Desculpe — ela acrescentou, enquanto ele executava uma manobra completamente ilegal. A van, virando sobre duas rodas, cantou pneus em sinal de protesto. — Deveria ter dito antes.

— Hum — disse Simon. — Você ainda não esteve lá, não é mesmo? Não desde...

— Não, ainda não — disse Clary. — Jace ligou para dizer que Alec e Isabelle estavam bem. Parece que os pais deles estão voltando de Idris às pressas, agora que alguém finalmente contou, *de fato*, o que está acontecendo. Vão chegar dentro de alguns dias.

— Foi estranho receber uma ligação de Jace? — perguntou Simon, com a voz cuidadosamente neutra. — Quer dizer, depois que você descobriu...

Ele se interrompeu.

— Sim? — disse Clary, com a voz afiada. — Depois que descobri o quê? Que ele é um travesti assassino que molesta gatos?

— Não é à toa que aquele gato odeia todo mundo.

— Ah, Simon, dá um tempo — disse Clary. — Sei muito bem do que você está falando, e não, não foi estranho. Além disso, não aconteceu nada entre a gente.

— Nada? — repetiu Simon, em tom completamente incrédulo.

— Nada — ela disse com firmeza, olhando para fora da janela, para que ele não visse que ela estava enrubescendo. Estavam passando por uma fileira de restaurantes e ela viu o Taki's, iluminado sob o crepúsculo.

Eles dobraram a esquina na hora em que o sol desaparecia por trás do Instituto, inundando a rua abaixo com a luz que só eles podiam enxergar. Simon parou na entrada e desligou o motor, pegando as chaves.

— Quer que eu suba com você?

Ela hesitou.

— Não. Preciso fazer isso sozinha.

Ela viu o olhar de decepção que passou pelo rosto dele, mas desapareceu rapidamente. Simon, ela pensou, crescera muito nas últimas duas semanas, assim como ela. O que era uma coisa boa, visto que ela não iria querer deixá-lo para trás. Ele era parte dela, tanto quanto o talento para o desenho, o ar empoeirado do Brooklyn, a risada da mãe e o próprio sangue de Caçadora de Sombras.

— Tudo bem — ele disse. — Você vai precisar de carona mais tarde?

Ela balançou a cabeça.

— Luke me deu dinheiro para pegar um táxi. Mas você quer me encontrar amanhã? — ela acrescentou. — Podemos assistir a Trigun, fazer pipoca. Estou precisando de um tempo de sofá.

Ele concordou, fazendo um sinal com a cabeça.

— Boa ideia — ele então se inclinou para a frente e deu um beijo em sua face. Foi um beijo leve como uma folha, mas ela sentiu calafrio até os ossos. Ela olhou para ele.

— Você acha que foi coincidência? — ela perguntou.

— Acho que o que foi coincidência?

— Termos ido parar no Pandemônio na mesma noite em que Jace e os outros estavam lá caçando um demônio? Na noite anterior à que Valentim veio atrás da minha mãe?

Simon balançou a cabeça.

— Não acredito em coincidências — ele disse.

— Nem eu.

— Mas tenho que admitir — acrescentou Simon —, coincidência ou não, acabou por ser uma ocorrência fortuita.

— Fortuitas Ocorrências — disse Clary. — Esse, sim, é um bom nome para a sua banda.

— É melhor do que a maioria dos nomes que a gente pensou — admitiu Simon.

— Pode apostar que sim. — Ela saltou da van, fechando a porta atrás de si. Ela o ouviu buzinar enquanto passava pelo caminho para a porta entre a grama alta e acenou sem virar-se para ele.

O interior da catedral estava frio e escuro, e cheirava a chuva e papel molhado. Os passos ecoavam alto no chão de pedras, e ela pensou em Jace na igreja do Brooklyn: *pode ser que haja um Deus, Clary, e pode ser que não. Seja como for, é cada um por si.*

No elevador ela olhou para o próprio reflexo no espelho enquanto a porta se fechava. A maioria dos hematomas e cortes já se curara e estava praticamente invisível. Ela imaginou se Jace já a vira tão formal quanto ela estava hoje — ela tinha se vestido com uma saia preta plissada, batom cor-de-rosa e uma blusa vintage. Ela achou que parecia uma menina de 8 anos.

Não que importasse o que Jace pensava sobre sua aparência, ela se forçou a lembrar, nem agora nem nunca. Ela pensou se eles algum dia seriam do jeito que Simon é com a irmã dele: uma mistura de tédio e irritação amorosa. Ela não conseguia imaginar.

Ela ouviu os miados altos antes mesmo de a porta do elevador se abrir.

— Olá, Church — ela disse, ajoelhando-se ao lado da bola cinza no chão. — Onde estão todos?

Church, que claramente queria um carinho na barriga, ronronou. Com um suspiro, Clary cedeu.

— Gato maluco — ela disse, acariciando vigorosamente. — Onde...

— Clary! — Era Isabelle, surgindo no saguão em uma saia longa vermelha, com o cabelo cheio de acessórios. — Que bom te ver!

Ela abraçou Clary com tanta força que quase a derrubou.

— Isabelle — engasgou Clary. — É bom te ver também — ela acrescentou, permitindo que Isabelle a levantasse outra vez.

— Estava tão preocupada com você — ela disse, alegremente. — Depois que vocês foram para a biblioteca com Hodge, e eu estava com Alec, ouvi uma explosão ensurdecedora, e quando cheguei, é claro, vocês não estavam mais lá, e estava tudo espalhado pelo chão. Havia sangue e uma coisa preta por todos os lados. — Ela deu de ombros. — O que era aquilo?

— Uma maldição — Clary disse calmamente. — A maldição de Hodge.

— Ah, entendi — disse Isabelle. — Jace me contou sobre Hodge.

— Contou? — Clary se surpreendeu.

— Que ele se livrou da maldição e saiu? Sim, contou. Achei que ele ficaria para se despedir — acrescentou Isabelle. — Fiquei um pouco decepcionada com ele. Mas acho que ele ficou com medo da Clave. Ele vai entrar em contato, em algum momento, aposto.

Então Jace não havia contado sobre a traição de Hodge, pensou Clary, sem saber o que achava a respeito. Mas, se Jace estava tentando poupar Isabelle de se sentir confusa e desapontada, talvez ela não devesse interferir.

— Mas então — prosseguiu Isabelle — foi horrível, e não sei o que teria feito se o Magnus não tivesse aparecido e magicado o Alec para melhorar. — Existe essa palavra, "magicado"? Ela franziu as sobrancelhas. — Jace contou o que aconteceu depois na ilha. Na verdade, já sabíamos mesmo antes, pois Magnus passou a noite inteira no telefone conversando a respeito. Todos no Submundo estão comentando. Você é famosa, sabia?

— Eu?

— Claro. Filha de Valentim.

Clary deu de ombros.

— Então suponho que Jace também seja famoso.

— Vocês dois são famosos — disse Isabelle, com a mesma voz excessivamente alegre. — Os irmãos famosos.

Clary olhou para Isabelle, curiosa.

— Não esperava que você fosse ficar tão feliz em me ver, devo admitir.

Isabelle pôs as mãos na cintura, indignada.

— Por que não?

— Pensei que você não gostasse muito de mim.

A alegria de Isabelle se esvaiu, e ela olhou para baixo.

— Também pensei — admitiu. — Mas quando fui procurar por você e Jace e não estavam mais lá... — interrompeu-se. — Não fiquei preocupada só com ele; mas com você também. Há alguma coisa tão... tranquilizadora em você. E Jace fica tão melhor com você por perto.

Clary arregalou os olhos.

— Fica?

— Fica sim. Menos intolerante, de alguma forma. Não que ele seja extremamente gentil, mas deixa você ver a gentileza nele — ela pausou. — E acho que a rejeitei no início, mas vejo que foi uma grande tolice. Só porque eu nunca tive uma amiga mulher, isso não significa que eu não possa aprender a ter uma.

— Eu também, para falar a verdade — disse Clary. — E Isabelle?

— Sim?

— Você não precisa fingir ser gentil. Prefiro quando age naturalmente.

— Chata, você quer dizer? — Isabelle retrucou e riu.

Clary estava prestes a protestar quando Alec chegou à entrada com um par de muletas. Uma das pernas estava com ataduras, a calça jeans enrolada até o joelho, e ele tinha outro curativo na têmpora, sob os cabelos escuros. Fora isso, parecia bem demais para alguém que quase morrera há quatro dias. Ele acenou com a muleta em saudação.

— Oi — disse Clary, surpresa por vê-lo de pé e passeando. — Você está...

— Bem? Estou — disse Alec. — Em alguns dias, nem vou mais precisar disso.

Uma grande culpa apertou a garganta de Clary. Se não tivesse sido por ela, Alec não estaria de muletas.

— Estou muito feliz por você estar bem, Alec — ela disse, com toda a sinceridade do mundo.

Alec piscou.

— Obrigado.

— Então, Magnus deu um jeito em você? — perguntou Clary. — Luke disse...

— Deu! — disse Isabelle. — Foi incrível. Ele apareceu, mandou todo mundo sair da sala e fechou a porta. Faíscas azuis e vermelhas ficaram espirrando para o corredor por baixo da porta.

— Não me lembro de nada — disse Alec.

— Em seguida, ele ficou sentado na cabeceira de Alec a noite inteira, até de manhã, para se certificar de que ele acordaria bem — acrescentou Isabelle.

— Também não me lembro disso — Alec acrescentou rapidamente.

Os lábios vermelhos de Isabelle se curvaram em um sorriso.

— Como será que Magnus soube que deveria vir? Eu perguntei, mas ele não quis responder.

Clary pensou no papel dobrado que Hodge havia jogado na fogueira depois que Valentim saiu. Ele era um homem estranho, ela pensou, que se dera ao trabalho de fazer o possível para salvar Alec mesmo enquanto traía a todos — e a tudo — com que se importara um dia.

— Não sei — ela disse.

Isabelle deu de ombros.

— Acho que ele deve ter ouvido falar em algum lugar. Ele realmente parece estar ligado a uma enorme rede de fofocas. Coisa de *mulherzinha*!

— Ele é o Magnífico Feiticeiro do Brooklyn, Isabelle. — Alec fez questão de lembrá-la, mas sem muito humor. Ele voltou-se para Clary: — Jace está na estufa, se quiser vê-lo — ele disse. — Eu te levo até lá.

— Leva?

— Claro — Alec parecia apenas um pouco desconfortável. — Por que não?

Clary olhou para Isabelle, que deu de ombros. Fosse o que fosse que Alec estivesse tramando, ele não havia dividido com a irmã.

— Vá em frente — disse Isabelle. — Além disso, tenho coisas para fazer. — Ela acenou para eles. — Andem.

Eles foram juntos pelo corredor. O ritmo de Alec era rápido, mesmo com as muletas. Clary teve de acelerar para acompanhar.

— Tenho pernas curtas — ela lembrou.

— Desculpe. — Ele desacelerou, contrito. — Ouça. — Ele começou. — As coisas que você disse quando eu gritei com você a respeito de Jace...

— Eu lembro — ela disse com a voz contraída.

— Quando me disse que você, você sabe, que eu só estava... que era porque — ele parecia estar com dificuldade para formar uma frase completa. Ele tentou novamente. — Quando você disse que eu estava...

— Alec, não.

— Tudo bem. Esqueça. — Ele fechou a boca. — Você não quer conversar a respeito.

— Não é isso. É que me senti péssima pelo que disse. Foi horrível. Não era verdade...

— Mas era verdade — argumentou Alec. — Palavra por palavra.

— Isso não faz com que tenha sido certo — ela disse. — Nem tudo que é verdade precisa ser dito. Foi maldade. E quando eu disse que Jace tinha me contado que você nunca matara um demônio, ele disse que era porque você sempre estava cuidando dele e de Isabelle. Era uma boa coisa que ele estava falando sobre você. Jace sabe ser desagradável, mas ele — *te ama,* ela estava prestes a dizer, mas se conteve. — Nunca disse uma palavra negativa a seu respeito. Eu juro.

— Não precisa jurar — ele pediu. — Eu sei. — Ele parecia calmo, até confiante, de um jeito que ela nunca o vira. Ela olhou para ele, surpresa. — Também sei que não matei Abbadon. Mas agradeço por você ter dito que o fiz.

Ela deu uma risada trêmula.

— Você agradece por eu ter mentido para você?

— Você mentiu por gentileza — ele disse. — Isso significa muito. Você ser gentil comigo, mesmo depois da maneira como a tratei.

— Acho que Jace teria ficado irritado comigo se não estivesse tão enfurecido na hora — disse Clary. — Mas não tão bravo quanto se tivesse sabido o que eu disse para você.

— Tenho uma ideia — disse Alec, com a boca se curvando nos cantos. — Não contamos a ele. Quero dizer, ele consegue decapitar um demônio Du'sien de longe usando apenas um saca-rolhas e um elástico, mas às vezes acho que ele não sabe muito a respeito de pessoas.

— É verdade — Clary sorriu.

Eles chegaram ao pé da escadaria em espiral que levava ao telhado.

— Não posso subir. — Alec cutucou o degrau metálico com a muleta. Fez um barulhinho.

— Tudo bem. Eu me acho.

Ele fez como se fosse virar-se de costas, depois olhou novamente para ela.

— Eu deveria ter adivinhado que você era irmã de Jace — ele disse. — Vocês dois têm o mesmo talento artístico.

Clary parou, com o pé no primeiro degrau. Ela estava pasma.

— Jace sabe desenhar?

— Não. — Quando Alec sorriu, seus olhos se acenderam como lâmpadas azuis e Clary pôde ver o que de tão cativante Magnus tinha visto nele. — Só estava brincando. Ele não consegue nem desenhar uma linha reta. — Sorrindo, ele saiu com as muletas. Clary o observou, estupefata. Um Alec que fazia piadas e implicava com Jace era algo com que ela poderia se acostumar, mesmo que o senso de humor dele fosse inexplicável.

A estufa era exatamente como ela se lembrava, embora o céu sobre o vidro fosse cor de safira agora. O cheiro limpo e perfumado das flores desanuviou sua mente. Respirando fundo, ela passou pelas folhas e galhos pesados.

Ela encontrou Jace sentado no banco de mármore no centro da estufa. Sua cabeça estava abaixada, e ele parecia estar girando um objeto nas mãos, ociosamente. Ele levantou o olhar enquanto ela desviava de um galho, e rapidamente fechou as mãos ao redor do objeto.

— Clary. — Ele parecia surpreso. — O que você está fazendo aqui?

— Vim te ver — ela disse. — Queria saber como você estava.

— Bem. — Ele estava de calça jeans e camisa branca. Ela podia ver os hematomas que ainda estavam se curando, como pontos escuros em uma maçã branca. Evidentemente, ela pensou, que os verdadeiros ferimentos eram internos, escondidos de todos os olhos, exceto dos dele.

— O que é isso? — ela perguntou, apontando para a mão dele.

Ele abriu os dedos. Um caco prateado repousava na palma da mão dele, brilhando em verde e azul nas pontas.

— Um pedaço do Portal do espelho.

Ela se sentou no banco a seu lado.

— Você consegue ver alguma coisa por ele?

Ele virou o caco um pouquinho, deixando a luz passar por cima, como se fosse água.

— Pedaços do céu. Árvores, o pátio... fico angulando, tentando ver o casarão. Meu pai.

— Valentim — ela corrigiu. — Por que desejaria vê-lo?

— Achei que talvez pudesse ver o que ele estava fazendo com o Cálice Mortal — ele disse, relutante. — Onde estava.

— Jace, isso não é mais responsabilidade nossa. Não é mais problema nosso. Agora que a Clave finalmente sabe o que aconteceu, os Lightwood estão voltando para cá. Deixe que eles cuidem disso.

Agora, sim, ele olhou para ela. Ela ficou imaginando como eles podiam ser irmãos e ao mesmo tempo tão diferente. Será que ela não poderia ter no mínimo conseguido os cílios ou as maçãs do rosto angulares? Não parecia justo. Ele disse:

— Quando olhei pelo Portal e vi Idris, soube exatamente o que Valentim estava tentando fazer: ele queria ver se eu ia fraquejar. E não tinha importância; mesmo assim queria ir para casa, mais do que podia imaginar.

Ela balançou a cabeça.

— Não vejo o que há de tão bom em Idris. É só um lugar. O jeito que você e Hodge falam de lá... — ela se interrompeu.

Ele fechou as mãos sobre o caco outra vez.

— Eu era feliz lá. Foi o único lugar onde fui verdadeiramente feliz.

Clary puxou o caule de um arbusto e começou a arrancar as folhas.

— Você ficou com pena de Hodge. Por isso não contou a Alec e a Isabelle o que ele realmente fez.

Ele deu de ombros.

— Eles vão acabar descobrindo alguma hora.

— Eu sei. Mas não sou eu que vou contar.

— Jace... — a superfície do reservatório estava verde, com folhas caídas. — Como você pode ter sido feliz lá? Sei o que você pensava, mas Valentim era um péssimo pai. Matava seus animais de estimação, mentiu para você, e sei que ele batia em você, nem tente fingir que não.

Um esboço de sorriso passou pelo seu rosto.

— Só em quintas-feiras alternadas.

— Então como você podia...

— Foi a única época em que senti certeza quanto a quem eu era. Qual era o meu lugar. Soa como tolice, mas... — ele deu de ombros. — Mato demônios porque sou bom nisso, e foi o que me ensinaram a fazer, mas não é o que eu sou. E parte da razão por ser bom é o fato de que eu pensava que meu pai tinha morrido, era... como se eu fosse livre. Não havia consequências. Ninguém para sofrer por mim. Ninguém tinha uma estaca na minha vida porque haviam sido parte de quem o tinha dado a mim. — Seu rosto parecia ter sido esculpido em alguma coisa dura. — Não me sinto mais assim.

O caule estava completamente desfolhado; Clary o descartou.

— Por que não?

— Por sua causa — ele disse. — Se não fosse por você, eu teria atravessado o Portal com o meu pai. Se não fosse por você, eu iria atrás dele agora mesmo.

Clary olhou fixamente para o reservatório entupido. Estava com a garganta queimando.

— Pensei que eu te deixasse perturbado.

— Faz muito tempo — ele disse, simplesmente — que acho que estava perturbado pela ideia de me sentir como se eu não pertencesse a lugar algum. Mas você me fez sentir como se eu pertencesse.

— Quero que você vá a um lugar comigo — ela disse, subitamente.

Ele olhou de lado para ela. Alguma coisa na maneira como o cabelo dourado dele caía nos olhos fez com que ela se sentisse absurdamente triste.

— Aonde?

— Queria que fosse ao hospital comigo.

— Sabia. — Os olhos franziram até parecem bordas de moedas. — Clary, aquela mulher...

— Ela é sua mãe também, Jace.

— Eu sei — ele disse. — Mas é uma estranha para mim. Sempre só tive um pai, e ele se foi. Pior do que morto.

— Eu sei. E sei que não adianta dizer o quanto minha mãe é incrível, a pessoa maravilhosa, magnífica e extraordinária que ela é, e a sorte que você teria em conhecê-la. Não estou pedindo isso por você, mas por mim. Acho que se ela ouvisse a sua voz...

— O quê?

— Ela poderia acordar. — Ela olhou fixamente para ele.

Ele a encarou, depois sorriu — torto e um pouco abalado, mas um sorriso verdadeiro.

— Tudo bem. Eu vou com você. — Ele se levantou. — Você não precisa me dizer coisas boas sobre a sua mãe — ele acrescentou. — Eu já sei.

— Sabe?

Ela deu de ombros singelamente.

— Ela criou você, não foi? — Ele olhou para o teto de vidro. — O sol já quase se foi.

Clary se levantou.

— Melhor irmos para o hospital. Eu pago o táxi — ela acrescentou, como se tivesse acabado de pensar nisso. — Luke me deu dinheiro.

— Não vai ser necessário. — O sorriso de Jace se ampliou. — Vamos. Tenho uma coisa para te mostrar.

— Mas onde você conseguiu isso? — perguntou Clary, olhando para a moto empoleirada na ponta do telhado da catedral. Era verde-veneno brilhante, com rodas prateadas e chamas pintadas no assento.

— Magnus estava reclamando que alguém a havia largado na calçada de sua casa depois da última festa — disse Jace. — Eu o convenci a dá-la para mim.

— E veio voando até aqui? — ela continuava olhando para a moto.

— A-hã. Estou ficando bom nisso. — Ele passou a perna por cima do banco e acenou para ela sentar atrás dele. — Venha, eu te mostro.

— Bem, pelo menos dessa vez você sabe que funciona — ela disse, subindo atrás dele. — Se cairmos no estacionamento de um supermercado, eu te mato, você sabe, não é?

— Não seja ridícula — disse Jace. — Não tem estacionamento no Upper East Side. Para que alguém vai querer dirigir se pode receber as compras em casa? — A moto ligou com um rugido, e ele sorriu. Guinchando, Clary agarrou o cinto dele enquanto a moto descia pelo telhado do Instituto e se lançava ao espaço.

O vento soprou o cabelo dela enquanto subiam, por cima da catedral, no alto dos telhados dos apartamentos próximos. E lá estava espalhada diante dela como uma caixa de joias aberta de forma relapsa, esta cidade, mais incrível e mais populosa do que ela um dia havia imaginado: o quadrado esmeralda do Central Park, onde os tribunais das fadas se reuniam nas noites de verão; as luzes dos bares e boates ao sul, onde os vampiros dançavam a noite inteira no Pandemônio; os becos de Chinatown, onde os lobisomens descansavam à noite, as camadas de pelos refletiam as luzes da cidade. Lá caminhavam os feiticeiros com glória, olhos de gato e capas de asas de morcego, e aqui, enquanto se afastavam do rio, ela viu um flash e rabos multicoloridos sob a pele prateada da água, o brilho de longos cabelos perolados, e ouviu a risada das sereias.

Jace virou para olhar por cima do ombro, com o vento dividindo o cabelo dele.

— No que você está pensando? — ele perguntou.

— Em como as coisas são diferentes lá embaixo, agora que eu sei, agora que posso *ver*.

— Tudo lá embaixo é exatamente igual — ele disse, virando a moto na direção do East River. Eles estavam indo em direção à Brooklyn Bridge novamente. — Você é que está diferente.

As mãos dela cerraram convulsivamente no cinto dele à medida que se abaixavam em direção ao rio.

— Jace!

— Não se preocupe. — Ele parecia absurdamente entretido. — Sei o que estou fazendo, não vou nos afogar.

Ela cerrou os olhos no vento cortante.

— Você está testando a teoria de Alec de que algumas motos funcionam embaixo da água?

— Não. — Ele nivelou a moto cuidadosamente enquanto se erguiam da superfície do rio. — Acho que isso é só história.

— Mas Jace — ela argumentou. — Todas as histórias são verdadeiras.

Ela não o ouviu rir, mas sentiu, vibrando pelas costelas até a ponta dos dedos dela. Ela segurou firme enquanto ele angulava a moto para cima, projetando-a de modo que ela se lançasse para a frente e voasse pela ponte como um pássaro liberto de uma gaiola. Ela sentiu o estômago cair quando o rio rodava e as espirais da ponte sob os pés, mas dessa vez Clary manteve os olhos abertos, para que pudesse ver tudo.

NOTAS

Gostaria de agradecer ao meu grupo de escrita, as estrelas de Massachusetts: Ellen Kushner, Delia Sherman, Kelly Link, Gavin Grant, Holly Black e Sarah Smith. E também a Tom Holt e Peg Kerr, por me incentivarem antes mesmo de haver um livro, e Justine Larbalestier e Eve Sinaiko, por me transmitirem suas opiniões depois de ele já existir. A minha mãe e meu pai, pela dedicação, afeto e crença inabalável de que algum dia eu produziria alguma coisa publicável. A Jim Hill e Kate Connor, pelo apoio e incentivo. A Eric, por motos vampirescas que funcionam à energia demoníaca, e a Elka, por ficar melhor de preto do que as viúvas de seus inimigos. Theo e Val, por criarem imagens lindas que combinam com minha prosa. Meu agente glamouroso, Barry Goldblatt, e minha talentosa editora, Karen Wojtyla. A Holly, por sobreviver a este livro comigo, e a Josh, por fazer tudo valer a pena.

LIVRO 2

Cidade das Cinzas

Para o meu pai,
que não é mau.
Bem, talvez um pouquinho.

Essa língua amarga

Conheço suas ruas, doce cidade
Conheço os demônios e anjos que se reúnem
e se empoleiram em seus galhos como pássaros.
Conheço você, rio, como se corresse pelo meu coração.
Sou sua filha guerreira.
Existem cartas escritas com seu corpo
como uma fonte é feita de água.
Existem línguas das quais você é o projeto
e quando as falamos
a cidade ascende.

— Elka Cloke

Prólogo

FUMAÇA E DIAMANTES

A imponente estrutura de vidro e aço se erguia de sua posição na Front Street como uma agulha brilhante costurando o céu. O Metrópole, o mais caro entre os novos condomínios de Manhattan, tinha 57 andares. No mais alto, o quinquagésimo sétimo, ficava o apartamento mais luxuoso de todos: a cobertura Metrópole, uma obra de arte lustrosa com design em preto e branco. Novo demais para ter acumulado poeira, o piso de mármore refletia as estrelas, visíveis através das enormes janelas panorâmicas. O vidro da janela era perfeitamente cristalino, produzindo uma ilusão tão perfeita de que não havia nada entre o espectador e a paisagem que se dizia que era capaz de causar vertigem até em quem não tinha medo de altura.

Longe lá embaixo corria a tira prateada que era o East River, adornado por pontes brilhantes e pontilhado de barcos que não passavam de pequenas manchas, dividindo as margens luminosas que eram Manhattan e o Brooklyn, um de cada lado. Em uma noite clara, a Estátua da Liberdade era visível ao sul — mas havia neblina naquele dia, e a Liberty Island estava escondida atrás da névoa branca.

Por mais espetacular que fosse a vista, o homem diante da janela não parecia particularmente impressionado. O rosto austero e estreito se franziu quando ele se afastou do vidro e atravessou a sala, a sola das botas ecoando contra o piso de mármore.

— Você *ainda* não está pronto? — perguntou ele, passando a mão pelo cabelo branco como sal. — Já estamos aqui há quase uma hora.

O menino ajoelhado no chão levantou os olhos para encará-lo, nervoso e mal-humorado.

— É o mármore. É mais duro do que eu imaginava. Está dificultando o desenho do pentagrama.

— Então deixe o pentagrama de lado. — Aproximando-se era mais fácil ver que, apesar do cabelo branco, o homem não era idoso. O rosto severo era rígido, porém não tinha rugas, e os olhos eram claros e firmes.

O menino engoliu em seco e as asas negras que saíam de suas omoplatas (ele fizera cortes na parte de trás da jaqueta jeans para acomodá-las) bateram nervosas.

— O pentagrama é necessário em todos os rituais de evocação de demônios. O senhor sabe disso. Sem ele...

— Não estamos protegidos. Eu sei, jovem Elias. Mas ande logo com isso. Conheço feiticeiros que podiam evocar um demônio, conversar com ele, e despachá-lo para o inferno no tempo que você levou para desenhar meia estrela.

O menino não disse nada, simplesmente atacou o mármore novamente, com ímpeto revigorado. Suor pingava da testa, e ele empurrou o cabelo para trás com a mão, cujos dedos eram conectados por delicadas membranas que pareciam teias.

— Pronto — disse, finalmente, recompondo-se com uma exclamação. — Está pronto.

— Ótimo. — O homem parecia satisfeito. — Vamos começar.

— Meu dinheiro...

— Eu disse que você vai receber o seu dinheiro *depois* que eu falar com Agramon, não antes.

Elias se levantou e tirou a jaqueta. Apesar dos buracos que tinha cortado, as asas continuavam apertadas; livres, elas se esticaram e se expandiram, soprando uma brisa pela sala não ventilada. As asas eram da cor de um petróleo lustroso: pretas e marcadas por um arco-íris de cores inebriantes. O homem afastou o olhar, como se as asas o desagradassem, mas Elias pareceu não notar. Ele começou a circular o pentagrama que havia desenhado, dando voltas no sentido anti-horário e entoando um cântico em uma linguagem demoníaca que soava como chamas destruindo madeira.

Com um som como o de ar sendo sugado de um pneu, o contorno do pentagrama pegou fogo repentinamente. As enormes janelas refletiam estrelas de cinco pontas.

Alguma coisa começou a se mover dentro do pentagrama, algo amorfo e preto. Elias entoava o cântico mais rápido agora, erguendo as mãos e traçando delicadas linhas no ar com os dedos. Onde passavam, um fogo azul surgia. O homem não sabia falar cthoniano, a língua dos feiticeiros, com fluência, mas reconhecia palavras suficientes para entender o cântico repetido por Elias: *Agramon, eu o invoco. Pelos espaços entre os mundos, eu o invoco.*

O homem colocou a mão no bolso. Algo duro, frio e metálico tocou seus dedos. Ele sorriu.

Elias havia parado de andar. Estava na frente do pentagrama agora, a voz aumentando e diminuindo em um cântico uniforme, e o fogo azul queimando ao redor dele como raios. De repente, uma pequena nuvem de fumaça negra surgiu de dentro do pentagrama e se ergueu em espiral, expandindo-se e se solidificando. Dois olhos pairavam na sombra como joias presas a uma teia de aranha.

— *Quem me chama através dos mundos?* — perguntou Agramon com uma voz que era como cacos de vidro. — *Quem me invoca?*

Elias tinha parado de entoar o cântico. Estava parado na frente do pentagrama — exceto pelas asas, que batiam lentamente. O ar cheirava a corrosão e queima.

— Agramon — disse. — Sou o feiticeiro Elias. Fui eu que o invoquei.

Por um instante fez-se silêncio. Em seguida, o demônio riu, se é que fumaça pode ser considerada risada. A risada em si era cáustica como ácido.

— *Feiticeiro tolo* — bufou Agramon. — *Menino tolo.*

— Você é tolo se acha que pode me ameaçar — disse Elias, mas sua voz tremia como as asas. — Você vai permanecer prisioneiro deste pentagrama, Agramon, até que eu o liberte.

— Vou? — A fumaça foi para a frente, criando e recriando a si mesma. Uma gavinha assumiu a forma de mão humana e atingiu a borda do pentagrama em chamas que a continha. Então, com um impulso, a fumaça atravessou a fronteira da estrela e espalhou-se sobre a borda como uma onda quebrando. As chamas gotejaram e padeceram enquanto Elias, gritando, cambaleava para trás. Ele estava entoando um cântico agora, em cthoniano rápido, feitiços de contenção e desterro. Nada aconteceu; a nuvem de fumaça veio inexoravelmente, e começou a tomar forma — uma figura horrível, enorme e deformada, os olhos brilhantes se alterando, arredondados como discos voadores, emitindo uma luz assustadora.

O homem observou impassível enquanto Elias gritava novamente e se virava para correr. Ele não alcançou a porta. Agramon lançou-se para a frente, a nuvem escura envolvendo o feiticeiro como um marinheiro. Elias se debateu por um instante sob ele e em seguida ficou imóvel.

A forma negra recuou, deixando o feiticeiro deitado, contorcido no chão de mármore.

— Espero — disse o homem, que tinha retirado o objeto feio e metálico do bolso e estava brincando despreocupadamente com ele — que não tenha feito nada que o torne inútil para mim. Preciso do sangue dele.

Agramon virou-se, um pilar preto com olhos mortais de diamante. Observou o homem com o terno caro, o rosto estreito e despreocupado, marcas pretas cobrindo a pele e o objeto brilhante na mão.

— *Você pagou uma criança feiticeira para me invocar? E não disse a ele o que eu podia fazer?*

— Adivinhou — disse o homem.

Agramon disse com admiração relutante:

— *Manobra inteligente.*

O homem deu um passo em direção ao demônio.

— Eu *sou* muito inteligente. Também sou seu mestre agora. Tenho o Cálice Mortal. Você deve me obedecer, ou sofrer as consequências.

O demônio ficou em silêncio por um instante. Em seguida inclinou-se em direção ao chão, em sinal de obediência — o mais próximo a que uma criatura sem corpo podia chegar de se ajoelhar.

— *Estou ao seu serviço, meu lorde...* — disse educadamente, deixando uma pergunta no ar.

O homem sorriu.

— Pode me chamar de Valentim.

parte 1

Uma Temporada no Inferno

Acredito que estou no Inferno, portanto estou.

— Arthur Rimbaud

Capítulo 1

A FLECHA DE VALENTIM

— Ainda está bravo?

Apoiado na parede do elevador, Alec olhou para Jace do outro lado do espaço pequeno.

— Não estou bravo.

— Ah, está sim. — Jace gesticulou de forma acusatória para o meio-irmão, em seguida gemeu quando uma onda de dor atravessou seu braço. O corpo inteiro doía por causa de uma queda de três andares que havia sofrido naquela tarde, quando despencara de uma madeira apodrecida e aterrissara em uma pilha de sucata metálica. Até nos dedos havia hematomas. Alec, que só havia pouco tempo tinha aposentado as muletas que tivera de usar depois da batalha contra Abbadon, não parecia muito melhor do que Jace. As roupas estavam cobertas de lama, e os longos cabelos pendiam em tiras lisas e suadas. Havia um longo corte na lateral da bochecha.

— Não estou — disse Alec entredentes. — Só porque você disse que os demônios dragões estavam extintos...

— Eu *disse* praticamente extintos.

Alec apontou o dedo para ele.

— Praticamente extintos — repetiu, a voz tremendo de raiva — não é EXTINTOS O SUFICIENTE.

— Entendi — disse Jace. — Vou pedir para corrigirem a parte do livro que diz "praticamente extinto" para "não extinto o bastante para Alec. Ele prefere os monstros muito, muito extintos". *Assim* você vai ficar mais feliz?

— Meninos, meninos — disse Isabelle, que estava examinando o próprio rosto na parede espelhada do elevador. — Não briguem. — Ela se virou com um sorriso ensolarado. — Tudo bem, foi um pouco mais agitado do que esperávamos, mas achei divertido.

Alec olhou para ela e balançou a cabeça.

— Como você consegue *nunca* se sujar?

Isabelle deu de ombros filosoficamente.

— Tenho o coração puro. Isso repele a lama.

Jace riu tão alto que ela olhou para ele com a testa franzida. Ele balançou os dedos sujos de lama para ela. As unhas eram luas crescentes pretas.

— Imundo por dentro e por fora.

Isabelle estava prestes a responder quando o elevador parou com o ruído de pneus cantando.

— Está na hora de consertar isso — disse ela, abrindo a porta. Jace a seguiu para a entrada, ansioso para se livrar das armas e da armadura e tomar um banho. Havia convencido os meios-irmãos a ir caçar com ele apesar de nenhum deles se sentir confortável agora que estavam por conta própria, visto que Hodge não estava mais lá para dar instruções. Jace queria o conforto da luta, a diversão pesada de matar e a distração dos ferimentos. E, sabendo disso, os irmãos concordaram, arrastando-se por túneis subterrâneos desertos até encontrarem o demônio Dragonidae e matarem-no. Os três trabalhavam juntos em perfeita união, como sempre fizeram. Como uma família.

Jace abriu a jaqueta e pendurou-a em um dos pinos na parede. Alec estava sentado no banco baixo de madeira ao lado dele, tirando as botas cobertas de esterco. Cantarolava para si mesmo, para que Jace percebesse que não estava *tão* irritado assim. Isabelle estava tirando os grampos dos cabelos, deixando que caíssem sobre os ombros.

— Agora estou com fome — disse ela. — Queria que a mamãe estivesse aqui para preparar alguma coisa para nós.

— É melhor que ela não esteja — disse Jace, tirando o cinto de armas. — Já estaria reclamando dos tapetes.

— Quanto a isso você tem razão — disse uma voz suave, e Jace se virou, as mãos ainda no cinto, e viu Maryse Lightwood com os braços cruzados, parada na entrada. Ela usava um tailleur preto, e os cabelos, negros como os de Isabelle, estavam presos em uma trança grossa que se estendia até a metade das costas. Seus olhos, de um azul glacial, varreram os três como uma lanterna policial.

— Mãe! — Recuperando a compostura, Isabelle correu para abraçá-la. Alec se levantou e foi até elas, tentando ocultar o fato de que ainda estava mancando.

Jace ficou onde estava. Alguma coisa no olhar de Maryse o congelou no lugar. Certamente o que ele dissera não tinha sido *tão* ruim, tinha? Eles zombavam da obsessão da mãe com os tapetes antigos o tempo todo...

— Onde está o papai? — perguntou Isabelle, afastando-se da mãe. — E Max?

Fez-se uma pausa quase imperceptível. Então Maryse respondeu:

— Max está no quarto dele. O seu pai, infelizmente, ainda está em Alicante. Aconteceram alguns problemas que exigem a atenção dele.

Alec, normalmente mais sensível a humores do que a irmã, pareceu hesitar.

— Algum problema?

— Poderia fazer a mesma pergunta a *você*. — O tom da mãe era seco. — Está mancando?

— Eu...

Alec era um péssimo mentiroso. Isabelle tomou a dianteira por ele, suavemente.

— Encontramos um demônio Dragonidae nos túneis do metrô, mas não foi nada.

— E suponho que aquele Demônio Maior com o qual vocês lutaram na semana passada também não tenha sido nada?

Até Isabelle se calou diante disso. Olhou para Jace, que desejou que ela não o tivesse feito.

— Não foi planejado. — Jace tinha dificuldade para se concentrar. Maryse ainda não o cumprimentara, nem sequer um "oi", ainda estava olhando para ele com olhos que pareciam adagas azuis. Havia um vazio no estômago dele que estava começando a se espalhar. A mãe nunca tinha olhado para ele assim antes, independentemente do que ele tivesse feito. — Foi um erro...

— Jace! — Max, o Lightwood mais novo, passou por Maryse e disparou para a sala, escapando da mão estendida da mãe. — Você voltou! Vocês todos voltaram! — Ele girou em um círculo, sorrindo triunfante para Alec e Isabelle. — Achei *mesmo* que tinha ouvido o elevador.

— E eu achei que tivesse dito para você ficar no seu quarto — disse Maryse.

— Não me lembro disso — disse Max com uma seriedade que fez com que até Alec sorrisse. Max era pequeno para sua idade — parecia ter mais ou menos uns 7 anos —, mas tinha uma seriedade que, aliada aos óculos gigantescos, lhe dava um ar de alguém mais velho. Alec esticou a mão e bagunçou o cabelo do irmão, mas Max ainda estava olhando para Jace, os olhos brilhando. Jace sentiu o punho frio no estômago relaxar ligeiramente. Max sempre havia idolatrado Jace como um herói, de um jeito que não idolatrava o próprio irmão, provavelmente porque Jace era mais tolerante à presença dele do que Alec. — Ouvi dizer que você lutou contra um Demônio Maior —disse. — Foi incrível?

— Foi... diferente — conteve-se Jace. — Como foi em Alicante?

— Foi *incrível*. Vimos as coisas mais legais do mundo. Tem um arsenal enorme em Alicante, e eles me levaram para alguns dos lugares onde se fazem as armas. E me ensinaram um novo jeito de fazer lâminas serafim, um jeito que faz com que elas durem mais, e vou tentar fazer Hodge me mostrar...

Jace não conseguiu evitar; os olhos desviaram imediatamente para Maryse, com expressão incrédula. Então Max não sabia sobre Hodge? Ela não tinha *contado*?

Maryse viu o olhar e seus lábios se contraíram na finura de uma faca.

— Chega, Max. — Ela pegou o filho caçula pelo braço.

Ele levantou a cabeça e olhou surpreso para ela.

— Mas estou conversando com Jace...

— Estou vendo. — Ela o empurrou gentilmente na direção de Isabelle. — Isabelle, Alec, levem seu irmão para o quarto. Jace — a voz dela estava rígida ao pronunciar o nome dele, como se um ácido invisível secasse as sílabas em sua boca —, vá se ajeitar e me encontre na biblioteca assim que terminar.

— Não estou entendendo — disse Alec, olhando da mãe para Jace, e para ela outra vez. — O que está acontecendo?

Jace podia sentir o frio na espinha.

— É sobre o meu pai?

Maryse jogou a cabeça para trás subitamente, duas vezes, como se as palavras "meu pai" fossem dois tapas.

— Na biblioteca — disse entredentes. — Conversamos mais tarde.

Alec disse:

— O que aconteceu durante a sua ausência não foi culpa do Jace. Estávamos todos envolvidos. E Hodge disse...

— Conversamos sobre Hodge mais tarde também. — Os olhos de Maryse estavam em Max, e seu tom se agravava.

— Mas, mãe — protestou Isabelle —, se vai castigar Jace, deve nos castigar também. É o mais justo. Todos nós fizemos exatamente as mesmas coisas.

— Não — disse Maryse após uma pausa tão longa que Jace pensou que ela não fosse dizer nada. — Não fizeram, não.

— Regra número um de anime — disse Simon. Ele se sentou apoiado em uma pilha de almofadas ao pé da cama, com um saco de batatas chips em uma das mãos e o controle da televisão na outra. Vestia uma camiseta preta com os dizeres BLOGUEI SUA

MÃE e uma calça jeans com um rasgo em um dos joelhos. — Nunca brinque com um monge cego.

— Eu sei — disse Clary, pegando uma batata e mergulhando-a no pote de molho equilibrado em uma bandeja entre eles. — Por alguma razão eles são sempre muito melhores do que monges que enxergam. — Ela olhou para a tela. — Esses caras estão dançando?

— Isso não é dança. Estão tentando matar um ao outro. Esse cara é o inimigo mortal do outro, lembra? Ele matou o pai dele. Por que estariam dançando?

Clary mastigou a batata e encarou a tela pensativa. Os giros animados de nuvens cor-de-rosa e amarelas agitavam-se entre as figuras de dois homens alados que flutuavam um ao redor do outro, cada um segurando uma lança brilhante. Ocasionalmente um deles falava, mas como os diálogos eram em japonês e as legendas em chinês, isso não esclarecia muita coisa.

— O cara com o chapéu — disse ela. — Ele é o malvado?

— Não, o do chapéu era o pai. Ele era o imperador mágico, e aquele era o chapéu do poder. O malvado era o da mão mecânica que fala.

O telefone tocou. Simon repousou o saco de batatas chips e se preparou para se levantar e atender. Clary segurou-o pelo pulso.

— Não. Deixa para lá.

— Mas pode ser Luke. Ele pode estar ligando do hospital.

— Não é ele — disse Clary, parecendo ter mais certeza do que tinha. — Ele ligaria para o meu celular, não para a sua casa.

Simon olhou para ela por um longo instante antes de se deixar cair novamente no tapete ao lado dela.

— Se você está dizendo. — Ela podia ouvir a dúvida na voz dele, mas também a garantia silenciosa: *Só quero que você fique feliz*. Ela não tinha certeza de que "feliz" fosse algo que pudesse estar agora, não quando sua mãe estava no hospital presa a tubos e máquinas barulhentas, e Luke estava parecendo um zumbi, caído na cadeira de plástico ao lado da cama. Não com a preocupação incessante com Jace, pegando o telefone dezenas de vezes para ligar para o Instituto antes de desligar sem sequer discar o número. Se Jace quisesse falar com ela, *ele* podia ligar.

Talvez tivesse sido um erro levá-lo para ver Jocelyn. Clary tinha certeza de que se a mãe ouvisse a voz do filho, do primogênito, acordaria. Mas não foi o que aconteceu. Jace tinha ficado rígido e sem jeito ao lado da cama, com o rosto parecendo a pintura de um anjo, os olhos vazios e indiferentes. Clary finalmente perdera a paciência e gritara com ele, que gritara de volta antes de ir embora. Luke observou enquanto ele se afastava com um interesse quase clínico no rosto exaurido.

— Essa foi a primeira vez que vi vocês agirem como irmã e irmão — observara.

Clary não dissera nada em resposta. Não havia razão para dizer a ele o quanto ela queria que Jace *não* fosse seu irmão. Não era possível mudar o próprio DNA, não importava quanto isso pudesse deixá-la *feliz*.

Mesmo que não conseguisse se sentir exatamente feliz, ela pensou, ao menos, na casa de Simon, no quarto dele, sentia-se confortável e em casa. Ela o conhecia havia tempo suficiente para se lembrar de quando havia uma cama em forma de caminhão de bombeiro e uma pilha de Legos no canto do quarto. Agora a cama era um futon que ele tinha ganhado de presente da irmã, e as paredes estavam cobertas por pôsteres de bandas como Rock Solid Panda e Stepping Razor. Havia uma bateria no canto onde antes ficavam os Legos, e um computador no outro canto, a tela ainda congelada em uma imagem do World of Warcraft. Era quase tão familiar quanto estar no seu próprio quarto em casa — que não existia mais, então, ao menos, estava na segunda opção.

— Mais chibis — Simon disse melancolicamente. Todos os personagens na tela haviam se transformado em versões em miniatura deles próprios e perseguiam uns aos outros balançando panelas e potes. — Vou mudar de canal — anunciou, pegando o controle. — Cansei desse anime. Não dá para entender a história, e ninguém nunca faz sexo.

— É claro que não fazem — disse Clary, pegando mais uma batata. — Animes são feitos para toda a família.

— Se você quiser algo menos familiar, podemos tentar os canais pornôs — observou Simon. — Prefere *As bruxas peitudas* ou *Enquanto traço Dianne*?

— Me dá isso! — Clary tentou pegar o controle, mas Simon, rindo, já havia trocado de canal.

A risada parou de repente. Clary olhou surpresa e viu Simon encarando a TV. Estava passando em filme antigo, em preto e branco: *Drácula*. Ela já tinha visto com a mãe. Bela Lugosi, magro e pálido, aparecia na tela, enrolado na famosa capa de colarinho alto, os lábios contraídos, exibindo os dentes pontudos. "Nunca bebo... vinho", entoou com seu sotaque húngaro.

— Adoro o fato de as teias de aranha serem feitas de borracha — disse Clary, tentando soar relaxada. — Dá pra ver claramente.

Mas Simon já estava de pé, deixando cair o controle na cama.

— Já volto — murmurou. Estava com o rosto da cor do céu de inverno antes de chover. Clary o observou partir, mordendo o lábio com força; foi a primeira vez desde que sua mãe tinha sido hospitalizada que ela percebeu que talvez Simon também não estivesse tão *feliz*.

Secando o cabelo com uma toalha, Jace olhou para o próprio reflexo no espelho com uma careta zombeteira. Uma marca de cura havia cuidado dos piores ferimentos, mas não tinha ajudado com as sombras sob os olhos, nem com as linhas rígidas nos cantos da boca. A cabeça doía, e ele se sentia levemente tonto. Sabia que deveria ter comido alguma coisa naquela manhã, mas tinha acordado nauseado e ofegante por causa dos pesadelos, sem querer parar para comer, apenas desejando a libertação de uma atividade física para transformar os sonhos em hematomas e suor.

Deixando a toalha de lado, pensou desejoso no chá preto doce que Hodge fazia com as flores noturnas da estufa. O chá afastava a fome e trazia uma onda de energia. Desde o desaparecimento de Hodge, Jace vinha experimentando ferver folhas de plantas na água para ver se conseguia reproduzir o mesmo efeito, mas o único resultado era um líquido amargo com gosto de cinzeiro que o fazia engasgar e cuspir.

Descalço, foi até o quarto e vestiu um jeans e uma camisa limpa. Pôs os cabelos louros e molhados para trás, franzindo a testa. Estava comprido demais, caindo nos olhos — algo do que Maryse certamente reclamaria. Ela sempre o fazia. Ele podia não ser filho biológico dos Lightwood, mas eles o tratavam como tal desde que fora adotado, quando tinha 10 anos, após a morte do pai. A *suposta* morte, Jace fez questão de lembrar a si mesmo, o sentimento vazio surgindo novamente nas entranhas. Ele vinha se sentindo como uma abóbora de Halloween nos últimos dias, como se suas vísceras tivessem sido arrancadas com um garfo e jogadas no canto, mesmo que ele permanecesse com um sorriso esculpido no rosto. Constantemente pensava se alguma das coisas nas quais acreditava a respeito da própria vida tinha algum fundo de verdade. Pensara que era órfão — não era. Acreditava que era filho único — tinha uma irmã.

Clary. A dor voltou, mais forte. Ele a reprimiu. Direcionou os olhos para o pedaço de espelho quebrado no topo da cômoda, ainda refletindo os ramos verdes e um diamante de céu azul. Era quase crepúsculo em Idris agora: o céu estava escuro como cobalto. Sufocando com o vazio, Jace calçou as botas e desceu para a biblioteca.

Ficou imaginando durante o trajeto sobre o que Maryse queria falar com ele a sós. Ela estava com cara de quem iria puxá-lo e bateria nele. Não conseguia se lembrar da última vez que tinha posto as mãos nele. Os Lightwood não aplicavam muitas punições corporais — uma sensível mudança em relação a ser criado por Valentim, que inventava todo tipo de castigos dolorosos para estimular a obediência. A pele de Caçador de Sombras de Jace sempre se curava, cobrindo até as piores evidências. Nos dias e semanas após a morte do pai, ele se lembrava de ter procurado cicatrizes no corpo, alguma marca que servisse como suvenir, uma lembrança que o ligasse fisicamente à memória paterna.

Chegou à biblioteca e bateu uma vez antes de empurrar e abrir a porta. Maryse estava lá, sentada na cadeira de Hodge perto da lareira. Uma réstia de luz descia pelas janelas altas e Jace podia ver fios brancos nos cabelos dela. Maryse segurava uma taça de vinho tinto; havia uma garrafa ornamental na mesa ao lado.

— Maryse — disse.

Ela se assustou e derrubou um pouco do vinho.

— Jace. Não ouvi você entrar.

Ele não se mexeu.

— Você se lembra daquela música que costumava cantar para Isabelle e Alec quando eles eram pequenos e tinham medo do escuro, para fazê-los dormir?

Maryse pareceu espantada.

— Do que você está falando?

— Eu ficava ouvindo através da parede — disse ele. — O quarto do Alec ficava perto do meu naquela época.

Ela não disse nada.

— Era em francês — continuou Jace. — A música.

— Não sei por que você se lembraria de algo assim. — Ela olhou para ele como se Jace a estivesse acusando de alguma coisa.

— Você nunca cantou para mim.

Fez-se uma pausa quase imperceptível. Então:

— Ah, você — disse ela. — Você nunca teve medo do escuro.

— Que espécie de criança de 10 anos nunca tem medo do escuro?

Ela ergueu as sobrancelhas.

— Sente-se, Jonathan — disse. — Agora.

Devagar o suficiente para irritá-la, ele se dirigiu para o outro lado da sala e se jogou sobre uma das cadeiras ao lado da mesa.

— Prefiro que não me chame de Jonathan.

— Por que não? É o seu nome. — Ela olhou para ele pensativa. — Há quanto tempo você sabe?

— Sei o quê?

— Não seja tolo. Você sabe exatamente o que eu estou perguntando. — Ela girou a taça entre os dedos. — Há quanto tempo sabe que o Valentim é seu pai?

Jace considerou e descartou diversas respostas. Em geral ele conseguia o que queria com Maryse fazendo-a rir. Ele era uma das poucas pessoas no mundo que *conseguia* fazê-la rir.

— Há mais ou menos tanto tempo quanto você.

Maryse balançou a cabeça lentamente.

— Não acredito.

Jace sentou-se ereto. As mãos estavam cerradas em punhos e apoiadas nos braços das cadeiras. Ele podia ver um leve tremor em seus dedos e imaginou se aquilo já tinha acontecido antes. Achava que não. Sempre tivera mãos tão firmes quanto sua pulsação.

— Você não *acredita* em mim?

Ele ouviu a incredulidade na própria voz e estremeceu. É claro que não acreditava nele. Isso tinha ficado óbvio desde que ela chegara em casa.

— Não faz sentido, Jace. Como você podia não saber quem era o seu próprio pai?

— Ele me disse que era Michael Wayland. Nós morávamos na casa de campo de Wayland...

— Um belo toque esse — disse Maryse. — E o seu nome? Qual é o seu verdadeiro nome?

— Você sabe o meu nome verdadeiro.

— Jonathan. Eu sabia que esse era o nome do filho do Valentim. Sabia que o Michael também tinha um filho chamado Jonathan. É um nome comum entre Caçadores de Sombras, nunca achei estranho terem o mesmo, mas eu nunca perguntei o nome do meio do filho do Michael. Mas agora não consigo deixar de pensar. Há quanto tempo o Valentim vinha planejando o que ia fazer? Há quanto tempo sabia que ia matar Jonathan Wayland...? — Ela se interrompeu, os olhos fixos em Jace. — Você nunca se pareceu com o Michael — disse. — Mas às vezes as crianças não se parecem com os pais. Nunca tinha pensado nisso antes. Mas agora vejo Valentim em você. O jeito como está me olhando. Essa provocação. Você não se importa com o que eu digo, se importa?

Ele se importava. A única coisa em que era bom era em ter certeza de que ela não perceberia.

— Faria alguma diferença se eu me importasse?

Ela pousou a taça na mesa ao lado. Estava vazia.

— Você responde perguntas com outras perguntas para me distrair, exatamente como Valentim sempre fez. Talvez eu devesse saber.

— Talvez nada. Ainda sou exatamente a mesma pessoa que fui nos últimos sete anos. Nada mudou em mim. Se eu não a fiz se lembrar do Valentim nos últimos anos, não vejo por que faria agora.

O olhar dela passeou por Jace e em seguida desviou, como se ela não suportasse olhar diretamente para ele.

— Certamente quando falávamos sobre Michael você deveria saber que não era possível que estivéssemos falando sobre o seu pai. As coisas que dizíamos sobre ele jamais se aplicariam ao Valentim.

— Vocês diziam que ele era um bom homem. — Ele sentiu a raiva se contorcendo por dentro. — Um Caçador de Sombras corajoso. Um pai amoroso. Achei que essa descrição fosse precisa o bastante.

— E fotos? Você deve ter visto fotos de Michael Wayland e percebido que ele não era o homem que você chamava de pai. — Ela mordeu o lábio. — Dê uma ajuda aqui, Jace.

— Todas as fotos foram destruídas na Ascensão. Foi isso que *você* me disse. Agora eu fico imaginando se talvez não tenha sido porque Valentim mandou queimar todas para que ninguém soubesse quem fazia parte do Ciclo. Nunca tive uma foto do meu pai — disse Jace, e imaginou se soava tão amargo quanto se sentia.

Maryse pôs uma das mãos na têmpora e começou a massageá-la, como se estivesse com dor.

— Não consigo acreditar nisso — disse, como que para si mesma. — É uma loucura.

— Então não acredite. Acredite em *mim* — disse Jace, e sentiu o tremor nas mãos se intensificar.

Ela abaixou a mão.

— Você não acha que é isso que eu *quero*? — perguntou, e por um segundo ele ouviu naquela voz o eco da Maryse que entrava em seu quarto quando ele tinha 10 anos e olhava fixamente para o teto, pensando no pai, e ficava sentada ao lado da cama até que ele dormisse, pouco antes do amanhecer.

— Eu não sabia — disse Jace novamente. — E, quando ele me chamou para ir com ele para Idris, eu disse não. Ainda estou aqui. Será que isso não conta?

Ela se virou para olhar a garrafa ornamental, como se considerasse a possibilidade de precisar de mais uma bebida, mas pareceu descartar a ideia.

— Queria que contasse — disse ela. — Mas existem tantas razões pelas quais seu pai pode querer que você fique no Instituto. No que diz respeito a Valentim, não posso me dar ao luxo de confiar em ninguém que tenha sido influenciado por ele.

— Ele influenciou você — disse Jace, e se arrependeu instantaneamente ao ver a expressão no rosto de Maryse.

— E *eu* o repudiei — disse ela. — E você? Será que conseguiria? — Os olhos azuis de Maryse tinham a mesma cor dos de Alec, mas Alec nunca tinha olhado para ele daquele jeito. — Diga que o odeia, Jace. Diga que odeia aquele homem e tudo o que ele representa.

Alguns segundos passaram, e Jace, olhando para baixo, viu que estava com as mãos fechadas tão fortemente que as juntas destacavam-se, brancas e duras como os ossos de um esqueleto de peixe.

— Não posso dizer isso.

Maryse respirou fundo.

— *Por que* não?

— Por que você não pode dizer que confia em mim? Vivi com você por quase metade da minha vida. Certamente você deve me conhecer um pouco.

— Você parece tão sincero, Jonathan. Sempre pareceu, mesmo quando era pequeno e tentava culpar Isabelle ou Alec por alguma coisa errada que tinha feito. Só conheci uma pessoa que podia parecer tão persuasiva quanto você.

Jace sentiu um gosto metálico na boca.

— Você está falando do meu pai.

— Sempre existiram apenas dois tipos de pessoa no mundo para o Valentim. Aqueles a favor do Ciclo, e os que eram contra. Os últimos eram inimigos, e os primeiros eram armas em seu arsenal. Eu o vi tentando transformar cada um dos amigos, até a própria mulher, em uma arma para a Causa, e você quer que eu acredite que ele não teria feito o mesmo com o próprio filho? — Ela balançou a cabeça. — Eu o conhecia muito bem. — Pela primeira vez Maryse olhou para ele com mais tristeza do que raiva. — Você é uma flecha atirada diretamente no coração da Clave, Jace. Você é a flecha do Valentim. Sabendo disso ou não.

Clary fechou a porta do quarto, deixando a televisão ligada, e foi procurar por Simon. Encontrou-o na cozinha, curvado sobre a pia, a água correndo. Ele estava com as mãos cruzadas na placa de drenagem.

— Simon? — A cozinha era clara, de um amarelo alegre, as paredes decoradas com desenhos de giz de cera e lápis emoldurados que Simon e Rebecca tinham feito na escola. Rebecca tinha talento para o desenho, dava para perceber, mas os de Simon, que deveriam retratar pessoas, pareciam parquímetros com tufos de cabelo.

Ele não levantou o olhar, apesar de ela saber, pelo enrijecimento dos músculos dos ombros, que ele a tinha escutado entrar. Clary foi até a pia e pousou uma das mãos sobre as costas dele. Sentia as protuberâncias da espinha dorsal através da camiseta fina de algodão e ficou imaginando se ele tinha emagrecido. Não dava para perceber apenas observando-o, mas olhar para Simon era como olhar para um espelho — quando você vê alguém todos os dias, nem sempre percebe as pequenas diferenças na aparência.

— Você está bem?

Ele fechou a torneira com um movimento brusco.

— Claro. Estou bem.

Ela pôs um dedo na lateral do queixo dele e virou seu rosto em direção ao dela. Ele estava suando, os cabelos escuros na testa grudados na pele, apesar de o ar que entrava pela janela entreaberta da cozinha estar fresco.

— Você não parece bem. Foi o filme?

Ele não respondeu.

— Desculpe, eu não deveria ter rido, é que...

— Você não se lembra? — A voz dele parecia rouca.

— Eu... — Clary se interrompeu. Aquela noite, olhando para trás, parecia um grande borrão de corrida, sangue e suor, de sombras projetadas em entradas, de queda no espaço. Ela se lembrava dos rostos brancos dos vampiros, como disjuntores de papel contra a escuridão, e se lembrava de Jace segurando-a, gritando em seu ouvido. — Na verdade, não. É tudo um borrão.

Seu olhar atravessou-a, para, em seguida, ficar focado novamente.

— Eu pareço diferente para você? — perguntou.

Ela levantou os olhos até encontrar os dele. Eram cor de café — um marrom rico sem qualquer nuance de cinza ou avelã. Se ele parecia diferente? Talvez houvesse um toque extra de confiança na maneira como se comportava desde que tinha matado Abbadon, o Demônio Maior; mas havia também uma introspecção nele, como se estivesse observando ou esperando alguma coisa. Era algo que ela também notara em Jace. Talvez fosse a consciência da mortalidade.

— Você continua sendo Simon.

Ele fechou um pouco os olhos como se estivesse aliviado, e quando seus cílios baixaram, ela reparou no quão angulosas as maçãs do rosto dele estavam. Ele *tinha* emagrecido, pensou, e estava prestes a dizer isso quando ele se inclinou e a beijou.

Ela ficou tão surpresa ao sentir a boca dele na sua que ficou completamente rígida, tentando agarrar a borda da pia para se sustentar. Contudo, não o afastou, e, tomando isso como um sinal claro de encorajamento, Simon pôs a mão atrás da cabeça de Clary e aprofundou o beijo, abrindo sua boca com a dele. A boca de Simon era suave, mais suave do que tinha sido a de Jace, e a mão que apoiava sua nuca era calorosa e meiga. E ele tinha gosto de sal.

Ela se permitiu fechar os olhos e por um instante flutuou tonta pela escuridão do calor, sentindo os dedos de Simon se movimentarem por seu cabelo. Quando o toque do telefone interrompeu o torpor, ela deu um pulo para trás, como se ele a tivesse empurrado, apesar de não ter se movido. Eles se olharam por um instante, confusos, como duas pessoas que se vissem repentinamente transportadas para uma estranha paisagem onde nada era familiar.

Simon desviou o olhar primeiro, esticando-se para alcançar o telefone na parede atrás da estante de condimentos.

— Alô? — Ele parecia normal, mas o peito subia e descia rapidamente. Entregou o fone a Clary.

Clary o pegou. Ela ainda sentia o coração batendo na garganta, como as asas de um inseto preso sob sua pele. *É Luke, ligando do hospital. Aconteceu alguma coisa com a minha mãe.*

Ela engoliu em seco.

— Luke? É você?

— Não. É Isabelle.

— Isabelle? — Clary levantou o olhar e viu Simon observando-a, apoiado na pia. O rubor nas bochechas dele havia diminuído. — Por que você está... Quero dizer, o que foi?

Havia um nó na voz da menina, como se ela estivesse chorando.

— Jace está aí?

Clary esticou o braço que segurava o telefone para poder olhar para ele antes de trazê-lo de volta ao ouvido.

— Jace? Não. Por que ele estaria aqui?

O suspiro de Isabelle em resposta ecoou pela linha telefônica como um engasgo.

— É que... ele *sumiu*.

Capítulo 2

HUNTER'S MOON

Maia Roberts nunca havia confiado em meninos lindos, razão pela qual detestou Jace Wayland desde a primeira vez em que o viu.

Seu irmão, Daniel, havia nascido com a pele cor de mel e os enormes olhos escuros da mãe, e tinha se tornado o tipo de pessoa que colocava fogo nas asas de borboletas para assisti-las queimar e morrer enquanto voavam. Ele a havia atormentado também, inicialmente de formas sutis e sem importância, beliscando-a onde os hematomas não ficassem evidentes, trocando o xampu por alvejante. Ela reclamava com os pais, mas eles não acreditavam. Ninguém acreditava ao olhar para Daniel; confundiam beleza com inocência e bondade. Quando ele quebrou o braço dela no primeiro ano do ensino médio, ela fugiu de casa, mas os pais a levaram de volta. No segundo ano, Daniel foi nocauteado na rua por um motorista que o atropelou e fugiu, matando-o no ato. Junto aos pais do lado do túmulo, Maia sentira vergonha da própria sensação de alívio. Deus, pensara ela, certamente a puniria por estar satisfeita com a morte do irmão.

No ano seguinte, foi o que ele fez. Ela conheceu Jordan. Cabelos longos e escuros, quadris estreitos em jeans gastos, camisetas de bandas de indie rock e cílios como os de uma menina. Ela jamais poderia imaginar que ele se interessaria por ela — meninos daquele tipo geralmente preferiam meninas pálidas, magrinhas e com óculos coloridos —, mas ele parecia gostar de suas formas arredondadas. Dissera, entre beijos, que ela era linda. Os primeiros meses foram como um sonho; os últimos, como um pesadelo. Ele se tornou possessivo, controlador. Quando estava com raiva dela, rosnava, e dava-lhe tapas na cara, deixando marcas que se assemelhavam a excesso de blush. Quando ela tentou terminar com ele, o menino a empurrou, derrubando-a no pátio de sua própria casa, antes de correr para dentro e fechar a porta.

Mais tarde, ela beijou outro menino na frente dele, apenas para deixar claro que estava tudo acabado. Maia nem sequer se lembrava do nome do menino. Lembrava de estar andando de volta para casa naquela noite, a chuva molhando seus cabelos com gotículas, lama sujando as calças enquanto ela cortava caminho pelo parque perto de casa. Lembrava-se da sombra escura explodindo por trás do carrossel de metal, o enorme lobo molhado jogando-a na poça, a dor horrorosa dos dentes do bicho cerrando-se sobre sua garganta. Maia gritara e se debatera, sentindo o gosto do próprio sangue quente na boca, enquanto o cérebro gritava: *Isso é impossível. Impossível.* Não havia lobos em Nova Jersey, não naquela vizinhança comum, não no século XXI.

Seus berros fizeram algumas luzes se acenderem nas casas da vizinhança, janelas se iluminaram, uma após a outra, como fósforos se acendendo. O lobo a soltou, deixando rastros de sangue e pele rasgada com os dentes.

Vinte e quatro pontos mais tarde, ela estava de volta ao quarto cor-de-rosa, com a mãe caminhando de um lado para o outro, ansiosa. O médico da emergência dissera que a mordida parecia de um cachorro grande, mas Maia sabia que não. Antes de o lobo se virar para fugir correndo, ela ouvira uma voz quente, sussurrada e familiar no ouvido.

— Você é minha agora. Sempre será minha.

Ela nunca mais viu Jordan — ele e os pais empacotaram tudo que tinham no apartamento e se mudaram, e nenhum dos amigos sabia para onde tinham ido, ou não admitiam saber. Ela ficou apenas um pouco surpresa na lua cheia seguinte quando as dores começaram: dores cortantes que rasgavam as pernas, de cima a baixo, forçando-a ao chão, curvando-lhe a coluna do mesmo modo que um mágico dobraria uma colher. Quando os dentes explodiram para fora da gengiva e caíram no chão como chicletes, ela desmaiou. Ou pensou ter desmaiado. Acordou a quilômetros de distância de casa, nua e coberta de sangue, a cicatriz no braço pulsando como um batimento cardíaco. Naquela noite pegou o trem para Manhattan. Não foi uma decisão difícil. Ser birracial já era complicado o suficiente em sua vizinhança em Nova Jersey. Só Deus sabe o que poderiam fazer com um lobisomem.

Não foi difícil encontrar um bando ao qual se juntar. Havia vários deles em Manhattan. Ela acabou se unindo ao grupo dos que ficavam na parte baixa da cidade, os que dormiam em velhas delegacias de polícia em Chinatown.

Os líderes do bando eram mutáveis. Primeiro Kito, depois Véronique, em seguida Gabriel, e agora Luke. Maia até que gostava de Gabriel, mas Luke era melhor. Tinha um olhar confiável, olhos azuis e gentis, e não era bonito demais, então ela não desgostou dele no ato. Estava suficientemente confortável com o bando, dormindo na velha delegacia, jogando cartas e comendo comida chinesa quando a lua não estava cheia, caçando pelo parque quando estava, e, no dia seguinte, bebendo para curar a ressaca da transformação no Hunter's Moon, um dos melhores bares underground de lobisomens. Tinha cerveja perto do pátio e ninguém ligava se você tivesse menos de 21 anos. Ser um licantrope fazia com que a pessoa crescesse depressa e, contanto que brotassem pelos e garras uma vez ao mês, podia-se beber no Moon, independentemente da idade que tivesse em anos mundanos.

Atualmente ela mal pensava na família, mas quando o menino louro com o casaco preto e longo entrou no bar, Maia congelou. Ele não se parecia com Daniel, não exatamente — os cabelos de Daniel eram escuros e se curvavam perto da pele cor de mel da nuca, e aquele menino era completamente branco e dourado. Mas tinham o mesmo corpo belo, a mesma maneira de andar, como uma pantera à procura de uma presa, e a mesma confiança plena no próprio poder de atração. Ela cerrou a mão convulsivamente ao redor do copo, e teve que lembrar a si mesma: *Ele está morto. Daniel está morto.*

Uma onda de murmúrios atravessou o bar assim que o menino chegou, como uma onda atingindo a proa de um barco. O menino agiu como se não tivesse percebido nada, puxou um banco com o pé e sentou-se com os cotovelos apoiados no bar. Maia o ouviu pedir uma dose de uísque no silêncio que sucedeu os murmúrios. Ele tomou metade da bebida com um gole rápido. O líquido tinha a mesma cor dourada e escura de seus cabelos. Quando levantou a mão para pousar o copo no balcão do bar, Maia viu as Marcas pretas e curvilíneas nas costas das mãos.

Morcego, o cara sentado ao lado dela — Maia já tinha sido namorada dele, mas eram amigos agora —, murmurou alguma coisa sob a respiração que soou como "Nephilim".

Então era isso. O menino não era um lobisomem. Era um Caçador de Sombras, um membro da força policial secreta do mundo oculto. Eles conservavam a Lei, amparados pelo Pacto, e não era possível tornar-se um deles, era preciso nascer um deles. Era o sangue que os tornava o que eram. Havia muitos rumores sobre eles, a maioria desagradável: eram arrogantes, orgulhosos, cruéis; empinavam o nariz e desprezavam os membros do Submundo. Havia poucas coisas que os licantropes detestavam mais do que Caçadores de Sombras — exceto talvez um vampiro.

Dizia-se também que os Caçadores de Sombras matavam demônios. Maia se lembrava da primeira vez que tinha ouvido que demônios existiam e o que faziam. Tinha ficado com dor de cabeça. Vampiros e lobisomens eram apenas pessoas com uma doença, até aí ela entendia, mas esperar que ela acreditasse em toda aquela baboseira de céu e inferno, anjos e demônios, considerando que até então ninguém podia afirmar com certeza se havia ou não um Deus ou para onde a pessoa ia depois que morria? Não era justo. Ela acreditava em demônios — já tinha visto obras deles o suficiente para negar, mas preferia poder não acreditar.

— Imagino — disse o menino, inclinando-se sobre os cotovelos ainda mais para perto do bar — que não sirvam Bala de Prata aqui. Muitas associações negativas? — Os olhos brilhavam, estreitos e faiscantes como a lua crescente.

O homem que trabalhava no bar, Pete Aberração, apenas olhou para ele e balançou a cabeça com desdém. Se o garoto não fosse um Caçador de Sombras, pensou Maia, Pete o teria posto para fora do Moon, mas em vez disso ele simplesmente foi até a outra ponta do bar e se ocupou secando copos.

— Na verdade — disse Morcego, que não conseguia não se meter em tudo —, não servimos porque é uma cerveja muito vagabunda.

O menino voltou o olhar estreito para Morcego e sorriu entretido. A maioria das pessoas não sorria daquela maneira quando Morcego olhava de um jeito estranho para elas: Morcego tinha 1,98m de altura e uma cicatriz grossa que deixara seu rosto desfigurado onde havia sido atingido com pó de prata. Morcego não era um dos noturnos, o bando que vivia na delegacia, dormindo em velhas celas. Tinha o próprio apartamento e até um emprego. Tinha sido um bom namorado, até dispensar Maia por uma bruxa ruiva chamada Eve, que morava em Yonkers e lia mãos na própria garagem.

— E o que *você* está bebendo? — perguntou o menino, inclinando-se tão para perto de Morcego que parecia ofensivo. — Um cabelinho do cachorro que mordeu... bem, todo mundo?

— Você se acha bem engraçadinho. — A essa altura o restante do bando tinha se inclinado para ouvi-los, prontos para defender Morcego se ele resolvesse dar um trato naquele menino detestável. — Não acha?

— Morcego — disse Maia. Ela imaginou se era a única do bando que duvidava da *capacidade* de Morcego em dar um trato no menino. Não que duvidasse de Morcego. Era algo no olhar do menino. — Não.

Morcego a ignorou.

— *Não* acha?

— Quem sou eu para negar o óbvio? — Os olhos do menino passaram por Maia como se ela fosse invisível e voltaram-se para Morcego. — Não imagino que queira me contar o que houve com o seu rosto? Parece... — E nesse instante ele se inclinou para a frente e disse alguma coisa para Morcego, tão baixo que Maia não escutou. Em seguida, Morcego desferiu um golpe, que deveria ter-lhe quebrado a mandíbula, mas o garoto não estava mais lá. Estava a uns bons metros de distância, rindo, quando o punho de Morcego acertou seu copo abandonado e o enviou voando pelo bar até a parede oposta em uma explosão de vidro estilhaçado.

Pete Aberração apareceu na lateral do bar, o punho enorme segurando a camisa de Morcego, antes que Maia pudesse piscar.

— Basta — disse. — Morcego, por que não vai dar uma volta e se acalmar?

Morcego se contorceu na mão de Pete.

— Dar uma *volta*? Você ouviu...

— Ouvi — falou Pete em voz baixa. — Ele é um Caçador de Sombras. Vá dar uma volta, cachorrinho.

Morcego xingou e se afastou de Pete. Foi em direção à saída, com os ombros rígidos de raiva. A porta bateu atrás dele.

O menino havia parado de sorrir e estava olhando para Pete Aberração com um certo ressentimento sombrio, como se ele tivesse tirado um brinquedo com o qual pretendia se divertir.

— Não era necessário — disse. — Sei cuidar de mim.

Pete olhou para o Caçador de Sombras.

— É com o meu bar que estou preocupado — respondeu finalmente. — É melhor você procurar outro lugar, Caçador de Sombras, se não quiser problemas.

— Não disse que não queria problemas. — O menino se sentou novamente no banco. — Além disso, não terminei a minha bebida.

Maia olhou para trás, onde a parede do bar estava ensopada de álcool.

— Para mim parece que terminou — disse ela.

Por um instante o menino simplesmente pareceu espantado; em seguida uma faísca de divertimento iluminou seus olhos dourados. Naquele instante, ele se pareceu tanto com Daniel que Maia quis se afastar.

Pete deslizou mais um copo de líquido âmbar através do balcão antes que o menino pudesse responder.

— Aqui está — disse ele. Desviou os olhos para Maia, que pensou ter visto alguma repreensão neles.

— Pete... — começou ela. Não conseguiu terminar. A porta do bar se abriu violentamente. Morcego estava parado na entrada. Maia demorou um instante para perceber que a frente e as mangas da camisa estavam ensopadas de sangue.

Ela deslizou para fora do banco e correu até ele.

— Morcego! Você está machucado?

O rosto dele estava cinzento, a cicatriz prateada destacada na bochecha como um pedaço de arame torto.

— Um ataque — respondeu. — Tem um corpo no beco. Um garoto morto. Sangue... por todos os lados. — Ele balançou a cabeça e olhou para baixo, para si mesmo. — O sangue não é meu. Estou bem.

— Um corpo? Mas quem...

A resposta de Morcego foi engolida na comoção. Assentos foram abandonados enquanto o bando correu para a porta. Pete saiu de trás do balcão e abriu caminho pelo grupo. Só o menino Caçador de Sombras ficou onde estava, com a cabeça abaixada sobre a bebida.

Através de buracos na multidão ao redor da porta, Maia conseguiu dar uma olhada no pavimento cinza do beco, cheio de sangue. Ainda estava molhado e tinha corrido entre as rachaduras da pavimentação como as gavinhas de uma planta rubra.

— A *garganta* cortada? — Pete estava dizendo para Morcego, cujo rosto já havia recuperado a cor. — Como...

— Tinha alguém no beco. Alguém ajoelhado sobre ele — disse Morcego. Sua voz era firme. — Não como uma pessoa, como uma sombra. Fugiu quando me viu. Ele ainda estava vivo. Um pouco. Ajoelhei sobre ele, mas... — Morcego deu de ombros. Foi um movimento casual, mas as veias em seu pescoço estavam saltadas como raízes grossas enroladas em um tronco de árvore. — Ele morreu sem dizer nada.

— Vampiros — disse uma licantrope rechonchuda que estava perto da porta. O nome dela era Amabel, Maia achava. — As Crianças Noturnas. Não pode ter sido outra coisa.

Morcego olhou para ela, em seguida virou e atravessou o recinto em direção ao bar. Ele agarrou o Caçador de Sombras pela jaqueta, ou pelo menos esticou o braço como se fosse essa a sua intenção, mas o menino já estava de pé, se virando fluidamente.

— Qual é o seu problema, lobisomem?

A mão de Morcego ainda estava esticada.

— Você é surdo, Nephilim? — rosnou ele. — Tem um garoto morto no beco. Um dos nossos.

— Você quer dizer um licantrope ou outra espécie de membro do Submundo? — O menino ergueu as sobrancelhas claras. — Vocês parecem iguais para mim.

Ouviu-se um rugido baixo — Maia notou com alguma surpresa que veio de Pete Aberração. Ele tinha voltado para o bar e estava cercado pelo restante do bando, todos com os olhos fixos no Caçador de Sombras.

— Era apenas um filhote — disse Pete. — O nome dele era Joseph.

O nome não trazia lembranças a Maia, mas ela viu a mandíbula contraída de Pete e sentiu uma agitação no estômago. O bando estava em uma expedição guerreira agora, e se o Caçador de Sombras tivesse algum juízo, estaria recuando como um louco. Mas não estava. Ele simplesmente ficou parado, olhando para eles com aqueles olhos dourados e um sorriso estranho no rosto.

— Um menino licantrope? — perguntou.

— Ele era do bando — disse Pete. — Tinha apenas 15 anos.

— E exatamente o que você espera que eu faça a respeito?

Pete o encarava incrédulo.

— Você é um Nephilim — disse. — A Clave nos deve proteção nessas circunstâncias.

O menino olhou ao redor do bar, lentamente, com um olhar de tal insolência que um rubor se espalhou pelo rosto de Pete.

— Não vejo nenhuma ameaça contra a qual vocês precisem ser protegidos por aqui — disse o menino. — Exceto pela decoração ruim e um possível problema de mofo. Mas isso geralmente pode ser resolvido com alvejante.

— Há um *cadáver* do lado de fora da porta da frente do bar — disse Morcego, pronunciando as palavras cuidadosamente. — Você não acha...

— Acho que está um pouco tarde para que ele precise de proteção se já está morto — interrompeu o menino.

Pete continuava a encará-lo. Suas orelhas já estavam pontudas e quando falou a voz foi abafada pelos caninos que engrossavam.

— Você deve tomar cuidado, Nephilim — disse. — Deve tomar muito cuidado.

O menino olhou para ele com olhos opacos.

— Devo?

— Então não vai fazer nada? — disse Morcego. — É isso?

— Vou terminar o meu drinque — respondeu o menino, olhando para o copo pela metade ainda no balcão —, se você deixar.

— Então essa é a atitude da Clave uma semana depois dos Acordos? — questionou Pete, enojado. — A morte de membros do Submundo não significa nada para vocês?

O menino sorriu, e Maia sentiu uma pontada na espinha. Ele parecia exatamente como Daniel logo antes de esticar os braços e arrancar as asas de uma joaninha.

— É a cara do povo do Submundo esperar que a Clave limpe a bagunça para vocês. Como se pudéssemos nos incomodar só porque um filhote idiota resolveu usar o próprio sangue para fazer pintura a dedo...

E utilizou uma palavra, uma palavra que os próprios lobisomens nunca usavam, uma palavra imundamente desagradável que sugeria uma relação indevida entre lobos e mulheres humanas.

Antes que mais alguém pudesse se mexer, Morcego se lançou contra o Caçador de Sombras, mas ele não estava mais lá. Morcego cambaleou e girou, confuso. O bando se espantou.

Maia ficou de queixo caído. O menino Caçador de Sombras estava sobre o bar, com os pés afastados. Realmente parecia um anjo vingador se preparando para despachar justiça divina, como os Caçadores de Sombras deviam fazer. Em seguida, ele esticou a mão e curvou os dedos em direção a si mesmo rapidamente, um gesto que ela conhecia do parquinho e queria dizer *Venha me pegar* — e o bando correu em direção a ele.

Morcego e Amabel avançaram para o bar; o menino girou tão rapidamente que o reflexo no espelho atrás do bar pareceu um borrão. Maia o viu dar um chute e no momento seguinte os dois estavam gemendo no chão em uma confusão de vidro quebrado. Ela pôde ouvir o menino rindo enquanto alguém esticava o braço e o puxava para baixo; ele afundou na multidão com uma graça que transmitia complacência e em seguida ela não conseguia mais enxergá-lo, vendo apenas um emaranhado de pernas e braços agitados. Ainda assim, achou que continuava a ouvir suas risadas, mesmo em meio a flashes de metal — a ponta de uma faca —, e se ouviu inspirar de susto.

— Chega.

Era a voz de Luke, quieto, firme como um batimento cardíaco. Era estranho como sempre se reconhecia a voz do líder do próprio bando. Maia virou e o viu parado exatamente na entrada do bar, com uma das mãos na parede. Ele não parecia apenas cansado, mas *arrasado*, como se algo o estivesse rasgando por dentro; mesmo assim, sua voz era calma ao repetir.

— Chega. Deixem o menino em paz.

O bando se afastou do Caçador de Sombras, e apenas Morcego permaneceu onde estava, desafiador, uma das mãos ainda agarrando a parte de trás da camisa do Caçador de Sombras, a outra segurando uma faca de lâmina curta. O menino tinha sangue no rosto, mas estava longe de parecer alguém que precisasse ser resgatado; tinha no rosto um sorriso de aparência tão perigosa quanto o vidro quebrado que sujava o chão.

— Ele não é um menino — disse Morcego. — É um Caçador de Sombras.

— São bem-vindos aqui — disse Luke em um tom neutro. — São nossos aliados.

— Ele disse que não tinha importância — continuou Morcego, furioso. — Joseph...

— Eu sei — disse Luke, baixinho. Seus olhos desviaram para o menino louro. — Você veio até aqui só para arrumar uma briga, Jace Wayland?

O menino sorriu, esticando o lábio machucado de modo que um rastro fino de sangue percorreu o queixo.

— Luke.

Morcego, espantado por ouvir o primeiro nome do líder do bando saindo da boca do Caçador de Sombras, soltou a camisa de Jace.

— Eu não sabia...

— Não há *nada* para saber — disse Luke, a exaustão de seus olhos invadindo a voz.

Pete Aberração falou, a voz um ronco baixo.

— Ele disse que a Clave não se importava com a morte de um único licantrope, nem mesmo uma criança. E só faz uma semana desde os Acordos, Luke.

— O Jace não fala pela Clave — disse Luke —, e não havia nada que ele pudesse ter feito, mesmo que quisesse. Não é verdade?

Ele olhou para Jace, que estava muito pálido.

— Como você...

— Eu sei o que aconteceu — interrompeu Luke. — Com a Maryse.

Jace enrijeceu, e por um momento Maia enxergou através do entretenimento selvagem similar ao de Daniel e viu o que havia por baixo, e era escuro, agonizante, e fez com que ela se lembrasse mais dos próprios olhos no espelho do que dos do irmão.

— Quem contou a você? Clary?

— Não foi Clary. — Maia nunca tinha ouvido Luke pronunciar aquele nome antes, mas ele disse com um tom que sugeria que se tratava de alguém especial para ele, e para o menino Caçador de Sombras também. — Sou o líder do bando, Jace. Ouço coisas. Agora vamos. Vamos até o escritório de Pete para conversar.

Jace hesitou por um momento antes de dar de ombros.

— Tudo bem, mas você me deve pelo uísque que eu não bebi.

— Esse foi o meu último palpite — disse Clary com um suspiro derrotado, afundando nos degraus do lado de fora do Metropolitan e encarando desconsoladamente a Quinta Avenida.

— Foi um bom palpite. — Simon se sentou ao lado dela, as longas pernas esparramadas a sua frente. — Quero dizer, ele gosta de armas e matanças, então, por que não a maior coleção de armas da cidade? Eu sempre gosto de uma visita ao Armas e Armaduras, de qualquer forma. Me dá ideias para a minha campanha.

Ela olhou para ele surpresa.

— Você ainda joga com Eric, Kirk e Matt?

— Claro. Por que não jogaria?

— Achei que os jogos poderiam ter perdido um pouco do apelo para você desde que...

— *Desde que as nossas verdadeiras vidas começaram a se parecer demais com uma das suas campanhas.* Repletas de mocinhos, bandidos, magia incrivelmente ruim e objetos encantados importantes que você tinha que encontrar se quisesse vencer o jogo.

Exceto que em um jogo os mocinhos sempre venciam, derrotavam os bandidos e voltavam para casa com o tesouro, enquanto na vida real eles tinham perdido o tesouro, e às vezes Clary não tinha certeza de quem os mocinhos e os bandidos realmente eram.

Ela olhou para Simon e sentiu uma onda de tristeza. Se ele desistisse dos jogos, seria culpa dela, assim como tudo que tinha acontecido a ele nas últimas semanas tinha sido culpa dela. Clary se lembrou do rosto pálido dele na pia naquela manhã minutos antes de beijá-la.

— Simon... — começou.

— Agora estou interpretando um meio troll clérigo que quer vingança contra os orcs que mataram sua família — disse ele, animado. — É muito legal.

Ela riu exatamente quando o celular tocou. Tirou-o do bolso e abriu: era Luke.

— Não o encontramos — disse ela, antes que ele pudesse dizer alô.

— Não. Mas eu encontrei.

Ela se sentou, ereta.

— Você está brincando. Ele está aí? Posso falar com ele? — Clary percebeu que Simon olhava para ela com atenção e abaixou a voz. — Ele está bem?

— Pode-se dizer isso.

— Como assim "pode-se dizer"?

— Provocou uma briga com um bando de lobisomens. Está com alguns cortes e hematomas.

Clary semicerrou os olhos. Por que, por que Jace teria provocado uma briga com um bando de lobos? O que teria dado nele? Mas era Jace. Ele arrumaria uma briga com um caminhão Mack se tivesse vontade.

— Acho que você deveria vir até aqui — disse Luke. — Alguém precisa colocar um pouco de juízo na cabeça dele, e eu não estou tendo muita sorte.

— Onde vocês estão? — perguntou Clary.

Ele disse a ela: um bar chamado Hunter's Moon na Hester Street. Clary ficou imaginando se seria disfarçado com magia. Desligando o telefone, voltou-se para Simon, que a encarava com sobrancelhas erguidas.

— O filho pródigo voltou?

— Mais ou menos. — Ela se levantou desajeitada e esticou as pernas exauridas, calculando mentalmente quanto tempo levariam para ir a Chinatown de metrô e se valeria a pena gastar o dinheiro que Luke lhe dera com um táxi. Provavelmente não, decidiu; se ficassem presos no trânsito, levariam mais tempo do que de metrô.

— ... ir com você? — concluiu Simon, levantando-se. Ele estava um degrau abaixo dela, o que os deixava praticamente da mesma altura. — O que você acha?

Ela abriu a boca, em seguida fechou outra vez, rapidamente.

— Er...

Ele parecia resignado.

— Você não ouviu uma palavra do que eu disse nos últimos dois minutos, ouviu?

— Não — admitiu. — Estava pensando em Jace. Acho que ele está mal. Desculpe.

Os olhos castanhos de Simon escureceram.

— E suponho que você vá correndo curar as feridas dele?

— Luke me pediu para ir — Clary respondeu. — Eu esperava que você fosse comigo.

Simon deu um chute de leve no degrau acima do seu com a bota.

— Eu vou, mas por quê? Luke não pode levar Jace de volta para o Instituto sem a sua ajuda?

— Provavelmente pode, mas ele acha que Jace talvez esteja disposto a conversar comigo sobre o que está acontecendo antes.

— Pensei que pudéssemos fazer alguma coisa hoje à noite — disse Simon. — Algo divertido. Assistir a um filme. Jantar.

Ela olhou para ele. A distância, conseguia ouvir água caindo no chafariz do museu. Pensou na cozinha da casa dele, as mãos úmidas dele em seu cabelo, mas tudo parecia muito distante apesar de ela conseguir visualizar a cena — como talvez seja possível se lembrar da foto de um incidente sem conseguir se lembrar do incidente em si.

— Ele é meu irmão — disse ela. — Tenho que ir.

Simon parecia estar esgotado demais até para suspirar.

— Então eu vou com você.

O escritório no fundo do Hunter's Moon ficava em um corredor estreito, todo sujo de serragem. Aqui e ali a serragem estava marcada com pegadas e manchada com um líquido escuro que não parecia cerveja. Todo o lugar cheirava a fumaça e alguma coisa ruim, um pouco como — Clary tinha que admitir, apesar de jamais ousar dizer a Luke — cachorro molhado.

— Ele não está no melhor dos humores — disse Luke, parando diante de uma porta fechada. — Eu o tranquei no escritório do Pete Aberração depois que ele quase matou metade do meu bando apenas com as mãos. Não quis conversar comigo, então pensei em você. — Ele deu de ombros, depois olhou do rosto espantado de Clary para o de Simon. — O que foi?

— Não posso acreditar que ele veio *aqui* — disse Clary.

— Não posso acreditar que você conheça alguém chamado Pete Aberração — completou Simon.

— Conheço muitas pessoas — disse Luke. — Não que o Pete Aberração seja exatamente uma *pessoa*, mas quem sou eu para falar. — Ele abriu a porta do escritório. Era uma sala vazia, sem janelas, com as paredes cheias de flâmulas de esportes. Havia uma mesa cheia de papéis com um pequeno sistema de TV, e atrás dela, em uma cadeira cujo couro estava tão marcado que mais parecia mármore raiado, estava Jace.

Assim que a porta se abriu, Jace pegou um lápis amarelo de cima da mesa e arremessou-o. O lápis voou pelo ar e atingiu a parede, bem perto da cabeça de Luke, onde ficou cravado, vibrando. Os olhos de Luke se arregalaram.

Jace sorriu de leve.

— Desculpe, não vi que era você.

Clary sentiu o coração se contrair. Havia dias que não via Jace, e ele parecia diferente de alguma maneira — não apenas o rosto ensanguentado e os hematomas, que eram claramente novos, mas a pele parecia mais rija, os ossos mais proeminentes.

Luke indicou Simon e Clary com um aceno de mão.

— Trouxe umas pessoas para ver você.

Os olhos de Jace se moveram em direção a eles. Estavam tão vazios como se tivessem sido pintados no rosto.

— Infelizmente — disse ele —, eu só tinha um lápis.

— Jace... — começou Luke.

— Não quero ele aqui. — Jace apontou para Simon com o queixo.

— Isso não é justo. — Clary estava indignada. Será que ele tinha se esquecido que Simon havia salvado a vida de Alec, talvez a vida de todos eles?

— Fora daqui, mundano — disse Jace, apontando para a porta.

Simon acenou com a mão.

— Tudo bem. Eu espero no corredor. — Ele saiu, abstendo-se de bater a porta atrás de si, apesar de Clary ter percebido que era o que ele queria.

Ela se voltou novamente para Jace.

— Você precisa ser tão... — começou, mas parou ao ver o rosto dele. Parecia despido, estranhamente vulnerável.

— Desagradável? — ele concluiu para ela. — Só quando a minha mãe adotiva me expulsa de casa com instruções para nunca mais voltar a bater à porta dela. Geralmente sou extraordinariamente amável. Tente em qualquer outro dia da semana que não acabe com *a* ou *o*.

Luke franziu o cenho.

— Maryse e Robert Lightwood não são as minhas pessoas prediletas, mas eu não posso acreditar que ela tenha feito isso.

Jace pareceu surpreso.

— Você conhece os Lightwood?

— Eles participaram do Ciclo comigo — disse Luke. — Fiquei surpreso ao saber que estavam à frente do Instituto daqui. Parece que fizeram um acordo com a Clave depois da Ascensão, para garantir alguma espécie de clemência no tratamento deles, enquanto Hodge, bem, sabemos o que aconteceu com ele. — Luke ficou em silêncio por um momento. — Maryse disse que estava exilando você, por assim dizer?

— Ela não acredita que eu achava que era filho de Michael Wayland e me acusou de estar compactuando com Valentim o tempo todo; disse que eu o ajudei a fugir com o Cálice Mortal.

— Então por que você ainda estaria aqui? — perguntou Clary. — Por que você não fugiu com ele?

— Ela não disse, mas desconfio que ela pense que fiquei para servir de espião. Uma víbora em seu seio. Não que ela tenha utilizado a palavra "seio", mas a ideia estava lá.

— Um espião para Valentim? — Luke parecia consternado.

— Ela acha que Valentim imaginou que, por causa do afeto que têm por mim, ela e Robert acreditariam em qualquer coisa que eu dissesse. Então Maryse decidiu que a solução é não ter mais nenhum afeto por mim.

— Afeto não funciona assim — Luke balançou a cabeça. — Não dá para desligar, como uma lâmpada. Principalmente quando se é pai ou mãe.

— Eles não são meus pais de verdade.

— Sangue não é o único laço paternal. Eles foram seus pais por sete anos, de todas as maneiras que importam. Maryse só está magoada.

— Magoada? — Jace parecia incrédulo. — *Ela* está magoada?

— Ela amava Valentim, lembre-se disso — disse Luke. — Assim como todos nós. Ele a feriu demais e ela não quer que seu filho faça o mesmo. Tem medo que você tenha mentido para eles. Que a pessoa que ela pensou que você fosse durante todos esses anos seja apenas um ardil, um truque. Você precisa tranquilizá-la.

A expressão de Jace era uma mistura perfeita de teimosia e espanto.

— Maryse é adulta! Ela não deveria precisar ser tranquilizada por mim.

— Ora, vamos, Jace — disse Clary. — Você não pode esperar um comportamento perfeito de todos. Adultos também fazem besteiras. Volte para o Instituto e converse com ela racionalmente. Seja homem.

— Não quero ser homem — disse Jace. — Quero ser movido à angústia adolescente, sem conseguir confrontar os próprios demônios internos e descontando tudo verbalmente nos outros.

— Bem — disse Luke —, nisso você está se saindo muito bem.

— Jace — interrompeu Clary, antes que eles começassem a brigar sério —, você tem que voltar para o Instituto. Pense em Alec e Izzy, pense no que isso vai significar para eles.

— Maryse vai inventar alguma coisa para acalmá-los. Talvez ela diga que eu fugi.

— Não vai funcionar — disse Clary. — Isabelle parecia histérica ao telefone.

— Isabelle sempre parece histérica — disse Jace, mas pareceu satisfeito. Ele se inclinou para trás na cadeira. Os hematomas na mandíbula e na maçã do rosto se destacavam como marcas escuras e amorfas contra a pele. — Não vou voltar para um lugar onde não confiam em mim. Não tenho mais 10 anos de idade. Posso cuidar de mim.

Luke parecia não estar certo disso.

— Para onde você vai? Como vai viver?

Os olhos de Jace brilharam.

— Eu tenho 17 anos. Sou praticamente um adulto. Qualquer Caçador de Sombras adulto tem o direito de...

— Qualquer *adulto*, mas esse não é o seu caso. Você não pode receber um salário da Clave porque é jovem demais. Aliás, os Lightwood são obrigados por Lei a cuidar de você. Se não o fizerem, outra pessoa será designada ou...

— Ou o quê? — Jace se levantou da cadeira. — Eu vou para um orfanato em Idris? Serei jogado em uma família desconhecida? Posso arrumar um emprego no mundo dos mundanos por um ano, viver como um *deles*...

— Não, você não pode — disse Clary. — Eu sei, Jace, eu *era* um deles. Você é novo demais para qualquer emprego que fosse querer, e além do mais as habilidades que você tem, bem, a maioria dos assassinos profissionais é mais velha do que você. E eles são criminosos.

— Não sou um assassino.

— Se você vivesse no mundo dos mundanos — disse Luke —, é o que seria.

Jace enrijeceu, comprimindo os lábios, e Clary percebeu que as palavras de Luke o tinham atingido com força.

— Vocês não entendem — protestou ele, um desespero repentino na voz. — Não posso voltar. Maryse quer que eu diga que odeio Valentim. E eu não posso fazer isso.

Jace levantou o queixo, rígido, os olhos em Luke como se ele esperasse que o homem mais velho respondesse com escárnio ou até horror. Afinal, Luke tinha mais motivos para odiar Valentim do que quase todas as pessoas no mundo.

— Eu sei — disse Luke. — Eu também o amei uma vez.

Jace expirou, quase com alívio, e Clary pensou de repente: *É por isso que ele veio para cá, para esse lugar. Não para arrumar uma briga, mas para chegar a Luke. Porque Luke entenderia.* Nem tudo que Jace fazia era insano ou suicida, ela lembrou a si mesma. Apenas parecia ser.

— Você não deveria ter que dizer que odeia o seu pai — disse Luke. — Nem mesmo para tranquilizar Maryse. Ela deveria entender.

Clary encarou Jace, tentando decifrar sua expressão. Era como um livro escrito em uma língua estrangeira que ela não conhecia bem.

— Ela realmente disse que não queria que você voltasse nunca mais? — perguntou Clary. — Ou você simplesmente concluiu que era isso e então foi embora?

— Ela disse que provavelmente seria melhor que eu encontrasse outro lugar para ficar por um tempo. Não disse onde.

— Você deu a ela uma chance de dizer? — perguntou Luke. — Olhe, Jace, você pode se sentir absolutamente à vontade para ficar comigo pelo tempo que precisar. Quero que saiba disso.

O estômago de Clary revirou. A ideia de Jace morando na mesma casa que ela, sempre por perto, a encheu de uma mistura de felicidade e horror.

— Obrigado. — A voz de Jace era firme, mas ele olhou instantaneamente, sem conseguir evitar, para Clary, e ela pôde ver em seus olhos a mesma mistura horrível de emoções que estava sentindo. *Luke,* pensou, *às vezes eu gostaria que você não fosse tão generoso. Ou tão cego.*

— Acho que você deveria ao menos voltar para o Instituto por tempo suficiente para conversar com Maryse e descobrir o que ela estava querendo dizer — prosseguiu Luke. — Mais talvez do que você esteja disposto a ouvir.

Jace desviou os olhos de Clary.

— Tudo bem. — A voz dele era áspera. — Mas com uma condição: não quero ir sozinho.

— Eu vou com você — disse Clary rapidamente.

— Eu sei. — A voz de Jace era baixa. — E quero que você vá, mas quero que Luke vá também.

Luke pareceu espantado.

— Jace... Eu moro aqui há quinze anos e nunca fui ao Instituto. Nem uma vez. Duvido que Maryse goste mais de mim do que...

— Por favor — pediu Jace, e apesar da voz seca e de ter falado baixo, Clary quase sentiu, como algo palpável, o orgulho que ele teve que combater para dizer essas duas palavras.

— Tudo bem. — Luke fez que sim com a cabeça, o aceno de um líder de bando acostumado a fazer o que era necessário, quisesse ou não. — Então vou com vocês.

Simon se apoiou na parede no corredor do lado de fora do escritório de Pete e tentou não sentir pena de si mesmo.

O dia havia começado bem. Razoavelmente bem, pelo menos. Primeiro o episódio infeliz com o filme do Drácula na televisão fazendo com que se sentisse nauseado e desmaiasse, trazendo à tona todas as emoções, todos os desejos que vinha tentando abafar e esquecer. Em seguida, de algum modo, o enjoo o alterara e ele se vira beijando Clary do jeito que queria havia anos. As pessoas sempre diziam que as coisas nunca aconteciam como esperavam que acontecessem. Estavam enganadas.

E ela *retribuíra* o beijo...

E agora estava lá dentro com Jace, e Simon tinha uma sensação desagradável e incômoda no estômago, como se tivesse engolido uma vasilha de minhocas. Era uma sensação doentia à qual tinha se acostumado ultimamente. Não costumava ser sempre assim, nem mesmo depois que percebeu o que sentia por Clary. Ele nunca a pressionara, nunca tinha despejado seus sentimentos nela. Sempre tivera certeza de que um dia ela acordaria dos sonhos de príncipes e heróis de kung fu e perceberia o que estava na cara dos dois: pertenciam um ao outro. E se ela não tinha parecido interessada em Simon, pelos menos também não tinha parecido interessada em mais ninguém.

Até Jace. Ele se lembrou de estar sentado nos degraus da varanda da casa de Luke, assistindo a Clary explicar para ele quem era Jace e o que ele fizera, enquanto Jace examinava as unhas e bancava o superior. Simon mal a escutara. Estivera ocupado demais percebendo como ela *olhava* para o menino dourado com as tatuagens estranhas e o rosto bonito e anguloso. Bonito demais, pensara Simon, mas Clary claramente não havia concordado: olhava para ele como se fosse um dos heróis da ficção que ganhara vida. Ele nunca a tinha visto olhar para ninguém daquele jeito e sempre pensara que, se um dia ela o fizesse, seria para ele. Mas não fora, e aquilo machucara mais do que ele imaginara que qualquer coisa pudesse ser possível.

Descobrir que Jace era irmão de Clary foi como ser enviado para a frente de um esquadrão de fuzilamento, depois receber um adiamento no último minuto. De repente o mundo parecia cheio de possibilidades outra vez.

Agora ele não tinha mais tanta certeza.

— Olá. — Alguém vinha vindo pelo corredor, alguém não muito alto, passando cautelosamente pelos respingos de sangue. — Você está esperando para falar com o Luke? Ele está aí dentro?

— Não exatamente. — Simon saiu da frente da porta. — Quer dizer, mais ou menos. Ele está lá dentro com uma amiga minha.

A pessoa, que tinha acabado de parar perto dele, encarou-o. Simon podia ver que era uma menina de mais ou menos 16 anos, com a pele macia e morena. Os cabelos castanho-dourados estavam presos em diversas trancinhas, e o rosto dela tinha o formato exato de um coração. Tinha um corpo compacto e sinuoso, quadris largos em uma cintura estreita.

— O cara do bar? O Caçador de Sombras?

Simon deu de ombros.

— Bem, detesto ter que dizer isso — ela continuou —, mas seu amigo é um babaca.

— Ele não é meu amigo — retrucou Simon. — E eu concordo plenamente, para falar a verdade.

— Mas pensei que você tivesse dito...

— Estou esperando a irmã dele — disse Simon. — Ela é a minha melhor amiga.

— E está lá dentro com ele agora? — A menina apontou o polegar para a porta. Ela usava anéis em todos os dedos, joias de aparência primitiva feitas de bronze e ouro. Os jeans eram velhos, porém limpos, e, quando ela virou a cabeça, Simon viu a cicatriz que percorria todo o pescoço por cima do colarinho da camisa. — Bem — disse ela com ressentimento —, entendo de irmãos babacas. Imagino que não seja culpa dela.

— Não é. Mas ela talvez seja a única pessoa a quem ele vá dar ouvidos.

— Ele não me pareceu do tipo que ouve — comentou a menina, e captou o olhar de lado dele com um de seus próprios olhares. Divertimento passou pelo rosto dela. — Você está olhando para a minha cicatriz. Foi onde fui mordida.

— Mordida? Quer dizer que você é uma...

— Licantrope — completou ela. — Como todos aqui. Exceto você e o babaca. E a irmã do babaca.

— Mas você não foi sempre uma licantrope. Quero dizer, você não nasceu assim.

— Quase nenhum de nós nasce assim. É o que nos torna diferentes dos seus amigos Caçadores de Sombras.

— O quê?

Ela deu um sorriso fugaz.

— Fomos humanos um dia.

Simon não respondeu. Depois de alguns minutos, a menina estendeu a mão.

— Sou Maia.

— Simon. — Ele apertou a mão dela. Era seca e macia. Ela olhou para ele através de cílios castanho-dourados, da cor de torrada com manteiga. — Como você sabe que Jace é um babaca? — perguntou ele. — Ou talvez eu devesse perguntar: como você descobriu?

Ela puxou a mão de volta.

— Ele destruiu o bar. Socou o meu amigo Morcego. Chegou a bater em alguns do bando até deixá-los inconscientes.

— Eles estão bem? — perguntou, alarmado. Jace não parecia perturbado, mas conhecendo-o, Simon não tinha a menor dúvida de que poderia matar diversas pessoas em uma única manhã e sair para comer waffles depois. — Eles foram ao médico?

— A um feiticeiro — respondeu a menina. — Os da nossa espécie não frequentam muitos médicos mundanos.

— Membros do Submundo?

Ela ergueu as sobrancelhas.

— Então ensinaram a você os jargões?

Simon se aborreceu.

— Como você sabe que não sou um deles? Ou um de vocês? Um Caçador de Sombras, ou um membro do Submundo, ou...

Ela balançou a cabeça até sacudir as tranças.

— Simplesmente emana de você — disse, com uma ponta de amargura —, a sua *humanidade.*

A intensidade da voz dela quase o fez tremer.

— Eu posso bater na porta — sugeriu ele, sentindo-se ridículo de repente —, se você quiser falar com o Luke.

Ela deu de ombros.

— Apenas diga a ele que Magnus está aqui, verificando a cena no beco. — Ele deve ter demonstrado espanto, pois ela prosseguiu: — Magnus Bane. É um feiticeiro.

Eu sei, Simon queria dizer, mas deixou para lá. A conversa já tinha sido estranha demais.

— Tudo bem.

Maia virou como se fosse embora, mas parou no meio do corredor, apoiando uma das mãos na moldura da porta.

— Você acha que ela vai conseguir colocar um pouco de juízo na cabeça dele? — perguntou. — A irmã?

— Se ele der ouvidos a alguém, será a ela.

— É bonitinho — disse Maia. — Que ele ame a irmã desse jeito.

— É — disse Simon. — É uma graça.

Capítulo 3
A INQUISIDORA

Na primeira vez que Clary vira o Instituto, ele parecera uma igreja dilapidada, com o telhado quebrado, faixas da polícia amarelas manchadas selando a porta. Agora ela não precisava se concentrar para afastar a ilusão. Mesmo do outro lado da rua conseguia ver exatamente como era, uma catedral gótica alta, cujos pináculos pareciam perfurar o céu azul-escuro como facas.

Luke silenciou. Pela expressão em seu rosto estava claro que alguma espécie de luta estava sendo travada dentro dele. Enquanto subiam os degraus, Jace colocou a mão dentro da camisa, como que por força do hábito, mas quando a puxou de volta estava vazia. Ele riu sem humor.

— Esqueci. Maryse pegou as minhas chaves antes de eu ir embora.

— Claro que pegou. — Luke estava bem diante das portas do Instituto. Ele tocou gentilmente os símbolos esculpidos na madeira logo abaixo da arquitrave. — Essas portas são exatamente com as do Salão do Conselho em Idris. Nunca pensei que fosse voltar a ver uma do tipo.

Clary quase se sentiu culpada por interromper o devaneio de Luke, mas havia questões práticas que precisavam ser resolvidas.

— Se não temos chave...

— Não precisamos de chave. Um Instituto deve estar aberto a qualquer Nephilim que não tenha intenção de machucar os habitantes.

— E se eles quiserem nos machucar? — murmurou Jace.

Os cantos da boca de Luke tremeram.

— Acho que não faz diferença.

— É, a Clave sempre organiza as coisas do jeito dela. — A voz de Jace soou abafada; o lábio inferior estava inchando, a pálpebra esquerda ficando roxa.

Por que ele não se curou?, perguntou-se Clary.

— Ela pegou a sua estela também? — perguntou ela.

— Não peguei nada quando saí — disse Jace. — Não queria levar nada que os Lightwood tinham me dado.

Luke olhou para ele com alguma preocupação.

— Todo Caçador de Sombras precisa ter uma estela.

— Eu arrumo outra — retrucou Jace, e pôs a mão na porta do Instituto. — Em nome da Clave — disse —, peço entrada nesse local sagrado. E em nome do Anjo Raziel, peço suas bênçãos em minha missão contra...

As portas se abriram. Clary pôde ver o interior da catedral através delas, a escuridão sombria iluminada aqui e ali por velas em candelabros de ferro altos.

— Bem, isso é conveniente — disse Jace. — Acho que é mais fácil conseguir uma bênção do que eu tinha imaginado. Talvez eu devesse pedir a bênção na minha missão contra todos que usam branco depois do Dia do Trabalho.

— O Anjo sabe qual é a sua missão — disse Luke. — Você não precisa pronunciar as palavras em voz alta, Jonathan.

Por um instante Clary pensou ter visto alguma coisa passar pelo rosto de Jace — incerteza, surpresa, talvez até alívio?

— Não me chame assim. Não é o meu nome. — Foi tudo o que disse no entanto.

* * *

Passaram pelo andar térreo da catedral, pelos bancos vazios e pela luz queimando eternamente no altar. Luke olhou em volta curioso e até pareceu surpreso quando o elevador, como uma gaiola dourada, chegou para transportá-los para cima.

— Isso deve ter sido ideia da Maryse — disse ao entrarem. — É a cara dela.

— Está aqui há tanto tempo quanto eu — disse Jace enquanto a porta se fechava atrás deles.

O trajeto de subida foi breve, e ninguém falou. Clary ficou mexendo nervosamente nas franjas do cachecol. Ela se sentia um pouco culpada por ter dito a Simon para ir para casa e esperar até que ela ligasse mais tarde. Percebeu pelo contrair irritado dos ombros enquanto ele ia pela Canal Street que ele se sentira sumariamente dispensado. Mesmo assim, não conseguia imaginar tê-lo, um mundano, ali enquanto Luke argumentava com Maryse Lightwood a favor de Jace; apenas tornaria tudo ainda mais constrangedor.

O elevador parou com um ruído, eles saltaram e deram de cara com Church esperando na entrada, com um laço vermelho ligeiramente gasto em volta do pescoço. Jace se abaixou para passar as costas da mão na cabeça do gato.

— Onde está Maryse?

Church fez um barulho na garganta, algo entre um ronronado e um rosnado, e seguiu pelo corredor. Eles foram atrás, Jace em silêncio, Luke olhando ao redor com uma curiosidade evidente.

— Nunca pensei que fosse ver o interior desse lugar.

— Parece com o que você imaginou? — perguntou Clary.

— Eu estive nos Institutos de Londres e Paris, e esse não é muito diferente. Mas de alguma forma...

— De alguma forma o quê? — Jace estava vários passos à frente.

— É mais frio — disse Luke.

Jace não disse nada. Tinham chegado à biblioteca. Church sentou-se como se indicasse que não pretendia avançar. Havia vozes quase inaudíveis passando através das portas espessas de madeira, mas Jace abriu sem bater e entrou.

Clary ouviu uma voz exclamar, surpresa. Por um instante seu coração se contraiu ao pensar em Hodge, que só faltava dormir naquela sala. Hodge, com sua voz áspera, e Huguin, o corvo que lhe servia de companhia quase constante — e que havia, sob as ordens de Hodge, quase arrancado seus olhos.

Não era Hodge, é claro. Atrás da enorme mesa equilibrada nas costas de dois anjos ajoelhados estava uma mulher de meia-idade com os cabelos negros de Isabelle e o porte elegante e rijo de Alec. Vestia um tailleur preto, liso, contrastando com os anéis coloridos e brilhantes que faiscavam nos seus dedos.

Ao lado, outra figura: um adolescente esguio, razoavelmente forte, com cabelos escuros ondulados e pele cor de mel. Quando ele se virou para olhar para eles, Clary não conseguiu conter a exclamação de surpresa.

— Raphael?

Por um momento o rapaz pareceu espantado. Em seguida sorriu, com dentes muito brancos e afiados — nenhuma surpresa, considerando que se tratava de um vampiro.

— *Dios* — disse ele, dirigindo-se a Jace. — O que aconteceu com você, irmão? Parece até que um bando de lobos tentou te detonar.

— Isso ou foi um palpite surpreendentemente bom, ou você ficou sabendo do que aconteceu — disse Jace.

O sorrisinho de Raphael se transformou em um sorriso largo.

— Eu ouço coisas.

A mulher atrás da mesa se levantou.

— Jace — disse ela, com a voz cheia de ansiedade. — Aconteceu alguma coisa? Por que você voltou tão cedo? Pensei que fosse ficar com... — O olhar de Maryse passou por ele e foi para Luke e Clary. — E quem é você?

— A irmã de Jace — disse Clary.

Os olhos de Maryse se fixaram em Clary.

— Sim, estou vendo. Você se parece com Valentim. — Ela se voltou para Jace. — Você trouxe a sua irmã com você? E um mundano, também? Aqui não é seguro para nenhum de vocês agora. *Principalmente* para um mundano...

— Mas eu não sou um mundano... — interrompeu Luke, sorrindo de leve.

A expressão de Maryse mudou lentamente de espanto para choque enquanto olhava para Luke — *realmente* olhava para ele — pela primeira vez.

— *Lucian*?

— Olá, Maryse. Quanto tempo.

O rosto de Maryse estava paralisado, e naquele instante ela pareceu repentinamente mais velha, mais velha até do que Luke. Endireitou-se cuidadosamente.

— Lucian — disse ela novamente, com as mãos sobre a mesa. — Lucian Graymark.

Raphael, que vinha assistindo a tudo com o olhar brilhante e curioso de um pássaro, voltou-se para Luke.

— Você matou Gabriel.

Quem era Gabriel?, Clary encarou Luke, confusa. Ele deu de ombros levemente.

— Matei, exatamente como ele matou o líder do bando antes dele. É como funciona com os licantropes.

Maryse levantou o olhar ao ouvir isso.

— O líder do bando?

— Se você lidera o bando agora, é hora de conversarmos — disse Raphael, inclinando a cabeça graciosamente na direção de Luke, apesar do olhar cauteloso. — Mas talvez não nesse exato momento.

— Mandarei alguém providenciar — disse Luke. — As coisas têm estado muito tumultuadas ultimamente. Talvez eu esteja um pouco atrasado com a diplomacia.

— Talvez. — Foi só o que Raphael disse. Virou-se novamente para Maryse. — Os nossos assuntos já estão concluídos?

Maryse respondeu com esforço:

— Se você diz que as Crianças Noturnas não estão envolvidas nessas mortes, então aceito a sua palavra. É o que devo fazer, a não ser que outras evidências venham à luz.

Raphael franziu o cenho.

— À luz? — disse. — Não gosto dessa expressão. — Então se virou, e Clary viu com espanto que podia enxergar *através* dos cantos dele, como se ele fosse uma fotografia borrada nas margens. Tinha a mão esquerda transparente, e através dela Clary podia ver o grande globo metálico que Hodge sempre mantivera na mesa. Ouviu-se emitindo um leve ruído de surpresa enquanto a transparência se espalhava para os braços, e dos ombros para o peito, e em um segundo ele desapareceu, como uma figura sendo apagada de um desenho. Maryse exalou um suspiro de alívio.

Clary ficou de queixo caído.

— Ele está *morto*?

— Quem, Raphael? — disse Jace. — Não. Aquilo era só uma projeção dele. Ele não pode entrar no Instituto fisicamente.

— Por que não?

— Porque aqui é território sagrado — respondeu Maryse. — E ele é um condenado. — Seus olhos gélidos não perderam nem um pouco do frio quando ela dirigiu o olhar a Luke. — Você, líder do bando, aqui? — perguntou ela. — Suponho que não deveria me surpreender. Parece mesmo o seu tipo, não?

Luke ignorou a amargura no tom.

— Raphael estava aqui por causa do filhote que foi morto hoje?

— Por isso e por causa de um feiticeiro morto — respondeu Maryse. — Foi encontrado morto na zona sul, com dois dias de intervalo.

— Mas por que Raphael estava aqui?

— O sangue do feiticeiro havia sido drenado — disse Maryse. — Parece que quem quer que tenha matado o lobisomem foi interrompido antes que o sangue pudesse ser retirado, mas a suspeita naturalmente caiu sobre as Crianças Noturnas. O vampiro veio aqui para me garantir que o povo dele não teve nada a ver com isso.

— E você acredita nele? — perguntou Jace.

— Não quero falar sobre assuntos da Clave com você agora, Jace, principalmente na presença de Lucian Graymark.

— Eu me chamo apenas Luke agora — disse placidamente. — Luke Garroway.

Maryse balançou a cabeça.

— Quase não o reconheci. Você parece um mundano.

— A ideia é essa.

— Todos pensamos que você estivesse morto.

— Esperavam — disse Luke, ainda placidamente. — Esperavam que eu estivesse morto.

Maryse parecia estar engasgada com alguma coisa.

— É melhor se sentarem — disse ela finalmente, apontando em direção às cadeiras na frente da mesa. — Bem — continuou depois que todos tomaram os assentos —, talvez vocês queiram me contar por que estão aqui.

— Jace — disse Luke, sem preâmbulos — quer um julgamento diante da Clave. Estou disposto a testemunhar a favor dele. Eu estava presente naquela noite em Renwick, quando Valentim se revelou. Lutei contra ele e quase nos matamos. Posso confirmar que tudo que Jace disse que aconteceu é verdade.

— Não tenho certeza — argumentou Maryse — sobre o quanto vale a *sua* palavra.

— Posso ser um licantrope — disse Luke —, mas também sou um Caçador de Sombras. Estou disposto a ser testado pela Espada, se isso ajudar.

Pela Espada? Isso soava mal. Clary olhou para Jace. Por fora ele estava calmo, os dedos entrelaçados no colo, mas havia uma tensão contida nele, como se estivesse a ponto de explodir. Ele percebeu que ela estava olhando e disse:

— A Espada da Alma. O segundo dos Instrumentos Mortais. É utilizada em julgamentos para ver se um Caçador de Sombras está mentindo.

— Você não é um Caçador de Sombras — Maryse disse a Luke, como se Jace não tivesse falado. — Não vive pela Lei da Clave há muito, muito tempo.

— Houve um tempo em que você também não viveu por ela — retrucou Luke. Um vermelho acentuado se espalhou pelas bochechas de Maryse. — Pensei — ele continuou — que a essa altura você já tivesse superado a incapacidade de confiar nos outros, Maryse.

— Algumas coisas a gente nunca esquece — disse ela. Sua voz tinha uma suavidade perigosa. — Você acha que simular a própria morte foi a maior mentira que Valentim já nos contou? Acha que charme significa sinceridade? Eu achava. E me enganei. — Ela se levantou e se apoiou na mesa sobre as mãos delicadas. — Ele nos disse que abriria mão da própria vida pelo Ciclo e que esperava que fizéssemos o mesmo. E teríamos feito, todos nós, eu sei. Eu quase *fiz.* — Ela passou os olhos por Jace e Clary e fixou-os em Luke. — Você se lembra — continuou — de como ele nos disse que a Ascensão não seria nada, mal seria uma batalha, alguns embaixadores sem armas contra a força absoluta do Ciclo. Eu estava tão confiante na nossa rápida vitória que, quando fui para Alicante, deixei Alec em casa e pedi a Jocelyn que cuidasse dele enquanto eu estivesse fora. Ela se recusou. E agora sei o motivo. Ela *sabia,* e você também. E não nos alertaram.

— Eu tentei alertá-los sobre Valentim — disse Luke. — E vocês não me ouviram.

— Não estou falando sobre Valentim. Estou falando sobre a Ascensão! Foram cinquenta dos nossos contra quinhentos do Submundo...

— Vocês estavam dispostos a trucidá-los desarmados quando pensaram que seriam apenas cinco deles — disse Luke baixinho.

As mãos de Maryse cerraram sobre a mesa.

— *Nós* fomos trucidados — disse ela. — No meio da carnificina, procuramos Valentim para nos guiar, mas ele não estava lá. Àquela altura a Clave já tinha cercado o Salão dos Acordos. Pensamos que o Valentim tivesse sido morto, e estávamos prontos para dar as nossas próprias vidas em uma última tentativa desesperada. Então me lembrei de Alec; se eu morresse, o que seria do meu menininho? — A voz dela falhou. — Então abaixei os braços e me entreguei para a Clave.

— Você fez a coisa certa, Maryse — disse Luke.

Ela se irritou com ele, os olhos ardendo.

— Não seja condescendente comigo, lobisomem. Se não fosse por você...

— Não grite com ele! — interrompeu Clary, quase se levantando. — A culpa foi sua por ter acreditado em Valentim...

— Você acha que não sei disso? — Havia um tom áspero na voz de Maryse agora. — A Clave deixou isso bem claro quando nos interrogou. Eles estavam com a Espada da Alma e sabiam quando estávamos mentindo, mas não podiam nos *fazer* falar, nada podia nos fazer falar, até...

— Até o quê? — Foi Luke quem falou. — Eu nunca soube. Sempre imaginei o que disseram a vocês para colocá-los contra ele.

— Apenas a verdade — disse Maryse, soando cansada. — Que Valentim não tinha morrido no Salão. Tinha fugido, abandonando-nos para morrermos sem ele. Tinha morrido depois, nos disseram, queimado até a morte na própria casa. A Inquisidora nos mostrou os ossos dele, os ossos carbonizados da família. Claro, isso foi apenas mais uma mentira... — Interrompeu-se, em seguida se recompôs e disse com palavras decididas: — Estava tudo em ruínas àquela altura de qualquer forma. Estávamos finalmente falando uns com os outros, nós do Ciclo. Antes da batalha, o Valentim me chamou de lado e disse que, dentre todos no Ciclo, era em mim que mais confiava, sua tenente mais próxima. Quando a Clave nos interrogou, descobri que ele tinha dito a mesma coisa para todos.

— Não há fúria maior do que a de uma mulher ferida — murmurou Jace, tão baixinho que somente Clary ouviu.

— Ele mentiu não só para a Clave, mas para nós. Usou a nossa lealdade e o nosso afeto. Exatamente como fez quando mandou você para nós — disse Maryse, olhando diretamente para Jace. — E agora ele voltou e tem o Cálice Mortal. Passou anos planejando isso, o tempo todo, tudo. Não posso me dar ao luxo de confiar em você, Jace. Sinto muito.

Jace não disse nada. Estava com o rosto inexpressivo, mas ficou mais pálido enquanto Maryse falava, os novos machucados se destacando na mandíbula e na bochecha.

— E depois? — perguntou Luke. — O que você espera que ele faça? Para onde ele deve ir?

Ela fixou os olhos em Clary por um instante.

— Por que não para junto da irmã? — disse. — Família...

— *Isabelle* é a irmã do Jace — interrompeu Clary. — Alec e Max são seus irmãos. O que você vai dizer a eles? Vão odiá-la para sempre se expulsar Jace de casa.

Maryse olhou para ela.

— O que *você* sabe sobre isso?

— Eu conheço Alec e Isabelle — respondeu Clary. A imagem de Valentim veio ao seu pensamento e não foi bem-recebida. Ela a afastou. — Família é mais do que sangue. Valentim não é o meu pai. Luke é. Exatamente como Alec, Max e Isabelle são a família do Jace. Se tentar arrancá-lo da família, deixará uma ferida que jamais vai cicatrizar.

Luke a olhava com uma espécie de respeito e surpresa. Algo acendeu nos olhos de Maryse... incerteza?

— Clary — disse Jace suavemente. — Chega. — Ele parecia derrotado. Clary voltou-se para Maryse.

— E a Espada? — demandou.

Maryse olhou para ela com uma confusão genuína.

— A Espada?

— A Espada da Alma — disse Clary. — A que se usa para saber se um Caçador de Sombras está mentindo ou não. Você pode usar com Jace.

— É uma boa ideia. — Havia uma ponta de animação na voz de Jace.

— Clary, as suas intenções são boas, mas você não sabe o que a Espada significa — interveio Luke. — A única pessoa que pode utilizá-la é a Inquisidora.

Jace inclinou-se para a frente.

— Então convoque-a. Convoque a Inquisidora. Quero acabar com isso.

— *Não* — disse Luke, mas Maryse estava olhando para Jace.

— A Inquisidora — disse ela com relutância — já está a caminho...

— Maryse. — A voz de Luke falhou. — Não diga que você a colocou no meio disso!

— Eu? Não! Você achou que a Clave não iria se envolver nesse conto selvagem de guerreiros Renegados, Portais e mortes encenadas? Depois do que Hodge fez? Estamos todos sob investigação agora, graças a Valentim — concluiu, vendo a expressão pálida e espantada de Jace. — A Inquisidora poderia colocar Jace na cadeia. Poderia tirar as Marcas dele. Achei que seria melhor...

— Que Jace não estivesse aqui quando ela chegasse — disse Luke. — Não foi à toa que você ficou tão ansiosa para mandá-lo embora.

— Quem é a Inquisidora? — perguntou Clary. A palavra invocou imagens da Inquisição espanhola, de torturas, chicotes e suplícios. — O que ela *faz*?

— Ela investiga os Caçadores de Sombras para a Clave — respondeu Luke. — Certifica-se de que a Lei não foi violada pelos Nephilim. Investigou todos os membros do Ciclo depois da Ascensão.

— Ela amaldiçoou Hodge? — perguntou Jace. — Mandou vocês para cá?

— Ela escolheu o nosso exílio e a pena dele. Não tem apreço por nós e detesta o pai de vocês.

— Eu não vou embora — disse Jace, ainda muito pálido. — O que ela vai fazer se chegar e eu não estiver aqui? Vai pensar que vocês conspiraram para me esconder. Vai punir *vocês*, você, Alec, Isabelle e Max.

Maryse não disse nada.

— Maryse, não seja tola — disse Luke. — Ela vai culpá-la ainda mais se deixar Jace ir. Mantê-lo aqui e permitir o juízo pela Espada será um sinal de boa-fé.

— Manter Jace... você não pode estar falando sério, Luke! — disse Clary. Ela sabia que a Espada tinha sido ideia dela, mas estava começando a se arrepender de ter sugerido aquilo. — Ela parece péssima.

— Mas se Jace for embora — disse Luke —, nunca mais vai poder voltar. Nunca mais vai ser um Caçador de Sombras. Gostando ou não, a Inquisidora é o braço direito da Lei. Se o Jace quiser continuar a ser parte da Clave, terá que colaborar com ela. Ele tem algo a seu favor, algo que os membros do Ciclo não tinham depois da Ascensão.

— E o que é? — perguntou Maryse.

Luke esboçou um leve sorriso.

— Ao contrário de vocês — disse —, Jace está falando a verdade.

Maryse respirou forte, em seguida voltou-se para Jace.

— No fim das contas, a decisão é sua — disse. — Se você quiser o julgamento, pode ficar até a Inquisidora chegar.

— Eu fico — respondeu ele. Havia uma firmeza no tom, sem qualquer raiva, o que surpreendeu Clary. Ele parecia estar olhando além de Maryse, com uma luz brilhando nos olhos, como um fogo refletido. Naquele instante, Clary não pôde evitar pensar que ele se parecia muito com o pai.

Capítulo 4

O CUCO NO NINHO

Suco de laranja, melaço e ovos com a validade expirada há semanas e algo que se parece com uma espécie de alface.

— Alface? — Clary espiou dentro da geladeira sobre o ombro de Simon. — Ah, isso é mussarela.

Simon deu de ombros e fechou a geladeira de Luke com o pé.

— Vamos pedir uma pizza?

— Já pedi — disse Luke, entrando na cozinha com o telefone sem fio na mão. — Uma vegetariana grande e três cocas. E liguei para o hospital — acrescentou, colocando o telefone na base. — Nenhuma mudança no estado de Jocelyn.

— Ah — disse Clary. Ela se sentou à mesa de madeira na cozinha de Luke. Geralmente Luke era bem organizado, mas no momento a mesa estava coberta de correspondências fechadas e pilhas de pratos sujos. A bolsa verde de Luke estava pendurada no encosto de uma cadeira. Ela sabia que deveria estar ajudando na limpeza, mas, ultimamente, simplesmente não tinha forças. A cozinha de Luke era pequena e ligeiramente suja em seus melhores dias; ele não era um grande cozinheiro, como comprovava o fato de não haver especiarias na prateleira de temperos pendurada sobre o velho fogão. Em vez disso, ele a utilizava para guardar caixas de café e chá.

Simon se sentou ao lado dela enquanto Luke tirava a louça suja de cima da mesa e a colocava na pia.

— Você está bem? — perguntou em voz baixa.

— Estou. — Clary conseguiu sorrir. — Eu não estava esperando que a minha mãe fosse acordar hoje, Simon. Tenho a sensação de que ela está... esperando alguma coisa.

— Você sabe o quê?

— Não. Só sei que falta alguma coisa. — Ela olhou para Luke, mas ele estava ocupado esfregando vigorosamente os pratos na pia para limpá-los. — Ou alguém.

Simon olhou confuso para ela, em seguida deu de ombros.

— Parece que a cena no Instituto foi bem intensa.

Clary deu de ombros.

— A mãe de Alec e Isabelle é assustadora.

— Qual é mesmo o nome dela?

— May-ris — disse Clary, imitando a pronúncia de Luke.

— É um antigo nome de Caçadores de Sombras. — Luke secou as mãos em um pano de prato.

— E Jace decidiu ficar e lidar com essa tal Inquisidora? Ele não quis ir embora? — perguntou Simon.

— É o que ele tem que fazer se quiser ter uma vida de Caçador de Sombras — disse Luke. — E ser isso, um Nephilim, significa tudo para Jace. Conheci outros Caçadores de Sombras como ele em Idris. Se alguém tirasse isso dele...

O ruído familiar da campainha soou. Luke colocou o pano de prato no balcão.

— Já volto.

— É muito estranho pensar em Luke como alguém que já foi um Caçador de Sombras um dia. Mais estranho do que pensar nele como um lobisomem — disse Simon assim que Luke saiu da cozinha.

— Sério? Por quê?

Simon deu de ombros.

— Já ouvi falar em lobisomens antes. São uma espécie de elemento conhecido. Ele vira lobo uma vez por mês, e daí? Mas a coisa dos Caçadores de Sombras... é como um culto.

— Não é como um culto.

— Claro que é. Caçar sombras é a vida deles. E olham de cima para todo mundo. Nos chamam de mundanos, como se não fossem seres humanos. Não são amigos de pessoas normais, não frequentam os mesmos lugares, não conhecem as mesmas piadas, acham que estão acima de nós. — Simon levantou uma das pernas e mexeu na franja do rasgo no joelho da calça jeans. — Conheci mais um licantrope hoje.

— Não me diga que você estava com Pete Aberração no Hunter's Moon. — Ela teve uma sensação de desconforto na boca do estômago, mas não saberia dizer exatamente o que a estava provocando. Provavelmente era puro estresse.

— Não. Era uma menina — disse Simon. — Mais ou menos da nossa idade. Chamada Maia.

— Maia? — Luke estava de volta à cozinha trazendo uma caixa de pizza branca e quadrada. Ele a colocou na mesa e Clary esticou a mão para abrir. O cheiro quente de massa, molho de tomate e queijo a fez se lembrar do quão faminta estava. Ela pegou uma fatia sem esperar que Luke lhe desse um prato. Ele se sentou com um sorriso largo, balançando a cabeça.

— Maia faz parte do bando, certo? — perguntou Simon, pegando uma fatia também.

Luke assentiu.

— Claro. É uma boa menina. Já ficou aqui cuidando da livraria algumas vezes enquanto eu estava no hospital. Ela me deixa pagá-la em livros.

Simon olhou para Luke por cima da pizza.

— Você está apertado com dinheiro?

Luke deu de ombros.

— Dinheiro nunca foi importante para mim, e o bando cuida dos seus.

— A minha mãe sempre dizia que quando ficávamos apertadas ela vendia uma das ações do meu pai. Mas como o cara que eu pensava que era meu pai não era, duvido que o Valentim tenha alguma ação... — disse Clary.

— A sua mãe estava vendendo aos poucos as joias que tinha — disse Luke. — Valentim tinha dado a ela algumas peças de família, joias que pertenceram aos Morgenstern durante gerações. Mesmo uma peça pequena era vendida por um preço bastante alto em um leilão. — Ele suspirou. — Agora se foram, embora Valentim possa tê-las recuperado nos destroços do seu apartamento.

— Bem, espero que tenha dado alguma satisfação a ela pelo menos — disse Simon. — Vender as coisas dele assim. — Ele pegou um terceiro pedaço de pizza. Era realmente incrível, Clary pensou, o quanto os meninos adolescentes podem comer sem engordar ou passar mal.

— Deve ter sido estranho para você — ela disse para Luke. — Ver Maryse Lightwood daquele jeito, depois de tanto tempo.

— Não exatamente estranho. Maryse não está diferente agora do que era antes, aliás, está mais parecida com ela mesma do que nunca, se é que isso faz sentido.

Clary achou que fazia. A aparência de Maryse Lightwood fez com que se lembrasse da menina magra e sombria na foto que Hodge havia lhe dado, aquela em que ela inclinava o queixo de forma arrogante.

— Como acha que ela se sente em relação a você? — perguntou Clary. — Realmente acha que ela esperava que você estivesse morto?

Luke sorriu.

— Talvez não por ódio, mas teria sido mais conveniente e menos confuso para eles se eu tivesse morrido, com certeza. O fato de que não só estou vivo, mas liderando o bando de lobisomens da zona sul dificilmente é algo pelo que estariam torcendo. É função deles, afinal manter a paz entre os membros do Submundo, e cá estou eu, com uma história com eles e muitas razões para querer vingança. Estão preocupados que eu seja um coringa.

— E você é? — perguntou Simon. A pizza tinha acabado, então ele esticou o braço e pegou uma das bordas mordiscadas de Clary. Ele sabia que ela detestava as bordas. — Um coringa, quero dizer.

— Não há nada de secreto a meu respeito. Sou impassível. Sou um homem de meia-idade.

— Exceto que, uma vez por mês, você se transforma em lobisomem e sai por aí rasgando e aniquilando coisas — disse Clary.

— Poderia ser pior — retrucou Luke. — Todos sabem que há homens da minha idade que costumam comprar carros esporte e dormir com modelos.

— Você só tem 38 anos — comentou Simon. — Isso não é meia-idade.

— Obrigado, Simon, agradeço de verdade. — Luke abriu a caixa de pizza, e, ao perceber que estava vazia, fechou-a com um suspiro. — Apesar de você ter comido a pizza inteira.

— Eu só comi cinco fatias — protestou Simon, inclinando a cadeira de modo que ela se equilibrou precariamente nas duas pernas de trás.

— Quantas fatias você acha que tinha na pizza, bobão? — perguntou Clary.

— Menos de cinco fatias não caracterizam uma refeição. Só um lanche. — Simon olhou apreensivo para Luke. — Isso significa que você vai se transformar em lobo e me comer?

— Definitivamente não. — Luke se levantou e jogou a caixa de pizza no lixo. — Você seria pegajoso e difícil de digerir.

— Mas em conformidade com as leis judaicas — disse Simon alegremente.

— Pode deixar que vou indicá-lo para licantropes judeus. — Luke apoiou as costas na pia. — Mas respondendo sua pergunta anterior, Clary, foi estranho ver Maryse Lightwood, mas não por causa dela. Foi o ambiente. O Instituto me lembrou muito o Salão dos Acordos em Idris, pude sentir a força dos símbolos do Livro Gray ao redor de mim depois de quinze anos tentando esquecê-los.

— E conseguiu? — perguntou Clary. — Conseguiu esquecê-los?

— Existem coisas que você nunca esquece. Os símbolos do Livro são mais do que ilustrações. Eles se tornam parte de você. Parte da sua pele. Ser um Caçador de Sombras é algo que nunca nos deixa. É um dom que se carrega no sangue e não se pode mudar mais do que se pode mudar o tipo sanguíneo.

— Estava pensando — disse Clary — se eu não deveria fazer umas Marcas.

Simon deixou cair a borda de pizza que estava beliscando.

— Você está brincando.

— Não estou, não. Por que eu brincaria com um assunto desses? E por que eu *não deveria* fazer Marcas? Sou uma Caçadora de Sombras. Não custa tentar me proteger do jeito que dá.

— Tentar se proteger do quê? — perguntou Simon, inclinando-se para a frente de modo que as pernas da frente da cadeira em que estava sentado aterrissaram no chão com estrépito. — Achei que essa história de caça às sombras já estivesse encerrada. Pensei que você estivesse tentando levar uma vida normal.

O tom de Luke era ameno.

— Não tenho certeza de que exista uma vida normal.

Clary olhou para o braço onde Jace havia desenhado a única Marca que ela havia recebido. Ainda podia ver o traçado branco como um laço que havia deixado para trás, mais uma lembrança do que uma cicatriz.

— É claro que eu quero me afastar de toda essa maluquice, mas e se a maluquice vier atrás de mim? E se eu não tiver escolha?

— Talvez você não queira se afastar da maluquice tanto assim — murmurou Simon. — Pelo menos não enquanto Jace ainda estiver envolvido.

Luke limpou a garganta.

— A maioria dos Nephilim passa por diversos níveis de treinamento antes de receber Marcas. Eu não recomendaria que você recebesse uma Marca antes de ter alguma instrução. Mas se quer fazer isso, a escolha é sua, é claro. Contudo, tem uma coisa que você precisa ter. Algo que todos os Caçadores de Sombras precisam ter.

— Um comportamento desprezível e arrogante? — disse Simon.

— Uma estela — disse Luke. — Todo Caçador de Sombras precisa de uma estela.

— *Você* tem uma? — perguntou Clary, surpresa.

Sem responder, Luke saiu da cozinha. Voltou depois de alguns instantes, segurando um objeto embrulhado em tecido preto. Luke colocou-o sobre a mesa e desenrolou o pano, revelando um instrumento que parecia uma varinha reluzente, feito de cristal pálido e opaco. Uma estela.

— É bonita — disse Clary.

— Que bom que você achou — disse Luke —, porque quero que ela seja sua.

— Minha? — Clary olhou espantada para ele. — Mas é sua, não é?

Ele balançou a cabeça.

— Era da sua mãe. Ela não quis deixar no apartamento, caso você encontrasse, então me pediu para guardar.

Clary pegou a estela. Era fria ao toque, apesar de saber que se aqueceria e brilharia quando fosse utilizada. Era um objeto estranho; não era longo o suficiente para ser uma arma, nem curto o suficiente para ser manejado com a mesma facilidade que se manuseia um instrumento de desenho. Ela supôs que o tamanho estranho era apenas algo a que a pessoa se acostumava com o tempo.

— Posso ficar com ela?

— Claro. É um modelo antigo, é óbvio, desatualizado há quase vinte anos. Pode ser que tenham aprimorado o design desde então. Ainda assim, é confiável o bastante.

Simon observou-a enquanto ela segurava a estela como a batuta de um maestro, desenhando formas invisíveis no ar entre eles.

— Isso me lembra um pouco quando o meu avô me deu os velhos tacos de golfe dele.

Clary riu e baixou a mão.

— É, exceto que você nunca usou.

— E eu espero que você nunca tenha que usar isso — disse Simon, e desviou o olhar rapidamente, antes que ela pudesse responder.

Fumaça ergueu-se das Marcas como espirais negras, e ele sentiu o cheiro da própria pele queimando. O pai estava sobre ele com a estela, cuja ponta brilhava, vermelha como a ponta de um atiçador que tivesse passado tempo demais no fogo.

— Feche os olhos, Jonathan — dissera ele. — A dor só é o que você permite que ela seja. — Mas a mão de Jace se curvou em si mesma, involuntariamente, como se sua pele estivesse se retraindo, girando para escapar da estela. Ele ouviu o estalo quando um osso da mão quebrou, depois outro...

Jace abriu os olhos e piscou na escuridão, a voz do pai desaparecendo como fumaça em um vento crescente. Sentia gosto de sangue. Tinha mordido a parte de dentro do lábio. Ele se sentou, franzindo o cenho.

Ouviu o estalo outra vez e olhou para baixo involuntariamente, para a mão. Não estava marcada. Percebeu que o som vinha da sala de fora. Alguém batendo, ainda que de forma hesitante, à porta.

Ele rolou para fora da cama, tremendo ao pisar o chão frio com os pés descalços. Tinha dormido de roupa e olhou com desgosto para a camisa amassada. Provavelmente ainda estava cheirando a lobo. Sentia dores por todo o corpo.

Ouviu a batida novamente. Atravessou a sala e abriu a porta. Piscou, surpreso.

— Alec?

Com as mãos nos bolsos da calça jeans, Alec deu de ombros, inseguro.

— Desculpe-me por acordar você assim. A minha mãe mandou te chamar. Ela quer falar com você na biblioteca.

— Agora? — Jace olhou para o amigo. — Fui até o seu quarto mais cedo, mas você não estava.

— Eu tinha saído. — Alec não parecia ansioso para compartilhar mais do que isso.

Jace passou a mão pelo cabelo desgrenhado.

— Tudo bem. Espere um instante enquanto eu troco a camisa. — Indo para o guarda-roupa, remexeu em uma pilha de quadrados cuidadosamente dobrados até encontrar uma camisa azul-escura de mangas compridas. Tirou cuidadosamente a que estava vestindo, grudada à pele em alguns pontos com o sangue seco.

Alec desviou o olhar.

— O que aconteceu com você? — Estava com a voz estranhamente embargada.

— Arrumei uma briga com um bando de lobisomens. — Jace passou a blusa azul por cima da cabeça. Vestido, seguiu Alec pelo corredor. — Tem alguma coisa no seu pescoço — observou.

A mão de Alec voou para a garganta.

— O quê?

— Parece uma marca de mordida — disse Jace. — O que você fez o dia inteiro?

— Nada. — Vermelho como um tomate, a mão ainda grudada no pescoço, Alec avançou pelo corredor. Jace o seguiu. — Fui andar no parque. Tentei esfriar a cabeça.

— E encontrou um vampiro?

— O quê? Não! Eu caí.

— Em cima do *pescoço*? — Alec emitiu um ruído e Jace concluiu que era melhor deixar o assunto de lado. — Tudo bem, como quiser. Por que você precisava esfriar a cabeça?

— Por sua causa. Por causa dos meus pais — respondeu Alec. — A minha mãe veio e explicou por que estava tão irritada depois que você foi embora. E explicou sobre Hodge. Obrigado por não me contar, por sinal.

— Desculpe. — Foi a vez de Jace ruborizar. — Eu não consegui...

— Bem, a coisa não parece boa. — Alec finalmente tirou a mão do pescoço e se virou para lançar um olhar acusatório a Jace. — O que parece é que você estava escondendo coisas. Coisas sobre Valentim.

Jace parou onde estava.

— *Você* acha que eu estava mentindo? Sobre saber que o meu pai era Valentim?

— Não! — Alec pareceu espantado, ou pela pergunta, ou pela veemência de Jace ao fazê-la. — E também não me importo com quem seja o seu pai. Você continua sendo a mesma pessoa. Seja quem for. — As palavras saíram frias, antes que ele pudesse contê-las. — Só estou dizendo — o tom de Alec era aplacado — que você sabe ser um pouco... duro às vezes. Apenas pense antes de falar, é só o que estou pedindo. Ninguém aqui é seu inimigo, Jace.

— Bem, obrigado pelo conselho — retrucou Jace. — Posso ir sozinho até a biblioteca.

— *Jace...*

Mas ele já tinha ido, deixando a angústia de Alec para trás. Detestava quando outras pessoas se preocupavam por causa dele. Fazia com que ele se sentisse como se de fato houvesse algo com que se preocupar.

A porta da biblioteca estava entreaberta. Sem se incomodar em bater, Jace entrou. Sempre foi um de seus cômodos preferidos no Instituto — havia algo de reconfortante na mistura antiquada de madeira e bronze, os livros com capas de couro e veludo se estendendo pela parede como velhos amigos que o esperavam voltar. Agora um sopro de ar frio o atingiu no instante em que empurrou a porta. O fogo que geralmente ardia na enorme lareira durante o outono e o inverno não passava de um monte de cinzas. As luzes tinham sido apagadas. A única luminosidade vinha através das janelas estreitas e da claraboia da torre, no alto.

Sem querer, Jace pensou em Hodge. Se ele estivesse ali, a lareira estaria acesa, os lampiões também, formando piscinas de reflexos de luz dourada nos tacos do chão. O próprio Hodge estaria largado na poltrona perto da lareira, com Hugo sobre um dos ombros e um livro aberto ao lado.

Entretanto, havia alguém na velha poltrona de Hodge. Alguém magro e cinza, que se levantou de forma fluida, como a serpente de um encantador de cobras, e virou-se para ele com um sorriso frio.

Era uma mulher. Usava uma capa cinza antiquada que caía até os sapatos e por baixo um terninho justo verde-acizentado com colarinho mandarim, cujos pontos rígidos pressionavam o pescoço dela. Os cabelos eram de uma espécie de louro pálido quase branco, puxados firmemente para trás, e seus olhos eram lascas cinza brilhantes. Jace podia senti-los, como o toque de água gélida, enquanto seu olhar passeava dos jeans imundos e sujos de lama para o rosto ferido e os olhos, onde estacionou.

Por um segundo, algo quente se acendeu no olhar dela, como o brilho de uma chama presa sob gelo. Em seguida, sumiu.

— Você é o menino?

Antes que Jace pudesse responder, outra voz o fez: era Maryse, que havia entrado na biblioteca atrás dele. Ele se perguntou por que não a ouvira se aproximar e percebeu que ela tinha trocado os saltos por chinelos. Estava com uma túnica longa de seda estampada, e os lábios contraídos.

— Sim, Inquisidora — disse ela. — Esse é Jonathan Morgenstern.

A Inquisidora foi em direção a Jace como fumaça cinza pairando. Parou na frente dele e estendeu a mão — os dedos longos e brancos fizeram Jace se lembrar de uma aranha albina.

— Olhe para mim, menino — disse ela, e de repente os dedos longos estavam sob seu queixo, forçando-o a olhar para cima. Ela era incrivelmente forte. — Você vai me chamar de Inquisidora. Não deve me chamar de mais nada. — A pele ao redor dos olhos da mulher era marcada com linhas finas como rachaduras em tinta. Dois vincos corriam dos cantos da boca ao queixo. — Entendeu?

Durante quase toda a vida, a Inquisidora tinha sido uma figura distante e quase mítica para Jace. Sua identidade e mesmo muitas de suas funções permaneciam envoltas no sigilo da Clave. Ele sempre imaginara que ela seria como os Irmãos do Silêncio, com poder contido e mistérios escondidos. Não tinha imaginado alguém tão direto — e tão hostil. Aqueles olhos pareciam atacá-lo, rompendo a armadura de confiança e divertimento, expondo-o por completo.

— O meu nome é Jace — disse ele. — Não é menino. Jace Wayland.

— Você não tem direito ao nome Wayland — retrucou ela. — Você é Jonathan Morgenstern. Apropriar-se do nome Wayland faz de você um mentiroso. Exatamente como o seu pai.

— Na verdade — disse Jace —, prefiro pensar que sou mentiroso de um jeito inteiramente meu.

— Entendo. — Um pequeno sorriso se formou nos lábios pálidos da Inquisidora. Não era um sorriso simpático. — Você não tolera autoridades, exatamente como o seu pai. Como o anjo cujo nome vocês dois carregam. — Com os dedos ela agarrou o queixo dele com uma ferocidade repentina, afundando as unhas dolorosamente na pele. — Lúcifer teve a devida recompensa por sua rebelião quando Deus o atirou na cova do inferno. — Ela tinha um hálito amargo como vinagre. — Se você desafiar a *minha* autoridade, prometo que invejará esse destino.

Ela soltou Jace e deu um passo para trás. Ele podia sentir o rastro lento de sangue onde as unhas da Inquisidora haviam cortado seu rosto. Suas mãos tremeram de raiva, mas ele se recusou a erguer uma delas para limpar.

— Imogen... — começou Maryse, mas em seguida se corrigiu. — Inquisidora Herondale, ele concordou com um julgamento pela Espada. Você pode descobrir se ele está falando a verdade.

— Sobre o pai? Sim. Eu sei que posso. — O colarinho duro da Inquisidora Herondale afundou na garganta quando ela virou para olhar para Maryse. — Sabe, Maryse, a Clave não está satisfeita com você. Você e Robert são os guardiões do Instituto e têm sorte por suas fichas terem permanecido relativamente limpas ao longo dos anos. Há poucas perturbações demoníacas até recentemente, e tudo tem estado quieto nos últimos dias. Nenhum relatório, nem de Idris, então a Clave está se sentindo clemente. Nós até imaginamos, algumas vezes, se vocês tinham de fato deixado de ser fiéis a Valentim. Do jeito que está, ele preparou uma armadilha para vocês, que caíram direitinho. É o caso de pensar se iam se deixar enganar dessa forma.

— Não teve armadilha nenhuma — interrompeu Jace. — O meu pai sabia que os Lightwood me criariam se pensassem que eu era filho de Michael Wayland. Só isso.

A Inquisidora o encarou como se ele fosse uma barata falante.

— Você conhece o pássaro cuco, Jonathan Morgenstern?

Jace imaginou se ser Inquisidora — não podia ser um emprego agradável — tinha deixado Imogen Herondale um pouco confusa.

— O quê?

— O pássaro cuco — disse ela. — Veja bem, cucos são parasitas. Eles colocam ovos nos ninhos de outros pássaros. Quando o ovo choca, o filhote cuco empurra os outros para fora do ninho. Os pobres pássaros pais trabalham até a morte tentando encontrar comida suficiente para alimentar o enorme filhote cuco que mata seus filhotes e toma o lugar deles.

— Enorme? — disse Jace. — Você me chamou de gordo?

— Foi uma analogia.

— Eu não sou gordo.

— E eu — disse Maryse — não quero a sua piedade, Imogen. Eu me recuso a acreditar que a Clave vá punir a mim ou ao meu marido por termos optado por criar o filho de um amigo falecido. — Ela enrijeceu os ombros. — E não é como se não tivéssemos contado o que estávamos fazendo.

— E eu nunca machuquei nenhum dos Lightwood, de nenhuma forma — disse Jace. — Trabalhei duro. Pode dizer o que quiser sobre o meu pai, mas ele fez de mim um Caçador de Sombras. Conquistei o meu lugar aqui.

— Não defenda o seu pai para mim — retrucou a Inquisidora. — Eu o conheci. Ele era e é o mais execrável dos homens.

— Execrável? Quem diz "execrável"? E o que isso quer dizer?

Os cílios sem cor da Inquisidora tocaram as bochechas quando ela cerrou os olhos, com o olhar especulativo.

— Você *é* arrogante — disse afinal. — E intolerante. Foi o seu pai que o ensinou a se comportar desse jeito?

— Não com ele — respondeu Jace secamente.

— Então você o está imitando. Valentim foi um dos homens mais arrogantes e desrespeitosos que eu já conheci. Suponho que tenha criado você para ser exatamente como ele.

— Sim — disse Jace, sem conseguir se conter —, fui treinado para ser um gênio do mal desde menino. Arrancar asas de moscas, envenenar o suprimento de água da terra; já fazia de tudo isso no jardim de infância. Acho que todos temos muita sorte por o meu pai ter forjado a própria morte antes de chegar aos estupros e saques que fariam parte da minha educação, ou ninguém estaria a salvo.

Maryse soltou um ruído muito parecido com um rugido de horror.

— Jace...

Mas a Inquisidora a interrompeu.

— E assim como o seu pai, não consegue controlar o próprio temperamento. Os Lightwood o mimaram e permitiram que as suas piores qualidades evoluíssem. Você pode se parecer com um anjo, Jonathan Morgenstern, mas sei exatamente o que você é.

— Ele é apenas um menino — disse Maryse. Ela o estava *defendendo*? Jace olhou rapidamente para ela, mas ela não o encarou de volta.

— Valentim também já foi apenas um menino. Agora antes de vasculharmos a sua cabeça loura para descobrir a verdade, sugiro que se acalme. E sei exatamente onde pode fazer isso muito bem.

Jace olhou para ela sem entender.

— Está me mandando para o meu quarto?

— Estou mandando você para as prisões da Cidade do Silêncio. Depois de uma noite lá, acredito que será muito mais cooperativo.

Maryse engasgou.

— Imogen, você não pode!

— Certamente posso. — Seus olhos brilhavam como lâminas. — Você tem alguma coisa para me dizer, Jonathan?

Jace só conseguiu encará-la. Havia diversos níveis na Cidade do Silêncio, e ele só havia visto os dois primeiros, onde os arquivos eram guardados e onde os Irmãos sentavam em conselho. As celas de prisão ficavam no nível mais baixo da Cidade, abaixo do cemitério onde milhares de Caçadores de Sombras falecidos estavam enterrados, descansando em silêncio. As celas eram reservadas aos piores criminosos possíveis: vampiros rebelados, feiticeiros que quebravam a Lei do Pacto, Caçadores de Sombras que derramavam o sangue uns dos outros. Jace não era nenhuma dessas coisas. Como poderia sequer sugerir enviá-lo para lá?

— Muito sábio, Jonathan. Vejo que já está aprendendo a melhor lição que a Cidade do Silêncio tem para ensinar... — O sorriso da Inquisidora era como o de um esqueleto feliz. — Como manter a boca fechada.

Clary estava ajudando Luke a limpar os restos do jantar quando a campainha tocou outra vez. Ela se levantou, desviando o olhar para Luke.

— Está esperando alguém?

Ele franziu o cenho, secando as mãos no pano de prato.

— Não. Espere aqui. — Ela o viu esticar a mão para pegar alguma coisa em uma das prateleiras enquanto saía da cozinha. Algo que reluzia.

— Você viu aquela faca? — Simon assobiou, levantando-se da mesa. — Ele está esperando confusão?

— Acho que ultimamente ele sempre está esperando confusão — respondeu Clary. Ela espiou pela porta da cozinha e viu Luke abrir a porta da frente. Podia ouvir a voz dele, mas não o que estava dizendo. Ele não parecia chateado.

A mão de Simon em seu ombro a puxou para trás.

— Fique longe da porta. Qual é o seu problema, está louca? E se tiver alguma espécie de demônio lá fora?

— Nesse caso Luke poderia precisar da nossa ajuda. — Ela olhou para a mão dele em seu ombro, sorrindo. — Agora você está todo protetor? Que bonitinho.

— Clary! — Luke a chamou da porta da frente. — Venha cá. Quero que conheça alguém.

Clary afagou a mão de Simon e a colocou de lado.

— Já volto.

Luke estava apoiado no umbral da porta, com os braços cruzados. A faca na mão dele já tinha desaparecido milagrosamente. Havia uma menina nos degraus diante da casa, uma menina com cabelos castanhos ondulados presos em várias tranças e uma jaqueta de veludo escura.

— Essa é Maia — disse Luke. — De quem eu estava falando.

A menina olhou para Clary. Sob a luz brilhante da varanda, seus olhos tinham uma estranha cor âmbar esverdeada.

— Você deve ser Clary.

Clary confirmou que sim.

— Então aquele menino, o garoto de cabelos louros que destruiu o Hunter's Moon é seu irmão?

— Jace — Clary respondeu de forma curta, sem gostar da curiosidade intrometida da menina.

— Maia? — Era Simon, surgindo atrás de Clary, as mãos enfiadas nos bolsos da jaqueta jeans.

— É. Você é Simon, não é? Sou péssima com nomes, mas me lembro do seu. — A menina sorriu para ele por trás de Clary.

— Ótimo — disse Clary. — Agora somos todos amigos.

Luke tossiu e se ajeitou.

— Queria que vocês se conhecessem, porque Maia vai trabalhar na livraria nas próximas semanas — disse ele. — Se a virem entrando e saindo, não se preocupem. Ela tem a chave.

— E vou ficar de olhos bem abertos para qualquer coisa estranha — prometeu Maia. — Demônios, vampiros, qualquer coisa.

— Obrigada — disse Clary. — Estou me sentindo bastante segura agora.

Maia olhou para ela.

— Você está sendo sarcástica?

— Estamos todos um pouco tensos — interveio Simon. — Eu pelo menos fico feliz em saber que alguém vai ficar de olho na minha namorada quando ninguém estiver em casa.

Luke ergueu as sobrancelhas, mas não disse nada.

— Simon tem razão. Desculpe por eu ter me irritado — disse Clary.

— Tudo bem. — Maia parecia solidária. — Soube sobre a sua mãe. Sinto muito.

— Eu também — disse Clary, virando-se e voltando para a cozinha. Ela se sentou à mesa e pôs o rosto entre as mãos. Um instante mais tarde Luke foi atrás dela.

— Desculpe — disse ele. — Acho que você não estava com vontade de conhecer ninguém.

Clary olhou para ele através dos dedos.

— Cadê o Simon?

— Conversando com a Maia — disse Luke, e de fato Clary podia ouvir as vozes, suaves como sussurros, do outro lado da casa. — Só achei que seria bom ter uma pessoa amiga por perto.

— Eu tenho Simon.

Luke empurrou os óculos para cima do nariz novamente.

— Por acaso eu o ouvi chamar você de namorada?

Ela quase riu da expressão de espanto.

— Acho que sim.

— Isso é uma coisa nova ou é algo que eu já deveria saber mas me esqueci?

— Eu mesma nunca tinha escutado. — Ela tirou as mãos do rosto e olhou para ele. Pensou no símbolo, o olho aberto, que decorava a parte de trás da mão direita de todos os Caçadores de Sombras. — A namorada de alguém — disse ela. — A irmã de alguém, a filha de alguém. Todas essas coisas que eu nunca soube que era, e ainda não sei de fato o que sou.

— E não é essa a eterna questão? — perguntou Luke, e Clary ouviu a porta se fechar na outra extremidade da casa, e os passos de Simon se aproximando da cozinha. O cheiro do ar frio da noite entrou com ele.

— Tudo bem se eu dormir aqui hoje? — perguntou ele. — Está um pouco tarde para ir para casa.

— Você sabe que é sempre bem-vindo. — Luke olhou para o relógio. — Vou dormir um pouco. Tenho que acordar às cinco da manhã para chegar ao hospital antes das seis.

— Por que seis? — perguntou Simon depois que Luke saiu da cozinha.

— É quando o horário de visitas do hospital começa — respondeu Clary. — Você não precisa dormir no sofá. Não se não quiser.

— Não me importo em ficar para fazer companhia a você amanhã — disse ele, afastando o cabelo escuro para fora do olho impacientemente. — De jeito nenhum.

— Eu sei. Quis dizer que você não precisa dormir *no sofá* se não quiser.

— Então onde... — Ele parou de falar, os olhos arregalados por trás dos óculos. — Ah.

— É uma cama de casal — disse ela. — No quarto de hóspedes.

Simon tirou as mãos dos bolsos. As bochechas estavam vermelhas. Jace teria tentado agir com naturalidade; Simon nem tentou.

— Tem *certeza*?

— Tenho.

Ele atravessou a cozinha em direção a ela, abaixou-se e beijou-a de leve e meio desajeitado na boca. Sorrindo, ela se levantou.

— Chega de cozinhas — disse. — Sem mais cozinhas. — E pegando-o firmemente pelos pulsos, puxou-o, em direção ao quarto de hóspedes onde dormia.

Capítulo 5

PECADOS DOS PAIS

A escuridão das prisões da Cidade do Silêncio era mais profunda do que qualquer escuridão que Jace já tivesse conhecido. Ele não conseguia enxergar a forma da própria mão diante dos olhos, não conseguia enxergar o chão nem o teto da cela. O que sabia sobre ela era o que tinha visto sob o brilho de uma tocha ao chegar, guiado por um contingente de Irmãos do Silêncio, que tinham aberto o portão de grade da cela para ele, conduzindo-o para dentro como se fosse um criminoso comum.

Provavelmente era exatamente isso que pensavam que ele fosse.

Ele sabia que a cela tinha o chão de pedra, que três das paredes eram de rocha, e que a quarta era feita de barras electrum com espaços estreitos entre si, as extremidades afundadas na pedra. Sabia que havia uma porta naquelas barras. Também sabia que havia uma longa barra de metal que passava pela parede leste, pois os Irmãos do Silêncio tinham anexado um dos anéis de um par de algemas prateadas nessa barra e o outro ao pulso dele. Jace podia caminhar alguns passos pela cela, fazendo barulho como o fantasma de Marley, mas era o máximo que conseguia fazer. Já tinha deixado o pulso em carne viva puxando a algema sem pensar. Pelo menos era canhoto — uma pequena luz naquela escuridão impenetrável. Não que fizesse muita diferença, mas era um consolo saber que tinha a mão boa livre.

Iniciou um novo passeio lento pela cela, passando os dedos na parede enquanto andava. Era angustiante não saber as horas. Em Idris tinha aprendido com o pai a identificar o horário pelo ângulo do sol, o comprimento das sombras da tarde, a posição das estrelas no céu noturno. Mas não havia estrelas ali. Aliás, ele já tinha começado a se perguntar se voltaria a ver o céu.

Jace fez uma pausa. Por que tinha pensado nisso? Era claro que voltaria a ver o céu. A Clave não iria *matá-lo*. A pena de morte era reservada a assassinos. Porém o nervosismo do medo continuou nele, sob a pele, estranho como uma pontada de dor inesperada. Jace não era inclinado a ataques de pânico aleatórios — Alec teria dito que ele se beneficiaria se tivesse um pouco de covardia para o seu próprio bem. O medo nunca fora algo que o afetara muito.

Ele pensou em Maryse dizendo: *Você nunca teve medo do escuro.*

Era verdade. Aquela ansiedade não era natural, não tinha nada a ver com ele. Tinha de haver mais do que simplesmente a escuridão. Ele respirou superficialmente mais uma vez. Só precisava aguentar uma noite. Uma noite. Só isso. Deu mais um passo para a frente, a algema tilintando de forma sombria.

Um som rasgou o ar, congelando-o onde estava. Era um uivo agudo, um ruído de terror puro e descontrolado. Parecia se estender como a nota musical de um violino, aumentando e tornando-se mais agudo e afiado até ser repentinamente interrompido.

Jace praguejou. Os ouvidos estavam apitando, e ele podia sentir o gosto do pavor na boca, como metal amargo. Quem diria que o medo tinha um gosto? Encostou as costas à parede da cela, tentando se acalmar.

Ouviu o som novamente, dessa vez mais alto, e houve mais um grito, depois outro. Alguma coisa colidiu acima, e Jace desviou involuntariamente antes de se lembrar que estava vários níveis abaixo do chão. Ouviu outra batida e formou uma imagem na cabeça: as portas do mausoléu se abrindo, os corpos dos Caçadores de Sombras mortos havia séculos se libertando, nada além de esqueletos sustentados por tendões secos, arrastando-se pelo chão branco da Cidade do Silêncio com dedos ossudos e sem carne...

Chega! Com um engasgo pelo esforço, Jace afastou a visão. Os mortos não voltam. E, além disso, eram corpos de Nephilim como ele próprio, seus irmãos e suas irmãs assassinados. Ele não tinha nada que temer deles. *Então por que estava com tanto medo?* Cerrou as mãos em punhos, as unhas enterrando-se nas palmas. Esse pânico não era digno dele. Ele venceria. Ia derrotá-lo. Respirou fundo, enchendo os pulmões, exatamente quando outro grito soou, dessa vez muito alto. O ar deixou seu peito enquanto algo batia ruidosamente, muito perto, e ele viu um feixe repentino de luz, uma flor vermelha ardente agredindo seus olhos.

O Irmão Jeremiah surgiu, a mão direita segurando uma tocha que ainda queimava e o capuz caído para trás revelando uma face retorcida em uma expressão grotesca de terror. A boca previamente costurada se abriu em um grito mudo, os fios sangrentos rasgados pendurados nos lábios cortados. O sangue, preto sob a luz da tocha, respingava nas vestes claras dele. Deu alguns passos cambaleantes para a frente com as mãos estendidas — em seguida, enquanto Jace assistia completamente incrédulo, Jeremiah se lançou para a frente e caiu impetuosamente no chão. Jace ouviu o estilhaçar de ossos enquanto o corpo do arquivista atingia o solo e a tocha se chocava contra o chão, rolando para fora da mão de Jeremiah e em direção à valeta rasa de pedra cortada no chão, bem à frente da porta da cela.

Jace se ajoelhou instantaneamente, esticando-se o máximo que a corrente permitia, os dedos tentando alcançar a tocha. Não conseguia tocá-la. A luz se apagava rapidamente, mas pelo fraco brilho ele podia ver o rosto morto de Jeremiah virado para ele, o sangue ainda escorrendo da boca aberta. Seus dentes eram tocos pretos deformados.

A sensação no peito de Jace era a de que algo pesado estava sendo pressionado contra ele. Os Irmãos do Silêncio nunca abriam a boca, nunca falavam, riam ou gritavam. Mas tinha sido aquele o barulho que Jace escutara, agora tinha certeza — os gritos de homens que não choravam havia meio século, um som de horror mais profundo e poderoso do que o antigo Símbolo do Silêncio. Mas como podia ser? E onde estavam os outros irmãos?

Jace queria gritar para pedir ajuda, mas o peso no peito continuava pressionando-o. Ele parecia não conseguir ar suficiente. Esticou-se novamente para tentar pegar a tocha e sentiu um dos pequenos ossos do pulso se romper. A dor percorreu todo o braço, mas deu a ele o centímetro extra de que precisava. Pegou a tocha e se levantou. Enquanto a chama voltava à vida, ouviu outro barulho. Um barulho *espesso*, uma espécie de resvalo feio e arrastado. Sentiu os pelos da nuca se arrepiarem, afiados como agulhas. Empurrou a tocha para a frente, a mão trêmula enviando pinceladas de luz dançante pelas paredes, iluminando as sombras.

Não havia nada lá.

Em vez de alívio, no entanto, ele sentiu o terror se intensificar. Estava agora arfando violentamente, como se tivesse estado embaixo d'água. O medo era agravado pois não lhe era nada familiar. O que tinha *acontecido* com ele? De repente tinha se tornado um covarde?

Puxou com força a algema, esperando que a dor clareasse a mente. Não adiantou. Ouviu o barulho novamente, o resvalo que batia e que agora estava próximo. Havia também outro ruído por trás do resvalo, um sussurro suave e constante. Jamais havia escutado um som tão vil. Quase ensandecido de pavor, cambaleou para trás contra a parede e levantou a tocha com a mão que tremia loucamente.

Por um instante, claro como a luz do dia, viu todo o recinto: a cela, a porta com barras, as pedras e o corpo morto de Jeremiah no chão. Havia uma porta logo atrás de Jeremiah. Abriu-se lentamente. Algo se ergueu pela porta. Algo enorme, escuro e amorfo. Olhos como gelo queimando, afundados em dobras escuras profundas, encaravam Jace com um divertimento ríspido. Então a coisa se lançou para a frente. Uma grande nuvem de vapor turvo se ergueu diante do olhar de Jace como uma onda varrendo a superfície do oceano. A última coisa que viu foi a chama da lanterna derretendo em verde e azul antes de ser engolida pela escuridão.

Beijar Simon era agradável. Um agradável do tipo suave, como deitar em uma rede num dia de verão com um livro e um copo de limonada. Era o tipo de coisa que você podia continuar fazendo sem se sentir entediada, apreensiva, desconcertada ou incomodada com muita coisa, exceto com o fato de que a barra de metal do sofá-cama estava afundando em suas costas.

— Ai — disse Clary, tentando se livrar da barra de metal, sem conseguir.

— Eu machuquei você? — Simon se levantou de lado, parecendo preocupado. Ou talvez fosse o fato de que sem os óculos os olhos dele parecessem duas vezes maiores e mais escuros.

— Não, você não, a cama. É como um instrumento de tortura.

— Não percebi — disse ele sombriamente, enquanto ela pegava uma almofada do chão, onde tinha caído, e a colocava embaixo deles.

— Você não perceberia — ela riu. — Onde a gente estava?

— Bem, o meu rosto estava aproximadamente onde está agora, mas o seu estava muito mais perto do meu. Pelo menos é o que eu me lembro.

— Que romântico. — Ela o puxou para cima dela, e ele se equilibrou nos cotovelos. Os corpos estavam alinhados, e ela podia sentir as batidas do coração de Simon através das camisetas dos dois. Os cílios dele, normalmente escondidos por trás dos óculos, encostaram na bochecha dela quando ele se inclinou para beijá-la. Ela deu uma risada trêmula. — Isso é estranho para você? — sussurrou.

— Não. Acho que quando você imagina bastante alguma coisa, a realidade dela parece...

— Anticlímax?

— Não. Não! — Simon recuou, olhando para ela com uma convicção míope. — Nunca pense isso. Isso é o oposto de anticlímax. É...

Risadas reprimidas borbulharam no peito de Clary.

— Tudo bem, talvez você também não queira dizer *aquilo*.

Ele fechou um pouco os olhos, a boca curvando-se em um sorriso.

— Certo, agora quero dizer alguma coisa espertinha para você de volta, mas só o que consigo pensar é...

Ela sorriu para ele.

— Que você quer transar?

— Pare com isso. — Ele pegou as mãos dela, prendeu-as na colcha e olhou solenemente para ela. — Que eu te amo.

— Então você *não* quer transar?

Ele soltou as mãos dela.

— Não disse isso.

Ela riu e empurrou o peito dele com as duas mãos.

— Deixe-me levantar.

Ele pareceu alarmado.

— Não quis dizer que *só* quero transar...

— Não é isso. Quero vestir o pijama. Não posso levar esses amassos a sério enquanto ainda estou de meia. — Ele olhou para ela pesarosamente enquanto Clary pegava o pijama na cômoda e se dirigia até o banheiro. Fechando a porta, ela fez uma pequena careta para ele. — Já volto.

O que quer que ele tivesse dito em resposta se perdeu quando ela fechou a porta. Ela escovou os dentes, em seguida deixou a água correr por um bom tempo na pia, encarando a si mesma no espelho do armário do banheiro. Estava com os cabelos despenteados e as bochechas vermelhas. Será que aquilo contava como resplendor?, ela imaginou. Pessoas apaixonadas deveriam resplandecer, não deviam? Ou talvez isso só se aplicasse a mulheres grávidas, ela não conseguia se lembrar exatamente, mas com certeza devia estar um pouco diferente. Afinal de contas, era a primeira longa sessão de beijos que vivenciava — e fora bom, ela disse a si mesma, seguro, agradável e confortável.

É claro, tinha beijado Jace na noite do aniversário dela, e não tinha sido seguro, confortável e agradável em nada. Tinha sido como abrir um veio de alguma coisa desconhecida dentro do próprio corpo, algo mais quente, mais doce e mais amargo do que sangue. *Não pense em Jace,* disse furiosamente para si mesma, mas ao se olhar no espelho, viu os olhos escurecerem e soube que o corpo se lembrava mesmo que a mente não quisesse.

Deixou a água fria correr e lavou o rosto antes de pegar o pijama. Ótimo, percebeu, tinha trazido a parte de baixo, mas não a de cima. Por mais que Simon pudesse gostar, parecia um pouco cedo demais para iniciar os arranjos noturnos sem camisa. Ela voltou para o quarto, apenas para descobrir que Simon dormia no meio da cama, agarrando o almofadão como se fosse uma pessoa. Reprimiu uma risada.

— Simon... — sussurrou, em seguida ouviu os dois bipes agudos que indicavam que uma mensagem de texto tinha acabado de chegar no celular. O telefone estava na mesa de cabeceira. Clary pegou o aparelho e viu que a mensagem era de Isabelle.

Abriu o celular e desceu rapidamente para o texto. Leu duas vezes, só para se certificar de que não estava imaginando coisas. Em seguida correu para o armário para pegar o casaco.

— Jonathan.

A voz falou na escuridão: lenta, sombria e familiar como a dor. Jace piscou os olhos e viu apenas escuridão. Estremeceu. Estava deitado curvado no chão gelado de pedra. Devia ter desmaiado. Sentiu uma onda de fúria pela própria fraqueza, pela própria fragilidade.

Rolou para o lado, o pulso torcido latejando na algema.

— Tem alguém aí?

— Certamente você reconhece o seu próprio pai, Jonathan. — Ouviu a voz novamente, e realmente a conhecia: o som de ferro velho, a quase falta de suavidade. Ele tentou se levantar, mas as botas deslizaram em uma poça de alguma coisa e ele escorregou para trás, atingindo a parede com os ombros com força. A corrente batia como um coro de carrilhões de vento de aço.

— Você está machucado? — Uma luz brilhou acima, afligindo os olhos de Jace. Ele piscou para espantar as lágrimas ardentes e viu Valentim do outro lado das grades, ao lado do corpo do Irmão Jeremiah. Uma pedra de luz enfeitiçada em uma mão projetava um brilho branco no recinto. Jace podia ver as manchas de sangue nas paredes; e sangue novo, um pequeno lago que tinha escorrido da boca aberta de Jeremiah. Sentiu o estômago se revirar e se contrair e pensou na figura negra e amorfa que tinha visto antes, com olhos como joias ardentes.

— Aquela coisa — ele engasgou. — Onde está? O que *era*?

— Você *está* machucado. — Valentim se aproximou da grade. — Quem mandou trancá-lo aqui? Foi a Clave? Foram os Lightwood?

— Foi a Inquisidora. — Jace olhou para si mesmo. Havia mais sangue na calça e na camisa. Não sabia dizer se era dele. Sangue pingava lentamente sob a algema.

Valentim olhou pensativo para ele através das grades. Era a primeira vez em anos que Jace via o pai com roupas de batalha — as roupas de couro grossas de Caçador de Sombras que permitiam liberdade de movimento ao mesmo tempo que protegiam a pele de quase todos os venenos demoníacos; pulseiras de electrum nos braços e pernas, cada qual marcada com uma série de glifos e símbolos. Havia uma correia larga no peito e o cabo de uma espada brilhava sobre o ombro. Ele se agachou então, ficando com os olhos negros e frios na altura dos de Jace, que se surpreendeu ao não ver raiva neles.

— A Inquisidora e a Clave são a mesma coisa. E os Lightwood nunca deveriam ter permitido que isso acontecesse. Eu jamais teria deixado ninguém fazer isso com você.

Jace pressionou os ombros contra a parede; era o mais longe do pai que a corrente permitia que fosse.

— Você veio até aqui para me matar?

— Matar você? Por que eu iria querer matar você?

— Bem, por que você matou Jeremiah? E nem se incomode em me empurrar alguma historinha sobre como você resolveu passar por aqui depois que ele morreu espontaneamente. Sei que foi você que fez isso.

Pela primeira vez Valentim olhou para o corpo do Irmão Jeremiah.

— Eu realmente o matei, e o restante dos Irmãos do Silêncio também. Tive que matá-los. Eles tinham uma coisa da qual eu precisava.

— O quê? Decência?

— Isso — respondeu Valentim, e sacou a espada da capa no ombro em um movimento veloz. — Maellartach.

Jace sufocou o engasgo de surpresa na garganta. Ele a reconhecia: a espada enorme e de lâmina pesada com o cabo em forma de asas abertas era a que ficava pendurada sobre as Estrelas Falantes na sala do conselho dos Irmãos do Silêncio.

— Você *roubou* a espada dos Irmãos do Silêncio?

— Nunca foi deles — disse Valentim. — Pertence a todos os Nephilim. Essa é a lâmina com a qual o Anjo retirou Adão e Eva do jardim do Éden. *E ele colocou no leste do jardim do Éden Querubim e uma espada flamejante que virava para todos os lados* — citou, olhando para a lâmina.

Jace molhou os lábios secos.

— O que você vai fazer com ela?

— Direi isso — disse Valentim — quando achar que posso confiar em você e souber que você confia em mim.

— *Confiar* em você? Depois que passou sorrateiramente pelo Portal em Renwick e o destruiu para que eu não pudesse ir atrás de você? E depois de como tentou matar Clary?

— Eu jamais machucaria a sua irmã — disse Valentim, com um flash de raiva. — Não mais do que machucaria você.

— Tudo que você sempre fez foi me machucar! Foram os Lightwood que me protegeram.

— Não fui eu que tranquei você aqui. Não sou eu que o ameaço e desconfio de você. São os Lightwood e os amigos da Clave. — Valentim fez uma pausa. — Vê-lo assim, ver como o trataram e ver que mesmo assim você continua estoico... Estou muito orgulhoso de você.

Com isso, Jace levantou o olhar surpreso, tão depressa que sentiu uma onda de tontura. Sua mão latejava insistentemente. Reprimiu a dor até a respiração se acalmar.

— *O quê?*

— Agora percebo o que fiz de errado em Renwick — prosseguiu Valentim. — Eu o imaginava como o menininho que deixei para trás em Idris, que obedecia a cada um dos meus desejos. Em vez disso encontrei um jovem obstinado, independente e corajoso, e no entanto, eu o tratei como se ainda fosse uma criança. Não foi à toa que se rebelou contra mim.

— Eu me rebelei? Eu... — A garganta de Jace enrijeceu, cortando as palavras que queria dizer. O coração tinha começado a bater no ritmo do latejar da mão.

Valentim continuou:

— Nunca tive a chance de explicar o meu passado para você, de contar por que agi daquela forma.

— Não há nada para explicar. Você matou os meus avós. Manteve a minha mãe prisioneira. Prejudicou outros Caçadores de Sombras para alcançar seus próprios objetivos. — Cada palavra na boca de Jace tinha gosto de veneno.

— Você só conhece metade dos fatos, Jonathan. Eu menti quando você era criança porque era jovem demais para entender. Agora tem idade o suficiente para saber a verdade.

— Então me *diga* a verdade.

Valentim esticou o braço entre as barras da cela e pôs a mão sobre a de Jace. A textura dura e calejada dos dedos dele era exatamente como quando Jace tinha 10 anos de idade.

— Quero confiar em você, Jonathan — disse ele. — Posso?

Jace queria responder, mas as palavras não saíam. Sentia como se uma barra de ferro estivesse sendo lentamente apertada contra o peito, cortando o ar por alguns centímetros.

— Gostaria... — sussurrou.

Um barulho ecoou sobre eles. Um ruído como a batida de uma porta de metal; em seguida, Jace ouviu passos, sussurros ecoando das paredes de pedra da Cidade. Valentim começou a se levantar, fechando a mão sobre a luz enfeitiçada até que ela se tornasse apenas um brilho fraco e ele próprio se transformasse em uma sombra com contornos fracos.

— Mais depressa do que pensei — murmurou, e olhou para Jace através das grades.

Jace olhou para além dele, mas não conseguia ver nada a não ser o fraco brilho da luz enfeitiçada. Pensou na forma escura e turva que vira antes, destruindo toda a luz diante de si.

— O que está vindo? O que é? — perguntou, inclinando-se para a frente sobre os joelhos.

— Tenho que ir — disse Valentim. — Mas ainda não acabamos, você e eu.

Jace pôs a mão na grade.

— Me solte. Seja o que for, quero poder lutar.

— Soltá-lo agora estaria longe de ser uma gentileza. — Valentim fechou completamente a mão ao redor da pedra de luz enfeitiçada. Ela piscou, apagando-se e deixando o recinto na escuridão. Jace se lançou contra as barras da cela, com a mão quebrada, gritando em protesto e dor.

— Não! — gritou. — Pai, *por favor.*

— Quando quiser me encontrar — disse Valentim —, vai me encontrar. — Em seguida ouviu-se apenas o ruído de passos recuando rapidamente e a própria respiração fraca de Jace enquanto ele afundava na cela.

No trajeto do metrô, Clary se viu incapaz de sentar. Andou de um lado para o outro no vagão praticamente vazio, os fones do iPod pendurados no pescoço. Isabelle não tinha atendido ao telefone quando Clary ligara, e uma sensação irracional de preocupação a cobrira.

Ela pensou em Jace no Hunter's Moon, coberto de sangue. Com os dentes expostos, rosnando de raiva, ele parecia mais um lobisomem do que um Caçador de Sombras encarregado de proteger humanos e manter as criaturas do Submundo na linha.

Subiu as escadas da estação de metrô da 96th, reduzindo a corrida a uma caminhada apenas ao se aproximar da esquina onde ficava o Instituto, com sua grande sombra cinza. Estava quente nos túneis, e o suor na nuca escorria frio enquanto ela atravessava o concreto rachado até a porta da frente do Instituto.

Esticou o braço para alcançar a enorme aldrava de ferro que pendia da arquitrave, em seguida hesitou. Ela era uma Caçadora de Sombras, não era? Tinha o direito de estar no Instituto, tanto quanto os Lightwood. Com um ímpeto decidido, alcançou a maçaneta da porta, tentando se lembrar das palavras que Jace tinha dito.

— Em nome do Anjo, eu...

A porta se abriu para uma escuridão marcada pelas chamas de dúzias de pequenas velas. Enquanto passava apressada entre os bancos, as velas piscaram como se estivessem rindo dela. Chegou ao elevador e fechou a porta de metal atrás de si, apertando os botões com o dedo trêmulo. Desejou que o nervosismo sumisse — será que estava preocupada *com* Jace, imaginou, ou apenas preocupada com *ver* Jace? Seu rosto, emoldurado pelo colarinho levantado do casaco, era muito branco e pequeno, os olhos grandes e verde-escuros, lábios pálidos e machucados. Nem um pouco bonita, pensou desanimada, e se forçou a conter o pensamento. Qual era a importância da aparência? Jace não se importava. Jace *não podia* se importar.

O elevador parou ruidosamente e Clary abriu a porta. Church estava esperando por ela no vestíbulo. Ele a saudou com um miado descontente.

— O que houve, Church? — A voz dela parecia anormalmente alta no recinto silencioso. Imaginou se haveria alguém no Instituto. Talvez estivesse sozinha. O pensamento lhe deu arrepios. — Tem alguém em casa?

O gato persa virou-se de costas e foi andando pelo corredor. Passaram pela sala de música e pela biblioteca, ambas vazias, antes de Church dobrar mais uma vez e se sentar diante de uma porta fechada. *Muito bem, então. Aqui estamos,* a expressão dele parecia dizer.

Antes que pudesse bater, a porta se abriu, revelando Isabelle sentada na entrada, descalça, vestindo jeans e um casaco lilás. Ela se levantou ao ver Clary.

— Achei que tivesse ouvido alguém vindo pelo corredor, mas não pensei que seria *você* — disse ela. — O que está fazendo aqui?

Clary a encarou.

— Você me mandou aquela mensagem. Disse que a Inquisidora tinha colocado o Jace na *cadeia.*

— Clary! — Isabelle olhou para os dois lados do corredor, em seguida mordeu o lábio. — Não quis dizer que era para você vir correndo para cá *agora.*

Clary ficou horrorizada.

— Isabelle! *Cadeia!*

— Sim, mas... — Com um suspiro derrotado, Isabelle deu um passo para o lado, gesticulando para Clary entrar no quarto. — Bem, já que está aqui, é melhor entrar. E você, pode sair — disse ela, acenando com a mão para Church. — Vá vigiar o elevador.

Church olhou indignado para ela, deitou-se e começou a dormir.

— *Gatos* — murmurou Isabelle e fechou a porta.

— Oi, Clary. — Alec estava sentado na cama desfeita de Isabelle, com os pés calçados balançando na lateral. — O que você está fazendo aqui?

Clary sentou-se no banco na frente da penteadeira incrivelmente bagunçada de Isabelle.

— Isabelle me mandou uma mensagem. Ela me contou sobre o que aconteceu com Jace.

Isabelle e Alec trocaram um olhar expressivo.

— Ora, Alec — disse Isabelle. — Achei que ela devia saber. Não sabia que ia vir correndo para cá!

O estômago de Clary revirou.

— Claro que vim! Ele está bem? Por que a Inquisidora o colocou na cadeia?

— Não é exatamente uma cadeia. Ele está na Cidade do Silêncio — disse Alec, sentando-se ereto e puxando uma das almofadas de Isabelle para o colo. Ficou mexendo na franja de contas costurada às bordas.

— Na Cidade do Silêncio? Por quê?

Alec hesitou.

— Há algumas celas sob a Cidade do Silêncio. Eles às vezes colocam criminosos lá, antes de deportá-los para Idris para serem julgados perante o Conselho. Pessoas que fizeram coisas muito ruins. Assassinos, vampiros renegados, Caçadores de Sombras que violaram os Acordos. É onde Jace está agora.

— Trancado com um bando de *assassinos*? — Clary estava de pé, inconformada. — Qual é o problema de vocês? Por que não estão mais preocupados?

Alec e Isabelle trocaram mais um olhar.

— É só por uma noite — disse Isabelle. — E não tem mais ninguém lá com ele. Nós perguntamos.

— Mas por quê? O que ele *fez*?

— Foi malcriado com a Inquisidora. Só isso, até onde sei.

Isabelle se empoleirou na ponta da penteadeira.

— É inacreditável.

— Então a Inquisidora deve ser louca — disse Clary.

— Não é, na verdade — disse Alec. — Se Jace fosse do seu exército mundano, você acha que ele teria permissão para responder aos superiores? De jeito nenhum.

— Bem, não durante uma *guerra*. Mas Jace não é um soldado.

— Nós somos todos soldados. Jace tanto quanto o restante de nós. Existe uma hierarquia de comando, e a Inquisidora fica quase no topo. Jace fica quase na base. Ele deveria tê-la tratado com mais respeito.

— Se você concorda que ele tem que estar na cadeia, por que me pediu para vir até aqui? Só para me fazer concordar com você? Não vejo razão. O que você quer que eu faça?

— Não achamos que ele deveria estar na cadeia — irritou-se Isabelle. — Só que ele não deveria ter respondido a um dos membros mais altos da Clave. Além disso — acrescentou com a voz mais baixa —, achei que você talvez pudesse ajudar.

— Ajudar? Como?

— Eu disse a você antes — respondeu Alec —, na maior parte do tempo parece que Jace está tentando se matar. Ele tem que aprender a se cuidar, e isso inclui colaborar com a Inquisidora.

— E você acha que eu posso ajudar a fazer com que ele entenda isso? — disse Clary, com incredulidade na voz.

— Não tenho certeza de que alguém possa ajudar Jace a fazer alguma coisa — disse Isabelle. — Mas acho que você pode fazê-lo se lembrar de que tem um motivo para viver.

Alec olhou para a almofada na mão e deu um puxão forte e repentino na franja. Contas rolaram pelo cobertor de Isabelle como uma chuva localizada.

Isabelle franziu o cenho.

— Alec, não.

Clary queria dizer para Isabelle que eles eram a família de Jace, não ela, e que a voz deles teria mais peso do que a dela jamais poderia ter. Mas não parava de ouvir a voz de Jace em sua mente, dizendo: *Nunca me senti como se pertencesse a lugar nenhum. Mas você faz eu sentir como se pertencesse.*

— Podemos ir até a Cidade do Silêncio para vê-lo?

— Você vai dizer a ele para colaborar com a Inquisidora? — perguntou Alec.

Clary considerou.

— Primeiro quero ouvir o que ele tem a dizer.

Alec deixou a almofada cair na cama e se levantou, franzindo o cenho. Antes que pudesse dizer qualquer coisa, ouviu-se uma batida à porta. Isabelle se levantou da penteadeira e foi atender.

Era um menino pequeno e de cabelos escuros, com os olhos quase escondidos atrás de óculos. Vestia uma calça jeans e um casaco grande demais para ele e trazia um livro em uma das mãos.

— Max — disse Isabelle com alguma surpresa —, achei que você estivesse dormindo.

— Eu estava na sala das armas — disse o menino, que só podia ser o filho mais novo dos Lightwood. — Mas ouvi uns barulhos vindo da biblioteca. Acho que alguém pode estar tentando entrar em contato com o Instituto. — Ele olhou ao redor de Isabelle, para Clary. — Quem é essa?

— Essa é Clary — disse Alec. — Ela é irmã do Jace.

Os olhos de Max arregalaram.

— Achei que ele não tivesse nenhum irmão ou irmã.

— Era o que todos nós achávamos — disse Alec, pegando o casaco que tinha deixado sobre uma das cadeiras de Isabelle e colocando-o. Seus cabelos caíam como uma auréola escura e macia, estalando com eletricidade estática. Ele empurrou os fios de volta, impacientemente. — É melhor eu ir para a biblioteca.

— Vamos os dois — disse Isabelle, pegando o chicote dourado, que estava enrolado como uma corda brilhante em uma gaveta, e prendendo o punho no cinto. — Talvez tenha acontecido alguma coisa.

— Onde estão os pais de vocês? — perguntou Clary.

— Foram chamados há algumas horas. Um menino fada foi assassinado no Central Park. A Inquisidora foi com eles — explicou Alec.

— E vocês não quiseram ir?

— Não fomos convidados. — Isabelle enrolou as duas tranças escuras no topo da cabeça e prendeu o cabelo em uma pequena adaga de vidro. — Cuide do Max. Já voltamos.

— Mas... — Clary protestou.

— A gente *já* volta. — Isabelle saiu pelo corredor com Alec atrás. Assim que a porta se fechou atrás deles, Clary se sentou na cama e olhou apreensiva para Max. Nunca tinha passado muito tempo com crianças; sua mãe nunca deixara que trabalhasse como babá, e não sabia ao certo como conversar com elas, o que poderia diverti-las. Ajudava um pouco o fato de que este menino em particular lembrava um Simon naquela idade, os braços e pernas finos, e óculos que pareciam grandes demais para seu rosto.

Max retribuiu o olhar fixo com um olhar pensativo, sem timidez, mas reflexivo e contido.

— Quantos anos você tem? — ele finalmente se pronunciou.

Clary se espantou.

— Quantos anos pareço ter?

— 14.

— Tenho 16, mas as pessoas sempre pensam que sou mais nova do que realmente sou, porque sou baixinha.

Max meneou a cabeça.

— Eu também — disse ele. — Tenho 9 anos, mas todo mundo acha que eu tenho 7.

— Para mim você parece ter 9 — disse Clary. — O que é isso que você está segurando? É um livro?

Max tirou a mão de trás das costas. Estava segurando algo largo, fino e de papel, mais ou menos do tamanho de uma das revistas que eram vendidas nos balcões dos supermercados. Aquela tinha a capa colorida com escrita japonesa sob as palavras em inglês. Clary riu.

— Naruto — disse. — Eu não sabia que você gostava de mangás. Onde conseguiu esse aí?

— No aeroporto. Eu gosto dos desenhos, mas não consigo ler.

— Então me dá aqui. — Ela abriu a revista, mostrando as páginas para ele. — Você lê de trás para a frente, da direita para a esquerda, ao invés de da esquerda para a direita. E lê cada página no sentido horário. Você sabe o que isso significa?

— Claro — disse Max. Por um instante Clary ficou preocupada de tê-lo chateado, mas ele parecia suficientemente satisfeito quando pegou de volta o livro e o abriu na última página. — Esse aqui é o número nove, é melhor eu comprar os outros oito antes de começar a ler.

— Boa ideia. Talvez você possa pedir para alguém te levar na Midtown Comics, ou no Planeta Proibido.

— *Planeta Proibido*? — Max pareceu espantado, mas antes que Clary pudesse explicar, Isabelle entrou correndo pela porta, claramente sem fôlego.

— *Era* alguém tentando entrar em contato com o Instituto — disse ela antes que Clary pudesse perguntar. — Um dos Irmãos do Silêncio. Aconteceu alguma coisa na Cidade dos Ossos.

— Que tipo de coisa?

— Não sei. Nunca ouvi falar nos Irmãos do Silêncio pedindo ajuda antes. — Isabelle estava claramente alarmada. Ela se voltou para o irmão. — Max, vá para o seu quarto e fique lá, OK?

Max apertou os lábios.

— Você e Alec vão sair?

— Vamos.

— Para a Cidade do Silêncio?

— Max...

— Eu quero ir.

Isabelle balançou a cabeça em negativa; o cabo da pequena adaga na cabeça dela brilhava como uma ponta de fogo.

— De jeito nenhum. Você é novo demais.

— Você também não tem 18 anos!

Isabelle virou-se para Clary com um olhar meio ansioso, meio desesperado.

— Clary, venha aqui um segundo, *por favor.*

Clary se levantou espantada, e Isabelle a pegou pelo braço e puxou-a para fora do quarto, batendo a porta atrás. Houve uma pancada quando Max se atirou contra ela.

— Droga — praguejou Isabelle, segurando a maçaneta —, você pode pegar a minha estela para mim, por favor? Está no meu bolso...

Apressadamente, Clary ofereceu a estela que Luke tinha dado para ela mais cedo naquela noite.

— Use a minha.

Com alguns traços rápidos, Isabelle esculpiu um símbolo de Tranca na porta. Clary ainda podia ouvir os protestos de Max do outro lado enquanto Isabelle se afastava da porta fazendo uma careta e devolvia a estela a Clary.

— Eu não sabia que você tinha uma.

— Era da minha mãe — disse Clary, em seguida repreendeu a si própria. *É da minha mãe. Continua sendo da minha mãe.*

— Hum. — Isabelle bateu na porta com o punho fechado. — Max, há algumas barras de cereal na gaveta da cabeceira se você ficar com fome. A gente volta assim que der.

Ouviu-se outro grito indignado atrás da porta; dando de ombros, Isabelle virou e se apressou pelo corredor, com Clary ao lado.

— O que a mensagem dizia? — perguntou Clary. — Só que havia algum problema?

— Ocorreu um ataque. Só isso.

Alec estava esperando por elas do lado de fora da biblioteca. Vestia a armadura preta de couro dos Caçadores de Sombras por cima das roupas. Estava protegido por manoplas nos braços e Marcas cercavam a garganta e os pulsos. Lâminas serafim, cada uma com o nome de um anjo, brilhavam no cinto ao redor da cintura.

— Está pronta? — perguntou ele à irmã. — Max já está encaminhado?

— Ele está bem. — Ela esticou o braço. — Me marque.

Enquanto traçava os símbolos na parte de trás das mãos e nos pulsos de Isabelle, Alec olhou para Clary.

— É melhor você ir para casa — disse ele. — Não vai querer estar aqui sozinha quando a Inquisidora voltar.

— Quero ir com vocês — disse Clary, as palavras saindo antes que pudesse contê-las.

Isabelle puxou a mão de volta e soprou a pele Marcada como se estivesse esfriando um café quente demais.

— Você parece Max.

— Max tem 9 anos. Eu tenho a mesma idade que você.

— Mas não tem nenhum treinamento — rebateu Alec. — Vai ser apenas um estorvo.

— Não, não vou. Algum de vocês já entrou na Cidade do Silêncio? — perguntou Clary. — Eu já. Sei como entrar. Sei me orientar.

Alec se esticou, guardando a estela.

— Não acho que...

Isabelle interrompeu.

— Ela tem razão, na verdade. Acho que deveria vir se quiser.

Alec pareceu completamente espantado.

— Na última vez em que enfrentamos um demônio ela simplesmente se encolheu e gritou. — Ao ver o olhar ácido de Clary, ele lançou um olhar de desculpas. — Desculpe, mas é verdade.

— Acho que ela precisa de uma chance para aprender — disse Isabelle. — Você sabe o que Jace sempre diz. Às vezes não é necessário procurar pelo perigo, às vezes o perigo acha *você*.

— Você não pode me trancar como fez com Max — acrescentou Clary vendo o ar decidido de Alec fraquejar. — Não sou criança e sei onde fica a Cidade dos Ossos. Posso chegar lá sem você.

Alec virou-se de costas, balançando a cabeça e resmungando qualquer coisa sobre meninas. Isabelle esticou a mão para Clary.

— Me dá a sua estela — disse ela. — É hora de você receber algumas Marcas.

Capítulo 6

CIDADE DAS CINZAS

No fim Isabelle fez apenas duas Marcas em Clary, uma no dorso de cada mão. Uma era o olho aberto que havia na mão de todos os Caçadores de Sombras. A outra era como duas foices cruzadas; Isabelle disse que era um Símbolo de Proteção. Ambos os símbolos queimaram quando a estela tocou a pele, mas a dor diminuiu enquanto Clary, Isabelle e Alec iam para a zona sul no táxi negro cigano. Quando chegaram à Second Avenue e saltaram, as mãos e os braços de Clary pareciam leves como se ela estivesse usando asas de água em uma piscina.

Os três ficaram em silêncio enquanto passavam sob o arco de ferro e entravam no Cemitério de Mármore. Na última vez em que Clary tinha estado naquele pequeno jardim, estava correndo apressada atrás do Irmão Jeremiah. Agora, pela primeira vez, notou os nomes marcados nas paredes: *Youngblood, Fairchild, Thrushcross, Nightwine, Ravenscar.* Havia símbolos ao lado dos nomes. Na cultura dos Caçadores de Sombras cada família tinha o próprio símbolo: o dos Wayland era um martelo de ferreiro, o dos Lightwood era uma tocha, e o de Valentim, uma estrela.

A grama crescia sobre os pés da estátua do Anjo no centro do jardim. Os olhos do Anjo estavam cerrados, as mãos esguias fechadas sobre a haste de um cálice de pedra, a reprodução do Cálice Mortal. A face de pedra era impassível, riscada de sujeira e fuligem.

— Na última vez que vim aqui, o Irmão Jeremiah usou um símbolo na estátua para abrir a porta para a Cidade — disse Clary.

— Eu não ia querer usar um dos símbolos dos Irmãos do Silêncio — disse Alec. Seu rosto era severo. — Eles deveriam ter sentido a nossa presença antes de chegarmos até aqui. Agora estou começando a me preocupar. — Ele pegou uma adaga no cinto e passou a lâmina na mão exposta. Sangue escorreu do corte. Cerrando o punho sobre o cálice de pedra, Alec deixou o sangue cair dentro dele. — Sangue de Nephilim — disse. — Deve funcionar como chave.

As pálpebras do Anjo de pedra se abriram. Por um instante, Clary quase esperou ver olhos encarando-a por entre as saliência de pedra, mas só havia mais granito. Um segundo depois, a grama aos pés do Anjo começou a se dividir. Surgiu uma linha preta torta, rasgando o chão como uma cobra, curvando-se para longe da estátua. Clary pulou para trás apressadamente enquanto um buraco negro se abria a seus pés.

Ela espiou dentro dele. Escadas continuavam além da sombra. Na última vez que estivera ali, a escuridão era iluminada em intervalos por tochas que clareavam os degraus. Agora havia apenas trevas.

— Tem alguma coisa errada — disse Clary. Nem Isabelle nem Alec pareceram inclinados a discutir. Clary pegou no bolso a pedra de luz enfeitiçada que Jace tinha lhe dado e a ergueu sobre a cabeça. Uma luz se espalhou através de seus dedos. — Vamos.

Alec pisou à frente dela.

— Eu vou na frente, e você me segue. Isabelle, você fica atrás.

Avançaram lentamente. Os sapatos molhados de Clary escorregavam pelos degraus envelhecidos. Ao pé da escada havia um túnel curto que se abria em um salão enorme, um pomar de arcos brancos com pedras semipreciosas incrustadas. Fileiras de mausoléus acumulavam-se nas sombras como casas de cogumelos em um conto de fadas. O mais distante deles desaparecia na sombra; a luz enfeitiçada não era forte o suficiente para iluminar todo o salão.

Alec olhou sombriamente pelas fileiras.

— Nunca pensei que fosse entrar na Cidade do Silêncio — disse ele. — Nem depois de morrer.

— Eu não falaria com tanta tristeza — disse Clary. — O Irmão Jeremiah me contou o que fazem com os seus mortos. Queimam e usam quase todas as cinzas para fazer o mármore da Cidade. — *O sangue e os ossos de assassinos de demônios são, em si, uma proteção forte contra o mal. Mesmo na morte, a Clave serve à Causa.*

— Humpf — bufou Isabelle. — É considerado uma honra. Além disso, até parece que vocês, mundanos, não queimam os seus mortos.

Isso não torna a coisa menos arrepiante, pensou Clary. O cheiro de cinzas e fumaça pairava pesado no ar, familiar a ela da última vez que tinha estado ali — mas havia mais alguma coisa sob aqueles odores, um aroma mais pesado e mais espesso, como fruta apodrecida.

Franzindo o cenho como se também sentisse o cheiro, Alec pegou uma das lâminas de anjo do cinto de armas.

— *Arathiel* — sussurrou, e o brilho da lâmina se uniu à luz enfeitiçada de Clary na hora em que encontravam a segunda escadaria e desciam em uma escuridão ainda mais densa. A luz pulsava na mão de Clary como uma estrela morrendo, e ela se perguntou se elas descarregavam, como lanternas com pilhas acabando. Esperava que não. A ideia de estar imersa em total escuridão naquele lugar arrepiante a encheu de um terror visceral.

O cheiro de fruta podre aumentou quando chegaram ao fim da escadaria e se viram em outro túnel longo que se abria em um pavilhão cercado por pináculos de ossos esculpidos — um pavilhão do qual Clary se lembrava muito bem. Estrelas prateadas incrustadas deixavam o chão brilhante como confete precioso. No centro do pavilhão havia uma mesa preta. Um fluido escuro formava uma poça na superfície lisa e gotejava pelo chão em riachos.

Quando Clary se pusera diante do Conselho de Irmãos, havia uma espada de prata e aparência pesada pendurada atrás da mesa, na parede. A espada não estava lá agora; no lugar dela havia, besuntado na parede, um leque escarlate.

— Isso é *sangue*? — sussurrou Isabelle. Ela não parecia assustada, apenas espantada.

— Parece que sim. — Os olhos de Alec examinaram a sala. As sombras eram grossas como tinta e pareciam cheias de movimentos. Ele agarrava a lâmina serafim com firmeza.

— O que pode ter acontecido? — disse Isabelle. — Os Irmãos do Silêncio... achei que fossem *indestrutíveis*...

A voz dela parou quando Clary se virou, a pedra de luz enfeitiçada em sua mão capturando sombras estranhas entre os pináculos. Cada uma tinha uma forma mais estranha que a outra. Ela desejou que a pedra brilhasse mais forte, e ela o fez, projetando um raio de luminosidade a distância.

Perfurado em um dos pináculos, como uma minhoca em um gancho, estava o corpo morto de um Irmão do Silêncio. Mãos como laços ensanguentados pendiam pouco acima do chão de mármore. O pescoço dele parecia quebrado. Havia uma piscina de sangue sob o corpo, coagulado e preto à luz da pedra.

Isabelle engasgou-se.

— Alec. Você está vendo...

— Estou. — A voz dele era severa. — Já vi coisa pior. É com Jace que estou preocupado.

Isabelle avançou e tocou a mesa preta de basalto, passando levemente os dedos na superfície.

— Esse sangue está quase fresco. O que quer que tenha acontecido, não foi há muito tempo.

Alec foi na direção do corpo empalado. Havia rastros saindo da piscina de sangue no chão.

— Pegadas — disse ele. — Alguém correndo. — Alec indicou com a mão curvada que as meninas deveriam segui-lo. Elas obedeceram, e Isabelle parou apenas para limpar as mãos sujas de sangue nas proteções de couro das pernas.

O rastro das pegadas saía do pavilhão e seguia por um túnel estreito, desaparecendo na escuridão. Quando Alec parou, olhando ao redor, Clary ultrapassou-o impaciente, deixando a pedra iluminar o caminho branco-prateado à frente deles. Ela podia ver um conjunto de portas duplas no fim do túnel; estavam entreabertas.

Jace. De alguma forma podia senti-lo; sabia que estava perto. Partiu em uma quase corrida, as botas fazendo barulho contra o chão duro. Ouviu Isabelle gritar atrás dela, e em seguida ela e Alec também estavam correndo atrás de Clary. Ela atravessou as portas no fim do salão e se viu em uma larga sala de pedra, bifurcada por uma fileira de metal enfiada profundamente no chão. Clary conseguiu identificar uma forma caída do outro lado das barras. Logo à frente da cela estava o corpo de um Irmão do Silêncio.

Clary soube imediatamente que ele estava morto. A maneira como estava deitado, como uma boneca cujas juntas tinham sido torcidas para o lado errado até quebrarem. A túnica cor de pergaminho estava dilacerada. O rosto cheio de cicatrizes, contorcido em uma expressão de puro terror, ainda era reconhecível. Era o Irmão Jeremiah.

Ela passou pelo corpo e foi até a porta da cela. Era feita de barras com pouco espaço entre si e tinha dobradiças em um dos lados. Não parecia haver tranca nem maçaneta que ela pudesse puxar. Ouviu Alec, atrás dela, dizer seu nome, mas sua atenção não estava voltada para ele, e sim para a porta. Era claro que não havia uma maneira visível de abri-la, percebeu; os Irmãos não lidavam com o que era visível, mas com o que não era. Segurando a pedra em uma das mãos, ela procurou a estela da mãe com a outra.

Do outro lado das barras veio um barulho. Uma espécie de sussurro ou engasgo abafado; ela não sabia ao certo o quê, mas reconheceu a fonte: Jace. Atacou a porta com a ponta da estela, tentando manter o símbolo de Abertura na cabeça quando ainda estava surgindo, preto e entalhado contra o metal duro. O electrum chiou onde a estela o tocou. *Abra*, ordenou para a porta, *abra, abra, ABRA*!

Um ruído como tecido rasgando atravessou o recinto. Clary ouviu Isabelle gritar quando as dobradiças explodiram e a porta caiu para dentro da cela como uma ponte levadiça. Clary podia ouvir outros barulhos, metal raspando em metal, um som alto, como um punhado de pedras sendo lançadas. Mergulhou para dentro da cela, equilibrando-se sobre a porta caída.

A luz enfeitiçada preencheu a pequena sala, deixando-a tão iluminada quanto o dia. Ela mal percebeu as fileiras de algemas — todas de metais diversos: ouro, prata, aço e ferro — se soltarem das paredes e caírem no chão de pedra. Estava com os olhos fixos na figura caída no canto; podia ver o cabelo brilhante, a mão esticada, a algema solta a alguma distância. Os pulsos estavam expostos e ensanguentados, a pele marcada com terríveis hematomas.

Clary se ajoelhou, deixando a estela de lado, e o virou gentilmente. *Era* Jace. Havia outro hematoma na bochecha dele, e o rosto estava muito branco, mas ela conseguia ver o movimento sob as pálpebras. Uma veia pulsava na garganta. Ele estava vivo.

O alívio a invadiu como uma onda quente, desfazendo as cordas de tensão que a tinham segurado por todo aquele tempo. A pedra caiu no chão ao lado dela, onde continuou brilhando. Ela afastou o cabelo da testa de Jace com uma ternura que não sabia que tinha — nunca tivera irmãos nem irmãs, nem mesmo primos. Nunca estivera em uma situação que envolvesse fazer curativos, beijar joelhos ralados ou cuidar de alguém.

Contudo não tinha problema em sentir essa ternura por Jace, pensou, sem querer afastar as mãos mesmo enquanto as pálpebras de Jace tremiam e ele resmungava. Era irmão dela, por que não deveria se importar com o que acontecesse a ele?

Jace abriu os olhos. As pupilas estavam enormes, dilatadas. Talvez tivesse batido a cabeça? Fixou os olhos nela com um olhar de assombro confuso.

— *Clary* — disse. — O que você está fazendo aqui?

— Vim encontrar você — disse ela, porque era a verdade.

O rosto de Jace se contorceu.

— Você está mesmo aqui? Eu não... eu não estou morto, estou?

— Não — ela respondeu, acariciando a lateral do rosto dele. — Você desmaiou, só isso, e provavelmente bateu a cabeça também.

Ele levantou a mão para cobrir a dela que estava em sua bochecha.

— Valeu a pena — disse com uma voz tão baixa que ela não teve certeza sobre o que ele dissera afinal.

— O que está acontecendo? — Era Alec, baixando a cabeça para passar pela entrada. Clary retirou a mão, e em seguida se repreendeu silenciosamente. Não estava fazendo nada de errado.

Jace lutou para conseguir se sentar. Estava com o rosto cinzento e na camisa havia respingos de sangue. A expressão de Alec era de preocupação.

— Você está bem? — perguntou, se ajoelhando. — O que aconteceu? Consegue se lembrar?

Jace levantou a mão que não estava machucada.

— Uma pergunta de cada vez, Alec. A minha cabeça parece que vai explodir.

— Quem fez isso com você? — Isabelle parecia espantada e furiosa ao mesmo tempo.

— Ninguém fez nada comigo. Eu mesmo fiz, tentando me livrar das algemas. — Jace olhou para o pulso. Parecia que ele tinha raspado quase toda a pele, então franziu o cenho.

— Aqui — Clary e Alec disseram ao mesmo tempo, ambos se esticando para pegar a mão dele. Os olhares se encontraram e Clary retirou a mão primeiro. Alec pegou o pulso de Jace e sacou a estela; com alguns movimentos rápidos, desenhou um *iratze*, uma marca de cura, logo abaixo da faixa de pele ensanguentada.

— Obrigado — agradeceu Jace. A parte machucada do pulso já estava começando a se curar. — O Irmão Jeremiah...

— Está morto — disse Clary.

— Eu sei. — Dispensando a ajuda oferecida por Alec, Jace se levantou e ficou de pé, usando a parede como apoio. — Ele foi assassinado.

— Os Irmãos do Silêncio mataram uns aos outros? — perguntou Isabelle. — Não entendo, não entendo por que eles *fariam* uma coisa dessas...

— Não fizeram — disse Jace. — Alguma coisa os matou. Não sei o quê. — Um espasmo de dor contorceu o rosto dele. — A minha cabeça...

— Talvez devêssemos ir — disse Clary, nervosa. — Antes que o que quer que os tenha matado...

— Venha nos pegar? — completou Jace. Ele olhou para a camisa ensanguentada e para a mão ferida. — Acho que já foi embora, mas suponho que ele ainda poderia trazer de volta.

— Quem poderia trazer o que de volta? — perguntou Alec, mas Jace não disse nada. Seu rosto tinha ido de cinza a branco como papel. Alec o segurou quando ele começou a deslizar pela parede. — Jace...

— Estou bem — Jace protestou, mas agarrou a manga de Alec com força. — Eu consigo me levantar.

— Para mim parece que você está usando a parede para se manter de pé. Não é a minha definição de levantar.

— Isso significa se apoiar — Jace disse a ele. — Se apoiar vem logo antes de se levantar.

— Parem de brigar — repreendeu Isabelle, chutando uma tocha apagada para fora do caminho. — Temos que sair daqui. Se há alguma coisa forte o suficiente para matar os Irmãos do Silêncio, pode acabar conosco brincando.

— Izzy tem razão. É melhor irmos. — Clary pegou a pedra e se levantou. — Jace... você consegue andar?

— Ele pode se apoiar em mim. — Alec colocou o braço de Jace sobre o próprio ombro. Jace se apoiou nele completamente. — Vamos — disse Alec gentilmente. — A gente conserta você lá fora.

Lentamente foram para a porta da cela, onde Jace parou, olhando para a figura do Irmão Jeremiah caída e curvada no chão. Isabelle se ajoelhou e puxou o capuz marrom de lã do Irmão do Silêncio para cobrir o rosto contorcido. Quando se levantou, todos os rostos estavam sérios.

— Nunca vi um Irmão do Silêncio com medo — disse Alec. — Não achei que fosse possível sentirem medo.

— Todo mundo sente medo. — Jace ainda estava muito pálido, e apesar de estar apoiando a mão ferida contra o peito, Clary não achava que fosse por causa da dor física. Ele parecia distante, como se tivesse se recolhido em si mesmo, escondendo-se de alguma coisa.

Eles refizeram os passos pelos corredores escuros e subiram os degraus estreitos que levavam até o pavilhão das Estrelas Falantes. Quando chegaram a ele, Clary notou o forte cheiro de sangue e de queimado que não tinha percebido ao passar por ali antes. Apoiado em Alec, Jace olhou em volta com uma mistura de horror e confusão no rosto. Clary viu que ele estava olhando para a parede oposta, onde havia sangue respingado.

— Jace. Não olhe — disse ela. Em seguida se sentiu tola; afinal de contas, ele era um caçador de demônios, já tinha visto coisas piores.

Ele balançou a cabeça.

— Alguma coisa parece errada...

— Tudo parece errado aqui. — Alec inclinou a cabeça na direção da floresta de arcos que levava para longe do pavilhão. — É o caminho mais rápido para fora desse lugar. Vamos.

Não falaram muito enquanto faziam o caminho de volta pela Cidade dos Ossos. Cada sombra parecia ondular, como se na escuridão houvesse criaturas esperando para saltar sobre eles. Isabelle estava sussurrando alguma coisa sob a respiração. Apesar de Clary não conseguir ouvir as palavras em si, parecia outra língua, algo antigo — latim, talvez.

Quando chegaram às escadas que levavam para fora da Cidade, Clary soltou um suspiro silencioso de alívio. A Cidade dos Ossos podia ter sido belíssima um dia, mas era assustadora agora. Quando chegaram ao último lance de degraus, a luz agrediu seus olhos, fazendo com que ela gritasse de surpresa. Podia ver fracamente a estátua do Anjo no alto da escadaria, iluminada por trás com uma luz dourada brilhante, clara como o dia. Clary olhou em volta para os outros, que pareciam tão confusos quanto ela.

— O sol não pode ter nascido já, pode? — murmurou Isabelle. — Quanto tempo ficamos lá embaixo?

Alec verificou o relógio.

— Não muito.

Jace murmurou alguma coisa, baixa demais para que mais alguém escutasse. Alec se abaixou para ouvir.

— O que você disse?

— Luz enfeitiçada — disse Jace, dessa vez mais alto.

Isabelle se apressou para o alto das escadas, Clary atrás dela e Alec logo atrás das duas, se esforçando para carregar Jace para cima. Quando chegou ao topo, Isabelle parou repentinamente, como se tivesse congelado. Clary gritou por ela, que não se moveu. No instante seguinte, Clary estava a seu lado, e foi sua vez de olhar em volta embasbacada.

O jardim estava cheio de Caçadores de Sombras — vinte, talvez trinta, vestindo roupas escuras de caça, tatuados com Marcas, cada um segurando uma pedra de luz enfeitiçada brilhante.

À frente do grupo estava Maryse, com a armadura negra de Caçadora de Sombra e uma capa com o capuz para trás. Atrás dela havia dúzias de estranhos, homens e mulheres que Clary jamais havia visto, mas que tinham Marcas dos Nephilim nos braços e rostos. Um deles, um homem bonito com pele de ébano, virou-se para encarar Clary e Isabelle — e, ao lado delas, Jace e Alec, que tinham subido e estavam piscando diante da luz inesperada.

— Pelo Anjo — disse o homem. — Maryse, já tinha gente lá embaixo.

A boca de Maryse se abriu em um engasgo silencioso ao ver Isabelle. Em seguida fechou-a, contraindo os lábios em uma linha fina esbranquiçada, como um traço desenhado com giz.

— Eu sei, Malik — disse ela. — Esses são os meus filhos.

Capítulo 7

A ESPADA MORTAL

Um murmúrio de surpresa percorreu a multidão. Os que estavam de capuz os jogaram para trás, e Clary pôde perceber pelos olhares de Jace, Alec e Isabelle que muitos dos Caçadores de Sombras no jardim eram familiares.

— Pelo Anjo! — O olhar incrédulo de Maryse passou de Alec para Jace e Clary, e voltou para a filha. Jace tinha se afastado de Alec no instante em que Maryse falou, e estava um pouco distante dos outros três, com as mãos nos bolsos enquanto Isabelle girava nervosa o chicote dourado nas mãos. Alec, enquanto isso, parecia estar mexendo no telefone, apesar de Clary não conseguir imaginar para quem ele estaria ligando. — O que vocês estão fazendo aqui? Alec? Isabelle? Foi feita uma chamada perturbadora da Cidade do Silêncio...

— Nós respondemos — disse Alec. O olhar dele desviou ansiosamente para a multidão reunida. Clary não podia culpá-lo pelo nervosismo. Aquele era o maior grupo de Caçadores de Sombras adultos, de Caçadores de Sombras em geral, que ela já tinha visto. Ficou olhando de um rosto para o outro, registrando as diferenças entre eles, que variavam bastante em idade, raça e na aparência geral, e no entanto davam a mesma impressão de enorme poder contido. Isabelle podia sentir os olhares sutis sobre ela, examinando-a, avaliando-a. Uma delas, uma mulher com cabelos prateados, a encarava vorazmente, sem nenhuma sutileza. Clary piscou e desviou o olhar enquanto Alec prosseguia. — Vocês não estavam no Instituto, e não podíamos invocar ninguém, então nós mesmos viemos.

— Alec...

— E não importa, de qualquer forma — disse Alec. — Estão mortos. Os Irmãos do Silêncio. Estão todos mortos. Foram assassinados.

Dessa vez não houve qualquer ruído na multidão reunida. Em vez disso eles pareceram paralisados, como um bando de leões ao ver uma gazela.

— *Mortos?* — repetiu Maryse. — O que você quer dizer com estão mortos?

— Acho que o que ele quer dizer está bem claro — disse uma mulher com um longo casaco cinza que apareceu de repente ao lado de Maryse. Sob a luz que piscava, ela parecia a Clary uma espécie de caricatura de Edward Gorey, com ângulos acentuados, cabelo puxado para trás e olhos fundos e negros, como se as órbitas tivessem sido arrancadas do rosto. Ela trazia um pedaço brilhante de pedra de luz enfeitiçada em uma corrente comprida de prata, enrolada nos dedos mais finos que Clary já tinha visto. — Estão todos mortos? — perguntou, dirigindo-se a Alec. — Não encontraram ninguém vivo na Cidade?

Alec balançou a cabeça em negativa.

— Não que tenhamos visto, Inquisidora.

Então *aquela* era a Inquisidora, percebeu Clary. Ela certamente parecia alguém capaz de jogar meninos adolescentes em celas de masmorras por nenhum motivo além de não gostar do comportamento deles.

— Que vocês *tenham visto* — repetiu a Inquisidora, os olhos como contas, duros e brilhantes. Ela se voltou para Maryse. — Pode ser que ainda haja sobreviventes. Eu enviaria os seus para uma verificação na Cidade.

Os lábios de Maryse enrijeceram. Pelo pouco que Clary tinha aprendido a respeito dela, sabia que a mãe adotiva de Jace não gostava que lhe dissessem o que fazer.

— Muito bem.

Ela se voltou para o restante dos Caçadores de Sombras — não havia tantos, Clary começou a perceber, quanto inicialmente achara que houvesse, mais perto de vinte do que de trinta, apesar de o choque do surgimento ter criado a sensação de que se tratava de um grupo enorme.

Maryse falou com Malik em voz baixa e ele fez que sim com a cabeça. Tomando o braço da mulher de cabelos prateados, guiou os Caçadores de Sombras para a entrada da Cidade dos Ossos. Enquanto um após o outro eles desciam as escadas, levando consigo as pedras de luz enfeitiçada, o brilho no jardim começou a diminuir. A última da fila era a mulher com o cabelo de prata. Na metade do caminho de descida, ela parou, virou e olhou para trás — diretamente para Clary. Tinha olhos cheios de uma ânsia terrível, como se tivesse um desejo profundo e desesperado de dizer alguma coisa a Clary. Após um momento puxou o capuz de volta sobre a cabeça e desapareceu nas sombras.

Maryse quebrou o silêncio.

— Por que alguém mataria os Irmãos do Silêncio? Eles não são guerreiros, não carregam Marcas de batalha...

— Não seja ingênua, Maryse — disse a Inquisidora. — Isso não foi um ataque aleatório. Os Irmãos do Silêncio podem não ser guerreiros, mas são essencialmente guardiões e são muito bons no que fazem. Sem falar que são difíceis de matar. Alguém queria alguma coisa da Cidade dos Ossos e estava disposto a matar os Irmãos do Silêncio para isso. Foi premeditado.

— O que a faz ter tanta certeza?

— A busca impossível que nos atraiu para o Central Park? O menino fada morto?

— Eu não chamaria aquilo de busca impossível. O sangue do menino fada tinha sido drenado, como os outros. Essas mortes podem causar sérios problemas entre as Crianças Noturnas e os outros membros do Submundo...

— Distrações — disse a Inquisidora, descartando a hipótese. — Ele nos queria longe do Instituto para que ninguém respondesse aos Irmãos quando pedissem ajuda. De fato engenhoso, mas ele sempre foi engenhoso.

— Ele? — foi Isabelle que falou, o rosto pálido entre as ondas pretas do cabelo. — Você quer dizer...

As palavras seguintes de Jace fizeram com que um choque percorresse Clary, como se ela tivesse tocado uma corrente elétrica.

— Valentim — disse ele. — Valentim levou a Espada Mortal. Foi por isso que ele matou os Irmãos do Silêncio.

Um sorriso fino e repentino se formou no rosto da Inquisidora, como se Jace tivesse dito alguma coisa que lhe tivesse agradado muito.

Alec se espantou e olhou para Jace.

— *Valentim*? Mas você não disse que ele estava lá.

— Ninguém perguntou.

— Ele não pode ter matado os irmãos. Estavam destruídos. Nenhuma pessoa poderia ter feito tudo aquilo.

— Provavelmente teve ajuda demoníaca — disse a Inquisidora. — Ele já usou demônios para o ajudarem antes. E com a proteção do Cálice, poderia invocar criaturas muito perigosas. Mais perigosas que os Raveners — acrescentou com uma curva no lábio, e apesar de não ter olhado para Clary ao dizê-lo, as palavras pareceram, de alguma forma, um tapa verbal. A vaga esperança de que a Inquisidora não a tivesse reconhecido se dissipou. — Ou os patéticos Renegados.

— Quanto a isso eu não sei. — Jace estava muito pálido, com machas febris nas maçãs do rosto. — Mas foi o Valentim. Eu o vi. Aliás, ele estava com a Espada quando foi até a cela e me provocou pelas grades. Foi como um filme ruim, exceto pelo fato de ele não ter ficado enrolando o bigode com os dedos.

Clary olhou preocupada para ele. Estava falando rápido demais, ela pensou, e não parecia conseguir ficar de pé com muita firmeza.

A Inquisidora não pareceu perceber.

— Então você está dizendo que Valentim *contou* tudo isso a você? Disse que matou os Irmãos do Silêncio porque queria a Espada do Anjo?

— O que mais ele contou? Disse para onde estava indo? O que pretende fazer com os dois Instrumentos Mortais? — perguntou Maryse rapidamente.

Jace balançou a cabeça.

A Inquisidora foi em direção a ele, o casaco girando em volta de si como fumaça flutuante. Os olhos e a boca cinza eram linhas horizontais firmes.

— Não acredito em você.

Jace simplesmente olhou para ela.

— Não achei que fosse acreditar.

— E duvido que a Clave acredite.

— Jace não é mentiroso — Alec disse com fervor.

— Use o cérebro, Alexander — disse a Inquisidora, sem tirar os olhos de Jace. — Deixe de lado a lealdade ao seu amigo por um instante. Qual é a probabilidade de o Valentim ter passado pela cela do filho para uma conversa paternal sobre a Espada da Alma e não ter mencionado o que pretende fazer com ela, nem sequer para onde estava indo?

— *S'io credesse che mia risposta fosse* — disse Jace em uma língua que Clary não conhecia — *a persona che mai tornasse al mondo...*

— Dante. — A Inquisidora pareceu um pouco entretida. — *Inferno*. Você ainda não está no inferno, Jonathan Morgenstern, apesar de que, se insistir em continuar mentindo para a Clave, vai desejar que estivesse. — Ela se voltou para os outros. — Não parece estranho para mais ninguém que a Espada da Alma tenha desaparecido na noite anterior ao julgamento de Jonathan Morgenstern perante ela, e que tenha sido o pai dele quem a levou?

Jace pareceu chocado ao ouvir isso. Seus lábios se abriram levemente em sinal de surpresa, como se aquilo jamais tivesse ocorrido a ele.

— O meu pai não levou a espada por *mim*. Ele levou para *ele*. Duvido que soubesse do julgamento.

— Mesmo assim, é incrivelmente conveniente para você. E para ele, que não vai ter que se preocupar que você revele seus segredos.

— É — disse Jace —, ele está morrendo de medo que eu conte para todo mundo que ele sempre quis ser bailarina. — A Inquisidora simplesmente olhou para ele. — E não *sei* nenhum segredo do meu pai — disse ele, de maneira menos atrevida. — Ele nunca me contou nada.

A Inquisidora olhou para ele com algo próximo a tédio.

— Se o seu pai não pegou a Espada para protegê-lo, então *por que* ele pegou?

— É um Instrumento Mortal — disse Clary. — É poderosa. Como o Cálice. Valentim gosta de poder.

— O Cálice tem uso imediato — disse a Inquisidora. — Ele pode utilizá-lo para criar um exército. A Espada é usada em julgamentos. Não vejo como pode interessar a ele.

— Ele pode ter feito isso para desestabilizar a Clave — sugeriu Maryse. — Para enfraquecer o nosso moral. Para dizer que não há nada que possamos proteger dele se ele quiser bastante. — Era um argumento surpreendentemente bom, pensou Clary, mas Maryse não parecia muito convencida. — O fato é que...

Contudo não chegaram a ouvir o que era o fato, pois naquele instante Jace levantou a mão como se quisesse fazer uma pergunta, pareceu espantado e sentou-se na grama repentinamente, como se as pernas tivessem cedido. Alec se ajoelhou ao lado dele, mas Jace acenou para afastar a preocupação.

— Me deixe em paz. Estou bem.

— Você não está bem — Clary se juntou a Alec na grama, e Jace olhou para ela com olhos cujas pupilas estavam imensas e escuras apesar da luz enfeitiçada que iluminava a noite. Ela olhou para o pulso de Jace, onde Alec havia desenhado o *iratze*. A Marca desaparecera, nem mesmo uma cicatriz branca fora deixada para trás para indicar que tinha dado certo. Seus olhos encontraram os de Alec e ela viu a própria ansiedade refletida ali. — Tem alguma coisa errada com ele — disse. — Alguma coisa séria.

— Ele provavelmente precisa de um símbolo de cura. — A Inquisidora parecia estar imensamente aborrecida com Jace por ter se machucado durante eventos de tal importância. — Um *iratze* ou...

— Já tentamos — disse Alec. — Não está funcionando. Acho que tem alguma coisa demoníaca acontecendo aqui.

— Como veneno de demônio? — Maryse se movimentou como se quisesse ir até Jace, mas foi contida pela Inquisidora.

— Ele está envergonhado — disse ela. — Deveria estar nos confins das celas da Cidade do Silêncio agora.

Alec se levantou ao ouvir isso.

— Você não pode falar uma coisa dessas, *olhe* só para ele! — Ele gesticulou para Jace, que havia caído de volta sobre a grama com os olhos fechados. — Não consegue nem ficar de pé. Precisa de médicos, precisa...

— Os Irmãos do Silêncio estão mortos — disse a Inquisidora. — Você está sugerindo um hospital mundano?

— Não. — A voz de Alec era firme. — Pensei que pudéssemos levá-lo até o Magnus.

Isabelle produziu um ruído que era um misto de espirro e tosse. Ela se virou enquanto a Inquisidora olhava para Alec confusa.

— Magnus?

— É um feiticeiro — disse Alec. — Na verdade é o Magnífico Feiticeiro do Brooklyn.

— Você está falando de Magnus Bane — disse Maryse. — Ele tem uma reputação...

— Ele me curou depois que eu lutei contra um Demônio Maior — disse Alec. — Os Irmãos do Silêncio não puderam fazer nada, mas Magnus...

— Isso é ridículo — disse a Inquisidora. — O que você quer é ajudar Jonathan a escapar.

— Ele não está bem o suficiente para escapar — disse Isabelle. — Não consegue ver isso?

— Magnus jamais deixaria isso acontecer — disse Alec, olhando para a irmã na tentativa de contê-la. — Ele não está interessado em contrariar a Clave.

— E como ele proporia prevenir que isso acontecesse? — Da voz da Inquisidora pingava um sarcasmo ácido. — Jonathan é um Caçador de Sombras; não é muito fácil nos manter presos.

— Talvez você devesse perguntar a ele — sugeriu Alec.

A Inquisidora abriu seu sorriso cortante.

— Perfeitamente. Onde ele está?

Alec olhou para o telefone que tinha na mão, em seguida novamente para a figura cinza esguia diante dele.

— Ele está aqui — disse. Levantou a voz. — Magnus! Magnus, venha aqui.

Até a Inquisidora ergueu as sobrancelhas quando Magnus passou pelo portão. O Magnífico Feiticeiro vestia calças de couro pretas, um cinto com uma fivela em forma de um M de joias e um casaco militar prussiano azul-cobalto, aberto sobre uma camisa branca de renda. Ele brilhava com camadas de purpurina. Pousou o olhar no rosto de Alec por um instante, com animação e mais alguma coisa antes de olhar para Jace, que estava na grama.

— Ele está morto? — perguntou. — Parece morto.

— Não. — Irritou-se Maryse. — Ele não está morto.

— Você verificou? Posso dar um chute se você quiser. — Magnus foi na direção de Jace.

— Pare com isso! — Irritou-se a Inquisidora, soando como a professora do terceiro ano de Clary ao exigir que ela parasse de desenhar na mesa com a caneta. — Ele não está morto, mas está machucado — acrescentou, quase de má vontade. — Suas habilidades médicas são necessárias. Jonathan precisa estar bem o suficiente para o interrogatório.

— Tudo bem, mas vai custar.

— Eu pago — disse Maryse.

A Inquisidora nem sequer piscou.

— Muito bem. Mas ele não pode ficar no Instituto. Só porque a Espada desapareceu, não significa que o interrogatório não vá acontecer conforme planejado. Enquanto isso, o menino deve ser mantido sob observação. Está claramente em risco de fuga.

— Risco de fuga? — questionou Isabelle. — Você está agindo como se ele tivesse tentado escapar da Cidade do Silêncio...

— Bem — disse a Inquisidora —, ele não está na cela agora, está?

— Isso não é justo! Você não podia esperar que ele ficasse lá cercado de pessoas mortas!

— Não é justo? Não é *justo*? Você realmente espera que eu acredite que você e o seu irmão foram motivados a vir para a Cidade dos Ossos por causa de um chamado, e não porque queriam libertar Jonathan do que claramente consideram confinamento desnecessário? E espera que eu acredite que vocês não vão tentar libertá-lo outra vez se ele permanecer no Instituto? Acha que pode me enganar com a mesma facilidade com que engana seus pais, Isabelle Lightwood?

Isabelle ficou completamente vermelha. Magnus falou antes que ela pudesse responder.

— Ouçam, não tem problema — disse ele. — Jace pode ficar na minha casa.

A Inquisidora voltou-se para Alec.

— O seu feiticeiro compreende — disse ela — que Jonathan é uma testemunha de suma importância para a Clave?

— Ele não é o *meu* feiticeiro. — As maçãs do rosto de Alec ruborizaram com um tom de vermelho forte.

— Já mantive prisioneiros para a Clave antes — disse Magnus. O tom de piada tinha sido abandonado. — Acho que vai achar a minha ficha muito boa nesse departamento. O meu contrato é dos melhores.

Era imaginação de Clary ou os olhos dele pareceram se demorar em Maryse quando disse isso? Ela não teve tempo de ponderar; a Inquisidora emitiu um ruído agudo que podia ser de entretenimento ou nojo.

— Tudo bem então. Avise-me quando ele estiver bem o suficiente para falar, feiticeiro. Ainda tenho muitas perguntas para ele — disse ela.

— Perfeitamente — respondeu Magnus, mas Clary teve a sensação de que ele não estava prestando atenção a ela. Atravessou o gramado graciosamente e foi para perto de Jace; era tão alto quanto magro, e quando Clary levantou os olhos para olhar para ele, ficou surpresa pela quantidade de estrelas que havia surgido. — Ele consegue falar? — Magnus perguntou a Clary, indicando Jace.

Antes que ela pudesse responder, os olhos de Jace se abriram. Ele olhou para o feiticeiro, tonto e confuso.

— O que você está fazendo aqui?

Magnus sorriu para Jace, e seus dentes brilharam como diamantes afiados.

— Olá, colega de quarto — disse ele.

parte 2

Os Portões do Inferno

Antes de mim coisa alguma foi criada, salvo coisas
Eternas, e eterno perduro.
Abandonai toda a esperança, vós que aqui entrais.

– Dante, Inferno

Capítulo 8

A CORTE SEELIE

No sonho Clary era novamente uma criança, caminhando pela faixa de areia estreita perto do calçadão em Coney Island. O ar estava pesado com o cheiro de cachorro-quente e amendoins torrados e com os gritos de crianças. O mar ondulava a distância, a superfície azul cinzenta viva com a luz do sol.

Clary podia se ver como que de uma certa distância, vestindo um pijama infantil grande demais para ela. A bainha da calça se arrastava pela praia. Areia molhada se prendia entre os dedos dos pés, e o cabelo pesava na nuca. Não havia nuvens e o céu estava claro e azul, mas ela tremia ao caminhar pelo perímetro da água em direção a uma figura que mal enxergava ao longe.

Ao se aproximar, a figura de repente se tornou nítida, como se Clary tivesse focado a lente de uma câmera. Era a mãe dela, ajoelhando-se diante das ruínas de um castelo de areia pela metade. Estava com o mesmo vestido branco que Valentim tinha posto nela em Renwick. Na mão tinha um graveto molhado, quase prateado pela longa exposição ao sal e ao vento.

— Você veio para me ajudar? — perguntou a mãe, levantando a cabeça. O cabelo de Jocelyn estava despenteado e soprava livre no vento, fazendo com que parecesse mais nova do que era. — Há tanta coisa para fazer, e tão pouco tempo.

Clary engoliu o nó na garganta.

— Mãe... Eu senti muito a sua falta.

Jocelyn sorriu,

— Eu também senti muito a sua falta, querida. Mas não morri, você sabe. Estou apenas dormindo.

— Então como eu te acordo? — gritou Clary, mas a mãe estava olhando para o mar com uma expressão perturbada. O céu tinha se tornado um crepúsculo cinza ferro e as nuvens negras pareciam pedras pesadas.

— Venha cá — disse Jocelyn, e, quando Clary foi até ela, disse: — Estique o braço.

Clary o fez. Jocelyn passou o graveto molhado sobre a pele dela. O toque ardeu como a queimadura de uma estela e deixou a mesma linha preta e grossa. O símbolo que Jocelyn fez foi uma forma que Clary nunca tinha visto antes, mas instintivamente achou tranquilizadora.

— Para que serve isso?

— É para te proteger. — A mãe de Clary a soltou.

— Contra o quê?

Jocelyn não respondeu, apenas olhou para o mar. Clary virou-se e viu que o oceano tinha se afastado, deixando pilhas de lixo salgado, montes de alga e peixes desesperados debatendo-se no rastro aquático. A água havia se reunido em uma onda gigante que se erguia como a lateral de uma montanha, como uma avalanche prestes a cair. Os gritos de crianças no calçadão haviam se transformado em berros. Enquanto Clary olhava horrorizada, viu que a borda da onda era transparente como uma membrana e através dela podia ver coisas que pareciam se mover sob a superfície do oceano, coisas enormes, escuras e amorfas, forçando contra a superfície da água. Levantou as mãos para o ar...

E acordou engasgada, o coração batendo dolorosamente contra as costelas. Estava na cama no quarto de hóspedes da casa de Luke, e a luz da tarde atravessava as cortinas. O cabelo estava grudado ao pescoço com o suor, e os braços queimavam e doíam. Quando se sentou e ligou o abajur da mesa de cabeceira, viu sem surpresa a Marca preta que percorria todo o seu antebraço.

Quando entrou na cozinha, percebeu que Luke tinha deixado um café da manhã para ela: um pão doce em uma caixinha de papelão manchada de gordura. Também havia deixado um bilhete na geladeira. *Fui ao hospital.*

Clary comeu o pão doce enquanto ia ao encontro de Simon. Ele deveria estar na esquina da Bedford perto da estação de metrô do trem L às 5 horas, mas não estava. Ela sentiu uma pontada de ansiedade antes de se lembrar da loja de discos usados na esquina da Sixth Avenue. Como não podia deixar de ser, ele estava olhando os CDs na seção de lançamentos. Estava com um casaco de veludo cor de ferrugem com uma manga rasgada e uma camiseta azul com o logotipo de um menino usando fones de ouvido e dançando com uma galinha. Ele sorriu ao vê-la.

— Eric acha que a gente deveria mudar o nome da banda para Mojo Pie — disse ele como saudação.

— Qual é o nome agora? Esqueci.

— Champagne Enema — respondeu enquanto selecionava um CD da Yo La Tengo.

— Troquem — disse Clary. — A propósito, eu sei o que a sua camiseta significa.

— Não sabe nada. — Ele foi até a frente da loja para comprar o CD. — Você é uma boa menina.

Lá fora o vento estava frio. Clary puxou o cachecol até o queixo.

— Fiquei preocupada quando não te vi na estação do metrô.

Simon puxou o gorro para baixo, franzindo o cenho como se a luz do sol incomodasse os olhos.

— Desculpe. Eu me lembrei que queria esse CD e pensei...

— Não tem problema. — Ela fez um gesto com a mão para ele. — O problema é comigo. Entro em pânico com muita facilidade hoje em dia.

— Bem, depois do que você passou, ninguém pode culpá-la. — Simon parecia abalado. — Ainda não consigo acreditar no que aconteceu com a Cidade do Silêncio. Não posso acreditar que você estava *lá*.

— Luke também não. Ele teve um ataque.

— Aposto que sim. — Eles estavam passando pelo McCarren Park, a grama sob os pés se tornando marrom e o ar repleto de luz dourada. Cachorros corriam sem coleira entre as árvores. *Tudo muda na minha vida, mas o mundo continua o mesmo*, pensou Clary. — Você já falou com Jace desde o que aconteceu? — perguntou Simon, mantendo a voz neutra.

— Não, mas falei com Isabelle e Alec algumas vezes. Aparentemente ele está bem.

— Ele pediu para ver você? É por isso que estamos indo?

— Ele não *precisa* pedir. — Clary tentou não demonstrar irritação enquanto viravam na rua de Magnus. Era ladeada de prédios baixos de armazéns que tinham sido transformados em lofts e estúdios para os moradores artistas (e ricos) de lá. A maioria dos carros estacionados no meio-fio era cara.

Enquanto se aproximavam do prédio de Magnus, Clary viu uma figura esguia se levantar de onde estava sentada. Alec. Ele estava usando um casaco preto longo, feito com o material resistente e ligeiramente brilhante que os Caçadores de Sombras gostavam de usar em seus equipamentos. Tinha as mãos e a garganta marcadas com símbolos, e pelo brilho fraco no ar que o rodeava era claro que estava disfarçado com um feitiço para parecer invisível.

— Eu não sabia que você ia trazer o mundano. — Ele desviou os olhos azuis para Simon, desconfortável.

— É disso que eu mais gosto em vocês — disse Simon. — Sempre fazem com que eu me sinta muito bem-vindo.

— Ora vamos, Alec — disse Clary. — Qual é o problema? Não é como se o Simon nunca tivesse vindo aqui.

Alec soltou um suspiro teatral, deu de ombros e os guiou pelas escadas. Destrancou a porta do apartamento de Magnus utilizando uma chave prateada, que colocou de volta no bolso da frente do casaco assim que terminou de abri-la, como se esperasse que os acompanhantes não vissem.

À luz do dia o apartamento era como uma boate vazia deveria parecer durante as horas em que ficava fechada: escuro, sujo e surpreendentemente pequeno. As paredes eram nuas, marcadas aqui e ali com tinta brilhosa, e os tacos do chão onde as fadas haviam dançado uma semana antes eram deformados e escorregadios por causa do efeito do tempo.

— Olá, olá. — Magnus surgiu na frente deles. Estava usando uma túnica verde de seda que ia até o chão aberta sobre uma blusa prateada de malha e uma calça jeans preta. Uma pedra vermelha brilhante piscava em sua orelha esquerda. — Alec, meu querido. Clary. E menino rato. — Ele fez uma breve reverência para Simon, que parecia entediado. — A que devo o prazer?

— Viemos ver o Jace — disse Clary. — Ele está bem?

— Não sei — disse Magnus. — Ele costuma ficar deitado no chão daquele jeito sem se mexer?

— O que... — começou Alec, mas parou quando Magnus riu. — Não tem graça.

— É tão fácil provocá-lo. E sim, o seu amigo está bem. Bem, exceto pelo fato de que fica tirando tudo do lugar e tentando limpar. E agora não acho nada. Ele é compulsivo.

— Ele realmente gosta das coisas arrumadas — disse Clary, pensando no seu quarto impecável no Instituto.

— Bem, eu não. — Magnus estava observando com o canto do olho enquanto Alec olhava fixamente a distância, franzindo o cenho. — Jace está lá dentro, se quiserem vê-lo. — Ele apontou para a porta no final da sala.

"Lá dentro" acabou se revelando uma salinha de tamanho médio surpreendentemente aconchegante, com paredes manchadas, cortinas de veludo sobre as janelas e poltronas de tecido como icebergs amplos e coloridos em um mar de carpete bege. Havia um sofá cor-de-rosa arrumado com lençóis e um cobertor, ao lado, uma bolsa cheia de roupas. Nenhuma luz penetrava pelas cortinas pesadas; a única fonte de luminosidade era a tela da televisão, que brilhava apesar de o aparelho não estar ligado na tomada.

— O que está passando? — perguntou Magnus.

— *Esquadrão da moda* — disse a voz pausada familiar, que emanava de uma figura esparramada em uma das poltronas. Ele se sentou para a frente e, por um instante, Clary pensou que Jace pudesse se levantar para cumprimentá-los. Em vez disso, balançou a cabeça em direção à tela. — Calça cáqui de cintura alta? Quem usa isso? — Ele se virou e olhou para Magnus. — Energia sobrenatural praticamente ilimitada, e você só usa para assistir a reprises. Que desperdício. Além disso, TV a cabo funciona do mesmo jeito — destacou Simon.

— O meu jeito é mais barato. — Magnus bateu palmas e a sala de repente se inundou com luminosidade. Jace, acomodado na cadeira, levantou o braço para cobrir o rosto. — Você consegue fazer *isso* sem mágica?

— Na verdade — disse Simon —, consigo. Se você assistisse a programas de venda saberia disso.

Clary sentiu que o clima na sala estava despencando.

— Chega — disse ela. Olhou para Jace, que tinha baixado o braço e estava piscando os olhos, irritado com a luz. — Nós temos que conversar — disse ela. — Todos nós. Sobre o que vamos fazer agora.

— Eu ia assistir a *Project Runway* — disse Jace. — Vai passar em seguida.

— Não vai, não — disse Magnus. Ele estalou os dedos e a TV desligou, soltando uma pequena nuvem de fumaça enquanto a imagem sumia. — Você precisa lidar com isso.

— De repente está interessado em resolver os meus problemas?

— Estou interessado em ter o meu apartamento de volta. Estou cansado de você limpando o tempo todo. — Magnus estalou o dedo novamente, de forma ameaçadora. — Levante.

— Ou você vai ser o próximo a ir pelos ares — disse Simon, contente.

— Não há necessidade de esclarecer o meu estalar de dedos — disse Magnus. — A implicação ficou bem clara no estalo em si.

— Tudo bem — Jace se levantou da cadeira. Estava descalço e havia uma linha de pele cinza-arroxeada no pulso onde os hematomas ainda estavam se curando. Parecia cansado, mas não como se ainda sentisse dor. — Vocês querem uma mesa redonda, podemos fazer uma mesa redonda.

— Adoro mesas redondas — disse Magnus alegremente. — Combinam mais comigo do que as quadradas.

Na sala, Magnus produziu uma enorme mesa circular cercada por cinco cadeiras de madeira com encostos altos.

— Incrível — disse Clary, deslizando para uma das cadeiras. Era surpreendentemente confortável. — Como é que se pode criar alguma coisa do nada desse jeito?

— Não pode — disse Magnus. — Tudo vem de algum lugar. Essas aqui vêm de uma loja que copia antiguidades na Quinta Avenida, por exemplo. E esses — de repente cinco copos de papel apareceram sobre a mesa, vapor exalando gentilmente dos respectivos buracos nas tampas de plástico — vêm do Dean & DeLuca na Broadway.

— Isso parece roubo, não? — Simon puxou um copo para si. Tirou a tampa. — Hum... Mochaccino. — Ele olhou para Magnus. — Você pagou por isso?

— Claro — disse Magnus enquanto Jace e Alec riam silenciosamente. — Faço notas de dólar aparecerem magicamente na caixa registradora deles.

— Sério?

— Não. — Magnus tirou a tampa do próprio café. — Mas você pode fingir que sim se fizer com que se sinta melhor. Então, qual é o primeiro item da nossa lista de discussão?

Clary pôs as mãos ao redor do próprio copo de café. Podia ser roubado, mas também era quente e cheio de cafeína. Ela poderia passar no Dean & DeLuca depois e depositar um dólar no pote de gorjeta alguma hora.

— Descobrir o que está acontecendo seria um bom começo — disse ela, soprando a espuma. — Jace, você disse que o que aconteceu na Cidade do Silêncio foi culpa de Valentim?

Jace olhou para o próprio café.

— Foi.

Alec pôs a mão no braço de Jace.

— O que aconteceu? Você o viu?

— Eu estava na cela — disse Jace com uma voz sem emoção. — Ouvi os Irmãos do Silêncio gritando. Em seguida Valentim desceu com... com alguma coisa. Não sei o que era. Tipo uma fumaça, com olhos brilhantes. Um demônio, mas não era como nenhum que eu já tenha visto. Ele veio até a grade e me disse...

— Disse o quê? — A mão de Alec deslizou do braço para o ombro de Jace. Magnus limpou a garganta e Alec baixou a mão, ruborizado, enquanto Simon sorria diante do café intocado.

— Maellartach — disse Jace. — Ele queria a Espada da Alma e matou os Irmãos do Silêncio para consegui-la.

Magnus estava franzindo o cenho.

— Alec, ontem à noite, quando os Irmãos do Silêncio convocaram ajuda, onde estava o Conclave? Por que não havia ninguém no Instituto?

Alec pareceu surpreso por a pergunta ter sido dirigida a ele.

— Houve um assassinato do Submundo no Central Park ontem à noite. Um menino fada foi morto. O corpo estava sem sangue.

— Aposto que a Inquisidora acha que fui eu também — disse Jace. — O meu reino de terror continua.

Magnus se levantou e foi para a janela. Abriu a cortina, permitindo que entrasse luz o suficiente para iluminar a silhueta de seu perfil de falcão.

— Sangue — disse ele, meio para si mesmo. — Eu tive um sonho, duas noites atrás. Vi uma cidade inteira de sangue, com torres feitas de ossos, e sangue correndo como água pelas ruas.

Simon olhou para Jace.

— Ficar na janela murmurando sobre sangue é algo que ele faz sempre?

— Não — respondeu Jace. — Às vezes ele faz isso sentado no sofá.

Alec lançou um olhar severo para os dois.

— Magnus, o que há de errado?

— O sangue — disse Magnus novamente. — Não pode ser coincidência. — Ele parecia estar olhando para a rua. O sol se punha rapidamente sobre a silhueta da cidade a distância: o céu estava listrado com cor de alumínio e ouro rosado. — Ocorreram diversos assassinatos de membros do Submundo essa semana. Um feiticeiro, morto em um edifício perto do porto da South Street. Estava com o pescoço e os pulsos cortados, e o sangue havia sido drenado do corpo. E um lobisomem foi morto no Hunter's Moon há alguns dias. A garganta dele também estava cortada.

— Parece coisa de vampiros — comentou Simon, repentinamente pálido.

— Acho que não — diz Jace. — Pelo menos Raphael disse que não era obra das Crianças Noturnas. Ele pareceu inflexível a esse respeito.

— É, porque *ele* é confiável — murmurou Simon.

— Nesse caso acho que ele está falando a verdade — disse Magnus, fechando a cortina. Tinha o rosto anguloso, sombreado. Enquanto voltava para a mesa, Clary viu que trazia um livro pesado, envolvido em tecido verde. Ela não achava que ele o estivesse segurando alguns momentos antes. — Houve forte presença demoníaca em ambos os locais. Acho que outra pessoa foi responsável por todas as três mortes. Não Raphael e a tribo dele, mas Valentim.

Os olhos de Clary foram para Jace. Sua boca estava apertada.

— Por que acha isso? — foi tudo o que perguntou, no entanto.

— A Inquisidora achou que o assassinato do menino fada foi uma distração — disse ele rapidamente. — Para que pudesse invadir a Cidade do Silêncio sem se preocupar com o Conclave.

— Existem maneiras mais simples de criar uma distração — disse Jace —, e não é uma decisão sábia se indispor com o Povo das Fadas. Ele não teria assassinado um membro desse clã se não tivesse motivo.

— Ele teve motivo — disse Magnus. — Havia algo que ele queria do menino fada, assim como havia algo que queria do feiticeiro e do lobisomem que matou.

— E o que era? — perguntou Alec.

— O sangue — disse Magnus, e abriu o livro verde. Nas páginas finas de pergaminho havia palavras escritas que brilhavam como fogo. — Ah, aqui. — Ele levantou o olhar, cutucando a página com uma unha afiada. Alec se inclinou para a frente. — Você não vai conseguir ler — alertou Magnus. — Está escrito em uma língua demoníaca. Purgatês.

— Mas consigo reconhecer os desenhos. Essa é Maellartach. Já vi antes em livros. — Alec apontou para uma ilustração de uma espada prateada, familiar a Clary; era a espada que percebera que estava faltando na parede da Cidade do Silêncio.

— O Ritual da Conversão Infernal — disse Magnus. — É isso que Valentim está tentando fazer.

— O que do quê? — Clary franziu a testa.

— Todo objeto mágico tem uma aliança — explicou Magnus. — A aliança da Espada da Alma é de serafim, como aquelas facas de anjo que vocês, Caçadores de Sombras, utilizam, mas mil vezes mais poderosa, porque o poder foi extraído do próprio Anjo, não simplesmente da invocação do nome angelical. O que Valentim quer é reverter a aliança, tornar um objeto de poder demoníaco, em vez de angelical.

— Bem legítimo para mal legítimo — disse Simon, satisfeito.

— Ele está citando *Dungeons and Dragons* — explicou Clary. — Ignorem.

— Como a espada do Anjo, Maellartach teria uso limitado para Valentim — disse Magnus. — Mas como uma espada cujo poder demoníaco se iguala ao poder angelical possuído outrora, bem, há muito que pode oferecer a ele. Poder sobre demônios, por exemplo. Não apenas a proteção limitada que o Cálice oferece, mas o poder de invocar demônios e forçá-los a obedecerem-no.

— Um exército de demônios? — disse Alec.

— Esse cara gosta de exércitos — observou Simon.

— Poder até para levá-los a Idris, talvez — concluiu Magnus.

— Não sei por que ele quereria ir para lá — disse Simon. — É lá que ficam todos os Caçadores de Demônios, não é? Eles não *aniquilariam* os demônios?

— Demônios vêm de outras dimensões — disse Jace. — Não sabemos quantas existem. O número pode ser infinito. Os encantos mantêm a maioria afastada, mas se viessem todos de uma vez...

Infinito, pensou Clary. Ela se lembrou do Demônio Maior Abbadon, e tentou imaginar centenas dele. Ou milhares. Sentia a pele fria e exposta.

— Não entendo — disse Alec. — O que o ritual tem a ver com membros do Submundo mortos?

— Para realizar o Ritual de Conversão, você precisa ferver a Espada até que ela esteja vermelha de tão quente, em seguida esfriá-la quatro vezes, cada uma delas no sangue de um filho do Submundo. Uma vez no de um filho de Lilith, outra no sangue de um filho da lua, então no de um filho da noite e ainda no de um filho das fadas — explicou Magnus.

— Meu Deus — disse Clary. — Então ele ainda não terminou a matança? Ainda falta mais uma criança?

— Mais duas. Ele não teve sucesso com o filhote de lobisomem. Foi interrompido antes que pudesse extrair todo o sangue do qual precisava. — Magnus fechou o livro, e poeira voou das páginas. — Seja qual for o objetivo final do Valentim, ele já avançou mais de meio caminho na conversão da Espada. Provavelmente já consegue obter algum poder dela. Já poderia estar invocando demônios...

— Mas é de se esperar que se ele estivesse fazendo isso houvesse relatórios de perturbações, excesso de atividade demoníaca — disse Jace. — Mas a Inquisidora disse que o que está acontecendo é o oposto, que tudo tem estado calmo.

— Era de se esperar que estivesse mesmo — disse Magnus — se Valentim estivesse chamando *todos os demônios para si*. Não é à toa que está tudo calmo.

Todos se entreolharam. Antes que qualquer um pudesse pensar em algo para dizer, um barulho agudo cortou a sala, fazendo Clary se assustar. Caiu café quente no pulso dela, que engasgou com a dor repentina.

— É a minha mãe — disse Alec, verificando o telefone. — Já volto. — Ele foi até a janela e manteve a cabeça abaixada e a voz baixa demais para que se pudesse escutar.

— Deixe eu ver — disse Simon, pegando a mão de Clary. Havia uma mancha vermelha no pulso dela onde o líquido quente a escaldara.

— Estou bem. Nada demais.

Simon levantou a mão dela e beijou o machucado.

— Agora vai melhorar.

Clary emitiu um ruído de espanto. Ele nunca tinha feito nada como aquilo antes. Mas esse era o tipo de coisa que namorados faziam, não era? Puxando o pulso de volta, ela se voltou para o outro lado da mesa e viu Jace olhando fixamente para eles com os olhos dourados ardendo.

— Você é uma Caçadora de Sombras — disse ele. — Sabe cuidar de ferimentos. — Ele empurrou a estela através da mesa em direção a ela. — Use-a.

— Não — disse Clary, e empurrou a estela de volta.

Jace bateu a mão sobre a estela.

— Clary...

— Ela disse que não quer — disse Simon. — Ha-ha.

— Ha-ha? — Jace parecia incrédulo. — *Essa* é a sua resposta?

Desligando o telefone, Alec se aproximou da mesa com um olhar confuso.

— O que está acontecendo?

— Parece que estamos presos em uma cena de novela mexicana — observou Magnus. — Tudo muito chato.

Alec afastou um fio de cabelo dos olhos.

— Falei com a minha mãe sobre a Conversão Infernal.

— Deixem-me adivinhar — disse Jace. — Ela não acreditou. E, além disso, botou toda a culpa em mim.

Alec franziu o cenho.

— Não exatamente. Ela disse que levaria o assunto ao Conclave, mas não tinha a atenção da Inquisidora no momento. Tenho a impressão de que a Inquisidora tirou a minha mãe do caminho e assumiu. Ela parecia irritada. — O telefone em sua mão tocou outra vez. Ele levantou um dedo. — Desculpem, é Isabelle. Um segundo. — Alec foi até a janela com o telefone na mão.

Jace olhou para Magnus.

— Acho que você tem razão quanto ao lobisomem no Hunter's Moon. O cara que encontrou o corpo disse que tinha alguém no beco com ele. Alguém que fugiu.

Magnus fez que sim com a cabeça.

— O que me parece é que Valentim foi interrompido no meio do que quer que ele estivesse fazendo para conseguir o sangue de que precisa. Provavelmente vai tentar outra vez com outra criança licantrope.

— Tenho que avisar Luke — disse Clary, levantando da cadeira.

— Espere. — Alec estava de volta com o telefone na mão e uma expressão peculiar no rosto.

— O que Isabelle queria? — perguntou Jace.

Alec hesitou.

— Ela disse que a rainha da corte Seelie requisitou uma audiência conosco.

— Claro — disse Magnus. — E Madonna quer que eu seja dançarino dela na próxima turnê mundial.

Alec pareceu confuso.

— Quem é Madonna?

— Quem é a rainha da corte Seelie? — perguntou Clary.

— É a rainha das fadas — disse Magnus. — Bem, a rainha local pelo menos.

Jace pôs a cabeça entre as mãos.

— Diga a Isabelle que não.

— Mas ela acha uma boa ideia — protestou Alec.

— Então diga que não *duas vezes.*

Alec franziu o cenho.

— O que você quer dizer com isso?

— Ah, apenas que algumas das ideias de Isabelle são magníficas, e outras são desastres completos. Lembra daquela ideia que ela teve de usar túneis abandonados do metrô para se deslocar sob a cidade? Não vamos nem começar a falar dos ratos gigantes...

— Na verdade, eu preferia não falar sobre rato nenhum — disse Simon

— Dessa vez é diferente — disse Alec. — Ela quer que a gente vá à corte Seelie.

— Você tem razão, dessa vez é diferente — disse Jace. — É a pior ideia que ela já teve *na vida.*

— Ela conhece um cara na corte — disse Alec. — Ele disse a ela que a rainha Seelie está interessada em nos encontrar. A Isabelle ouviu a minha conversa com a nossa mãe e achou que se pudéssemos explicar a nossa teoria sobre Valentim e a Espada da Alma para a rainha, a corte Seelie ficaria do nosso lado, talvez até se aliasse a nós contra o Valentim.

— É seguro ir até lá? — perguntou Clary.

— É claro que não é *seguro* — disse Jace, como se ela tivesse feito a pergunta mais idiota que ele já tinha ouvido.

Ela lançou um olhar irritado para ele.

— Não sei nada sobre a corte Seelie. De vampiros e lobisomens eu entendo. Existem filmes suficientes sobre eles, mas fadas são coisas de criança. Eu me vesti de fada no dia das bruxas quando tinha 8 anos. A minha mãe fez um chapéu para mim em forma de flor.

— Eu me lembro disso. — Simon tinha se encostado para trás na cadeira, com os braços cruzados sobre o peito. — Eu fui um Transformer. Na verdade, um Decepticon.

— Podemos voltar ao assunto? — pediu Magnus.

— Tudo bem — disse Alec. — A Isabelle acha, e eu *concordo,* que não é uma boa ideia ignorar o Povo das Fadas. Se eles querem conversar, que mal há nisso? Além do mais, se a corte Seelie estivesse do nosso lado, a Clave *teria* que ouvir o que temos a dizer.

Jace riu sem humor.

— O Povo das Fadas não ajuda *humanos.*

— Caçadores de Sombras não são humanos — disse Clary. — Não de verdade.

— Não somos muito melhores para eles — disse Jace.

— Não podem ser piores que vampiros — murmurou Simon. — E você se virou bem com eles.

Jace olhou para Simon como se ele fosse algo que tivesse encontrado crescendo sob uma pia.

— Se *virou bem com eles*? Com isso acho que você quer dizer que nós sobrevivemos?

— Bem...

— Fadas — continuou Jace, como se Simon não tivesse falado —, são frutos de demônios e anjos: têm a beleza dos anjos e a perversidade dos demônios. Um vampiro pode atacá-lo, se você entrar no domínio deles, mas uma fada pode fazê-lo dançar até morrer, com as pernas se reduzindo a tocos, atraí-lo para nadar à meia-noite e arrastá-lo gritando embaixo d'água até seus pulmões explodirem, encher os olhos com pó de fada até você arrancá-los das órbitas.

— Jace! — irritou-se Clary, interrompendo-o no meio do discurso. — Cale a boca. Meu Deus. Chega.

— Olha só, é fácil ser mais esperto do que um lobisomem ou um vampiro — disse Jace. — Eles não são mais inteligentes do que ninguém. Mas fadas vivem centenas de anos e são ardilosas como cobras. Não podem mentir, mas adoram praticar o relato criativo de verdades. Descobrem o que você mais quer no mundo e lhe dão, mas com um veneno presente que fará com que você se arrependa eternamente por um dia tê-lo desejado — suspirou. — Não costumam ajudar pessoas, costumam prejudicá-las fingindo que estão ajudando.

— E você acha que nós não somos inteligentes o suficiente para perceber a diferença? — perguntou Simon.

— Eu não acho que você seja inteligente o suficiente para não ser transformado em um rato por acidente.

Simon olhou para ele fixamente.

— Não vejo qual é a importância da sua opinião quanto ao que devemos fazer — disse ele. — Considerando que não pode ir conosco. Você não pode ir a lugar nenhum.

Jace se levantou, empurrando a cadeira para trás violentamente.

— Você não vai levar Clary para a corte Seelie sem mim e *ponto final.*

Clary o encarou boquiaberta. Ele estava vermelho de raiva, com os dentes cerrados e as veias saltadas no pescoço. Também estava evitando olhar para ela.

— Eu posso cuidar de Clary — disse Alec, e havia pesar na voz dele; se era por Jace ter duvidado de suas habilidades ou por outro motivo, Clary não sabia.

— Alec — disse Jace, com os olhos fixos no amigo. — Não. Você não pode.

Alec engoliu em seco.

— Nós vamos — disse ele. Pronunciou as palavras como um pedido de desculpas. — Jace, seria uma estupidez ignorar uma solicitação da corte Seelie. Além disso, Isabelle provavelmente já disse a eles que vamos.

— Não tem a menor chance de eu deixar você fazer isso, Alec — disse Jace com uma voz perigosa. — Eu luto com você se for preciso.

— Por mais que isso soe tentador — disse Magnus, dobrando as mangas longas e prateadas —, existe outra maneira.

— Que outra maneira? É uma ordem da Clave, não posso escapar na malandragem.

— Mas eu posso — sorriu Magnus. — Nunca duvide das minhas habilidades no campo da malandragem, Caçador de Sombras, pois elas são épicas e memoráveis em sua esfera de ação. Encantei o contrato com a Inquisidora de modo que eu pudesse deixá-lo sair por um curto espaço de tempo se desejasse, desde que outro Nephilim estivesse disposto a assumir o seu lugar.

— Onde você vai encontrar outro... Ah! — disse Alec humildemente. — Está falando de mim.

Jace ergueu as sobrancelhas.

— Ah, agora você não *quer* ir à corte Seelie?

Alec enrubesceu.

— Acho mais importante você ir do que eu. Você é o filho de Valentim, tenho certeza de que é você que a rainha realmente quer ver. Além disso, você é charmoso.

Jace o encarou.

— Talvez não agora — corrigiu Alec. — Mas *geralmente* você é charmoso. E as fadas são muito suscetíveis a charme.

— E se você ficar aqui, tenho toda a primeira temporada de *Gilligan's Island* em DVD — disse Magnus.

— Ninguém poderia recusar *isso* — disse Jace. Ele continuava sem olhar para Clary.

— Isabelle pode encontrar com vocês no parque perto do lago das Tartarugas — disse Alec. — Ela conhece uma entrada secreta para a corte. Vai estar esperando.

— E uma última coisa — disse Magnus, balançando um dedo decorado com um anel para Jace. — Tente não ser morto na corte Seelie. Se você morrer, terei muitas explicações para dar.

Com isso, Jace sorriu. Era um sorriso perturbador, menos um flash de divertimento do que o brilho de uma lâmina ao ser retirada da bainha.

— Sabe — disse ele —, suspeito que vá ter que dar explicações comigo morrendo ou não.

Gavinhas espessas de musgo e plantas cercavam a borda do lago das Tartarugas em um contorno verde. A superfície da água estava parada, ondulando aqui e ali onde patos passavam flutuando, ou agitando-se com o brilho prateado de um rabo de peixe.

Havia um pequeno mirante de madeira construído sobre a água; Isabelle estava sentada nele, olhando para o lago. Parecia uma princesa em um conto de fadas, esperando no alto da torre que alguém se aproximasse para resgatá-la.

Não que Isabelle tivesse um comportamento que de alguma forma lembrasse uma princesa tradicional. Com seu chicote, suas botas e suas facas faria picadinho de qualquer um que tentasse prendê-la em uma torre, construiria uma ponte com os restos e caminharia despreocupada de volta para a liberdade, e o *tempo todo* com o cabelo maravilhoso. Isso fazia de Isabelle alguém difícil de se gostar, apesar de Clary tentar.

— Izzy — disse Jace ao se aproximarem do lago, e ela deu um salto e girou. Tinha um sorriso deslumbrante.

— Jace! — Ela voou até ele e o abraçou. Era assim que irmãs deveriam agir, pensou Clary. Não completamente rígidas, estranhas e peculiares, mas felizes e amorosas. Ao observar Jace abraçando Isabelle, tentou ensinar às próprias feições como formar uma expressão feliz e amorosa.

— Você está bem? — perguntou Simon com alguma preocupação. — Os seus olhos estão vesgos.

— Estou bem. — Clary abandonou a tentativa.

— Tem certeza? Você parece meio... *contorcida*.

— Deve ser alguma coisa que eu comi.

Isabelle se aproximou com Jace a um passo dela. Usava um longo vestido preto com botas e um casaco ainda mais longo, de veludo verde macio, cor de musgo.

— Não acredito que você conseguiu! — exclamou ela. — Como convenceu Magnus a deixar Jace sair?

— Eu o troquei por Alec — respondeu Clary.

Isabelle pareceu levemente alarmada.

— *Permanentemente?*

— Não — disse Jace. — Só por algumas horas. A não ser que eu não volte — disse pensativamente. — Nesse caso, talvez ele possa segurá-lo. Tipo um aluguel com opção de compra.

Isabelle parecia incerta.

— A mamãe e o papai não vão gostar nem um pouco, se descobrirem.

— Que você libertou um possível criminoso trocando-o pelo irmão com um feiticeiro que parece um *Sonic* gay e se veste como o Pegador de Crianças de *O calhambeque mágico*? — perguntou Simon. — Não, provavelmente não.

Jace olhou para ele pensativo.

— Existe alguma razão específica para você estar aqui? Não tenho certeza de que devemos levá-lo à corte Seelie. Eles detestam mundanos.

Simon revirou os olhos.

— Isso de novo não.

— O que de novo não? — perguntou Clary.

— Toda vez que eu o irrito, ele recorre à política de "não é permitida a entrada de mundanos". — Simon apontou para Jace. — Deixe-me lembrá-lo que, da última vez que vocês quiseram me deixar para trás, eu salvei a vida de todo mundo.

— Claro — disse Jace. — Uma vez...

— As cortes de fadas *são* perigosas — interrompeu Isabelle. Um vento cortante tinha começado a soprar. Soprou folhas secas no chão à frente deles e fez Simon estremecer. Ele colocou as mãos nos bolsos de lã do casaco.

— Você não precisa ir — disse Clary.

Ele olhou para ela, um olhar firme e calculado. Ela se lembrou dele na casa de Luke, chamando-a de *minha namorada* sem qualquer medida, dúvida ou indecisão. Podia-se dizer tudo sobre Simon exceto que ele não sabia o que queria.

— Preciso — disse ele. — Preciso sim.

Jace emitiu um ruído baixo.

— Então acho que estamos prontos — disse ele. — Não espere nenhum tratamento especial, mundano.

— Veja pelo lado bom — disse Simon. — Se precisarem de um sacrifício humano, podem me oferecer. Não sei se o restante de vocês se qualifica.

Jace se alegrou.

— É sempre bom quando alguém se oferece para ser o primeiro no paredão.

— Vamos — disse Isabelle. — A porta está prestes a abrir.

Clary olhou em volta. O sol tinha se posto completamente e a lua estava alta, uma fatia branca cremosa projetando um reflexo no lago. Não estava exatamente cheia, mas sombreada em um dos lados, com a aparência de um olho entreaberto. O vento noturno soprava nos galhos das árvores, fazendo-os bater uns contra os outros com o som de ossos ocos.

— Para onde vamos? — perguntou Clary. — Onde é a porta?

O sorriso de Isabelle era como um segredo sussurrado.

— Sigam-me.

Ela foi até a borda da água, as botas deixando marcas profundas na lama molhada. Clary a seguiu, satisfeita por estar usando jeans e não uma saia enquanto Isabelle segurava o casaco e o vestido por cima dos joelhos, deixando as pernas brancas e finas expostas acima das botas. Tinha a pele coberta de Marcas como chamas de fogo negro.

Atrás dela, Simon praguejou ao escorregar na lama; Jace fez um movimento automático para ajudá-lo enquanto todos viravam. Simon retraiu o braço.

— Não preciso da sua ajuda.

— Parem. — Isabelle bateu com o pé na água rasa da beira do lago. — Vocês dois. Aliás, vocês três. Se não ficarmos unidos na corte Seelie, estamos mortos.

— Mas eu não... — começou Clary.

— Talvez você não, mas o jeito que você deixa esses dois agirem... — Isabelle indicou os meninos com um aceno desdenhoso de mão.

— Não posso dizer a eles o que fazer!

— Por que não? — perguntou a outra menina. — Honestamente, Clary, se você não começar a utilizar um pouco da sua superioridade feminina natural, não sei o que vou fazer com você. — Ela virou-se para o lago, em seguida voltou-se novamente. — E antes que eu me esqueça — acrescentou com severidade —, pelo amor do Anjo, *não* comam nem bebam nada enquanto estivermos no subsolo; nenhum de vocês, tá?

— Subsolo? — Simon perguntou, preocupado. — Ninguém disse nada sobre subsolo.

Isabelle jogou as mãos no ar e mergulhou no lago. O casaco verde de veludo girou ao redor dela como um enorme lírio.

— Vamos. Só temos até os movimentos da lua.

O que da lua? Balançando a cabeça, Clary pisou no lago. A água era rasa e límpida; sob o brilho das estrelas ela podia ver as formas escuras de pequenos peixes passando em torno de seus calcanhares. Ela cerrou os dentes ao avançar pelo lago. O frio era intenso.

Atrás dela, Jace entrou na água com uma graça contida que mal fez a superfície ondular. Atrás dele, Simon espirrava água e praguejava. Isabelle, tendo chegado ao centro do lago, ficou parada lá, com água até as costelas. Estendeu a mão em direção a Clary.

— Pare.

Clary parou. Bem à frente dela, o reflexo da lua brilhava sobre a água como uma enorme travessa de prata. Alguma parte dela sabia que não funcionava assim; a lua tinha que se afastar de você quando você se aproximava, sempre recuando, mas lá estava, pairando sobre a superfície da água como se estivesse ancorada no lugar.

— Jace, você primeiro — disse Isabelle e acenou para ele. — Venha.

Ele ultrapassou Clary, cheirando a couro e carvão. Ela o viu sorrir ao virar, em seguida deu um passo para trás, para o reflexo da lua — e desapareceu.

— Certo — disse Simon, incomodado. — Certo, isso foi estranho.

Clary olhou para ele. Estava com água somente até os quadris, mas tremia e as mãos abraçavam os cotovelos. Ela sorriu para ele e deu um passo para trás, sentindo um choque mais gelado quando foi para o reflexo prateado cintilante. Ela balançou por um momento, como se tivesse perdido o equilíbrio no degrau mais alto da escada, em seguida caiu para trás na escuridão enquanto a lua a engolia.

Clary atingiu um chão de terra, tropeçou e sentiu uma mão no braço, endireitando-a. Era Jace.

— É só ter calma — disse ele, e a soltou.

Ela estava ensopada, filetes de água gelada corriam pelas costas da blusa, o cabelo molhado estava grudado ao rosto. As roupas encharcadas pareciam pesar uma tonelada.

Estava em um corredor sujo, iluminado por um musgo ligeiramente brilhante. Um emaranhado de vinhas formava uma cortina em uma das extremidades do corredor e gavinhas longas e peludas pendiam do teto como cobras. Raízes de árvores, percebeu Clary. Estavam no nível subterrâneo. E era frio ali, frio o bastante para que se formassem nuvens de fumaça quando ela respirava.

— Frio? — Jace também estava ensopado, os cabelos claros quase sem cor onde grudavam nas bochechas e na testa. Corria água dos jeans molhados e da jaqueta, e a blusa branca que vestia estava completamente transparente. Ela podia ver as linhas escuras das Marcas permanentes através da blusa e a cicatriz fraca no ombro.

Clary desviou o olhar rapidamente. Tinha água nos cílios, borrando a visão como lágrimas.

— Estou bem.

— Você não parece bem. — Ele se aproximou, e ela pôde sentir o calor que vinha dele mesmo através das roupas molhadas, aquecendo sua pele gelada.

Uma forma escura passou por perto, ela viu com o canto do olho, e atingiu o chão com uma batida. Era Simon, também ensopado. Ele rolou para cima dos joelhos e olhou em volta freneticamente.

— Meus óculos...

— Estão comigo. — Clary estava acostumada a recuperar os óculos dele durante jogos de futebol. Eles pareciam cair sempre embaixo dos pés dele, onde eram inevitavelmente pisoteados. — Aqui.

Ele os colocou, tirando a sujeira das lentes.

— Obrigado.

Clary podia sentir Jace observando-os, sentia os olhos dele como um peso sobre os ombros. Imaginou se Simon também sentia. Ele se levantou, franzindo o cenho, exatamente quando Isabelle caiu, aterrissando graciosamente de pé. Água pingava dos longos cabelos brilhantes e descia pelo casaco de veludo pesado, mas ela mal parecia notar.

— Oooh, isso foi divertido.

— Já sei — disse Jace. — Vou te dar um dicionário de Natal esse ano.

— Por quê? — perguntou Isabelle.

— Para você procurar o significado de "divertido". Não sei se você sabe.

Isabelle puxou a massa pesada de cabelo para a frente e a torceu como se estivesse lavando roupa.

— Você está jogando água no meu chope.

— O chope já está bem aguado, caso não tenha percebido — Jace olhou em volta. — E agora? Para que lado vamos?

— Para lado nenhum — disse Isabelle. — Esperamos aqui e eles vêm nos buscar.

Clary não se impressionou com a sugestão.

— Como eles sabem que estamos aqui? Tem uma campainha que temos que tocar ou algo do tipo?

— A corte sempre sabe o que acontece no seu território. A nossa presença não vai passar despercebida.

Simon olhou desconfiado para ela.

— E como você sabe tanto sobre fadas e a corte Seelie?

Para a surpresa de todos, Isabelle enrubesceu. Um instante mais tarde a cortina de vinhas se abriu e um homem fada passou por ela, sacudindo os longos cabelos. Clary já tinha visto alguns deles na festa de Magnus e tinha se impressionado tanto com a beleza fria quanto com um aspecto meio alienígena mesmo enquanto dançavam e bebiam. Aquele não era exceção: os cabelos caíam em camadas azuis e pretas ao redor de um adorável rosto frio e anguloso; tinha olhos verdes como vinhas ou musgo e uma marca de nascença ou uma tatuagem em forma de folha em uma das maçãs do rosto. Usava uma armadura marrom prateada como tronco de árvore no inverno e quando se movia a armadura exibia uma infinidade de cores: preto turfa, verde musgo, cinza, azul celeste.

Isabelle soltou um grito e se jogou nos braços dele.

— Meliorn!

— Ah — disse Simon, baixinho e sem nenhum sinal de divertimento —, então é assim que ela sabe.

O homem fada — Meliorn — olhou solenemente para ela, em seguida se soltou e colocou-a gentilmente de lado.

— Não é hora para afeto — disse ele. — A rainha da corte Seelie solicitou uma reunião com os três Nephilim de vocês. Vão comparecer?

Clary colocou a mão no ombro de Simon, protetora.

— E o nosso amigo?

Meliorn estava impassível.

— Humanos mundanos não são permitidos na corte.

— Gostaria que alguém tivesse dito isso antes — disse Simon para ninguém em particular. — Então devo esperar aqui até vinhas começarem a crescer em mim?

Meliorn considerou.

— Isso pode proporcionar um bom divertimento.

— Simon não é um mundano comum. Ele é confiável — disse Jace, para espanto de todos, mais de Simon do que do restante. Clary percebeu que Simon ficou surpreso, porque ele encarou Jace sem dizer nada. — Ele já lutou muitas batalhas conosco.

— Com isso você quer dizer uma batalha — murmurou Simon. — Duas se contar a batalha da qual eu participei como um rato.

— Não vamos entrar na corte Seelie sem ele — disse Clary, com a mão ainda no ombro de Simon. — Foi a sua rainha quem requisitou essa audiência conosco, lembra? Não foi nossa ideia vir aqui.

Uma faísca de divertimento sombrio passou pelos olhos verdes de Meliorn.

— Como queiram — disse ele. — E que não seja dito que a corte Seelie não respeita os desejos dos seus convidados. — Ele fez um giro perfeito e começou a guiá-los pelo corredor sem parar para ver se o estavam seguindo. Isabelle se apressou para caminhar ao lado dele, e Jace, Clary e Simon os seguiram em silêncio.

— É *permitido* se envolver com fadas? — perguntou Clary finalmente. — A sua... Os Lightwood aceitariam bem Isabelle e... como ele se chama?

— Meliorn — disse Simon.

— E Meliorn saindo?

— Não tenho certeza se eles estão *saindo* — disse Jace, enfatizando a última palavra com pesada ironia. — Diria que eles ficam mais tempo em casa. Ou, nesse caso, embaixo de casa.

— Parece que você não aprova. — Simon empurrou uma raiz de árvore de lado. Eles tinham ido de um corredor de paredes sujas para outro revestido de pedras lisas, com apenas algumas raízes penduradas entre as pedras acima. O chão era de alguma espécie de material rígido polido, não mármore, mas pedra raiada e marcada com linhas de material brilhante, como joias em pó.

— Não reprovo exatamente — disse Jace. — As fadas são conhecidas por flertar com mortais ocasionalmente, mas sempre os abandonam, em geral em péssimas condições.

As palavras fizeram um calafrio percorrer a espinha de Clary. Naquele instante, Isabelle riu, e Clary pôde perceber por que Jace havia baixado a voz, pois as paredes de pedra projetaram a voz de Isabelle amplificada e a fizeram ecoar, de modo que a risada que soltou parecia vir das paredes.

— Você é hilário! — Ela tropeçou quando o salto da bota ficou preso entre duas pedras, e Meliorn a amparou e a ajudou a se endireitar sem mudar de expressão.

— Não entendo como vocês humanos conseguem andar com sapatos tão altos.

— É o meu lema — disse Isabelle com um sorriso abafado. — Nada com menos de 18 centímetros.

Meliorn olhou para ela, petrificado.

— Estou falando sobre os meus *saltos* — disse Isabelle. — É um trocadilho. Sabe? Um jogo de...

— Vamos — disse o cavalheiro fada. — A rainha vai ficar impaciente. — Ele prosseguiu pelo corredor sem olhar novamente para Isabelle.

— Esqueci — murmurou Isabelle enquanto os outros a alcançavam. — Fadas não têm senso de humor.

— Bem, eu não diria isso — disse Jace. — Tem uma boate de fadas na zona sul chamada Hot Wings. Não que eu já tenha ido — acrescentou.

Simon olhou para Jace e abriu a boca como se quisesse fazer uma pergunta, depois pareceu pensar melhor. Fechou a boca com um estalo exatamente quando o corredor se abriu em uma sala ampla com chão de terra e paredes alinhadas com altos pilares de pedra entrelaçados por vinhas e flores brilhantes que explodiam em cores. Tecidos finos pendiam entre os pilares, pintados de um azul suave quase da mesma tonalidade do céu. A sala estava cheia de luz, apesar de Clary não conseguir ver nenhuma tocha e do efeito geral ser de um pavilhão de verão ao sol e não de uma sala subterrânea cheia de pedras e terra.

A primeira impressão de Clary foi de que estava ao ar livre; a segunda foi de que a sala estava cheia de pessoas. Uma música estranha e doce tocava, marcada com notas agridoces — uma espécie de equivalente auditivo a mel misturado com suco de limão — e havia um círculo de fadas dançando ao som da música, os pés mal parecendo tocar o chão. Os cabelos — azuis, pretos, castanhos, escarlates, ouro metálico e branco gelo — flutuavam como bandeiras.

Ela podia ver de onde surgira o folclore sobre as fadas, pois de fato tinham os rostos adoráveis e pálidos, com asas lilases, douradas e azuis — mas como podia ter acreditado em Jace quanto a quererem feri-la? A música que chocara seus ouvidos inicialmente, agora parecia apenas doce. Ela sentiu o impulso de balançar o próprio cabelo e mover os próprios pés no ritmo da dança. A música lhe dizia que se ela fizesse isso, também ficaria tão leve que mal tocaria o chão com os pés. Deu um passo para a frente...

E foi puxada para trás pelo braço. Jace olhava fixamente para ela, os olhos dourados brilhantes como os de um gato.

— Se você dançar com eles — disse em voz baixa —, vai dançar até morrer.

Clary piscou para ele. Sentiu como se tivesse sido arrancada de um sonho, grogue e semiacordada. Sua voz estava arrastada quando falou.

— Quêêêêê?

Jace emitiu um ruído impaciente. Ele estava com a estela na mão; ela não o tinha visto pegá-la. Ele agarrou o pulso de Clary e fez uma Marca rápida e pungente na pele do interior do braço.

— Agora olhe.

Ela olhou novamente — e congelou. Os rostos que antes pareciam tão adoráveis ainda eram adoráveis, mas por trás se escondia algo traiçoeiro, quase selvagem. A menina com as asas rosa e azul chamou-a, e Clary viu que seus dedos eram feitos de galhos enxertados com folhas fechadas. Os olhos eram inteiramente pretos, sem íris nem pupila. O menino dançando ao lado tinha pele esverdeada como veneno e chifres curvados saindo das têmporas. Quando ele girou na dança, o casaco caiu aberto e Clary viu que embaixo dele havia costelas vazias. Tinha laços tecidos nos ossos nus, possivelmente para fazê-los parecerem mais festivos. O estômago de Clary embrulhou.

— Vamos. — Jace puxou-a e ela tropeçou para a frente. Quando recuperou o equilíbrio, olhou em volta ansiosa à procura de Simon. Ele estava na frente, e ela viu que Isabelle o segurava com firmeza. Dessa vez, ela não se importou. Duvidava que Simon conseguisse passar pela sala sozinho.

Contornando o círculo de dançarinos, passaram pela sala e por uma cortina de seda azul e entraram em outro corredor, revestido de um material marrom brilhante como o exterior de uma noz. Isabelle soltou Simon, e ele parou imediatamente de andar; quando Clary chegou perto viu que foi porque Isabelle havia amarrado o cachecol nos olhos dele. Ele estava lutando contra o nó quando Clary o alcançou.

— Deixe comigo — disse ela, e ele ficou parado enquanto ela o desamarrava e devolvia o cachecol a Isabelle com um aceno de cabeça de gratidão.

Simon colocou o cabelo para trás; estava molhado onde o cachecol havia sido preso.

— Foi uma música e tanto — observou. — Um pouco country, um pouco rock'n'roll.

Meliorn, que havia parado para esperar por eles, franziu o cenho.

— Você não gostou?

— Gostei até demais — disse Clary. — Qual era o objetivo, alguma espécie de teste? Ou piada?

Ele deu de ombros.

— Estou acostumado com mortais que caem facilmente nos nossos feitiços de disfarce, não tanto com um Nephilim. Pensei que tivesse proteções.

— Ela tem — disse Jace, encarando os olhos verdes jade de Meliorn.

Meliorn apenas deu de ombros e voltou a andar. Simon manteve o ritmo ao lado de Clary por alguns segundos antes de falar.

— Então, o que eu perdi? Dançarinas nuas?

Clary pensou no menino fada com as costelas expostas e deu de ombros.

— Nada tão agradável.

— Existem formas de humanos participarem de festas de fadas — disse Isabelle, que estava ouvindo a conversa. — Se eles derem a você um símbolo, como uma folha ou uma flor, e você o segurar durante toda a noite. Ou se você for em companhia de uma fada... — Ela olhou para Meliorn, mas ele tinha chegado a uma tela folhosa em uma parede e parado lá.

— Esses são os aposentos da rainha — disse ele. — Ela veio da corte no norte para se inteirar da morte da criança. Se tiver que haver guerra, ela quer ser quem irá declará-la.

De perto, Clary podia ver que a tela era feita de vinhas espessas entrelaçadas, incrustadas com gotículas cor de âmbar. Meliorn afastou as vinhas e sinalizou para que passassem para o outro lado.

Jace foi primeiro, seguido por Clary. Ela se esticou, olhando em volta com curiosidade. A sala em si era simples, as paredes de terra cobertas por tecido claro. Coisas obscuras brilhavam em jarros de vidro. Uma linda mulher reclinada em um sofá baixo cercada pelo que deviam ser seus cortesãos — uma mistura heterogênea de fadas, desde pequeninas até outras que pareciam belas meninas humanas com cabelos compridos... se você não considerasse os olhos pretos e sem pupilas.

— Minha rainha — disse Meliorn, fazendo uma reverência acentuada. — Eu trouxe os Nephilim.

A rainha sentou-se ereta. Ela tinha cabelos longos e escarlates que pareciam flutuar ao seu redor como folhas de outono na brisa. Tinha olhos azul-claros como vidro e o olhar afiado como uma lâmina.

— Três desses são Nephilim — disse ela. — O outro é mundano.

Meliorn pareceu se encolher para trás, mas a rainha nem sequer olhou para ele. Estava com o olhar fixo nos Caçadores de Sombras. Clary podia sentir o peso, como um toque. Apesar do encanto, não havia nada de frágil na rainha. Ela era tão brilhante e difícil de olhar quanto uma estrela cadente.

— Nossas desculpas, senhora — Jace deu um passo à frente, colocando-se entre a rainha e os companheiros. Tinha mudado o tom de voz; havia algo na maneira como falava agora, algo cuidadoso e delicado. — O mundano é nossa responsabilidade. Devemos proteção a ele. Por isso o mantemos conosco.

A rainha inclinou a cabeça para o lado, como um pássaro interessado. Toda a atenção estava em Jace agora.

— Uma dívida de sangue? — murmurou. — Com um mundano?

— Ele salvou a minha vida — disse Jace. Clary sentiu Simon enrijecer de surpresa ao lado. Ela desejou que ele não demonstrasse. Fadas não podiam mentir, e Jace tampouco estava mentindo, Simon *havia* salvado sua vida. Só não tinha sido essa a razão pela qual o tinham trazido. Clary começou a entender o que Jace tinha dito sobre relato criativo da verdade. — Por favor, senhora. Esperávamos que entendesse. Ouvimos dizer que era tão gentil quanto bela, e nesse caso... bem, a sua gentileza deve ser, de fato, extrema.

A rainha se desfez em sorrisos e se inclinou para a frente, os cabelos brilhantes fazendo sombra em seu rosto.

— Você é tão charmoso quanto o seu pai, Jonathan Morgenstern — disse ela, e gesticulou para as almofadas espalhadas no chão. — Venham, sentem-se ao meu lado. Comam alguma coisa. Bebam. Descansem. A conversa flui melhor com lábios molhados.

Por um instante, Jace pareceu abalado. Hesitou. Meliorn se inclinou para perto dele e falou suavemente.

— Não seria sábio recusar uma oferta da rainha da corte Seelie.

Os olhos de Isabelle desviaram para ele. Em seguida ela deu de ombros.

— Apenas sentar não vai nos fazer mal.

Meliorn os conduziu até uma pilha de almofadas sedosas perto do divã da rainha. Clary se sentou cuidadosamente, meio que esperando que houvesse alguma raiz afiada pronta para cutucá-la no bumbum. Parecia o tipo de coisa que a rainha acharia divertido. Mas nada aconteceu. As almofadas eram muito confortáveis; ela se ajeitou com os outros ao redor.

Uma fada de pele azulada veio em direção a eles carregando uma travessa com quatro xícaras prateadas. Cada um pegou uma xícara com um líquido dourado. Havia pétalas de rosa flutuando na superfície.

Simon colocou a dele de lado.

— Não quer? — perguntou a fada.

— A última bebida de fada que eu tomei não me caiu muito bem — murmurou.

Clary mal ouviu. A bebida tinha um aroma inebriante que subia à cabeça, mais rico e delicioso do que rosas. Ela pegou uma pétala e esmagou-a entre o polegar e o indicador, liberando mais perfume.

Jace deu uma cotovelada no braço dela.

— Não beba — disse ele, baixinho.

— Mas...

— Não... Beba.

Ela pousou a xícara, como Simon havia feito. O indicador e o polegar estavam manchados de rosa.

— Bem — disse a rainha. — Meliorn disse que vocês alegam saber quem matou a nossa criança no parque ontem à noite. Apesar de que, digo a vocês agora, não me parece mistério nenhum. Uma criança fada, sem sangue? Vocês vieram me trazer o nome de um vampiro específico? Mas todos os vampiros são culpados nesse caso por violar a Lei, e deveriam ser punidos adequadamente. Apesar do que pode parecer, não somos um povo tão particular.

— Ah, por favor — disse Isabelle. — Não foram vampiros.

Jace lançou-lhe um olhar.

— O que Isabelle quer dizer é que estamos quase certos de que o assassino é outra pessoa. Achamos que ele pode estar tentando direcionar as suspeitas para os vampiros para se proteger.

— Têm provas disso?

O tom de Jace era calmo, mas o ombro que esbarrou em Clary estava rígido de tensão.

— Ontem à noite, os Irmãos do Silêncio também foram aniquilados, e nenhum deles teve o sangue drenado.

— E o que isso tem a ver com a nossa criança? Mortes de Nephilim são trágicas para os Nephilim, mas não para mim.

Clary sentiu uma picada afiada na mão esquerda. Ao olhar para baixo, viu a forma minúscula de uma fadinha se afastando entre as almofadas. Uma conta vermelha de sangue havia se erguido no dedo dela. Colocou o dedo na boca com uma careta. As fadinhas eram bonitinhas, mas mordiam com força.

— A Espada da Alma também foi roubada — disse Jace. — Você sabe sobre Maellartach?

— A espada que faz os Caçadores de Sombras dizerem a verdade — disse a rainha, com divertimento sombrio. — Nós, fadas, não temos necessidade de um objeto como esse.

— Foi levada por Valentim Morgenstern — disse Jace. — Ele matou os Irmãos do Silêncio para consegui-la, e achamos que matou o menino fada também. Precisava do sangue de uma fada para efetuar uma transformação na Espada. Para torná-la uma ferramenta que pudesse usar.

— E ele não vai parar — acrescentou Isabelle. — Ainda vai precisar de mais sangue depois disso.

As sobrancelhas altas da rainha se ergueram ainda mais.

— Mais sangue de fada?

— Não — disse Jace, dirigindo um olhar para Isabelle que Clary não conseguiu interpretar. — Mais sangue do Submundo. Ele precisa do sangue de um lobisomem, e de um vampiro...

Os olhos da rainha brilharam com a luz refletida.

— Isso não parece algo com o que nos preocupamos.

— Ele matou um dos *seus* — disse Isabelle. — Não quer vingança?

O olhar da rainha foi suave e delicado como a asa de uma mariposa.

— Não imediatamente — disse ela. — Somos um povo paciente, porque temos todo o tempo do mundo. Valentim Morgenstern é nosso velho inimigo, mas temos inimigos ainda mais antigos. Ficamos satisfeitos em esperar e assistir.

— Ele está invocando demônios — disse Jace. — Criando um exército...

— Demônios — disse a rainha com leveza, enquanto os cortesãos conversavam atrás dela. — Demônios são responsabilidade sua, não são, Caçador de Sombras? Não é por isso que têm autoridade sobre todos nós? Porque são vocês que *destroem demônios*?

— Não estou aqui para lhe dar ordens em nome da Clave. Viemos quando nos chamaram, pois achamos que se soubessem a verdade, nos ajudariam.

— Foi isso que pensaram? — A rainha se sentou na parte da frente da cadeira, os longos cabelos vivos e agitados. — Lembre-se, Caçador de Sombras, existem alguns que se enervam com a regra da Clave. Talvez estejamos cansados de lutar suas guerras por vocês.

— Mas essa guerra não é só nossa — disse Jace. — Valentim detesta membros do Submundo mais do que detesta demônios. Se ele nos derrotar, virá atrás de vocês em seguida.

Os olhos da rainha se fixaram nele.

— E, quando vier — disse Jace —, lembre-se de que foi um Caçador de Sombras que a alertou de que ele estava a caminho.

Fez-se silêncio. Até a corte havia se calado, observando sua senhora. Finalmente. A rainha se encostou para trás nas almofadas e tomou um gole de um cálice prateado.

— Alertando-me sobre o seu próprio pai — disse ela. — Pensei que vocês, mortais, fossem capazes de ter afeto filial, no entanto, você não parece demonstrar qualquer lealdade em relação a Valentim.

Jace não disse nada. Pareceu, pela primeira vez, sem palavras.

Gentilmente, a rainha prosseguiu.

— Ou talvez a sua hostilidade seja simulação. O amor cria mentirosos na sua espécie.

— Mas nós não amamos o nosso pai — disse Clary enquanto Jace permanecia assustadoramente quieto. — Nós o odiamos.

— Odeiam? — A rainha parecia quase entediada.

— Você sabe como são os laços familiares, senhora — disse Jace, recuperando a voz. — Eles nos agarram com tanta força quanto vinhas. E às vezes, como vinhas, apertam com força o bastante para matar.

Os cílios da rainha se agitaram.

— Você trairia o seu próprio pai pelo bem da Clave?

— Mesmo ele, senhora.

Ela riu, um som tão brilhante e frio quanto gelo.

— Quem diria — disse ela — que os pequenos experimentos de Valentim se voltariam contra ele.

Clary olhou para Jace, mas pela sua expressão ela podia ver que ele não sabia do que a rainha estava falando.

Foi Isabelle quem falou.

— *Experimentos?*

A rainha nem sequer olhou para ela. O olhar, de um azul luminoso, estava fixo em Jace.

— O Povo das Fadas é um povo que guarda segredos — disse ela. — Dos nossos e dos outros. Pergunte ao seu pai, da próxima vez que o vir, que sangue corre em suas veias, Jonathan.

— Não estava planejando perguntar nada a ele na próxima vez que o vir — respondeu Jace. — Mas se a senhora deseja, eu o farei.

Os lábios da rainha se curvaram em um sorriso.

— Acho que você é um mentiroso, mas um mentiroso charmoso. Charmoso o suficiente para que eu jure o seguinte: faça essa pergunta ao seu pai, e prometo a você que qualquer ajuda em meu poder será destinada contra Valentim.

Jace sorriu.

— A sua generosidade é tão admirável quanto o seu encanto, senhora.

Clary emitiu um ruído de engasgo, mas a rainha pareceu satisfeita.

— Acho que já encerramos aqui — acrescentou Jace, levantando-se das almofadas. Ele já havia pousado a bebida intocada anteriormente, ao lado da de Isabelle. Todos se levantaram depois dele. Isabelle estava falando com Meliorn no canto, perto da porta de vinhas. Ele parecia ligeiramente acuado.

— Um momento. — A rainha se levantou. — Um de vocês deve ficar.

Jace parou na metade do caminho para a porta e virou-se para encará-la.

— Como assim?

Ela estendeu uma das mãos para indicar Clary.

— Uma vez que a nossa comida ou bebida toca lábios mortais, o mortal é nosso. Você sabe disso, Caçador de Sombras.

Clary ficou espantada.

— Mas eu não bebi nada! — Ela se virou para Jace. — Ela está mentindo.

— Fadas não mentem — disse ele, confusão e ansiedade se alternando no rosto dele. Olhou novamente para a rainha. — Temo que esteja enganada, senhora.

— Olhe para os dedos dela e me diga que ela não os lambeu.

Simon e Isabelle estavam olhando agora. Clary olhou para a mão.

— Limpei o sangue — disse ela. — Uma das fadinhas mordeu o meu dedo, estava sangrando... — Ela se lembrou do gosto doce do sangue misturado ao suco no dedo. Em pânico, foi até a porta de vinha e parou quando o que pareceram mãos invisíveis a empurraram de volta para a sala. Olhou para Jace, apavorada.

— É verdade.

Jace estava vermelho.

— Suponho que deveria ter esperado uma traquinagem como essa — disse ele para a rainha, sem o tom anterior de flerte. — Por que está fazendo isso? O que quer de nós?

A voz da rainha era suave como pelos de aranha.

— Talvez eu só esteja curiosa — disse ela. — Não é sempre que tenho jovens Caçadores de Sombra tão ao meu alcance. Como nós, vocês atribuem sua ascendência ao céu, e isso me intriga.

— Mas, ao contrário de vocês — disse Jace —, não há nada do inferno em nós.

— Vocês são mortais, envelhecem, morrem — disse a rainha de forma tranquila. — Se isso não for o inferno, por favor, me diga o que é.

— Se você só quer estudar um Caçador de Sombras, não serei de grande utilidade — interrompeu Clary. A mão doía onde a fada havia mordido, e ela combateu o impulso de gritar ou chorar. — Não sei nada sobre caça às sombras, quase não tenho treinamento. Sou a pessoa errada para pegar. — *Para Cristo,* acrescentou silenciosamente.

Pela primeira vez a rainha olhou diretamente para ela. Clary queria se encolher.

— Na verdade, Clarissa Morgenstern, você é precisamente a pessoa certa. — Seus olhos brilharam ao absorver a derrota de Clary. — Graças às mudanças que o seu pai fez em você, não é como outros Caçadores de Sombras. Os seus dons são diferentes.

— *Os meus dons*? — Clary estava espantada.

— Você tem o dom de palavras que não podem ser ditas, e o seu irmão tem o dom do próprio Anjo. O seu pai se certificou disso quando o seu irmão era criança, antes mesmo de você nascer.

— O meu pai nunca me deu nada — disse Clary. — Ele nem sequer me deu um nome.

Jace parecia tão espantado quanto Clary.

— Ainda que o Povo das Fadas não minta — disse ele —, é possível mentir *para* eles. Acho que você foi vítima de um truque ou de uma piada, senhora. Não há nada de especial em mim nem na minha irmã.

— Com que habilidade menospreza os próprios encantos — disse a rainha com uma risada. — Apesar de dever saber que não é da espécie comum de menino humano, Jonathan... — Ela olhou de Clary para Jace e para Isabelle, que fechou a boca com um estalo, e para Jace novamente. — Será possível que não saiba? — murmurou.

— Eu sei que não vou deixar a minha irmã aqui na sua corte — respondeu Jace —, e como não há nada que se possa aprender sobre ela ou sobre mim, talvez você possa nos fazer o favor de soltá-la. — *Agora que já se divertiu*, diziam os olhos, apesar da voz educada e fria como água.

O sorriso da rainha era largo e terrível.

— E se eu lhe dissesse que ela poderia ser libertada com um beijo?

— Você quer que Jace a *beije*? — disse Clary, espantada.

A rainha gargalhou, e imediatamente os cortesãos imitaram o contentamento. A risada era uma mistura bizarra e desumana de pios, ganidos e cacarejo, como o grito agudo de animais com dor.

— Apesar do charme — disse a rainha —, esse beijo não vai libertar a menina.

Os quatro se entreolharam, espantados.

— Eu poderia beijar Meliorn — sugeriu Isabelle.

— Nem esse. Nem nenhum da minha corte.

Meliorn se afastou de Isabelle, que olhou para os companheiros e jogou as mãos para o alto.

— Eu não vou beijar nenhum de vocês — disse ela com firmeza. — Só para esclarecer.

— Acho que não é necessário — disse Simon. — Se basta um beijo...

Ele foi em direção a Clary, que estava congelada de surpresa. Quando ele a pegou pelos cotovelos, ela teve que lutar contra o impulso de empurrá-lo. Não que nunca tivesse beijado Simon antes, mas essa teria sido uma situação peculiar mesmo que beijá-lo fosse algo que ela se sentisse completamente confortável fazendo, o que não era o caso. No entanto, era a resposta lógica, não era? Sem conseguir se conter, ela olhou rapidamente para Jace e o viu franzir as sobrancelhas.

— Não — disse a rainha, a voz como cristal tilintando. — Também não é o que quero.

Isabelle revirou os olhos.

— Ora, pelo amor do Anjo. Se não há outra maneira de nos livrarmos disso, *eu* beijo o Simon. Já o beijei antes e não foi tão ruim.

— Obrigado — disse Simon. — É muito lisonjeiro.

— É uma pena — disse a rainha da corte Seelie. Tinha uma expressão afiada com uma espécie de deleite cruel, e Clary imaginou se o que ela queria na verdade não era um beijo, mas vê-los contraindo-se com desconforto. — Temo que também não seja o caso.

— Bem, eu não vou beijar o mundano — disse Jace. — Prefiro ficar aqui para sempre e apodrecer.

— Para sempre? — disse Simon. — Para sempre é muito tempo.

Jace ergueu as sobrancelhas.

— Eu sabia — disse ele. — Você quer me beijar, não quer?

Simon jogou as mãos para o alto, exasperado.

— Claro que não, mas se...

— Acho que o que dizem é verdade — observou Jace. — Não há homens heterossexuais nas trincheiras.

— É *ateus*, idiota — disse Simon furiosamente. — Não há *ateus* nas trincheiras.

— Por mais que isso tudo seja muito divertido — disse a rainha friamente, inclinando-se para a frente —, o beijo que vai libertar a menina é o que ela mais deseja. — O deleite cruel no rosto e na voz dela se acentuou, as palavras pareciam esfaquear os ouvidos de Clary como agulhas. — Apenas isso e nada mais.

Simon parecia ter sido agredido. Clary queria se aproximar dele, mas ficou congelada no lugar, horrorizada demais para se mover.

— Por que você está fazendo isso? — perguntou Jace.

— Prefiro pensar que estou oferecendo uma bênção a *você*.

Jace enrubesceu, mas não disse nada. Evitou olhar para Clary.

— Isso é ridículo. Eles são irmãos — disse Simon.

A rainha deu de ombros, uma contorção delicada delineando o movimento.

— O desejo nem sempre diminui com o desgosto. Nem pode ser outorgado, como um favor, aos mais merecedores. E como as minhas palavras impõem a minha magia, você pode saber a verdade. Se ela não deseja o beijo dele, não será libertada.

Simon disse alguma coisa, furioso, mas Clary não o ouviu: suas orelhas estavam zunindo, como se um enxame de abelhas nervosas estivesse preso na cabeça dela. Simon girou, parecendo enfurecido.

— Você não precisa fazer isso, Clary, é um truque... — disse ele.

— Não é um truque — disse Jace. — É um teste.

— Bem, não sei sobre você, Simon — disse Isabelle com a voz nervosa. — Mas *eu* gostaria de tirar Clary daqui.

— E você beijaria Alec — disse Simon — só porque a rainha da corte Seelie pediu?

— Claro que beijaria. — Isabelle parecia irritada. — Se a alternativa fosse ficar presa na corte Seelie para sempre? Quem se importa, de qualquer forma? É só um beijo.

— É verdade — disse Jace. Clary olhou para ele, com o limite nebuloso da visão, enquanto ele se aproximava dela e colocava a mão em seu ombro, virando-a para encará-lo. — É só um beijo — Apesar de o tom ser severo, as mãos eram inexplicavelmente gentis. Ela deixou que ele a virasse e olhou para ele. Seus olhos estavam muito escuros, talvez pela pouca luz na corte, talvez por outro motivo. Ela podia ver o próprio reflexo nas pupilas dilatadas de Jace, uma pequena imagem de si própria naqueles olhos. — Você pode fechar os olhos e pensar na Inglaterra, se quiser — disse ele.

— Mas eu nunca fui para a Inglaterra — retrucou ela, mas fechou os olhos. Podia sentir o peso frio e úmido das roupas, geladas e grudadas na pele, o ar doce da caverna, ainda mais frio, e as mãos de Jace em seus ombros, as únicas coisas calorosas. Em seguida ele a beijou.

Ela sentiu o toque dos lábios dele, gentis no início, e os dela se abriram automaticamente sob a pressão. Quase contra a vontade, ela se sentiu ficar fluida e flexível, esticando-se para cima para envolver os braços no pescoço dele como um girassol roda em direção à luz. Os braços dele deslizaram em volta dela, passando pelos cabelos, e o beijo deixou de ser suave e se tornou feroz, tudo em um instante como uma chama se acendendo. Clary ouviu um ruído percorrer a corte ao redor deles, uma onda de barulho, mas não significou nada, se perdeu no ímpeto do sangue que corria pelas veias, a sensação entorpecente de leveza no corpo.

As mãos de Jace saíram do cabelo e deslizaram pelas costas, ela sentiu a pressão pesada das palmas dele nas omoplatas, e em seguida ele se afastou, soltando-se gentilmente, afastando as mãos dela do pescoço e dando um passo para trás. Por um instante, Clary pensou que fosse desabar; sentiu como se algo essencial tivesse sido arrancado dela, um braço ou uma perna, e encarou Jace com um espanto confuso — o que ele tinha sentido será que não tinha sentido nada? Ela não achava que poderia suportar se ele não tivesse sentido nada.

Jace olhou para ela, e quando ela viu o olhar em seu rosto, viu os olhos dele em Renwick, quando tinha assistido ao Portal que o separava de casa se estilhaçar em mil pedaços irrecuperáveis. Ele sustentou o olhar de Clary por uma fração de segundo, em seguida desviou o olhar, os músculos da garganta se mexendo. Ele cerrou as mãos em punhos nas laterais do corpo.

— Foi bom o bastante? — perguntou ele, virando para encarar a rainha e os cortesãos. — Serviu para diverti-los?

A rainha estava com a mão na boca, meio cobrindo um sorriso.

— Estamos muito entretidos — disse ela. — Mas não acho que tanto quanto vocês.

— Só posso presumir — disse Jace —, que emoções mortais a divirtam porque você não possui nenhuma.

Ela parou de sorrir.

— Calma, Jace — disse Isabelle. Ela se virou para Clary. — Pode ir agora? Está livre?

Clary foi até a porta e não se surpreendeu ao não encontrar resistência barrando a passagem. Ficou parada com a mão entre as vinhas e olhou para Simon. Ele a encarava como se nunca a tivesse visto.

— É melhor irmos — disse ela. — Antes que seja tarde demais.
— Já é tarde demais — disse ele.

Meliorn os conduziu para fora da corte Seelie e os deixou de volta no parque, todos sem dizer uma palavra. Clary achava que as costas dele pareciam rígidas e reprovadoras. Ele se afastou depois que saíram no lago, sem nem sequer se despedir de Isabelle, e desapareceu no reflexo da lua.

Isabelle olhou para ele com as sobrancelhas franzidas.

— Definitivamente terminamos — disse ela.

Jace emitiu um ruído como uma risada engasgada e puxou o colarinho da camisa para cima. Estavam todos tremendo. A noite fria tinha cheiro de sujeira, plantas e modernidade humana — Clary quase podia sentir o cheiro de ferro no ar. O entorno da cidade circulando o parque brilhava com luzes vorazes: azul gelo, verde fresco, vermelho picante, e o lago se sobrepunha calmamente às margens de terra. O reflexo da lua tinha se movido para a borda oposta do lago, e estremecia por lá como se tivesse medo deles.

— É melhor voltarmos. — Isabelle levantou o casaco ainda molhado sobre os ombros. — Antes que congelemos até a morte.

— Vamos demorar a vida inteira para voltar para o Brooklyn — disse Clary. — Talvez seja melhor pegarmos um táxi.

— Ou podíamos simplesmente ir para o Instituto — sugeriu Isabelle. Ao perceber o olhar de Jace, acrescentou rapidamente: — Não tem ninguém lá, estão todos na Cidade dos Ossos, procurando pistas. Só vamos levar um segundo para passar lá e pegar suas roupas, vestir alguma coisa seca. Além disso, o Instituto ainda é a sua casa, Jace.

— Tudo bem — disse Jace para a surpresa evidente de Isabelle. — Tem mesmo uma coisa no meu quarto de que preciso.

Clary hesitou.

— Não sei. Acho que vou pegar um táxi com Simon. — Talvez se passassem um tempinho a sós, ela pudesse explicar o que tinha acontecido na corte Seelie, que não era o que ele estava pensando.

Jace estava examinando o relógio para ver se tinha sofrido algum dano com a água e olhou para ela, com as sobrancelhas erguidas.

— Isso pode ser um pouco difícil — disse —, considerando que ele já foi.

— Ele *o quê*? — Clary se virou e olhou. Simon não estava lá; os três estavam sozinhos no lago. Ela correu pela colina e gritou o nome dele. A distância conseguiu vê-lo caminhando decidido pela trilha de concreto que ia para fora do parque, para a rua. Ela o chamou novamente, mas ele não olhou para trás.

Capítulo 9

E A MORTE NÃO TERÁ QUALQUER AUTORIDADE

Isabelle dissera a verdade: o Instituto estava completamente deserto. Ou quase completamente. Max estava dormindo no sofá vermelho do vestíbulo quando eles entraram. Os óculos estavam ligeiramente tortos, e ele claramente não tinha planejado cair no sono: havia um livro aberto no chão onde ele o tinha derrubado, e os pés calçados pendiam na borda do sofá, de uma maneira que parecia provavelmente desconfortável.

Clary imediatamente sentiu afeto por ele. Lembrava Simon com 9 ou 10 anos, todo óculos, piscadas confusas e *orelhas.*

— Max é como um gato. Consegue dormir em qualquer lugar. — Jace esticou o braço e tirou os óculos do rosto dele, ajeitando-os na mesa próxima. Ele tinha uma expressão no rosto que Clary nunca tinha visto antes, uma suavidade protetora e feroz que a surpreendeu.

— Ah, deixe as coisas dele em paz, você vai sujar de lama — disse Isabelle, zangada, desabotoando o casaco molhado. O vestido estava grudado no tórax longo e a água escurecera o cinto grosso de couro na cintura. O brilho do chicote enrolado só era visível onde a alça se projetava da ponta do cinto. Ela estava franzindo o rosto. — Estou sentindo uma gripe chegando. Vou tomar um banho quente.

Jace a viu desaparecer pelo corredor com uma espécie de admiração relutante.

— Às vezes ela me lembra um poema. "Isabelle, Isabelle não se preocupava. Isabelle não gritava ou debandava..."

— Você às vezes tem vontade de gritar? — perguntou Clary.

— Às vezes. — Jace tirou o casaco molhado com um movimento de ombro e o pendurou no cabide perto do de Isabelle. — Mas ela tem razão quanto ao banho quente. Eu certamente não me importaria em tomar um.

— Eu não tenho roupa para vestir — disse Clary, de repente desejando um momento para si. Estava com os dedos coçando para discar o número de Simon no celular, descobrir se ele estava bem. — Eu espero você aqui.

— Não seja boba. Eu te empresto uma camiseta. — Ele estava com a calça ensopada e pendurada baixa no quadril, exibindo um pedaço de pele clara tatuada entre o jeans e a ponta da camiseta.

Clary desviou o olhar.

— Eu não acho...

— Vamos. — Seu tom era firme. — E de qualquer forma tem uma coisa que quero te mostrar.

Furtivamente, Clary checou a tela do celular enquanto seguia Jace pelo corredor até o quarto. Simon não tinha tentado ligar. No peito dela parecia haver gelo cristalizado. Até duas semanas antes, fazia anos desde que ela e Simon tinham brigado. Agora ele parecia chateado com ela o tempo todo.

O quarto de Jace era exatamente como ela se lembrava: completamente arrumado e vazio como a cela de um monge. Não havia nada no quarto que lhe dissesse algo a respeito de Jace: nenhum pôster na parede, nenhum livro na cabeceira. Até a colcha na cama era inteiramente branca.

Ele foi até a cômoda e pegou uma blusa azul de manga comprida em uma gaveta. Jogou-a para Clary.

— Essa encolheu na máquina de lavar — disse. — Provavelmente vai continuar grande em você, mas... — Deu de ombros. — Vou tomar um banho. Grite se precisar de alguma coisa.

Ela fez que sim com a cabeça, segurando a blusa em cima do peito como se fosse um escudo. Ele parecia estar prestes a falar mais alguma coisa, mas aparentemente reconsiderou; com outro movimento de ombros, desapareceu para dentro do banheiro, fechando a porta atrás de si com firmeza.

Clary afundou na cama, com a blusa no colo, e tirou o telefone do bolso. Discou o número de Simon. Depois de quatro toques, foi para a caixa postal. "Oi, você ligou para o Simon. Ou estou longe do telefone, ou estou te evitando. Deixe um recado e..."

— O que você está fazendo?

Jace estava na porta do banheiro. A água corria ruidosamente no chuveiro atrás, e o banheiro estava cheio de vapor. Ele estava descalço e sem camisa, com a calça jeans molhada baixa, exibindo os entalhes sobre os quadris, como se alguém tivesse pressionado os dedos na pele ali.

Clary fechou o telefone e o deixou cair na cama.

— Nada. Vendo a hora.

— Tem um relógio perto da cama — indicou Jace. — Você estava ligando para o mundano, não estava?

— O nome dele é *Simon.* — Clary enrolou a blusa em uma bola entre os punhos. — E você não precisa ser tão babaca com relação a ele o tempo todo. Ele já te ajudou mais de uma vez.

Os olhos de Jace estavam fechados, pensativos. O banheiro estava se enchendo rapidamente de vapor, fazendo com que o cabelo dele enrolasse ainda mais.

— E agora você está se sentindo culpada porque ele fugiu. Eu não perderia o meu tempo ligando para ele. Tenho certeza de que ele está te evitando.

Clary não tentou conter a raiva da voz.

— E você sabe disso porque vocês dois são *tão próximos*?

— Eu sei disso porque vi o olhar dele antes de ele sair — disse Jace. — Você não viu. Você não estava olhando para ele, mas eu estava.

Clary afastou os cabelos ainda molhados dos olhos. As roupas pinicavam onde estavam grudadas na pele, ela suspeitava que ainda cheirava a fundo de lago e não conseguia parar de pensar no rosto de Simon quando olhou para ela na corte Seelie: como se a odiasse.

— A culpa é sua — disse ela repentinamente, o coração se enchendo de raiva. — Você não deveria ter me beijado daquele jeito.

Ele estivera apoiado no batente da porta; agora estava ereto.

— Como eu deveria ter te beijado? Existe outro jeito de que você goste?

— Não. — As mãos dela tremiam no colo. Estavam frias, brancas, enrugadas pela água. Ela entrelaçou os dedos para conter a tremedeira. — Só não quero ser beijada por você.

— Não me pareceu que tivéssemos escolha.

— É isso que eu não entendo! — explodiu Clary. — Por que ela o obrigou a me beijar? A rainha, quero dizer. Por que nos forçar a fazer... aquilo? Que prazer ela pode ter tirado daquilo?

— Você ouviu o que a rainha disse. Ela achou que estivesse me fazendo um favor.

— Isso não é verdade.

— É verdade. Quantas vezes tenho que repetir? O Povo das Fadas não mente.

Clary pensou no que Jace dissera na casa de Magnus. *Descobrem aquilo que você mais quer no mundo e lhe dão, com um veneno no presente que fará com que você se arrependa eternamente por um dia tê-lo desejado.*

— Então ela estava errada.

— Ela não estava errada. — O tom de Jace era amargo. — Ela viu o jeito que eu olhei para você, e que você olhou para mim, e brincou conosco como os instrumentos que somos para ela.

— Eu não olho para você — sussurrou Clary.

— O quê?

— Eu disse: *eu não olho para você.* — Ela soltou as mãos que estavam presas no colo. Havia marcas vermelhas onde os dedos se apertaram. — Pelo menos tento não olhar.

Os olhos dele cerraram, apenas uma linha dourada aparecendo entre os cílios, e ela se lembrou da primeira vez em que o viu, e de como ele lembrara um leão, dourado e mortal.

— Por que não?

— Por que você acha? — As palavras eram quase inaudíveis, mal se qualificavam como um sussurro.

— Então *por quê*? — A voz dele tremeu. — Por que tudo isso com o Simon, por que ficar me evitando, sem me deixar chegar perto de você...

— Porque é *impossível* — disse ela, e a última palavra soou como um ganido, apesar dos esforços para se controlar. — Você sabe tão bem quanto eu!

— Porque você é minha irmã — disse Jace.

Ela fez que sim com a cabeça, em silêncio.

— Possivelmente — disse Jace. — E por causa disso você decidiu que o seu velho amigo Simon é uma boa distração?

— Não é assim — disse ela. — Eu amo Simon.

— Como você ama Luke — disse Jace. — Como você ama a sua mãe.

— Não. — A voz dela era tão fria e afiada quanto uma geleira. — Não me diga como eu me sinto.

Um pequeno músculo se mexeu no canto da boca dele.

— Eu não acredito em você.

Clary se levantou. Não conseguia olhar nos olhos dele, então, em vez disso, fixou o olhar na cicatriz em forma de estrela que ele tinha no ombro, uma lembrança de algum ferimento antigo. *Essa vida de cicatrizes e morte,* Hodge dissera algo assim uma vez. *Você não faz parte dela.*

— Jace — disse ela. — Por que você está fazendo isso comigo?

— Porque você está mentindo para mim. E está mentindo para si mesma. — Os olhos de Jace ardiam. E apesar de estar com as mãos nos bolsos, ela podia ver que estavam cerradas em punhos.

Alguma coisa dentro de Clary se quebrou, e as palavras vieram em enxurrada.

— *O que você quer que eu diga?* A verdade? A verdade é que eu amo Simon como eu deveria amar você, e eu gostaria que ele fosse meu irmão e você não, mas não posso fazer nada quanto a isso, nem você! Ou tem alguma outra ideia, considerando que é tão incrivelmente inteligente?

Jace respirou fundo, e ela percebeu que ele jamais esperava que ela fosse dizer o que tinha acabado de dizer, nem em um milhão de anos. O olhar dele entregava.

Ela se moveu para recuperar a postura.

— Jace, sinto muito, eu não queria...

— Não. Você não sente muito. Não sinta muito. — Ele foi em direção a ela, quase tropeçando nos próprios pés; Jace, que nunca perdia o passo, nunca tropeçava em nada, nunca fazia nenhum movimento que não fosse gracioso. Ele tomou o rosto dela nas mãos; Clary sentiu o calor das pontas dos dedos, a milímetros de si; sabia que tinha que recuar, mas ficou parada, olhando para ele. — Você não entende — disse ele. Sua voz tremia. — Nunca me senti assim em relação a ninguém. Não achei que pudesse. Pensei que, do jeito que eu cresci, o meu pai...

— Amar é destruir — disse ela, entorpecida. — Eu me lembro.

— Pensei que essa parte do meu coração estivesse quebrada. — Tinha uma expressão no olhar enquanto falava como se estivesse surpreso em se ouvir dizendo aquelas palavras, dizendo *meu coração*. — Para sempre. Mas você...

— Jace. Não. — Ela esticou o braço e cobriu a mão dele com a própria, cobrindo os dedos dele com os dela. — É inútil.

— Não é verdade. — A voz era de desespero. — Se nós dois sentimos a mesma coisa...

— O que a gente sente não faz diferença. Não há nada que se possa fazer. — Ela ouviu a própria voz como se fosse um estranho falando: distante, doída. — Para onde a gente iria para ficarmos juntos? Como poderíamos viver?

— Podíamos manter segredo.

— As pessoas iriam descobrir. E não quero mentir para a minha família; você quer?

A resposta dele foi amarga.

— Que família? Os Lightwood me detestam.

— Não, não detestam. E eu nunca poderia contar para Luke. E a minha mãe, e se ela acordasse, o que iríamos *dizer* para ela? Isso, o que queremos, seria repugnante para todas as pessoas de quem gostamos...

— *Repugnante*? — Ele tirou as mãos do rosto dela, como se ela o tivesse empurrado. Jace parecia chocado. — O que nós sentimos, o que eu sinto, é repugnante para você?

Clary perdeu o fôlego ao ver o olhar no rosto dele.

— Talvez — disse ela com um sussurro. — Não sei.

— Então você deveria ter dito isso desde o princípio.

— Jace...

Mas ele já tinha se afastado, com a expressão fechada e trancada como uma porta. Era difícil acreditar que ele algum dia olharia para ela de outro jeito.

— Sinto muito por ter dito alguma coisa, então. — A voz dele era rígida, formal. — Não vou beijar você outra vez. Com isso você pode contar.

O coração de Clary deu uma cambalhota lenta e sem propósito enquanto ele se afastava dela, pegava uma toalha de cima da cama, e ia de volta para o banheiro.

— Mas... Jace, o que você está fazendo?

— Indo tomar banho. E se por sua causa eu tiver acabado com a água quente, vou ficar muito irritado. — Ele entrou no banheiro, fechando a porta com um chute.

Clary caiu na cama e olhou para o teto. Estava tão branca quanto o rosto de Jace antes de se virar para ela. Ao rolar, percebeu que estava em cima da camisa azul dele: tinha até o cheiro dele, de sabão, fumaça e sangue. Curvando-se sobre ela como outrora fizera com seu cobertor favorito quando era muito pequena, ela fechou os olhos.

No sonho, ela olhava de cima o reflexo da água, que se espalhava diante dela como um espelho infinito que refletia o céu noturno. E, como um espelho, era sólida e dura, e ela conseguia andar sobre a água. Ela andou, sentindo o aroma do ar noturno e das folhas molhadas, e o cheiro da cidade, brilhando ao longe como um castelo de fadas coberto por luzes — e por onde andava, rachaduras como teias de aranha se formavam, e lascas de vidro borrifavam como água.

O céu começou a brilhar. Estava aceso com pontos de fogo, como pontas de fósforo queimando. Eles caíam, uma chuva de carvão quente do céu, e ela se protegeu, estendendo os braços para o alto. Um caiu exatamente na frente dela, uma fogueira estalando, mas quando atingiu o chão se transformou em um menino: era Jace, todo em dourado flamejante com olhos e cabelos dourados, e asas branco-douradas brotando das costas, mais largas e cheias de penas do que a de qualquer pássaro.

Ele sorria como um gato e apontava para trás dela, e Clary se virou para ver que um menino de cabelos escuros — Simon? — estava lá, também alado, com penas pretas como a meia-noite, e cada pena tinha sangue nas pontas.

Clary acordou engasgando, com as mãos entrelaçadas na blusa de Jace. Estava escuro no quarto, a única luz vinha de uma janela estreita ao lado da cama. Ela se sentou. A cabeça estava pesada e a nuca doía. Examinou o quarto lentamente e deu um salto quando um pontinho brilhante de luz, como olhos de gato na escuridão, brilhou para ela.

Jace estava sentado em uma poltrona ao lado da cama. Vestia jeans e um casaco cinza, e o cabelo parecia quase seco. Estava segurando alguma coisa que brilhava como metal. Uma arma? Mas do que estaria se protegendo, ali no Instituto, Clary não podia adivinhar.

— Dormiu bem?

Ela fez que sim com a cabeça. Sua saliva parecia espessa.

— Por que você não me acordou?

— Achei que um descanso faria bem. Além disso, você estava dormindo como uma pedra. Até babou — ele acrescentou. — Na minha camisa.

A mão de Clary voou para a boca.

— Desculpe.

— Não é sempre que se vê alguém babando — observou Jace. — Principalmente com tanta despreocupação. Com a boca escancarada e tudo.

— Ah, cale a boca. — Ela apalpou a cama até encontrar o telefone, e verificou mais uma vez, apesar de saber o que indicaria. *Nenhuma chamada.* — São três da manhã — ela notou com espanto. — Você acha que está tudo certo com Simon?

— Acho que ele é estranho, na verdade — disse Jace. — Apesar de isso ter pouco a ver com a hora.

Ela colocou o telefone no bolso da calça.

— Vou trocar de roupa.

O banheiro branco de Jace não era maior do que o de Isabelle, apesar de ser consideravelmente mais organizado. Não havia muita variação entre os quartos do Instituto, pensou Clary, fechando a porta atrás de si, mas pelo menos havia privacidade. Tirou a camiseta molhada e a pendurou no cabide de toalhas, jogou água no rosto e passou o pente no cabelo que encaracolava.

A camisa de Jace era grande demais para ela, mas o tecido era macio. Ela empurrou as mangas para cima e voltou para o quarto, onde o encontrou exatamente onde ele estava antes, olhando de um jeito melancólico para o objeto brilhante nas mãos. Ela se apoiou nas costas da poltrona.

— O que é isso?

Em vez de responder, ele se virou para ela, para que pudesse ver adequadamente. Era um pedaço de vidro quebrado, mas em vez de refletir o rosto dela, trazia a imagem de uma grama verde, um céu azul e galhos de árvores negros e desnudos.

— Não sabia que você tinha guardado isso — disse ela. — Esse pedaço do Portal.

— Foi por isso que eu quis vir até aqui. Para pegar isso. — Havia desejo e desprezo misturados na voz de Jace. — Fico achando que talvez veja o meu pai em um reflexo. Descubra o que ele está tramando.

— Mas ele não está lá, está? Achei que estivesse em algum lugar aqui. Na cidade.

Jace balançou a cabeça.

— Magnus tem procurado por ele e acha que não.

— Magnus tem procurado por ele? Eu não sabia disso. Como...

— Magnus não se tornou Magnífico Feiticeiro por nada. O poder dele se estende pela cidade e além. Ele pode sentir o que está por aí, até certo ponto.

Clary riu.

— Ele pode sentir perturbações na Força?

Jace virou na cadeira e franziu o cenho para ela.

— Não estou brincando. Depois que aquele feiticeiro foi morto em TriBeCa, ele começou a investigar. Quando fui ficar com ele, Magnus me pediu alguma coisa do meu pai para facilitar a busca. Dei o anel Morgenstern para ele. Ele me disse que avisaria se sentisse a presença do Valentim em algum lugar da cidade, mas por enquanto nada.

— Talvez ele só quisesse o anel — disse Clary. — Ele usa muitas joias.

— Que fique com ele. — A mão de Jace apertou ao redor do pedaço de espelho; Clary percebeu, alarmada, o sangue pingando ao redor das extremidades quebradas onde o cortavam na pele. — Não tem valor nenhum para mim.

— Ei — disse ela, e se inclinou para tirar o vidro da mão dele. — Calma aí. — Ela colocou o fragmento do Portal no bolso do casaco dele, que estava pendurado na parede. As pontas do vidro estavam escuras com sangue, as palmas de Jace marcadas com linhas vermelhas. — Talvez você devesse voltar para a casa de Magnus — disse com a maior delicadeza possível. — Alec já está lá há muito tempo e...

— Por algum motivo, duvido que ele se importe — disse, mas se levantou obediente e estendeu o braço para pegar a estela, que estava apoiada na parede. Ao desenhar um símbolo de cura na parte de trás da mão ensanguentada, ele falou: Preciso te perguntar uma coisa:

— O quê?

— Quando você me tirou da cela na Cidade do Silêncio, como você fez? Como destrancou a porta?

— Ah. Só usei um símbolo simples de Abertura e...

Ela foi interrompida por um ruído duro ressonante e colocou a mão no bolso antes de perceber que o som que ouvira tinha sido mais alto e agudo do que qualquer um que o seu telefone pudesse produzir. Ela olhou em volta, confusa.

— É a campainha do Instituto — disse Jace, pegando o casaco. — Vamos.

Estavam a meio caminho do vestíbulo quando Isabelle explodiu para fora do próprio quarto, vestindo um roupão de banho de algodão, uma máscara rosa de seda de dormir e uma expressão semiaturdida.

— São três da manhã! — disse ela com um tom que sugeria que a culpa fosse inteiramente de Jace, ou possivelmente de Clary. — Quem está tocando a nossa campainha às três da manhã?

— Talvez seja a Inquisidora — disse Clary, sentindo frio de repente.

— Ela poderia entrar sozinha — disse Jace. — Qualquer Caçador de Sombras poderia. O Instituto só é fechado para mundanos e membros do Submundo.

Clary sentiu o coração se contrair.

— Simon! — disse ela. — Deve ser ele!

— Ah, pelo amor de Deus — bocejou Isabelle —, ele realmente vai acordar numa hora maldita dessas só para provar o amor por você ou coisa do tipo? Ele não podia ter *ligado*? Homens mundanos são tão idiotas. — Tinham chegado ao vestíbulo, que estava vazio; Max provavelmente fora para a cama sozinho. Isabelle atravessou o quarto e tocou um botão na parede. Em algum lugar dentro da catedral um ruído distante era audível. — Pronto — disse Isabelle. — O elevador está a caminho.

— Não acredito que ele não teve a dignidade nem a presença de espírito de ficar bêbado e desmaiar em uma sarjeta — disse Jace. — Devo dizer, estou decepcionado com o carinha.

Clary mal escutou. Uma sensação crescente de medo deixou seu sangue gelado. Ela se lembrou do sonho: os anjos, o gelo, Simon com as asas sangrando. Estremeceu.

Isabelle olhou solidária para ela.

— *Está* frio aqui — observou. Ela esticou o braço e pegou o que parecia um casaco azul de veludo de um dos cabides. — Tome — disse Isabelle. — Vista isso.

Clary colocou o casaco e o envolveu ao redor dela. Era longo demais, mas era quente. E também tinha um capuz, com a borda de cetim. Clary puxou-o para trás para poder ver as portas do elevador se abrindo.

Abriram-se em uma caixa oca cujas laterais espelhadas refletiam sua própria face, pálida e espantada. Sem parar para pensar, ela entrou.

Isabelle olhou confusa para ela.

— O que você está fazendo?

— É Simon lá embaixo — disse Clary. — Eu sei que é.

— Mas...

De repente, Jace estava ao lado de Clary, segurando as portas abertas para Isabelle.

— Vamos, Izzy — disse ele. Com um suspiro teatral, ela foi atrás.

Clary tentou capturar o olhar dele enquanto os três desciam em silêncio — Isabelle prendendo o último fiapo solto do cabelo —, mas Jace não olhava para ela. Ele estava olhando para si mesmo no espelho do elevador, assobiando suavemente como fazia quando estava nervoso. Ela se lembrou do leve tremor no toque dele quando a segurou na corte Seelie. Ela pensou no olhar de Simon quase correndo para se afastar dela, desaparecendo nas sombras na beira do parque. Tinha um nó de pavor no peito e não sabia por quê.

As portas do elevador se abriram na nave da catedral, iluminada com as luzes dançantes de velas. Ela passou por Jace na pressa de sair do elevador e praticamente correu pela passagem estreita entre os bancos. Tropeçou na ponta do casaco que se arrastava e puxou-o impacientemente com as mãos antes de prosseguir em direção às portas duplas. Do lado de dentro havia cavilhas de bronze do tamanho dos braços de Clary. Ao mirar na mais alta, a campainha tocou novamente pela igreja. Ela ouviu Isabelle sussurrar alguma coisa para Jace, em seguida começou a puxar a cavilha, arrastando-a para trás, e sentiu as mãos de Jace sobre as próprias, ajudando-a a puxar as portas pesadas.

O ar noturno entrou, soprando as chamas das velas. O ar cheirava a cidade: sal e fumaça, concreto esfriando e lixo, e, sob aqueles odores familiares, o cheiro de ferro, penetrante como o de uma moeda nova.

Inicialmente Clary pensou que os degraus estivessem vazios. Em seguida piscou e viu Raphael ali, a cabeça de cachos negros bagunçada com a brisa da noite, a blusa branca aberta no pescoço mostrando a cicatriz no meio das clavículas. Nos braços trazia um corpo. Foi tudo o que Clary viu ao encará-lo com espanto, um *corpo*. Alguém morto, braços e pernas pendendo como cordas flácidas, a cabeça caída para trás expondo a garganta desfigurada. Ela sentiu a mão de Jace enrijecer ao redor do próprio braço como um torno, e foi só então que olhou mais de perto e viu o casaco familiar de veludo com a manga rasgada, a camiseta azul embaixo, agora manchada e respingada com sangue, e gritou.

No entanto, não saiu nenhum som de sua boca. Clary sentiu os joelhos cederem e teria deslizado para o chão se Jace não a estivesse segurando.

— Não olhe — disse ele no ouvido dela. — Pelo amor de Deus, não olhe. — Mas ela não podia deixar de olhar para o sangue que sujava os cabelos castanhos de Simon, a garganta rasgada, os cortes nos pulsos pendentes. Pontos pretos bloquearam a vista de Clary enquanto ela lutava para conseguir respirar.

— *O que você fez com Simon?* — Naquele instante, a voz saiu clara e autoritária, e ela soou exatamente como a mãe.

— *El no es muerto* — disse Raphael, com a voz seca e sem emoção, e colocou Simon no chão, quase aos pés de Clary, com uma delicadeza surpreendente. Ela se esquecera do quão forte ele deveria ser; tinha a força sobrenatural de um vampiro, apesar de ser magro.

À luz que as velas derramavam pela entrada, Clary podia ver que a camiseta de Simon estava ensopada de sangue na frente.

— Você disse... — começou ela.

— Ele não está morto — disse Jace, segurando-a com mais força. — Ele não está morto.

Ela se afastou dele com um impulso e se ajoelhou no concreto. Ela não sentiu nenhum nojo ao tocar na pele ensanguentada de Simon, ao deslizar as mãos sob a cabeça dele, colocando-a no colo. Sentiu apenas o pavor infantil do qual se recordava quando, aos 5 anos de idade, quebrara o abajur Liberty caríssimo da mãe. *Nada*, disse uma voz no fundo da mente, *vai juntar esses pedaços novamente.*

— Simon — sussurrou ela, tocando o rosto dele. Os óculos não estavam mais lá. — Simon, sou eu.

— Ele não consegue ouvi-la — disse Raphael. — Está morrendo.

Ela olhou para ele.

— Mas você disse...

— Eu disse que ele ainda não está morto. Mas em alguns minutos, dez talvez, o coração dele vai desacelerar e parar. Ele já não vê nem ouve nada.

Ela apertou os braços ao redor dele involuntariamente.

— Temos que levá-lo a um hospital, ou chamar Magnus.

— Não vai adiantar nada — disse Raphael. — Vocês não entendem.

— Não — disse Jace, com a voz suave como seda porém com pontas afiadas como agulhas. — Não entendemos. E talvez você devesse se explicar. Caso contrário, vou presumir que você é um vampiro sanguessuga e cortar fora o seu coração. Como deveria ter feito na última vez em que nos encontramos.

Raphael sorriu sem alegria.

— Você jurou não me ferir, Caçador de Sombras. Esqueceu?

— Eu não jurei — disse Isabelle, brandindo um candelabro.

Raphael ignorou-a. Ele continuava olhando para Jace.

— Lembrei-me da noite em que vocês invadiram o Dumort procurando pelo amigo de vocês. Foi por isso que o trouxe aqui — e apontou para Simon — quando o encontrei no hotel, em vez de permitir que os outros bebessem o sangue dele até matá-lo. Vejam bem, ele invadiu, sem permissão, portanto podíamos pegá-lo. Mas o mantive vivo, sabendo que era seu. Não tenho qualquer desejo de entrar em guerra com os Nephilim.

— Ele *invadiu*? — disse Clary, incrédula. — Simon jamais faria algo tão estúpido e insano.

— Mas fez — retrucou Raphael com um indício de sorriso absolutamente discreto —, porque estava com medo de estar se tornando um de nós e queria saber se o processo podia ser revertido. Vocês devem se lembrar de que, quando ele estava sob forma de rato, e vocês vieram buscá-lo, ele me mordeu.

— Muito empreendedor da parte dele — disse Jace. — Eu aprovei.

— Talvez — disse Raphael. — De qualquer forma ele pegou um pouco do meu sangue na boca quando me mordeu. Vocês sabem que é assim que transmitimos poderes uns para os outros. Através do sangue.

Através do sangue. Clary se lembrou de Simon se afastando do filme de vampiros na TV e franzindo o cenho para a luz do sol no McCarren Park.

— Ele achou que estava se tornando um de vocês — disse ela. — E foi para o hotel ver se era verdade.

— Sim — disse Raphael. — O triste é que os efeitos do meu sangue provavelmente teriam desaparecido com o tempo se ele não tivesse feito nada. Mas agora... — Ele gesticulou expressivamente para o corpo flácido de Simon.

— Agora o quê? — disse Isabelle com intensidade na voz. — Agora ele vai morrer?

— E nascer novamente. Agora ele vai ser um vampiro.

O candelabro escorregou para a frente enquanto os olhos de Isabelle se arregalavam de choque.

— *O quê?*

Jace pegou a arma improvisada antes que caísse no chão. Quando se virou para Raphael, seu olhar era desolado.

— Você está mentindo.

— Ele consumiu sangue de vampiro — disse Raphael. — Portanto vai morrer e renascer como uma Criança Noturna. É também por isso que vim. Simon é um dos meus agora. — Não havia nada naquela voz, nem amargura, nem júbilo, mas Clary não podia deixar de imaginar que alegria secreta deveria estar sentindo por conquistar tão oportunamente um objeto de barganha tão eficiente.

— Não há nada que possa ser feito? Nenhuma maneira de reverter o processo? — perguntou Isabelle com a voz tingida por pânico. Clary pensou que era estranho que aqueles dois, Jace e Isabelle, que não amavam Simon tanto quanto ela, fossem os que estavam falando. Mas talvez estivessem falando por ela justamente porque ela não conseguia dizer uma palavra.

— Vocês podem cortar a cabeça dele e queimar o coração em uma fogueira, mas duvido que façam isso.

— Não! — Os braços de Clary se fecharam ao redor de Simon. — Não ouse machucá-lo.

— Não preciso — disse Raphael.

— Eu não estava falando com você. — Clary não levantou os olhos. — Nem pense nisso, Jace. Nem pense.

Fez-se silêncio. Ela podia ouvir a respiração nervosa de Isabelle; Raphael, é claro, não respirava. Jace hesitou por um instante antes de falar.

— Clary, o que o Simon quereria? É isso que ele ia querer para si?

Ela levantou a cabeça. Jace estava olhando para ela, o candelabro de metal ainda nas mãos, e de repente uma imagem passou por sua mente: Jace segurando Simon e enfiando a ponta da arma no peito do amigo, fazendo o sangue espirrar como um chafariz.

— *Afaste-se de nós!* — gritou ela de repente, tão alto que viu as figuras distantes andando pela rua na frente da catedral virarem e olharem para trás, como se tivessem se assustado com o barulho.

Jace ficou branco até as raízes do cabelo, tão branco que os olhos arregalados pareciam discos dourados, inumanos e estranhamente fora do lugar.

— Clary, você não acha...

Simon engasgou de repente, arqueando para cima nos braços de Clary. Ela gritou novamente e o agarrou outra vez, puxando-o para junto dela. Estava com os olhos arregalados, cegos e apavorados. Ele esticou o braço. Clary não tinha certeza se ele estava tentando tocá-la no rosto ou arranhá-la, sem saber quem ela era.

— Sou eu — disse ela, empurrando a mão gentilmente pelo peito dele e entrelaçando os dedos nos dele. — Simon, sou eu, Clary. — As mãos dela escorregaram nas dele; quando olhou para baixo, viu que estavam molhadas de sangue e das lágrimas que tinham corrido pelo rosto sem que notasse. — Simon, eu te amo — disse ela.

As mãos dele apertaram as dela. Ele expirou — um som duro e engasgado — e então não respirou mais.

Eu te amo. Eu te amo. Eu te amo. As últimas palavras que dissera a Simon pareciam ecoar nos ouvidos de Clary enquanto ele ficava mole em seus braços. Isabelle de repente estava perto dela, dizendo alguma coisa em seu ouvido, mas Clary não conseguia ouvi-la. O ruído de água correndo, como um maremoto que se aproximava, preencheu seus ouvidos. Ela assistiu enquanto Isabelle tentava afastar suas mãos das de Simon gentilmente, sem conseguir. Clary ficou surpresa. Ela não tinha percebido que estava segurando com tanta força.

Desistindo, Isabelle se levantou e se voltou furiosa para Raphael. Enquanto se retirava, a audição de Clary voltou, como um rádio que finalmente sintonizava uma estação.

— ... e *agora* o que temos que fazer? — gritou Isabelle.

— Enterrá-lo — disse Raphael.

O candelabro balançou novamente na mão de Jace.

— Não tem graça.

— Não é para ter — disse o vampiro, imperturbável. — É como somos feitos. Somos drenados, ensanguentados e enterrados. Quando cava a própria saída do túmulo é quando um vampiro nasce.

Isabelle soltou um leve ruído de nojo.

— Acho que eu não conseguiria fazer isso.

— Alguns não conseguem — disse Raphael. — E se ninguém estiver lá para ajudar, ficam assim, presos como ratos sob a terra.

Um som rasgou a garganta de Clary. Um engasgo tão cru quanto um grito.

— Não vou colocá-lo na terra — disse ela.

— Então ele vai ficar assim — disse Raphael, sem piedade. — Morto, mas nem tanto. Sem jamais acordar.

Estavam todos olhando para ela. Isabelle e Jace pareciam estar prendendo a respiração, esperando que ela respondesse. Raphael não parecia curioso; na verdade, parecia quase entediado.

— Você não entrou no Instituto porque não pode, certo? — disse Clary. — Porque é solo sagrado e você é profano.

— Não é exatamente assim... — começou Jace, mas Raphael o interrompeu com um gesto.

— Devo avisar — disse o vampiro — que não temos muito tempo. Quando mais esperarmos antes de enterrá-lo, menos provável será que ele consiga cavar o caminho de volta.

Clary olhou para Simon. Ele realmente pareceria estar dormindo, a não ser pelos longos cortes na pele.

— Podemos enterrá-lo — disse ela. — Mas quero que seja em um cemitério judaico. E quero estar lá quando ele acordar.

Os olhos de Raphael se iluminaram.

— Não será agradável.

— Nada é. — Ela contraiu a mandíbula. — Vamos. Só temos algumas horas até o amanhecer.

Capítulo 10

UM LUGAR APRAZÍVEL E PRIVADO

O cemitério ficava nos arredores de Queens, onde os prédios davam lugar a casas vitorianas pintadas com cores de confeito: rosa pálido, branco e azul-claro. As ruas eram quase todas desertas, e a avenida terminava em um cemitério escuro, exceto por um único poste. Levaram um tempinho com as estelas para conseguir atravessar os portões trancados e mais algum tempo para encontrar um lugar suficientemente recluso para que Raphael começasse a cavar. Ficava no topo de uma colina baixa, protegida da estrada abaixo por uma fila espessa de árvores. Clary, Jace e Isabelle estavam protegidos por magia, mas não havia como esconder Raphael, nem o corpo de Simon, então as árvores ofereciam um disfarce bem-vindo.

As laterais da colina que não davam para a rua eram cobertas por grossas camadas de lápides, muitas das quais traziam uma estrela de Davi no topo. Brilhavam brancas e suaves como leite ao luar. A distância havia um lago, com a superfície encrespada por ondulações brilhosas. Um bom lugar, pensou Clary. Um bom lugar para visitar e colocar flores no túmulo de alguém, para sentar e pensar na vida da pessoa, no que ela significou para você. Não um bom lugar para se ir à noite, sob a cobertura da escuridão, para enterrar seu amigo em terra rasa, sem o privilégio de um caixão ou um velório.

— Ele sofreu? — perguntou ela a Raphael.

Ele parou de cavar e levantou o olhar, apoiando-se no cabo da pá como o coveiro de *Hamlet*.

— O quê?

— O Simon. Ele sofreu? Os vampiros o machucaram?

— Não. A morte por sangue não é tão ruim — disse Raphael, com a voz suave. — A mordida deixa a pessoa drogada. É agradável, como ir dormir.

Uma onda de tontura percorreu seu corpo, e por um instante ela achou que fosse desmaiar.

— Clary. — A voz de Jace a trouxe de volta do devaneio. — Vamos. Você não precisa assistir a isso.

Ele estendeu a mão para ela. Atrás dele, ela podia ver Isabelle de pé com o chicote na mão. Tinham enrolado o corpo de Simon em um cobertor, e ele estava no chão, aos seus pés, como se estivesse guardando a coisa. *A coisa não, ele,* Clary lembrou a si própria ferozmente. *Ele.* Simon.

— Eu quero estar aqui quando ele acordar.

— Eu sei. A gente volta. — Quando ela não se mexeu, Jace a pegou pelo braço, que não ofereceu resistência, e afastou-a da clareira, puxando-a pela lateral da colina. Havia pedregulhos ali, logo acima do primeiro nível de túmulos; ele se sentou sobre um, fechando o casaco. Estava surpreendentemente frio ao ar livre. Pela primeira vez na estação, Clary pôde ver a própria respiração ao expirar.

Ela se sentou no pedregulho ao lado de Jace e ficou olhando para o lago. Podia ouvir as batidas rítmicas da pá de Raphael atingindo a terra, e a terra atingindo o chão. Raphael não era humano; ele trabalhava rápido. Não levaria tanto tempo para cavar uma cova. E Simon não era tão grande assim, de forma que a cova não teria que ser tão profunda.

Ela sentiu uma pontada de dor no estômago e se curvou para a frente, com as mãos na barriga.

— Estou enjoada.

— Eu sei. Foi por isso que eu trouxe você para cá. Estava com cara de que ia vomitar nos pés do Raphael.

Ela emitiu um ronco suave.

— Poderia ter tirado aquele sorrisinho do rosto dele — Jace observou reflexivamente. — Temos que levar isso em consideração.

— Cale a boca. — A dor melhorou. Ela inclinou a cabeça para trás, olhando para a lua, um círculo de prata lascada flutuando em um mar de estrelas. — A culpa é minha.

— A culpa não é sua.

— Você tem razão. A culpa é *nossa.*

Jace voltou-se para ela, a irritação clara nas linhas do rosto.

— E como você chegou a essa conclusão?

Ela olhou para ele em silêncio por um momento. Ele estava precisando cortar o cabelo, que se curvava como as vinhas faziam quando ficavam compridas demais, em gavinhas circulares da cor de ouro branco ao luar. As cicatrizes no rosto e na garganta pareciam ter sido causticadas com tinta metálica. Ele era lindo, ela pensou com tristeza, lindo, e não havia nada nele, nenhuma expressão, nenhuma inclinação de maçã do rosto, formato de mandíbula, ou curva de lábios que evidenciasse qualquer traço familiar em comum com ela ou com a mãe. Ele nem sequer se parecia tanto com Valentim.

— O que foi? — perguntou ele. — Por que está me olhando desse jeito?

Ela queria se jogar nos braços dele e chorar, ao mesmo tempo em que queria socá-lo.

— Se não fosse pelo que aconteceu na corte das fadas, Simon ainda estaria vivo. — Foi só o que disse.

Ele esticou a mão para baixo e arrancou um tufo de grama do chão violentamente. Ainda havia terra nas raízes. Jogou de lado.

— Fomos forçados a fazer o que fizemos. Não é como se tivéssemos feito para nos divertir ou para magoá-lo. Além disso — disse ele com o fantasma de um sorriso —, você é minha irmã.

— Não fale desse jeito...

— O quê, "irmã"? — Ele balançou a cabeça. — Quando eu era pequeno, percebi que se você disser uma palavra diversas vezes e rápido o bastante, ela perde o significado. Eu ficava acordado repetindo as palavras várias vezes para mim mesmo: "açúcar", "espelho", "sussurro", "escuro". "Irmã" — disse, suavemente. — Você é minha irmã.

— Não importa quantas vezes você diga. Vai continuar sendo verdade.

— E não importa o que você não me deixa dizer, também vai continuar sendo verdade.

— Jace! — Outra voz chamou o nome dele. Era Alec, ligeiramente sem fôlego por causa da corrida. Ele estava segurando uma sacola preta de plástico em uma das mãos. Atrás dele vinha Magnus, absurdamente alto e magro, com um olhar um pouco irritado, vestindo um casaco longo de couro que balançava ao vento como a asa de um morcego. Alec parou na frente de Jace e lhe entregou uma bolsa. — Eu trouxe sangue — disse ele. — Como você pediu.

Jace abriu a parte de cima da bolsa, espiou dentro e franziu o nariz.

— Eu quero saber onde você conseguiu isso.

— Em um açougue em Greenpoint — disse Magnus, juntando-se a eles. — Deixam a carne sangrar para fazer abate halal. É sangue animal.

— Sangue é sangue — disse Jace, e se levantou. Ele olhou para Clary e hesitou. — Quando Raphael disse que não seria agradável, ele não estava mentindo. Você pode ficar aqui. Vou mandar Isabelle vir ficar com você.

Ela levantou a cabeça para encará-lo. O luar projetava a sombra dos galhos no rosto dele.

— Você já viu um vampiro nascer?

— Não, mas eu...

— Então não sabe de verdade, sabe? — Ela se levantou, e o casaco azul de Isabelle caiu ao redor dela em dobras grossas. — Eu quero estar lá. Eu *tenho* que estar lá.

Ela só conseguia ver parte do rosto de Jace nas sombras, mas achou que ele pareceu quase impressionado.

— Já sei que não adianta dizer que você não pode fazer alguma coisa — disse ele. — Vamos.

Raphael estava pisando em um retângulo de terra quando voltaram para a clareira, Jace e Clary um pouco à frente, e logo atrás Magnus e Alec, que pareciam estar discutindo sobre alguma coisa. O corpo de Simon não estava mais lá. Isabelle estava sentada no chão, com o chicote enrolado nos calcanhares em um círculo dourado. Ela estava tremendo.

— Meu Deus, está frio — disse Clary, fechando o casaco de Isabelle ao redor do corpo. O veludo era quente ao menos. Ela tentou ignorar o fato de que a bainha estava manchada com o sangue de Simon. — É como se tivesse virado inverno da noite para o dia.

— Agradeça por não estarmos no inverno — disse Raphael, apoiando a pá no tronco de uma árvore próxima. — O chão fica duro como pedra no inverno. Às vezes é impossível cavar e o incipiente tem que esperar meses, passando fome embaixo da terra, antes de poder nascer.

— É assim que vocês os chamam? Incipientes? — quis saber Clary. A palavra parecia errada, amigável demais de alguma forma. Fazia com que a associasse a patinhos.

— É — disse Raphael. — Significa os que ainda não nasceram ou os recém-nascidos. — Foi então que ele viu Magnus, e por uma fração de segundo pareceu surpreso antes de tornar a expressão do rosto plácida novamente. — Magnífico Feiticeiro — disse ele. — Não esperava vê-lo aqui.

— Fiquei curioso — disse Magnus com olhos de gato brilhando. — Nunca vi uma das Crianças Noturnas ascender.

Raphael olhou para Jace, que estava apoiado em um tronco de árvore.

— Você tem companhias surpreendentemente ilustres, Caçador de Sombras.

— Está falando de si mesmo outra vez? — perguntou Jace. Ele remexeu a terra com a ponta de um dos sapatos. — Parece vaidade.

— Talvez estivesse falando de mim — disse Alec. Todos olharam surpresos para ele. Alec quase nunca fazia piadas. Ele deu um sorriso sem jeito. — Desculpem. Estou nervoso.

— Não há razão para isso — disse Magnus, esticando-se para tocar o ombro de Alec. Alec moveu-se rapidamente para fora do alcance, e a mão esticada de Magnus caiu para o lado.

— Então, o que fazemos agora? — perguntou Clary, abraçando-se para se aquecer. O frio parecia ter penetrado cada poro de seu corpo. Certamente estava frio demais para o fim do verão.

Percebendo o gesto, Raphael deu um rápido sorriso.

— É sempre frio em um nascimento — disse ele. — O incipiente extrai energia das coisas vivas que o cercam, retirando delas a força para ascender.

Clary olhou para ele ressentida.

— Você não parece estar com frio.

— Eu não estou vivo. — Deu um leve passo para trás na ponta do túmulo. Clary se forçou a pensar naquilo como um túmulo, pois era exatamente o que era. Raphael gesticulou para que os outros fizessem o mesmo. — Abram caminho — disse. — Simon não vai conseguir se erguer se todos vocês estiverem por cima dele.

Eles se moveram precipitadamente para trás. Clary sentiu Isabelle agarrando seu cotovelo e virou para ver que a menina estava branca até os lábios.

— Qual é o problema?

— Tudo — disse Isabelle. — Clary, talvez devêssemos tê-lo deixado ir...

— Deixá-lo morrer, você quer dizer. — Clary puxou o braço das garras de Isabelle. — É claro que é isso que você acha. Você acha que todos que não são como você estariam melhor se estivessem mortos.

O rosto de Isabelle era o retrato da tristeza.

— Não é isso...

Um som ecoou pela clareira, um ruído diferente de tudo que Clary já havia escutado — uma espécie de ritmo pulsante vindo das profundezas subterrâneas, como se de repente os batimentos cardíacos do mundo tivessem se tornado audíveis.

O que está acontecendo?, pensou Clary, e em seguida o chão se ergueu e se agitou embaixo dela. Ela caiu de joelhos. O túmulo estava ondulando como a superfície de um oceano instável. Apareceram rugas em sua superfície, de súbito, se rompeu, torrões de areia voando. Uma pequena montanha de terra, como um formigueiro, se levantou. No centro da montanha havia uma pequena mão, com dedos afastados, agarrando a terra.

— *Simon!* — Clary tentou correr para a frente, mas Raphael a conteve. — Me solte! — Ela tentou se libertar, mas a mãe de Raphael parecia de aço. — Você não está vendo que ele precisa de ajuda?

— Ele tem que fazer isso sozinho — disse Raphael sem diminuir a força. — É melhor assim.

— É o seu jeito! Não o meu! — Ela se livrou dele e correu para o túmulo, exatamente quando ele pulsou para cima, derrubando-a novamente. Uma forma corcunda estava se forçando para fora da cova cavada precipitadamente, dedos como garras imundas enterradas na terra. Nos braços nus havia listras pretas de sujeira e sangue. Livrou-se da terra que o engolia, arrastou-se por alguns centímetros e desabou no chão.

— Simon — sussurrou ela. Claro que era Simon. *Simon*, e não uma *coisa*. Ela se levantou cambaleando e correu na direção dele, mas seus tênis não paravam de afundar na terra batida.

— Clary! — gritou Jace. — O que você está fazendo?

Ela tropeçou, o calcanhar girando enquanto a perna afundava na sujeira. Caiu de joelhos ao lado de Simon, que estava deitado, imóvel como se realmente estivesse morto. Os cabelos estavam imundos e emaranhados com coágulos de sujeira, os óculos tinham sumido, a camiseta estava rasgada na lateral e havia sangue na pele que aparecia.

— Simon — disse ela, e se esticou para tocá-lo no ombro. — Simon, você está...

O corpo dele se contraiu sob os dedos dela, cada músculo enrijecendo, a pele dura como ferro.

—... bem? — concluiu.

Ele virou a cabeça, e ela viu seus olhos. Estavam vazios, sem vida. Com um grito agudo ele rolou e atacou-a, rápido como uma serpente dando o bote. Atingiu-a de frente, derrubando-a sobre a terra.

— Simon! — gritou ela, mas Simon não pareceu ouvir. O rosto dele estava distorcido, irreconhecível enquanto ele se erguia sobre ela, os lábios se contraindo para trás. Clary viu os caninos afiados, dentes em forma de garras, brilhando ao luar como adagas brancas feitas de ossos. Repentinamente apavorada, ela deu um chute nele, mas ele a pegou pelos ombros e forçou-a novamente para a terra. Estava com as mãos cheias de sangue e as unhas quebradas, mas era incrivelmente forte, mais forte até do que seus próprios músculos de Caçadora de Sombras. Os ossos dos ombros de Clary foram espremidos dolorosamente enquanto ele se curvava sobre ela...

De repente ele foi retirado e lançado pelos ares como se não pesasse mais do que uma pedra. Clary se levantou, engasgando, e encontrou o olhar sorridente de Raphael.

— Eu avisei para ficar longe dele — disse, e virou-se para se ajoelhar ao lado de Simon, que tinha aterrissado a uma curta distância e estava curvado, contraindo-se no chão.

Clary respirou fundo. Parecia um gemido.

— Ele não me reconhece.

— Ele reconhece, mas não se importa. — Raphael olhou para Jace por cima do ombro. — Está morrendo de fome. Precisa de sangue.

Jace, que estava pálido e paralisado na borda da cova, deu um passo para a frente e entregou a bolsa de plástico, mudo, como uma oferenda. Raphael pegou-a e abriu. Alguns pacotes plásticos com líquido vermelho caíram. Ele pegou um, resmungando, e o abriu com unhas afiadas, espalhando sangue na frente da camiseta branca suja de terra.

Como se sentisse o cheiro do sangue, Simon se curvou para cima e soltou um grito doloroso. Ele continuava se contorcendo; as unhas quebradas agarravam a terra e os olhos reviravam, mostrando apenas a parte branca. Raphael esticou a mão com o pacote de sangue, deixando um pouco do líquido vermelho cair no rosto de Simon, manchando o branco com escarlate.

— Pronto — disse ele, quase entoando. — Beba, pequeno incipiente. Beba.

E Simon, que era vegetariano desde os 10 anos de idade, que não tomava leite que não fosse orgânico, que desmaiava ao ver agulhas, arrancou o pacote de sangue da mão esguia e marrom de Raphael e o rasgou com os dentes. Engoliu o sangue em alguns goles e jogou o embrulho de lado com mais um grito; Raphael estava pronto com um segundo pacote, que colocou em sua mão.

— Não beba rápido demais — alertou. — Vai acabar passando mal. — Simon, é claro, o ignorou; tinha conseguido abrir o pacote sem ajuda e estava tomando gananciosamente o conteúdo. Sangue corria dos cantos da boca, descia pela garganta e manchava-lhe as mãos com gotas espessas vermelhas. Seus olhos estavam fechados.

Raphael virou para olhar para Clary. Ela podia sentir Jace encarando-a também, e os outros, todos com expressões idênticas de nojo e horror.

— Na próxima vez que ele se alimentar — disse Raphael calmamente —, não será tão bagunçado.

Bagunçado. Clary virou-se de costas e tropeçou para fora da clareira, ouvindo Jace chamá-la, mas ignorou e começou a correr ao chegar às árvores. Tinha percorrido metade da colina quando sentiu dor. Caiu de joelhos, tossindo, enquanto tudo em seu estômago jorrava pela boca em uma enchente poderosa. Quando acabou, ela engatinhou um pouco e desabou no chão. Sabia que provavelmente estava deitada no túmulo de alguém, mas não se importava. Recostou o rosto quente na terra fria e pensou, pela primeira vez, que talvez os mortos não fossem tão azarados afinal.

Capítulo 11

FUMAÇA E AÇO

A unidade de tratamento de pacientes em estado crítico do hospital Beth Israel sempre fazia com que Clary se lembrasse de fotos que havia visto da Antártica: era frio e parecia remoto, e tudo era cinza, branco ou azul-claro. As paredes do quarto da mãe eram brancas, os tubos que lhe cercavam a cabeça e a infinidade de instrumentos que apitavam ao redor da cama eram cinza e o cobertor que a cobria até o busto era azul-claro. Estava com o rosto pálido. A única cor em todo o quarto era o vermelho de seus cabelos ruivos, ardentes contra a extensão do travesseiro que parecia neve, como uma bandeira luminosa e incongruente hasteada no polo sul.

Clary ficou imaginando como Luke estaria dando conta de pagar por aquele quarto particular, de onde vinha o dinheiro e como ele tinha conseguido. Ela concluiu que poderia perguntar quando ele voltasse da máquina de café na cafeteria feia do terceiro andar. O café tinha cheiro e gosto de alcatrão mas Luke parecia viciado naquilo.

As pernas de metal da cadeira ao lado da cama chiaram contra o chão quando Clary a puxou e se sentou lentamente, alisando a saia sobre as pernas. Sempre que ia visitar a mãe no hospital, ficava nervosa e com a boca seca, como se estivesse prestes a arrumar encrenca por algum motivo. Talvez porque nas únicas vezes que vira o rosto da mãe daquele jeito, parado e sem expressão, fora quando ela estava prestes a explodir de raiva.

— Mãe — disse ela. Estendeu a mão e pegou a da mãe. Ainda havia uma marca de punção no pulso onde Valentim colocara a ponta de um tubo. A pele da mão de Jocelyn, sempre áspera e rachada, respingada de tinta e turpentina, parecia o tronco seco de uma árvore. Clary entrelaçou os dedos nos da mãe, sentindo um nó se formar na garganta. — Mãe, eu... — Limpou a garganta. — o Luke disse que você consegue me ouvir. Não sei se é verdade ou não. Seja como for, vim porque precisava falar com você. Não tem problema se você não puder responder. Então, a questão é, é... — Ela engoliu em seco novamente e olhou pela janela, uma tira de céu azul visível no limite do muro de tijolo na frente do hospital. — É o Simon. Aconteceu uma coisa com ele. Uma coisa que foi culpa minha.

Agora que não estava olhando para o rosto da mãe, a história vazou de dentro dela, tudo: como tinha conhecido Jace e os outros Caçadores de Sombras, a busca pelo Cálice Mortal, a traição de Hodge e a batalha em Renwick, a constatação de que Valentim era seu pai, assim como pai de Jace. E eventos mais recentes também: a visita noturna à Cidade dos Ossos, a Espada da Alma, o ódio que a Inquisidora tinha de Jace, e a mulher com o cabelo prateado. Em seguida ela contou para a mãe sobre a corte Seelie, sobre o preço estipulado pela rainha e sobre o que tinha acontecido com Simon depois. Podia sentir lágrimas queimando em sua garganta enquanto falava, mas era um alívio dizer aquilo tudo, descarregar o fardo em alguém, mesmo alguém que provavelmente não podia ouvi-la.

— Então, basicamente — disse ela — estraguei tudo. Eu me lembro de quando você falava que crescer acontece quando você olha para trás e percebe que há coisas que gostaria de poder mudar. Acho que isso significa que eu cresci. É que eu... eu... — *Pensei que você fosse estar comigo quando isso acontecesse.* Clary sufocou as lágrimas exatamente quando alguém atrás dela limpou a garganta.

Virou-se e viu Luke na porta, com um copo de isopor na mão. Sob as luzes fluorescentes do hospital, ela podia ver como ele aparentava cansaço. Havia fios cinzentos em seus cabelos, e a blusa azul de flanela estava amarrotada.

— Há quanto tempo você está aí?

— Não muito — disse ele. — Eu trouxe café para você. — Ele estendeu o café, mas ela recusou com um aceno.

— Detesto esse negócio. Tem gosto de pé.

Quando disse isso, ele sorriu.

— Como você sabe que gosto pé tem?

— Simplesmente sei. — Ela se inclinou para a frente e beijou a bochecha fria de Jocelyn antes de se levantar. — Tchau, mãe.

A picape azul de Luke estava parada no estacionamento de concreto sob o hospital. Quando entraram na rodovia FDR, ele falou.

— Eu ouvi o que você disse no hospital.

— *Achei* mesmo que você estava ouvindo a nossa conversa — disse ela sem raiva. Não havia nada no que tinha dito para a mãe que Luke não pudesse saber.

— O que aconteceu com Simon não foi culpa sua.

Ela ouviu as palavras, mas elas pareciam rebater, como se houvesse uma parede invisível em torno dela. Como a parede que Hodge havia construído ao seu redor quando a tinha atraído para Valentim, mas dessa vez ela não podia ouvir nada através daquilo, tampouco podia sentir nada. Estava tão entorpecida quanto se tivesse sido encaixotada em gelo.

— Você me ouviu, Clary?

— É muito gentil da sua parte, mas é claro que a culpa foi minha. Tudo que aconteceu com ele foi culpa minha.

— Porque ele estava tão irritado com você quando foi para o hotel? Ele não foi para o hotel *porque* estava irritado com você, Clary. Já ouvi falar em situações como essa antes. Chamam de "noturnos" aqueles que estão semitransformados. Ele foi atraído pelo hotel por uma compulsão que não poderia controlar.

— Porque ele tinha o sangue de Raphael em si. E isso nunca teria acontecido se não fosse por mim. Se eu não o tivesse levado para aquela festa...

— Você achou que seria seguro, que não o estava expondo a nenhum perigo ao qual não estivesse se expondo. Não pode se torturar desta maneira — disse Luke enquanto virava na Brooklyn Bridge. A água deslizava sob eles como lençóis de cinza prateado. — Não vai melhorar em nada.

Ela se afundou ainda mais no assento, curvando os dedos nas mangas do casaco tricotado verde com capuz. As bordas estavam desgastadas e os fios faziam cócegas nas bochechas.

— Ouça — prosseguiu Luke. — Em todos os anos em que o conheci, sempre houve exatamente um lugar em que Simon queria estar, e ele lutava com unhas e dentes para se certificar de que estaria lá.

— E onde é isso?

— Onde quer que você estivesse — respondeu Luke. — Lembra quando você caiu daquela árvore na fazenda quando tinha 10 anos e quebrou o braço? Lembra de como ele fez com que o deixassem ir com você na ambulância até o hospital? Ele esperneou e gritou até desistirem.

— Você riu — disse Clary, lembrando-se —, e a minha mãe bateu no seu ombro.

— Era difícil não rir. Uma determinação como aquela em uma criança de 10 anos é algo espantoso. Ele parecia um pitbull.

— Se os pitbulls usassem óculos e fossem alérgicos a pólen.

— Não se pode colocar um preço nesse tipo de lealdade — disse Luke, um pouco mais sério.

— Eu sei. Não faça eu me sentir pior.

— Clary, estou dizendo que ele tomou as próprias decisões. Você está se culpando por *ser o que você é*. E isso não é culpa de ninguém, nem algo que você possa mudar. Você disse a verdade para ele, e ele decidiu sozinho o que fazer a respeito. Todo mundo faz escolhas, e ninguém tem o direito de tirar essas escolhas de nós. Nem mesmo por amor.

— Mas a questão é essa — disse Clary. — Quando você ama alguém, não tem escolha. — Ela pensou em como o próprio coração se contraiu quando Isabelle telefonou para dizer que Jace tinha desaparecido. Ela saiu de casa sem pensar e sem hesitar por um segundo que fosse. — O amor nos tira as escolhas.

— É muito melhor do que a alternativa. — Luke guiou a picape por Flatbush. Clary não respondeu, apenas olhou pela janela. A área na saída da ponte não é uma das partes mais bonitas do Brooklyn: cada um dos lados da avenida era alinhado com grandes edifícios de escritórios e oficinas. Ela normalmente odiava, mas naquele momento os arredores se adequavam bem ao seu humor. — Então, você teve notícias do...? — Luke começou, aparentemente decidindo que era hora de mudar de assunto.

— Simon? Tive, você sabe que tive.

— Na verdade, eu ia perguntar do Jace.

— Ah. — Jace havia telefonado para o celular dela e deixado diversos recados. Ela não tinha atendido nem retornado. Não falar com ele era a penitência a si própria pelo que tinha acontecido com Simon. Era a pior punição em que conseguia pensar. — Não, não tive.

A voz de Luke era cuidadosamente neutra.

— Talvez devesse falar com ele. Só para ver se ele está bem. Provavelmente está passando por maus bocados, considerando...

Clary se mexeu no assento.

— Pensei que você tivesse falado com Magnus. Ouvi você falando com ele sobre Valentim e a reversão da Espada da Alma. Tenho certeza de que ele diria alguma coisa se Jace não estivesse bem.

— Magnus pode me dar notícias sobre a saúde física do Jace. Já a saúde mental dele...

— Esqueça. Não vou ligar para Jace. — Clary ouviu a frieza na própria voz e quase se chocou consigo mesma. — Preciso me dedicar ao Simon agora. Não é como se a saúde mental dele também estivesse bem.

Luke suspirou.

— Se ele está tendo dificuldades em aceitar a própria condição, talvez devesse...

— Claro que ele está tendo dificuldades! — Ela lançou um olhar acusatório a Luke, apesar de ele não ter notado, por estar concentrado no trânsito. — Você, mais do que todo mundo, deveria entender como é...

— Acordar como um monstro um dia? — Luke não parecia amargurado, apenas cansado. — Você tem razão, eu entendo. E se ele quiser conversar comigo, falarei com ele com prazer. Ele vai conseguir superar, mesmo que ache que não.

Clary franziu o cenho. O sol estava se pondo atrás deles, fazendo o espelho retrovisor brilhar como ouro. Os olhos dela doíam com a claridade.

— Não é a mesma coisa — disse ela. — Pelo menos você cresceu sabendo que lobisomens existiam de verdade. Antes que ele possa contar a alguém que é um vampiro, terá que convencê-lo de que vampiros *existem*.

Luke estava com cara de quem estava prestes a dizer alguma coisa, mas mudou de ideia.

— Tenho certeza de que tem razão. — Estavam em Williamsburg agora, passando pela Kent Avenue, que estava quase vazia, cercada por armazéns em ambos os lados. — Mesmo assim. Tenho uma coisa para ele. Está no porta-luvas. Por via das dúvidas...

Clary abriu o porta-luvas e franziu a testa. Retirou um panfleto dobrado, do tipo que havia nas estantes de plástico em salas de espera de hospitais.

— *Como sair do armário para os seus pais* — ela leu em voz alta. — Luke, não seja ridículo. Simon não é gay, ele é um vampiro.

— Sei disso, mas o panfleto é sobre como contar verdades difíceis para os pais, coisas que eles não queiram encarar. Talvez ele pudesse adaptar algum dos discursos, ou apenas ouvir o conselho geral...

— Luke! — ela falou de forma tão aguda que ele parou a picape, cantando pneus. Estavam na frente da casa dele e a água do East River brilhava sombria à esquerda, o céu marcado com fuligem e sombras. Outra sombra, mais escura, estava agachada na varanda da frente da casa.

Luke cerrou os olhos. Em forma de lobo, ele dissera a ela, tinha a visão perfeita, mas como humano, permanecia míope.

— Por acaso é...?

— Simon. É. — Ela o conhecia até pelos contornos. — É melhor eu ir falar com ele.

— Claro. Eu vou, bem, resolver algumas coisas. Tenho algumas coisas para pegar.

— Que tipo de coisas?

Ele a dispensou com um aceno de mão.

— Alimentos. Volto em meia hora, mas não fiquem do lado de fora. Entrem e tranquem a porta.

— Você sabe que é isso que eu vou fazer.

Ela assistiu enquanto a caminhonete ganhava velocidade, em seguida virou em direção à casa. Estava com o coração disparado. Tinha falado com Simon algumas vezes por telefone, mas não o via desde que o tinham levado, grogue e sujo de sangue, para a casa de Luke nas primeiras horas sombrias daquela manhã terrível, para limpá-lo antes de levá-lo para casa. Ela achava que ele devia ir para o Instituto, mas é claro que isso era impossível. Simon jamais voltaria a ver o interior de uma igreja ou sinagoga novamente.

Ela o vira atravessando o caminho até a entrada da casa, com os ombros curvados para a frente como se estivesse andando contra uma ventania pesada. Quando a luz da varanda se acendera automaticamente, ele havia se encolhido para longe, e ela sabia que era porque pensara que era a luz do sol; ela começara a chorar silenciosamente no banco de trás da picape, as lágrimas caindo na Marca preta estranha no braço.

— Clary — sussurrara Jace, e esticara a mão para pegar a dela mas ela se encolhera para longe, exatamente como Simon fizera com a luz. Ela não tocaria nele. Ela jamais voltaria a tocá-lo novamente. Seria sua penitência, a punição pelo que havia feito com Simon.

Agora, enquanto andava até a varanda de Luke, a boca estava seca e a garganta inchada com a pressão das lágrimas. Disse a si mesma para não chorar. Chorar só o faria se sentir pior.

Ele estava sentado nas sombras no canto na varanda, observando-a. Ela podia ver o brilho dos olhos de Simon na escuridão. Ficou imaginando se eles tinham aquela espécie de brilho antes mas não conseguiu se lembrar.

— Simon?

Ele se levantou em um único movimento gracioso que fez calafrios percorrerem a espinha de Clary. Havia uma coisa que Simon nunca havia sido: gracioso. Havia mais alguma coisa nele, algo diferente...

— Desculpe se eu a assustei — disse ele cuidadosamente, quase formalmente, como se fossem estranhos.

— Tudo bem, foi só... Há quanto tempo você está aqui?

— Não muito. Só posso sair depois que o sol começa a se pôr, lembra? Acidentalmente coloquei a mão um centímetro para fora da janela ontem e quase perdi os dedos. Por sorte me curo com facilidade.

Ela pegou a chave, destrancou a porta e abriu. Uma luz pálida se derramou na varanda.

— Luke disse que é melhor ficarmos lá dentro.

— Porque coisas ruins — disse Simon, passando por ela — aparecem no escuro.

A sala estava cheia de uma luz amarela calorosa. Clary fechou a porta atrás deles e passou as trancas. O casaco azul de Isabelle ainda estava pendurado em um cabide perto da porta. Ela tinha a intenção de levá-lo a uma lavanderia, para tirar as manchas de sangue, mas não tivera tempo. Encarou-o por um instante, fortalecendo-se antes de se virar para olhar para Simon.

Ele estava no meio da sala, com as mãos desajeitadas nos bolsos do casaco. Vestia calça jeans e uma camiseta desgastada na qual estava escrito I ❤ NEW YORK que pertencera ao pai. Tudo a respeito dele era familiar para Clary, mas mesmo assim, ele parecia um estranho.

— Os seus óculos — disse ela, percebendo com atraso o que parecera estranho na varanda. — Você não está usando.

— *Você* já viu algum vampiro usando óculos?

— Bem, não, mas...

— Não preciso mais deles. Parece que visão perfeita faz parte do pacote. — Ele se sentou no sofá e Clary se juntou a ele, sentando-se ao lado, mas não muito perto. Mais próxima ela podia ver quão pálida a pele dele estava, traços azuis de veias aparentes logo abaixo da superfície. Sem os óculos seus olhos pareciam grandes e escuros, os cílios, longas pinceladas de tinta. — É claro que em casa ainda tenho que usar, ou a minha mãe teria um ataque. Terei que dizer para ela que vou usar lentes.

— Você vai ter que contar para ela e ponto — disse Clary com mais firmeza do que estava sentindo. — Não pode esconder a sua... sua condição para sempre.

— Posso tentar. — Ele passou a mão pelo cabelo escuro, a boca tremendo. — Clary, o que eu vou *fazer*? A minha mãe fica me trazendo comida, e eu tenho que jogar pela janela, há dois dias que não saio de casa, mas não sei por quanto tempo posso continuar fingindo que estou gripado. Eventualmente ela vai acabar me levando ao médico, e aí? Não tenho *pulso*. Ele vai dizer para ela que eu estou *morto*.

— Ou classificar você como um milagre da medicina — disse Clary.

— Não tem graça.

— Eu sei, só estava tentando...

— Não paro de pensar em sangue — disse Simon. — Sonho com isso. Acordo pensando. Logo, logo vou estar escrevendo mórbidas poesias emo sobre isso.

— Você não tem aquelas garrafas de sangue que Magnus arrumou? Não estão acabando, estão?

— Estão comigo. No meu frigobar. Mas só tenho mais três — A voz dele parecia fraca com a tensão. — E quando acabar?

— Não vai acabar. A gente arruma mais — disse Clary, tentando passar mais confiança do que estava sentindo. Provavelmente poderia recorrer ao amigável fornecedor local de sangue de cordeiro de Magnus, mas aquele negócio a deixava enjoada. — Ouça, Simon, Luke acha que você deve contar para a sua mãe. Não pode esconder dela para sempre.

— Mas posso muito bem tentar.

— Pense no Luke — disse ela, desesperada. — Você ainda pode viver uma vida normal.

— E a gente? Você quer um namorado vampiro? — ele riu amargamente. — Pois prevejo muitos piqueniques românticos no nosso futuro. Você tomando uma piña colada virgem e eu tomando o sangue de uma virgem.

— Pense nisso como se fosse uma deficiência — argumentou Clary. — Basta se adaptar. Muita gente faz isso.

— Não sei se sou gente. Acho que não sou mais.

— Para mim você é — disse ela. — E de qualquer forma, ser humano é algo superestimado.

— Pelo menos Jace não pode mais me chamar de *mundano*. O que é isso que você está segurando? — perguntou ele, percebendo o panfleto, ainda enrolado na mão esquerda de Clary.

— Ah, isso? — ela levantou. — *Como sair do armário para os seus pais.*

Ele arregalou os olhos.

— Tem alguma coisa para me contar?

— Não é para mim. É para você. — Ela o entregou a ele.

— Eu não tenho que sair do armário para a minha mãe — disse Simon. — Ela já acha que eu sou gay porque não me interesso por esportes e ainda não tenho uma namorada. Pelo menos não que ela saiba.

— Mas você tem que se assumir como vampiro — ressaltou Clary. — Luke acha que você pode, sei lá, aproveitar um dos discursos sugeridos no panfleto, mas usando "morto-vivo" em vez de...

— Entendi, entendi. — Simon abriu o panfleto. — Deixe eu praticar com você. — Ele limpou a garganta. — Mãe, eu tenho uma coisa para te contar. Sou um morto-vivo. Bem, eu sei que você pode ter algumas noções preconcebidas sobre os mortos-vivos. Sei que você pode não ficar confortável com a ideia de eu ser um morto-vivo. Mas estou aqui para dizer que os mortos-vivos são como eu e você. — Ele fez uma pausa. — Bem, OK. Possivelmente mais como eu do que como você.

— SIMON.

— Tudo bem, tudo bem — ele prosseguiu. — A primeira coisa que você tem que entender é que eu sou a mesma pessoa que sempre fui. Ser morto-vivo não é a coisa mais importante ao meu respeito. É só uma parte de quem sou. A segunda coisa que você deve saber é que isso não é uma escolha. Eu nasci assim. — Simon franziu a testa para ela por cima do panfleto. — Desculpe, *renasci* assim.

Clary suspirou.

— Você não está *tentando*.

— Pelo menos posso dizer para ela que vocês me enterraram em um cemitério judaico — disse Simon, abandonando o panfleto. — Talvez eu devesse começar por baixo. Contar primeiro para a minha irmã.

— Eu vou com você, se quiser. Talvez possa ajudá-las a entender.

Ele olhou para ela, surpreso, e ela viu as falhas na armadura de humor amargo dele, e o medo que havia embaixo.

— Você faria isso?

— Eu... — Clary começou e foi interrompida por um barulho ensurdecedor de pneus cantando e vidro quebrando. Levantou-se de um salto e correu para a janela, com Simon ao lado. Abriu a cortina e olhou para fora.

A caminhonete de Luke estava no gramado, com o motor rangendo, listras escuras de borracha queimada na calçada. Um dos faróis brilhava; o outro tinha sido destruído, havia uma mancha escura na grade frontal da picape — e alguma coisa curvada, branca e imóvel, deitada sob as rodas dianteiras. Clary sentiu bile subindo pela garganta. Será que Luke tinha atropelado alguém? Mas não — impacientemente, ela afastou a magia da visão como se estivesse tirando sujeira de uma janela. A coisa embaixo das rodas de Luke não era humana. Era suave, branca, quase sem forma, e se contorcia como uma minhoca presa a um quadro por um pino.

A porta do lado do motorista abriu violentamente e Luke saltou para fora. Ignorando a criatura presa sob as rodas, ele atravessou a grama em direção à varanda. Seguindo-o com o olhar, Clary viu que havia uma forma escura espalhada nas sombras. Essa forma *era* humana — pequena, com cabelos claros, trançados...

— É a menina licantrope. Maia. — Simon parecia espantado. — O que *aconteceu*?

— Não sei. — Clary pegou a estela de cima de uma prateleira de livros. Eles desceram os degraus e foram até a sombra onde Luke estava agachado com as mãos nos ombros de Maia, levantando-a e recostando-a gentilmente contra a lateral da varanda. De perto, Clary podia ver que a frente da camisa dela estava rasgada e que havia um talho em seu ombro, de onde sangue escorria lentamente.

Simon parou onde estava. Quase se chocando contra ele, Clary, engasgou-se surpresa e olhou furiosamente para Simon antes de perceber. *O sangue*. Ele estava com medo, com medo de olhar.

— Ela está bem — disse Luke enquanto Maia rolava e resmungava. Ele a estapeou levemente na bochecha, e ela abriu os olhos. — Maia. Maia, você está me ouvindo?

Ela piscou e fez que sim com a cabeça, parecendo entorpecida.

— Luke? — sussurrou. — O que aconteceu? — Ela franziu o cenho. — O meu ombro...

— Vamos, é melhor você entrar. — Luke a levantou nos braços, e Clary se lembrou de que ela sempre pensara que ele era surpreendentemente forte para alguém que trabalhava em uma livraria. Havia concluído que era de tanto carregar caixas pesadas de livros. Agora sabia. — Clary. Simon. Vamos.

Eles voltaram para dentro, onde Luke colocou Maia sobre o sofá de veludo esfarrapado cinza. Ele mandou Simon buscar um cobertor, e Clary, uma toalha molhada. Quando Clary voltou, encontrou Maia escorada em uma das almofadas, parecendo ruborizada e febril. Ela estava falando rápida e nervosamente com Luke.

— Eu estava no gramado quando senti o cheiro de alguma coisa. Alguma coisa podre, como lixo. Virei e a coisa me atingiu...

— O que a atingiu? — disse Clary, entregando a toalha para Luke.

Maia franziu a testa.

— Eu não vi. Me derrubou e depois... tentei chutar para longe, mas foi rápido demais...

— Eu vi — disse Luke, com a voz seca. — Eu estava voltando para casa e vi você atravessando o gramado, em seguida o vi atrás de você, nas sombras. Tentei gritar pela janela, mas você não me ouviu. Em seguida ele a derrubou.

— O que a estava seguindo? — perguntou Clary.

— Um demônio Drevak — disse Luke com a voz sombria. — Eles são cegos. Rastreiam pelo cheiro. Dirigi para cima da grama e o atropelei.

Clary olhou para a picape pela janela. A coisa que estava esmagada sob as rodas não estava mais lá, o que não era nenhuma surpresa — demônios voltam para as dimensões de origem quando morrem.

— E por que ele atacaria Maia? — Ela diminuiu o tom de voz quando lhe ocorreu um pensamento: — Você acha que foi Valentim? Procurando sangue licantrope para o feitiço? Ele foi interrompido da última vez...

— Acho que não — disse Luke, surpreendendo-a. — Demônios Drevak não são sanguessugas e definitivamente não poderiam provocar a mutilação que você viu na Cidade do Silêncio. Essencialmente são espiões e mensageiros. Acho que Maia simplesmente cruzou o caminho dele. — Ele se inclinou para olhar para a menina, que ainda gemia suavemente, com os olhos fechados. — Você pode puxar a manga para cima, para eu ver o seu ombro?

A licantrope mordeu o lábio e fez que sim com a cabeça, em seguida puxou a manga do casaco. Havia um longo talho logo abaixo do ombro. O sangue havia secado e formado uma casca no braço dela. Clary respirou fundo ao ver que o corte vermelho estava alinhado com o que pareciam agulhas pretas finas saindo da pele de forma grotesca.

Maia olhou para o braço com óbvio pavor.

— O que *são* essas coisas?

— Demônios Drevak não têm dentes; eles têm espinhos venenosos na boca — disse Luke. — Alguns dos espinhos se quebraram na sua pele.

Os dentes de Maia começaram a bater.

— Veneno? Eu vou morrer?

— Não se trabalharmos depressa — assegurou Luke. — Mas eu vou ter que tirá-los, e vai doer. Você acha que aguenta?

O rosto de Maia se contraiu em uma careta de dor. Ela conseguiu concordar com a cabeça.

— Apenas... tire-os de mim.

— Tire o quê? — perguntou Simon, entrando na sala com um cobertor enrolado. Ele o deixou cair ao ver o braço de Maia e deu um passo involuntário para trás. — O que são *essas coisas*?

— Não gosta de sangue, mundano? — disse Maia, com um pequeno sorriso torto. Em seguida engasgou. — Ai, isso dói...

— Eu sei — disse Luke, enrolando a toalha gentilmente na parte inferior do braço dela. Do cinto sacou uma faca de lâmina fina. Maia olhou para a faca e fechou os olhos.

— Faça o que tiver que fazer — disse ela em voz baixa. — Mas... eu não quero os outros olhando.

— Entendo — Luke voltou-se para Simon e Clary. — Vão para a cozinha, vocês dois — disse ele. — Liguem para o Instituto. Digam a eles o que aconteceu e peçam para enviarem alguém. Não podem mandar um dos Irmãos, então de preferência que seja alguém com treinamento médico, ou um feiticeiro. — Simon e Clary o encararam, paralisados pela visão da faca e do braço de Maia que ficava roxo lentamente. — Vão! — disse ele, mais forte, e dessa vez eles foram.

Capítulo 12

A HOSTILIDADE DOS SONHOS

Simon observava Clary apoiada na geladeira, mordendo o lábio como sempre fazia quando estava nervosa. Ele frequentemente se esquecia do quanto ela era pequena, de ossos leves, e frágil, mas em momentos como aquele — momentos em que ele queria colocar os braços ao redor dela —, era contido pela ideia de que apertá-la demais poderia machucá-la, principalmente agora que não conhecia mais a própria força.

Jace, ele sabia, não se sentia assim. Simon o observara com uma sensação nauseante no estômago, sem conseguir desviar o olhar, enquanto ele a tomara nos braços e a beijara com tanta força que Simon pensara que um deles, ou ambos, poderia se despedaçar. Ele a havia segurado como se quisesse esmagá-la contra seu corpo, como se pudesse fundir os dois em um só.

Era claro que Clary era forte, mais forte do que Simon lhe dava crédito. Ela era uma Caçadora de Sombras, com tudo que isso proporcionava. Mas não importava; o que havia entre eles ainda era frágil como uma chama de vela, delicado como uma casca de ovo — e ele sabia que, se despedaçasse, se de algum jeito deixasse aquilo quebrar, alguma coisa dentro dele se despedaçaria também, algo que jamais poderia ser consertado.

— Simon. — A voz dela o trouxe de volta à Terra. — Simon, você está me ouvindo?

— O quê? Sim, estou. É claro. — Ele se apoiou na pia, tentando fazer parecer que estava prestando atenção. A torneira estava pingando, o que o distraiu momentaneamente; cada gota luminosa de água parecia brilhar, perfeita e em forma de lágrima, antes de cair. A visão dos vampiros era algo estranho, pensou. Sua atenção era atraída pelas coisas mais estranhas: o brilho da água, rachaduras em um ponto do pavimento, o brilho de óleo na estrada, como se ele nunca tivesse visto nada daquilo antes.

— Simon! — disse Clary novamente, exasperada. Ele percebeu que ela estava estendendo algo rosa e metálico para ele. O celular novo. — Eu disse que quero que você ligue para Jace.

Isso o trouxe de volta à realidade.

— *Eu* ligar para ele? Ele me odeia.

— Não, ele não o odeia — disse ela, apesar de ele poder perceber por seu olhar que nem ela acreditava totalmente nisso. — E seja como for, eu não quero falar com ele. Por favor?

— Tudo bem. — Ele pegou o telefone dela e procurou o número de Jace. — O que você quer que eu diga?

— Apenas conte o que aconteceu. Ele vai saber o que fazer.

Jace atendeu ao telefone no terceiro toque, parecendo esbaforido.

— Clary — disse, espantando Simon até ele concluir que evidentemente o nome de Clary tinha aparecido na tela do celular de Jace. — Clary, você está bem?

Simon hesitou. Havia um tom na voz de Jace que ele nunca tinha ouvido antes, uma preocupação ansiosa desprovida de qualquer sarcasmo ou defesa. Era assim que ele falava com Clary quando estavam sozinhos? Simon olhou para ela; ela estava olhando para ele com olhos verdes arregalados, roendo a unha do indicador direito conscientemente.

— Clary — disse Jace novamente. — Pensei que você estivesse me evitando...

Uma onda de irritação passou por Simon. *Você é irmão dela,* ele queria gritar pelo telefone, *só isso. Você não é dono dela. Você não tem o direito de soar tão... tão...*

Com o coração partido. Era isso. Apesar de ele nunca ter pensado que Jace tivesse um coração para ser partido.

— Você tem razão — disse afinal, com um tom gelado na voz. — Ela ainda está. Aqui é o Simon.

Fez-se um silêncio tão longo que Simon ficou imaginando se Jace teria deixado o telefone cair.

— Alô?

— Estou aqui. — A voz de Jace estava fria e quebradiça como folhas de outono, sem mais nenhuma vulnerabilidade. — Se você só está me ligando para conversar, mundano, deve estar mais sozinho do que eu pensei.

— Acredite em mim, eu não estaria ligando se tivesse escolha. Estou fazendo isso por Clary.

— Ela está bem? — A voz de Jace continuava fria e quebradiça, porém mais afiada agora, como folhas de outono congeladas com um brilho de gelo sólido. — Se aconteceu alguma coisa com ela...

— Não aconteceu nada. — Simon lutou para manter a raiva longe da voz. Tão breve quanto conseguiu, transmitiu um resumo dos eventos da noite para Jace, e a resultante condição de Maia. Jace esperou até que ele acabasse, em seguida passou algumas instruções. Simon escutou em um torpor e se viu confirmando com a cabeça antes de perceber que, obviamente, Jace não podia vê-lo. Ele começou a falar e notou que estava falando com o silêncio; o outro já tinha desligado. Sem dizer nada, Simon fechou o telefone e o entregou para Clary. — Ele está vindo para cá.

Ela se inclinou sobre a pia.

— Agora?

— Agora. Magnus e Alec vão vir junto.

— Magnus? — disse ela, espantada. — Ah, claro. Jace estava na casa de Magnus. Pensei que ele estivesse no Instituto, mas é claro que não. Eu...

Um grito cortante vindo da sala a interrompeu. Ela arregalou os olhos. Simon sentiu os pelos da nuca se arrepiarem.

— Está tudo bem — disse ele, da maneira mais singela que conseguiu. — Luke não machucaria a Maia.

— Ele *está* machucando. Não tem escolha — disse Clary. Ela estava balançando a cabeça. — É assim que tudo tem sido ultimamente. Ninguém tem escolha, nunca. — Maia gritou novamente e Clary agarrou a borda da pia como se ela própria estivesse com dor. — *Odeio* isso! — irritou-se. — Odeio tudo isso! Viver assustada, caçada, sempre imaginando quem vai se machucar em seguida. Gostaria de poder voltar para o que era antes!

— Mas não pode. Nenhum de nós pode — disse Simon. — Pelo menos você ainda pode sair durante o dia.

Ela olhou para ele, com a boca aberta, os olhos arregalados e sombrios.

— Simon, não quis dizer...

— Eu sei que não. — Ele recuou, sentindo-se como se tivesse algo preso na garganta. — Vou ver como eles estão. — Por um instante ela pensou em segui-lo, mas deixou a porta da cozinha se fechar sem protestos.

Todas as luzes estavam acesas na sala. Maia estava deitada com o rosto cinza no sofá, o cobertor que ele tinha trazido cobrindo-a até o peito. Ela estava segurando um chumaço de pano contra o braço direito; o pano estava parcialmente ensopado de sangue. Seus olhos estavam fechados.

— Cadê o Luke? — perguntou Simon, e em seguida franziu a testa, imaginando se o tom tinha sido rígido demais, exigente demais. Ela parecia péssima, os olhos afundados em vazios cinzentos, a boca contraída de dor. Abriu os olhos e fixou-os nele.

— Simon. — Expirou. — Luke foi lá fora tirar o carro do gramado. Ele estava preocupado com os vizinhos.

Simon olhou para a janela. Podia ver a luz do farol varrendo a casa enquanto Luke conduzia o carro para a entrada.

— E você? — perguntou ele. — Tirou aquelas coisas do braço?

Ela fez que sim com a cabeça, entorpecida.

— Só estou cansada — sussurrou através dos lábios rachados. — E... com sede.

— Vou buscar um pouco de água para você. — Havia uma jarra e uma fila de copos no guarda-louça ao lado da mesa de jantar. Simon serviu um copo cheio de líquido tépido e levou-o para Maia. Estava com as mãos levemente trêmulas e um pouco da água entornou quando ela pegou o copo. Ela estava levantando a cabeça, prestes a dizer alguma coisa, *obrigada*, provavelmente, quando seus dedos se tocaram e ela recuou tão rápido que o copo voou. Atingiu a ponta da mesa de centro e se espatifou, derramando água pelo chão de madeira polida.

— Maia? Você está bem?

Ela se encolheu para longe dele, com os ombros pressionados no encosto do sofá, os lábios contraídos e os dentes de fora. Os olhos haviam adquirido um tom amarelo luminoso. Um rosnado baixo veio da garganta dela, o ruído de um cachorro preocupado e acuado.

— Maia? — disse Simon novamente, espantado.

— *Vampiro* — rosnou.

Ele sentiu a cabeça ir para trás, como se ela o tivesse estapeado.

— Maia...

— Pensei que você fosse *humano*. Mas você é um monstro. Um sanguessuga.

— Eu sou humano... quero dizer, eu *era* humano. Fui transformado. Há alguns dias. — A mente dele flutuava; sentia-se tonto e enjoado. — Assim como você foi...

— Jamais se compare a mim! — Ela estava sentada, os olhos amarelos e fantasmagóricos ainda nele, examinando-o com nojo. — Eu ainda sou humana, estou viva... você é uma coisa morta que se alimenta de sangue.

— Sangue *animal*...

— Só porque não consegue sangue humano, ou os Caçadores de Sombra o queimariam vivo...

— Maia — disse ele, e aquele nome em sua boca era meio fúria, meio súplica; ele deu um passo em direção a ela, que estendeu a mão, fazendo unhas aparecerem como garras, de repente impossivelmente longas. Arranharam-no na bochecha, empurrando-o para trás com a mão no rosto. Começou a escorrer sangue da bochecha, até a boca. Ele sentiu o gosto salgado e seu estômago roncou.

Maia estava agachada no braço do sofá agora, com os joelhos para cima, os dedos de garra deixando talhos profundos no veludo cinza. Um rugido baixo saiu da garganta dela, e as orelhas se alongaram e encostaram na cabeça. Quando mostrou os dentes, eles eram afiados — não finos como adagas, como os dele, mas caninos fortes, brancos e afiados. Ela tinha deixado cair o pano ensanguentado que estava enrolando o braço. E ele podia ver as perfurações onde os espinhos tinham entrado, o brilho de sangue, inchando, escorrendo...

Uma dor aguda no lábio inferior disse a ele que os caninos haviam descido. Parte dele queria lutar contra ela, combater e perfurá-la com os dentes, tomar aquele sangue quente. O restante parecia estar gritando. Ele deu um passo para trás, e em seguida outro, com as mãos esticadas, como se pudesse contê-la.

Ela se contraiu para saltar, exatamente quando a porta da cozinha se abriu e Clary entrou na sala. Ela pulou na mesa de centro, aterrissando tão levemente quanto um gato. Tinha alguma coisa nas mãos, algo que brilhava em branco e prateado quando ergueu o braço. Simon viu que era uma adaga, curvada tão elegantemente quanto a asa de um pássaro; uma adaga que passou pelo cabelo de Maia, a milímetros do rosto, e afundou até o cabo no veludo cinza. Maia tentou recuar e engasgou; a lâmina tinha atravessado sua manga e a prendera ao sofá.

Clary puxou a lâmina de volta. Era uma das lâminas de Luke. No instante em que abriu a porta da cozinha e viu o que estava se passando na sala, ela pegou um atalho até o esconderijo de armas de Luke no escritório. Maia podia estar enfraquecida e doente, mas parecia furiosa o suficiente para matar, e Clary não duvidava das habilidades da licantrope.

— Mas qual é o problema de vocês? — Como que a distância, Clary se ouviu falando, e a dureza na própria voz a espantou. — Lobisomens, vampiros... ambos fazem parte do Submundo.

— Lobisomens não machucam pessoas, nem uns aos outros. Vampiros são assassinos. Um deles matou um menino no Hunter's Moon outro dia...

— Aquilo não foi um vampiro. — Clary viu Maia empalidecer com a certeza que trazia na voz. — E se vocês pudessem parar de se culpar o tempo todo por cada coisa ruim que acontece no Submundo, talvez os Nephilim passassem a levá-los a sério e começassem a *fazer* alguma coisa a respeito. — Ela se voltou para Simon. Os cortes horríveis na bochecha dele já estavam se curando e formando linhas vermelho-prateadas. — Você está bem?

— Estou. — A voz dele mal era audível. Ela podia ver a dor que tinha nos olhos, e por um instante lutou contra o impulso de chamar Maia de uma série de nomes de caráter impublicável. — Tudo bem.

Clary se voltou novamente para a licantrope.

— Você tem sorte por ele não ser tão intolerante quanto você, ou eu reclamaria com a Clave e faria todo o bando pagar pelo seu comportamento.

Maia se arrepiou.

— Você não entende. Vampiros são o que são porque estão infectados com energias demoníacas...

— Licantropes também! — disse Clary. — Posso não saber muito, mas isso eu sei.

— Mas é esse o problema. As energias demoníacas nos transformam, nos fazem diferentes. Pode chamar de doença ou do que quiser, mas os demônios que criaram os vampiros e os demônios que criaram os lobisomens vêm de espécies que guerreiam entre si. Detestavam uns aos outros, então esse ódio está no nosso sangue também. Não podemos evitar. Um lobisomem e um vampiro nunca serão amigos por causa disso. — Ela olhou para Simon. Os olhos brilhavam de raiva e mais alguma coisa. — Você vai começar a me odiar em breve — disse ela. — Vai odiar Luke também. Não vai conseguir controlar.

— Odiar o *Luke*? — Simon ficou cinza, mas antes que Clary pudesse tranquilizá-lo, a porta da frente se abriu. Ela olhou em volta, esperando Luke, mas não era ele. Era Jace. Estava todo de preto, duas lâminas serafim presas no cinto que tinha nos quadris. Alec e Magnus vinham logo atrás. Magnus vestia uma capa longa que ondulava e parecia ter sido decorada com pedaços de vidro quebrado.

Com a precisão de um laser, os olhos dourados de Jace se fixaram imediatamente em Clary. Se ela achava que ele poderia estar arrependido, preocupado ou até envergonhado depois do que se passara, estava errada. Ele parecia apenas furioso.

— O que — disse ele com irritação aguda e proposital — você pensa que está fazendo?

Clary olhou para si mesma. Ainda estava empoleirada na mesa de centro, com a faca nas mãos. Ela lutou contra o impulso de escondê-la.

— Tivemos um incidente, mas eu já resolvi.

— Sério? — A voz de Jace destilava sarcasmo. — Você por acaso sabe usar uma faca, Clarissa? *Sem* fazer um buraco em você mesma ou em qualquer outro inocente?

— Eu não machuquei ninguém — Clary disse entredentes.

— Ela esfaqueou o sofá — disse Maia com a voz seca, fechando os olhos. Ainda estava com as bochechas rubras de febre e raiva, mas o restante do rosto estava surpreendentemente pálido.

Simon olhou preocupado para ela.

— Acho que ela está piorando.

Magnus limpou a garganta. Quando Simon não se moveu, ele falou:

— Saia do *caminho*, mundano. — Seu tom era de irritação extrema. Ele empurrou a capa para trás enquanto avançava pela sala, para onde Maia estava no sofá. — Suponho que seja a minha paciente? — perguntou, olhando para ela através de cílios que brilhavam com purpurina.

Maia o encarou com olhos desfocados.

— Sou Magnus Bane — ele prosseguiu em tom tranquilizador, esticando as mãos cheias de anéis. Faíscas azuis haviam começado a dançar entre eles como bioluminescência dançando em água. — Sou o feiticeiro que está aqui para curá-la. Não disseram que eu estava a caminho?

— Eu sei quem você é, mas... — Maia parecia entorpecida. — Você parece tão... tão... *brilhante.*

Alec emitiu um ruído que se parecia muito com uma risada sufocada por uma tosse enquanto as mãos finas de Magnus teciam uma cortina azul brilhante de mágica ao redor da menina licantrope.

Jace não estava rindo.

— Onde está Luke? — perguntou.

— Lá fora — respondeu Simon. — Ele estava tirando a picape do gramado.

Jace e Alec trocaram um rápido olhar.

— Engraçado — disse Jace. Ele não parecia entretido. — Não o vi quando estávamos subindo as escadas.

Uma leve onda de pânico se desenrolou como uma folha no peito de Clary.

— Vocês viram a picape dele?

— Eu vi — disse Alec. — Estava na entrada. Com as luzes apagadas.

Com isso até Magnus, concentrado em Maia, levantou o olhar. Através da rede de encanto que havia tecido ao redor de si e da menina licantrope, suas feições pareciam borradas e indistintas, como se estivesse olhando para eles através da água.

— Não estou gostando disso — disse ele, a voz soando oca e distante. — Não depois de um ataque Drevak. Eles andam em bandos.

Jace já pegava uma das lâminas serafim.

— Eu vou verificar. Alec, fique aqui e mantenha a casa em segurança.

Clary pulou da mesa.

— Eu vou com você.

— Não vai, não. — Ele se dirigiu à porta sem olhar para trás para ver se ela estava vindo.

Ela partiu em velocidade e se jogou entre ele e a porta da frente.

— *Pare.*

Por um instante, ela achou que ele fosse continuar andando, mesmo que tivesse que atravessá-la, mas ele parou a alguns centímetros dela, tão próximo que ela podia sentir o hálito dele no cabelo quando falou.

— Eu *vou* derrubar você se for preciso, Clarissa.

— Pare de me chamar assim.

— Clary — ele disse em voz baixa, e o som do nome dela na boca de Jace era tão íntimo que ela sentiu um calafrio percorrendo a espinha. O dourado nos olhos dele tinha se tornado duro, metálico. Ela imaginou por um instante se ele iria realmente pular em cima dela, como seria se a atingisse, a derrubasse e até a segurasse pelos pulsos. Lutar para ele era como sexo para outras pessoas. A simples ideia de que ele a tocasse daquele jeito levou sangue às bochechas dela em uma onda quente.

Ela falou por cima da falta de ar que prendia sua voz.

— Ele é meu tio, não seu...

Um humor selvagem passou pelo rosto dele.

— Qualquer tio seu é um tio meu, querida irmã — disse —, e ele não tem relação de sangue com nenhum de nós.

— Jace...

— Além disso, não tenho tempo para Marcá-la — disse, os olhos dourados preguiçosos examinando-a. — E tudo que você tem é essa faca. Não vai servir para muita coisa se estivermos lidando com demônios.

Ela jogou a faca na parede ao lado da porta, com a ponta na frente, e foi recompensada com um olhar de surpresa no rosto dele.

— E daí? Você tem duas lâminas Serafim, me dê uma.

— Oh, pelo amor de... — era Simon, com as mãos nos bolsos, os olhos queimando como carvão no rosto pálido. — Eu vou.

— Simon, não... — disse Clary.

— Pelo menos não estou perdendo o meu tempo aqui flertando enquanto não sabemos o que aconteceu com Luke. — Ele gesticulou para ela sair da frente da porta.

Jace contraiu os lábios.

— Vamos *todos.* — Para a surpresa de Clary, ele tirou uma lâmina serafim do cinto e a entregou a ela. — Pegue.

— Qual é o nome dela? — perguntou, afastando-se da porta.

— Nakir.

Clary havia deixado o casaco na cozinha, e o ar frio que vinha do East River penetrou a blusa fina dela assim que saiu na varanda.

— Luke? — chamou. — *Luke!*

A picape estava parada na entrada, com uma das portas abertas. A luz no teto estava acesa, emitindo um brilho fraco. Jace franziu o cenho.

— A chave está na ignição. O carro está ligado.

Simon fechou a porta atrás deles.

— Como você sabe?

— Estou ouvindo. — Jace olhou para ele, sem entender. — E você também conseguiria se tentasse, chupa-sangue. — Ele desceu a escada e um riso fraco se perpetuou atrás dele com o vento.

— Acho que gostava mais de "mundano" do que de "chupa-sangue" — resmungou Simon.

— Com ele você não pode escolher o seu apelido ofensivo preferido. — Clary apalpou o bolso da calça jeans até os dedos encontrarem uma pedra fria e lisa. Ela levantou a luz enfeitiçada na mão, o brilho raiando entre os dedos como a luz de um sol em miniatura. — Vamos.

Jace tinha razão; a picape *estava* ligada. Clary sentiu o cheiro do exaustor enquanto se aproximavam, o coração afundando. Luke jamais teria deixado a porta aberta e a chave na ignição, a não ser que alguma coisa tivesse acontecido.

Jace estava rodeando a picape, com a testa franzida.

— Traga a luz enfeitiçada mais para perto. — Ele se ajoelhou na grama, passando os dedos levemente sobre ela. De um bolso interno sacou um objeto que Clary reconheceu: um pedaço liso de metal, com símbolos delicados em toda a extensão. Um Sensor. Jace o passou sobre a grama e ele emitiu uma série de cliques altos, como um contador Geiger alucinado. — Definitivamente ação demoníaca. Estou captando rastros pesados.

— Não podem ser restos do demônio que atacou a Maia? — perguntou Simon.

— Os níveis estão altos demais. Mais de um demônio passou por aqui hoje à noite. — Jace se levantou, sério. — Talvez vocês dois devessem entrar. Mandem Alec vir até aqui. Ele já lidou com coisas assim antes.

— Jace... — Clary estava furiosa outra vez. Ela se interrompeu quando algo capturou seu olhar. Era um pequeno movimento do outro lado da rua, perto da margem de cimento do East River. Havia algo se movimentando enquanto um gesto capturou a luz, algo rápido demais, *alongado* demais para ser humano...

Clary esticou o braço, apontando.

— Veja! Perto da água!

O olhar de Jace seguiu o dela, e ele respirou fundo. Em seguida estava correndo, e eles estavam correndo atrás, sobre o asfalto da Kent Street e na grama que ladeava a água. A luz enfeitiçada sacudia na mão de Clary enquanto ela corria, iluminando partes da margem do rio com uma luz casual: um pedaço de grama aqui, uma saliência de concreto que quase a fez tropeçar, uma pilha de lixo e vidro quebrado — então, ao chegarem perto da água, a figura contorcida de um homem.

Era Luke, Clary percebeu instantaneamente, apesar de as duas formas escuras e corcundas agachadas sobre ele estarem bloqueando o rosto dele da visão. Ele estava de costas, tão perto da água que por um instante de pânico ela imaginou se as criaturas o estavam prendendo embaixo, tentando afogá-lo. Em seguida recuaram, sibilando através de bocas perfeitamente circulares e sem lábios, e ela viu que a cabeça dele estava apoiada na margem. Seu rosto estava cinza e sem energia.

— Demônios Raum — sussurrou Jace.

Os olhos de Simon estavam arregalados.

— São os mesmos que atacaram a Maia...?

— Não. Esses são muito piores. — Jace fez um gesto para que Simon e Clary ficassem atrás dele. — Vocês dois, fiquem para trás. — Ele ergueu a lâmina serafim. — *Israfiel!* — gritou, e houve uma onda quente e repentina de luz. Jace saltou para a frente, atacando o demônio mais próximo com sua arma. Sob a luz da lâmina serafim, a aparência do demônio era desagradavelmente visível: branco, pele com escamas, um buraco negro como boca, olhos protuberantes como os de um sapo e braços que se transformavam em tentáculos onde deveria haver mãos. Estava atacando com aqueles tentáculos, golpeando-os na direção de Jace com incrível velocidade.

Mas Jace foi mais rápido. Ouviu-se uma espécie de estalo horrível quando Israfiel penetrou o pulso do demônio e o membro tentacular voou pelo ar. A ponta do tentáculo caiu ao pé de Clary, ainda se mexendo. Era branco cinzento, com sugadores vermelhos nas pontas. Dentro de cada sugador havia uma camada de pequenos dentes afiados como agulhas.

Simon fez um ruído de ânsia. Clary estava inclinada a concordar. Ela chutou a massa de tentáculos espasmódicos, fazendo-o rolar pela grama suja. Quando levantou os olhos, viu que Jace havia derrubado o demônio ferido e eles estavam lutando nas pedras da beira do rio. O brilho da lâmina serafim projetava arcos de luz pela água enquanto ele se contorcia e girava para evitar os tentáculos restantes da criatura — sem falar no sangue preto que jorrava do pulso cortado. Clary hesitou — deveria correr para Luke ou ajudar Jace? E naquele instante de hesitação, ouviu Simon gritar.

— Clary, *cuidado!* — Ela girou e viu que o segundo demônio a atacava.

Não havia tempo para alcançar a lâmina serafim no cinto, nem tempo para lembrar o nome e gritá-lo. Ergueu as mãos e o demônio a atingiu, empurrando-a para trás. Ela caiu com um grito, chocando-se dolorosamente contra o solo desigual. Tentáculos escorregadios tocaram sua pele. Um se enrolou no braço dela, apertando dolorosamente; o outro atacou para a frente, enrolando-se na garganta.

Ela agarrou o pescoço freneticamente, tentando puxar o membro flexível para longe da traqueia. Seus pulmões já estavam doendo. Ela chutou e girou...

De repente a pressão sumiu; a coisa não estava mais nela. Inspirou oxigênio com um ruído de assobio e rolou para ficar de joelhos. O demônio estava semiagachado, encarando-a com olhos negros e sem pupilas. Preparando-se para atacar novamente? Ela agarrou a lâmina e gritou.

— *Nakir!* — E uma lança de luz partiu de seus dedos. Nunca tinha segurado uma faca de anjo antes. O cabo tremia e vibrava na mão; parecia viva. — NAKIR! — gritou, levantando-se cambaleante, com a lâmina esticada e apontada para o demônio Raum.

Para sua surpresa, o demônio chegou para trás, os tentáculos se retraindo, quase como se estivesse — mas isso não era possível — com *medo* dela. Viu Simon, correndo em direção a ela com um objeto que parecia um cano de aço na mão; atrás dele, Jace estava se ajoelhando. Ela não podia ver o demônio com o qual ele estava lutando; talvez o tivesse matado. Quanto ao segundo demônio Raum, estava com a boca aberta, emitindo um ruído gritado e aflito, como um uivo monstruoso. Abruptamente, ele se virou e, agitando os tentáculos, correu em direção ao rio e pulou. Um jato de água escura espirrou para cima e em seguida o demônio desapareceu, sumindo sob a superfície do rio, sem que nem mesmo um conjunto de bolhas marcasse o lugar onde havia submergido.

Jace chegou ao lado dela exatamente quando o demônio sumiu. Ele estava curvado, arfando, sujo de sangue preto de demônio.

— O que... aconteceu? — perguntou ele entre arquejos.

— Eu não sei — admitiu Clary. — Ele me atacou, tentei lutar, mas foi rápido demais e depois simplesmente *me soltou*. Como se tivesse visto alguma coisa que o assustou.

— Você está bem? — Era Simon, parando na frente dela, sem ofegar (ele não respirava mais, ela lembrou a si mesma), mas ansioso, agarrando um pedaço longo de cano na mão.

— Onde você arrumou isso? — perguntou Jace.

— Arranquei da lateral de um poste de telefone. — Simon parecia surpreso com a lembrança. — Acho que se consegue fazer tudo com aquela carga de adrenalina.

— Ou quando se tem a força profana dos amaldiçoados — disse Jace.

— Ah, calem a boca, vocês dois — irritou-se Clary, conquistando um olhar martirizado de Simon e um confuso de Jace. Ela passou pelos dois, indo em direção à margem do rio. — Ou já se esqueceram de Luke?

Luke continuava inconsciente, mas respirando. Ele estava tão pálido quanto Maia estivera, e tinha a manga rasgada no ombro. Quando Clary afastou o tecido manchado de sangue da pele dele, trabalhando com o máximo cuidado possível, viu que no ombro havia um agrupamento de ferimentos vermelhos e circulares onde um tentáculo o tinha atingido. Cada um liberando uma mistura de sangue e fluido escurecido. Respirou fundo.

— Temos que levá-lo para dentro.

Magnus estava esperando por eles na varanda da frente quando Simon e Jace chegaram, carregando Luke pelas escadas. Tendo terminado de tratar Maia, Magnus a tinha colocado na cama do quarto de Luke, então eles deitaram Luke no sofá onde ela estivera, para que Magnus pudesse trabalhar nele.

— Ele vai ficar bem? — perguntou Clary, andando impaciente em volta do sofá enquanto Magnus invocava um fogo azul que brilhava entre suas mãos.

— Ele vai ficar bem. Veneno Raum é um pouco mais complexo do que picada de Drevak, mas nada de que eu não dê conta. — Magnus gesticulou para que ela se afastasse. — Contanto que você saia e me deixe trabalhar.

Relutantemente, ela sentou em uma poltrona. Jace e Alec estavam perto da janela, com as cabeças próximas. Jace gesticulava com as mãos. Ela imaginou que ele estivesse explicando o que havia acontecido com os demônios. Simon, parecendo desconfortável, estava apoiado na parede ao lado da porta da cozinha. Parecia perdido em pensamentos. Sem querer olhar para o rosto enfraquecido e cinza e para os olhos afundados de Luke, Clary deixou os próprios olhos repousarem em Simon, analisando como ele aparentava ser ao mesmo tempo muito familiar e muito estranho. Sem os óculos, seus olhos pareciam duas vezes maiores, e muito escuros, mais pretos do que castanhos. A pele era pálida e lisa como mármore branco, marcada com veias mais escuras nas têmporas e nas maçãs do rosto saltadas e angulares. Até o cabelo parecia mais escuro, em contraste com o branco da pele. Ela se lembrava de ter olhado para a multidão no hotel de Raphael, imaginando por que não parecia haver vampiros feios ou pouco atraentes. Talvez houvesse alguma regra sobre não transformar em vampiros aqueles que não fossem fisicamente encantadores, fora o que pensara na época, mas agora se perguntava se o vampirismo em si não seria transformador, alisando peles marcadas, acrescentando cor e brilho a olhos e cabelos. Talvez fosse uma vantagem evolucionária da espécie. Boa aparência física só podia tornar mais fácil para os vampiros atrair as presas.

Ela percebeu então que Simon a encarava de volta com os olhos arregalados. Despertando do devaneio, virou-se e viu Magnus se levantando. A luz azul não estava mais lá. Os olhos de Luke ainda estavam fechados, mas a pele não tinha mais o tom cinzento feio e a respiração era profunda e regular.

— Ele está bem! — exclamou Clary, e Alec, Jace e Simon foram apressados para olhar. Simon tomou a mão de Clary, e ela entrelaçou os dedos nos dele, satisfeita pelo apoio.

— Então ele vai viver? — perguntou Simon, enquanto Magnus se sentava no braço da poltrona mais próxima. Ele parecia exausto, esgotado e azulado. — Tem certeza?

— Sim, tenho certeza — disse Magnus. — Sou o Magnífico Feiticeiro do Brooklyn, sei o que estou fazendo. — Ele voltou os olhos para Jace, que tinha acabado de dizer alguma coisa para Alec, baixo demais para que o restante deles ouvisse. — O que me faz lembrar — prosseguiu Magnus, parecendo rígido; Clary nunca o tinha escutado soar rígido antes — que não sei exatamente o que vocês pensam que estão fazendo me chamando cada vez que um de vocês tem uma unha encravada que precisa ser cortada. Como Magnífico Feiticeiro, o meu tempo é valioso. Existem vários feiticeiros menores que ficariam felizes em realizar trabalhos para vocês por uma taxa muito mais baixa.

Clary piscou, surpresa.

— Você vai nos *cobrar*? Mas Luke é um amigo!

Magnus puxou um cigarro azul fino do bolso da camisa.

— Não é amigo meu — disse ele. — Eu só estive com ele nas poucas ocasiões em que a sua mãe o trouxe junto quando precisava renovar seus feitiços de memória. — Ele passou a mão na ponta do cigarro, que acendeu com uma chama multicolorida. — Você achou que eu estava ajudando por bondade do meu coração? Ou eu sou o único feiticeiro que você conhece?

Jace ouviu o breve discurso com uma fúria latente transformando a cor de seus olhos de âmbar para dourado.

— Não — disse ele —, mas você *é* o único feiticeiro que conhecemos que está namorando um amigo nosso.

Por um instante todos o encararam — Alec com pavor, Magnus atônito de raiva, e Clary e Simon com surpresa. Foi Alec quem falou primeiro, a voz tremendo.

— Por que você diria uma coisa dessas?

Jace pareceu perplexo.

— Que coisa?

— Que eu estou namorando... que nós estamos... não é *verdade* — disse Alec, a voz subindo e descendo diversas oitavas enquanto ele lutava para controlá-la.

Jace olhou firmemente para ele.

— Eu não disse que ele estava namorando *você*, mas é engraçado que você tenha entendido exatamente o que eu estava pensando, não?

— Não estamos namorando — repetiu Alec.

— Ah? — disse Magnus. — Então você é tão amigável daquele jeito com todo mundo?

— *Magnus.* — Alec olhou suplicante para o feiticeiro. Magnus, no entanto, parecia já ter aturado o bastante. Ele cruzou os braços sobre o peito e se inclinou para trás em silêncio, encarando a cena diante de si com olhos semicerrados.

Alec voltou-se para Jace.

— Você não... — começou. — Quer dizer, você não poderia pensar...

Jace estava balançando a cabeça, confuso.

— O que eu não entendo é você se esforçar desse jeito para esconder a sua relação com o Magnus quando até parece que eu me importaria se você me contasse a respeito.

Se ele queria que essas palavras fossem de conforto, ficou claro que não eram. Alec ficou cinza pálido e não disse nada. Jace voltou-se para Magnus.

— Ajude-me a convencê-lo — disse — de que realmente não ligo.

— Ah — disse Magnus baixo. — Acho que quanto a isso ele acredita em você.

— Então não... — O rosto de Jace era puro espanto, e por um instante Clary viu a expressão de Magnus e percebeu que ele estava fortemente tentado a responder. Movida por uma pena precipitada de Alec, ela tirou a mão da de Simon e disse:

— Jace, chega. Deixe para lá.

— Deixe o que para lá? — perguntou Luke. Clary girou e o viu sentado no sofá, contraindo-se um pouco de dor, mas fora isso parecendo bastante saudável.

— Luke! — Ela correu para o lado do sofá, considerou a possibilidade de abraçá-lo, mas viu como ele estava segurando o braço e decidiu não fazê-lo. — Você se lembra do que aconteceu?

— Na verdade, não. — Luke passou a mão no rosto. — A última coisa de que me lembro foi de ter saltado da picape. Alguma coisa me atingiu no ombro e me jogou para o lado. Eu me lembro da dor mais incrível... De qualquer forma, devo ter desmaiado depois disso. Em seguida ouvi cinco pessoas gritando. O que aconteceu, afinal?

— Nada — entoaram Clary, Simon, Alec, Magnus e Jace, em uma consonância surpreendente e que provavelmente jamais voltaria a se repetir.

Apesar da óbvia exaustão, as sobrancelhas de Luke se ergueram. Mas "entendo" foi tudo o que respondeu.

Como Maia ainda estava dormindo no quarto de Luke, ele anunciou que ficaria bem no sofá. Clary ofereceu a cama no quarto dela, mas ele se recusou a aceitar. Desistindo de insistir, ela foi para o corredor estreito pegar lençóis e cobertores no armário. Estava arrastando um edredom de uma prateleira mais alta quando sentiu alguém atrás de si. Clary girou, derrubando o cobertor que estava segurando em uma pilha macia a seus pés.

Era Jace.

— Sinto muito por ter assustado você.

— Tudo bem. — Ela se curvou para pegar o cobertor de volta.

— Na verdade, não sinto muito — disse ele. — Foi o máximo de emoção que vi em você em dias.

— Há dias que não me vê.

— E de quem é a culpa? Eu liguei. Você não atende o telefone. E não é como se eu pudesse vir te ver. Estive na prisão, caso tenha se esquecido.

— Não exatamente na prisão. — Ela tentou soar leve enquanto se levantava. — Você tem Magnus para te fazer companhia. E *Gilligan's Island*.

Jace sugeriu que o elenco de *Gilligan's Island* poderia fazer alguma coisa anatomicamente improvável com eles mesmos.

Clary suspirou.

— Você não deveria estar indo com Magnus?

A boca dele se contraiu e ela viu algo quebrar em seu olhar, um esboço de dor.

— Mal pode esperar para se livrar de mim?

— Não. — Ela abraçou o cobertor e olhou para as mãos dele, sem conseguir olhá-lo nos olhos. Os dedos esguios eram marcados e lindos, com uma listra branca fraca onde costumava usar o anel Morgenstern no indicador direito. O desejo de tocá-lo era tão forte que ela queria soltar os cobertores e gritar. — Quero dizer, não, não é isso. Eu não te odeio, Jace.

— Eu também não te odeio.

Ela olhou para ele, aliviada.

— Fico feliz em ouvir isso...

— Gostaria de conseguir odiá-la — disse ele. A voz era suave, a boca curvada em um meio sorriso despreocupado, os olhos doentes de tristeza. — Quero odiar. Tento odiar. Seria muito mais fácil se odiasse. Às vezes acho que odeio, e depois quando te vejo e eu...

As mãos de Clary estavam dormentes com a força com que agarrava o cobertor.

— E você o quê?

— O que você acha? — Jace balançou a cabeça. — Por que eu tenho que te contar tudo sobre como me sinto se você nunca me conta nada? É como dar com a cabeça na parede, só que, se pelo menos eu estivesse batendo com a cabeça na parede, poderia parar.

Os lábios de Clary estavam tremendo com tanta violência que ela teve dificuldade para falar.

— Você acha que é fácil para mim? — perguntou. — Você acha...

— Clary? — Era Simon, entrando no corredor com aquela nova graciosidade silenciosa e lhe dando um susto tão grande que ela derrubou o cobertor outra vez. Ela virou de lado, mas não rápido o suficiente para esconder dele a expressão, ou o olhar que entregava tudo. — Entendi — disse ele, depois de uma longa pausa. — Desculpe por interromper. — Ele sumiu novamente para a sala, deixando Clary olhando para ele através de uma lente trêmula de lágrimas.

— *Droga.* — Ela olhou para Jace. — Qual é o seu problema? — disse ela com mais crueldade do que pretendia. — Por que você tem que estragar *tudo*? — Ela jogou o cobertor para cima dele e correu atrás de Simon.

Ele já havia saído pela porta da frente. Ela o alcançou na varanda, deixando a porta bater atrás de si.

— Simon! Para onde você está indo?

Ele se virou quase relutante.

— Para casa. Já está tarde... E eu não quero ficar preso aqui com o sol nascendo.

Como o sol só nasceria dali a muitas horas, Clary interpretou aquilo como uma desculpa esfarrapada.

— Você sabe que é muito bem-vindo para passar a noite aqui e dormir durante o dia se quiser evitar a sua mãe. Pode dormir no meu quarto...

— Não acho uma boa ideia.

— Por que não? Não estou entendendo, por que você está indo embora?

Ele sorriu. Era um sorriso triste com mais alguma coisa.

— Sabe qual é a pior coisa que eu consigo imaginar?

Ela piscou.

— Não.

— Não confiar em alguém que eu amo.

Ela botou a mão na manga dele, que não se afastou, mas tampouco respondeu ao toque.

— Você está falando...

— Estou — disse ele, sabendo o que ela estava prestes a perguntar. — Estou falando de você.

— Mas você *pode* confiar em mim.

— Eu achava que podia, mas tenho a sensação de que você prefere sofrer por alguém com quem nunca vai poder ficar do que tentar ficar com alguém que pode.

Não havia propósito em fingir.

— Só preciso de tempo — disse ela. — Só preciso de um tempo para superar... para superar tudo.

— Você não vai me dizer que eu estou errado, vai? — Os olhos estavam muito arregalados e escuros sob a fraca luz da varanda. — Não dessa vez.

— Não dessa vez. Sinto muito.

— Não sinta. — Ele se virou para longe dela e da mão estendida, indo em direção aos degraus. — Pelo menos é a verdade.

Mesmo que isso não seja de muito consolo. Ela colocou as mãos nos bolsos e assistiu enquanto ele se afastava até ser engolido pela escuridão.

No fim das contas, Magnus e Jace não estavam indo embora; Magnus queria passar mais algumas horas na casa para se certificar de que Maia e Luke estavam se recuperando conforme o esperado. Após alguns minutos de conversa desconfortável com um Magnus entediado enquanto Jace, sentado no banco de piano de Luke estudando meticulosamente uma pauta musical, a ignorava, Clary decidiu ir dormir mais cedo.

Mas o sono não veio. Ela podia ouvir o som suave do piano sendo tocado por Jace, mas não era isso que a mantinha acordada. Estava pensando em Simon, indo para uma casa que não parecia mais sua, no desespero na voz de Jace quando disse *quero odiar*, e em Magnus, que não contara a verdade a Jace: que Alec não queria que ele soubesse sobre a relação dos dois porque ainda era apaixonado por ele. Pensou na satisfação que Magnus teria tido ao dizer as palavras em voz alta, mostrar a verdade, e no fato de que não as tinha dito — permitindo que Alec prosseguisse com a mentira e o fingimento — porque era o que Alec queria, e Magnus gostava o suficiente dele para conceder-lhe isso. Talvez fosse verdade o que a rainha Seelie dissera, afinal: o amor transformava as pessoas em mentirosas.

Capítulo 13

UMA TROPA DE ANJOS REBELDES

Há três partes distintas em *Gaspard de la Nuit*, de Ravel; Jace havia tocado a primeira quando se levantou do piano, foi até a cozinha, pegou o telefone de Luke e fez uma única ligação. Em seguida voltou para o piano e para *Gaspard*.

Ele já estava na metade da terceira parte quando viu uma luz varrer o gramado na frente da casa de Luke. Foi interrompida um instante mais tarde, deixando a vista da janela escura, mas Jace já estava de pé, pegando o casaco.

Ele fechou a porta da frente silenciosamente e desceu os degraus, dois de cada vez. No gramado perto da entrada havia uma motocicleta, com o motor ainda ressoando. Tinha uma aparência estranhamente orgânica: os canos eram como veias enroladas sobre o chassi, e o farol solitário, agora quase apagado, parecia um olho. De certa forma parecia tão viva quanto o menino que estava apoiado nela, olhando curioso para Jace. Ele vestia uma jaqueta de couro marrom e tinha cabelos ondulados que iam até o colarinho e caíam sobre os olhos estreitos. Estava sorrindo, exibindo dentes brancos pontudos. É claro, pensou Jace, nem o menino nem a moto estavam realmente vivos; ambos funcionavam à base de energia demoníaca, alimentados pela noite.

— Raphael — disse Jace, cumprimentando-o.

— Viu — disse Raphael —, eu a trouxe, como me pediu.

— Estou vendo.

— Mas, devo acrescentar, fiquei muito curioso para saber por que você ia querer uma motocicleta demoníaca. Para começar não são exatamente algo para quem faz parte do Pacto, e depois, dizem que você já tem uma.

— Eu tenho uma — admitiu Jace, examinando-a de todos os ângulos. — Mas está no telhado do Instituto e não posso pegar agora.

Raphael riu suavemente.

— Parece que nós dois não somos bem-vindos no Instituto.

— Os chupadores de sangue ainda estão na lista dos Mais Procurados?

Raphael se inclinou para o lado e cuspiu delicadamente no chão.

— Nos acusam de assassinato — disse furioso. — A morte da criatura licantrope, do menino fada, até do feiticeiro, apesar de eu já ter dito a eles que não tomamos sangue de feiticeiro. É amargo e pode provocar mudanças estranhas em quem o consome.

— Você disse isso a Maryse?

— Maryse. — Os olhos de Raphael eram zombeteiros. — Não poderia falar com ela nem que quisesse. Todas as decisões são tomadas pela Inquisidora agora, todos os inquéritos e todas as solicitações passam por ela. A situação é ruim, meu amigo, a situação é bem ruim.

— Você diz isso para mim? — disse Jace. — E nós não somos amigos. Concordei em não contar sobre o que aconteceu com Simon à Clave porque precisava da sua ajuda, não porque eu goste de você.

Raphael sorriu, os dentes brilhando brancos no escuro.

— Você gosta de mim. — Ele inclinou a cabeça para o lado. — É estranho — refletiu. — Achei que você ficaria diferente agora que não está se entendendo com a Clave. Não é mais o filho preferido deles. Pensei que tivesse deixado de lado um pouco dessa arrogância, mas continua o mesmo.

— Acredito em constância — disse Jace. — Vai me deixar ficar com a moto ou não? Só tenho mais algumas horas até o sol nascer.

— Devo entender que você não vai me dar uma carona para casa? — Raphael se afastou graciosamente da moto. Enquanto ele se movia, Jace reparou na corrente dourada que usava ao redor do pescoço.

— Não. — Jace subiu na moto. — Mas você pode dormir na adega embaixo da casa se estiver preocupado com o sol.

— Hum. — Raphael parecia pensativo; ele era alguns centímetros mais baixo que Jace, e apesar de parecer mais novo fisicamente, tinha olhos mais velhos. — Então já estamos quites pelo Simon agora, Caçador de Sombras?

Jace deu a partida na moto, girando-a em direção ao rio.

— Jamais ficaremos quites, chupa-sangue, mas é um começo.

Jace não tinha andado de moto depois que o tempo mudara e foi pego de surpresa pelo vento gelado que vinha do rio, penetrando o casaco e a calça jeans como dúzias de agulhas. Jace estremeceu, satisfeito por estar ao menos usando luvas de couro para proteger as mãos.

Apesar de o sol ter se posto havia pouco, as cores já pareciam ter sido sugadas do mundo. O rio estava da cor do aço, o céu era cinza como uma pomba, o horizonte uma linha negra pintada ao longe. Luzes piscavam e brilhavam nas pontes de Williamsburg e Manhattan. O ar tinha gosto de neve, apesar de o inverno ainda estar distante.

Na última vez em que tinha sobrevoado o rio, Clary estava com ele, os braços em volta dele e as mãos pequenas enroladas no tecido da jaqueta. Naquela vez ele não tinha sentido frio. Virou a moto furiosamente e sentiu que ela cambaleou para o lado; pensou ter visto uma sombra na água e virou-se afobado. Enquanto se endireitava, viu um navio com laterais metálicas negras, sem marcação e quase sem luzes, a proa uma lâmina afiada cortando a água à frente. Lembrava um tubarão, esguio, rápido e mortal.

Ele freou e iniciou a descida, sem emitir qualquer ruído, uma folha em uma corrente. Não sentiu como se estivesse caindo, mas sim como se o navio estivesse se erguendo para encontrá-lo, boiando em uma corrente elevada. As rodas da moto tocaram o convés e ele deslizou lentamente até parar. Não havia necessidade de desligar o motor; ele desceu da moto e o rugido decresceu para um ronco, um ronronado, e em seguida, silêncio. Quando olhou novamente, parecia estar brilhando para ele, como um cachorro insatisfeito depois de ter sido ordenado a sossegar.

Ele sorriu para ela.

— Já volto para pegá-la — disse. — Preciso dar uma olhada nesse barco primeiro.

Havia muito a verificar. Ele estava em um convés amplo, a água à esquerda. Tudo era pintado de preto: o convés, a grade metálica que o cercava, até as janelas da cabine longa e estreita eram escuras. O navio era maior do que ele imaginara: provavelmente do comprimento de um campo de futebol americano, talvez mais. Não era como nenhuma embarcação que já tivesse visto antes: grande demais para um iate, pequeno demais para um navio da Marinha, e ele jamais tinha visto um barco em que tudo fosse pintado de preto. Ficou imaginando onde o pai o teria conseguido.

Deixando a moto, começou um lento percurso pelo convés. As nuvens tinham clareado e as estrelas brilhavam, impossivelmente cintilantes. Ele podia ver a cidade iluminada em ambos os lados como se estivesse em uma passagem estreita feita de luz. Suas botas ecoavam ocas no convés. Ele imaginou de repente se Valentim estaria aqui. Jace estivera poucas vezes em lugares que parecessem tão completamente desertos.

Parou por um instante na popa do barco, olhando para o rio que cortava Manhattan e Long Island como uma cicatriz. A água estava agitada em picos cinza, prateados nos topos, e havia um vento forte e constante, o tipo de vento que só soprava em água. Ele esticou os braços e deixou que o vento atingisse o casaco e o soprasse para trás como se fossem asas, esvoaçando os cabelos pelo rosto, ressecando os olhos até lacrimejarem.

Havia um lago perto da casa em Idris. Fora nele que aprendera com o pai a velejar, a língua do vento e da água, da flutuabilidade e do ar. *Todos os homens deveriam saber velejar,* o pai tinha dito. Foi uma das poucas vezes que falou daquele jeito, dizendo *todos os homens,* e não *todos os Caçadores de Sombras,* um rápido lembrete de que, o que quer que Jace fosse, ainda fazia parte da raça humana.

Afastando-se da popa com os olhos ardendo, Jace viu uma porta na parede da cabine entre as duas janelas pretas. Atravessando o convés rapidamente, tentou a maçaneta; estava trancada. Com a estela, desenhou um rápido conjunto de símbolos de Abertura no metal, e a porta se abriu, as dobradiças ganindo em protesto e soltando flocos vermelhos de ferrugem. Jace se abaixou para passar pela entrada e se viu em uma escadaria metálica pouco iluminada. O ar cheirava a poeira e desuso. Deu mais um passo à frente e a porta se fechou atrás dele com um baque metálico ecoante, confinando-o na escuridão.

Ele praguejou, apalpando à procura da pedra de luz enfeitiçada no bolso. Suas luvas pareceram repentinamente difíceis de manejar, os dedos rígidos de frio. Sentia mais frio ali dentro do que sentira no convés. O ar era como gelo. Ele tirou a mão do bolso, tremendo, não só por causa da temperatura. O cabelo na nuca estava eriçado, cada nervo gritava. Algo estava errado.

Ele ergueu a pedra, que fulgurou em luz, fazendo seus olhos lacrimejarem ainda mais. Através do borrão viu a figura esguia de uma menina diante dele, as mãos sobre o peito, os cabelos vermelhos contrastando com o metal preto ao redor.

A mão dele estremeceu, enviando flechadas de luz enfeitiçada que saltavam como se um bando de vagalumes tivesse se erguido da escuridão abaixo.

— *Clary?*

Ela o encarou, pálida, com os lábios trêmulos. Perguntas morreram na garganta dele — o que ela estava fazendo ali? Como tinha chegado ao navio? Foi tomado por um espasmo de pavor, pior do que qualquer medo que já tinha sentido. Alguma coisa estava errada com ela, com Clary. Jace deu um passo à frente, exatamente quando ela tirou as mãos do peito e as estendeu para ele. Estavam grudentas de sangue. Sangue cobria a frente do vestido branco como um avental escarlate.

Ele a pegou com um braço enquanto ela cedia para a frente. Quase derrubou a pedra quando o peso da menina caiu sobre ele. Podia sentir as batidas do coração, o toque suave dos cabelos no queixo, tão familiar, mas o cheiro era diferente. O cheiro que ele associava a Clary, uma mistura de sabão floral e algodão limpo, não estava mais lá; só havia cheiro de sangue e metal. A cabeça dela se inclinou para trás, os olhos se revirando. A batida forte do coração estava desacelerando, parando...

— Não! — Ele a sacudiu, forte o bastante para que a cabeça dela rolasse contra o braço dele. — Clary! Acorde! — Ele a sacudiu novamente, e dessa vez os cílios dela bateram; ele sentiu o próprio alívio como um suor frio repentino, em seguida ela estava com os olhos abertos, mas não eram mais verdes; eram de um branco opaco e brilhante, claro e forte como faróis em uma estrada escura. *Já vi esses olhos antes,* ele pensou, em seguida a escuridão se ergueu sobre ele como uma onda, trazendo consigo o silêncio.

Havia buracos na escuridão, pontos brilhantes de luz contra a sombra. Jace fechou os olhos, tentando controlar a própria respiração. Sentia um gosto metálico na boca, como sangue, e percebeu que estava deitado em uma superfície fria de metal e que o frio penetrava pelas roupas para a pele. Contou mentalmente de trás para a frente a partir de cem até a respiração desacelerar. Em seguida abriu os olhos outra vez.

A escuridão continuava, mas se tornara o céu noturno familiar pontuado de estrelas. Ele estava no convés, deitado de costas à sombra da Brooklyn Bridge, que se erguia sobre o navio como uma montanha cinza de metal e pedra. Ele grunhiu e se apoiou nos ombros — em seguida congelou ao se dar conta de que havia outra sombra, claramente humana, inclinando-se sobre ele.

— Foi um golpe e tanto que levou na cabeça — disse a voz que o assombrava nos pesadelos. — Como está se sentindo?

Jace se sentou e se arrependeu imediatamente ao sentir o estômago revirar. Se tivesse comido alguma coisa nas últimas dez horas, tinha quase certeza de que teria vomitado. Do jeito que estava, o gosto amargo de bile inundou sua boca.

— Estou me sentindo péssimo.

Valentim sorriu. Ele estava sentado sobre uma pilha de caixas vazias e amassadas, usando um terno cinza e uma gravata, como se estivesse sentado atrás da mesa elegante da casa Wayland em Idris.

— Tenho mais uma pergunta óbvia para você. Como me encontrou?

— Torturei o seu demônio Raum — disse Jace. — Foi você que me disse onde eles guardam os corações. Ameacei e ele me contou; bem, não são muito inteligentes, mas conseguiu me contar que tinha vindo de um navio no rio. Procurei e vi a sombra do seu barco na água. Ele também me contou que tinha sido invocado por você, mas isso eu já sabia.

— Entendo. — Valentim parecia estar escondendo um sorriso. — Da próxima vez você deveria ao menos me avisar antes de aparecer. Teria poupado um encontro desagradável com os meus guardas.

— Guardas? — Jace se apoiou contra a fria grade de metal e inspirou o ar frio e puro. — Você quer dizer demônios, não? Você usou a Espada para invocá-los.

— Não nego — disse Valentim. — As feras do Lucian destruíram o meu exército de Renegados, e eu não tinha tempo nem vontade de criar novos. Agora que tenho a Espada Mortal, não preciso mais deles. Tenho outros.

Jace pensou em Clary, ensanguentada e morrendo em seus braços. Colocou a mão na testa. Estava frio onde a grade de metal havia encostado.

— Aquela coisa na escada — ele disse. — Não era Clary, era?

— Clary? — Valentim parecia levemente surpreso. — Foi isso que você viu?

— Por que não seria o que vi? — Jace lutou para manter a voz seca, indiferente. Não era estranho nem se sentia desconfortável com relação a segredos, nem os dele nem os de outras pessoas, mas o que sentia por Clary era algo que já tinha dito a si mesmo que só podia tolerar se não olhasse muito de perto.

Mas aquele era Valentim. Ele olhava tudo de perto, avaliando, analisando de que forma poderia obter alguma vantagem. Nesse aspecto lembrava a rainha da corte Seelie: fria, ameaçadora, calculista.

— O que você encontrou na escada — disse Valentim — foi Agramon, o Demônio do Medo. Agramon assume a forma do que quer que o apavore mais. Quando acaba de se alimentar do seu medo, ele o mata, presumindo-se que até lá você ainda esteja vivo. A maioria dos homens e das mulheres morre de medo antes disso. Você deve ser parabenizado por ter resistido tanto quanto resistiu.

— Agramon? — Jace estava espantado. — É um Demônio Maior. Onde você conseguiu *isso*?

— Paguei um jovem feiticeiro arrogante para invocá-lo para mim. Ele achou que poderia controlar o demônio se ele permanecesse no interior do pentagrama. Infelizmente para ele, o seu maior medo era que o demônio que invocasse rompesse as barreiras do pentagrama e o atacasse, e foi exatamente o que aconteceu quando Agramon veio.

— Então foi assim que ele morreu — disse Jace.

— Assim que quem morreu?

— O feiticeiro — disse Jace. — O nome dele era Elias. Tinha 16 anos. Mas você sabia disso, não sabia? O Ritual da Conversão Infernal...

Valentim riu.

— Você *tem* estado ocupado, não tem? Então sabe por que enviei aqueles demônios à casa do Lucian, não sabe?

— Você queria Maia — disse Jace. — Porque ela é uma filhote licantrope. Precisa do sangue dela.

— Enviei demônios Drevak para espionar a casa do Lucian e me relatar depois — disse Valentim. — Lucian matou um deles, mas quando o outro relatou a presença de uma jovem licantrope...

— Você enviou demônios Raum para que a pegassem. — De repente Jace se sentiu muito cansado. — Porque Luke gosta dela e você queria fazê-lo sofrer se pudesse. — Ele fez uma pausa e em seguida falou, em tom mais calculado: — O que é bem baixo, até para você.

Por um instante uma faísca de raiva acendeu nos olhos de Valentim; em seguida ele jogou a cabeça para trás e rugiu com alegria.

— Admiro a sua teimosia. É muito parecida com a minha. — Ele se levantou e em seguida estendeu a mão para Jace. — Vamos. Venha caminhar pelo convés comigo. Tem uma coisa que quero mostrar.

Jace queria recusar com desprezo a mão oferecida, mas não estava seguro, considerando a dor na cabeça, de que poderia se levantar sem ajuda. Além disso, provavelmente seria melhor não enfurecer o pai tão cedo; por mais que Valentim dissesse que admirava a rebeldia de Jace, ele nunca tinha tido muita paciência com comportamento desobediente.

A mão de Valentim era fria e seca, a firmeza estranhamente confortante. Quando Jace estava de pé, Valentim o soltou e tirou uma estela do bolso.

— Deixe-me curar essas feridas — disse, esticando a mão para o filho.

Jace recuou — após um segundo de hesitação que Valentim certamente notara.

— Não quero a sua ajuda.

Valentim guardou a estela.

— Como quiser. — Ele começou a andar, e após um instante Jace o seguiu, acelerando o passo para alcançá-lo. Jace conhecia o pai bem o suficiente para saber que ele jamais viraria para ver se o filho o tinha seguido, apenas esperaria que o tivesse feito e começaria a falar como se ele estivesse ali.

Tinha razão. Quando Jace chegou perto do pai, Valentim já tinha começado a falar. Estava com as mãos soltas nas costas e se movia com uma graça fácil e descuidada, incomum para um homem grande e de ombros largos. Ele se inclinava para a frente enquanto andava, quase como se estivesse andando a passos largos em uma ventania forte.

— ... se me lembro bem — dizia Valentim —, você está familiarizado com *O paraíso perdido*, de Milton?

— Você só me fez ler dez ou quinze vezes — disse Jace. — É melhor reinar no inferno do que servir no paraíso etc., e por aí vai.

— *Non serviam* — disse Valentim. — "Não servirei." Foi o que Lúcifer escreveu na bandeira quando marchou com sua tropa de anjos rebeldes contra uma autoridade corrupta.

— O que você quer dizer? Que está do lado do diabo?

— Alguns dizem que o próprio Milton estava do lado do diabo. O Satanás dele é certamente uma figura mais interessante do que o seu Deus. — Estavam quase na frente do navio. Ele parou e se apoiou na grade de segurança.

Jace se juntou a ele. Já tinham passado pelas pontes do East River e iam em direção ao mar aberto entre Staten Island e Manhattan. As luzes do centro financeiro brilhavam na água como se estivessem enfeitiçadas. O céu estava cheio de pó de diamante e o rio escondia segredos sob um lençol negro liso, cortado aqui e ali por um brilho prateado que poderia ser a cauda de um peixe — ou de uma sereia. *Minha cidade,* pensou Jace, experimentalmente, mas as palavras ainda traziam à mente Alicante com suas torres de cristal, não os arranha-céus de Manhattan.

Após um instante, Valentim falou.

— Por que você está aqui, Jonathan? Depois que o vi na Cidade dos Ossos fiquei imaginando se o seu ódio por mim era implacável. Já tinha quase desistido de você.

O tom dele era firme, como quase sempre era, mas havia alguma coisa — não vulnerabilidade, mas ao menos uma espécie de curiosidade genuína, como se tivesse percebido que o filho era capaz de surpreendê-lo.

Jace olhou para a água.

— A rainha da corte Seelie queria que eu fizesse uma pergunta a você — disse ele. — Ela me disse para perguntar que sangue corre nas minhas veias.

Surpresa passou pelo rosto de Valentim varrendo toda expressão anterior.

— Você falou com a rainha? — Jace não disse nada. — É o jeito do Povo das Fadas. Tudo que dizem tem mais de um significado. Diga a ela, se perguntar outra vez, que o sangue do Anjo corre nas suas veias.

— E nas veias de todos os Caçadores de Sombras — disse Jace, desapontado. Ele esperava por uma resposta melhor. — Você não mentiria para a rainha da corte Seelie, mentiria?

O tom de Valentim foi direto.

— Não. E você não viria até aqui só para me fazer essa pergunta ridícula. Por que está aqui de verdade, Jonathan?

— Precisava falar com alguém. — Ele não era tão bom em controlar a voz quanto o pai; podia ouvir a dor presente, como um machucado sangrando sob a superfície. — Para os Lightwood eu não passo de um problema. Luke deve me odiar agora. A Inquisidora me quer morto. Fiz alguma coisa que magoou Alec e nem sei ao certo o quê.

— E a sua irmã? — disse Valentim. — E Clarissa?

Por que você tem que estragar tudo?

— Ela também não está muito feliz comigo. — Ele hesitou. — Lembro do que você falou na Cidade dos Ossos, que você nunca teve uma chance de me contar a verdade. Não confio em você — acrescentou. — Quero que saiba disso. Mas achei que devesse dar a chance de me dizer *por quê.*

— Você precisa me perguntar mais do que isso, Jonathan. — Havia um tom na voz do pai que espantou Jace, uma humildade feroz, que parecia endurecer o orgulho de Valentim, como aço poderia ser fortalecido pelo fogo. — Existem muitos porquês.

— Por que você matou os Irmãos do Silêncio? Por que pegou a Espada Mortal? O que está planejando? Por que o Cálice Mortal não foi suficiente? — Jace se interrompeu antes que pudesse fazer mais perguntas. *Por que você me abandonou pela segunda vez? Por que me disse que eu não era mais seu filho depois voltou para mim assim mesmo?*

— Você sabe o que eu quero. A Clave está irrecuperavelmente corrompida e precisa ser destruída e reconstruída. Idris precisa se libertar da influência de raças degeneradas, e a Terra precisa ser protegida contra a ameaça demoníaca.

— É, sobre essa ameaça demoníaca — Jace olhou em volta, quase como se esperasse ver a sombra negra de Agramon se aproximando —, pensei que você detestasse demônios. Agora os usa como servos. O Ravener, os demônios Drevak, Agramon: são seus *empregados.* Guardas, mordomo, chefe de cozinha, até onde sei.

Valentim tamborilou os dedos na grade.

— Não sou amigo de demônios — disse ele. — Sou um Nephilim, independente do quanto ache o Pacto inútil e a Lei fraudulenta. Um homem não precisa concordar com o governo para ser patriota, precisa? É preciso ser um verdadeiro patriota para dissentir, para dizer que ama o seu país mais do que o seu próprio lugar na ordem social. Fui vilipendiado pela minha escolha, forçado a me esconder, banido de Idris. Mas eu sou, e sempre serei, um Nephilim. Não poderia mudar o sangue que corre nas minhas veias nem que eu quisesse... e não quero.

Eu quero. Jace pensou em Clary. Olhou para a água escura novamente, sabendo que não era verdade. Desistir da caça, da matança, do conhecimento sobre a própria velocidade e habilidade era impossível. Ele *era* um guerreiro. Não podia ser mais nada.

— Você queria? — perguntou Valentim.

Jace desviou o olhar rapidamente, imaginando se o pai estaria lendo a mente dele. Tinham sido só os dois por tantos anos. A uma certa altura conhecia o rosto do pai melhor do que o próprio. Valentim era a única pessoa da qual ele não conseguia esconder o que sentia. Ou a primeira pessoa, ao menos. Às vezes sentia como se Clary enxergasse através dele, como se ele fosse feito de vidro.

— Não. Eu não queria.

— Quer ser um Caçador de Sombras para sempre?

— Quero — respondeu Jace. — No fim, sou o que você me fez.

— Ótimo — disse Valentim. — Era o que eu queria ouvir. — Ele se inclinou para trás contra a grade, olhando para o céu noturno. Havia cinza em seu cabelo prateado; Jace não notara antes. — Isso é uma guerra — continuou. — A única pergunta é: de que lado você vai ficar?

— Pensei que todos estivéssemos do mesmo lado. Pensei que fôssemos nós contra o mundo demoníaco.

— Se ao menos fosse assim. Você não entende? Se eu achasse que a Clave tem os melhores interesses desse mundo em mente, se eu achasse que eles estão fazendo o melhor que podem, pelo Anjo, por que os combateria? Que razão teria?

Poder, pensou Jace, mas não disse nada. Não tinha mais certeza quanto ao que dizer, muito menos em que acreditar.

— Se a Clave continuar como está — disse Valentim —, os demônios vão perceber a fraqueza e atacar, e a Clave, distraída pela corte interminável de raças degeneradas, não terá condições de combatê-los. Os demônios vão atacar e vão destruir, e não vai sobrar nada.

As raças degeneradas. As palavras tinham uma familiaridade desconfortável; lembravam a infância de Jace de uma maneira que não era inteiramente desagradável. Quando pensava no pai e em Idris, era sempre a mesma lembrança borrada do brilho do sol quente queimando a grama verde na frente da casa de campo, e de uma figura grande, escura e de ombros largos se inclinando para levantá-lo e carregá-lo para dentro. Devia ser muito jovem naquela época, e nunca tinha se esquecido, não de como a grama cheirava — verde, brilhante e recém-cortada — ou de como o sol transformava o cabelo do pai em uma auréola branca, nem da sensação de ser carregado. Mas de se sentir seguro.

— Luke — disse Jace com alguma dificuldade. — Luke não é um degenerado...

— Lucian é diferente. Ele já foi um Caçador de Sombras. — O tom de Valentim era seco e derradeiro. — Não estou falando de membros específicos do Submundo, Jonathan, mas da sobrevivência de todas as criaturas vivas desse mundo. O Anjo escolheu os Nephilim por um motivo. Somos o que há de melhor no mundo e temos a missão de salvá-lo. Somos o que há de mais próximos de deuses e temos que usar esse poder para salvar o mundo da destruição, custe o que custar.

Jace apoiou os cotovelos na grade. Estava frio; o vento gélido penetrava pelas roupas, e as pontas dos dedos estavam dormentes, mas mentalmente ele via colinas verdes, água azul e as pedras cor de mel da casa Wayland.

— No velho conto — disse ele —, Satanás disse a Adão e Eva "vós sereis como deuses" quando os tentou a pecar. E eles foram banidos do jardim por causa disso.

Fez-se uma pausa antes de Valentim rir.

— Viu, é por isso que preciso de você, Jonathan. Você me afasta do pecado do orgulho.

— Existem vários tipos de pecado. — Jace se ajeitou e se virou para encarar o pai. — Não respondeu a minha pergunta sobre os demônios, pai. Como pode justificar invocá-los, se *associar* a eles? Pretende enviá-los contra a Clave?

— Claro que sim — disse Valentim, sem hesitar, sem pausar por um único instante para considerar se seria sábio revelar os planos a alguém que poderia compartilhá-los com os inimigos. Nada poderia ter abalado Jace mais do que a confiança do pai no próprio sucesso. — A Clave não se submete à razão, só à força. Tentei construir um exército de Renegados; com o Cálice, eu poderia criar um exército de novos Caçadores de Sombras, mas isso levaria anos. Não tenho anos. *Nós*, a raça humana, não temos anos. Com a Espada posso invocar um exército de demônios obediente. Vão me servir como ferramentas, fazer o que eu mandar. Não terão escolha. E, quando não precisar mais deles, ordenarei que eles se destruam, e eles vão obedecer. — Não tinha emoção na voz.

Jace estava apertando a grade com tanta força que os dedos tinham começado a doer.

— Você não pode matar todos os Caçadores de Sombras que se opuserem a você. Isso é assassinato.

— Não vou precisar. Quando a Clave vir o poder organizado contra eles, vão se render. Não são suicidas. E há alguns entre eles que me apoiam. — Não havia arrogância na voz de Valentim, apenas uma certeza serena. — Vão se apresentar quando chegar o momento.

— Acho que você está subestimando a Clave. — Jace tentou manter a voz firme. — Acho que não entende o quanto eles o odeiam.

— Ódio não é nada quando posto na balança contra a sobrevivência. — A mão de Valentim foi para o cinto, onde o cabo da Espada brilhava. — Mas não aceite a minha palavra. Eu disse que tinha uma coisa para mostrar. Aqui está.

Ele sacou a Espada da capa e a entregou a Jace. Jace já tinha visto Maellartach antes na Cidade dos Ossos, pendurada na parede do pavilhão das Estrelas Falantes. E vira o cabo na capa de ombro de Valentim, mas nunca a examinara de perto. *A Espada do Anjo.* Era de uma prata escura e pesada, que cintilava com um brilho entorpecido. A luz parecia envolvê-la, como se fosse feita de água. Em seu cabo florescia uma rosa flamejante de luz.

Jace falou com a boca seca:

— É muito bonita.

— Quero que a segure. — Valentim estendeu a Espada para o filho, da maneira como sempre ensinara, com o cabo na frente. A Espada parecia brilhar, negra à luz das estrelas.

Jace hesitou.

— Eu não...

— Pegue-a. — Valentim pressionou-a na mão dele.

No instante em que os dedos de Jace se fecharam ao redor do cabo, uma flecha de luz se lançou do cabo da Espada então voltou. Ele olhou rapidamente para o pai, mas Valentim não tinha qualquer expressão.

Uma dor sombria se espalhou pelo braço de Jace até o peito. Não era que a espada fosse pesada. Ela parecia querer puxá-lo para baixo, arrastá-lo pelo navio, pela água verde do oceano, pela própria crosta frágil da terra. Jace sentiu como se o ar estivesse sendo arrancado de seus pulmões. Levantou a cabeça e olhou ao redor...

E viu que a noite tinha mudado. Havia uma rede brilhante de fios dourados finos no céu, e as estrelas brilhavam através dela, cintilando como cabeças de pregos cravados na escuridão. Jace viu a curva do mundo enquanto escorregava para longe dele e por um instante foi atingido pela beleza de tudo aquilo. Então o céu noturno pareceu se quebrar como vidro, e pela rachadura veio uma horda de formas escuras, curvadas e contorcidas, deformadas e sem rosto, uivando gritos mudos que cauterizavam o interior da mente dele. Vento gelado o queimava enquanto cavalos de seis pernas corriam, deixando rastros sangrentos com os cascos no convés do navio. As coisas que os montavam eram indescritíveis. No alto, criaturas sem olhos e com asas de couro circulavam, guinchando e pingando um limo verde e peçonhento.

Jace se curvou sobre a grade, vomitando incontrolavelmente, a Espada ainda na mão. Abaixo dele demônios flutuavam na água como um ensopado venenoso. Ele viu criaturas espinhosas, com olhos vermelhos em forma de pires lutando enquanto eram arrastadas para baixo sob massas ferventes de tentáculos pretos e escorregadios. Uma sereia presa às garras de uma aranha aquática de dez pernas gritava desesperadamente enquanto a criatura enterrava as garras em sua cauda, os olhos vermelhos brilhando como contas de sangue.

A Espada caiu da mão de Jace e fez um barulho ao atingir o convés. Abruptamente o som e as imagens desapareceram e a noite se calou. Ele continuou segurando a grade, olhando incrédulo para o mar. Estava vazio, a superfície atingida apenas pelo vento.

— O que *foi* isso? — sussurrou. A garganta dele parecia áspera, como se tivesse sido arranhada por uma lixa. Dirigiu um olhar selvagem para o pai, que havia se curvado para pegar novamente a Espada da Alma no convés onde Jace a havia derrubado. — Esses são os demônios que você já invocou?

— Não. — Valentim colocou Maellartach de volta na capa. — Esses são os demônios que foram atraídos para as bordas desse mundo pela Espada. Trouxe o meu navio para cá porque a vigilância é fraca aqui. O que você viu é o meu exército, esperando do outro lado das proteções, esperando que eu os chame para o meu lado. — Os olhos estavam sérios. — Você ainda acha que a Clave não vai se render?

Jace fechou os olhos.

— Nem todos... não os Lightwood... — disse ele.

— Você poderia convencê-los. Se ficar ao meu lado, juro que nenhum mal acontecerá a eles.

A escuridão atrás dos olhos de Jace começou a ficar vermelha. Estivera imaginando as cinzas da velha casa de Valentim, os ossos escurecidos dos avós que não chegou a conhecer. Agora via outros rostos. Alec. Isabelle. Max. Clary.

— Já fiz muito para machucá-los — sussurrou. — Nada mais deve acontecer a nenhum deles. Nada.

— É claro. Entendo. — E Jace percebeu, para o próprio espanto, que Valentim realmente entendia, que de alguma forma via o que mais ninguém parecia enxergar ou tinha a capacidade de entender. — Você acha que é culpa sua todo o mal que se abateu sobre os seus amigos e a sua família.

— É minha culpa.

— Você tem razão. É. — Ao ouvir isso Jace levantou o olhar, completamente espantado. Estava surpreso por ele ter concordado, lutando contra horror e alívio igualmente.

— É?

— O mal não é intencional, é claro, mas você é como eu. Nós envenenamos e destruímos tudo que amamos. Há uma razão para isso.

— Que razão?

Valentim olhou para o céu.

— Temos um propósito maior, você e eu. As distrações do mundo não passam disso: distrações. Se nos permitimos ser tirados do nosso curso por elas, somos punidos.

— E o nosso castigo inclui todos com quem nos importamos? Parece um pouco injusto com *eles*.

— O destino nunca é justo. Você fica preso em uma corrente mais forte do que você, Jonathan; lute contra e não vai se afogar sozinho, mas vai arrastar aqueles que tentarem salvá-lo. Nade com a corrente e sobreviverá.

— Clary...

— Nenhum mal vai ser feito à sua irmã se você se juntar a mim. Irei até o fim do mundo para protegê-la. Eu a levarei para Idris, onde nada poderá acontecer a ela. Isso eu prometo a você.

— Alec. Isabelle. Max...

— Os filhos dos Lightwood também terão a minha proteção.

Jace disse suavemente.

— Luke...

Valentim hesitou.

— Todos os seus amigos serão protegidos. Por que não consegue acreditar em mim, Jonathan? Essa é a única maneira de salvá-los. Juro para você — disse afinal.

Jace não conseguia falar. Fechou os olhos novamente. Dentro dele, o frio do outono combatia a lembrança do verão.

— Tomou uma decisão? — perguntou Valentim. Não conseguia vê-lo, mas conseguia ouvir o caráter definitivo na pergunta. Ele até soava ansioso.

Jace abriu os olhos. A luz das estrelas era uma explosão branca contra suas íris; por um instante ele não conseguiu ver mais nada.

— Sim, pai. Tomei uma decisão.

parte 3

Dia de Ira

Dia de Ira, aquele dia de Incêndio,
David e Sibila testemunham preocupados,
Todo o mundo se desfará em cinzas.

— *Abraham Coles*

Capítulo 14

DESTEMOR

Quando Clary acordou, a luz entrava pelas janelas, e ela sentiu uma dor aguda na bochecha esquerda. Ao rolar para ficar de barriga para cima, constatou que tinha dormido sobre o caderno de desenhos, e o canto dele estava enterrado na bochecha. Também tinha deixado cair a caneta na colcha e havia uma mancha preta se espalhando pelo tecido. Com um resmungo, ela se sentou, esfregou a bochecha pesarosamente e foi tomar banho.

No banheiro havia sinais claros das atividades da noite anterior: tecidos ensanguentados no lixo e um borrão de sangue seco na pia. Tremendo, Clary entrou no chuveiro com um vidro de sabonete líquido de toranja, determinada a se livrar do sentimento remanescente de desconforto.

Em seguida, enrolada em um dos roupões de Luke e com uma toalha enrolada no cabelo molhado, ela empurrou a porta do banheiro e viu Magnus espreitando do outro lado, segurando uma toalha em uma das mãos e apoiando o cabelo brilhoso na outra. Ele deve ter dormido com ela, pensou Clary, pois um lado das pontas brilhantes parecia amassado.

— Por que meninas demoram tanto no banho? — perguntou ele. — Meninas mortais, Caçadoras de Sombras, feiticeiras, vocês são todas iguais. Não estou rejuvenescendo enquanto espero aqui fora.

Clary saiu do caminho para deixá-lo passar.

— Quantos anos você *tem* aliás? — perguntou curiosa.

Magnus deu uma piscadela para ela.

— Eu estava vivo quando o mar Morto era só um lago que estava se sentindo mal.

Clary revirou os olhos.

Magnus fez um movimento para enxotá-la.

— Agora tire o seu pequeno traseiro daqui. Preciso entrar; o meu cabelo está uma *tragédia*.

— Não use todo o meu sabonete líquido, é caro — Clary disse a ele e foi para a cozinha, onde procurou filtros e ligou a cafeteira Mr. Coffee. O som borbulhante familiar do coador e o cheiro do café afastaram a sensação de desconforto. Enquanto ainda houvesse café no mundo, quão ruim as coisas poderiam ser?

Ela voltou para o quarto para se vestir. Dez minutos depois, com calças jeans e um suéter listrado de verde e azul, ela estava na sala acordando Luke. Ele se sentou com um resmungo, os cabelos desgrenhados e o rosto marcado pelo sono.

— Como você está se sentindo? — perguntou Clary, entregando uma caneca lascada cheia de café.

— Melhor agora. — Luke olhou para o tecido rasgado da camisa; as pontas estavam manchadas de sangue. — Cadê a Maia?

— Ela está dormindo no seu quarto, lembra? Você disse que ela podia ficar lá. — Clary se ajeitou no braço do sofá.

Luke esfregou os olhos.

— Não me lembro muito bem de ontem à noite — admitiu. — Lembro de ter saltado da picape, mas de quase nada depois disso.

— Havia mais demônios escondidos lá fora. Eles atacaram você. Eu e o Jace cuidamos deles.

— Mais demônios Drevak?

— Não. — disse Clary com relutância. — Jace disse que eram demônios Raum.

— Demônios Raum? — Luke se ajeitou. — Isso é sério. Demônios Drevak são bestas perigosas, mas os Raum...

— Tudo bem — disse Clary. — Nós nos livramos deles.

— Você se livrou dele? Ou foi Jace? Clary, não quero você...

— Não foi assim. — Ela balançou a cabeça. — Foi...

— Magnus não estava por aqui? Por que ele não foi com vocês? — interrompeu Luke, claramente contrariado.

— Eu estava curando *Maia*, por isso — disse Magnus, entrando na sala com um cheiro forte de toranja. O cabelo estava enrolado em uma toalha, e ele usava uma roupa esportiva azul com listras prateadas na lateral. — Onde está a gratidão?

— *Estou* grato. — Luke parecia estar ao mesmo tempo irritado e tentando não rir. — É que se alguma coisa tivesse acontecido à Clary...

— Maia teria morrido se eu tivesse ido com eles — disse Magnus, sentando-se em uma cadeira. — Clary e Jace cuidaram muito bem dos demônios sozinhos, não cuidaram? — Ele se voltou para Clary.

Ela estremeceu.

— Então, exatamente isso...

— Exatamente o quê? — Era Maia, ainda com as roupas da noite anterior, mas usando uma das blusas de flanela de Luke por cima da camiseta. Ela se moveu rigidamente pela sala, e sentou-se com cuidado em uma cadeira. — Esse cheiro é de café? — perguntou esperançosa, enrugando o nariz.

Honestamente, Clary pensou, não era justo que uma licantrope fosse tão curvilínea e bonita; deveria ser grande e peluda, possivelmente com cabelo saindo das orelhas. *E essa,* Clary acrescentou silenciosamente, *é exatamente a razão pela qual não tenho nenhuma amiga mulher e passo todo o meu tempo livre com Simon. Preciso tomar jeito.* Ela se levantou.

— Quer que eu traga um pouco para você?

— Claro. — Maia fez que sim com a cabeça. — Com leite e açúcar! — gritou enquanto Clary saía da sala; mas quando ela voltou da cozinha com a caneca quente na mão, a menina licantrope estava franzindo o cenho. — Não me lembro muito do que aconteceu ontem à noite — disse ela —, mas tem alguma coisa sobre Simon, alguma coisa que está me incomodando...

— Bem, você tentou matá-lo — disse Clary, se ajeitando novamente no braço do sofá. — Talvez seja isso.

Maia empalideceu, olhando para o café.

— Eu tinha me esquecido. Ele é um vampiro agora. — Ela olhou para Clary. — Não queria machucá-lo. Eu só...

— Sim? — Clary ergueu as sobrancelhas. — Só o quê?

O rosto de Maia ficou vermelho-escuro lentamente. Ela pousou o café na mesa ao lado.

— Talvez seja melhor se deitar — aconselhou Magnus. — Acho que ajuda quando a sensação devastadora de compreensão bate.

Os olhos de Maia se encheram de lágrimas de repente. Clary olhou horrorizada para Magnus — ele parecia igualmente chocado, ela percebeu — e depois para Luke.

— Faça alguma coisa — sibilou baixinho para ele. Magnus podia ser um feiticeiro capaz de curar ferimentos com um fogo azul brilhante, mas Luke era a escolha certa entre os dois para lidar com meninas adolescentes chorando.

Ele começou a tirar o cobertor, em preparação para se levantar, mas antes que pudesse ficar de pé, a porta da frente se abriu e Jace entrou, seguido por Alec, que trazia uma caixa branca. Magnus tirou a toalha apressadamente da cabeça, deixando-a cair atrás da poltrona. Sem o gel e a purpurina, os cabelos eram escuros e lisos, quase nos ombros.

Os olhos de Clary imediatamente encontraram os de Jace, como sempre faziam; ela não podia evitar, mas pelo menos ninguém mais pareceu notar. Jace parecia nervoso, ligado e tenso, mas também exausto, com os olhos cinzentos ocos. Deslizou-os por ela sem expressão e fixou-os em Maia, que continuava chorando silenciosamente e não parecia tê-lo ouvido entrar,

— Todos de bom humor, percebo — observou ele. — Mantendo o ânimo?

Maia esfregou os olhos.

— Droga — murmurou. — Detesto chorar na frente de Caçadores de Sombras.

— Então vá chorar em outro lugar — disse Jace, a voz completamente desprovida de calor. — Nós certamente não precisamos de você choramingando aqui enquanto conversamos, precisamos?

— Jace — começou Luke em tom de aviso, mas Maia já tinha levantado e saído pela porta da cozinha.

Clary virou-se para Jace.

— Conversamos? Não estávamos conversando.

— Mas estaremos — disse Jace, sentando-se no banco do piano e esticando as pernas. — Magnus quer gritar comigo, não quer, Magnus?

— Quero — disse ele, tirando os olhos de Alec por tempo suficiente para franzir o cenho. — Aonde você foi? Pensei que tivesse sido bem claro quanto a você dever ficar dentro de casa.

— Pensei que ele não tivesse escolha — disse Clary. — Pensei que ele tivesse que ficar onde você estivesse. Sabe, por mágica.

— Normalmente sim — disse Magnus —, mas ontem à noite, depois de tudo que fiz, minha mágica... se esgotou.

— Esgotou?

— É. — Magnus parecia mais furioso do que nunca. — Nem o Magnífico Feiticeiro do Brooklyn tem recursos inesgotáveis. Sou humano. Bem — corrigiu-se —, semi-humano, pelo menos.

— Mas você deveria saber que os recursos tinham se esgotado, não? — disse Luke, de forma não muito gentil.

— Sim, e eu fiz esse desgraçado jurar que ia ficar dentro de casa. — Magnus olhou para Jace. — Agora sei quanto valem seus estimados juramentos de Caçador de Sombras.

— Você precisa aprender a me fazer jurar do jeito certo — disse Jace, imperturbável. — Só um juramento pelo Anjo tem significado.

— É verdade — disse Alec. Foi a primeira coisa que disse desde que entrara na casa.

— Claro que é verdade. — Jace pegou a caneca de café intocada de Maia e tomou um gole. Fez uma careta. — Açúcar.

— Onde foi que você esteve durante toda a noite? — perguntou Magnus, com a voz azeda. — Com Alec?

— Não consegui dormir, então fui dar uma caminhada — disse ele. — Quando voltei, encontrei com esse bobo triste na varanda. — E apontou para Alec.

Magnus se alegrou.

— Você ficou na varanda durante a noite inteira? — ele perguntou a Alec.

— Não — respondeu Alec. — Fui para casa e voltei. Estou com roupas diferentes, não estou? Veja.

Todos olharam. Alec vestia uma jaqueta jeans escura, exatamente a que estava usando no dia anterior. Clary decidiu lhe conceder o benefício da dúvida.

— O que tem na caixa? — perguntou.

— Ah. É... — Alec olhou para a caixa como se tivesse se esquecido dela. — Donuts, na verdade — Abriu a caixa e colocou em cima da mesa de centro. — Alguém quer?

Todos, como ficou claro, queriam um donut. Jace quis dois. Depois de comer a torta que Clary tinha trazido, Luke parecia moderadamente revitalizado; terminou de tirar o cobertor e se sentou, as costas encostadas no sofá.

— Tem uma coisa que não estou entendendo — disse.

— Só uma coisa? Então você está muito adiantado com relação a todos nós — disse Jace.

— Vocês dois foram atrás de mim quando não voltei para casa — disse Luke, olhando de Clary para Jace.

— Nós três — disse Clary. — Simon foi junto.

Luke parecia dolorido.

— Tudo bem. Vocês três. Eram dois demônios, mas a Clary disse que vocês não mataram nenhum. Então o que aconteceu?

— Eu teria matado o meu, mas ele fugiu — disse Jace. — Caso contrário...

— Mas por que ele faria isso? — perguntou Alec. — Dois deles, três de vocês... Talvez tenham se sentido em desvantagem?

— Sem ofensa a nenhum dos envolvidos, mas o único de vocês que parece formidável é Jace — disse Magnus. — Uma Caçadora de Sombras sem treinamento e um vampiro assustado...

— Acho que talvez tenha sido eu — disse Clary. — Acho que talvez eu o tenha assustado.

Magnus piscou os olhos.

— Não acabei de dizer...

— Eu não quis dizer que o assustei porque sou aterrorizante — explicou Clary. — Acho que foi isso. — Ela levantou a mão, virando-a para que pudessem ver a Marca no braço.

Fez-se um silêncio repentino. Jace olhou com firmeza para ela, em seguida desviou o olhar; Alec piscou, e Luke parecia espantado.

— Nunca vi essa Marca antes — disse afinal. — Alguém já viu?

— Não — disse Magnus. — Mas não gostei.

— Não sei ao certo o que é, nem o que significa — disse Clary, abaixando o braço. — Mas não é do Livro Gray.

— Todos os símbolos vêm do Livro Gray. — A voz de Jace era firme.

— Esse aqui, não — disse Clary. — Eu o vi em um sonho.

— Em um *sonho*? — Jace parecia tão ofendido que era como se ela o tivesse insultado. — Com o que você anda brincando, Clary?

— Não ando brincando com nada. Você não se lembra de quando estávamos na corte Seelie...

A expressão de Jace era de como se ela tivesse batido nele. Clary prosseguiu rapidamente, antes que ele pudesse dizer alguma coisa.

— ... e a rainha Seelie nos disse que nós éramos experimentos? Que o Valentim tinha feito... tinha feito *coisas* conosco, para nos tornar diferentes, especiais? Ela me disse que o meu dom era algo relacionado a palavras que não podiam ser ditas e que o seu era o próprio dom do Anjo.

— Aquilo foi baboseira de fada.

— Fadas não mentem, Jace. Palavras que não podem ser ditas, ela está falando de símbolos. Cada um tem um significado, mas são feitos para serem desenhados, não ditos em voz alta — Clary continuou, ignorando o olhar duvidoso dele. — Lembra quando me perguntou como eu tinha entrado na sua cela na Cidade do Silêncio? Eu disse que só tinha usado um símbolo de Abertura normal...

— Você fez só isso? — Alec parecia surpreso. — Eu cheguei lá logo depois de você e parecia que alguém tinha arrancado aquela porta das dobradiças.

— O meu símbolo não destrancou só a porta — completou Clary. — Destrancou tudo dentro da sala. Abriu as algemas do Jace. — Ela respirou. — Acho que a rainha quis dizer que eu posso desenhar símbolos mais poderosos do que os normais. Talvez até criar novos.

Jace balançou a cabeça.

— Ninguém pode criar símbolos novos...

— Talvez ela possa, Jace. — Alec parecia pensativo. — É verdade, nenhum de nós nunca viu essa Marca no braço dela antes.

— Alec tem razão — disse Luke. — Clary, por que você não pega o seu caderno de desenhos?

Clary olhou para ele surpresa. Os olhos azul-cinzentos pareciam cansados, um pouco fundos, mas tinham a mesma firmeza de quando ela tinha 6 anos de idade e ele prometeu que, se ela escalasse o trepa-trepa no playground do Prospect Park, ficaria embaixo o tempo todo para pegá-la caso caísse. E sempre esteve.

— Tudo bem — disse. — Já volto.

Para chegar ao quarto de hóspedes, Clary teve que atravessar a cozinha, onde encontrou Maia em um banco perto da bancada, completamente abatida.

— Clary — disse ela, descendo do banco. — Posso falar com você um segundo?

— Só estou indo para o meu quarto pegar uma coisa...

— Olha só, sinto muito pelo que aconteceu com Simon. Eu estava delirando.

— Ah, é? E o que aconteceu com aquela conversa de lobisomens estarem destinados a odiar vampiros?

Maia respirou exasperada.

— Nós somos, mas... acho que não preciso acelerar o processo.

— Não explique para mim; explique para Simon.

Maia enrubesceu novamente, as bochechas ficaram vermelho-escuras.

— Duvido que ele queira falar comigo.

— Pode ser que queira. Ele é bom em perdoar.

Maia olhou para ela com mais atenção.

— Não que eu queira me intrometer, mas vocês dois estão juntos?

Clary se sentiu enrubescer e agradeceu às sardas por oferecerem pelo menos um disfarce.

— Por que você quer saber?

Maia deu de ombros.

— Na primeira vez que o vi, ele se referiu a você como melhor amiga dele, mas, na segunda vez, chamou você de namorada. Fiquei imaginando se seria uma daquelas relações em que se termina e reata o tempo todo.

— Mais ou menos. Éramos amigos antes. É uma longa história.

— Entendo. — O rubor de Maia desapareceu e o sorriso de menina durona voltou ao rosto. — Bem, você tem sorte, só isso. Mesmo que ele seja um vampiro agora. Você deve estar acostumada a todos os tipos de coisas estranhas, sendo Caçadora de Sombras, então aposto que isso não te abala.

— Abala, sim — disse Clary, mais grossa do que pretendia. — Não sou Jace.

O sorriso dela se ampliou.

— Ninguém é. E tenho a sensação de que ele sabe disso.

— O que você quer dizer com isso?

— Ah, você sabe. Jace me lembra um antigo namorado. Alguns caras olham para você como se quisessem sexo. Jace olha como se vocês já tivessem *feito* sexo, tivesse sido ótimo e agora vocês são só amigos, mesmo que você queira mais. Enlouquece as meninas. Entende?

Entendo, pensou Clary.

— Não — disse ela.

— Acho que não, sendo irmã dele. Vai ter que acreditar em mim.

— Tenho que ir. — Já estava quase fora da cozinha quando alguma coisa ocorreu a ela. Clary se virou. — O que aconteceu com ele?

Maia piscou os olhos.

— O que aconteceu com quem?

— Com o antigo namorado. O que Jace faz você lembrar.

— Ah — disse Maia. — Foi ele quem me transformou em licantrope.

— Tudo bem, está aqui — disse Clary, voltando para a sala com o caderno de desenhos na mão e uma caixa de lápis de cor na outra. Ela puxou uma cadeira da sala de jantar que quase nunca era utilizada, Luke sempre comia na cozinha ou no escritório, e a mesa vivia cheia de papéis e velhas contas, e se sentou, com o caderno à sua frente. Sentiu-se como se estivesse fazendo uma prova na escola de arte. *Desenhe esta maçã.* — O que você quer que eu faça?

— O que você acha? — Jace ainda estava no banco do piano, com os ombros arqueados para a frente; estava com cara de que não tinha dormido durante a noite. Alec estava apoiado no piano atrás dele, provavelmente porque era o mais longe possível de Magnus.

— Jace, já chega. — Luke estava sentado ereto, mas parecia estar se esforçando para isso. — Você não disse que podia desenhar novos símbolos, Clary?

— Disse que achava que sim.

— Bem, gostaria que você tentasse.

— Agora?

Luke deu um sorriso de leve.

— A não ser que você tenha outra coisa em mente.

Clary abriu o caderno em uma página branca e olhou para ela. Uma folha de papel nunca tinha parecido tão vazia. Podia sentir a quietude na sala, todos olhando para ela: Magnus com uma curiosidade antiga e sólida; Alec preocupado demais com os próprios problemas para se importar muito com os dela; Luke esperançoso; e Jace com uma falta de expressão fria e assustadora. Clary se lembrou dele dizendo que gostaria de conseguir odiá-la e imaginou se algum dia conseguiria.

Largou o lápis.

— Não consigo fazer quando me mandam. Não sem ter uma ideia.

— Que tipo de ideia? — disse Luke.

— Quero dizer, nem sei quais são os símbolos que já existem. Preciso de um significado, uma palavra, antes de desenhar um símbolo que o represente.

— É difícil o bastante para nós lembrar todos os símbolos... — Alec começou, mas Jace, para surpresa de Clary, o interrompeu.

— Que tal destemor?

— Destemor? — ecoou ela.

— Existem símbolos de coragem — disse Jace —, mas nada para tirar o medo. Se, como diz, você pode criar novos... — Ele olhou em volta e viu as expressões surpresas de Alec e Luke. — Eu só me lembrei que não existe nenhum, só isso. E me parece inofensivo o bastante.

Clary olhou para Luke, que deu de ombros.

— Tudo bem — disse ele.

Ela pegou um lápis cinza-escuro da caixa e colocou a ponta no papel. Pensou em formas, linhas, rabiscos; pensou nos sinais do Livro Gray, antigos e perfeitos, encarnações de uma língua perfeita demais para ser posta em palavras. Uma voz suave falou em sua mente: *Quem é você para pensar que pode falar a língua do paraíso?*

O lápis se moveu. Ela tinha quase certeza que não o tinha movido, mas ele atravessou o papel, descrevendo uma linha solitária. Ela sentiu o coração pular. Pensou na mãe, sentada sonhadora diante das telas, criando sua própria visão de mundo em desenhos e tinta a óleo. Ela pensou: *Quem sou eu? Sou a filha de Jocelyn Fray*. O lápis se moveu outra vez, e dessa vez ela prendeu a respiração; percebeu que estava sussurrando a palavra baixinho.

— Destemor, destemor. — O lápis subiu novamente, e agora ela o guiava em vez de ser guiada por ele. Quando terminou, largou o lápis e encarou por um instante, admirada, o resultado.

O símbolo do Destemor era uma matriz de linhas fortemente curvas: um símbolo tão corajoso e aerodinâmico quanto uma águia. Ela arrancou a página e levantou-a para que os outros pudessem ver.

— Pronto — disse, e foi recompensada pelo olhar admirado no rosto de Luke (então ele *não tinha* acreditado nela) e pela pequena fração de segundo durante a qual os olhos de Jace se arregalaram.

— Legal — disse Alec.

Jace se levantou e atravessou a sala, tirando a folha de papel da mão dela.

— Mas funciona?

Clary imaginou se ele estava falando sério ou se só estava provocando.

— Como assim?

— Quero dizer: como sabemos que funciona? Agora é só um desenho, você não pode tirar o medo de uma folha de papel, porque para começar ela nem sequer sente algum. Temos que experimentar em algum de nós antes de ter certeza de que é um símbolo de verdade.

— Não tenho certeza se é uma boa ideia — disse Luke.

— É uma ótima ideia. — Jace colocou o papel de volta na mesa e começou a tirar o casaco. — Tenho uma estela que podemos usar. Quem quer fazer em mim?

— Péssima escolha de palavras — murmurou Magnus.

Luke se levantou.

— Não — disse ele. — Jace, você já se comporta como se nunca tivesse ouvido falar da palavra "medo". Não sei como vamos ver a diferença se *funcionar* em você.

Alec sufocou o que parecia uma risada. Jace simplesmente sorriu um sorriso nada amistoso.

— Já ouvi a palavra "medo" — disse ele. — Simplesmente escolho acreditar que não se aplique a mim.

— É exatamente esse o problema — disse Luke.

— Bem, então por que não tento em você? — disse Clary, mas Luke balançou a cabeça.

— Não se pode Marcar membros do Submundo, Clary, pelo menos não com algum efeito. A doença demoníaca que causa a licantropia evita que as Marcas funcionem.

— Então...

— Tente em mim — disse Alec inesperadamente. — Eu bem que preciso de um pouco de destemor. — Ele tirou o casaco, jogou-o sobre o banco do piano e atravessou a sala para ficar na frente de Jace. — Aqui. Pode marcar o meu braço.

Jace olhou para Clary.

— A não ser que você ache que deva fazer...

Ela balançou a cabeça.

— Não. Você provavelmente é melhor em aplicar Marcas do que eu.

Jace deu de ombros.

— Levante a manga, Alec.

Obediente, Alec levantou a manga. Já havia uma Marca permanente na parte superior do braço, um rolo elegante de linhas para lhe dar perfeito equilíbrio. Todos eles se inclinaram para a frente, até Magnus, enquanto Jace traçava os contornos do símbolo do Destemor no braço de Alec, logo abaixo da Marca já existente. Alec franziu o rosto enquanto a estela traçava o caminho flamejante na pele dele. Quando Jace terminou, colocou a estela de volta no bolso e parou um instante, admirando seu trabalho manual.

— Bem, *parece* bonita ao menos — anunciou. — Se funciona ou não...

Alec tocou a Marca nova com as pontas dos dedos, em seguida levantou os olhos para perceber que todos na sala estavam olhando para ele.

— Então? — disse Clary.

— Então o quê? — Alec abaixou a manga, cobrindo a Marca.

— Então, como se *sente*? Alguma diferença?

Alec pareceu considerar.

— Na verdade, não.

Jace jogou as mãos para o alto.

— Então não funciona.

— Não necessariamente — disse Luke. — Pode ser que simplesmente não esteja acontecendo nada para ativá-la. Talvez aqui não haja nada de que o Alec tenha medo.

Magnus olhou para Alec e ergueu as sobrancelhas.

— Búúú — disse ele.

Jace estava sorrindo.

— Vamos, certamente você tem algum medo. O que o assusta?

Alec pensou por um instante.

— Aranhas — respondeu.

Clary olhou para Luke.

— Você tem alguma aranha em algum lugar?

Luke pareceu exasperado.

— Por que eu teria uma *aranha*? Pareço alguém que coleciona aranhas?

— Sem querer ofender — disse Jace —, mas parece.

— Sabe — o tom de Alec era amargo —, talvez esse tenha sido um experimento idiota.

— Que tal o escuro? — sugeriu Clary. — Poderíamos trancá-lo no porão.

— Sou um caçador de demônios — disse Alec, com uma paciência exagerada. — É claro que *não tenho medo do escuro.*

— Bem, poderia ter.

— Mas não tenho.

Clary foi poupada de ter que responder pelo soar da campainha. Ela olhou para Luke, erguendo as sobrancelhas.

— Simon?

— Não pode ser. É dia.

— Ah, é verdade. — Ela havia se esquecido outra vez. — Você quer que eu atenda?

— Não. — Ele se levantou com apenas um rápido resmungo de dor. — Estou bem. Provavelmente é alguém querendo saber por que a livraria está fechada.

Ele atravessou a sala e abriu a porta. Ficou com o ombro rígido de surpresa; Clary ouviu o som de uma voz feminina completamente furiosa e familiar, e um segundo depois, Isabelle e Maryse Lightwood passaram por Luke e entraram na sala, seguidas pela figura cinza e ameaçadora da Inquisidora. Atrás delas um homem alto e corpulento, de cabelo escuro, pele bronzeada e uma barba preta grossa. Apesar de ter sido tirada muitos anos antes, Clary o reconheceu da velha foto que Hodge havia mostrado: era Robert Lightwood, pai de Alec e Isabelle.

A cabeça de Magnus se ergueu com um estalo. Jace ficou claramente pálido, mas não demonstrou qualquer outra emoção. E Alec — Alec olhou da irmã para a mãe, para o pai e depois para Magnus, os olhos azul-claros escureceram com uma resolução sombria. Ele deu um passo para a frente, colocando-se entre os pais e todos os outros na sala.

Ao ver o filho mais velho no meio da sala de Luke, Maryse teve uma reação atrasada.

— Alec, mas que *diabos* você está fazendo aqui? Achei que tivesse deixado bem claro que...

— Mãe. — A voz de Alec ao interromper a mãe foi firme, implacável, mas não rude. — Pai. Tem uma coisa que preciso contar para vocês. — Ele sorriu para eles. — Estou saindo com uma pessoa.

Robert Lightwood olhou para o filho com alguma irritação.

— Alec — disse ele. — Não é hora para isso.

— É sim. É importante. Entendam, não é uma pessoa qualquer. — As palavras pareciam jorrar da boca de Alec em uma torrente, enquanto os pais o olhavam confusos. Isabelle e Magnus olhavam para ele com expressões quase idênticas de espanto. — Estou saindo com alguém do Submundo. Aliás, estou saindo com...

Os dedos de Magnus se moveram, rápidos como um flash de luz, na direção de Alec. Fez-se um brilho fraco no ar ao redor de Alec, os olhos dele rolaram para cima e ele caiu no chão, abatido como uma árvore.

— Alec! — Maryse levou a mão à boca. Isabelle, que era quem estava mais próxima do irmão, se abaixou ao lado dele, mas Alec já tinha começado a se mexer, as pálpebras se abrindo.

— O que... Por que eu estou no chão?

— É uma boa pergunta. — Isabelle encarou o irmão. — O que *foi* aquilo?

— O que foi o quê? — Alec se sentou, levantando a cabeça. Uma expressão de alarme cruzou seu rosto. — Espere... eu falei alguma coisa? Antes de desmaiar, quero dizer?

Jace riu.

— Sabe como estávamos nos perguntando se aquela coisa que a Clary fez funcionava ou não? — ele perguntou. — Funciona muito bem.

Alec parecia completamente horrorizado.

— O que foi que eu disse?

— Você disse que estava saindo com alguém — disse o pai. — Mas não deixou claro por que isso era tão importante.

— Não é — disse Alec. — Quer dizer, não estou saindo com ninguém. E não é importante. Ou não seria se eu estivesse saindo com alguém, coisa que não estou fazendo.

Magnus olhou para Alec como se ele fosse um idiota.

— Alec anda delirando — disse ele. — Efeito colateral de algumas toxinas demoníacas. Uma infelicidade, mas logo ele vai ficar bem.

— Toxinas demoníacas? — A voz de Maryse se tornara um ganido. — Ninguém falou de nenhum ataque demoníaco ao Instituto. *O que* está acontecendo aqui, Lucian?

Essa é a sua casa, não é? Você sabe muito bem que se houve um ataque demoníaco você deve relatar...

— Luke foi atacado também — disse Clary. — Ele estava inconsciente.

— Que conveniente. Todos estão inconscientes, ou aparentemente delirando — disse a Inquisidora. Sua voz cortou a sala como uma faca, calando a todos. — Membro do Submundo, você sabe muito bem que Jonathan Morgenstern não deveria estar na sua casa. Ele deveria estar sob os cuidados do feiticeiro.

— Eu tenho nome, sabia? — disse Magnus. — Não que isso importe — acrescentou, aparentemente pensando duas vezes sobre interromper a Inquisidora. — Aliás, pode esquecer.

— Eu sei o seu nome, Magnus Bane — retrucou a Inquisidora. — Você falhou na sua função uma vez; não terá outra chance.

— Falhei na minha função? — Magnus franziu o cenho. — Só por ter trazido o menino aqui? Não havia nada no contrato que assinei que dizia que eu não podia levá-lo comigo de acordo com meu próprio julgamento.

— Não foi essa a sua falha — disse a Inquisidora. — Deixá-lo ver o pai ontem à noite foi a sua falha.

Fez-se um silêncio de espanto. Alec se levantou cambaleando, procurando Jace com os olhos, mas Jace não olhou para ele; seu rosto era uma máscara.

— Isso é ridículo — disse Luke. Clary raramente o vira tão furioso. — Jace nem sabe onde Valentim está. Pare de persegui-lo.

— Perseguir é o meu trabalho, homem do Submundo — retrucou a Inquisidora. — É o meu dever. — Ela se voltou para Jace. — Conte-me a verdade agora, menino, e tudo será muito mais fácil.

Jace levantou o queixo.

— Não tenho que contar nada.

— Se você é inocente, por que não se explicar? Conte-nos onde realmente esteve ontem à noite. Conte-nos sobre o barquinho do prazer do Valentim.

Clary olhou para ele. *Fui dar uma caminhada,* fora o que ele dissera. Mas isso não queria dizer nada. Talvez ele realmente tivesse ido dar uma caminhada. Contudo, no coração, no estômago, ela se sentia enjoada. *Sabe qual é a pior coisa que posso imaginar?* Simon dissera. *Não confiar em alguém que amo.*

Quando Jace não falou, Robert Lightwood se pronunciou com sua voz grave como um baixo.

— Imogen? Você está dizendo que Valentim está... estava...

— Em um barco no meio do East River — disse a Inquisidora. — Isso mesmo.

— Por isso não consegui encontrá-lo — disse Magnus, meio para si mesmo. — Toda aquela água... atrapalhou o meu feitiço.

— O que Valentim está fazendo no meio do rio? — perguntou Luke, espantado.

— Pergunte ao Jonathan — disse a Inquisidora. — Ele pegou uma moto emprestada com o líder do clã de vampiros da cidade e voou até o barco. Não foi, Jonathan?

Jace não disse nada. Era impossível decifrar a expressão dele. A Inquisidora, no entanto, parecia faminta, como se tivesse se alimentando com o suspense na sala.

— Coloque a mão no bolso do seu casaco — disse ela. — Retire o objeto que vem carregando consigo desde que deixou o Instituto.

Lentamente, Jace fez o que ela mandou. Ao retirar a mão do bolso, Clary reconheceu o objeto azul cinzento brilhante que ele segurava. O pedaço do espelho Portal.

— Entregue-o para mim. — A Inquisidora arrancou o objeto da mão dele, que franziu o cenho; a ponta do vidro o cortou, e o sangue se espalhou pela palma. Maryse emitiu um ruído suave, mas não se moveu. — Eu sabia que você ia voltar ao Instituto para buscar isso — disse a Inquisidora, com clara satisfação. — Sabia que o seu sentimentalismo não permitiria que o deixasse para trás.

— O que é isso? — Robert Lightwood parecia espantado.

— Um pedaço de um Portal em forma de espelho — disse a Inquisidora. — Quando o Portal foi destruído, a imagem do último destino foi preservada. — Ela virou o pedaço de vidro nos dedos longos e araneiformes. — Nesse caso, a casa de campo Wayland.

Os olhos de Jace seguiram o movimento do espelho. No pedaço que Clary podia ver, parecia haver um fragmento de céu azul-escuro. Ela imaginou se estava chovendo em Idris.

Com um movimento violento e repentino, incompatível com seu tom calmo, a Inquisidora jogou o pedaço de espelho no chão. O espelho se espatifou instantaneamente em fragmentos minúsculos. Clary ouviu Jace prender a respiração, mas ele não se moveu.

A Inquisidora colocou um par de luvas cinza e se ajoelhou entre os pedaços de espelho, remexendo-os com os dedos, até encontrar o que estava procurando — uma pequena folha de papel fino. Ela se levantou, erguendo-a para que todos na sala pudessem ver o símbolo grosso desenhado em tinta preta.

— Marquei esse papel com um símbolo de rastreamento e o escondi entre o vidro e a parte de trás do espelho. Em seguida recoloquei-o no quarto do menino. Não se sinta mal por não ter percebido — disse ela a Jace. — Mentes mais velhas e mais sábias que a sua já foram enganadas pela Clave.

— Você tem me espionado — disse Jace, e agora sua voz estava temperada com raiva. — É isso que a Clave faz, invade a privacidade dos Caçadores de Sombras para...

— Cuidado com o que diz para mim. Você não é o único que violou a Lei. — O olhar frio da Inquisidora percorreu a sala. — Ao libertarem-no da Cidade do Silêncio e deixarem você sob o controle do feiticeiro, os seus amigos fizeram o mesmo.

— Jace não é nosso amigo — disse Isabelle. — Ele é nosso irmão.

— Tome cuidado com o que diz, Isabelle Lightwood — alertou a Inquisidora. — Você pode ser considerada cúmplice.

— Cúmplice? — Para surpresa de todos, quem falou foi Robert Lightwood. — A menina só estava tentando impedi-la de destruir a nossa família. Pelo amor de Deus, Imogen, são apenas crianças...

— Crianças? — A Inquisidora voltou o olhar gelado para Robert. — Assim como vocês eram crianças quando o Ciclo planejou a destruição da Clave? Assim como o meu filho era uma criança quando... — Ela se interrompeu com uma espécie de engasgo, como se estivesse assumindo o controle de si mesma por pura força.

— Então é tudo por causa do Stephen — disse Luke, com uma espécie de pena na voz. — Imogen...

A face da Inquisidora se contraiu.

— Não é pelo Stephen! É uma questão de *Lei*!

Os dedos finos de Maryse giraram enquanto suas mãos mexiam uma na outra.

— E Jace — disse ela. — O que vai acontecer com ele?

— Ele vai voltar para Idris comigo amanhã — disse a Inquisidora. — Você perdeu o direito de saber qualquer coisa além disso.

— Como pode levá-lo de volta para aquele lugar? — perguntou Clary. — Quando ele vai *voltar*?

— Clary, *não* — disse Jace. As palavras eram uma súplica, mas ela continuou.

— O problema aqui não é Jace! Valentim é o problema!

— Deixe para lá, Clary! — gritou Jace. — Para o seu próprio bem, deixe para lá!

Clary não conseguia se controlar. Recuou para longe dele — ele nunca havia gritado com ela assim, nem mesmo quando ela o arrastara para o quarto da mãe no hospital. Ela viu a expressão no rosto dele enquanto ele registrava a cara que ela estava fazendo e desejou que pudesse desfazê-la de alguma forma.

Antes que pudesse dizer qualquer outra coisa, Luke colocou a mão no ombro dela. Ele falou, soando tão sério quanto quando havia contado sua história de vida.

— Se o menino foi até o pai — disse — sabendo o tipo de pai que Valentim é, é porque fracassamos com ele, não porque ele fracassou conosco.

— Economize seu sofisma, Lucian — disse a Inquisidora. — Você ficou mole como um mundano.

— Ela tem razão. — Alec estava sentado na beira do sofá, com os braços cruzados e a mandíbula cerrada. — Jace mentiu para nós. Isso não tem desculpa.

Jace ficou de queixo caído. Ele sempre teve certeza quanto à lealdade de Alec ao menos, e Clary não o culpava. Até Isabelle estava olhando horrorizada para o irmão.

— Alec, como você pode *dizer* uma coisa dessas?

— A Lei é a Lei, Izzy — disse Alec sem olhar para a irmã. — Não há como burlá-la.

Com isso, Isabelle soltou um choramingo engasgado de raiva e espanto e saiu pela porta da frente, deixando-a aberta. Maryse fez menção de segui-la, mas Robert puxou a mulher de volta, dizendo alguma coisa em voz baixa.

Magnus se levantou.

— Acho que é a minha deixa para ir embora também — disse ele. Clary percebeu que ele estava evitando olhar para Alec. — Diria que foi um prazer conhecê-los, mas na verdade não foi; foi bastante desconfortável, e para falar a verdade, espero não encontrar qualquer um de vocês tão cedo.

Alec olhou para o chão enquanto Magnus saía da sala e passava pela porta. Dessa vez ela se fechou com estrondo.

— Dois já foram — disse Jace, com um divertimento fantasmagórico. — Quem é o próximo?

— Já estou cansada de você — disse a Inquisidora. — Me dê as mãos.

Jace estendeu as mãos enquanto a Inquisidora retirava uma estela de algum bolso escondido e procedia para traçar uma Marca ao redor da circunferência dos pulsos dele. Quando afastou as mãos, os pulsos de Jace estavam cruzados um sobre o outro, presos com o que parecia um círculo de chamas.

Clary gritou.

— O que você está fazendo? Vai machucá-lo...

— Estou bem, irmãzinha — Jace disse com calma, mas ela percebeu que ele não conseguia olhar para ela. — As chamas não vão me queimar a não ser que eu tente soltar as mãos.

— Quanto a você — acrescentou a Inquisidora olhando para Clary, o que a surpreendeu bastante. Até aquele momento a Inquisidora mal parecia ter notado que ela estava viva. — Você teve muita sorte por ter sido criada pela Jocelyn e ter escapado do veneno do seu pai. Mesmo assim, ficarei de olho em você.

A mão de Luke apertou o ombro de Clary.

— Isso é uma ameaça?

— A Clave não faz ameaças, Lucian Graymark. A Clave faz promessas, e as cumpre. — A Inquisidora parecia quase alegre. Ela era a única na sala que podia ser descrita assim; todos os outros pareciam chocados, exceto Jace. Ele estava com os dentes expostos em um rosnado que Clary duvidava que estivesse percebendo. Parecia um leão enjaulado.

— Vamos, Jonathan — disse a Inquisidora. — Ande na minha frente. Se fizer qualquer movimento de fuga, cravo uma lâmina entre os seus ombros.

Jace teve que lutar para girar a maçaneta da frente com as mãos atadas. Clary cerrou os dentes para não gritar, em seguida a porta se abriu e Jace não estava mais lá, nem a Inquisidora. Os Lightwood seguiram em uma fila, Alec ainda olhando para baixo. A porta se fechou atrás deles, e Clary e Luke ficaram sozinhos na sala, calados e incrédulos.

Capítulo 15

O DENTE DA SERPENTE

— Luke — começou Clary, assim que a porta se fechou atrás dos Lightwood. — O que nós vamos *fazer*...

Luke estava com as mãos pressionadas uma em cada lado da cabeça como se estivesse impedindo que se partisse ao meio.

— Café — ele declarou. — Preciso de café.

— Eu trouxe café para você.

Ele abaixou as mãos e suspirou.

— Preciso de mais.

Clary o seguiu até a cozinha, onde ele se serviu de mais café antes de sentar à mesa e passar as mãos distraidamente pelos cabelos.

— Isso é ruim — disse ele. — Muito ruim.

— Você acha? — Clary não conseguia se imaginar tomando café naquele momento. Seus nervos já pareciam esticados como fios finos. — O que acontece se ele for levado para Idris?

— Vai ser julgado perante a Clave. Provavelmente será considerado culpado. Em seguida vem a punição. Ele é jovem, então pode ser que só tirem as Marcas dele e não o amaldiçoem.

— O que isso quer dizer?

Luke não olhou nos olhos dela.

— Significa que vão retirar as Marcas dele, e o Jace deixará de ser um Caçador de Sombras e será expulso da Clave. Vai se tornar um mundano.

— Mas isso o mataria. De verdade. Ele preferiria morrer.

— Você acha que eu não sei? — Luke terminou o café e olhou demoradamente para a caneca antes de pousá-la novamente. — Mas isso não vai fazer a menor diferença para a Clave. Eles não conseguem pegar Valentim, então vão punir o filho dele.

— E eu? Eu sou filha dele.

— Mas você não é do mundo deles. Jace é. Não que eu não sugira que você fique na sua por um tempo. Gostaria que pudéssemos ir para o sítio...

— Não podemos deixar o Jace nas mãos deles! — Clary estava inconformada. — Eu não vou a lugar nenhum.

— Claro que não vai — Luke descartou o protesto dela. — Eu disse que gostaria que pudéssemos, não que achava que devêssemos. Há a questão sobre o que Imogen vai fazer agora que sabe onde Valentim está, é claro. Poderemos nos ver no meio de uma guerra.

— Eu não me importo se ela quiser matar o Valentim. Ela pode ficar com ele e fazer o que quiser. Só quero trazer o Jace de volta.

— Talvez isso não seja tão fácil — disse Luke —, considerando que nesse caso ele realmente fez o que está sendo acusado de ter feito.

Clary estava enfurecida.

— O quê? Você acha que ele matou os Irmãos do Silêncio? Você acha...

— Não. Eu não acho que ele matou os Irmãos do Silêncio. Acho que ele fez exatamente o que a Imogen o viu fazendo: foi ver o pai.

Lembrando-se de alguma coisa, Clary perguntou:

— O que você quis dizer quando disse que nós falhamos com ele, e não o contrário? Quis dizer que não o culpa?

— Culpo e não culpo. — Luke parecia esgotado. — É uma coisa estúpida a fazer. Não se pode confiar em Valentim. Mas, quando os Lightwood viraram as costas para ele, o que esperavam que ele fizesse? O Jace ainda é apenas uma criança, ainda precisa de pais. Se não o quiserem, ele vai procurar quem queira.

— Pensei que talvez ele estivesse procurando *você* para isso.

Luke parecia indescritivelmente triste.

— Também pensei, Clary. Também pensei.

Muito ao longe, Maia podia ouvir vozes vindo da cozinha. Os gritos na sala já haviam terminado. Era hora de sair. Ela dobrou o bilhete que havia escrito apressadamente, deixou-o na cama de Luke e atravessou o quarto até a janela cuja abertura tinha passado os últimos vinte minutos forçando. O ar frio passou por ela — era um daqueles dias do início do outono quando o céu parecia impossivelmente azul e distante e no ar havia um leve cheiro de fumaça.

Ela subiu no parapeito e olhou para baixo. Seria um salto preocupante se ela não estivesse Transformada; parou apenas por um segundo para pensar no ombro machucado antes de pular. Aterrissou agachada no concreto rachado do jardim de Luke. Recompondo-se, olhou para a casa, mas ninguém abriu nenhuma porta nem pediu para ela voltar.

Maia reprimiu uma vaga pontada de decepção. Não era como se eles tivessem prestado tanta atenção quando ela *estava* na casa, pensou, subindo a grade que separava o jardim de Luke do beco, então por que perceberiam que tinha saído? Ela claramente era alguém em quem só se pensava depois, como sempre fora. O único que a tratara como se ela tivesse alguma importância fora Simon.

Pensar em Simon a fez franzir a testa enquanto caía do outro lado da cerca e corria pelo beco até a Kent Avenue. Ela tinha dito a Clary que não se lembrava da noite anterior, mas não era verdade. Lembrava-se do olhar no rosto dele quando se afastou — como se estivesse impresso no interior de suas pálpebras. O mais estranho era que naquele momento ele ainda parecera humano para ela, mais humano do que quase todas as pessoas que ela já havia conhecido.

Maia atravessou a rua para evitar passar na frente da casa de Luke. A rua estava praticamente deserta, os habitantes do Brooklyn dormindo o sono da manhã dominical. Ela foi em direção ao metrô na Bedford Avenue, o pensamento ainda em Simon. Havia um lugar oco na boca do estômago que doía quando ela pensava nele. Ele fora a primeira pessoa em quem ela quisera confiar em anos, mas tinha tornado isso impossível.

Então, se confiar nele é impossível, por que você está indo vê-lo agora?, disse o sussurro no fundo da mente que sempre falava com ela na voz de Daniel. *Cale a boca,* disse ela firmemente. *Mesmo que não possamos ser amigos, ao menos devo a ele um pedido de desculpas.*

Alguém riu. O som ecoou pelas paredes altas da fábrica à esquerda. Com o coração se contraindo com um medo repentino, Maia se virou, mas a rua atrás dela estava vazia. Havia uma senhora passeando com os cachorros perto do rio, mas ela duvidava que estivesse ao alcance de um grito.

Acelerou assim mesmo. Conseguia andar mais rápido do que quase todos os humanos, lembrou a si mesma, sem falar em correr. Mesmo nas condições atuais, com o braço doendo como se alguém tivesse batido com uma marreta em seu ombro, não era como se ela tivesse que temer algum assaltante ou estuprador. Dois meninos adolescentes armados com facas tinham tentado agarrá-la enquanto andava pelo Central Park uma noite, pouco depois de ter se mudado para a cidade, e a única coisa que a impedira de matá-los fora Morcego.

Então por que ela estava tão assustada?

Olhou para trás. A senhora não estava mais lá; a Kent Avenue estava vazia. A velha fábrica de açúcar Domino abandonada erguia-se na frente dela. Tomada por um impulso repentino de sair da rua, ela entrou no beco ao lado.

Viu-se em um espaço estreito entre dois prédios, cheio de lixo, garrafas vazias e ratos se movendo. Os telhados acima dela se tocavam, bloqueando o sol e fazendo com que ela sentisse como se tivesse entrado em um túnel. As paredes eram de tijolos e tinham janelas pequenas e sujas, muitas das quais haviam sido quebradas por vândalos. Através dela podia ver o chão da fábrica abandonada, fileiras e mais fileiras de caldeiras de metal, fornalhas e tanques. O ar cheirava a açúcar queimado. Ela se apoiou em uma das paredes, tentando acalmar as batidas aceleradas do coração. Estava quase conseguindo se acalmar quando uma voz impossivelmente familiar falou com ela através das sombras.

— Maia?

Ela se virou. Ele estava na entrada do beco, o cabelo brilhando com a luz, como uma auréola ao redor do lindo rosto. Olhos escuros sob cílios longos a olhavam curiosos. Ele vestia jeans e, apesar do ar frio, uma camiseta de manga curta. Ainda parecia ter 15 anos.

— Daniel — sussurrou ela.

Ele foi em direção a ela com passos silenciosos.

— Quanto tempo, maninha.

Maia queria correr, mas suas pernas pareciam sacos de água. Ela se encolheu contra a parede como se pudesse desaparecer nela.

— Mas...você está morto.

— E você não chorou no meu enterro, chorou, Maia? Nenhuma lágrima para o seu irmão mais velho?

— Você era um monstro — sussurrou. — Você tentou me matar...

— Não o suficiente. — Havia algo longo e afiado na mão dele agora, algo que brilhava como fogo prateado à pouca luz. Maia não sabia ao certo o que era; sua visão estava embaçada pelo terror. Ela escorregou para o chão enquanto ele se movia em direção a ela; as pernas não conseguiam mais sustentá-la.

Daniel se ajoelhou ao lado dela. Ela podia ver o que ele tinha na mão agora: um pedaço afiado de vidro de uma das janelas quebradas. O pavor emergiu e caiu sobre ela como uma onda, mas não era o medo da arma na mão do irmão que a devastava, era o vazio nos olhos dele. Ela podia olhar para eles e ver apenas escuridão.

— Você se lembra — disse ele — de quando eu disse que cortaria a sua língua antes de permitir que você me dedurasse para a mamãe e o papai?

Paralisada com o medo, ela só conseguia encará-lo. Já podia sentir o vidro cortando a pele, o gosto engasgado do sangue preenchendo a boca, e desejou estar morta, qualquer coisa era melhor do que aquele horror e aquele pânico...

— Chega, Agramon. — A voz de um homem rasgou a neblina na mente dela. Não era a voz de Daniel; era suave, culta, inegavelmente humana. Lembrava alguém, mas quem?

— Como quiser, *lorde Valentim*. — Daniel respirou, um suspiro suave de decepção, em seguida seu rosto começou a desaparecer e se despedaçar. Em um instante desaparecera, e com ele o senso de horror paralisante e destruidor que ameaçara arrancar-lhe a vida. Ela respirou desesperada.

— Ótimo. Ela está respirando. — A voz do homem novamente, agora irritada. — Realmente, Agramon, mais alguns segundos e ela estaria morta.

Maia levantou o olhar. O homem — Valentim — estava sobre ela, muito alto, todo vestido de preto, até as luvas nas mãos e as botas de solas grossas nos pés. Ele usou a ponta de uma das botas para forçá-la a olhar para cima. A voz dele enquanto falava era fria, superficial.

— Quantos anos você tem?

O rosto que olhava para o dela era estreito, de estrutura óssea afiada, sem cor, olhos negros e cabelos tão brancos que pareciam o negativo de uma foto. Do lado esquerdo do pescoço, logo acima do colarinho do casaco, havia uma Marca em espiral.

— Você é Valentim? — sussurrou ela. — Mas pensei que você...

A bota desceu na mão dela, enviando uma pontada aguda de dor pelo braço. Ela gritou.

— Eu lhe fiz uma pergunta — disse ele. — Quantos anos você tem?

— Quantos *anos* eu tenho? — A dor na mão, misturada ao odor pungente de lixo fez seu estômago revirar. — Vá se danar.

Uma barra de luz pareceu pular entre os dedos dele e desceu tão depressa no rosto dela, que ela não teve tempo de desviar. Uma linha quente de dor foi queimando até a bochecha; ela colocou a mão no rosto e sentiu o sangue entre os dedos.

— Agora — disse Valentim, com a mesma voz precisa e culta. — Quantos anos você tem?

— Quinze. Tenho 15 anos.

Ela sentiu que ele sorria.

— *Perfeito.*

Uma vez de volta ao Instituto, a Inquisidora levou Jace para longe dos Lightwood e pelas escadas até a sala de treinamento. Ao se ver nos longos espelhos que cobriam toda a parede, ele enrijeceu em choque. Não se via havia dias, e a noite anterior tinha sido ruim. Em volta dos olhos havia sombras pretas, e a camisa estava manchada de sangue seco e da lama suja do East River. O rosto parecia oco e esgotado.

— Admirando a si mesmo? — A voz da Inquisidora interrompeu o devaneio. — Não vai ficar tão bonitinho quando a Clave terminar com você.

— Você realmente parece obcecada com a minha aparência. — Jace virou-se de costas para o espelho com algum alívio. — Será que tudo isso é porque você se sente atraída por mim?

— Não seja asqueroso. — A Inquisidora tinha retirado quatro tiras longas de metal de uma bolsa cinza que trazia pendurada na cintura. Lâminas de Anjos. — Você poderia ser meu filho.

— Stephen. — Jace se lembrou do que Luke dissera na casa. — É este o nome dele, não é?

A Inquisidora se virou para ele. As lâminas que segurava vibravam com fúria.

— *Nunca diga o nome dele.*

Por um instante Jace imaginou se ela realmente tentaria matá-lo. Ele não disse nada enquanto ela recuperava o controle. Sem olhar para ele, ela apontou uma das lâminas.

— Fique ali no centro da sala, por favor.

Jace obedeceu. Apesar de tentar não olhar para os espelhos, ele podia ver o próprio reflexo — e o da Inquisidora — com o canto do olho, os espelhos refletindo um no outro até que houvesse uma quantidade infinita de Inquisidoras ali, ameaçando uma quantidade infinita de Jaces.

Ele olhou para baixo, para as mãos presas. Os pulsos e ombros tinham passado de doloridos a uma dor rígida, pungente, mas ele não franziu o rosto enquanto a Inquisidora olhava para uma das lâminas, nomeava-a Jophiel e a colocava nos tacos de madeira polida no chão a seus pés. Ele esperou, mas nada aconteceu.

— Bum? — disse eventualmente. — Era para acontecer alguma coisa ali?

— Cale a boca. — O tom da Inquisidora era decisivo. — E fique onde está.

Jace ficou assistindo com curiosidade crescente enquanto ela ia para o outro lado dele, nomeava uma segunda lâmina Harahel e colocava-a nos tacos também.

Na terceira lâmina — Sandalphon —, ele percebeu o que ela estava fazendo. A primeira tinha sido cravada no chão ao sul dele, a seguinte, ao leste, e a terceira, ao norte. Ela estava marcando os pontos de uma bússola. Ele lutou para se lembrar do que isso poderia significar, mas não chegou a nenhuma conclusão. Era claramente um ritual da Clave, algo além de qualquer coisa que tivesse aprendido. Quando ela fincou a última lâmina, Taharial, as palmas das mãos dele estavam suando, irritando-se onde se roçavam.

A Inquisidora se ajeitou, parecendo satisfeita consigo mesma.

— Pronto.

— Pronto o quê? — perguntou Jace, mas ela levantou a mão.

— Ainda não, Jonathan. Falta uma coisa. — Ela foi até a lâmina mais ao sul e se ajoelhou diante dela. Com um rápido movimento produziu uma estela e marcou um único símbolo escuro no chão abaixo da faca. Ao se levantar, uma harmonia doce e aguda de sons ressoou pela sala, o som de um sino delicado tocando. Luz brilhou das quatro lâminas dos Anjos, tão forte que Jace virou o rosto, semicerrando os olhos. Quando virou-se de volta um instante mais tarde, viu que estava dentro de uma jaula cujas paredes pareciam ter sido tecidas com filamentos de luz. Não eram estáticas, mas se moviam como lençóis de chuva iluminada.

A Inquisidora agora era uma figura borrada atrás de uma parede brilhante. Quando Jace disse o nome dela, até a voz dele parecia trêmula e oca, como se a chamasse através da água.

— O que é isso? O que você fez?

Ela riu.

Jace deu um passo irritado para a frente, em seguida mais um; seu ombro roçou uma das paredes brilhantes. Como se tivesse tocado uma cerca elétrica, o choque pulsou por ele como um golpe, derrubando-o no chão. Ele caiu desajeitadamente, sem conseguir usar as mãos para amortecer a queda.

A Inquisidora riu novamente.

— Se você tentar *atravessar* a parede, vai levar mais do que um choque. A Clave chama esse castigo em particular de Configuração Malaquias. Essas paredes não podem ser rompidas enquanto as lâminas serafim estiverem onde estão. Eu não tentaria — acrescentou, enquanto Jace, ajoelhado, fez um gesto em direção à lâmina mais próxima dele. — Toque as lâminas e morrerá.

— Mas *você* pode tocá-las — disse ele, sem conseguir conter o ódio da voz.

— Eu posso, mas não vou.

— E comida? Água?

— Tudo em seu tempo, Jonathan.

Ele se levantou. Através da parede borrada, viu quando ela deu meia-volta como se fosse se retirar.

— Mas as minhas mãos... — Ele olhou para os pulsos presos. O metal ardente corroía sua pele como ácido. Sangue se acumulava ao redor das algemas em chamas.

— Você deveria ter pensado nisso antes de ir se encontrar com Valentim.

— Você não está me fazendo temer a vingança do Conselho. Não podem ser piores do que você.

— Ah, você não vai ao Conselho — disse a Inquisidora. Havia uma calma suave no tom dela da qual Jace não gostou.

— Como assim, não vou ao Conselho? Pensei que você tivesse dito que ia me levar para Idris amanhã.

— Não. Estou planejando devolvê-lo ao seu pai.

O choque das palavras quase o derrubaram no chão.

— *Meu pai?*

— Seu pai. Estou planejando trocar você pelos Instrumentos Mortais.

Jace encarou-a.

— Você só pode estar brincando.

— De jeito nenhum. É mais simples do que um julgamento. É claro, você será banido da Clave — acrescentou, como se isso tivesse lhe ocorrido depois —, mas imagino que já esperasse isso.

Jace estava balançando a cabeça.

— Você pegou o cara errado. Espero que saiba.

Um olhar de irritação passou pelo rosto dela.

— Pensei que já tivéssemos deixado para trás a sua simulação de inocência, Jonathan.

— Não estou falando de mim. Estou falando do meu pai.

Pela primeira vez desde que a conhecera, ela parecia confusa.

— Não entendi o que quis dizer.

— O meu pai não vai trocar os Instrumentos Mortais por mim. — As palavras eram amargas, mas o tom de Jace não. Era preciso. — Ele deixaria você me matar na frente dele antes de entregar a Espada ou o Cálice.

A Inquisidora balançou a cabeça.

— Você não entende — disse ela, e havia um traço confuso de ressentimento em sua voz. — Crianças nunca entendem. Não existe nada igual ao amor de um pai por um filho. Nenhum outro amor consome tanto. Nenhum pai, nem mesmo o Valentim, sacrificaria o filho por um pedaço de metal, não importa quão poderoso ele seja.

— Você não conhece o meu pai. Ele vai rir na sua cara e oferecer a você dinheiro para enviar o meu corpo para Idris.

— Não seja absurdo...

— Tem razão — disse Jace. — Pensando bem, ele provavelmente vai fazer você mesma pagar pelo envio.

— Vejo que você ainda é filho do seu pai. Não quer que ele perca os Instrumentos Mortais, seria uma perda de poder para você também. Não quer viver a vida como o filho desgraçado de um criminoso, então vai dizer qualquer coisa para mudar a minha decisão, mas não me engana.

— Ouça. — O coração de Jace estava acelerado, mas ele tentou falar com calma. A mulher *tinha* que acreditar. — Eu sei que você me odeia. Sei que acha que eu sou um mentiroso como o meu pai, mas estou dizendo a verdade agora. O meu pai acredita piamente no que está fazendo. Você acha que ele é mau, mas ele acha que está *certo*. Ele acha que está fazendo o trabalho de Deus. Não vai abrir mão disso por mim. Você estava me rastreando quando eu fui até lá, deve ter ouvido o que ele disse...

— Eu o *vi* falando com ele — disse a Inquisidora. — Não *ouvi* nada.

Jace praguejou entre dentes.

— Eu faço qualquer juramento que quiser para provar que não estou mentindo. Ele está usando a Espada e o Cálice para invocar demônios e controlá-los. Quanto mais tempo perder comigo, mais ele vai aumentar o próprio exército. Quando perceber que ele não vai fazer a troca, não terá chance contra ele...

A Inquisidora virou-se de costas e fez um murmúrio de desgosto.

— Estou cansada das suas mentiras.

Jace recuperou o ar, incrédulo, enquanto ela virava de costas para ele e saía pela porta.

— *Por favor!* — suplicou.

Ela parou na porta e virou-se para olhar para ele. Jace só podia ver as sombras angulares do rosto dela, o queixo pontudo e os buracos negros nas têmporas. As roupas cinza desapareceram nas sombras de modo que ela parecia uma cabeça flutuando sem corpo.

— Não pense que devolvê-lo ao seu pai é o que *quero* fazer. É mais do que Valentim Morgenstern merece.

— O que ele merece?

— Segurar o corpo do filho morto nos braços. Ver o filho morto e saber que não há nada que possa fazer, nenhum feitiço, nenhum encanto, nenhum acordo com o inferno para trazê-lo de volta... — Ela se interrompeu. — Ele precisa *saber* — disse ela com um sussurro e empurrou a porta, as mãos passando pela madeira. A porta fechou-se atrás dela com um clique, deixando Jace, com os pulsos queimando, olhando para ela, confuso.

* * *

Clary desligou o telefone com o cenho franzido.

— Ninguém atendeu.

— Para quem você estava tentando ligar? — Luke estava bebendo a quinta caneca de café e Clary estava começando a se preocupar com ele. Certamente devia haver alguma espécie de intoxicação por excesso de cafeína. Ele não parecia à beira de um ataque ou coisa parecida mas ela desligou a máquina discretamente a caminho da mesa, por via das dúvidas. — Simon?

— Não. Eu me sinto estranha acordando-o durante o dia, apesar de ele ter dito que não o incomoda, desde que ele não precise ver a *luz do dia*.

— Então...

— Eu estava ligando para a Isabelle. Queria saber o que está acontecendo com a Jace.

— Ela não atendeu?

— Não. — O estômago de Clary revirou. Ela foi até a geladeira, pegou um iogurte de pêssego e o tomou de forma mecânica, sem sentir gosto de nada. Já tinha tomado metade do pote quando se lembrou de alguma coisa. — Maia — disse. — É melhor vermos se ela está bem. — Ela pousou o iogurte na mesa. — Eu vou ver.

— Não, eu sou o líder do bando dela. Ela confia em mim. Posso acalmá-la se ainda estiver chateada — disse Luke. — Já volto.

— Não diga isso — implorou Clary. — Detesto quando as pessoas dizem isso.

Ele sorriu um sorriso torto e seguiu pelo corredor. Em alguns minutos estava de volta, parecendo espantado.

— Ela foi embora.

— Embora? Embora como?

— Saiu sorrateiramente de casa. Deixou isso. — Ele jogou um pedaço de papel dobrado em cima da mesa. Clary o pegou e leu as frases com o cenho franzido.

Desculpe por tudo. Fui consertar as coisas. Obrigada por tudo que fez. Maia.

— Foi consertar as coisas? O que isso quer dizer?

Luke suspirou.

— Esperava que você soubesse.

— Você está preocupado?

— Os demônios Raum são cães de busca. Eles encontram pessoas e as levam para quem os invocou. Aquele demônio ainda pode estar procurando por ela.

— Ah — Clary disse em voz baixa. — Bem, o meu palpite seria que ela foi procurar Simon.

Luke pareceu surpreso.

— Ela sabe onde ele mora?

— Não sei — admitiu Clary. — Eles pareciam próximos de alguma forma. Pode ser que sim. — Ela pegou o telefone no bolso. — Vou ligar para ele.

— Pensei que se sentisse estranha ligando para ele.

— Não tão estranha quanto me sinto sem saber o que está acontecendo. — Ela procurou na agenda até encontrar o número de Simon. O telefone tocou três vezes antes de ele atender, parecendo grogue.

— Alô?

— Sou eu. — Ela se virou de costas para Luke enquanto falava, mais por hábito do que por vontade de esconder a conversa dele.

— Você sabe que sou noturno agora — disse ele resmungando. Ela podia ouvi-lo rolando sobre a cama. — Isso quer dizer que passo o dia dormindo.

— Você está em casa?

— Estou, onde mais estaria? — A voz dele se afiou, o sono desaparecendo. — O que foi, Clary, o que aconteceu?

— Maia fugiu. Ela deixou um bilhete dizendo que talvez fosse até a sua casa.

Simon parecia confuso.

— Bem, não veio. Ou se veio, ainda não chegou.

— Tem alguém além de você em casa?

— Não, a minha mãe está no trabalho e Rebecca na aula. Por que, você realmente acha que ela vai aparecer por aqui?

— Apenas nos ligue se ela aparecer...

Simon a interrompeu.

— Clary. — O tom dele era de urgência. — Espere um segundo. Acho que alguém está tentando invadir a minha casa.

O tempo passava na prisão, e Jace observava a chuva de prata brilhante caindo em volta dele com uma espécie de desinteresse. Seus dedos começaram a ficar dormentes, o que ele suspeitava ser um mau sinal, mas não conseguia se importar. Imaginava se os Lightwood sabiam que ele estava lá em cima, ou se alguém entrando na sala de treinamento teria uma surpresa desagradável quando o encontrassem preso ali. Mas não, a Inquisidora não seria descuidada dessa forma. Ela os teria proibido de entrar na sala até que se desfizesse do prisioneiro da maneira que considerasse mais apropriada. Ele supôs que deveria estar furioso, até temeroso, mas tampouco conseguia se importar com isso. Nada mais parecia real: nem a Clave, nem o Pacto, nem a Lei, nem mesmo o pai.

Um suave ruído de passos o alertou para a presença de mais alguém na sala. Estava deitado, olhando para o teto; sentou-se, percorrendo a sala com o olhar. Podia ver uma forma escura além da cortina de chuva brilhante. *Deve ser a Inquisidora,* de volta para zombar dele um pouco mais. Ele se endireitou, em seguida viu, com um movimento rápido, o cabelo escuro e o rosto familiar.

Talvez ainda houvesse coisas com as quais se importasse.

— Alec?

— Sou eu. — Alec se ajoelhou do outro lado da parede brilhante. Era como olhar para alguém através de água clara ondulada com uma corrente; Jace podia ver Alec claramente agora, mas ocasionalmente suas feições pareciam se mover e dissolver enquanto a chuva de fogo brilhava e ondeava.

Era de deixar qualquer um enjoado.

— Pelo Anjo, o que é isso? — Alec se esticou para tocar a parede.

— Não. — Jace se esticou, mas recuou rapidamente antes de fazer contato com a parede. — Você vai levar um choque, talvez até morra se tentar atravessar.

Alec recolheu a mão com um assobio baixo.

— A Inquisidora estava falando sério.

— Claro que sim. Sou um criminoso perigoso. Ou você não soube? — Jace ouviu a acidez na própria voz, viu Alec se contrair e maldosamente se sentiu bem por um momento.

— Ela não o chamou de criminoso, exatamente...

— Não sou apenas um menino levado. Faço todos os tipos de coisas ruins. Chuto gatinhos. Faço gestos grosseiros para freiras.

— Não faça brincadeiras. Isso é sério. — Os olhos de Alec estavam sombrios. — Que diabos você estava pensando, indo até Valentim? Quero dizer, sério, o que estava passando pela sua cabeça?

Diversas respostas inteligentes ocorreram a Jace, mas ele percebeu que não queria dizer nenhuma delas. Estava cansado demais.

— Estava pensando que ele é meu pai.

Alec parecia contar mentalmente até dez, para manter a paciência.

— Jace...

— E se fosse o seu pai? O que você faria?

— *Meu* pai? O meu pai nunca faria as coisas que Valentim...

A cabeça de Jace se ergueu.

— O seu pai *fez aquelas coisas*! Ele fez parte do Ciclo com o meu pai! A sua mãe também! Os nossos pais eram iguais. A única diferença é que os seus foram pegos e punidos e o meu, não!

O rosto de Alec enrijeceu.

— A *única* diferença? — foi tudo o que ele disse.

Jace olhou para as próprias mãos. As algemas ardentes não deveriam permanecer tanto tempo. A pele embaixo delas estava marcada com gotas de sangue.

— Só quis dizer — disse Alec — que não entendo como você pôde querer vê-lo, não depois de tudo que ele fez, mas depois do que ele fez com *você*.

Jace não disse nada.

— Todos aqueles anos — disse Alec. — Ele o deixou pensar que estava morto. Talvez você não se lembre de como era quando você tinha 10 anos, mas eu me lembro. Ninguém que o ame poderia fazer... poderia fazer algo como aquilo.

Linhas de sangue desciam pelas mãos de Jace, como uma corda vermelha desenrolando.

— Valentim me disse — ele fez uma pausa — que se eu o apoiasse contra a Clave, se eu fizesse isso, ele se certificaria de que ninguém de quem eu gosto se machucaria. Você, Isabelle e Max. Clary. Os seus pais. Ele disse...

— Ninguém se machucaria? — Alec ridicularizou. — Quer dizer *ele* não os machucaria pessoalmente. Muito gentil.

— Eu vi o que ele é capaz de fazer, Alec. O tipo de força demoníaca que ele pode invocar. Se ele mandar o exército de demônios contra a Clave, *haverá* uma guerra. E as pessoas se machucam em guerras. Morrem em guerras. — Hesitou. — Se você tivesse a chance de salvar todas as pessoas que ama...

— Mas que espécie de chance é essa? De que vale a palavra do Valentim?

— Se ele jura pelo Anjo que vai fazer alguma coisa, ele faz. Eu o conheço.

— *Se* você o apoiar contra a Clave.

Jace fez que sim com a cabeça.

— Ele deve ter ficado bastante irritado quando você disse que não — observou Alec.

Jace levantou os olhos dos pulsos ensanguentados e o encarou.

— O quê?

— Eu disse...

— Eu sei o que você disse. O que o faz pensar que eu disse não?

— Bem, você disse. Não disse?

Lentamente, Jace fez que sim com a cabeça.

— Eu conheço você — disse Alec com extrema confiança e se levantou. — Você contou à Inquisidora sobre o Valentim e os planos dele, não contou? Ela não se importou?

— Eu não diria que ela não se importou. Foi mais o caso de não ter acreditado de verdade em mim. Ela tem um plano que acha que vai cuidar do Valentim. O único problema é que o plano dela é uma droga.

Alec fez que sim com a cabeça.

— Você pode me contar mais tarde. Primeiro o mais importante: temos que arranjar um jeito de tirá-lo daqui.

— *O quê?* — Jace ficou levemente tonto de descrença. — Achei que você tivesse defendido que eu fosse direto para a cadeia, não ficasse impune. "A Lei é a Lei, Isabelle." O que foi aquilo?

Alec pareceu espantado.

— Você não pode ter achado que eu *falei sério*. Só queria que a Inquisidora confiasse em mim para não ficar de olho o tempo todo, como está na Izzy e no Max. Ela sabe que eles estão do seu lado.

— E você? Você está do meu lado? — Jace podia ouvir a aspereza na própria voz e foi oprimido pelo quanto a resposta significava para ele.

— Estou com você — respondeu Alec —, sempre. Por que precisa perguntar? Posso até respeitar a Lei, mas o que a Inquisidora está fazendo com você não tem nada a ver com a Lei. Não sei exatamente o que está acontecendo, mas o ódio dela é pessoal. Não tem nada a ver com a Clave.

— Ela se sente atraída por mim — disse Jace. — Não posso evitar. Burocratas do mal me irritam.

Alec balançou a cabeça.

— Também não é isso. É um ódio antigo. Posso sentir.

Jace estava prestes a responder quando os sinos da catedral começaram a soar. Tão perto do teto, o som ecoava muito alto. Ele olhou para cima — ainda esperava ver Hugo voando entre os caibros de madeira, em círculos lentos e pensativos. O corvo sempre gostara daquele alto entre os caibros que arqueavam o teto de pedra. Na época Jace achara que o pássaro gostava de enterrar as garras na madeira macia; agora percebia que os caibros ofereciam um ótimo ponto de observação para espionagem.

Uma ideia começou a se formar no fundo da mente de Jace, escura e amorfa.

— Luke disse alguma coisa sobre a Inquisidora ter um filho chamado Stephen. Ele disse que ela estava tentando se vingar por ele. Perguntei sobre ele, e ela deu um ataque. Acho que pode ter alguma coisa a ver com a razão para me odiar tanto. — Foi só o que disse em voz alta.

Os sinos tinham parado de tocar.

— Talvez. Poderia perguntar para os meus pais, mas duvido que me contassem — disse Alec.

— Não, não pergunte a eles. Pergunte a Luke.

— Quer dizer ir até o Brooklyn? Sair daqui vai ser quase impossível...

— Use o telefone da Isabelle. Mande uma mensagem de texto para a Clary. Peça a ela para perguntar ao Luke.

— Tudo bem — Alec fez uma pausa. — Quer que eu diga mais alguma coisa a ela? A Clary, quero dizer, não a Isabelle.

— Não — disse Jace. — Não tenho nada para dizer a ela.

— Simon! — Agarrando o telefone, Clary virou-se para Luke. — Ele disse que tem alguém tentando invadir a casa dele.

— Diga a ele para sair de lá.

— Não posso sair daqui — Simon respondeu rigidamente. — A não ser que eu queira entrar em combustão.

— Luz do dia — disse ela para Luke, mas viu que ele já tinha percebido o problema e estava procurando alguma coisa nos bolsos. As chaves do carro. Ele as levantou.

— Diga ao Simon que estamos indo. Diga a ele para se trancar em algum cômodo até chegarmos.

— Ouviu isso? Vá se trancar em algum lugar.

— Ouvi. — A voz de Simon soava tensa. Clary podia ouvir um leve ruído de raspagem, em seguida uma batida forte.

— Simon!

— Estou bem. Só estou empilhando coisas contra a porta.

— Que tipo de coisas? — Ela estava na varanda agora, tremendo com o casaco fino. Atrás dela, Luke estava trancando a casa.

— Uma mesa. — Simon disse com alguma satisfação. — E a minha cama.

— A sua *cama*? — Clary subiu na caminhonete ao lado de Luke, lutando com uma das mãos para colocar o cinto de segurança enquanto Luke saía pela entrada e acelerava pela Kent Avenue. Ele alcançou o cinto e o afivelou para ela. — Como você levantou a sua cama?

— Você se esqueceu que agora tenho superforça vampiresca?

— Pergunte o que ele está ouvindo — disse Luke. Eles estavam acelerando pela rua, o que não teria sido um problema se a margem do rio no Brooklyn fosse mais bem-conservada. Clary engasgava cada vez que passavam por um buraco.

— O que você está ouvindo? — perguntou ela, recuperando o fôlego.

— Ouvi a porta da frente. Acho que alguém deve ter arrombado. Depois o Yossarian entrou correndo no meu quarto e se escondeu embaixo da cama. Foi assim que eu soube com certeza que havia alguém na casa.

— E agora?

— Agora não estou ouvindo nada.

— Isso é bom, certo? — Clary voltou-se para Luke. — Ele disse que não está ouvindo nada agora. Talvez tenham ido embora.

— Talvez. — Luke parecia em dúvida. Estavam na via expressa agora, acelerando em direção ao bairro de Simon. — Mantenha-o na linha assim mesmo.

— O que você está fazendo agora, Simon?

— Nada. Coloquei tudo que tem no quarto contra a porta. Agora estou tentando tirar o Yossarian de trás da abertura do aquecedor.

— Deixe-o onde está.

— Isso tudo vai ser muito difícil de explicar para a minha mãe — disse Simon, e o telefone ficou mudo. Fez-se um clique, em seguida não se ouviu mais nada. LIGAÇÃO FINALIZADA brilhou na tela.

— Não. *Não!* — Clary apertou o botão de rediscagem, os dedos tremendo.

Simon atendeu imediatamente.

— Foi mal. Yossarian me arranhou e eu deixei cair o telefone.

A garganta dela queimou de alívio.

— Tudo bem, contanto que ainda esteja bem e...

Um ruído como um tufão passou pelo telefone, apagando a voz de Simon. Ela afastou o aparelho do ouvido. A tela ainda exibia CHAMADA CONECTADA.

— *Simon!* — gritou ela ao telefone. — Simon, você está me ouvindo?

O barulho devastador parou. Ela ouviu o som de algo se espatifando e um uivo agudo, de outro mundo; Yossarian? Em seguida o ruído de alguma coisa pesada atingindo o chão.

— Simon? — sussurrou ela.

Fez-se um clique, e em seguida uma voz entretida, arrastada, falou ao ouvido de Clary.

— Clarissa — disse. — Eu devia ter imaginado que seria você do outro lado da linha.

Ela fechou os olhos com força, o estômago desabando como se ela estivesse em uma montanha russa que tivesse acabado de sofrer a primeira queda.

— Valentim.

— Você quer dizer "pai" — disse ele, soando genuinamente irritado. — Deploro esse hábito moderno de se referir aos pais pelos primeiros nomes.

— O que eu realmente quero usar para chamá-lo é muito mais impublicável do que o seu nome — irritou-se ela. — Cadê o Simon?

— Você está falando do menino vampiro? Companhia questionável para uma Caçadora de Sombras de boa família, não acha? De agora em diante espero poder opinar sobre as suas escolhas de amizade.

— *O que você fez com Simon?*

— Nada — disse Valentim, entretido. — Ainda.

E desligou.

Quando Alec voltou à sala de treinamento, Jace estava deitado no chão, visualizando fileiras de meninas dançando em uma tentativa de ignorar a dor nos pulsos. Não estava funcionando.

— O que você está fazendo? — perguntou Alec, ajoelhando-se o mais próximo da parede brilhante que podia. Jace tentou lembrar a si mesmo que quando Alec fazia esse tipo de pergunta, falava sério, e que era algo que já tinha achado amável em vez de irritante. Não conseguiu.

— Pensei em ficar deitado no chão me contorcendo de dor por um tempo — resmungou. — Acho relaxante.

— Acha? Ah... Você está sendo sarcástico. É um bom sinal, provavelmente — disse Alec. — Se puder se sentar, pode ser que queira fazer isso. Vou tentar passar uma coisa pela parede.

Jace se sentou tão depressa que a cabeça girou.

— Alec, não...

Mas Alec já tinha começado a empurrar alguma coisa na direção dele com as duas mãos, como se estivesse rolando uma bola para uma criança. Uma esfera vermelha passou pela cortina brilhante e foi até Jace, batendo gentilmente no joelho dele.

— Uma maçã. — Ele a pegou com alguma dificuldade. — Que apropriado.

— Achei que pudesse estar com fome.

— Estou. — Jace deu uma mordida na maçã; o suco escorreu pelas mãos dele e chiou nas chamas azuis que lhe algemavam o pulso. — Você mandou a mensagem para a Clary?

— Não. Isabelle não me deixa entrar no quarto dela. Ela só joga coisas na porta e grita. Disse que se eu entrasse, pularia pela janela. E pularia mesmo.

— Provavelmente.

— Entendo — disse Alec, e sorriu. — Ela não me perdoou por tê-lo traído, como acha que fiz.

— Boa menina — disse Jace com apreço.

— Eu não o traí, idiota.

— O que vale é a intenção.

— Ótimo, porque eu trouxe mais uma coisa. Não sei se vai funcionar, mas vale a pena tentar. — Ele deslizou um objeto pequeno e metálico pela parede. Era um disco prateado mais ou menos do tamanho de uma moeda. Jace deixou a maçã de lado e pegou o disco com curiosidade.

— O que é isso?

— Eu peguei na mesa da biblioteca. Já vi os meus pais usarem para tirar retenções. Acho que é um símbolo de Destrancar. Vale a pena tentar...

Ele parou de falar quando Jace tocou o disco com os pulsos, segurando-o desajeitadamente entre dois dedos. No instante em que tocou a linha de chama azul, a algema piscou e desapareceu.

— Obrigado — Jace esfregou os pulsos, cada um cercado por uma linha de pele irritada e ensanguentada. Ele estava começando a sentir as pontas dos dedos novamente. — Não é uma surpresa escondida em um bolo de aniversário, mas vai impedir que as minhas mãos caiam.

Alec olhou para ele. As linhas ondulantes da cortina de chuva faziam com que ficasse com o rosto alongado, preocupado — ou talvez *estivesse* preocupado.

— Sabe, me ocorreu uma coisa quando estava falando com a Isabelle mais cedo. Eu disse que ela não podia pular da janela, e que não tentasse, ou acabaria se matando.

Jace fez que sim com a cabeça.

— Sábio conselho de irmão mais velho.

— Mas depois fiquei imaginando se aconteceria o mesmo com você; quer dizer, já o vi fazer coisas que eram praticamente voar. Já o vi cair de uma altura de três andares e aterrissar como um gato, pular do chão para o teto...

— Ouvir os meus feitos é certamente gratificante, mas não sei se estou entendendo aonde você quer chegar, Alec.

— Quero dizer que há quatro paredes nessa prisão, não cinco.

Jace o encarou.

— Então Hodge não estava mentindo quando disse que de fato usaríamos geometria no nosso dia a dia. Você tem razão, Alec. Há quatro paredes nessa jaula. Agora, se a Inquisidora tivesse feito duas, eu poderia...

— JACE — disse Alec, perdendo a paciência. — Quero dizer que não há telhado na prisão. Nada entre você e o teto.

Jace esticou a cabeça para trás. Os caibros pareciam oscilar vertiginosamente sobre ele, perdidos na sombra.

— Você é louco.

— Talvez — disse Alec. — Ou talvez eu apenas saiba o que você consegue fazer. — Ele deu de ombros. — Você poderia tentar pelo menos.

Jace olhou para Alec — para o rosto despreocupado, sincero, para os olhos azuis firmes. *Ele é louco,* pensou Jace. Era verdade, no calor da luta, ele já havia feito coisas incríveis, mas todos eles já tinham. Sangue de Caçadores de Sombras, anos de treinamento... Mas ele não conseguia saltar 9 metros no ar.

Como você sabe que não consegue, disse uma voz suave na cabeça dele, *se nunca tentou?*

Era a voz de Clary. Ele pensou nela e nos símbolos, na Cidade do Silêncio e na algema se soltando como se tivesse quebrado sob enorme pressão. Ele e Clary partilhavam o mesmo sangue. Se Clary conseguia fazer coisas que não deveriam ser possíveis...

Ele se levantou, quase relutante, e olhou em volta, examinando lentamente a sala. Ainda podia ver os espelhos que iam até o teto e a grande quantidade de armas penduradas nas paredes, com as lâminas brilhando, através da cortina de fogo prateado que o cercava. Ele se curvou e pegou a maçã parcialmente comida do chão; olhou para ela por um instante pensativo, em seguida recolheu o braço e a lançou com o máximo de força possível. A maçã voou pelo ar, atingiu uma parede de prata brilhante e irrompeu em uma coroa de chamas azuis.

Jace ouviu Alec engasgar. Então a Inquisidora *não* estava exagerando. Se ele atingisse uma das paredes da prisão com muita força, morreria.

Alec estava de pé, titubeando repentinamente.

— Jace, não sei...

— Cale a boca, Alec. E não fique me olhando. Não está ajudando.

O que quer que Alec tenha dito em resposta, Jace não ouviu. Ele estava girando no lugar, com os olhos focados nos caibros. Os símbolos que lhe davam visão excepcionalmente longa se ativaram, e os caibros entraram em foco: ele podia ver as pontas lascadas, as espirais e os nós, as manchas pretas decorrentes do tempo. Mas eram sólidos. Sustentavam o teto do Instituto havia centenas de anos. Poderiam aguentar um adolescente. Ele flexionou os dedos, respirando fundo, de forma controlada, exatamente como o pai havia ensinado. Mentalmente se viu saltando, flutuando, agarrando-se a um caibro com graça e se balançando para cima dele. Era leve, disse a si mesmo, leve como uma flecha, e voava facilmente pelo ar, veloz e impossível de deter. Seria fácil, ele disse a si mesmo. Fácil.

— Sou a flecha de Valentim — sussurrou Jace. — Quer ele saiba, quer não.

E pulou.

Capítulo 16

A PEDRA DO CORAÇÃO

Clary apertou o botão para ligar de volta para Simon, mas caiu direto na caixa postal. Lágrimas quentes escorreram pela bochecha, e ela jogou o telefone no painel.

— Droga, droga...

— Estamos quase chegando — disse Luke. Eles já tinham saído da via expressa e ela nem sequer notara. Pararam na frente da casa de Simon, uma construção de madeira, de uma família só, cuja frente era pintada de um vermelho alegre. Clary já estava fora do carro, correndo pela calçada da frente antes que Luke tivesse puxado o freio de mão. Ela podia ouvi-lo gritando seu nome enquanto subia os degraus e batia violentamente na porta.

— Simon! — gritou ela. — *Simon!*

— Clary, chega — Luke alcançou-a na varanda frontal. — Os vizinhos...

— Danem-se os vizinhos. — Ela procurou o chaveiro no cinto, encontrou a chave certa e colocou-a na fechadura. Empurrou a porta para abri-la e entrou no corredor, Luke logo atrás. Espiaram pela primeira porta à esquerda, que dava para a cozinha. Tudo parecia exatamente como sempre, desde o balcão meticulosamente limpo até os ímãs de geladeira. Lá estava a pia onde beijara Simon havia apenas alguns dias. A luz do sol brilhava pelas janelas, enchendo o ambiente de um brilho amarelo-claro. Uma luz capaz de transformar Simon em cinzas.

O quarto de Simon era o último no fim do corredor. A porta estava levemente aberta, apesar de Clary não conseguir enxergar nada além de escuridão pela abertura.

Ela tirou a estela do bolso e agarrou-a com força. Sabia que não era uma arma, mas a sensação de segurá-la na mão a acalmava. Dentro, o quarto estava escuro, cortinas pretas cobrindo as janelas; a única luz vinha do relógio digital na mesa de cabeceira. Luke estava esticando a mão para acender a luz quando alguma coisa — alguma coisa que sibilava e rosnava como um demônio — se lançou sobre ele na escuridão.

Clary gritou enquanto Luke a pegava pelos ombros, empurrando-a para o lado. Ela tropeçou e quase caiu; quando se endireitou, virou e viu Luke espantado, segurando um gato branco que miava e não parava de se debater, os pelos inteiramente arrepiados. Parecia uma bola de algodão com garras.

— Yossarian! — exclamou Clary.

Luke largou o gato. Yossarian imediatamente correu entre as pernas dele e desapareceu pelo corredor.

— Gato idiota — disse Clary.

— Não é culpa dele. Os gatos não gostam de mim. — Luke alcançou o interruptor e acendeu a luz. Clary se espantou. O quarto estava completamente arrumado, nada fora do lugar, nem o tapete embolado. Até a colcha estava cuidadosamente dobrada sobre a cama.

— É um feitiço?

— Provavelmente não. Provavelmente apenas magia. — Luke foi até o centro do quarto, olhando em volta pensativamente. Enquanto se movia para abrir uma das cortinas, Clary viu alguma coisa brilhando no chão.

— Luke, espere. — Ela foi até onde ele estava e se ajoelhou para pegar o objeto. Era o celular prateado de Simon, completamente destruído, a antena arrancada. Com o coração acelerado, ela abriu o telefone. Apesar da rachadura que se estendia por toda a tela, uma mensagem ainda era visível: *Agora tenho todos eles.*

Clary se deixou afundar na cama, entorpecida. Ao longe, sentiu Luke tirar o telefone de sua mão. Ela o ouviu respirar fundo enquanto lia a mensagem.

— O que isso quer dizer? "Agora tenho todos eles"? — perguntou Clary.

Luke colocou o telefone de Simon na mesa e passou a mão no rosto.

— Temo que signifique que ele está com Simon e, temos que encarar a verdade, com Maia também. Significa que ele tem tudo de que precisa para o Ritual de Conversão.

Clary o encarou.

— Quer dizer que isso não é só para atingir a mim... e a você?

— Tenho certeza de que Valentim encara isso como um efeito colateral agradável, mas não é o objetivo principal. O objetivo principal é reverter as características da Espada da Alma. E para isso ele precisa...

— Do sangue de crianças do Submundo. Mas Maia e Simon não são crianças. São adolescentes.

— Quando aquele feitiço foi criado, o feitiço para transformar a Espada da Alma em escuridão, a palavra "adolescente" nem sequer tinha sido inventada. Na sociedade dos Caçadores de Sombras, você se torna adulto apenas aos 18 anos. Antes disso é uma criança. Para os propósitos do Valentim, Maia e Simon são crianças. Ele já tem o sangue de uma criança fada e o sangue de um feiticeiro criança. Só precisava de um licantrope e um vampiro.

Clary sentiu como se o ar tivesse sido arrancado dela.

— Então por que não fizemos alguma coisa? Por que não pensamos em protegê-los de alguma forma?

— Até agora Valentim fez o que era conveniente. Nenhuma das vítimas foi escolhida por um motivo além de estarem disponíveis. O feiticeiro foi fácil de encontrar; tudo que o Valentim precisou fazer foi contratá-lo sob o pretexto de querer invocar um demônio. É bastante fácil encontrar fadas no parque se souber onde procurar. E o Hunter's Moon é exatamente o lugar para onde se deve ir se quiser encontrar um lobisomem. Se submeter a esse perigo extra só para nos atacar quando nada mudou...

— Jace — disse Clary.

— O que quer dizer com Jace? O que tem ele?

— Acho que é Jace que ele quer atingir. Jace deve ter feito alguma coisa ontem à noite no barco, alguma coisa que deve ter irritado o Valentim seriamente. Irritado o bastante para que ele abandonasse qualquer que fosse o plano de antes e bolasse um novo.

Luke parecia espantado.

— O que a faz pensar que a mudança de planos do Valentim teve alguma coisa a ver com o seu irmão?

— Porque — disse Clary com total certeza — só Jace pode irritar alguém *tanto* assim.

— Isabelle! — Alec bateu na porta da irmã. — Isabelle, abra a porta. Sei que você está aí.

Uma fresta da porta se abriu. Alec tentou espiar por ela, mas não parecia haver ninguém do outro lado.

— Ela não quer falar com você — disse uma voz conhecida.

Alec olhou para baixo e viu olhos cinzentos encarando-o por trás de um par de óculos.

— Max — disse ele. — Vamos, maninho, me deixe entrar.

— Eu também não quero falar com você. — Max começou a empurrar a porta para fechá-la, mas Alec, rápido como o chicote de Isabelle, colocou o pé na abertura.

— Não me faça derrubá-lo, Max.

— Você não faria isso. — Max empurrou com toda a força.

— Não, mas eu poderia chamar os nossos pais, e tenho a impressão de que a Isabelle não quer isso. Quer, Izzy? — perguntou, levantando a voz o suficiente para que a irmã, que estava dentro do quarto, ouvisse.

— Ah, pelo amor de Deus. — Isabelle parecia furiosa. — Tudo bem, Max, deixe ele entrar.

Max se afastou e Alec entrou, deixando que a porta se fechasse atrás dele. Isabelle estava ajoelhada na abertura da janela ao lado da cama, com o chicote dourado enrolado no braço esquerdo. Vestia roupa de caça, as calças pretas e a saia justa com símbolos prateados quase invisíveis. As botas estavam abotoadas até os joelhos, e o cabelo balançava à brisa que entrava pela janela aberta. Ela olhou para ele, por um instante não lembrando ninguém além de Hugo, o corvo preto de Hodge.

— Que diabos você está fazendo? Tentando se matar? — ele perguntou, dando passos furiosos até a irmã.

O chicote dela se lançou, enrolando-se nos tornozelos dele. Alec parou onde estava, sabendo que com um único giro de pulso Isabelle poderia arrancá-lo de onde estava e fazê-lo aterrissar no chão de madeira.

— Não se aproxime nem mais um passo, Alexander Lightwood — disse ela com sua voz mais furiosa. — Não estou me sentindo muito caridosa em relação a você neste momento.

— Isabelle...

— Como você pôde trair o Jace daquele jeito? Depois de tudo que ele passou? Você também fez aquele juramento de cuidarmos uns dos outros...

— Não — ele fez questão de lembrá-la — se significasse violar a Lei.

— A *Lei*! — Isabelle irritou-se. — Existe uma lei maior que a Clave, Alec. A lei da família. Jace é sua família.

— A lei da família? Nunca ouvi falar nela antes — disse Alec, aborrecido. Ele sabia que deveria estar se defendendo, mas era difícil não se distrair pelo hábito constante de corrigir irmãos menores quando estão errados. — Talvez seja porque você acabou de inventar.

Isabelle mexeu o pulso. Alec sentiu os pés saírem de baixo dele e girou para absorver o impacto da queda com as mãos e os pulsos. Caiu, rolou de costas e levantou os olhos para ver Isabelle sobre ele. Max estava ao lado dela.

— O que devemos fazer com ele, Maxwell? — perguntou Isabelle. — Deixá-lo amarrado para os nossos pais o encontrarem?

Alec já estava de saco cheio. Ele tirou uma lâmina da bainha no pulso, girou e cortou o chicote que o envolvia pelos tornozelos. O fio de electrum se partiu com um estalo e ele se levantou enquanto Isabelle recolhia o braço, o fio sibilando ao redor.

Um riso baixo quebrou a tensão.

— Tudo bem, tudo bem, você já o torturou bastante. Estou aqui.

Isabelle arregalou os olhos.

— Jace!

— O próprio. — Jace entrou no quarto de Isabelle, fechando a porta atrás de si. — Vocês dois não precisam brigar... — Ele franziu o cenho quando Max pulou para ele, gritando seu nome. — Cuidado — disse, soltando o menino gentilmente. — Não estou na minha melhor forma.

— Estou vendo — disse Isabelle, examinando-o ansiosamente com os olhos. Ele estava com os pulsos ensanguentados, os cabelos claros grudados de suor no pescoço e na testa, o rosto e as mãos manchados de sujeira e sangue. — A Inquisidora machucou você?

— Não muito. — Os olhos de Jace encontraram os de Alec do outro lado do quarto. — Ela só me trancou na galeria de armas. O Alec me ajudou a sair.

O chicote murchou como uma flor na mão de Isabelle.

— Alec, isso é verdade?

— É. — Alec esfregou a sujeira das roupas com exagero deliberado. Não pôde resistir a acrescentar: — Viu só?

— Bem, você deveria ter *dito.*

— E você deveria ter confiado em mim...

— Chega. Não temos tempo para brigas — disse Jace. — Isabelle, que tipo de armas você tem aqui? E curativos, algum curativo?

— Curativos? — Isabelle deixou o chicote de lado e tirou a estela da gaveta. — Posso curá-lo com um *iratze*...

Jace ergueu os pulsos.

— Um *iratze* seria bom para os meus machucados, mas não ajudaria em nada com isso. São queimaduras de símbolos. — Pareciam ainda piores sob a luz clara do quarto de Isabelle; as cicatrizes circulares eram pretas e rachadas em alguns pontos, de onde fluía um sangue claro. Ele abaixou as mãos enquanto Isabelle empalidecia. — E eu vou precisar de algumas armas também antes de...

— Curativos primeiro. Armas depois. — Ela colocou a estela em cima da cômoda e conduziu Jace para o banheiro com uma porção de pomadas, gazes e ataduras. Alec os observou pela porta entreaberta, Jace apoiado na pia enquanto a irmã adotiva lavava seus pulsos e os enrolava em gaze branca. — Pronto, agora tire a camisa.

— Sabia que você tinha algum interesse na situação. — Jace tirou o casaco e puxou a camiseta pela cabeça, franzindo o rosto. A pele dourado-clara encobria músculos tensos. Marcas pretas giravam pelos braços. Um mundano poderia achar que as cicatrizes brancas, resquícios de símbolos, o deixavam imperfeito, mas Alec não. Todos eles tinham aquelas cicatrizes; eram distintivos de honra, não defeitos.

— Alec, você pode pegar o telefone? — disse Jace, ao vê-lo assistindo pela porta entreaberta.

— Está na cômoda. — Isabelle não levantou o olhar. Ela e Jace estavam conversando em voz baixa; Alec não conseguia ouvi-los, mas suspeitava que não quisessem assustar Max.

Alec olhou.

— *Não* está na cômoda.

Enquanto desenhava um *iratze* nas costas de Jace, Isabelle praguejou irritada:

— Inferno. Deixei o telefone na cozinha. Droga, não quero procurar, caso a Inquisidora esteja por aí.

— Eu pego — ofereceu-se Max. — Ela não se importa comigo, sou novo demais.

— Talvez — Isabelle parecia relutante. — Para que você precisa do telefone, Alec?

— Nós apenas precisamos — disse Alec, impaciente. — Izzy...

— Se for para mandar uma mensagem para o Magnus dizendo "Te acho legal", vou te matar.

— Quem é Magnus? — perguntou Max.

— É um feiticeiro — disse Alec.

— Um feiticeiro muito, muito sexy — disse Isabelle a Max, ignorando o ar de fúria de Alec.

— Mas feiticeiros são maus — protestou Max, parecendo espantado.

— Exatamente — disse Isabelle.

— Não entendi — disse Max. — Mas vou buscar o telefone. Já volto.

Ele saiu pela porta enquanto Jace vestia a camisa e o casaco novamente e entrava no quarto, onde começou a procurar armas nas pilhas dos pertences de Isabelle, que estavam embolados no chão.

— Qual é o plano agora? Vamos todos fugir? A Inquisidora vai ter um ataque quando perceber que você não está mais lá.

— Não tanto quanto vai ter quando o Valentim a ignorar. — De forma concisa, Jace delineou o plano da Inquisidora. — O único problema é que ele nunca vai aceitar.

— O... *único* problema? — Isabelle estava tão furiosa que estava quase gaguejando, algo que não fazia desde os 6 anos de idade. — Ela não pode fazer isso! Não pode simplesmente trocar você com um psicopata. Você é membro da Clave! Você é nosso *irmão*!

— A Inquisidora não pensa assim.

— Não ligo para o que ela pensa. Ela é uma vaca nojenta e *tem* que ser impedida.

— Quando descobrir que o plano é seriamente falho, pode ser que caia em si — observou Jace. — Mas não vou ficar aqui para descobrir. Vou dar o fora.

— Não vai ser fácil — disse Alec. — A Inquisidora trancou esse lugar com mais força do que um pentagrama. Sabia que está cheio de guardas lá embaixo? Ela convocou metade do Conclave.

— Deve ter uma ótima opinião ao meu respeito — disse Jace, empurrando uma pilha de revistas.

— Talvez não esteja enganada. — Isabelle olhou pensativa para ele. — Você realmente saltou 9 metros do chão sobre uma Configuração Malaquias? Ele pulou, Alec?

— Pulou — confirmou ele. — Nunca vi nada igual.

— Eu nunca vi nada igual a *isso*. — Jace levantou uma adaga de 25 centímetros do chão. Um dos sutiãs cor-de-rosa de Isabelle estava preso na ponta afiada. Isabelle o pegou de volta com uma careta.

— A questão não é essa. Como foi que você *fez*? Sabe?

— Eu pulei. — Jace tirou dois discos giratórios de baixo da cama. Estavam cobertos de pelo cinza de gato. Ele os soprou, espalhando pelos. — *Chakhrams*. Legal. Principalmente se eu encontrar algum demônio com alergia a pelo de gato.

Isabelle jogou o sutiã nele.

— Você não está me respondendo!

— Porque eu não sei, Izzy. — Jace se levantou. — Talvez a rainha Seelie tenha razão. Talvez eu tenha poderes que nem sequer sei que existem, pois nunca os testei. Clary com certeza tem.

Isabelle franziu a testa.

— Ela tem?

Os olhos de Alec se arregalaram.

— Jace... aquela moto vampiresca que você tem ainda está no telhado?

— Possivelmente. Mas ainda é dia, então não serve para muita coisa.

— Além disso — disse Isabelle —, não cabemos todos nela.

Jace colocou os *chakhrams* no cinto, junto com a adaga de 25 centímetros. Várias lâminas de anjo foram para os bolsos do casaco.

— Não importa — disse ele. — Vocês não vão comigo.

Isabelle falou atabalhoada.

— Como assim, não... — Ela se interrompeu quando Max voltou, arfando, com o telefone rosa nas mãos. — Max, você é um herói. — Ela arrancou o telefone dele, dirigindo um olhar a Jace. — Já falo com você em um minuto. Enquanto isso, para quem vamos ligar? Para a Clary?

— Eu ligo... — começou Alec.

— Não. — Isabelle afastou a mão dele. — Ela gosta mais de mim. — Ela já estava discando; pôs a língua para fora enquanto levava o telefone ao ouvido. — Clary? É a Isabelle. Eu... *o quê*? — A cor no rosto dela desapareceu como se tivesse sido apagada, deixando-a cinza e com os olhos vidrados. — Como isso é possível? Mas por quê?

— Como o que é possível? — Jace estava ao lado dela em dois passos. — Isabelle, o que aconteceu? Clary...

Isabelle tirou o telefone do ouvido, os nós dos dedos brancos.

— Valentim. Ele pegou Simon e Maia. Vai usá-los para completar o Ritual.

Com um movimento suave, Jace se esticou e tirou o telefone da mão de Isabelle. Colocou-o ao próprio ouvido.

— Venha até o Instituto — disse. — Não entre. Espere por mim. Encontro você lá fora. — Ele fechou o telefone e o entregou a Alec. — Ligue para o Magnus — disse. — Diga a ele para nos encontrar na margem do rio no Brooklyn. Ele pode escolher o lugar, mas tem que ser deserto. Vamos precisar da ajuda dele para chegar ao barco do Valentim.

— Nós? — Isabelle se alegrou visivelmente.

— Magnus, Luke e eu — esclareceu Jace. — Vocês dois ficam para lidar com a Inquisidora. Quando Valentim não cumprir com a parte do acordo, são vocês que vão ter que convencê-la a mandar todos os reforços do Conclave no encalço dele.

— Não entendo — disse Alec. — E como você pretende sair daqui?

Jace sorriu.

— Observe — disse e pulou no parapeito da janela de Isabelle. Isabelle gritou, mas Jace já estava abaixando a cabeça para passar pela abertura. Ele balançou por um instante do lado de fora do parapeito e em seguida não estava mais lá.

Alec correu para a janela e olhou horrorizado, mas não havia nada para ver: apenas o jardim do Instituto muito abaixo, marrom e vazio, e a trilha estreita que passava pela porta da frente. Não havia pedestres gritando na 96th, e nenhum carro parou ao ver um menino caindo. Era como se Jace tivesse desaparecido no ar.

O som da água o acordou. Era um ruído forte e repetitivo — água batendo contra algo sólido, sem parar, como se ele estivesse deitado na base de uma piscina que se esvaziava e se enchia rapidamente. Tinha um gosto metálico na boca e sentia cheiro de metal por toda a parte. Sentia uma dor persistente e irritante na mão esquerda. Com um grunhido, Simon abriu os olhos.

Estava deitado em um chão duro e desigual de metal, pintado com um tom feio de cinza esverdeado. As paredes eram do mesmo metal verde. Havia uma única janela redonda no alto de uma parede, que permitia uma entrada bastante limitada de luz do sol, mas era o suficiente. Ele estava deitado com a mão no caminho da luz e seus dedos estavam vermelhos e cheios de bolhas. Com outro grunhido, ele rolou para longe da luz e sentou.

Percebeu que não estava sozinho ali. Apesar de as sombras serem densas, ele enxergava bem no escuro. Diante dele, com as mãos atadas e acorrentadas a um cano, estava Maia, com as roupas rasgadas e um hematoma enorme na bochecha esquerda. Ele podia ver onde as tranças tinham sido arrancadas em um dos lados da cabeça, o cabelo sujo de sangue. Assim que ele se sentou, ela o encarou e imediatamente começou a chorar.

— Pensei — ela soluçou entre choramingos — que você... estivesse morto.

— *Estou* morto — disse Simon. Ele estava olhando para a mão. Enquanto observava, as bolhas diminuíram, a dor foi passando e a pele voltou ao normal.

— Eu sei, mas quis dizer... morto morto. — Ela limpou o rosto com as mãos atadas. Simon tentou se mover em direção a ela, mas alguma coisa o conteve. Uma algema de metal no tornozelo fincada no chão. Valentim não estava disposto a correr riscos.

— Não chore — disse ele, e imediatamente se arrependeu. Não era como se a situação não exigisse lágrimas. — Estou bem.

— Por enquanto — disse Maia, esfregando o rosto molhado na manga. — Aquele homem, o de cabelo branco, o nome dele é Valentim?

— Você o viu? — disse Simon. — Eu não vi nada. Só a porta do meu quarto explodindo e uma figura enorme que me atropelou como um trem.

— Ele é *o* Valentim, certo? De quem todo mundo fala. O que deu início à Ascensão.

— Ele é o pai da Clary e do Jace — disse Simon. — É tudo que sei.

— Achei que a voz dele soava familiar. Ele fala exatamente como o Jace. — Ela parecia levemente pesarosa. — Não é a toa que o Jace é tão babaca.

Simon só podia concordar.

— Então você não... — Maia se interrompeu. Tentou novamente. — Ouça, sei que isso soa estranho, mas quando Valentim foi buscá-lo, você viu alguém conhecido com ele, alguém que já está morto? Como um fantasma?

Simon balançou a cabeça, espantado.

— Não. Por quê?

Maia hesitou.

— Eu vi o meu irmão. O fantasma do meu irmão. Acho que o Valentim estava me fazendo ter alucinações.

— Bem, ele não tentou nada disso comigo. Eu estava ao telefone com Clary. Lembro de ser derrubado quando a figura avançou até mim... — Ele deu de ombros. — Só isso.

— Com Clary? — Maia parecia quase esperançosa. — Então talvez descubram onde nós estamos. Talvez venham atrás de nós.

— Talvez — disse Simon. — Mas onde nós estamos afinal?

— Em um navio. Eu ainda estava consciente quando me trouxeram. É uma coisa de metal gigantesca. Não tem luzes e há... *coisas* por todos os lados. Uma delas pulou em cima de mim e eu comecei a gritar. Foi então que ele pegou a minha cabeça e bateu com ela na parede. Desmaiei pouco depois.

— Coisas? Como assim, coisas?

— Demônios — disse ela e deu de ombros. — Ele tem todos os tipos de demônios aqui: grandes, pequenos, alados. Fazem tudo que ele manda.

— Mas Valentim é um Caçador de Sombras. E, até onde sei, *odeia* demônios.

— Bem, os demônios não parecem cientes disso — disse Maia. — O que eu não entendo é o que ele pode querer conosco. Sei que detesta todos do Submundo, mas parece um pouco de excesso de esforço para matar dois. — Ela começou a tremer, batendo os dentes como se fosse um brinquedo de criança. — Ele deve estar querendo alguma coisa dos Caçadores de Sombras. Ou do Luke.

Eu sei o que ele quer, pensou Simon, mas não adiantava nada contar para Maia; ela já estava abalada o suficiente. Ele tirou o casaco com um movimento de ombros.

— Toma — disse e lançou-o através da sala para ela.

Girando as algemas, ela conseguiu colocá-lo desajeitadamente pelos ombros. Deu um sorriso abatido, porém agradecido.

— Obrigada. Mas você não está com frio?

Simon balançou a cabeça. A queimadura na mão já não estava lá.

— Não sinto frio. Não mais.

Ela abriu a boca e fechou novamente. Uma luta se passava por trás de seus olhos.

— Sinto muito por ter reagido a você daquela forma ontem. — Ela fez uma pausa, quase prendendo a respiração. — Morro de medo de vampiros — sussurrou afinal. — Quando vim para a cidade, havia um bando com o qual eu andava, o Morcego e dois outros meninos, Steve e Gregg. Estávamos no parque uma vez e encontramos uns vampiros chupando sacos de sangue embaixo de uma ponte. Houve uma briga e basicamente me lembro de um deles pegando o Gregg e simplesmente rasgando-o em dois... — A voz dela se elevou, e ela pôs a mão na boca. Estava tremendo. — Em dois — sussurrou. — Todas as entranhas dele saíram. E depois eles começaram a comer.

Simon sentiu uma pontada de nojo dominá-lo. Ficou quase feliz por sentir repulsa ao ouvir a história, e não outra coisa. Tipo fome.

— Eu não faria isso — disse ele. — Gosto de lobisomens. Gosto do Luke...

— Sei que gosta. É que quando o conheci você parecia tão *humano*. Fez com que eu me lembrasse de como eu era antes.

— Maia — disse Simon. — Você ainda é humana.

— Não, não sou.

— Das maneiras que importam, é sim. Assim como eu.

Ela tentou sorrir. Ele podia perceber que ela não acreditava nele, e não podia culpá-la. Não tinha certeza se ele próprio acreditava em si mesmo.

O céu tinha se tornado metálico como uma arma, denso com nuvens pesadas. À luz cinzenta o Instituto se erguia, enorme como a lateral de uma montanha chapada. O telhado angular brilhava como prata não polida. Clary pensou que tivesse visto criaturas encapuzadas se movendo perto da porta da frente, mas não tinha certeza. Era difícil perceber qualquer coisa com clareza quando estavam estacionados a um quarteirão de distância, espiando por frestas na caminhonete de Luke.

— Quanto tempo já passou? — perguntou ela; não tinha certeza se pela quarta ou quinta vez.

— Cinco minutos desde a última vez que perguntou — disse Luke. Ele estava apoiado no banco, com a cabeça para trás, parecendo completamente exausto. A barba fina que cobria o queixo e a bochecha era cinza prateada e havia bolsas escuras de sombras sob os olhos dele. Todas aquelas noites no hospital, o ataque demoníaco e agora isso, pensou Clary, repentinamente preocupada. Ela podia perceber por que ele e a mãe tinham escondido essa vida por tanto tempo. Ela própria gostaria de se esconder dela mesma.

— Quer entrar?

— Não. Jace disse para esperarmos. — Ela espiou novamente pela janela. Agora tinha certeza que havia cinco figuras na entrada. Quando uma delas se virou, Clary pensou ter visto um flash de cabelo prateado...

— Veja. — Luke estava sentado ereto, abrindo a janela precipitadamente.

Clary olhou. Nada parecia ter mudado.

— Você está falando das pessoas na entrada?

— Não. Os guardas já estavam ali antes. Veja no telhado. — Ele apontou.

Clary pressionou o rosto contra a janela da caminhonete. O telhado da catedral era um tumulto de torres e pináculos góticos, anjos esculpidos e vãos arqueados. Ela estava prestes a dizer, irritada, que não estava vendo nada além de algumas gárgulas velhas, quando um flash de movimento chamou sua atenção. Havia alguém no telhado. Uma figura escura e esguia, movimentando-se graciosamente entre as torres, saltando de uma para a outra e caindo para descer aquele teto impossivelmente íngreme — alguém de cabelos claros que brilhavam como bronze...

Jace.

Clary estava fora da caminhonete antes de perceber o que estava fazendo, correndo pela rua em direção à igreja, Luke gritando atrás dela. O edifício enorme parecia se mover acima, muito alto, um penhasco de pedra. Jace estava na ponta do telhado agora, olhando para baixo, e Clary pensou, não *pode ser, ele não faria isso, não o Jace,* e em seguida ele saltou do telhado para o ar, tão calmamente quanto se estivesse descendo uma varanda. Clary berrou alto enquanto ele caía como uma pedra...

E aterrissava com leveza exatamente na frente dela. Clary o encarou boquiaberta enquanto ele se levantava e sorria para ela.

— Se eu fizer alguma piadinha sobre aparecer sem avisar — disse ele —, você vai achar que é um clichê?

— Como... como você... como você *fez isso*? — sussurrou ela, sentindo como se estivesse prestes a vomitar. Ela podia ver Luke fora da picape, com as mãos atrás da cabeça, olhando para além dela. Clary girou para ver os dois guardas da porta da frente correndo em direção a eles. Um deles era Malik; a outra era a mulher de cabelo prateado.

— Droga. — Jace agarrou a mão dela e a puxou atrás dele. Eles correram em direção à caminhonete e entraram ao lado de Luke, que ligou o motor e decolou com a porta do lado do carona ainda aberta. Jace se esticou por cima de Clary e a fechou com força. A picape passou pelos dois Caçadores de Sombras. Malik, Clary viu, tinha o que parecia uma faca de arremesso na mão. Ele estava mirando em um dos pneus. Ela ouviu Jace xingando enquanto procurava uma arma no casaco. Malik retraiu o braço, a lâmina brilhando, e a mulher de cabelos prateados se jogou nas costas dele, agarrando-lhe o braço. Ele tentou se desvencilhar dela, Clary se virou no assento, engasgando, em seguida a caminhonete dobrou a esquina e se perdeu no trânsito da York Avenue, o Instituto ficando para trás a distância.

Maia havia caído em um cochilo irregular encostada no cano de vapor, com o casaco de Simon nos ombros. Simon observava a luz da fresta passear pelo local onde estava e tentava calcular a hora, em vão. Ele geralmente via as horas pelo telefone celular, mas não o tinha mais — procurou nos bolsos à toa. Devia ter deixado cair quando Valentim entrou no quarto.

Mas tinha problemas maiores. Estava com a boca seca e parecendo papel, a garganta doendo. Sentia sede de uma forma como se toda a sede e a fome que já havia conhecido tivessem se misturado em uma espécie de tortura incrível. E só ia piorar.

Era de sangue que ele precisava. Pensou no sangue na geladeira ao lado da cama em casa, e suas veias queimaram como fios elétricos passando sob a pele.

— Simon? — Era Maia, levantando a cabeça um pouco grogue. Ela estava com a bochecha marcada com entalhes brancos onde tinha ficado apoiada no cano. Enquanto ele assistia, o branco se tornou rosa conforme o sangue voltava ao rosto.

Sangue. Ele passou a língua seca nos lábios.

— Oi?

— Por quanto tempo dormi?

— Três horas. Talvez quatro. Já deve ser tarde agora.

— Ah. Obrigada por ficar de olho.

Não era o que tinha feito.

— Claro. Sem problemas. — Sentiu-se vagamente envergonhado ao dizê-lo.

— Simon...

— Oi?

— Espero que entenda o que eu quero dizer: sinto muito que esteja aqui, mas estou feliz por estar comigo.

Ele sentiu um sorriso se formando no rosto. O lábio inferior seco rachou e ele sentiu gosto de sangue na boca. Seu estômago roncou.

— Obrigado.

Ela se inclinou em direção a ele, e o casaco escorregou dos ombros. Tinha olhos âmbar acinzentados que mudavam enquanto ela se movia.

— Consegue me alcançar? — ela perguntou, esticando a mão.

Simon se esticou para ela. A corrente que o prendia pelo pé bateu enquanto ele esticava a mão o máximo que podia. Maia sorriu quando os dedos se tocaram...

— Que gracinha. — Simon recolheu a mão, olhando fixamente. A voz que havia falado das sombras era fria, culta, vagamente estrangeira de uma maneira que ele não conseguia classificar. Maia deixou cair a mão e se virou, empalidecendo enquanto olhava para o homem na entrada. O sujeito havia entrado tão silenciosamente que nenhum dos dois escutara. — As crianças da Lua e da Noite se entendendo, afinal.

— Valentim — sussurrou Maia.

Simon não disse nada. Não conseguia parar de olhar. Então aquele era o pai de Clary e Jace. Com aquele cabelo branco prateado e os olhos negros ardentes, não se parecia muito com nenhum dos dois, apesar de haver algo de Clary naquela estrutura óssea pronunciada e no formato dos olhos, e algo de Jace na insolência com que se movia. Era um homem grande, de ombros largos, com um corpo pesado que não lembrava nenhum dos filhos. Entrou na sala de metal verde como um gato, apesar de trazer consigo o peso do que pareciam armas suficientes para equipar um pelotão. Alças espessas de couro com fivelas de prata cruzavam o peito, sustentando uma espada prateada com cabo largo nas costas. Em volta da cintura havia outra alça grossa na qual havia diversas facas de açougueiro, adagas e lâminas estreitas brilhantes como agulhas enormes.

— Levante-se — disse ele para Simon. — Mantenha as costas na parede.

Simon ergueu o queixo. Podia ver que Maia olhava para ele, pálida e assustada, e sentiu uma onda feroz de senso de proteção. Ele impediria Valentim de machucar Maia mesmo que fosse a última coisa que fizesse na vida.

— Então você é o pai de Clary — disse. — Sem querer ofender, mas dá para perceber por que ela o odeia.

O rosto de Valentim ficou impassível, quase petrificado. Seus lábios mal se moveram quando ele falou.

— E por que ela me odeia?

— Porque — respondeu Simon — você é obviamente psicótico.

Então Valentim sorriu. Um sorriso que não moveu nenhuma parte do rosto além dos lábios, que apenas se contraíram levemente. Então ele ergueu o punho. Estava cerrado;

por um instante Simon pensou que Valentim fosse atacá-lo e se retraiu reflexivamente. Mas Valentim não desferiu um soco. Em vez disso, abriu os dedos, revelando o que parecia uma pilha de purpurina no centro da mão. Virando-se em direção a Maia, ele abaixou a cabeça e soprou o pó nela, em uma paródia grotesca de um beijo soprado. O pó se estabilizou em volta dela como um enxame de abelhas brilhantes.

Maia gritou. Engasgando e se debatendo furiosamente, foi de um lado para o outro como se pudesse se livrar do pó girando, a voz se transformando em um grito lamentoso.

— O que você fez com ela? — gritou Simon, levantando de um salto. Ele correu em direção a Valentim, mas a corrente na perna o segurou. — *O que você fez?*

O sorriso fino de Valentim se alargou.

— Pó de prata — disse. — Queima licantropes.

Maia havia parado de se contorcer e estava curvada em posição fetal no chão, choramingando. Sangue corria de feridas vermelhas horríveis nas mãos e nos braços dela. O estômago de Simon revirou enquanto ele caía contra a parede, enojado consigo mesmo, com tudo.

— Desgraçado — disse enquanto Valentim tirava o resto do pó dos dedos. — Ela é só uma menina, não ia machucá-lo, está *acorrentada*, pelo...

Ele engasgou, a garganta queimando.

Valentim riu.

— Pelo amor de Deus? — provocou ele. — Era isso que você ia dizer?

Simon não disse nada. Valentim esticou o braço por cima do ombro e sacou a pesada Espada de prata das costas. A luz era refletida pela lâmina como água caindo de uma parede de prata brilhante, como se a própria luz do sol se refratasse. Os olhos de Simon queimaram e ele virou a cara.

— A lâmina do Anjo o queima, assim como o nome de Deus o faz engasgar — disse Valentim, a voz fria afiada como cristal. — Dizem que aqueles que morrem por sua ponta chegam aos portões do céu. Nesse caso, morto-vivo, estou lhe fazendo um favor. — Ele abaixou a lâmina de modo que a ponta tocou a garganta de Simon. Os olhos de Valentim pareciam água negra e não havia nada neles: nenhuma raiva, nenhuma compaixão, nem sequer ódio. Eram vazios como uma cova. — Alguma última palavra?

Simon sabia o que devia dizer. *Sh'ma Yisrael, adonai elohanu, adonai echod.* Ouvi, oh, Israel, o Senhor nosso Deus, o Senhor é Único. Tentou proferir as palavras, mas uma dor profunda lhe queimou a garganta.

— *Clary* — foi o que sussurrou no lugar.

Uma expressão de irritação passou pelo rosto de Valentim, como se o som do nome da filha na boca de um vampiro o desagradasse. Com um simples giro de pulso, ele endireitou a Espada e golpeou com um único gesto suave a garganta de Simon.

Capítulo 17

A LESTE DO ÉDEN

— Como você fez aquilo? — Clary perguntou enquanto a picape acelerava, Luke curvado sobre o volante.

— Como eu subi no telhado? — Jace estava encostado no assento, com os olhos semicerrados. Havia ataduras brancas ao redor dos pulsos e manchas de sangue seco na cabeça. — Primeiro saí pela janela do quarto da Isabelle e escalei a parede. Há muitas gárgulas que servem de apoio. Além disso, gostaria de informá-los de que a minha moto não está mais onde eu a deixei. Aposto que a Inquisidora a levou para um passeio por Hoboken.

— *Eu quis dizer* como você saltou do telhado da catedral e não morreu?

— Não sei. — O braço dele roçou no dela enquanto ele levantava as mãos para esfregar os olhos. — Como você criou aquele símbolo?

— Também não sei — sussurrou ela. — A rainha Seelie tinha razão, não tinha? Valentim, ele... ele *fez* coisas conosco. — Ela olhou para Luke, que fingia estar totalmente concentrado em virar à esquerda. — Não fez?

— Não é hora de falar sobre isso — disse Luke. — Jace, você tinha algum destino específico em mente ou só queria se afastar do Instituto?

— O Valentim levou Maia e Simon para o navio para executar o Ritual. Ele vai querer fazê-lo o mais rápido possível. — Jace estava puxando uma das ataduras do pulso. — Tenho que ir até lá e impedi-lo.

— Não — Luke disse sem deixar margem para dúvidas.

— Tudo bem, *nós* temos que ir até lá e impedi-lo.

— Jace, não vou permitir que você volte àquela embarcação. É perigoso demais.

— Você viu o que eu acabei de fazer — disse Jace, a voz carregada de incredulidade — e está preocupado comigo?

— Estou preocupado com você.

— Não temos tempo para isso. Depois que o meu pai matar os seus amigos, ele vai convocar um exército de demônios que você nem pode imaginar. Depois *disso*, será impossível contê-lo.

— Então a Clave...

— A Inquisidora não vai fazer nada — disse Jace. — Ela bloqueou o acesso dos Lightwood à Clave. Não quis convocar reforços, nem quando eu disse a ela o que o Valentim planeja. Está obcecada com um plano insano que bolou.

— Que plano? — perguntou Clary.

A voz de Jace era amarga.

— Ela queria me trocar com o meu pai pelos Instrumentos Mortais. Eu disse a ela que Valentim jamais aceitaria, mas ela não acreditou. — Ele riu, uma risada mordaz e curta. — Isabelle e Alec vão contar a ela o que aconteceu com Simon e Maia, mas não estou muito otimista. Ela não acredita no que eu disse sobre Valentim e não vai querer desistir do plano só para salvar dois integrantes do Submundo.

— Não podemos simplesmente esperar para termos notícias deles, de qualquer forma — disse Clary. — Temos que ir para o navio agora. Se você puder nos levar até lá...

— Detesto ter que dizer isso, mas precisamos de um barco para chegarmos ao outro — disse Luke. — Acho que nem mesmo Jace pode andar sobre a água.

Naquele instante o telefone de Clary tremeu. Era uma mensagem de texto de Isabelle. Clary franziu o cenho.

— É um endereço. Perto da margem do rio.

Jace olhou por cima do ombro dela.

— É para lá que temos que ir para encontrar Magnus. — Ele leu o endereço para Luke, que, irritado, fez um retorno proibido e voltou para a direção sul. — Magnus vai nos ajudar a atravessar a água — explicou Jace. — O navio está cercado por barreiras protetoras. Antes eu consegui entrar porque o meu pai queria que eu entrasse. Dessa vez não vai querer. Precisaremos do Magnus para lidar com as barreiras.

— Não estou gostando nada disso. — Luke tamborilou os dedos no volante. — Acho que eu deveria ir, e vocês dois deveriam ficar com Magnus.

Os olhos de Jace brilharam.

— Não, tem que ser eu.

— Por quê? — perguntou Clary.

— Porque Valentim está usando um demônio do medo — explicou Jace. — Foi assim que ele conseguiu matar os Irmãos do Silêncio. Foi o que aniquilou o feiticeiro, o lobisomem no beco atrás do Hunter's Moon, e provavelmente o que matou o menino fada no parque. E é a razão pela qual os Irmãos do Silêncio tinham aquelas expressões. Aquelas expressões de pavor. Literalmente morreram de medo.

— Mas o sangue...

— Ele drenou o sangue depois. E no beco foi interrompido por um dos licantropes. Por isso não teve tempo suficiente para pegar o sangue de que precisava. E por isso ainda precisa da Maia. — Jace passou a mão pelo cabelo. — Ninguém suporta um demônio do medo. Ele entra na cabeça e destrói a mente da pessoa.

— Agramon — disse Luke, que estivera em silêncio, olhando através do para-brisa. O rosto dele estava sombrio e atormentado.

— É, foi assim que Valentim o chamou.

— Ele não é um demônio do medo. Ele é *o* demônio do medo. O Demônio do Medo. Como Valentim conseguiu invocar Agramon? Até um feiticeiro teria dificuldades de controlar um Demônio Maior, e *fora* do pentagrama... — Luke respirou fundo. — Foi assim que o menino feiticeiro morreu, não foi? Invocando Agramon?

Jace fez que sim com a cabeça e explicou rapidamente o truque que Valentim tinha usado com Elias.

— O Cálice Mortal — concluiu — permite que ele controle Agramon. Aparentemente confere a ele alguma espécie de poder sobre demônios. Mas não com a Espada.

— Agora estou menos inclinado ainda a deixá-lo ir — disse Luke. — É um Demônio Maior, Jace. Seriam necessários todos os Caçadores de Sombras da cidade para lidar com ele.

— Eu sei que é um Demônio Maior. Mas a arma dele é o medo. Se Clary conseguir colocar o símbolo do Destemor em mim, posso derrotá-lo. Ou pelo menos tentar.

— Não! — protestou Clary. — Não quero que a sua segurança dependa de um dos meus símbolos estúpidos. E se não funcionar?

— Já funcionou — disse Jace enquanto saíam da ponte e voltavam para o Brooklyn. Estavam passando pela estreita Van Brunt Street, entre fábricas altas de tijolos cujas janelas e portas trancadas com cadeados não ofereciam a menor pista quanto ao que havia dentro. A distância, a água do rio brilhava entre os prédios.

— E se dessa vez eu errar?

Jace virou a cabeça para ela e por um instante seus olhares se encontraram. O dele era o dourado distante do sol.

— Não vai errar — disse ele.

— Tem certeza quanto a esse endereço? — perguntou Luke, parando a picape lentamente. — Magnus não está aqui.

Clary olhou em volta. Eles estavam diante de uma fábrica grande, que aparentava ter sido destruída por um terrível incêndio. As paredes ocas de tijolo e gesso ainda estavam de pé, mas estruturas metálicas despontavam através delas, curvadas e manchadas de queimaduras. Ao longe, Clary podia ver o distrito financeiro de Manhattan, e a corcunda preta da Governors Island, mais distante no mar.

— Ele vai vir — disse ela. — Se disse a Alec que vinha, vai vir.

Eles desceram da caminhonete. Apesar de a fábrica ficar em uma rua ladeada de prédios semelhantes, estava quieta mesmo para um domingo. Não havia ninguém ao redor, e nenhum dos sons de comércio — caminhões recuando, homens gritando — que Clary associava aos distritos de armazéns. Em vez disso havia silêncio, uma brisa suave vinda do rio e o choro de pássaros marinhos. Clary vestiu o capuz, puxou o zíper do casaco e estremeceu.

Luke fechou a porta da picape e ofereceu a Clary um par de grossas luvas de lã. Ela as colocou e agitou os dedos. Eram tão grandes que era como se estivesse vestindo uma pata. Olhou ao redor.

— Espere... cadê o Jace?

Luke apontou. Jace estava ajoelhado perto da água, uma figura escura cujos cabelos brilhantes eram o único ponto de cor contra o céu azul cinzento e o rio marrom.

— Você acha que ele quer privacidade? — perguntou.

— Nessa situação, a privacidade é um luxo que nenhum de nós pode ter. Vamos. — Luke avançou a passos largos pela rua, e Clary o seguiu. A fábrica ia até próximo da água, mas havia uma praia ampla perto. Ondas rasas batiam nas pedras cobertas de algas. Galhos haviam sido postos em um quadrado malfeito ao redor de um ponto negro onde uma fogueira havia queimado. Havia latas enferrujadas e garrafas espalhadas por todos os lados. Jace estava perto da beira da água, sem o casaco. Enquanto Clary assistia, ele jogou algo pequeno e branco na direção da água, algo que a atingiu com uma borrifada e desapareceu.

— O que você está fazendo? — perguntou ela.

Jace virou-se para encará-los, o vento soprando os cabelos claros por cima do rosto.

— Mandando um recado.

Por cima do ombro dele Clary pensou ter visto uma linha brilhante — como um pedaço de alga marinha — emergir da água cinza com algo branco nas garras. Um instante depois desapareceu e ela ficou observando, confusa.

— Um recado para quem?

Jace franziu o cenho.

— Ninguém. — Ele se virou de costas para a água e caminhou pela praia de pedras até onde tinha deixado o casaco. Havia três longas lâminas sobre ele. Enquanto virava, Clary viu os discos afiados de metal presos no cinto dele.

Jace passou os dedos pelas lâminas — eram lisas e branco acinzentadas, esperando para serem nomeadas.

— Não tive chance de ir ao arsenal, então essas são as armas que temos. Eu achei que era melhor nos prepararmos o máximo possível antes de Magnus chegar. — Ele levantou a primeira lâmina. — *Abrariel.* — A faca serafim brilhou e mudou de cor ao ser nomeada. Jace entregou-a para Luke.

— Estou bem — disse Luke, e abriu o casaco para mostrar a *kindjal* no cinto.

Jace entregou Abrariel a Clary, que pegou a arma silenciosamente. Estava quente, como se uma vida secreta brilhasse dentro dela.

— *Camael* — Jace disse para a segunda lâmina, fazendo-a estremecer e brilhar. — *Telantes* — disse para a terceira.

— Você alguma vez usa o nome de Raziel? — Clary perguntou enquanto Jace colocava as lâminas no bolso e vestia o casaco outra vez, levantando-se.

— Nunca — disse Luke. — Não se faz isso. — O olhar dele examinou a estrada atrás de Clary, procurando por Magnus. Ela podia sentir a ansiedade dele, mas antes que pudesse dizer qualquer outra coisa, seu telefone vibrou. Ela o abriu e o entregou silenciosamente a Jace. Ele leu a mensagem, erguendo as sobrancelhas.

— Parece que a Inquisidora deu até o pôr do sol para Valentim decidir se me quer mais do que quer os Instrumentos Mortais — disse ele. — Ela e Maryse estão brigando há horas, então ela ainda não percebeu que eu fugi.

Ele devolveu o telefone para Clary. Seus dedos se tocaram, e Clary recolheu a mão, apesar da luva grossa que cobria a pele. Ela viu uma sombra passando pelas feições de Jace, mas ele não disse nada. Em vez disso, voltou-se para Luke e fez uma pergunta surpreendentemente repentina.

— O filho da Inquisidora morreu? É por isso que ela é assim?

Luke suspirou e colocou as mãos nos bolsos do casaco.

— Como você chegou a essa conclusão?

— Pela maneira como ela reage quando alguém menciona o nome dele. É a única coisa que a faz ter alguma reação que demonstre que tem sentimentos humanos.

Luke expirou. Ele tinha tirado os óculos e estava com os olhos cerrados contra o vento forte do rio.

— A Inquisidora é do jeito que é por uma série de razões. Stephen é apenas uma delas.

— É estranho — disse Jace. — Ela não parece ser alguém que nem sequer *goste* de crianças.

— Não das dos outros — disse Luke. — Com o dela era diferente. Stephen era o menino de ouro dela. Aliás, era o menino de ouro de todo mundo... de todos que o conheciam. Era uma daquelas pessoas que tinha talento para tudo, extremamente gentil sem ser tedioso, bonito sem que ninguém o odiasse. Bem, talvez o odiássemos um pouquinho.

— Ele estudou com você? — perguntou Clary. — E a minha mãe... e Valentim? Foi assim que o conheceram?

— Os Harondale tinham a função de comandar o Instituto de Londres, e Stephen estudava lá. Eu passei a vê-lo mais depois que todos nos formamos, quando ele voltou para Alicante. E houve um tempo em que o via com muita frequência. — Os olhos de Luke tinham se tornado distantes, do mesmo azul cinzento do rio. — Depois que ele se casou.

— Então ele fazia parte do Ciclo? — perguntou Clary.

— Naquela época não — disse Luke. — Ele se juntou ao Ciclo depois que eu... bem, depois do que aconteceu comigo. Valentim precisava de um novo segundo no comando e queria Stephen. Imogen, que era incrivelmente leal à Clave, ficou histérica, e implorou a Stephen para reconsiderar, mas ele não deu atenção. Não falou mais com ela, nem com o pai. Ficou absolutamente escravizado por Valentim. Ia atrás dele para todos os lugares, como uma sombra. — Luke fez uma pausa. — A questão era que Valentim não achava que a esposa de Stephen fosse adequada para ele. Não para alguém que ia ser o segundo homem no comando do Ciclo. A mulher tinha... conexões familiares indesejáveis. — A dor na voz de Luke surpreendeu Clary. Será que ele realmente se importava tanto assim com aquelas pessoas? — Valentim forçou Stephen a se divorciar de Amatis e se casar novamente. A segunda mulher era uma menina muito jovem, de apenas 18 anos, chamada Céline. Ela também foi muito influenciada pelo Valentim, fazia tudo que ele mandava, não importava quão absurdo fosse. Então o Stephen foi morto em uma invasão do Ciclo à um ninho de vampiros. Céline se matou quando soube. Ela estava grávida de oito meses na época. E o pai do Stephen morreu também, de tristeza. Então se foi toda a família da Imogen, todos mortos. Nem sequer puderam enterrar as cinzas da nora e do neto na Cidade dos Ossos, porque Céline se suicidou. Ela foi enterrada em um cruzamento fora de Alicante. Imogen sobreviveu, mas... se transformou em gelo. Quando o Inquisidor foi morto na Ascensão, o cargo foi oferecido a ela, que voltou de Londres para Idris, mas nunca mais, até onde sei, falou sobre o Stephen novamente. Mas isso explica por que ela odeia Valentim tanto assim.

— Por que meu pai envenena tudo que toca? — Jace disse de forma amarga.

— Porque o seu pai, com todos os pecados que cometeu, ainda tem um filho, e ela não. E porque ela o culpa pela morte do Stephen.

— E tem razão — disse Jace. — A culpa foi dele.

— Não completamente — disse Luke. — Ele deu uma escolha ao Stephen, e Stephen escolheu. Quaisquer que sejam os seus outros defeitos, Valentim nunca ameaçou nem chantageou ninguém para entrar no Ciclo. Ele só queria seguidores que quisessem segui-lo. A responsabilidade pelas escolhas do Stephen foi toda dele.

— Livre-arbítrio — disse Clary.

— Não há nada de livre — disse Jace. — Valentim...

— Ele ofereceu a você uma escolha, não ofereceu? — perguntou Luke. — Quando você foi vê-lo. Ele queria que você ficasse, não queria? Ficasse e se unisse a ele?

— Queria. — Jace olhou para a água em direção a Governors Island. — Queria, sim. — Clary podia ver o rio refletido em seus olhos; pareciam de aço, como se a água cinzenta tivesse extraído todo o dourado.

— E você disse não — disse Luke.

Jace o encarou.

— Eu queria que as pessoas parassem de adivinhar o que eu disse. Está fazendo com que eu me sinta previsível.

Luke virou como que para esconder um sorriso e disse:

— Vem vindo alguém.

Alguém de fato estava vindo, alguém muito alto com cabelos negros ao vento.

— Magnus — disse Clary. — Mas ele parece... diferente.

Ao se aproximar, ela viu que o cabelo, normalmente arrepiado e brilhante como um globo de discoteca, estava limpo, preso atrás das orelhas como um lençol de seda negra. As calças de couro arco-íris tinham sido substituídas por um terno antigo escuro e um fraque preto com botões prateados cintilantes. Seus olhos de gato brilhavam em âmbar e verde.

— Vocês parecem surpresos em me ver.

Jace olhou para o relógio.

— Realmente nos perguntamos se você viria.

— Eu disse que viria, então vim. Só precisava de tempo para me preparar. Isso não é um truque de cartola, Caçador de Sombras. Vai exigir magia séria. — Ele se voltou para Luke. — Como está o braço?

— Bem. Obrigado. — Luke sempre era educado.

— Aquela é a sua caminhonete estacionada perto da fábrica, não é? — Magnus apontou. — É extremamente máscula para um vendedor de livros.

— Ah, não sei — disse Luke. — Toda a história de arrastar caixas de livros pesadas, subir em prateleiras, organizar em ordem alfabética...

Magnus riu.

— Você pode destrancar a caminhonete para mim? Quero dizer, eu mesmo o faria — ele balançou os dedos —, mas me parece grosseiro.

— Claro. — Luke deu de ombros enquanto voltavam para a fábrica, mas quando Clary fez menção de segui-los, Jace a pegou pelo braço.

— Espere. Quero falar com você um segundo.

Clary observou enquanto Magnus e Luke iam até a picape. Eles formavam uma dupla estranha, o feiticeiro alto com um casaco preto e longo, e o homem mais baixo e mais forte com calça jeans e blusa de flanela, mas eram ambos do Submundo, ambos estavam presos no mesmo espaço entre os mundos dos mundanos e dos sobrenaturais.

— Clary — disse Jace. — Planeta Terra chamando. Onde você está?

Ela olhou de volta para ele. O sol estava se pondo na água atrás dele agora, deixando seu rosto na sombra e transformando os cabelos em uma auréola dourada.

— Desculpe.

— Tudo bem. — Ele tocou o rosto dela gentilmente com as costas da mão. — Você às vezes desaparece completamente na sua própria cabeça. Gostaria de poder segui-la.

Você segue, ela queria dizer. *Você vive na minha cabeça o tempo todo.*

— O que você queria me dizer? — foi o que disse no lugar.

Ele abaixou a mão.

— Quero que faça o símbolo do Destemor em mim. Antes que o Luke volte.

— Por que antes que ele volte?

— Porque ele vai dizer que é uma péssima ideia, mas é a única chance de derrotarmos o Agramon. Luke nunca... o encontrou, ele não sabe como é, mas eu sei.

Ela examinou o rosto dele.

— Como foi?

Os olhos dele ficaram ilegíveis.

— Você vê o que mais teme no mundo.

— Eu nem sei o que é.

— Confie em mim. Não quer saber. — Ele olhou para baixo. — Você está com a sua estela?

— Sim, está aqui. — Ela tirou a luva de lã da mão direita e pegou a estela. A mão tremia um pouco ao sacá-la. — Onde você quer a Marca?

— Quanto mais perto do coração, mais eficiente. — Ele se virou de costas e tirou o casaco, deixando-o cair no chão. Levantou a camisa, expondo as costas. — Na omoplata seria bom.

Clary colocou uma das mãos no ombro dele para se apoiar. A pele dele ali era de um dourado mais claro do que nas mãos e no rosto, e macia onde não havia cicatrizes. Ela traçou a ponta da estela na omoplata de Jace e o sentiu se contraindo um pouco, os músculos enrijecendo.

— Não aperte com tanta força...

— Desculpe. — Ela diminuiu a pressão, deixando o símbolo fluir na mente, pelo braço, até a estela. A linha negra que deixou parecia queimada, uma linha de cinzas. — Pronto. Acabei.

Ele se virou, colocando a camisa outra vez.

— Obrigado. — O sol estava queimando além do horizonte agora, inundando o céu com sangue e rosas, transformando a beira do rio em ouro líquido, suavizando a feiura do lixo urbano ao redor. — E você?

— O que tem eu?

Ele deu um passo mais para perto.

— Puxe a manga para cima. Eu Marco você.

— Ah. Certo. — Ela fez o que ele pediu, puxando as mangas para cima e estendendo os braços nus para ele.

A picada da estela na pele era como o leve toque de uma agulha arranhando sem perfurar. Ela assistiu às linhas negras aparecerem com uma espécie de fascínio. A Marca que tinha recebido no sonho ainda era visível, apagada um pouquinho apenas nas pontas.

— *"E o Senhor disse a ele: Portanto quem quer que ataque Caim, a vingança se abaterá sobre ele sete vezes. E o Senhor fez uma Marca em Caim, para que nada que o encontre possa matá-lo."*

Clary virou-se, puxando as mangas para baixo. Magnus os observava, o casaco preto parecia voar em volta dele na brisa. Um pequeno sorriso se esboçou no rosto dele.

— Você sabe citar a Bíblia? — perguntou Jace, abaixando para pegar o casaco.

— Nasci em um século profundamente religioso, garoto — disse Magnus. — Sempre achei que Caim havia tido a primeira Marca. Certamente o protegeu.

— Mas ele não foi bem um dos anjos — disse Clary. — Ele não matou o irmão?

— Não estamos planejando matar o nosso pai? — disse Jace.

— É diferente — disse Clary, mas não teve chance de argumentar sobre *quão* diferente era, pois naquele instante a caminhonete de Luke encostou na praia, espalhando pedras com os pneus. Luke se inclinou para fora da janela.

— Pronto — disse para Magnus. — Vamos lá. Entrem.

— Vamos dirigindo até o barco? — disse Clary, espantada. — Pensei que...

— Que barco? — cacarejou Magnus, enquanto entrava na caminhonete ao lado de Luke. Ele apontou para trás com o polegar. — Vocês dois, entrem atrás.

Jace subiu na traseira da picape e se inclinou para ajudar Clary. Enquanto se ajeitava no step, ela viu que um pentagrama preto dentro de um círculo havia sido pintado no chão de metal da carroceria da picape. As pontas do pentagrama eram decoradas com símbolos curvilíneos. Não eram exatamente os símbolos aos quais estava acostumada — havia algo em olhar para eles que era como se estivesse tentando entender uma pessoa falando uma língua que fosse parecida, porém não exatamente a sua.

Luke se inclinou para fora da janela e olhou para eles.

— Você sabe que eu não gosto nada disso — disse, a voz abafada pelo vento. — Clary, você vai ficar na picape com o Magnus. Eu e o Jace vamos para o navio. Entendeu?

Clary fez que sim com a cabeça e foi para um canto. Jace se sentou ao lado dela, abraçando os próprios pés.

— Isso vai ser interessante.

— O que... — começou Clary, mas a caminhonete deu a partida, pneus rugindo contra as pedras, abafando suas palavras. Lançou-se para a frente na água rasa na beira do rio. Clary foi jogada contra a janela de trás da caminhonete enquanto ela se movia para a frente no rio — será que Luke estava planejando afogá-los? Ela se virou e viu que a cabine estava cheia de colunas azuis de luz, ondulando e girando. A caminhonete pareceu atingir algo rígido, como se tivesse passado por cima de um tronco de árvore. Em seguida estavam se movendo suavemente para a frente, quase deslizando.

Clary se esforçou para ajoelhar, olhando pelo lado da caminhonete, já quase certa do que veria.

Eles estavam se movendo — não, *dirigindo* — sobre a água escura, a base dos pneus tocando a superfície do rio, espalhando pequenas ondas junto com o banho de faíscas azuis criado por Magnus. Tudo ficou repentinamente muito quieto, exceto pelo ronco fraco do motor, e o canto de pássaros marítimos no alto. Clary olhou para Jace, que estava sorrindo.

— Isso vai *realmente* impressionar Valentim.

— Não sei — disse Clary. — Outros heróis ganham bumerangues e o poder de escalar paredes; nós temos o Aquatruck.

— Se não gosta, Nephilim — a voz de Magnus veio fraca de dentro da cabine —, fique à vontade para ver se consegue andar sobre a água.

— Acho que deveríamos entrar — disse Isabelle, a orelha pressionada contra a porta da biblioteca. Ela sinalizou para Alec se aproximar. — Consegue ouvir alguma coisa?

Alec se inclinou ao lado da irmã, com cuidado para não deixar cair o telefone que estava segurando. Magnus dissera que ligaria se tivesse notícias ou se alguma coisa acontecesse. Até então nada.

— Não.

— Exatamente. Pararam de gritar uma com a outra. — Os olhos de Isabelle brilharam. — Estão esperando por Valentim.

Alec se afastou da porta e foi pelo corredor até a janela mais próxima. O céu lá fora tinha cor de carvão semiafundado em cinzas de rubi.

— O sol está se pondo.

Isabelle alcançou a maçaneta da porta.

— Vamos.

— Isabelle, espere...

— Não quero que ela minta para nós sobre o que o Valentim disser — retrucou Isabelle. — Ou sobre o que acontecer. Além disso, quero vê-lo. O pai de Jace. Você não quer?

Alec voltou para a porta da biblioteca.

— Quero, mas não é uma boa ideia porque...

Isabelle empurrou a maçaneta da porta da biblioteca e a abriu inteiramente. Com um olhar semientretido para trás em direção a ele, ela entrou; praguejando para si mesmo, Alec a seguiu.

A mãe e a Inquisidora estavam em extremidades opostas da mesa enorme, como boxeadores se encarando em um ringue. As bochechas de Maryse estavam completamente rubras, o cabelo caindo sobre o rosto. Isabelle lançou um olhar a Alec como se dissesse: *Talvez não devêssemos ter entrado. Mamãe parece irritada.*

Por outro lado, se Maryse parecia irritada, a Inquisidora parecia absolutamente demente. Ela girou quando a porta da biblioteca se abriu, com a boca contorcida em um formato horroroso.

— O que vocês estão fazendo aqui? — gritou.

— Imogen — disse Maryse.

— Maryse! — A voz da Inquisidora se elevou. — Já aturei bastante de você e dos seus filhos delinquentes...

— *Imogen* — disse Maryse outra vez. Havia algo na voz, uma urgência, que fez até a Inquisidora virar e olhar.

O ar perto do globo de bronze brilhava como água. Uma forma começou a surgir, como tinta negra sendo jogada em uma tela branca, transformando-se na figura de um homem com ombros largos. A imagem estava tremida demais para Alec identificar mais do que um homem alto, com cabelos curtos e brancos como sal.

— Valentim. — A Inquisidora pareceu ter sido pega de surpresa, pensou Alec, apesar de que certamente o esperava.

O ar perto do globo brilhava mais violentamente agora. Isabelle prendeu a respiração enquanto um homem saía do ar estremecido, como se estivesse surgindo através de camadas de água. O pai de Jace era um homem formidável, mais de 1,80 metro de altura, peito largo e rígido, braços grossos e músculos fortes. Tinha o rosto quase triangular, que se afinava em um queixo duro e pontudo. Ele podia ser considerado bonito, pensou Alec, mas era surpreendentemente diferente de Jace, não tinha nada da aparência dourada e clara do filho. O cabo de uma espada era visível sobre seu ombro esquerdo — a Espada Mortal. Não era como se ele precisasse estar armado, uma vez que a presença não era corporal, então ele devia estar portando a espada para irritar a Inquisidora. Não que ela precisasse ficar mais irritada do que já estava.

— Imogen — disse Valentim, os olhos escuros examinando a Inquisidora com um ar de entretenimento satisfeito. *Isso é Jace, esse olhar,* pensou Alec. — E Maryse, minha Maryse... realmente *faz* muito tempo.

Engolindo em seco, Maryse falou com alguma dificuldade.

— Não sou a sua Maryse, Valentim.

— E esses devem ser os seus filhos — prosseguiu Valentim, como se ela não tivesse falado. Os olhos dele repousaram em Isabelle e Alec. Um leve tremor passou por Alec, como se algo tivesse cutucado seus nervos. As palavras do pai de Jace eram perfeitamente ordinárias, até mesmo educadas, mas havia alguma coisa naquele olhar predador vazio que fez Alec querer se colocar diante da irmã e bloqueá-la da visão de Valentim. — São muito parecidos com você.

— Deixe os meus filhos fora disso, Valentim — disse Maryse, claramente lutando para manter a voz firme.

— Bem, isso não me parece justo — disse Valentim —, considerando que você não deixou o *meu* filho fora disso. — Ele olhou para a Inquisidora. — Recebi o seu recado. Certamente não é o melhor que pode fazer.

Ela não havia se movido; agora piscava os olhos lentamente, como um lagarto.

— Espero que os termos da minha oferta tenham ficado perfeitamente claros.

— O meu filho em troca dos Instrumentos Mortais. Era isso, certo? Caso contrário você o mataria.

— *Mataria?* — repetiu Isabelle. — MÃE!

— Isabelle — disse Maryse com firmeza. — Fique quieta.

A Inquisidora lançou um olhar venenoso para Isabelle e Alec, os olhos semicerrados.

— Os termos são esses, Morgenstern.

— Então a minha resposta é não.

— *Não?* — Parecia que a Inquisidora tinha dado um passo à frente e o chão tinha cedido sob os pés. — Você não pode blefar comigo, Valentim. Farei exatamente o que prometi.

— Ah, eu não duvido de você, Imogen. Sempre foi uma mulher determinada e implacável. Reconheço essas qualidades em você, pois eu mesmo as possuo.

— Não sou nada como você. Sigo a Lei...

— Mesmo quando a Lei a instrui a matar um menino ainda adolescente apenas para punir seu pai? Isso não é uma questão de Lei, Imogen, é uma questão de que você me odeia e me culpa pela morte do seu filho, e essa é sua maneira de se vingar. Não vai fazer a menor diferença. Não vou abrir mão dos Instrumentos Mortais, nem mesmo pelo Jonathan.

A Inquisidora simplesmente o encarou.

— Mas ele é seu filho — disse ela. — Sua *criança*.

— Filhos fazem escolhas próprias — disse Valentim. — Isso é algo que você nunca entendeu. Ofereci segurança a ele se ficasse comigo, mas ele desdenhou e voltou para você. E você vai concluir a sua vingança nele, como avisei a ele que faria. Você não é nada, Imogen — concluiu —, além de previsível.

A Inquisidora não pareceu perceber o insulto.

— A Clave vai insistir na morte dele caso não me dê os Instrumentos Mortais — disse ela, como alguém preso em um pesadelo. — Não poderei impedi-los.

— Estou ciente disso — disse Valentim —, mas não há nada que eu possa fazer. Dei uma chance a ele, e ele não aceitou.

— Maldito! — Isabelle gritou repentinamente e fez menção de correr para a frente; Alec agarrou-a pelo braço e arrastou-a para trás, segurando-a ali. — Ele é um desgraçado — sibilou ela, e em seguida levantou a voz, gritando para Valentim: — Você é um...

— *Isabelle!* — Alec cobriu a boca da irmã com a mão enquanto Valentim lançava um olhar entretido aos dois.

— Você... ofereceu a ele... — A Inquisidora estava começando a lembrar a Alec um robô cujo circuito estava falhando. — E ele *recusou*? — Ela balançou a cabeça. — Mas ele é o seu espião... a sua arma...

— Foi o que você pensou? — disse ele, com uma surpresa aparentemente legítima. — Não tenho o menor interesse em espiar os segredos da Clave. Só estou interessado na destruição, e para isso tenho armas muito mais poderosas do que um menino no meu arsenal.

— Mas...

— Acredite no que quiser — disse Valentim, dando de ombros. — Você não é nada, Imogen Herondale. A figura superior de um regime cujo poder logo será estilhaçado, cuja supremacia chegará ao fim. Você não pode me oferecer nada que eu possa querer.

— Valentim! — A Inquisidora se lançou para a frente, como se pudesse impedi-lo, agarrá-lo, mas suas mãos apenas o atravessaram, como se ele fosse água. Com um olhar de nojo supremo, ele deu um passo para trás e desapareceu.

O céu foi lambido pelas últimas línguas de um fogo que se apagava; a água havia se tornado ferro. Clary puxou o casaco mais para perto do corpo e estremeceu.

— Está com frio? — Jace estava na parte de trás da traseira da picape, olhando para as marcas que o carro deixara para trás: duas linhas brancas de espuma cortando a água. Ele se aproximou e escorregou ao lado dela, com as costas na janela traseira da cabine. A janela em si estava quase completamente nublada com a fumaça azulada.

— Você não?

— Não. — Ele balançou a cabeça e tirou o casaco, entregando-o a ela. Clary vestiu, apreciando a maciez do couro. Era grande demais de uma maneira confortável. — Você vai ficar na picape como Luke mandou, certo?

— Eu tenho escolha?

— No sentido literal, não.

Ela tirou a luva e estendeu a mão para ele. Ele a tomou, agarrando-a com força. Ela olhou para os dedos entrelaçados, os dela tão pequenos, com pontas quadradas, os dele longos e finos.

— Você vai encontrar Simon para mim — disse ela. — Sei que vai.

— Clary. — Ela podia ver toda a água que os cercava refletida nos olhos dele. — Ele pode estar... quero dizer, pode ser...

— Não. — Seu tom não deixava espaço para dúvidas. — Ele vai estar bem. Tem que estar.

Jace expirou. Suas íris brilhavam como água azul-escura; como lágrimas, pensou Clary, mas não eram lágrimas, apenas reflexos.

— Tem uma coisa que preciso perguntar — disse ele. — Antes eu tinha medo de perguntar, mas agora não tenho medo de nada. — A mão dele se moveu para tocar o rosto dela, a palma quente contra a pele fria, e ela percebeu que o próprio medo havia desaparecido, como se ele pudesse transmitir o poder do símbolo do Destemor pelo toque. Ela levantou o queixo, os lábios se abrindo em expectativa, a boca dele tocou a dela levemente, tão levemente que parecia uma pena, a lembrança de um beijo, e em seguida ele recuou, arregalando os olhos. Ela viu a parede negra refletida neles, erguendo-se para bloquear o dourado incrédulo: a sombra do navio.

Jace a soltou com uma exclamação e se levantou. Clary se levantou sem jeito, o casaco de Jace desequilibrando-a. Faíscas azuis voavam das janelas da cabine, e à luz ela podia ver que a lateral da embarcação era metal negro corrugado, que havia uma escada fina descendo por um lado, e que uma grade de metal cercava o topo. O que pareciam pássaros grandes e estranhos empoleiravam-se na grade. Ondas de frio pareciam vir do barco como o ar gélido de um iceberg. Quando Jace a chamou, a respiração veio em fumaças brancas, suas palavras perdidas no ronco repentino do motor do navio.

Ela franziu o cenho para ele.

— O quê? O que você disse?

Ele a agarrou, deslizando a mão sob o casaco, tocando sua pele nua com as pontas dos dedos. Ela gemeu surpresa. Ele pegou do cinto a lâmina serafim que havia lhe dado mais cedo e pressionou-a na mão de Clary.

— Eu disse — e a soltou — para você pegar Abrariel, pois eles estão vindo.

— Quem está vindo?

— Os demônios. — Ele apontou para cima. Primeiro Clary não viu nada. Em seguida notou os pássaros enormes e estranhos que tinha visto antes. Estavam saindo da grade, um por um, caindo como pedras pela lateral do barco, em seguida se estabilizando e indo diretamente para a caminhonete, que flutuava sobre as ondas. Ao se aproximarem, ela viu que não se tratava de pássaros, mas coisas voadoras feias como pterodátilos, com asas largas, que pareciam de couro, e cabeças ossudas e triangulares. As bocas eram cheias de dentes serrilhados como os de tubarões, fileiras e fileiras deles, e as garras brilhavam como lâminas.

Jace subiu para o teto da cabine, Telantes brilhando em sua mão. Quando a primeira das coisas voadoras os alcançou, ele atacou com a lâmina. Atingiu o demônio, cortando o topo do crânio como alguém cortaria o topo de um ovo cozido. Com um grito agudo e lamentoso, a coisa caiu de lado, as asas em espasmos. Quando atingiu o oceano, a água ferveu.

O segundo demônio atingiu o capô da picape, deixando longas linhas no metal com as garras. Lançou-se contra o para-brisa, rachando o vidro em forma de teia de aranha. Clary gritou para Luke, mas outro deles mergulhou sobre ela, caindo como uma flecha do céu de aço. Ela arregaçou a manga do casaco de Jace, exibindo o braço para mostrar o símbolo defensivo. O demônio *gritou* como o outro havia feito, batendo as asas para trás — mas já tinha se aproximado demais, estava ao alcance dela. Ela viu que não tinha olhos, apenas entalhes em ambos os lados do crânio, enquanto enfiava Abrariel em seu peito. A criatura explodiu, deixando um rastro de fumaça negra atrás.

— Muito bem — disse Jace. Ele havia saltado de cima da cabine para despachar outra das criaturas voadoras que berravam. Empunhava uma adaga agora, cujo cabo estava sujo de sangue negro.

— O que *são* essas coisas? — arfou Clary, girando Abrariel em um arco amplo que rasgou o peito de um demônio voador. Ele cacarejou e tentou atacá-la com uma das asas. Perto assim, ela podia ver que as asas terminavam em pontas de ossos afiadas como lâminas. O demônio atingiu a manga do casaco de Jace e o rasgou.

— Meu *casaco* — disse Jace furioso e golpeou a coisa enquanto ela levantava, perfurando-lhe a coluna. A criatura berrou e desapareceu. — Eu *adorava* esse casaco.

Clary o encarou, em seguida girou quando o ruído de metal arranhando agrediu seus ouvidos. Dois dos demônios voadores estavam com as garras no teto da cabine, arrancando-o da carroceria. O ar foi preenchido com o barulho de metal rasgando. Luke estava no capô da picape, atacando os bichos com a *kindjal*. Um deles caiu pela lateral da caminhonete, desaparecendo antes de atingir a água. O outro irrompeu no ar, o teto da cabine preso nas garras, berrando triunfante, e voou de volta para o barco.

Por enquanto o céu estava claro, e Clary correu para espiar a cabine. Magnus estava jogado no assento, com o rosto acinzentado. Estava escuro demais para enxergar se ele estava ferido.

— Magnus! — gritou ela. — Você está machucado?

— Não. — Ele se esforçou para conseguir se sentar ereto, e caiu novamente contra o assento. — Só estou... esgotado. Os feitiços de proteção nesse navio são fortes. Rompê-los, contê-los é... difícil. — A voz dele diminuiu. — Mas se eu não o fizer, qualquer um além do Valentim que pisar nessa embarcação morrerá.

— Talvez você devesse vir conosco — disse Luke.

— Não posso trabalhar as barreiras se estiver no barco. Tenho que fazer daqui. É assim que funciona. — O sorriso de Magnus parecia dolorido. — Além disso, não sou bom de briga. Os meus talentos são outros.

Ainda olhando para dentro da cabine, Clary começou:

— Mas e se precisarmos...

— *Clary*! — gritou Luke, mas era tarde demais. Nenhum deles tinha visto a criatura voadora parada na lateral do veículo que se lançou para a frente, batendo as asas de lado, as garras afundando no casaco de Clary, um borrão de asas sombrias e dentes afiados e fétidos. Com um grito uivado de triunfo, a criatura voou pelos ares com Clary pendurada indefesa nas garras.

— *Clary!* — Luke gritou novamente e correu para a ponta do capô da caminhonete, onde parou, encarando impotente a forma alada e o fardo que carregava.

— Ele não vai matá-la — disse Jace, juntando-se a ele no capô. — Está capturando-a para Valentim.

Algo naquele tom enviou calafrios pelo sangue de Luke. Ele se virou para encarar o menino ao seu lado.

— Mas...

Ele não concluiu. Jace já havia pulado da caminhonete, em um único movimento suave. Ele caiu na água imunda do rio e partiu em direção ao barco, dando braçadas fortes.

Luke virou-se novamente para Magnus, cujo rosto pálido era visível pelo para-brisa, uma mancha branca contra a escuridão. Luke estendeu a mão e pensou ter visto Magnus acenar com a cabeça em resposta.

Guardando a *kindjal* na lateral do corpo, ele mergulhou no rio atrás de Jace.

Alec soltou Isabelle, meio esperando que ela fosse começar a gritar assim que ele tirasse a mão de sua boca. Ela ficou ao lado dele e observou enquanto a Inquisidora balançava levemente o rosto cinza pálido.

— Imogen — disse Maryse. Não havia qualquer sentimento na voz, nem mesmo raiva.

A Inquisidora não pareceu escutar. Permaneceu com a expressão inalterada enquanto afundava na velha cadeira de Hodge.

— Meu Deus — disse ela, olhando para a mesa. — O que foi que eu fiz?

Maryse olhou para Isabelle.

— Chame o seu pai.

Aparentando estar mais apavorada do que Alec jamais havia visto, Isabelle fez que sim com a cabeça e se retirou.

Maryse atravessou a sala até a Inquisidora e olhou para ela.

— O que você fez, Imogen? — disse ela. — Você entregou a vitória a Valentim. Foi isso que você fez.

— Não. — A Inquisidora suspirou.

— Você sabia exatamente que o Valentim estava planejando quando trancafiou Jace. Recusou-se a deixar a Clave se envolver, pois teria atrapalhado seu plano. Você queria fazer Valentim sofrer como ele a fez sofrer; para mostrar que você tinha o poder de matar o filho dele como ele matou o seu. Você queria humilhá-lo.

— Queria...

— Mas Valentim não se deixa ser humilhado — disse Maryse. — Eu poderia ter dito isso a você. Nunca teve qualquer poder sobre ele. Ele só fingiu considerar a sua oferta para se certificar, além de qualquer dúvida, que não haveria tempo para chamar reforços de Idris. E agora é tarde demais.

A Inquisidora levantou o olhar rapidamente. Seu cabelo havia soltado do coque e pendia em mechas finas ao redor do rosto. Era o mais humano que Alec a vira, mas ele não sentiu qualquer prazer nisso. As palavras da mãe o fizeram gelar: *tarde demais.*

— Não, Maryse — disse ela. — Ainda podemos...

— Ainda podemos *o quê?* — A voz de Maryse falhou. — Chamar a Clave? Não temos os dias, nem sequer as horas que levariam para chegar aqui. Se formos encarar Valentim, e Deus sabe que não temos escolha,...

— Teremos que fazê-lo agora — interrompeu uma voz profunda. Atrás de Alec, sombrio, vinha Robert Lightwood.

Alec olhou fixamente para o pai. Fazia anos desde que o vira com roupas de combate pela última vez; seu tempo havia sido tomado por tarefas administrativas, conduzindo o Conclave e lidando com questões do Submundo. Algo sobre ver o pai com roupas pesadas e armadas, a espada presa nas costas, fez com que Alec se lembrasse de como era ser criança outra vez, quando o pai era o maior, mais forte e mais assustador dos homens que poderia imaginar. Não o via desde aquele momento constrangedor na casa de Luke. Tentou capturar seu olhar, mas Robert estava olhando para Maryse.

— O Conclave está pronto — disse Robert. — Os barcos estão esperando no porto.

As mãos da Inquisidora passearam pelo próprio rosto.

— Não adianta — disse ela. — Não é o suficiente... não podemos...

Robert a ignorou. Em vez disso, olhou para Maryse.

— Temos que ir logo — disse, e em seu tom havia o respeito que faltara quando se dirigiu à Inquisidora.

— Mas a Clave — começou a Inquisidora — precisa ser informada.

Maryse jogou o telefone com força sobre a mesa, em direção à Inquisidora.

— *Você* conta para eles. Conte o que fez. É o seu dever, afinal de contas.

A Inquisidora não disse nada, apenas olhou para o telefone, com uma das mãos sobre a boca.

Antes que Alec pudesse começar a sentir pena dela, a porta se abriu novamente e Isabelle entrou, com equipamento de Caçadora de Sombras, o longo chicote dourado claro em uma das mãos e uma *naginata* de lâmina de madeira na outra. Ela franziu o cenho para o irmão.

— Vá se arrumar — disse. — Estamos indo para o navio de Valentim agora.

Alec não pôde evitar; o canto da boca se curvou para cima. Isabelle era sempre tão *determinada*.

— Isso é para mim? — perguntou, indicando a *naginata*.

Isabelle afastou-a dele.

— Arrume a sua própria!

Algumas coisas nunca mudam. Alec foi em direção à porta, mas foi contido pela mão de alguém em seu ombro. Olhou para cima surpreso.

Era o pai. Ele estava olhando para Alec, e apesar de não estar sorrindo, havia um olhar de orgulho no rosto marcado e exaurido.

— Se você precisa de uma lâmina, Alexander, a minha *guisarme* está na entrada se quiser usá-la.

Alec engoliu em seco e fez que sim com a cabeça, mas antes que pudesse agradecer ao pai, Isabelle falou de trás dele:

— Aqui, mãe — disse ela. Alec virou e viu a irmã entregando a *naginata* para a mãe, que a pegou e girou na mão, demonstrando *experiência*.

— Obrigada, Isabelle — disse Maryse, e com um movimento rápido como qualquer um da filha, abaixou a lâmina, de modo a apontar diretamente para o coração da Inquisidora.

Imogen Herondale levantou o olhar para Maryse, com os olhos vazios e despedaçados de uma estátua em ruínas.

— Você vai me matar, Maryse?

Maryse sibilou entredentes.

— Passou longe — disse ela. — Precisamos de todos os Caçadores de Sombras da cidade, e nesse momento isso inclui você. Levante-se, Imogen, e prepare-se para a batalha. De agora em diante, as ordens aqui partirão de *mim*. — Ela sorriu sombriamente. — E a primeira coisa que você vai fazer é libertar o meu filho daquela Configuração de Malaquias amaldiçoada.

Ela estava magnífica enquanto falava, pensou Alec com orgulho, uma verdadeira guerreira e Caçadora de Sombras, cada uma de suas linhas ardendo em fúria.

Alec detestava estragar o momento, mas elas iam descobrir que Jace não estava mais lá de qualquer jeito. Era melhor que alguém amortecesse o choque.

Ele limpou a garganta.

— Na verdade — disse —, tem uma coisa que vocês provavelmente deveriam saber...

Capítulo 18
ESCURIDÃO VISÍVEL

Clary sempre detestara montanhas-russas, detestava aquela sensação do estômago subindo até a boca quando o carrinho despencava. Ser arrancada da caminhonete e arrastada pelo ar como um rato nas garras de uma águia era dez vezes pior. Ela gritou com força enquanto os pés deixavam a picape e o corpo voava para cima, inacreditavelmente rápido. Gritou e girou, até olhar para baixo e ver quão alto já tinha subido e perceber o que aconteceria se o demônio voador a soltasse.

Ficou parada. A picape parecia um brinquedo abaixo, boiando nas ondas de forma impossível. A cidade balançava ao redor. Paredes borradas com luzes cintilantes. Talvez tivesse sido lindo se ela não estivesse tão assustada. O demônio parou e mergulhou, e de repente em vez de estar subindo ela estava caindo. Pensou na criatura derrubando-a centenas de metros pelo ar até cair na água negra e gelada e fechou os olhos — mas cair cega pela escuridão era pior. Ela os abriu novamente e viu o convés negro do navio se erguendo embaixo dela como uma garra prestes a arrancá-los do céu. Gritou mais uma vez enquanto caíam até o convés e depois por um quadrado escuro cortado na superfície. Agora estavam dentro do navio.

A criatura voadora diminuiu o ritmo. Estavam descendo pelo centro do barco, cercados por grades metálicas. Clary viu maquinarias escuras, nenhuma das quais parecia funcionar bem, e havia motores e ferramentas abandonados em diversos lugares. Se houvera luz elétrica, não funcionava mais, apesar de um brilho fraco que permeava tudo. O que quer que controlasse o navio antes, não o fazia mais; Valentim agora o comandava com outra coisa.

Algo que sugava o calor diretamente da atmosfera. Ar gélido golpeava o rosto de Clary enquanto o demônio chegava à base do navio e entrava por um corredor mal iluminado. Não estava sendo particularmente cuidadoso com ela. Seu joelho atingiu um cano enquanto a criatura dobrava uma esquina, gerando uma dor chocante que percorreu sua perna. Ela gritou e ouviu uma risada aguda no alto. Em seguida o demônio a soltou e ela despencou. Girando no ar, Clary tentou pôr as mãos e os joelhos embaixo de si antes de atingir o chão. Quase funcionou. Ela bateu no piso com um impacto forte e rolou para o lado, transtornada.

Estava deitada sobre uma superfície rígida de metal, na quase escuridão. Aquilo provavelmente tinha sido um espaço de armazenamento em determinado momento, pois as paredes eram lisas e não havia portas, somente uma abertura quadrada sobre ela, através da qual a luz entrava. Seu corpo inteiro doía.

— Clary? — uma voz sussurrou. Ela rolou para o lado, franzindo o cenho. Uma sombra se ajoelhou ao seu lado. Enquanto ajustava os olhos à escuridão, viu a figura pequena e curvada, cabelos trançados, olhos castanho-escuros. *Maia.* — Clary, é você?

Clary se sentou, ignorando a dor atroz na coluna.

— Maia. Maia, meu Deus. — Ela olhou fixamente para a outra menina, em seguida ao redor da sala. Estava vazia, exceto pelas duas. — Maia, cadê ele? Cadê Simon?

Maia mordeu o lábio. Estava com os pulsos ensanguentados, Clary reparou, e o rosto marcado por lágrimas secas.

— Clary, sinto muito — disse ela, com a voz suave e rouca. — Simon está morto.

Ensopado e quase congelado, Jace colidiu com o convés do navio, água pingando dos cabelos e das roupas. Olhou para o céu noturno nublado, engasgando-se ao tentar respirar. Não tinha sido fácil escalar a escada de ferro, mal presa à lateral metálica do navio, principalmente com mãos escorregadias e roupas encharcadas atrapalhando.

Não fosse pelo símbolo do Destemor, refletiu, provavelmente teria se preocupado que algum dos demônios voadores o arrancasse das escadas como um pássaro catando um inseto em uma vinha. Felizmente, eles pareciam ter voltado para o barco depois de pegar Clary. Jace não conseguia imaginar por que, mas havia muito tinha desistido de tentar especular sobre as razões pelas quais o pai fazia qualquer coisa.

Acima dele apareceu uma cabeça, destacando-se contra o céu. Era Luke, chegando ao topo da escada. Ele subiu com esforço na grade e se jogou para o outro lado. Olhou para Jace.

— Você está bem?

— Estou. — Jace se levantou. Estava tremendo. Fazia frio no barco, mais do que tinha sentido na água, e ele estava sem o casaco, que dera para Clary.

Ele olhou em volta e continuou:

— Em algum lugar existe uma porta que leva para o interior do navio. Eu a encontrei da última vez. Só precisamos andar pelo convés para encontrar de novo.

Luke começou a caminhar.

— Eu vou na frente — acrescentou Jace, colocando-se diante dele. Luke o olhou extremamente confuso e pareceu que ia dizer alguma coisa, mas finalmente caminhou ao lado de Jace enquanto se aproximavam da proa do navio, onde Jace tinha estado com Valentim na noite anterior. Ele podia ouvir as batidas oleosas da água contra o casco bem abaixo.

— O seu pai — disse Luke —, o que ele disse para você quando o viu? O que ele prometeu?

— Ah, você sabe. O de sempre. Ingressos para os jogos dos Knicks até o fim da vida. — Jace falou com leveza, mas a lembrança o agrediu com mais força do que o frio. — Ele disse que se certificaria de que nenhum mal seria feito a mim, nem a ninguém de quem eu goste se eu deixasse a Clave e voltasse para Idris com ele.

— Você acha... — Luke hesitou. — Você acha que ele machucaria Clary para se vingar de você?

Eles circularam a proa e Jace viu rapidamente a Estátua da Liberdade ao longe, um pilar de luz brilhante.

— Não. Acho que ele a pegou para nos fazer subir no barco como estamos fazendo, para ter um objeto de barganha. Só isso.

— Não tenho certeza de que ele precise de um objeto de barganha. — Luke falou com a voz baixa enquanto sacava a *kindjal*. Jace virou para seguir o olhar dele e por um instante só conseguiu olhar.

Havia um buraco negro no convés no lado oeste do navio, um buraco que era como um quadrado cortado no metal, e de suas profundezas jorrava uma nuvem negra de monstros. Jace teve um flashback da última vez em que estivera ali, com a Espada Mortal na mão, olhando em volta horrorizado enquanto o céu no alto e o mar abaixo se transformavam em massas giratórias de pesadelos. Só que agora estava na frente deles, uma cacofonia de demônios: o Raum branco como osso que os atacara na casa de Luke; demônios Oni com corpos verdes, bocas largas e chifres; demônios Kuri, pretos e escorregadios; demônios aracnídeos com braços de oito pontas e garras pingando veneno que saíam das cavidades oculares...

Jace não conseguia contá-los. Ele se apalpou para encontrar Camael, e o retirou do cinto, iluminando o convés com seu brilho branco. Os demônios sibilaram ao vê-lo, mas nenhum deles recuou. O símbolo do Destemor na omoplata de Jace começou a queimar. Ele imaginou quantos demônios poderia matar antes que a Marca se desgastasse.

— Pare! *Pare!* — A mão de Luke, segurando a camisa de Jace, puxou-o para trás. — São muitos, Jace. Se conseguirmos voltar para a escada...

— Não podemos. — Jace se soltou das garras de Luke e apontou. — Estão nos cercando por todos os lados.

Era verdade. Uma falange de demônios Moloch, expelindo chamas dos olhos vazios, bloqueava o recuo. Luke xingou, irritada e profusamente.

— Pule sobre a lateral, então. Eu os detenho.

— Pule *você* — disse Jace. — Estou bem aqui.

Luke lançou a mão para trás. As orelhas estavam pontudas e quando rosnou para Jace, os lábios se contraíram sobre os caninos, repentinamente afiados.

— Você... — Ele se interrompeu quando um demônio Moloch saltou sobre ele com as garras estendidas. Jace o esfaqueou casualmente na espinha enquanto passava, e o monstro cambaleou para cima de Luke uivando. Luke o agarrou e o lançou por cima da grade. — Você usou o símbolo do Destemor, não usou? — disse Luke, voltando-se novamente para Jace, os olhos brilhando em âmbar.

Ouviu-se um *splash* distante.

— Você não está errado — admitiu Jace.

— Meu Deus — disse Luke. — Você o colocou em você mesmo?

— Não. Clary colocou para mim. — A lâmina serafim de Jace cortou o ar como fogo branco; dois demônios Drevak caíram. Havia outras dúzias de onde tinham vindo aqueles, cercando-os com as mãos pontudas e afiadas como agulhas esticadas. — Ela é boa nisso, sabe?

— *Adolescentes* — disse Luke, como se fosse a pior palavra que conhecesse, e se lançou contra a horda que se aproximava.

— Morto? — Clary olhou fixamente para Maia, como se ela tivesse falado búlgaro. — Ele não pode estar morto.

Maia nada disse, apenas olhou para ela com olhos tristes e sombrios.

— Eu saberia. — Clary pressionou a mão, que estava cerrada em um punho, contra o peito. — Eu saberia *aqui* dentro.

— Eu pensei a mesma coisa uma vez — disse Maia. — Mas você não sabe. Nunca sabe.

Clary se levantou cambaleando. O casaco de Jace pendia de seus ombros, as costas quase inteiramente rasgadas. Ela o retirou impacientemente e o jogou no chão. Estava arruinado, as costas cortadas por uma dúzia de marcas de garras afiadas. O *Jace vai ficar irritado por eu ter estragado o casaco,* pensou. *Eu deveria comprar um novo para ele. Eu deveria...*

Ela respirou fundo. Podia ouvir o próprio coração acelerando, mas isso também soava distante.

— O que... aconteceu com ele?

Maia ainda estava ajoelhada no chão.

— O Valentim nos pegou; nós dois — disse ela. — E nos acorrentou juntos em uma sala. Em seguida entrou com uma arma, uma espada, muito grande e cintilante, como se brilhasse. Ele jogou pó de prata em mim, para eu não poder lutar, e... golpeou o Simon na garganta. — Sua voz se tornou um sussurro. — Ele abriu os pulsos dele e colocou o sangue em vasilhas. Algumas dessas criaturas demoníacas vieram e o ajudaram a levá-lo. Depois ele simplesmente deixou o Simon deitado aí, como um brinquedo que tivesse destruído e não tivesse mais utilidade. Eu gritei... mas sabia que ele estava morto. Em seguida um dos demônios me pegou e me trouxe aqui para baixo.

Clary pressionou as costas da mão na boca, pressionou e pressionou, até sentir o gosto salgado de sangue. O gosto pronunciado do sangue pareceu dissipar a névoa em seu cérebro.

— Temos que sair daqui.

— Sem ofensas, mas isso é óbvio. — Maia se levantou, franzindo o cenho. — Não há como sair daqui. Nem mesmo uma Caçadora de Sombras. Talvez se você fosse...

— Se eu fosse o quê? — perguntou Clary, andando de um lado para o outro da cela. — O Jace? Bem, não sou. — Ela chutou a parede. O som ecoou de forma oca. Ela vasculhou o bolso e puxou a estela. — Mas tenho meus próprios talentos.

Passou a ponta da estela na parede e começou a desenhar. As linhas pareciam fluir de dentro dela, escuras e queimadas, quentes como sua raiva furiosa. Ela atacou a parede com a estela repetidas vezes, as linhas negras fluindo como chamas da ponta. Quando recuou, respirando fundo, viu Maia olhando para ela com espanto.

— Menina — disse a licantrope —, o que você *fez*?

Clary não sabia ao certo. Parecia que tinha jogado um balde de ácido na parede. O metal ao redor do símbolo estava derretendo e pingando como sorvete em um dia quente. Ela deu um passo para trás, olhando com cansaço enquanto um buraco do tamanho de um cachorro grande se abria na parede. Clary podia ver as estruturas de aço atrás, mais das entranhas metálicas do navio. As bordas do buraco ainda chiavam, apesar de ele ter parado de se espalhar. Maia deu um passo para a frente, empurrando o braço de Clary.

— Espere. — Clary de repente estava nervosa. — O metal derretido pode ser, sei lá, tóxico ou alguma coisa.

Maia riu.

— Sou de Nova Jersey. *Nasci* em metal tóxico. — Ela marchou até o buraco e espiou através dele. — Tem uma passarela de metal do outro lado — anunciou. — Aqui... vou passar. — Ela se virou e passou os pés pelo buraco, depois as pernas, movendo-se lentamente. Sorriu quando terminou de atravessar o corpo, em seguida congelou. — Ai! Meus ombros estão entalados. Pode me empurrar? — Ela estendeu as mãos.

Clary fez o que a outra pedia. O rosto de Maia ficou branco, depois vermelho — e de repente ela se libertou, como uma rolha de champagne tirada de uma garrafa. Com um grito, cambaleou para trás. Fez-se um ruído e Clary colocou a cabeça ansiosamente pelo buraco.

— Você está bem?

Maia estava deitada em uma passarela de metal muitos centímetros abaixo. Ela rolou lentamente e se sentou outra vez, fazendo uma careta.

— O meu tornozelo... mas vou ficar bem — acrescentou, vendo o rosto de Clary. — Nós nos curamos rápido, sabe?

— Eu sei. Tudo bem, minha vez. — A estela de Clary cutucou desconfortavelmente seu estômago enquanto ela se curvava, preparada para atravessar o buraco atrás de Maia. A queda até a passarela intimidava, mas não tanto quanto a ideia de esperar em um armazém pelo que quer que fosse resgatá-las. Ela virou de frente, passando os pés pelo buraco...

Alguma coisa a pegou pelas costas, puxando-a para cima. A estela caiu do cinto e atingiu o chão. Ela se engasgou com o choque e a dor repentinos; o colarinho da camisa apertou sua garganta e ela sufocou. Um segundo depois, foi solta. Atingiu o chão, os joelhos batendo no metal com um ruído oco. Tossindo, ela rolou e olhou para cima, sabendo o que iria ver.

Valentim estava de pé sobre ela. Em uma das mãos segurava uma lâmina serafim, que brilhava com luz branca. Na outra, que a tinha agarrado pelo colarinho, estava cerrada em um punho. O rosto pálido entalhado estava esculpido em uma expressão de desdém.

— Sempre filha da sua mãe, Clarissa — disse ele. — O que você fez agora?

Clary se levantou dolorida e ficou de joelhos. Estava com a boca cheia de sangue, que corria do lábio cortado. Ao olhar para Valentim, a raiva floresceu como uma planta venenosa no peito. Aquele homem, seu pai, havia matado Simon e o deixara morto no chão como se fosse lixo. Ela achava que já tinha odiado pessoas na vida, mas estava errada. *Aquilo* era ódio.

— A menina licantrope — prosseguiu Valentim, franzindo a testa —, onde ela está?

Clary se inclinou para a frente e cuspiu o sangue da boca nos sapatos dele. Com uma exclamação de nojo e surpresa, ele deu um passo para trás, erguendo a lâmina na mão, e por um instante Clary viu a raiva descontrolada em seu olhar e achou que ele realmente fosse matá-la bem ali, onde estava agachada a seus pés, por ter cuspido nos sapatos dele.

Lentamente, ele baixou a lâmina. Sem uma palavra, passou por Clary e olhou pelo buraco que ela tinha feito na parede. Lentamente, ela se virou, examinando o chão com os olhos até vê-la. A estela da mãe. Esticou-se para alcançá-la, prendendo a respiração...

Ao virar, Valentim, viu o que ela estava fazendo. Com um único passo, estava do outro lado da sala. Ele chutou a estela para fora do alcance; o objeto rolou pelo chão de metal e caiu pelo buraco na parede. Ela semicerrou os olhos, sentindo a perda da estela como a perda da mãe outra vez.

— Os demônios vão encontrar a sua amiguinha do Submundo — disse Valentim, a voz fria e controlada, guardando a lâmina serafim em uma bainha na cintura. — Ela não tem para onde fugir. Ninguém tem para onde fugir. Agora levante-se, Clarissa.

Lentamente, Clary se levantou, seu corpo inteiro dolorido pelo golpe que havia sofrido, e então engasgou em surpresa quando Valentim a pegou pelos ombros, virando-a de modo que ficou de costas para ele. Ele assobiou; um ruído agudo, afiado e desagradável. O ar rodava no alto e ela ouviu a batida feia de asas de couro. Com um pequeno grito, tentou se soltar, mas Valentim era forte demais. As asas envolveram os dois, que em seguida estavam subindo juntos pelo ar, Valentim segurando-a nos braços, como se realmente fosse seu pai.

Jace havia pensado que ele e Luke já estariam mortos àquela altura. Não sabia ao certo por que não estavam. O convés do navio estava escorregadio com o sangue. Ele estava coberto de sujeira. Mesmo o cabelo estava molhado e grudento de sangue, e os olhos ardiam com sangue e suor. Tinha um corte longo no alto do braço direito, e não havia tempo para entalhar um símbolo de Cura na pele. Toda vez que levantava o braço, uma dor profunda ardia em sua lateral.

Eles tinham conseguido se proteger em um recesso na parede de metal do navio e lutavam desse abrigo enquanto os demônios os atacavam. Jace havia utilizado ambos os *chakhrams* e só restavam a última lâmina serafim e a adaga que tinha conseguido com Isabelle. Não era muito — ele não teria saído para encarar alguns demônios com tão poucas armas e agora estava encarando uma horda. Deveria estar apavorado, sabia disso, mas não sentia quase nada — apenas desprezo pelos demônios, que não pertenciam a esse mundo, e raiva de Valentim, que os havia invocado. Ao longe, ele sabia que a ausência de medo não era inteiramente boa. Ele não tinha medo nem da quantidade de sangue que estava perdendo pelo braço.

Um demônio aracnídeo partiu para cima de Jace, chiando e lançando uma peçonha amarela. Ele desviou, não rápido o suficiente para impedir que algumas gotas de veneno espirrassem em sua camisa. O veneno sibilou enquanto corroía o tecido, e ele sentiu a picada que queimava a pele como uma dúzia de pequenas agulhas ferventes.

O demônio aracnídeo expirou em satisfação e lançou outro jato de veneno. Jace desviou e a substância tóxica atingiu um demônio Oni que vinha em direção a ele pela lateral; o Oni gritou em agonia e partiu em direção ao outro com as garras estendidas. Os dois se engalfinharam, rolando pelo convés.

Os demônios ao redor se afastaram do veneno espalhado, o que criou uma barreira entre eles e o Caçador de Sombras. Jace tirou vantagem do breve instante para virar para Luke, ao seu lado. Ele estava quase irreconhecível. As orelhas estavam inteiramente pontudas, como as de um lobo; os lábios estavam contraídos até o focinho em um riso permanente; as garras nas mãos estavam pretas com sangue de demônio.

— É melhor irmos para a grade. — A voz de Luke era quase um rosnado. — Temos que sair do navio. Não podemos matar todos eles. Talvez o Magnus...

— Acho que não estamos indo tão mal. — Jace girou a lâmina serafim, o que foi uma péssima ideia, pois estava com a mão molhada de sangue e a lâmina quase escorregou. — Considerando tudo.

Luke emitiu um ruído que podia ser um rosnado ou uma risada, ou uma combinação de ambos. Em seguida algo enorme e amorfo caiu do céu, derrubando os dois no chão.

Jace caiu com força, e a lâmina serafim voou de sua mão. Atingiu o convés, deslizando pela superfície metálica até a borda do barco, longe do alcance da vista. Jace xingou e se levantou.

A coisa que havia aterrissado sobre eles era um demônio Oni, extraordinariamente grande para a sua espécie — sem falar que era extraordinariamente esperto por ter pensado em subir no telhado e se atirar sobre eles. Estava sobre Luke agora, atacando-o com os espinhos afiados que cresciam da testa. Luke estava se defendendo da melhor maneira que conseguia com as próprias garras, mas já estava ensopado de sangue; sua *kindjal* estava a meio metro de distância dele no convés. Ele tentou alcançá-la e o Oni o agarrou por uma das pernas com uma das mãos, que parecia uma espada, trazendo a perna para baixo como um galho de árvore sobre o joelho. Jace ouviu o osso quebrar com um estalo enquanto Luke gritava.

Ele mergulhou para pegar a *kindjal*, alcançou-a e rolou para ficar de pé, lançando a adaga com força na nuca do Oni. Atingiu-o com força suficiente para decapitar a criatura, que cambaleou para a frente, sangue negro jorrando do pescoço. Um segundo depois o demônio tinha desaparecido. A *kindjal* caiu com estrondo no convés ao lado de Luke.

Jace correu para ele e se ajoelhou.

— A sua perna...

— Está quebrada. — Luke lutou para conseguir se sentar. O rosto estava contorcido de dor.

— Mas você se cura rapidamente.

Luke olhou ao redor, com o rosto sombrio. O Oni poderia estar morto, mas outros demônios tinham aprendido rápido com o exemplo; estavam subindo no telhado. Jace não conseguia afirmar, à luz fraca, quantos eram. Dúzias? Centenas? Depois de um determinado número, não importava mais.

Luke fechou a mão ao redor do cabo da *kindjal*.

— Não rápido o bastante.

Jace sacou a adaga de Isabelle do cinto. Era a última das armas e de repente parecia lamentavelmente pequena. Uma emoção afiada o penetrou — não medo, ele já estava além disso, mas tristeza. Viu Alec e Isabelle como se estivessem diante dele, sorrindo, em seguida viu Clary com os braços estendidos, como se o estivesse recepcionando em casa.

Levantou-se enquanto os demônios caíam do telhado em onda, uma maré de sombra encobrindo a lua. Ele se moveu para tentar bloquear Luke, mas não adiantou; os demônios estavam por todos os lados. Um recuou para cima dele. Era um esqueleto de 1,80 metro, sorrindo com dentes quebrados. Pedaços de bandeiras de prece tibetanas coloridas pendiam dos ossos apodrecidos. Segurava uma espada *katana* na mão ossuda, o que era incomum — a maioria dos demônios não usava armas. A lâmina, marcada com símbolos demoníacos, era mais longa do que o braço de Jace, curvilínea, afiada e mortal.

Jace atacou com a adaga, que atingiu as costelas do demônio e ficou presa ali. O demônio mal pareceu notar; simplesmente continuou se movendo, inexorável como a morte. O ar ao redor cheirava a morte e cemitério. Ele ergueu a *katana* com a mão cerrada...

Uma sombra cinza cortou a escuridão na frente de Jace, uma sombra que se conduzia com movimentos giratórios, precisos e mortais. O movimento para baixo da *katana* produziu o chiado de metal contra metal; a figura sombria empurrou a *katana* de volta para o demônio, esfaqueando-o para cima com a outra mão, tão rápido que o olho de Jace mal conseguiu segui-la. O demônio caiu para trás, o crânio estilhaçando-se ao cair no vazio. Ao redor podiam-se ouvir os gritos de demônios, uivando em surpresa. Girando, ele viu que dúzias de formas — formas *humanas* — estavam escalando as grades, caindo no chão e correndo para perto da massa de demônios que se arrastavam, serpenteavam, sibilavam e voavam sobre o convés. Empunhavam lâminas de luz e vestiam roupas escuras e espessas de...

— *Caçadores de Sombras?* — disse Jace, tão espantado que falou em voz alta.

— Quem mais? — Um sorriso brilhou na escuridão.

— Malik? É você?

Malik inclinou a cabeça.

— Desculpe pelo que aconteceu mais cedo — disse ele. — Eu estava cumprindo ordens.

Jace estava prestes a dizer a Malik que o fato de ter acabado de salvar sua vida mais do que compensava a tentativa anterior de impedi-lo de deixar o Instituto quando um grupo de demônios Raum partiu para cima deles, lançando tentáculos no ar. Malik girou e partiu ao encontro deles com um grito, a lâmina serafim brilhando como uma estrela. Jace estava a ponto de segui-lo quando alguém o agarrou e o puxou de lado.

Era uma Caçadora de Sombras, toda de preto, o capuz escondendo o rosto embaixo.

— Venha comigo.

A mão puxou a manga insistentemente.

— Preciso chegar até o Luke. Ele está ferido. — Jace puxou o braço esquerdo. — Me *solte*.

— Ah, pelo amor do Anjo... — A figura o soltou e se esticou para puxar o capuz, revelando um rosto estreito e pálido e olhos cinzentos que ardiam como lascas de diamante. — *Agora* você pode obedecer, Jonathan?

Era a Inquisidora.

Apesar da velocidade com que voaram girando pelo ar, Clary teria chutado Valentim se conseguisse, mas ele a segurou como se tivesse braços de ferro. Os pés dela se libertaram, mas não importava o quanto lutasse não parecia conseguir atingir nada.

Quando o demônio parou e desviou repentinamente, ela soltou um grito, mas Valentim riu. Em seguida estavam rodando por um túnel de metal, chegando a uma sala maior e mais ampla. Em vez de soltá-los sem cerimônia, o demônio voador os colocou gentilmente no chão.

Para grande surpresa de Clary, Valentim a soltou. Ela se livrou dele e tropeçou até o meio da sala, olhando desesperadamente em volta. Era um espaço amplo, provavelmente alguma espécie de sala de maquinário em outros tempos. Ainda havia máquinas alinhadas contra as paredes, fora do caminho, para criar um espaço quadrado amplo no centro. O chão era feito de metal espesso, sujo aqui e ali com manchas mais escuras. No meio do espaço vazio havia quatro bacias, grandes o suficiente para lavar cachorros. Os interiores das duas primeiras estavam manchadas com uma ferrugem marrom escura. A terceira estava cheia de um líquido vermelho-escuro. A quarta estava vazia.

Havia um baú de metal atrás das bacias. Um tecido escuro tinha sido colocado sobre ele. Ao se aproximar, ela viu que em cima do pano havia uma espada prateada que brilhava uma luz escura, quase uma falta de luminosidade: uma escuridão radiante e visível.

Clary se virou e olhou fixamente para Valentim, que a observava em silêncio.

— Como você pôde fazer isso? — perguntou. — Como pôde matar o Simon? Ele era só... ele era só um menino, um humano comum...

— Ele não era humano — disse Valentim, com a voz suave. — Tinha se tornado um monstro. Você só não conseguia enxergar, Clarissa, porque ele vestia a face de um amigo.

— Ele não era um monstro. — Ela se aproximou um pouco mais da Espada. Era enorme, pesada. Imaginou se conseguiria levantá-la; mesmo que conseguisse, será que seria capaz de manejá-la? — Ainda era Simon.

— Não pense que não sou solidário com a sua situação — disse Valentim. Ele ficou parado no único feixe de luz que entrava pela escotilha no teto. — Senti o mesmo quando Lucian foi mordido.

— Ele me contou. — Ela se irritou. — Você entregou a ele uma adaga e mandou que se matasse.

— Aquilo foi um erro — disse Valentim.

— Pelo menos você admite...

— Eu mesmo deveria tê-lo matado. Teria demonstrado que me importava.

Clary balançou a cabeça.

— Não se importava coisa nenhuma. Você nunca se importou com ninguém. Nem mesmo com a minha mãe. Nem com Jace. Eram apenas coisas que pertenciam a você.

— Mas o amor não é isso, Clarissa? Posse? "Sou do meu amado e o meu amado é meu", como diz a canção das canções.

— Não. E não cite a Bíblia para mim. Não acho que você entenda. — Ela estava muito perto do baú agora, o cabo da espada ao seu alcance. Os dedos estavam molhados de suor e ela os secou rapidamente na calça jeans. — Não é só que alguém pertence a você, é que você que se dá ao outro. Duvido que *você* já tenha dado alguma coisa a alguém. A não ser talvez pesadelos.

— Dar-se a alguém? — O sorriso fino não cedeu. — Como você se deu a Jonathan?

A mão dela, que estava se levantando em direção à Espada, cerrou-se em um punho. Ela a puxou novamente em direção ao peito, olhando para ele incrédula.

— O quê?

— Você acha que não reparei como vocês se olham? Como ele pronuncia o seu nome? Você pode achar que eu não tenha sentimentos, mas isso não significa que eu não consiga ver os sentimentos dos outros. — O tom de Valentim era suave, cada palavra um pedaço de gelo agredindo-lhe os ouvidos. — Suponho que só possamos culpar a nós mesmos, sua mãe e eu, por termos mantido vocês dois afastados por tanto tempo que acabaram não desenvolvendo a repulsa um pelo outro que seria mais natural entre irmãos.

— Não sei do que você está falando. — Os dentes de Clary estavam batendo.

— Acho que me expliquei muito bem. — Ele havia se afastado da luz. Seu rosto estava coberto pelas sombras. — Eu vi Jonathan quando ele encarou o demônio do medo, sabia? O demônio se mostrou para ele como você, e isso me disse tudo que eu precisava saber. O maior medo da vida do Jonathan é o amor que ele sente pela irmã.

— Eu não faço o que me mandam — disse Jace —, mas posso fazer o que você quiser se me pedir com gentileza.

A Inquisidora parecia querer revirar os olhos, mas parecia ter se esquecido como.

— Preciso falar com você.

Jace olhou para ela.

— *Agora?*

Ela colocou a mão no braço dele.

— Agora.

— Você está louca. — Jace olhou para o convés do navio. Parecia uma pintura de Bosch do inferno. A escuridão estava cheia de demônios: fazendo ruídos, uivando, ganindo e atacando com garras e dentes. Os Nephilim iam para a frente e para trás, as armas brilhantes à sombra. Jace podia ver que não havia Caçadores de Sombras suficientes. Nem perto de suficientes. — Impossível... Estamos no meio de uma batalha...

A mão ossuda da Inquisidora era surpreendentemente forte.

— *Agora.* — Ela o puxou, e ele deu um passo para trás, surpreso demais para fazer qualquer outra coisa, depois mais um, até estarem no recuo de uma parede. Ela soltou Jace e apalpou os bolsos da capa escura, sacando duas lâminas serafim. Sussurrou os nomes, em seguida diversas palavras que Jace não conhecia, e as jogou no convés, uma de cada lado dele. Elas se prenderam, com as pontas para baixo, e um lençol solitário de luz azul e branca se espalhou diante deles, separando Jace e a Inquisidora do restante do navio.

— Você está me prendendo *outra vez?* — perguntou Jace, olhando incrédulo para a Inquisidora.

— Isso não é uma Configuração Malaquias. Pode sair se quiser. — As mãos dela se apertaram com força. — Jonathan...

— Você quer dizer Jace. — Ele não conseguia mais enxergar a batalha através da parede de luz branca, mas ainda podia ouvir os ruídos, os gritos e uivos dos demônios. Se virasse a cabeça, podia ver uma pequena parte do oceano, brilhando com a luz como diamantes espalhados sobre a superfície de um espelho. Havia mais ou menos uma dúzia de barcos lá, os trimarãs esguios e de cascos múltiplos utilizados nos lagos de Idris. Barcos de Caçadores de Sombras. — O que você está fazendo aqui? Por que veio?

— Você estava certo — respondeu ela. — Sobre Valentim. Ele não aceitou a troca.

— Ele disse a você para me deixar morrer. — Jace sentiu-se tonto de repente.

— Assim que ele recusou, é claro, convoquei o Conclave e os trouxe aqui. Eu... eu devo um pedido de desculpas a você e à sua família.

— Registrado — disse Jace. Ele detestava desculpas. — Alec e Isabelle? Estão aqui? Não serão castigados por me ajudarem?

— Estão aqui, e não, não serão castigados. — Ela ainda estava olhando para ele com olhos investigativos. — Não consigo entender Valentim. Um pai jogar fora a vida de um filho, seu único menino...

— É — disse Jace. A cabeça dele doía, e ele gostaria que a mulher se calasse, ou que um demônio os atacasse. — É um horror, de fato.

— A não ser que...

Agora ele olhou surpreso para ela.

— A não ser que o quê?

Ela apontou o dedo para o ombro dele.

— Onde arrumou isso?

Jace olhou para baixo e viu que o veneno do demônio aracnídeo havia feito um buraco em sua blusa, deixando um bom pedaço do ombro exposto.

— A camisa? Na Macy's. Liquidação de inverno.

— A *cicatriz*. Essa cicatriz aqui no seu ombro.

— Ah, isso. — Jace ficou intrigado com a intensidade do olhar. — Não tenho certeza. Alguma coisa aconteceu quando eu era muito jovem, foi o que o meu pai disse. Uma espécie de acidente. Por quê?

O ar saiu sibilado entre os dentes da Inquisidora.

— Não pode ser — murmurou ela. — *Você* não pode ser...

— Não posso ser o quê?

Havia uma nota de incerteza na voz da Inquisidora.

— Todos esses anos — continuou ela — enquanto estava crescendo... você *realmente* achava que era filho de Michael Wayland?

Uma fúria cortante atravessou Jace e foi ainda mais dolorosa por causa da pontada de decepção que a acompanhou.

— Pelo Anjo — irritou-se —, você me arrastou até aqui, no meio de uma batalha, para me fazer a mesma maldita pergunta outra vez? Não acreditou em mim na primeira vez, e ainda não acredita. Nunca vai acreditar, apesar de tudo o que aconteceu, apesar de tudo o *que eu disse ser verdade*. — Ele apontou para o que quer que estivesse acontecendo do outro lado da parede de luz. — Eu deveria estar lá, lutando. Por que está me segurando aqui? Para, depois que tudo isso acabar, se algum de nós ainda estiver vivo, você poder ir até a Clave e dizer a eles que eu não lutei ao seu lado contra o meu pai? *Boa* tentativa.

Ela estava ainda mais pálida do que ele acreditava ser possível.

— Jonathan, não é isso que eu...

— O meu nome é Jace! — gritou ele. A Inquisidora se contraiu, com a boca entreaberta, como se ainda estivesse prestes a dizer alguma coisa. Jace não queria ouvir. Ele passou por ela, quase derrubando-a de lado, e chutou uma das lâminas serafim no convés. Ela caiu e a parede de luz desapareceu.

Além dela reinava o caos. Formas escuras se chocavam no convés, demônios em cima de corpos contorcidos, e o ar estava cheio de fumaça e gritos. Ele se esforçou para enxergar alguém que conhecesse no meio. Onde estava Alec? E Isabelle?

— Jace! — A Inquisidora correu atrás dele, o rosto enrijecido de medo. — Jace, você não tem uma arma, ao menos leve...

Ela se interrompeu quando um demônio surgiu na frente de Jace como um iceberg na proa de um navio. Não era como os que ele tinha visto até então; aquele tinha um rosto enrugado e mãos ágeis como as de um macaco gigante, mas o rabo afiado de um escorpião. Os olhos eram giratórios e amarelos. Sibilou para ele entre dentes quebrados que pareciam agulhas. Antes que Jace pudesse desviar, a cauda voou para a frente com a velocidade de uma serpente atacando. Ele viu a ponta de agulha indo em direção ao seu rosto...

E pela segunda vez na noite, uma sombra passou entre ele e a morte. Sacando uma faca de lâmina longa, a Inquisidora se jogou na frente dele a tempo de a picada do escorpião atingi-la no peito.

Ela gritou, mas se manteve de pé. O rabo do demônio recuou, pronto para um novo ataque, mas a faca da Inquisidora já havia deixado sua mão, voando reta e certeira. Os símbolos marcados na lâmina brilhavam enquanto ela cortava a garganta do demônio. Com um chiado, como ar escapando de um balão furado, ele se contorceu para dentro, a cauda retorcendo-se em espasmos enquanto desaparecia.

A Inquisidora caiu no chão do convés. Jace se ajoelhou ao lado dela, colocando uma das mãos em seu ombro e virando-a de barriga para cima. Sangue se espalhava na frente da blusa cinza. Seu rosto estava imóvel e pálido, e por um instante Jace pensou que já estivesse morta.

— Inquisidora? — Ele não conseguia dizer o primeiro nome dela, nem mesmo agora.

Ela abriu os olhos. As partes brancas já estavam se entorpecendo. Com grande esforço ela sinalizou para que ele se aproximasse. Ele se curvou para perto, perto o suficiente para ouvi-la sussurrando ao seu ouvido, sussurrando um último suspiro...

— O quê? — disse Jace, espantado. — O que isso significa?

Não houve resposta. A Inquisidora havia desabado novamente no convés, os olhos abertos e vidrados, a boca curvada no que parecia quase um sorriso.

Jace se sentou, entorpecido e com olhos fixos. Ela estava morta. Morta por causa dele.

Algo agarrou a parte de trás de sua camisa e o puxou para cima. Jace colocou a mão no cinto — percebeu que estava desarmado — e virou-se para ver um par de olhos familiares encarando-o com total incredulidade.

— Você está vivo — disse Alec. Foram três palavras curtas, mas havia uma profusão de sentimentos por trás delas. O alívio no rosto dele era evidente, assim como a exaustão. Apesar do frio, os cabelos negros estavam grudados nas bochechas e na testa com suor. As roupas e a pele estavam manchadas de sangue e havia um longo rasgo na manga do casaco da armadura, como se algo denticulado e afiado a tivesse rasgado. Ele tinha uma *guisarme* ensanguentada na mão direita, e o colarinho de Jace na outra.

— Parece que sim — admitiu Jace. — Mas não vou sobreviver por muito tempo se você não me der uma arma.

Com um rápido olhar em volta, Alec soltou Jace, tirou uma lâmina serafim do cinto e a entregou a ele.

— Aqui — disse. — Se chama Samandiriel.

Jace mal acabara de pegar a lâmina quando um demônio Drevak de tamanho médio avançou na direção deles, tremendo imperiosamente. Jace ergueu Samandiriel, mas Alec já havia despachado a criatura com um golpe fulminante da *guisarme*.

— Bela arma — disse Jace, mas Alec estava olhando além dele, para a figura cinza curvada no convés.

— É a Inquisidora? Ela está...?

— Está morta — disse Jace.

A mandíbula de Alec enrijeceu.

— Já foi tarde. O que houve?

Jace estava prestes a responder quando foi interrompido por um berro:

— *Alec! Jace!*

Era Isabelle, apressando-se na direção deles através do odor e da fumaça. Vestia uma jaqueta preta justa, manchada com sangue amarelado. Correntes de ouro penduradas com pingentes de símbolos circundavam seus pulsos e calcanhares, e o chicote se estendia em volta dela como uma rede de fio electrum.

Ela estendeu os braços.

— Jace, achamos que...

— Não. — Alguma coisa fez Jace dar um passo para trás, afastando-se do toque dela. — Estou coberto de sangue, Isabelle. Não.

Uma expressão de mágoa cruzou o rosto da menina.

— Mas todos nós estávamos procurando você... A mamãe e o papai, eles...

— *Isabelle!* — Jace gritou, mas era tarde demais: um demônio aracnídeo enorme surgiu atrás dela, liberando veneno amarelo das presas. Isabelle gritou quando o veneno a atingiu, mas o chicote voou com velocidade extraordinária, cortando ao meio o demônio, que caiu ruidosamente no convés e em seguida desapareceu.

Jace correu em direção a Isabelle exatamente quando ela caiu para a frente. O chicote escorregou da mão quando ele a pegou, embalando-a desajeitadamente contra o corpo. Ele podia ver quanto veneno a atingira: se espalhara principalmente pelo casaco, mas algumas partes atingiram a garganta, e queimava e chiava onde havia tocado a pele. De forma quase inaudível, ela gemeu — Isabelle, que nunca demonstrava dor.

— Me dê ela. — Era Alec, derrubando a arma enquanto se apressava para ajudar a irmã. Ele pegou Isabelle dos braços de Jace e deitou-a gentilmente no convés. Ajoelhando-se ao lado dela com a estela na mão, ele olhou para Jace. — Contenha o que quer que se aproxime enquanto eu a curo.

Jace não conseguia afastar os olhos de Isabelle. Sangue pingava do pescoço na jaqueta, ensopando o cabelo dela.

— Temos que tirá-la desse barco — disse ele asperamente. — Se ela ficar aqui...

— Vai morrer? — Alec estava traçando a ponta da estela da forma mais gentil que conseguia sobre a garganta da irmã. — Todos vamos morrer. Eles são muitos. Estamos sendo massacrados. A Inquisidora mereceu morrer por isso: é tudo culpa dela.

— Um demônio escorpião tentou me matar — disse Jace, imaginando por que estava falando, por que estava defendendo alguém que odiava. — A Inquisidora se jogou na frente e salvou a minha vida.

— *Salvou?* — O espanto era claro no tom de Alec. — Por quê?

— Acho que ela decidiu que valia a pena me salvar.

— Mas ela sempre... — Alec se interrompeu, mudando para uma expressão de alarme. — Jace, atrás de você, dois deles...

Jace girou. Dois demônios se aproximavam, um Ravener, com corpo de crocodilo e dentes serrados, rabo de escorpião curvado para a frente sobre as costas, e um Drevak, cuja carne branca de verme brilhava ao luar. Jace ouviu Alec atrás dele se assustar; em seguida Samandiriel deixou sua mão, cortando um rastro prateado pelo ar. Cortou a cauda do Ravener logo abaixo da bolsa de veneno pendurada na ponta do ferrão.

O Ravener uivou. O Drevak virou, confuso, e foi atingido pela bolsa tóxica na cara. A bolsa se abriu, ensopando o Drevak com veneno. Ele emitiu um único uivo incompreensível e desabou, a cabeça corroída até o osso. Sangue e veneno se espalharam pelo convés enquanto o Drevak se esvaía. O Ravener, com sangue jorrando da cauda, se arrastou por mais alguns passos antes de também desaparecer.

Jace se curvou e pegou Samandiriel cuidadosamente. O convés de metal ainda estava chiando onde o veneno do Ravener havia espirrado, furando nele pequenos buracos espalhados, como em uma gaze.

— Jace. — Alec estava de pé, segurando uma Isabelle pálida, porém firme, pelo braço. — Temos que tirar Isabelle daqui.

— Tudo bem — disse Jace. — Você tira ela daqui. Eu vou cuidar *daquilo*.

— Do quê? — disse Alec, espantado.

— Daquilo — Jace disse novamente e apontou. Algo vinha em direção a eles através da fumaça e das chamas, algo enorme, corcunda e pesado. Facilmente cinco vezes maior do que qualquer outro demônio no navio, tinha um corpo blindado, com muitos membros, cada apêndice acabando em uma garra espinhosa e quitinosa. Tinha patas de elefante, enormes e achatadas. A cabeça parecia a de um mosquito gigante, Jace viu enquanto se aproximava, olhos de inseto e a tromba vermelho-sangue pendurada.

Alec respirou fundo.

— Que diabos é isso?

Jace pensou por um instante.

— Grande — disse ele, afinal. — Muito.

— Jace...

Jace virou-se e olhou para Alec, em seguida para Isabelle. Alguma coisa dentro dele lhe disse que aquela poderia ser a última vez que os via, mas mesmo assim não sentia medo, não por ele. Queria dizer alguma coisa a eles, talvez que os amava, que qualquer um deles valia mais do que milhares de Instrumentos Mortais e os poderes que podiam proporcionar, mas as palavras não saíam.

— Alec — ele se ouviu dizer —, leve Isabelle para a escada agora ou todos morreremos.

Alec encontrou o olhar de Jace e o prendeu por um instante. Em seguida assentiu e empurrou Isabelle, que ainda protestava, em direção à grade. Ele a ajudou a subir, e, com grande alívio, Jace viu a cabeça escura desaparecendo enquanto ela descia a escada. *Agora você, Alec,* pensou. *Vá.*

Mas Alec não estava indo. Isabelle, agora fora do alcance visual, soltou um grito agudo enquanto o irmão subia novamente pela grade e pulava para o convés do navio. A *guisarme* estava no chão onde ele a havia deixado; Alec a pegou e foi para perto de Jace, encarar o demônio que se aproximava.

Contudo ele não chegou até lá. O demônio em cima de Jace desviou repentinamente e correu em direção a Alec, a tromba sangrenta indo para a frente e para trás, faminto. Jace girou para bloquear Alec, mas o convés de metal em que estava em pé, apodrecido com veneno, cedeu sob ele. Jace ficou com o pé preso e caiu pesadamente sobre o convés.

Alec teve tempo apenas de gritar o nome de Jace, e em seguida o demônio estava em cima dele. Ele o esfaqueou com a *guisarme*, enfiando a ponta afiada profundamente na carne da criatura, que recuou, soltando um grito estranhamente humano, sangue negro jorrando do ferimento. Alec recuou, tentando pegar outra arma, justamente quando o demônio girou a garra, derrubando-o no convés. Em seguida, o tubo de alimentação se enrolou ao seu redor.

Em algum lugar, Isabelle estava gritando. Jace lutava desesperadamente para tirar a perna do convés; pontas afiadas de metal o feriam enquanto ele se libertava e cambaleava.

Ele ergueu Samandiriel. Uma luz brilhou na frente da lâmina serafim, cintilante como uma estrela cadente. O demônio se contorceu para trás, soltando um leve ruído sibilado. Diminuiu a força com que segurava Alec e, por um instante, Jace pensou que fosse soltá-lo. Em seguida, ele virou a cabeça com uma velocidade repentina e espantosa e jogou Alec para longe com uma força descomunal. Alec atingiu o convés escorregadio, deslizou por ele e caiu, com um único grito rouco, pela lateral da embarcação.

Isabelle gritava o nome de Alec e seus gritos eram como flechas perfurando o ouvido de Jace. Samandiriel ainda brilhava na mão dele. A luz iluminou o demônio que vinha em direção a ele, o olhar de inseto ardente e predatório, mas só o que ele conseguia ver era Alec; Alec caindo pela lateral do navio, Alec se afogando na água negra abaixo. Pensou estar sentindo o gosto de água do mar na boca ou talvez tivesse sido sangue. O demônio estava quase nele; ergueu Samandiriel e a lançou — o demônio ganiu, um som agudo e agonizante, em seguida, o convés cedeu sob Jace com um ruído de metal se quebrando e ele caiu na escuridão.

Capítulo 19

DIES IRAE

— Você está errado — disse Clary, mas não havia convicção na voz. — Você não sabe nada sobre mim nem sobre Jace. Só está tentando...

— Tentando o quê? Estou tentando alcançá-la, Clarissa. Fazê-la entender. — Não havia qualquer sentimento na voz de Valentim que Clary pudesse detectar além de um divertimento remoto.

— Você está debochando de nós. Acha que pode me usar para magoar Jace, então está debochando de nós. Nem está mais com raiva — acrescentou. — Um pai de verdade estaria furioso.

— Eu sou um pai de verdade. O mesmo sangue que corre nas minhas veias corre nas de vocês.

— Você não é meu pai. Luke é meu pai — disse Clary, quase exausta. — Já conversamos sobre isso.

— Você só vê Luke como pai por causa da relação dele com a sua mãe...

— A *relação* deles? — Clary riu. — Luke e a minha mãe são amigos.

Por um instante, ela pensou ter visto uma expressão de surpresa passar pelo rosto dele. Mas "É mesmo?" foi tudo que ele disse. Em seguida:

— Você realmente acha que Lucian suportou tudo isso, essa vida de silêncio, esconderijos e fugas, essa devoção à proteção de um segredo que nem ele entendia completamente, apenas por *amizade*? Na sua idade, você sabe muito pouco sobre as pessoas, Clary, e menos ainda sobre os homens.

— Você pode fazer as insinuações que quiser a respeito do Luke. Não vai fazer a menor diferença. Está enganado em relação a ele, assim como está enganado sobre o Jace. Você precisa atribuir motivos repulsivos para tudo que fazem, porque motivos repulsivos são tudo o que você entende.

— É isso que seria se ele amasse a sua mãe? Repulsivo? — disse Valentim. — O que há de tão repulsivo no amor, Clarissa? Ou será porque no fundo você sente que o seu precioso Lucian não é verdadeiramente humano, nem verdadeiramente capaz de ter sentimentos da maneira que entendemos...

— Luke é tão humano quanto eu — Clary jogou na cara dele. — Você não passa de um preconceituoso.

— Ah, não — disse Valentim. — Se tem uma coisa que não sou é preconceituoso. — Ele se aproximou dela um pouco mais, e ela foi para a frente da espada, bloqueando-a da visão do pai. — Você pensa isso ao meu respeito porque olha para mim e para o que faço através das lentes da sua compreensão mundana do mundo. Humanos mundanos criam distinções entre eles mesmos, distinções que parecem ridículas a qualquer Caçador de Sombras. As distinções deles são baseadas em raça, religião, nacionalidade, ou qualquer um dentre dúzias de rótulos irrelevantes. Para os mundanos parece lógico, porque eles não podem ver, entender nem reconhecer os mundos demoníacos, mas, enterrados em algum lugar em suas memórias antigas, eles sabem que existem aqueles que caminham nesta terra que são *outros*. Que não pertencem, que querem apenas causar o mal e a destruição. Como a ameaça demoníaca é invisível aos mundanos, eles precisam atribuir ameaças a outros de sua própria espécie. Colocam a face do inimigo na face do vizinho, e assim se perpetuam gerações de tormento. — Ele deu mais um passo à frente, e Clary recuou instintivamente; estava encostada no baú agora. — Eu não sou assim — ele prosseguiu. — Consigo enxergar a verdade das coisas. Os mundanos veem através de um espelho, como um enigma, mas os Caçadores de Sombras, nós vemos face a face. Sabemos a verdade sobre o mal, e sabemos que, apesar de ele caminhar entre nós, não faz *parte* de nós. O que não pertence ao nosso mundo não pode se enraizar nele, crescer como uma flor venenosa e extinguir toda a vida.

Clary tinha a intenção de pegar a Espada primeiro, depois atacar Valentim, mas as palavras dele a desestabilizaram. Sua voz era tão suave, tão persuasiva, e não era como se ela achasse que *devesse* ser permitido aos demônios permanecer na terra, reduzi-la a cinzas como haviam feito com tantos mundos... O que ele dizia quase fazia sentido, mas...

— Luke não é um demônio — disse ela.

— Parece, Clarissa — disse Valentim —, que você tem muito pouca experiência para determinar o que é um demônio e o que não é. Você encontrou alguns membros do Submundo que pareceram gentis o suficiente para você, e é através da lente da sua bondade que você enxerga o mundo. Demônios para você são criaturas horríveis que saltam das sombras para atacar. E essas criaturas existem. Mas há também os demônios de grande sutileza e discrição, demônios que caminham entre humanos livremente e sem ser reconhecidos. E mesmo assim eu já os vi fazerem coisas tão terríveis que os seus colegas bestiais até parecem gentis em comparação. Havia um demônio em Londres que conheci uma vez que se fazia passar por um financista poderoso. Nunca estava sozinho, então era difícil chegar perto dele para matá-lo, apesar de eu saber o que ele era. Mandava os criados trazerem animais e crianças, qualquer coisa que fosse pequena e indefesa...

— Pare. — Clary colocou as mãos nos ouvidos. — Não quero ouvir isso.

Mas a voz de Valentim continuou se arrastando, inexorável, abafada, mas não inaudível.

— Ele os comia lentamente, durante muitos dias. Tinha seus truques, maneiras de mantê-los vivos por meio das piores formas de tortura imagináveis. Se puder imaginar uma criança tentando se arrastar até você com metade do corpo dilacerado...

— *Pare!* — Clary tirou as mãos dos ouvidos. — Chega, *chega*!

— Demônios se alimentam de morte, dor e loucura — continuou Valentim. — Quando mato, é porque preciso. Você cresceu em um paraíso falsamente lindo, cercado por paredes frágeis de vidro, minha filha. A sua mãe imaginou o mundo em que ela queria viver e a criou nele, mas nunca contou a você que não passava de uma ilusão. E que o tempo todo os demônios estavam esperando com suas armas de sangue e terror para estilhaçar o vidro e libertá-la da mentira.

— Você derrubou as paredes — sussurrou Clary. — *Você* me arrastou para isso. Ninguém além de você.

— E o vidro que a cortou, a dor que sentiu, o sangue? Também me culpa por isso? Não fui eu que a coloquei naquela prisão.

— Pare. Apenas pare de falar. — A cabeça de Clary estava zumbindo. Ela queria gritar com ele: *Você sequestrou a minha mãe, você fez isso, a culpa é sua*! Mas ela estava começando a entender o que Luke queria dizer quando afirmava que era impossível discutir com Valentim. De alguma forma ele havia tornado impossível discordar dele sem que parecesse que estava defendendo demônios que partiam crianças ao meio. Ficou imaginando como Jace tinha aguentado tantos anos vivendo à sombra daquela personalidade exigente e opressora. Começou a ver de onde vinha a arrogância de Jace, a arrogância e as emoções cuidadosamente controladas.

A borda do baú atrás dela estava ferindo a parte de trás das pernas. Ela podia sentir o frio que vinha da Espada, deixando os cabelos de sua nuca arrepiados.

— O que você quer de mim? — perguntou a Valentim.

— O que a faz pensar que quero alguma coisa de você?

— Se não quisesse, não estaria falando comigo. Já teria golpeado a minha cabeça e estaria esperando por... por qualquer que seja o próximo passo depois disso.

— O próximo passo — disse Valentim — envolve os seus amigos Caçadores de Sombras encontrando você, e eu dizendo a eles que se a quiserem viva terão que me dar a menina licantrope. Ainda preciso do sangue dela.

— Eles nunca vão trocar Maia por mim!

— Aí é que você se engana — disse Valentim. — Eles sabem o valor de um membro do Submundo quando comparado a uma criança Caçadora de Sombras. Farão a troca. A Clave exige.

— A Clave? Você quer dizer que é parte da Lei?

— Codificada em sua própria existência — disse Valentim. — Agora você entende? Não somos muito diferentes, a Clave e eu, ou Jonathan e eu, Clarissa. Apenas discordamos quanto ao método. — Ele sorriu e deu um passo à frente para diminuir o espaço entre eles.

Movendo-se mais depressa do que achou que pudesse, Clary colocou a mão atrás de si e pegou a Espada da Alma. Era tão pesada quanto ela tinha imaginado que fosse, tão pesada que ela quase se desequilibrou. Esticando a mão, levantou-a, apontando a lâmina diretamente para Valentim.

A queda de Jace foi interrompida abruptamente quando ele atingiu a superfície de metal com força suficiente para que seus dentes chacoalhassem. Ele tossiu, sentindo gosto de sangue, e se levantou dolorosamente.

Estava sobre uma passarela de metal pintada de verde. O interior do navio era oco, uma grande câmara de metal com paredes externas escuras que produziam eco. Olhando para cima, Jace podia ver um pequeno fragmento de céu estrelado através do buraco fumegante no casco acima.

O interior do navio era um labirinto de passarelas e escadas que pareciam não levar a lugar nenhum, entrelaçando-se como as entranhas de uma cobra gigante. Fazia muito frio; Jace podia ver a própria respiração transformando-se em nuvens pálidas quando expirava. Havia pouca luz e ele semicerrou os olhos nas sombras até alcançar no bolso a pedra de luz enfeitiçada.

O brilho iluminou a escuridão. A passarela era longa, com uma escada na ponta que levava a um nível inferior. Enquanto Jace seguia na direção dela, algo se acendeu aos seus pés.

Ele se agachou. Era uma estela. Não pôde se conter e olhou em volta, como se esperasse alguém se materializar das sombras; mas *como* uma estela de Caçador de Sombras podia ter ido parar ali? Ele a pegou com cuidado. Todas as estelas tinham uma espécie de aura, um registro espectral da personalidade do dono. Aquela fez com que uma pontada de reconhecimento doloroso o percorresse. *Clary.*

Uma risada suave e repentina interrompeu o silêncio. Jace girou, colocando a estela no cinto. Sob o brilho da luz enfeitiçada, podia ver uma figura escura na extremidade da passarela. O rosto estava encoberto pela sombra.

— Quem está aí? — perguntou.

Não houve resposta, apenas a sensação de que alguém estava rindo dele. A mão de Jace foi automaticamente para o cinto, mas ele tinha deixado cair a lâmina serafim ao despencar. Estava desarmado.

Mas o que seu pai havia ensinado? Se utilizado corretamente, quase tudo pode ser uma arma. Ele andou lentamente em direção à figura, registrando diversos detalhes ao redor — um suporte no qual poderia se pendurar e dar um chute; um pedaço de metal quebrado exposto contra o qual poderia jogar o adversário, perfurando sua espinha. Todos esses pensamentos passaram pela cabeça dele em uma fração de segundo, antes de a figura no final da passarela se virar, os cabelos brancos brilhando à luz enfeitiçada, e Jace reconhecê-lo.

Ele parou onde estava.

— Pai? É você?

A primeira coisa que Alec sentiu foi o frio gélido. A segunda foi que não conseguia respirar; ao tentar, o corpo sofreu um espasmo. Sentou-se ereto, expelindo a água suja do rio dos pulmões em uma torrente amarga que o fez engasgar e sufocar.

Finalmente conseguiu inspirar, apesar de os pulmões parecerem estar pegando fogo. Tossindo, olhou em volta. Estava sentado em uma plataforma de metal corrugado — não, era a traseira de uma caminhonete, flutuando no meio do rio. De seus cabelos e de suas roupas pingava água fria. Magnus Bane estava sentado diante dele, olhando-o fixamente com seus olhos de gato âmbar que brilhavam no escuro.

Alec começou a bater os dentes.

— O que... o que *aconteceu*?

— Você tentou beber o East River — disse Magnus, e Alec viu pela primeira vez que as roupas de Magnus também estavam ensopadas, grudadas ao corpo como uma segunda pele escura. — Eu o tirei da água.

A cabeça de Alec estava latejando. Ele apalpou o cinto à procura da estela, mas não estava lá. Tentou se lembrar: o navio, cheio de demônios; Isabelle caindo e Jace amparando-a; sangue por todos os lados no chão, o demônio atacando...

— Isabelle! Ela estava descendo quando eu caí...

— Ela está bem. Chegou até um barco. Eu vi. — Magnus esticou a mão para tocar a cabeça de Alec. — Você, por outro lado, pode ter tido uma concussão.

— Preciso voltar para a batalha. — Alec afastou a mão. — Você é um feiticeiro. Não pode, sei lá, me levar *voando* de volta para o barco ou algo do tipo? E consertar a minha concussão ao mesmo tempo?

Com a mão ainda esticada, Magnus se apoiou na lateral da traseira da caminhonete. Sob a luz das estrelas seus olhos eram lascas de verde e dourado, duras e lisas como joias.

— Desculpe — disse Alec, percebendo como tinha soado apesar de ainda achar que Magnus deveria perceber que levá-lo de volta ao barco era a coisa mais importante. — Eu sei que você não tem que nos ajudar... é um favor...

— Pare. Eu não faço favores para você, Alec. Eu faço as coisas para você porque... Bem, por que você acha que eu faço?

Algo subiu na garganta de Alec, cortando sua resposta. Era sempre assim quando estava com Magnus. Era como se houvesse uma bolha de dor ou arrependimento que morava dentro do coração dele, e quando ele queria dizer alguma coisa, qualquer coisa, que parecesse significativa ou verdadeira, a bolha se erguia e sufocava as palavras.

— Preciso voltar para o barco — disse afinal.

Magnus parecia cansado demais para sequer soar indignado.

— Eu o ajudaria — disse ele —, mas não posso. Tirar as proteções do navio já foi difícil o bastante. É um encanto forte, muito forte, demoníaco. E quando você caiu, tive que lançar um feitiço rápido na picape para que ela não afundasse quando eu perdesse a consciência. E eu vou perder a consciência, Alec. É só uma questão de tempo. — Ele passou uma das mãos nos olhos. — Não queria que você se afogasse. O feitiço deve aguentar o suficiente para que você consiga levar a caminhonete de volta para a terra.

— Eu... não sabia. — Alec olhou para Magnus, que tinha 300 anos de idade mas sempre parecia atemporal, como se tivesse parado de envelhecer mais ou menos aos 19 anos. Agora havia linhas acentuadas na pele ao redor dos olhos e da boca. Os cabelos pendiam sobre a testa, e os ombros abaixados não representavam sua postura usual, mas exaustão completa.

Alec estendeu as mãos. Estavam pálidas ao luar, enrugadas pelo tempo na água e marcadas com dúzias de cicatrizes prateadas. Magnus olhou para elas, depois de volta para Alec, confusão escurecendo seu olhar.

— Pegue as minhas mãos — disse Alec. — E pegue a minha força também. O que quer que consiga pode usar para... se manter de pé.

Magnus não se moveu.

— Pensei que você tivesse que voltar para o navio.

— Tenho que lutar — disse Alec —, mas é isso que você está fazendo, não é? Você faz tão parte da luta quanto os Caçadores de Sombras no navio, e sei que pode tomar um pouco da minha força, já ouvi falar de feiticeiros que fizeram coisas do tipo, então estou oferecendo. Pegue. É sua.

Valentim sorriu. Vestia sua armadura negra e manoplas que brilhavam como carapaças de insetos pretos.

— Meu filho.

— Não me chame assim — disse Jace, e em seguida sentiu um tremor começando nas mãos. — Onde está Clary?

Valentim continuava sorrindo.

— Ela me desafiou — disse ele. — Tive que dar-lhe uma lição.

— *O que você fez com ela?*

— Nada. — Valentim se aproximou de Jace, perto o bastante para tocá-lo se decidisse esticar a mão. Não o fez. — Nada do que ela não vá se recuperar.

Jace cerrou a mão em punho para que o pai não a visse tremendo.

— Quero vê-la.

— Sério? Com tudo isso acontecendo? — Valentim olhou para cima, como se pudesse ver através do casco do navio até a carnificina no convés. — Achei que fosse querer lutar ao lado do resto dos seus amigos Caçadores de Sombras. Pena que os esforços deles são em vão.

— Você não sabe disso.

— Sei, sim. Para cada um deles, posso invocar mil demônios. Nem os melhores Nephilim conseguiriam suportar essa proporção. Como no caso da pobre Imogen — acrescentou Valentim.

— Como você...

— Vejo tudo que acontece no meu navio. — Os olhos de Valentim se fecharam. — Você sabe que a morte dela foi culpa sua, não sabe?

Jace respirou fundo. Podia sentir o coração acelerando como se quisesse saltar para fora do peito.

— Se não fosse por você, nenhum deles teria vindo ao navio. Acharam que o estavam salvando, sabe? Se fossem apenas dois integrantes do Submundo, não teriam se incomodado.

Jace já tinha quase se esquecido.

— Simon e Maia...

— Ah, estão mortos. Os dois. — O tom de Valentim era casual, suave até. — Quantos terão que morrer, Jace, até você enxergar a verdade?

A cabeça de Jace parecia estar cheia de fumaça giratória. Seu ombro queimava de dor.

— Já tivemos essa conversa. Você está errado, pai. Pode ter razão no que se refere aos demônios, pode até ter razão sobre a Clave, mas não é assim...

— Eu quis dizer — corrigiu-o — quando você vai enxergar que *é exatamente como eu*?

Apesar do frio, Jace tinha começado a suar.

— O quê?

— Você e eu somos iguais — disse Valentim. — Como me disse antes, você é o que eu fiz de você, e o fiz uma cópia de mim mesmo. Tem a minha arrogância. Tem a minha coragem. E tem aquela qualidade que faz as pessoas darem a vida por você sem questionar.

Algo martelou no fundo da mente de Jace. Algo que ele deveria saber, ou havia esquecido — seu ombro *queimava*.

— Não *quero* pessoas dando a vida por mim — gritou ele.

— Não. Você quer. Você gosta de saber que a Alec e a Isabelle morreriam por você. Que a sua irmã morreria. A Inquisidora *morreu* por você, não morreu, Jonathan? E você ficou parado e deixou que ela...

— Não!

— Você é exatamente como eu. Não é surpreendente, é? Somos pai e filho, por que não deveríamos ser iguais?

— *Não!* — Jace estendeu a mão e alcançou o suporte de metal, que se soltou com um estalo explosivo, a borda quebrada endentada e incrivelmente afiada. — *Não sou como você!* — gritou ele e enfiou a barra de metal no peito do pai.

A boca de Valentim se abriu. Ele cambaleou para trás, a ponta de metal saindo de seu peito. Por um instante, Jace conseguiu apenas olhar, pensando: *Eu estava errado — é realmente ele.* Em seguida, Valentim pareceu desabar em si mesmo, o corpo se contorcendo e desaparecendo como areia. O ar se encheu de cheiro de queimado enquanto o corpo de Valentim se transformava em cinzas e era soprado pelo ar frio.

Jace pôs a mão no ombro. A pele onde o símbolo do Destemor havia sido queimado estava quente ao toque. Uma grande sensação de fraqueza tomou conta dele.

— *Agramon* — sussurrou e caiu de joelhos.

Passaram-se apenas alguns instantes enquanto ele ficou ajoelhado no chão esperando que o pulso acelerado se acalmasse, mas para Jace pareceu uma eternidade. Quando finalmente se levantou, as pernas estavam rígidas de frio. As pontas dos dedos estavam azuis. O ar ainda cheirava a queimado, apesar de não haver sinal de Agramon.

Ainda agarrando a barra de metal, Jace foi até a escada no fim da passarela. O esforço de descer apoiando-se em apenas uma das mãos clareou sua mente. Ele desceu o último degrau e se viu em uma segunda passarela estreita que passava pela lateral de uma grande câmara de metal. Havia dúzias de outras passarelas nas paredes e uma variedade de canos que de vez em quando expeliam o que parecia vapor, apesar de o ar permanecer amargamente frio.

Que belo lugar este aqui, pai, pensou Jace. O interior industrial vazio da embarcação não combinava com o Valentim que ele conhecia, que era minucioso quanto ao tipo de corte de cristal com os quais seus decantadores eram feitos. Jace olhou em volta. Era um labirinto ali embaixo, e não havia como saber em que direção seguir. Ele se virou para descer a escada seguinte e notou uma mancha vermelha escura no chão de metal.

Sangue. Jace raspou-o com a ponta da bota. Ainda estava úmido, ligeiramente pegajoso. Sangue fresco. Seu pulso acelerou. No meio da passarela, viu uma nova mancha vermelha, em seguida outra, mais afastada, como um rastro de pão em um conto de fadas.

Jace seguiu a trilha de sangue, os sapatos ecoando alto na passarela de metal. O padrão de respingos era peculiar, não como se tivesse havido uma briga, mas como se alguém tivesse sido carregado, sangrando, pela passarela...

Ele chegou a uma porta. Era feita de metal preto, prateada em alguns pontos por amassados e lascados. Havia uma marca ensanguentada de mão ao redor da maçaneta. Agarrando a barra de metal afiada com mais força, Jace empurrou a porta.

Uma onda de ar ainda mais frio o atingiu e ele respirou fundo. O recinto estava vazio exceto por um cano de metal que passava por uma parede e o que parecia uma pilha de sacos no canto. Um pouco de luz entrava por uma vigia na parede. Enquanto Jace avançava cautelosamente, a luz do vão caiu sobre a pilha no canto e ele percebeu que não se tratava de uma pilha de lixo afinal, mas sim de um corpo.

O coração de Jace começou a bater loucamente.

O chão metálico estava grudento de sangue. Suas botas se descolavam dele com um barulho de sucção horroroso enquanto ele atravessava a sala e se curvava ao lado da figura no canto. Um menino de cabelos escuros vestindo calça jeans e uma camiseta azul manchada de sangue.

Jace pegou o corpo pelo ombro e o levantou. Ele se virou, flácido e desconjuntado, os olhos castanhos virados para cima. Jace ficou com o ar preso na garganta. *Era* Simon. Estava branco como papel. Havia um rasgo repugnante na base da garganta, e ambos os pulsos tinham sido cortados, deixando ferimentos abertos e feios.

Jace se ajoelhou, ainda segurando o ombro de Simon, e pensou desesperadamente em Clary, na dor que sentiria quando descobrisse, em como havia apertado as mãos nas dele, tanta força em dedos tão pequenos. *Encontre Simon. Eu sei que vai encontrá-lo.*

E ele o fizera. Mas era tarde demais.

Quando Jace tinha 10 anos, seu pai havia explicado todas as maneiras de se matar um vampiro. Empalá-los. Decapitá-los e queimar suas cabeças como abóboras de Halloween. Deixar o sol transformá-los em cinzas. Ou drenar seu sangue. Eles precisam de sangue para viver, funcionam à base de sangue, como carros funcionam à base de gasolina. Olhando para o ferimento na garganta de Simon não era difícil perceber o que Valentim havia feito.

Jace estendeu o braço para fechar os olhos de Simon. Se Clary tivesse que vê-lo morto, era melhor que não fosse assim. Ele passou a mão pelo colarinho da camisa de Simon, querendo puxá-la para cima para cobrir o rasgo.

Simon se moveu. Suas pálpebras tremeram e se abriram, e os olhos reviraram para as partes brancas. Ele gorgolejou, um ruído fraco, os lábios se contraindo e mostrando as pontas das presas de vampiro. Ar saía pela garganta rasgada.

Jace sentiu um nó no fundo da garganta, e as mãos se cerraram no colarinho de Simon. *Ele não estava morto.* Mas, meu Deus, a dor devia ser inacreditável. Ele não podia se curar, não se regenerava, não sem...

Não sem sangue. Jace soltou a camisa de Simon e puxou a própria manga direita com os dentes. Utilizando a ponta afiada da barra de metal, ele fez um corte longo no pulso. Sangue escorreu pela pele. Ele deixou cair a barra, que atingiu o chão com um ruído metálico. Podia sentir o cheiro do próprio sangue no ar, forte e cúprico.

Olhou para Simon, que não se movera. Sangue corria pela mão de Jace e seu pulso ardia. Ele o segurou sobre o rosto de Simon, deixando o sangue escorrer pelos dedos até a boca do vampiro. Não houve reação. Simon não estava se movendo. Jace se aproximou; estava ajoelhado sobre Simon agora, soltando nuvens de fumaça branca no ar gelado enquanto respirava. Ele se inclinou para baixo e pressionou o pulso sangrento contra a boca de Simon.

— Beba o meu sangue, idiota — sussurrou. — *Beba.*

Por um momento nada aconteceu. Então os olhos de Simon se fecharam. Jace sentiu uma pontada afiada no pulso, uma espécie de puxão, uma pressão rígida, então a mão direita de Simon voou para cima e agarrou o braço de Jace logo acima do cotovelo. As costas de Simon se arquearam, a pressão no braço de Jace aumentando à medida que as presas de Simon se afundavam mais. Jace sentiu dor.

— Pronto — disse. — Pronto, chega.

Os olhos de Simon se abriram. As partes brancas tinham sumido, as íris castanhas estavam focadas em Jace. As bochechas estavam coradas, um rubor febril. Os lábios ligeiramente abertos, as presas brancas manchadas de sangue.

— Simon? — disse Jace.

Simon se levantou. Moveu-se com incrível velocidade, derrubando Jace de lado e rolando para cima dele. A cabeça de Jace se chocou contra o chão de metal e suas orelhas zumbiram enquanto os dentes de Simon se enterravam em seu pescoço. Ele tentou girar e se livrar, mas os braços do outro eram como barras de ferro prendendo-o no chão, os dedos enterrados nos ombros.

Mas Simon não o estava machucando — não de verdade —; a dor que havia começado aguda havia diminuído para uma espécie de queimadura, agradável como às vezes a queimadura de uma estela era agradável. Uma sensação sonolenta de paz percorreu as veias de Jace e ele sentiu os músculos relaxarem; as mãos que tentavam empurrar Simon havia poucos instantes agora o puxavam para perto. Ele podia sentir as batidas do próprio coração perdendo velocidade, a força diminuindo para um eco suave. Uma escuridão brilhante se insinuou nos cantos da visão, bela e estranha. Jace fechou os olhos.

Uma dor forte atravessou seu pescoço. Ele engasgou e os olhos se abriram; Simon estava sentado por cima dele, encarando-o com os olhos arregalados e a mão na boca. Os ferimentos tinham desaparecido, apesar de a frente da camisa estar manchada de sangue.

Jace podia sentir a dor dos ombros feridos novamente, o corte no pulso, a garganta perfurada. Não conseguia mais ouvir o coração batendo, mas sabia que estava disparado no peito.

Simon tirou a mão da boca. As presas tinham sumido.

— Eu poderia tê-lo matado — disse ele. Havia uma espécie de desespero na sua voz.

— Eu teria deixado — disse Jace.

Simon olhou para ele, em seguida emitiu um ruído no fundo da garganta. Rolou para longe de Jace e atingiu o chão com os joelhos, abraçando os cotovelos. Jace podia ver os traços escuros das veias de Simon na pele clara da garganta, formando linhas azuis e roxas. Veias cheias de sangue.

O meu sangue. Jace se sentou. Procurou a estela. Arrastá-la pelo braço era como puxar um cano de chumbo por um campo de futebol. Sua cabeça latejava. Quando concluiu o *iratze*, inclinou a cabeça para trás, contra a parede, respirando forte, a dor diminuindo à medida que o símbolo de cura fazia efeito. *O meu sangue nas veias dele.*

— Desculpe — disse Simon. — Eu sinto muito.

O símbolo de cura estava fazendo efeito. A mente de Jace começou a clarear e as batidas no peito desaceleraram. Ele se levantou cuidadosamente, esperando uma onda de tonteira, mas sentiu apenas um pouco de fraqueza e cansaço. Simon continuava ajoelhado, olhando para as próprias mãos. Jace esticou o braço e o pegou pela parte de trás da camisa, obrigando-o a se levantar.

— Não peça desculpas — disse ele, soltando Simon. — Apenas se mexa. Valentim está com Clary, e não temos muito tempo.

No segundo em que seus dedos se fecharam ao redor do cabo da Maellartach, uma onda de frio subiu pelo braço de Clary. Valentim assistiu com uma leve expressão de interesse enquanto ela se espantava com a dor, e os dedos ficavam dormentes. Ela tentou desesperadamente segurar a Espada, mas ela escorregou e caiu no chão aos seus pés.

Clary mal viu Valentim se mover. Um instante depois ele estava diante dela com a Espada na mão. A mão dela ardia. Olhou para baixo e viu que um vergão vermelho e ardente se estendia pela palma.

— Você realmente pensou — disse Valentim, com uma pontada de nojo na voz — que eu a deixaria se aproximar de uma arma que eu pensasse que pudesse *usar*? — Ele balançou a cabeça. — Você não entendeu uma palavra do que eu disse, entendeu? Parece que dos meus dois filhos só um é capaz de entender a verdade.

Clary cerrou a mão machucada em um punho, quase recebendo bem a dor.

— Se está falando de Jace, ele também o odeia.

Valentim levantou a Espada, levando a ponta até a clavícula de Clary.

— Isso é o bastante, vindo de você.

A ponta da Espada era afiada, e quando ela respirava, espetava-lhe a garganta; um rastro de sangue desceu pelo peito. O toque da espada parecia espalhar o frio por suas veias, enviando partículas de gelo pelos braços e pelas pernas e deixando as mãos dormentes.

— Arruinada pela criação que recebeu — disse Valentim. — A sua mãe sempre foi uma mulher teimosa. Era uma das coisas que eu adorava nela no começo. Achava que fosse defender os próprios ideais.

Era estranho, pensou Clary com uma espécie de horror distante, que quando tinha visto o pai anteriormente em Renwick, seu considerável carisma pessoal tivesse sido exibido em favor de Jace. Agora ele nem se incomodava, e sem a máscara de charme, parecia... vazio. Como uma estátua oca, os olhos perfurados mostrando apenas a escuridão interior.

— Diga-me, Clarissa, a sua mãe falava a meu respeito?

— Ela me disse que o meu pai estava morto. — *Não diga mais nada,* alertou a si mesma, mas tinha certeza de que ele podia ler o restante das palavras em seus olhos. *E eu gostaria que fosse verdade.*

— E ela nunca contou que você era diferente? Especial?

Clary engoliu em seco, e a ponta da lâmina cortou um pouco mais fundo. Mais sangue desceu pelo peito.

— Ela nunca me disse que eu era uma Caçadora de Sombras.

— Você sabe por que — disse Valentim olhando para ela do outro lado da Espada — ela me deixou?

Lágrimas queimaram no fundo da garganta de Clary. Ela fez um barulho de engasgo.

— Quer dizer que só houve *uma* razão?

— Ela me disse — ele prosseguiu como se Clary não tivesse falado — que eu tinha transformado o primeiro filho dela em um monstro. E me deixou antes que eu pudesse fazer o mesmo com a segunda. Você. *Mas era tarde demais.*

O frio na garganta e nos membros era tão intenso que ela nem tremia mais. Era como se a Espada estivesse transformando-a em gelo.

— Ela nunca diria isso — sussurrou Clary. — Jace não é um monstro. Nem eu.

— Eu não estava falando de...

A escotilha sobre suas cabeças se abriu e duas figuras escuras caíram do buraco, aterrissando logo atrás de Valentim. A primeira, Clary viu com um choque luminoso de alívio, era Jace, caindo pelo ar como a flecha de um arco, com alvo certo. Atingiu o chão com uma leveza segura. Estava segurando uma barra de aço suja de sangue em uma das mãos, a extremidade quebrada formando uma ponta perversa.

A segunda figura aterrissou ao lado de Jace com a mesma leveza, ainda que não com a mesma graça. Clary viu o contorno de um menino esguio de cabelos escuros e pensou: *Alec.* Foi apenas quando ele se endireitou que ela reconheceu o rosto familiar e percebeu quem era.

Esqueceu-se da Espada, do frio, da dor na garganta, de tudo.

— *Simon!*

Simon olhou através da sala para ela. Seus olhos se cruzaram por apenas um instante, e Clary desejou que ele pudesse ler em seu rosto a sensação avassaladora de alívio. As lágrimas que vinham ameaçando rolar vieram e escorreram pelo rosto. Ela não se moveu para secá-las.

Valentim virou a cabeça para olhar para trás e sua boca se arqueou na primeira expressão espontânea de surpresa que Clary já tinha visto no rosto dele. Valentim se virou para encarar Jace e Simon.

Assim que a ponta da Espada deixou a garganta de Clary, o frio foi se esvaindo dela, levando consigo toda a sua força. Ela caiu de joelhos, tremendo incontrolavelmente. Quando levantou as mãos para limpar as lágrimas do rosto, viu que as pontas dos dedos estavam brancas, começando a congelar.

Jace encarou-a horrorizado, em seguida se voltou para o pai.

— O que você fez com ela?

— Nada — disse Valentim, recuperando o autocontrole. — Ainda.

Para surpresa de Clary, Jace empalideceu, como se as palavras do pai o tivessem chocado.

— Eu é que deveria estar perguntando o que você fez, Jonathan — disse Valentim, e apesar de ter falado com Jace, seus olhos estavam em Simon. — Por que essa coisa ainda está viva? Mortos-vivos podem se regenerar, mas não com tão pouco sangue no corpo.

— Você está falando de mim? — perguntou Simon. Clary olhou fixamente para ele. Simon soava *diferente*. Não parecia um garoto fazendo má-criação para um adulto; soava como alguém que podia encarar Valentim Morgenstern de igual para igual. Alguém que *merecia* enfrentá-lo em pé de igualdade. — Ah, é verdade, você me deixou para morrer. Quer dizer, morrer *mais*.

— Cale a *boca*. — Jace olhou para Simon; seus olhos estavam bastante escuros. — Deixe-me responder isso. — Ele se voltou para o pai. — Eu deixei Simon beber o meu sangue — disse ele. — Para que ele não morresse.

O rosto já severo de Valentim adquiriu linhas mais rígidas, como se os ossos estivessem saltando da pele.

— Você deixou um vampiro tomar o seu sangue *por vontade própria*?

Jace pareceu hesitar por um instante; olhou para Simon, que encarava Valentim com um ódio intenso. Em seguida, cuidadosamente, respondeu:

— Deixei.

— Você não faz ideia do que fez, Jonathan — disse Valentim com uma voz terrível. — Não faz ideia.

— Salvei uma vida — disse Jace. — Uma vida que você tentou tomar. Isso eu sei.

— Não uma vida humana — disse Valentim. — Você ressuscitou um monstro que vai matar para se alimentar outra vez. A espécie dele vive faminta...

— Estou faminto agora — disse Simon, e sorriu para mostrar as presas que tinham surgido nos caninos. Elas brilhavam brancas e afiadas contra o lábio inferior. — Não me importaria em tomar um pouco mais de sangue. Claro que o seu sangue provavelmente me faria engasgar, seu venenoso de...

Valentim riu.

— Adoraria vê-lo tentar, morto-vivo — disse ele. — Quando a Espada da Alma o cortar, você vai queimar até a morte.

Clary viu os olhos de Jace se desviarem para a Espada, em seguida para ela. Havia uma pergunta silenciosa neles. Rapidamente ela disse:

— A Espada ainda não foi transformada. Ainda não. Ele não conseguiu o sangue da Maia, então não concluiu a cerimônia...

Valentim virou-se para ela com a Espada empunhada, e Clary o viu sorrir. A Espada pareceu se agitar na mão dele, em seguida alguma coisa a atingiu — foi como se tivesse sido derrubada por uma onda, lançada para baixo, em seguida levantada novamente contra a vontade e jogada pelo ar. Clary rolou pelo chão, incapaz de frear a si mesma, até atingir a parede com uma força extraordinária. Caiu encolhida, engasgando sem fôlego e com dor.

Simon foi correndo até ela. Valentim manejou a Espada da Alma e uma fina camada de chamas ardentes se ergueu, enviando-o aos tropeços para trás com o calor.

Clary se apoiou com dificuldade sobre os cotovelos. Estava com a boca cheia de sangue. O mundo girou ao seu redor, e ela ficou imaginando com que força tinha batido a cabeça e se iria desmaiar. Forçou-se a permanecer consciente.

O fogo retrocedeu, mas Simon continuava agachado no chão, parecendo assombrado. Valentim olhou rapidamente para ele, em seguida para Jace.

— Se você matar o morto-vivo agora — disse —, ainda poderá desfazer o que fez.

— Não — sussurrou Jace.

— Basta pegar a arma que tem nas mãos e enfiá-la no coração dele. — A voz de Valentim era suave. — Um simples movimento. Nada que não tenha feito antes.

Os olhos de Jace encontraram os do pai em um olhar fixo e inabalável.

— Eu vi Agramon — disse ele. — E ele tinha o seu rosto.

— Você *viu* Agramon? — A Espada da Alma brilhou enquanto Valentim se movia em direção ao filho. — E sobreviveu?

— Eu o matei.

— Você matou o Demônio do Medo, mas não quer matar um único vampiro, nem mesmo sob minhas ordens?

Jace ficou parado, observando Valentim sem expressão.

— Ele é um vampiro, é verdade — disse ele. — Mas o nome dele é Simon.

Valentim parou na frente de Jace, com a Espada da Alma nas mãos, queimando com uma luz negra. Clary imaginou por um instante de pavor se Valentim ia esfaquear Jace onde estava, e se Jace ia permitir que fizesse isso.

— Entendo, então — disse Valentim —, que você não mudou de ideia. O que me disse quando veio até mim antes foi a sua palavra final, ou se arrepende de não ter me obedecido?

Jace balançou a cabeça lentamente. Com uma das mãos ainda agarrava o suporte quebrado, mas a outra mão — a direita — estava na cintura, sacando alguma coisa do cinto. Seus olhos, contudo, jamais se desviaram dos de Valentim, e Clary não teve certeza se ele viu o que Jace estava fazendo. Esperava que não.

— Sim — disse Jace. — Eu me arrependo de ter desobedecido.

Não!, pensou Clary, o coração se afundando. Será ele que estava desistindo, será que achava que essa era a única maneira de salvar Simon e ela?

O rosto de Valentim se suavizou.

— Jonathan...

— Principalmente — continuou Jace — considerando que pretendo fazê-lo novamente. Agora mesmo. — A mão dele se moveu, rápida como um flash de luz, e algo foi com grande velocidade em direção a Clary. Caiu a alguns centímetros dela, atingindo o metal com um ruído e rolando. Ela arregalou os olhos.

Era a estela da mãe.

Valentim começou a rir.

— Uma *estela*? Jace, isso é alguma piada? Ou você finalmente...

Clary não ouviu o resto do que ele disse; levantou-se, engasgando quando uma onda de dor atingiu sua cabeça. Com os olhos lacrimejantes e a visão borrada, esticou a mão trêmula para a estela — e ao tocá-la com os dedos ouviu uma voz, tão clara em sua mente quanto se sua mãe estivesse ao seu lado. *Pegue a Estela. Clary. Use-a. Você sabe o que fazer.*

Ela fechou os dedos sem jeito ao redor da estela e sentou-se, ignorando a onda de dor que passou pela cabeça e desceu pela espinha. Ela era uma Caçadora de Sombras, e dor era algo que tinha que suportar. Vagamente, podia ouvir Valentim chamando seu nome, ouvia os passos dele se aproximando — e ela se jogou na direção da parede, enfiando a estela com tanta força que, quando a ponta tocou o metal, ela pensou ter ouvido o chiado de algo queimando.

Começou a desenhar. Como sempre acontecia quando desenhava, o mundo desaparecia e não existia nada além dela, da estela e do metal sobre o qual estava desenhando. Lembrou-se de ter ficado do lado de fora da cela de Jace, sussurrando para si mesma: *Abra, abra, abra*, e de ter concentrado toda a força para criar o símbolo que havia desfeito as amarras de Jace. E sabia que a força que tinha imprimido naquele símbolo não era um décimo, nem um centésimo da força que estava concentrando *naquilo*. As mãos queimavam e ela gritou enquanto arrastava a estela pela parede de metal, deixando uma linha preta grossa como uma queimadura atrás. *Abra*.

Ainda segurando a estela, a mão caiu no colo. Por um instante fez-se silêncio total ao redor. — Jace, Valentim, e até mesmo Simon olharam junto com ela para o símbolo que ardia na parede do navio.

Foi Simon quem falou, voltando-se para Jace.

— O que quer dizer?

Mas foi Valentim quem respondeu, sem tirar os olhos da parede. Havia um olhar no rosto dele que não se parecia nada com o olhar que Clary esperava, era um olhar que misturava triunfo e horror, desespero e deleite.

— Diz: *Mene mene tekel upharsin*.

Clary cambaleou.

— Não é isso que diz — sussurrou. — Diz *abra*.

Os olhos de Valentim encontraram os da filha.

— Clary...

O ruído do metal afogou as palavras. A parede em que Clary havia desenhado, uma parede feita de metal sólido, empenou e estremeceu. Parafusos se soltaram dos buracos em que estavam e jatos de água invadiram a sala.

Ela podia ouvir Valentim chamando, mas sua voz fora sufocada pelos ruídos ensurdecedores de metal sendo arrancado de metal enquanto cada prego, parafuso e rebite que sustentava o enorme navio começou a se soltar.

Clary tentou correr em direção a Jace e Simon, mas caiu de joelhos quando uma nova onda de água entrou pelo buraco largo na parede. Dessa vez a onda a derrubou, e água gelada a arrastou para baixo. Em algum lugar Jace a chamava, a voz alta e desesperada sobre os gritos do navio. Ela berrou o nome dele uma vez antes de ser sugada pelo buraco na parede até o rio.

Girou e chutou na água negra. Foi dominada pelo terror, terror da escuridão cega e das profundidades do rio, dos milhões de toneladas de água ao redor, pressionando-a, sufocando o ar de seus pulmões. Não conseguia dizer que caminho levava para cima, ou que direção tomar. Não conseguia mais prender a respiração; encheu o pulmão de água imunda, o peito explodindo de dor, estrelas estourando atrás dos olhos. Nos ouvidos o som de água correndo foi substituído por um cântico agudo e impossivelmente doce. *Estou morrendo*, pensou espantada. Um par de mãos pálidas se esticou da água negra e puxou-a para perto. Cabelos longos flutuaram ao seu redor. *Mãe*, pensou Clary, mas antes que pudesse ver o rosto da mãe com clareza, a escuridão fechou-lhe os olhos.

Clary recobrou a consciência com vozes ao redor e luzes brilhando em seus olhos. Estava deitada de costas no aço corrugado da caminhonete de Luke. O céu cinza-escuro nadava no alto. Ela podia sentir o cheiro da água do rio ao redor, misturada ao cheiro de fumaça e sangue. Rostos pálidos pairavam sobre ela como balões presos por cordas. Eles entraram de volta em foco enquanto ela piscava os olhos.

Luke. E Simon. Ambos olhavam para ela com expressões de preocupação angustiada. Por um momento ela pensou que o cabelo de Luke tinha ficado branco; em seguida, piscando, percebeu que seus olhos estavam cheios de cinzas. Aliás, o ar em volta também — e tinha gosto de cinzas —, eles estavam com as roupas e a pele manchadas de fuligem negra.

Ela tossiu, sentindo o gosto de cinza na boca.

— Onde está Jace?

— Ele... — Os olhos de Simon desviaram para os de Luke, e Clary sentiu o coração se contrair.

— Ele está bem, não está? — perguntou. Esforçou-se para sentar e uma dor profunda subiu até a cabeça. — Onde ele está? Onde ele *está*?

— Estou aqui. — Jace apareceu na borda de sua visão, com o rosto nas sombras. Ele se ajoelhou ao lado dela. — Desculpe. Eu deveria ter estado aqui quando você acordou. É que...

A voz dele falhou.

— É que o quê? — Ela o encarou, iluminado por trás pela luz das estrelas, o cabelo mais prateado do que dourado, os olhos desprovidos de cor. Sua pele estava marcada de preto e cinza.

— Ele também achou que você estava morta — disse Luke, e se levantou abruptamente. Estava olhando para o rio, para alguma coisa que Clary não conseguia ver. O céu estava cheio de curvas de fumaça pretas e escarlate, como se estivesse pegando fogo.

— Também? Quem mais...? — Ela se interrompeu quando foi tomada por uma dor nauseante. Jace notou sua expressão e colocou a mão no bolso, tirando a estela.

— Fique parada, Clary. — Ela sentiu uma dor ardente no antebraço, em seguida a mente começou a clarear. Sentou-se e viu que estava sobre uma base molhada na parte de trás da picape. A traseira estava cheia de água espalhada, misturada a redemoinhos de cinzas que desciam do céu em chuva negra.

Olhou para o lugar onde Jace havia desenhado uma Marca de cura, na parte de dentro do braço. A fraqueza já estava diminuindo, como se ele tivesse enviado uma onda de força por suas veias.

Ele traçou a linha do *iratze* que havia desenhado no braço de Clary com os dedos antes de recuar. Sua mão estava tão fria e molhada quanto as roupas grudadas no corpo.

Ela sentia um gosto pungente na boca, como se tivesse lambido um cinzeiro.

— O que aconteceu? Um incêndio?

Jace olhou para Luke, que olhava para o rio preto acinzentado. A água estava pontuada aqui e ali com barcos pequenos, mas não havia sinal do navio de Valentim.

— O navio do Valentim queimou até a linha d'água. Não sobrou nada.

— Onde está todo mundo? — Clary desviou o olhar para Simon, que era o único deles que estava seco. Havia uma fraca sombra verde sobre sua pele pálida, como se ele estivesse doente ou febril. — Onde estão Isabelle e Alec?

— Estão em um dos outros barcos de Caçadores de Sombras. Estão bem.

— E Magnus? — Ela desviou o olhar para a cabine da picape, mas estava vazia.

— Foi chamado para atender alguns dos Caçadores de Sombras com ferimentos mais graves — disse Luke.

— Mas estão todos bem? Alec, Isabelle, Maia... estão bem, não estão? — A voz de Clary soava baixa e fina aos próprios ouvidos.

— Isabelle se machucou — disse Luke. — E Robert Lightwood também. Ele vai precisar de um bom tempo para se recuperar. Muitos dos outros Caçadores de Sombras, inclusive Malik e Imogen, estão mortos. Foi uma batalha muito dura, Clary, e não foi muito boa para nós. Valentim sumiu. A Espada também. O Conclave está em ruínas. Não sei...

Ele se interrompeu. Clary o encarou. Havia algo em sua voz que a assustara.

— Desculpe — disse ela. — A culpa foi minha. Se eu não tivesse...

— Se você não tivesse feito o que fez, Valentim teria matado todos no navio — disse Jace apaixonadamente. — Você impediu que houvesse um massacre.

Clary o encarou.

— Está falando sobre o que eu fiz com o desenho?

— Você destruiu o navio — disse Luke. — Cada parafuso, cada rebite, tudo que poderia sustentá-lo simplesmente se soltou. A embarcação inteira arrebentou. Os tanques de gasolina também arrebentaram. A maioria de nós mal teve tempo de se jogar na água antes que tudo começasse a pegar fogo. O que você fez... ninguém nunca tinha visto nada igual.

— Ah — disse Clary, com a voz pequena. — Alguém... eu machuquei alguém?

— Muitos demônios se afogaram quando o navio afundou — disse Jace. — Mas nenhum dos Caçadores de Sombras se machucou.

— Porque sabem nadar?

— Porque foram resgatados. Ninfas nos tiraram da água.

Clary pensou nas mãos na água, no canto impossivelmente doce que a havia cercado. Então não tinha sido a mãe, afinal.

— Tipo fadas aquáticas?

— A rainha da corte Seelie acabou nos ajudando, à sua maneira — disse Jace. — Ela realmente nos prometeu a ajuda que estivesse ao seu alcance.

— Mas como... — *Como ela soube?* Clary ia dizer, mas pensou nos olhos sábios e astutos da rainha, e em Jace jogando o papel branco perto da praia em Red Hook, e decidiu não perguntar.

— Os barcos de Caçadores de Sombras estão começando a se mover — disse Simon, olhando para o rio. — Acho que já resgataram todos que podiam.

— Certo. — Luke endireitou os ombros. — Está na hora de partirmos. — Ele foi lentamente até a cabine da picape. — Estava mancando, apesar de, além disso, parecer pouco ferido.

Luke foi para o banco do motorista, e no mesmo instante o motor da picape ligou novamente. Eles partiram, deixando marcas na água, as gotas espalhadas pelas rodas refletindo o cinza prateado do céu.

— É tão estranho — disse Simon. — Não paro de esperar que a caminhonete afunde.

— Não posso acreditar que você tenha acabado de passar pelo que passamos e ache que *isso* é estranho — disse Jace, mas não havia malícia na voz, nem irritabilidade. Ele parecia apenas muito cansado.

— O que vai acontecer com os Lightwood? — perguntou Clary. — Depois de tudo que aconteceu... A Clave...

Jace deu de ombros.

— A Clave trabalha de um jeito misterioso, mas vão ficar muito interessados em *você*. E no que é capaz de fazer.

Simon emitiu um ruído. Clary inicialmente pensou que fosse um barulho de protesto, mas quando o olhou de perto viu que estava mais verde do que nunca.

— O que houve, Simon?

— É o rio — disse ele. — Água corrente não faz muito bem aos vampiros; é pura e... nós, não.

— O East River não é exatamente puro — disse Clary, mas estendeu a mão e tocou gentilmente o braço dele de qualquer forma. Ele sorriu para ela. — Você não caiu na água quando o navio foi destruído?

— Não. Tinha um pedaço de metal boiando na água, e o Jace o jogou para mim. Fiquei fora do rio.

Clary olhou para Jace. Podia vê-lo com um pouco mais de clareza agora que a escuridão estava diminuindo.

— Obrigada — disse ela. — Você acha...

Ele ergueu as sobrancelhas.

— Acho o quê?

— Que Valentim pode ter se afogado?

— Nunca acredite que o vilão está morto até ver o corpo — disse Simon. — Isso só leva a tristeza e emboscadas inesperadas.

— Você não está errado — disse Jace. — O meu palpite é que ele não está morto. Caso contrário teríamos encontrado os Instrumentos Mortais.

— A Clave pode continuar sem eles? Independentemente de Valentim estar vivo ou não? — perguntou Clary.

— A Clave sempre continua — disse Jace. — É só o que eles sabem fazer. — Ele virou a cabeça para o horizonte a leste. — O sol está nascendo.

Simon enrijeceu. Clary o encarou surpresa por um instante, em seguida com horror e choque. Ela se virou para seguir o olhar de Jace. Ele tinha razão — a leste o horizonte estava manchado de vermelho-sangue, espalhando-se a partir de um disco dourado. Clary podia ver o primeiro raio de sol marcando a água ao redor deles com tons de verde, escarlate e dourado.

— *Não!* — sussurrou ela.

Jace olhou surpreso para ela, depois para Simon, que estava sentado parado, olhando para o sol nascente como um rato encurralado diante de um gato. Jace se levantou rapidamente e foi até a cabine da caminhonete. Falou com a voz baixa. Clary viu Luke virar para olhar para ela e para Simon, e em seguida olhar novamente para Jace. Ele balançou a cabeça.

A caminhonete se projetou para a frente. Luke provavelmente tinha acelerado. Clary agarrou-se à lateral da traseira da picape para se endireitar. Na frente, Jace gritava para Luke que tinha que haver uma maneira de ir mais rápido, mas Clary sabia que não seriam mais rápidos do que o amanhecer.

— Tem que haver alguma coisa que possamos fazer — disse para Simon. Não conseguia acreditar que em menos de cinco minutos tinha passado de alívio incrédulo para horror incrédulo. — Poderíamos cobri-lo, talvez, com as nossas roupas...

Simon continuava encarando o sol, pálido.

— Um monte de trapos não vai adiantar nada — disse ele. — O Raphael explicou que é preciso paredes para nos proteger da luz do sol. Ela queima através do tecido.

— Mas tem que haver alguma coisa...

— Clary. — Ela conseguia ouvi-lo com clareza agora; à luz cinza que precedia o amanhecer, os olhos dele estavam enormes e escuros no rosto branco. Ele estendeu a mão para ela. — Venha aqui.

Ela se jogou contra ele, tentando cobrir o máximo do corpo dele que conseguia com o próprio. Sabia que não adiantava nada. Quando o sol o tocasse, ele se desmancharia em cinzas.

Ficaram completamente parados por um instante, envolvendo um ao outro com os braços. Clary podia sentir o peito dele descendo e subindo — hábito, lembrou a si mesma, não necessidade. Ele podia não respirar, mas ainda poderia morrer.

— Não vou deixá-lo morrer — disse ela.

— Não acho que tenha escolha. — Ela o sentiu sorrir. — Achei que nunca mais voltaria a ver o sol — disse ele. — Acho que me enganei.

— Simon...

Jace gritou alguma coisa. Clary levantou o olhar. O céu estava inundado com uma luz rosada, como tinta derramada em água clara. Simon ficou tenso.

— Eu te amo. Nunca amei ninguém além de você.

Fios dourados se projetaram no céu rosado como veios dourados em mármore. A água ao redor brilhou com a luz, e Simon ficou rígido, a cabeça caindo para trás, os olhos abertos se enchendo de dourado como se ouro líquido subisse dentro dele. Linhas negras apareceram em sua pele como rachaduras em uma estátua.

— *Simon!* — gritou Clary. Ela se esticou para tocá-lo, mas foi puxada para trás repentinamente; era Jace, agarrando-a pelos ombros. Ela tentou se desvencilhar, mas ele a segurou com força; estava dizendo alguma coisa ao seu ouvido, e apenas após alguns instantes ela começou a entendê-lo:

— Clary, olhe. *Olhe.*

— Não! — Suas mãos voaram para o rosto. Ela podia sentir o gosto da água que boiava na traseira da caminhonete nas palmas. Era salgada, como lágrimas. — Não quero olhar. Não quero...

— Clary. — As mãos de Jace estavam nos pulsos dela, afastando suas mãos do rosto. A luz do amanhecer atingiu seus olhos. — *Olhe.*

Ela olhou. E ouviu a própria respiração emitir um assobio enquanto se engasgava. Simon estava sentado na traseira da picape, em um pedaço iluminado pelo sol, boquiaberto e olhando para si mesmo. O sol dançava na água atrás dele e as bordas do cabelo brilhavam como ouro. Ele não tinha queimado nem virado cinza, estava sentado sem qualquer queimadura de sol, e na pele pálida do rosto e dos braços não havia marca alguma.

* * *

Fora do Instituto, a noite caía. O pôr do sol vermelho fraco brilhava através das janelas do quarto de Jace enquanto ele encarava a pilha de pertences sobre a cama. O monte era menor do que ele havia pensado. Sete anos de vida naquele lugar, e aquilo era tudo o que ele tinha: meia trouxa de roupa, uma pequena pilha de livros e algumas armas.

Tinha pensado se ia levar as poucas coisas que tinha guardado da casa de campo em Idris quando fosse embora à noite. Magnus tinha devolvido o anel de prata do pai, que ele não se sentia mais confortável para usar. Pendurara-o em um cordão ao redor da garganta. No fim, decidiu levar tudo: não havia razão para deixar qualquer coisa sua naquele lugar.

Estava empacotando a bolsa quando ouviu uma batida na porta. Foi atender, esperando Alec ou Isabelle.

Era Maryse. Usava um vestido preto e o cabelo estava esticado para trás. Parecia mais velha do que ele se lembrava. Duas linhas profundas corriam dos cantos da boca até o queixo. Apenas os olhos tinham alguma cor.

— Jace — disse ela. — Posso entrar?

— Pode fazer o que quiser — respondeu ele, voltando para a cama. — A casa é sua. — Pegou algumas camisas e colocou-as na bolsa com uma força possivelmente desnecessária.

— Na verdade, a casa é da Clave — disse Maryse. — Somos apenas os guardiões.

Jace colocou os livros na bolsa.

— Que seja.

— O que você está fazendo? — Se Jace não a conhecesse, teria pensado que a voz de Maryse havia vacilado um pouco.

— Arrumando a minha mala — respondeu. — É o que as pessoas normalmente fazem quando estão de mudança.

Ela empalideceu.

— Não vá — disse ela. — Se quiser ficar...

— Não quero ficar. Não pertenço a esse lugar.

— Para onde vai?

— Para a casa de Luke — disse ele, e a viu se contrair. — Por um tempo. Depois, não sei. Talvez para Idris.

— É a esse lugar que acha que pertence? — Havia uma tristeza dolorosa na voz dela.

Jace parou de arrumar as coisas por um instante e olhou para a bolsa.

— Não sei a que lugar pertenço.

— O seu lugar é junto da família. — Maryse deu um passo incerto para a frente. — Conosco.

— *Você* me expulsou. — Jace ouviu a severidade na própria voz e tentou suavizá-la. — Sinto muito — disse ele, virando-se para encará-la. — Por tudo que aconteceu. Mas você não me queria antes, e não posso acreditar que me queira agora. Robert vai ficar mal por um tempo, e você vai ter que cuidar dele. Eu só vou atrapalhar.

— Atrapalhar? — Ela parecia incrédula. — Robert quer *vê-lo,* Jace...

— Duvido.

— E Alec? Isabelle, Max... Eles precisam de você. Se não acredita que eu o quero aqui, e não posso culpá-lo por não acreditar, precisa saber que eles querem. Passamos por uma grande dificuldade, Jace. Não os machuque mais do que já estão machucados.

— Isso não é justo.

— Não o culpo se me odiar. — A voz dela *estava* vacilando. Jace virou-se para ela, surpreso. — Mas tudo que eu fiz, mesmo expulsá-lo e tratá-lo da maneira como o tratei, foi para protegê-lo. E porque eu estava com medo.

— Medo de mim?

Ela fez que sim com a cabeça.

— Bem, isso faz eu me sentir *bem* melhor.

Maryse respirou fundo.

— Pensei que fosse partir o meu coração como Valentim fez — disse ela. — Depois dele, você foi a primeira coisa que eu amei que não tinha meu sangue, entende? A primeira criatura viva. E você era apenas uma criança...

— Você achava que eu era outra pessoa.

— Não. Eu sempre soube exatamente quem você era, desde que o vi saltando do navio de Idris pela primeira vez, quando você tinha 10 anos de idade, e você entrou no meu coração, exatamente como os meus filhos quando nasceram. — Ela balançou a cabeça. — Você não pode entender. Nunca teve um filho. Não se ama ninguém como se ama os filhos. E nada pode deixá-lo tão furioso.

— A parte da fúria eu percebi — disse Jace após uma pausa.

— Não espero que me perdoe. Mas se você ficasse por Isabelle, Alec e Max, eu ficaria imensamente grata...

Era a coisa errada a dizer.

— Não quero a sua gratidão — disse Jace, e voltou-se novamente para a bolsa. Não havia mais nada para guardar. Ele puxou o zíper.

— *A la claire fontaine* — disse Maryse —, *m'en allant promener.*

Ele se virou para olhar para ela.

— O quê?

— *Il y a longtemps que je t'aime. Jamais je ne t'oublierai.* É a velha canção francesa que eu cantava para Alec e Isabelle, sobre a qual você me perguntou.

Havia pouca luz no quarto agora, e, na fraca luminosidade, Maryse parecia quase como era quando ele tinha 10 anos, como se não tivesse mudado nada nos últimos sete anos. Parecia séria e preocupada, angustiada... e esperançosa. Ela se parecia com a única mãe que ele conhecia.

— Você estava enganado quanto a eu nunca ter cantado para você — disse ela. — É só que você nunca me ouviu.

Jace não disse nada, mas esticou o braço e abriu o zíper da bolsa, deixando os pertences caírem sobre a cama.

Epílogo

— Clary! — A mãe de Simon abriu um enorme sorriso ao ver a menina na entrada. — Há séculos que não a vejo. Estava começando a ficar preocupada que você e o Simon tivessem brigado.

— Ah, não — disse Clary. — Só não estava me sentindo muito bem, só isso. — *Mesmo quando você tem símbolos mágicos de cura, aparentemente não é invulnerável.* Ela não havia ficado surpresa ao acordar na manhã seguinte à batalha sentindo uma dor de cabeça violenta e com febre; pensou que tivesse pegado um resfriado; quem não teria após congelar em roupas molhadas por horas durante a noite? Mas Magnus disse que o mais provável era que ela houvesse se desgastado ao criar o símbolo que destruíra o navio de Valentim.

A mãe de Simon assentiu solidariamente.

— A mesma coisa que o Simon teve na semana retrasada, aposto. Ele mal conseguia sair da cama.

— Ele já está melhor, não está? — disse Clary. Ela sabia que era verdade, mas não se importava em ouvir outra vez.

— Ele está bem. Está no jardim dos fundos, eu acho. Pode ir pelo portão. — Ela sorriu. — Simon vai ficar feliz em vê-la.

A fila de casas de tijolos na rua de Simon era dividida por cercas brancas de ferro, cada qual com um portão que levava a um pedaço de jardim nos fundos da casa. O céu brilhava azul e o ar estava frio apesar do sol. Clary podia sentir o gosto de neve que viria no ar.

Ela fechou o portão atrás de si e foi procurar por Simon. Ele estava no jardim dos fundos, como prometido, deitado na espreguiçadeira com uma revista em quadrinhos no colo. Ele a colocou de lado quando viu Clary, sentou-se e sorriu.

— Oi, *baby.*

— *Baby?* — Ela se sentou ao lado dele na cadeira. — Você está brincando, não está?

— Estava testando. Não?

— Não — disse com firmeza e se inclinou para beijá-lo na boca. Quando ela recuou, os dedos dele ficaram em seus cabelos, mas os olhos estavam pensativos.

— Fiquei feliz que tenha vindo — disse ele.

— Eu também. Teria vindo antes, mas...

— Você estava doente. Eu sei. — Ela tinha passado a semana trocando mensagens de texto com ele do sofá de Luke, onde ficou deitada, enrolada em um cobertor, assistindo a reprises de *CSI*. Era reconfortante passar um tempo em um mundo em que cada quebra-cabeça tinha uma resposta científica e decifrável.

— Estou melhor agora. — Ela olhou em volta e estremeceu, puxando o casaco branco mais para perto do corpo. — O que você está fazendo deitado do lado de fora nesse tempo? Não está com frio?

Simon balançou a cabeça.

— Não sinto mais frio nem calor. Além disso — sua boca se curvou em um sorriso —, quero passar o maior tempo possível no sol. Ainda sinto sono durante o dia, mas estou lutando contra.

Ela tocou a bochecha dele com a parte de trás da mão. O rosto estava aquecido pelo sol, mas abaixo a pele estava fria.

— Mas o resto continua... continua igual?

— Como assim, quer saber se continuo sendo um vampiro? Sou. Parece que sim. Ainda quero beber sangue, continuo não tendo batimentos cardíacos. Terei que evitar ir ao médico, mas como vampiros não adoecem... — Ele deu de ombros.

— E você falou com Raphael? Ele ainda não faz ideia de por que você pode sair no sol?

— Não. E também parece bem irritado com isso. — Simon piscou sonolento para ela, como se fossem duas da manhã, e não da tarde. — Acho que mexe com as ideias dele sobre como as coisas deveriam ser. Além disso, ele vai ter mais dificuldades de me fazer passear durante a noite quando estou determinado a passear durante o dia.

— Eu achei que ele ficaria satisfeitíssimo.

— Vampiros não gostam de mudanças. São muito tradicionais. — Ele sorriu para ela, que pensou: *Ele vai ficar assim para sempre. Quando eu tiver 50 ou 60, ele vai continuar parecendo ter 16.* Não foi um pensamento feliz. — De qualquer jeito, isso vai ser ótimo para a minha carreira musical. Se toda aquela coisa da Anne Rice estiver certa, vampiros dão ótimos astros de rock.

— Não tenho certeza se essa informação é confiável.

Ele se inclinou para trás na cadeira.

— E o que é? Além de você, é claro.

— *Confiável?* É assim que você me vê? — perguntou ela, fingindo indignação. — Isso não é muito romântico.

Uma sombra passou pelo rosto dele.

— Clary...

— O quê? O que foi? — Ela pegou a mão dele e a segurou. — Essa é a sua voz de notícia ruim.

Ele desviou o olhar.

— Não sei se é notícia ruim ou não.

— É um ou outro — disse Clary. — Só me diga que está bem.

— Estou bem — disse ele. — Mas... Acho que não devemos mais sair.

Clary quase caiu da cadeira.

— *Você não quer mais ser meu amigo?*

— Clary...

— É por causa dos demônios? Porque eu transformei você em um vampiro? — A voz dela soava cada vez mais alta. — Sei que as coisas têm sido meio loucas, mas posso mantê-lo afastado de tudo isso. Posso...

Simon estremeceu.

— Você está começando a soar como um golfinho, sabia? Pare.

Clary parou.

— Ainda quero ser seu amigo — disse ele. — É sobre o *resto* que não tenho tanta certeza.

— Resto?

Ele começou a ruborizar. Ela não sabia que vampiros *podiam* ruborizar. Contrastava com a pele clara dele.

— A coisa de namorar.

Ela ficou em silêncio por um longo momento, procurando as palavras. Finalmente falou:

— Pelo menos você não falou "a coisa de beijar". Estava com medo de que você fosse chamar assim.

Ele olhou para as mãos deles, entrelaçadas sobre a cadeira de plástico. Os dedos de Clary pareciam pequenos contra os dele, mas pela primeira vez o tom de pele dela era mais escuro. Ele passou o dedo sobre as juntas e disse:

— Eu não chamaria assim.

— Pensei que fosse o que você queria — disse ela. — Pensei que você tivesse dito...

Ele olhou para ela por trás dos cílios longos.

— Que eu te amo? Eu amo. Mas isso não é tudo.

— É por causa de Maia? — Os dentes dela começaram a bater, apenas em parte por causa do frio. — Porque você gosta dela?

Simon hesitou.

— Não. Quero dizer, sim, gosto dela, mas não desse jeito. É só que quando estou com ela... sei como é quando alguém gosta de *mim* desse jeito. E com você não é assim.

— Mas você não a ama...

— Talvez possa amar um dia.

— Talvez eu possa *te* amar um dia.

— Se isso acontecer — disse ele —, me avise. Você sabe onde me encontrar.

Clary estava batendo os dentes com mais força.

— Não posso perder você, Simon. Não *posso*.

— Nunca vai me perder. Não vou te deixar. Mas prefiro ter o que temos, que é verdadeiro e importante, do que ter você fingindo outra coisa. Quando estamos juntos, quero saber que estou com você de verdade, a Clary de verdade.

Ela apoiou a cabeça na dele, fechando os olhos. Ele ainda parecia o Simon, apesar de tudo; ainda tinha o cheiro de sabão em pó.

— Talvez eu não saiba quem ela é.

— Mas eu sei.

A nova picape de Luke estava dobrando a esquina quando Clary saiu da casa de Simon, fechando o portão atrás de si.

— Você me trouxe, não precisava me buscar também — disse ela, entrando na cabine ao lado dele. Era a cara de Luke trocar a picape velha e destruída por uma nova, igualzinha.

— Desculpe o meu pânico paterno — disse Luke, entregando a ela um copo de café. Ela tomou um gole: sem leite e com muito açúcar, do jeito que gostava. — Fico um pouco nervoso quando você não está bem debaixo do meu nariz.

— Ah, é? — Clary segurou o café com firmeza para evitar que derramasse enquanto passavam por buracos. — Quanto tempo você acha que isso vai durar?

Luke pareceu considerar.

— Não muito. Cinco, talvez seis anos.

— Luke!

— Planejo deixá-la namorar quando tiver 30 anos, se isso ajuda.

— Na verdade, não me parece tão ruim. Posso não estar pronta até os 30.

Ele olhou de lado para ela.

— Você e Simon...?

Ela fez um gesto com a mão que não estava segurando o café.

— Nem pergunte.

— Entendo. — Provavelmente entendia mesmo. — Quer que eu a deixe em casa?

— Você está indo para o hospital, certo? — Ela conseguia perceber pela tensão nervosa por trás das piadas. — Vou com você.

Estavam na ponte agora, e Clary olhou para o rio, segurando com cuidado o copo de café. Ela não se cansava daquela vista, do curso estreito de água entre as margens profundas de Manhattan e do Brooklyn. Brilhava ao sol como uma lâmina de alumínio. Ficou imaginando por que nunca tinha tentado desenhá-lo. Lembrou-se de ter perguntado à mãe uma vez por que nunca a utilizara como modelo, nunca havia desenhado a própria filha. "Desenhar alguma coisa é tentar capturá-la para sempre", Jocelyn dissera, sentada no chão com um pincel pingando azul nos jeans. "Quando você realmente ama alguma coisa, nunca tente conservá-la do mesmo jeito para sempre. Precisa deixá-la livre para mudar."

Mas eu detesto mudança. Respirou fundo.

— Luke, Valentim me disse uma coisa no navio, uma coisa sobre...

— Nada de bom começa com as palavras "Valentim me disse" — resmungou ele.

— Talvez não. Mas foi sobre você e a minha mãe. Ele disse que você era apaixonado por ela.

Silêncio. Estavam parados no trânsito na ponte. Ela podia ouvir o ruído da linha Q do metrô passando.

— Você acha que é verdade? — perguntou Luke finalmente.

— Bem. — Clary podia sentir a tensão no ar e tentou escolher as palavras com cuidado. — Não sei. Quero dizer, ele disse antes e eu simplesmente descartei como paranoia e ódio. Mas depois comecei a pensar e, bem, é um pouco estranho que você sempre tenha estado por perto, sempre tenha sido como um pai para mim... Praticamente morávamos no sítio no verão, e nem você nem minha mãe nunca namoraram ninguém. Então pensei que talvez...

— Você pensou que talvez o quê?

— Talvez vocês tenham passado todo esse tempo juntos e simplesmente não quiseram me contar. Talvez tivessem pensado que eu fosse nova demais para entender. Talvez tivessem medo que eu começasse a fazer perguntas sobre o meu pai. Mas não sou mais tão nova para não entender. Você pode me contar. Acho que é isso que estou dizendo. Pode me contar qualquer coisa.

— Talvez não qualquer coisa. — Fez-se outro momento de silêncio enquanto a caminhonete avançava se arrastando pelo trânsito. Luke semicerrou os olhos com o sol, tamborilando os dedos no volante. Finalmente falou: — Você tem razão. Eu sou apaixonado pela sua mãe.

— Isso é ótimo — disse Clary, tentando soar feliz apesar do nojo provocado pela ideia de pessoas da idade de Luke e da mãe se apaixonando.

— Mas ela não sabe — disse ele, concluindo.

— Ela não sabe? — Clary fez um longo gesto com o braço. Felizmente, o copo de café estava vazio. — Como ela pode não saber? Você não contou?

— Para falar a verdade — disse Luke, pisando no acelerador de modo que o carro avançou —, não.

— Por que não?

Ele suspirou e esfregou o queixo, cansado.

— Porque nunca pareceu o momento certo.

— Essa é uma péssima desculpa, e você sabe disso.

Luke conseguiu emitir um ruído entre uma risada e um resmungo de irritação.

— Talvez, mas é verdade. Quando percebi o que sentia pela Jocelyn, eu tinha a sua idade, 16 anos. E todos nós tínhamos acabado de conhecer Valentim. Eu não tinha como competir com ele. Fiquei até um pouco satisfeito ao perceber que se não era eu que ela queria, era alguém que realmente a merecia. — A voz dele enrijeceu. — Quando percebi o quão enganado estava, era tarde demais. Quando fugimos juntos de Idris, e ela estava grávida de você, eu me ofereci para casar com ela, para cuidar dela. Disse que não importava quem fosse o pai do bebê, que eu o criaria como se fosse meu. Ela pensou que fosse caridade. Não consegui convencê-la de que eu estava sendo tão egoísta quanto era possível ser. Ela me disse que não queria ser um fardo para mim, que era pedir muito de alguém. Depois que me deixou em Paris, voltei para Idris, mas vivia inquieto, nunca fui feliz. Havia sempre uma parte de mim faltando, a parte que era Jocelyn. Sonhava que ela estava em algum lugar precisando da minha ajuda, que estava me chamando e eu não conseguia ouvir. Finalmente fui atrás dela.

— Eu lembro que ela ficou feliz — disse Clary em voz baixa — quando você a encontrou.

— Ficou e não ficou. Ficou feliz em me ver, mas ao mesmo tempo eu representava para ela todo aquele mundo do qual tinha fugido, e do qual não queria fazer parte. Ela concordou em me deixar ficar quando prometi que abriria mão de todos os laços com o bando, a Clave, Idris, tudo. Teria me oferecido para morar com vocês, mas Jocelyn achou que seria muito difícil esconder as minhas transformações de você, e eu tive que concordar. Comprei a livraria, assumi um novo nome e fingi que Lucian Graymark estava morto. E, para todos os propósitos, estava.

— Você realmente fez muito pela minha mãe. Abriu mão de toda uma vida.

— Eu teria feito mais — disse Luke com firmeza. — Mas ela era tão inflexível quanto a não querer nada com a Clave nem com o Submundo, e eu posso fingir o que for, mas ainda sou um licantrope. Sou uma lembrança viva de tudo aquilo. E ela tinha tanta certeza de que não queria que *você* soubesse de nada. Sabe, nunca concordei com as visitas ao Magnus, com alterar as suas lembranças ou a sua Visão, mas era o que ela queria, e eu deixei que fizesse, pois, se tentasse impedi-la, ela me mandaria embora. E de jeito nenhum, de jeito nenhum, ela teria me deixado casar com ela, ser seu pai e não contar a verdade sobre mim. E isso teria arruinado tudo. Todas aquelas barreiras frágeis que tinha se empenhado tanto em construir entre ela e o Mundo Invisível. Não podia fazer isso com ela. Então fiquei quieto.

— Quer dizer que nunca contou a ela o que sentia?

— A sua mãe não é burra, Clary — disse Luke. Ele parecia calmo, mas havia certa rigidez na voz. — Ela devia saber. Eu me ofereci para *casar* com ela. Por mais gentis que tenham sido as recusas, de uma coisa eu sei: ela sabe o que eu sinto, e não sente o mesmo.

Clary ficou em silêncio.

— Tudo bem — disse Luke, tentando soar leve. — Faz muito tempo que aceitei.

Os nervos de Clary cantavam com uma tensão repentina que ela não achava que era proveniente da cafeína. Afastou os pensamentos sobre a própria vida.

— Você se ofereceu para casar com ela, mas disse que era porque a amava? Não é o que parece.

Luke ficou em silêncio, então ela continuou:

— Acho que você deveria ter dito a verdade. Acho que está enganado com relação aos sentimentos dela.

— Não estou, Clary. — A voz de Luke era firme: *agora chega.*

— Lembro quando perguntei a ela uma vez por que ela não namorava — disse Clary, ignorando o tom de advertência dele. — E ela respondeu que era porque já tinha entregado seu coração a alguém. Pensei que estivesse falando do meu pai, mas agora... agora não tenho tanta certeza.

Luke parecia realmente espantado.

— Ela *disse* isso? — Ele se recompôs e acrescentou: — Provavelmente estava falando do Valentim.

— Acho que não. — Ela olhou para ele com o canto do olho. — Além disso, você não odeia não dizer como realmente se sente?

Dessa vez o silêncio durou até saírem da ponte e entrarem na Orchard Street, ladeada por lojas e restaurantes cujas placas eram escritas em belos caracteres chineses curvilíneos dourados e vermelhos.

— Sim, odeio — disse Luke. — Na época achei que o que eu tinha com a sua mãe era melhor do que nada, mas quando você não consegue falar a verdade para as pessoas com quem mais se importa no mundo, eventualmente deixa de conseguir dizer a verdade para si mesmo.

Fez-se um ruído como água correndo no ouvido de Clary. Ao olhar para baixo, ela viu que tinha amassado o copo de papel que estava segurando em uma bola de papel irreconhecível.

— Me leve para o Instituto — disse ela. — Por favor.

Luke olhou surpreso para ela.

— Pensei que você quisesse ir ao hospital.

— Eu o encontro lá quando acabar. Preciso fazer uma coisa primeiro.

O andar mais baixo do Instituto estava cheio de luz do sol e de montículos de poeira. Clary passou pelo corredor entre os bancos, correu para o elevador e apertou furiosamente o botão.

— Vamos logo, *vamos logo* — murmurou. — Vamos...

As portas douradas se abriram. Jace estava no elevador. Ele arregalou os olhos ao vê-la.

— ... logo — concluiu Clary, e baixou o braço. — Ah. Oi.

Ele a encarou.

— Clary?

— Você cortou o cabelo — disse ela sem pensar. Era verdade; as longas mechas metálicas não caíam mais no rosto, mas estavam cuidadosamente aparadas. O que o fazia parecer mais civilizado, até um pouco mais velho. Estava muito bem-vestido também, com um casaco azul-escuro e calças jeans. Algo prateado brilhava em sua garganta, logo abaixo do colarinho do casaco.

Ele levantou a mão.

— Ah. É verdade. Maryse cortou. — A porta do elevador começou a deslizar e fechar; ele a conteve. — Você precisa subir até o Instituto?

Ela fez que não com a cabeça.

— Só queria falar com você.

— Ah. — Ele pareceu um pouco surpreso ao ouvir isso, mas saiu do elevador, deixando a porta se fechar atrás. — Eu estava indo até o Taki's comprar comida. Ninguém está a fim de cozinhar...

— Entendo — disse Clary, em seguida desejou não tê-lo feito. Não era como se a vontade dos Lightwood de cozinhar ou não tivesse alguma coisa a ver com ela.

— Podemos conversar lá — disse Jace. Ele foi para a porta, em seguida parou e olhou para ela. Entre dois dos candelabros acesos, as luzes projetavam uma camada dourada no cabelo e na pele dele, que parecia a pintura de um anjo. O coração de Clary se contraiu. — Você vem ou não? — irritou-se, não soando nada angelical.

— Ah. Certo. Claro. — Ela se apressou para alcançá-lo.

Enquanto andavam até o Taki's, Clary tentou manter a conversa longe de tópicos relacionados a ela, Jace, ou a ela e Jace. Em vez disso, perguntou a ele como estavam Isabelle, Alec e Max.

Jace hesitou. Estavam cruzando a First Avenue e uma brisa fria soprava pela avenida. O céu estava azul e sem nuvens, um perfeito dia de outono em Nova York.

— Desculpe. — Clary franziu o cenho com a própria tolice. — Eles devem estar péssimos. Todas aquelas pessoas que conheciam estão mortas.

— É diferente para os Caçadores de Sombras — disse Jace. — Somos guerreiros. Esperamos a morte de uma maneira que vocês...

Clary não conseguiu conter um suspiro.

— "Vocês, *mundanos,* não esperam." Era isso que ia dizer, não era?

— Era — admitiu ele. — Às vezes é difícil até para mim saber o que você realmente é.

Tinham parado na frente do Taki's, com seu telhado arqueado e a fachada sem janelas. O Ifrit que guardava a porta da frente olhou para eles com olhos vermelhos desconfiados.

— Sou Clary — disse ela.

Jace olhou para ela. O vento soprava o cabelo dela para cima do rosto. Ele esticou a mão e o colocou para trás, quase ausente.

— Eu sei.

Lá dentro encontraram uma mesa no canto e se sentaram. O restaurante estava quase vazio: Kaelie, a garçonete fada, estava no balcão, batendo as asas azuis e brancas de forma preguiçosa. Ela e Jace já tinham saído uma vez. Um par de lobisomens ocupava outra mesa. Estavam comendo perna de carneiro crua e discutindo sobre quem ganharia numa briga: Dumbledore, dos livros de Harry Potter, ou Magnus Bane.

— Claro que Dumbledore ganharia — disse o primeiro. — Ele tem aquela Avada Kedavra potente.

O segundo licantrope rebateu com um argumento sólido.

— Mas Dumbledore não é real.

— Não acho que Magnus Bane seja real — disse o primeiro. — Alguma vez você já o *viu*?

— Isso é tão estranho — disse Clary, afundando na cadeira. — Você está ouvindo a conversa deles?

— Não. É falta de educação ouvir a conversa dos outros. — Jace estava olhando o cardápio, o que deu uma oportunidade a Clary de olhar para *ele. Nunca olho para você,* ela dissera. E era verdade, ou pelo menos nunca tinha olhado para ele como queria olhar, com olho de artista. Sempre se perdia, distraída por um detalhe: a curva da maçã do rosto, o ângulo dos cílios, o formato da boca.

— Você está me encarando — disse ele, sem levantar os olhos do cardápio. — Por que está me encarando? Algum problema?

A chegada de Kaelie à mesa deles salvou Clary de ter que responder. A caneta dela, Clary notou, era um galho de madeira prateada. Olhou para Clary curiosa com seus olhos totalmente azuis.

— Já sabem o que querem?

Despreparada, Clary pediu alguns itens aleatórios do cardápio. Jace pediu um prato de batatas-doces fritas e alguns pratos para viagem, para levar para os Lightwood. Kaelie saiu, deixando um suave aroma de flores no ar.

— Diga a Alec e Isabelle que sinto muito por tudo que aconteceu — disse Clary quando a garçonete estava distante. — E diga a Max que o levarei ao Planeta Proibido quando ele quiser.

— Apenas mundanos falam que sentem muito quando o que querem dizer é "compartilho do seu sofrimento" — observou Jace. — Você não teve culpa de nada, Clary. — Os olhos dele brilharam com ódio repentinamente. — A culpa foi de Valentim.

— Suponho que não tenham nenhum...

— Sinal dele? Não. Deve estar enfurnado em algum lugar, até conseguir terminar o que começou com a Espada. Depois disso... — Jace deu de ombros.

— Depois disso, o quê?

— Não sei. Ele é louco. É difícil adivinhar o que um louco vai fazer em seguida. — Mas evitou os olhos dela, e Clary sabia no que ele estava pensando: *guerra*. Era o que Valentim queria. Guerra com os Caçadores de Sombras. E era o que teria. Era uma mera questão de onde atacaria primeiro. — Seja como for, duvido que tenha sido essa a razão pela qual veio falar comigo, ou foi?

— Não. — Agora que o momento havia chegado, Clary tinha dificuldades para encontrar as palavras. Ela viu o próprio reflexo no lado prateado do suporte de guardanapos. Casaco branco, rosto branco, rubor nas bochechas. Tinha a aparência de alguém que estava febril. E também se sentia um pouco assim. — Há alguns dias que eu quero falar com você...

— Me enganou direitinho. — A voz dele era forçadamente brusca. — Todas as vezes que liguei, Luke me disse que você estava doente. Concluí que estava me evitando. Outra vez.

— Não estava. — Clary tinha a impressão de que havia um enorme espaço vazio entre eles, apesar de a mesa não ser tão grande, e de eles não estarem sentados muito afastados um do outro. — Eu queria falar com você. Pensei em você o tempo todo.

Ele emitiu um ruído de surpresa e esticou a mão sobre a mesa. Ela pegou, e uma onda de alívio a invadiu.

— Tenho pensado em você também.

A mão dele era calorosa, reconfortante, e ela se lembrou de como tinha tirado o fragmento de espelho quebrado da mão dele em Renwick — a única coisa que restava de sua antiga vida — e de como ele a tinha tomado nos braços.

— Eu estava doente mesmo — disse ela. — Juro. Quase morri no navio, sabia?

Ele soltou a mão dela, mas continuou a olhá-la fixamente, quase como se quisesse memorizar seu rosto.

— Eu sei — disse ele. — Toda vez que você quase morre, eu quase morro também.

As palavras dele fizeram o coração de Clary disparar como se tivesse acabado de engolir um monte de cafeína.

— Jace, eu vim aqui para dizer que...

— Espere. Deixe-me falar primeiro. — Ele estendeu a mão como para bloquear as palavras dela. — Antes que diga alguma coisa, queria pedir desculpas.

— Desculpas? Por quê?

— Por não te ouvir. — Ele empurrou os cabelos para trás com as mãos, e ela notou uma pequena cicatriz, uma linha prateada, na lateral da garganta. Antes não existia. — Você não parava de dizer que eu não podia ter o que queria de você, e eu fiquei forçando, e forçando, e não dei ouvidos. Eu queria você, e não me importava com nada que qualquer pessoa pudesse dizer a respeito... Nem mesmo você.

De repente, Clary ficou com a boca seca, mas antes que pudesse dizer qualquer coisa, Kaelie estava de volta com as batatas de Jace e vários pratos para Clary. Ela olhou para o que tinha pedido. Um milk-shake verde, o que parecia carne crua de hambúrguer e um prato de grilos cobertos de chocolate. Não que fizesse diferença; o estômago estava embrulhado demais para que ela sequer pensasse em comer.

— Jace — disse ela assim que a garçonete saiu. — Você não fez nada errado. Você...

— Não. Deixe-me terminar. — Ele estava olhando para as batatas como se elas detivessem os segredos do universo. — Clary, tenho que dizer agora, ou... ou não vou conseguir. — As palavras saíram apressadas, em uma torrente: — Pensei que tivesse perdido a minha família. E não estou falando de Valentim. Estou falando dos Lightwood. Pensei que não quisessem mais saber de mim. Achei que não houvesse mais nada além de você no meu mundo. Eu... enlouqueci com a perda e descontei em você, e sinto muito por isso. Você estava certa.

— Não. Eu fui burra. Fui cruel com você...

— Tinha todo o direito de ser. — Ele levantou os olhos para olhar para ela, e estranhamente ela se lembrou de quando tinha 4 anos e estava na praia, chorando porque o vento tinha vindo e desfeito o castelo que tinha construído. A mãe tinha dito que poderia fazer outro se ela quisesse, mas isso não impediu que chorasse, pois o que ela acreditava que era permanente não era permanente afinal, apenas feito de areia que desaparecia com a força do vento ou da água. — O que você disse era verdade. Não vivemos nem amamos em um vácuo. Existem pessoas ao nosso redor que se importam conosco, e que ficariam magoadas, talvez arrasadas, se nos permitirmos sentir o que quisermos sentir. Ser tão egoísta assim, significaria... significaria ser como Valentim.

Ele pronunciou o nome do pai de forma tão definitiva que Clary sentiu como se uma porta se fechasse na cara dela.

— Vou ser apenas seu irmão a partir de agora — disse ele, olhando para ela com uma expectativa cheia de esperança de que ela fosse ficar feliz, o que a fez querer gritar que ele estava despedaçando seu coração e tinha que parar. — Era o que você queria, não era?

Ela demorou um bom tempo para responder, e quando o fez, a própria voz soava como um eco vindo de muito longe.

— Era — disse ela, e ouviu uma carga de ondas nos ouvidos, os olhos ardendo como se tivessem sido atingidos por areia ou por uma rajada de sal. — Era o que eu queria.

Clary caminhou entorpecida até as portas de vidro do Beth Israel. De alguma forma, estava feliz por estar ali e não em outro lugar. O que ela queria mais do que qualquer outra coisa era se jogar nos braços da mãe e chorar, mesmo que nunca pudesse explicar a ela a razão pela qual estava chorando. Como não podia fazer isso, sentar ao lado da cama da mãe e chorar parecia a segunda melhor opção.

Ela tinha se controlado bastante no Taki's, e até dera um abraço de despedida em Jace ao sair. Não começara a chorar até entrar no metrô, e então se vira aos prantos por tudo que ainda não tinha chorado: Jace, Simon, Luke, a mãe e até Valentim. Tinha chorado alto o suficiente para que o homem sentado diante dela oferecesse um lenço, e tinha gritado: *O que você pensa que está fazendo, babaca?* para ele, porque era isso que se fazia em Nova York. Depois disso se sentiu um pouco melhor.

Ao se aproximar do topo das escadas, percebeu que havia uma mulher lá. Vestia uma longa capa escura sobre o vestido, não o tipo de coisa que normalmente se via em uma rua de Manhattan. A capa era feita de um material escuro e aveludado e tinha um capuz largo, que estava levantando, escondendo o rosto. Ao olhar em volta, Clary viu que mais ninguém nos degraus do hospital nem perto das portas parecia notar a visão. Um feitiço, então.

Ela chegou ao topo e parou, olhando para a mulher. Ainda não conseguia ver o rosto. Clary disse:

— Olha só, se você estiver aqui para me ver, diga logo o que quer. Não estou muito a fim de nada que envolva magia e sigilo agora.

Ela notou as pessoas ao redor parando e olhando para a menina maluca falando sozinha. Combateu o impulso de mostrar a língua para eles.

— Tudo bem. — A voz era gentil, estranhamente familiar. A mulher subiu e tirou o capuz. Cabelos prateados caíram sobre os ombros em uma onda. Era a mulher que Clary tinha visto encará-la no jardim do Cemitério de Mármore, a mesma mulher que os salvara da faca de Malik no Instituto. De perto, Clary podia ver que tinha o rosto anguloso, severo demais para ser bonito, apesar de os olhos serem de um castanho intenso e adorável. — O meu nome é Madeleine. Madeleine Bellefleur.

— E...? — disse Clary. — O que você quer de mim?

A mulher — Madeleine — hesitou.

— Eu conhecia a sua mãe, Jocelyn — disse. — Éramos amigas em Idris.

— Você não pode visitá-la — disse Clary. — Nenhum visitante de fora da família até ela melhorar.

— Ela não vai melhorar.

Clary sentiu como se tivesse levado um tapa na cara.

— O quê?

— Desculpe — disse Madeleine. — Não tive intenção de perturbá-la. É que eu sei o que há de errado com Jocelyn, e não há nada que um hospital mundano possa fazer por ela agora. O que aconteceu com ela... foi ela que fez, Clarissa.

— Não. Você não entende. Valentim...

— Ela fez antes de Valentim chegar até ela. Para que ele não pudesse arrancar nenhuma informação dela. Jocelyn planejou isso. Era um segredo, um segredo que dividiu somente com mais uma pessoa, e só a essa pessoa contou como o feitiço poderia ser revertido. Essa pessoa sou eu.

— Quer dizer...

— Sim — disse Madeleine. — Quero dizer que posso mostrar a você como acordar a sua mãe.

AGRADECIMENTOS

Escrever este livro não teria sido possível sem o apoio e o incentivo do meu grupo de escrita: Holly Black, Kelly Link, Ellen Kushner, Delia Sherman, Gavin Grant e Sarah Smith. Eu também não teria conseguido sem a Equipe NB: Justine Larbalestier, Maureen Johnson, Margaret Crocker, Libba Bray, Cecil Castellucci, Jaida Jones, Diana Peterfreund e Marissa Edelman. Agradeço também a Eve Sinaiko e Emily Lauer a ajuda (e os comentários sarcásticos), e a Sarah Rees Brennan, por amar Simon mais do que qualquer outra pessoa no mundo. Sou muito grata a todos na Simon & Schuster e na Walker Books por acreditarem nesta série. Agradecimentos especiais a minha editora, Karen Wojtyla, por todas as observações, a Sarah Payne por fazer mudanças muito depois do prazo final, a Bara MacNeill por acompanhar o arsenal de Jace, e ao meu agente, Barry Goldblatt, por me dizer que estou sendo uma idiota quando estou sendo uma idiota. À minha família também: minha mãe, meu pai, Kate Conner, Jim Hill, minha tia Naomi e minha prima Joyce, por todo o apoio. E a Josh, que é <3.

Este livro foi composto nas tipologias Aquiline, Centaur MT, Pterra,
Schoensperger, e impresso em papel Luxcream 70 g/m², na Prol Gráfica e Editora Ltda.